JN307742

ハルビン・カフェ

打海文三

角川文庫
13871

事件関係者の多くが存命中であるため、いまのところ本書を公表する予定はない。未来のある時点で、おそらくあなたがそうであるように、不特定の読者が本書を手にする可能性を否定するものではないが。

本書は、ノンフィクション・ノヴェルの形式に関するあれこれの定義から自由な立場で書かれている。そのため本書をroman＝物語と見なす読者がいるかもしれないが、作者としてはそれでいっこうにかまわない。記録とは端的に事件の再話の試みであり、あてにならない証言や特権的な公文書のコラージュを超えて、語りつがれる物語の束である。

その意味で本書は、事件のほぼ正確な、そして唯一の記録である。

また、事件の記録からなんらかの教訓を導き出そうという考えを、本書はとらない。過去と現在の間には断絶があり、両者は基本的に不連続である。それがリアリティというものだ。相互に関連のない断片の散らばりにすぎないものを、いちいち意味づけて、一貫した枠組みのなかに収めようという欲望を、本書は拒否する。現在を生きる人々にとって、過去とはentertainmentである。まずは愉《たの》しんでほしい。

ハルビン・カフェにて

作者

目次

特定の場所　7
反乱が老けゆくこと　9

I　訪れてくる人　15

殉教者たち　170
悪夢の最後の輝き　174

II　共有するもの　177

GAME OVER　590

解説　大森　望　594

海市主要概略地図

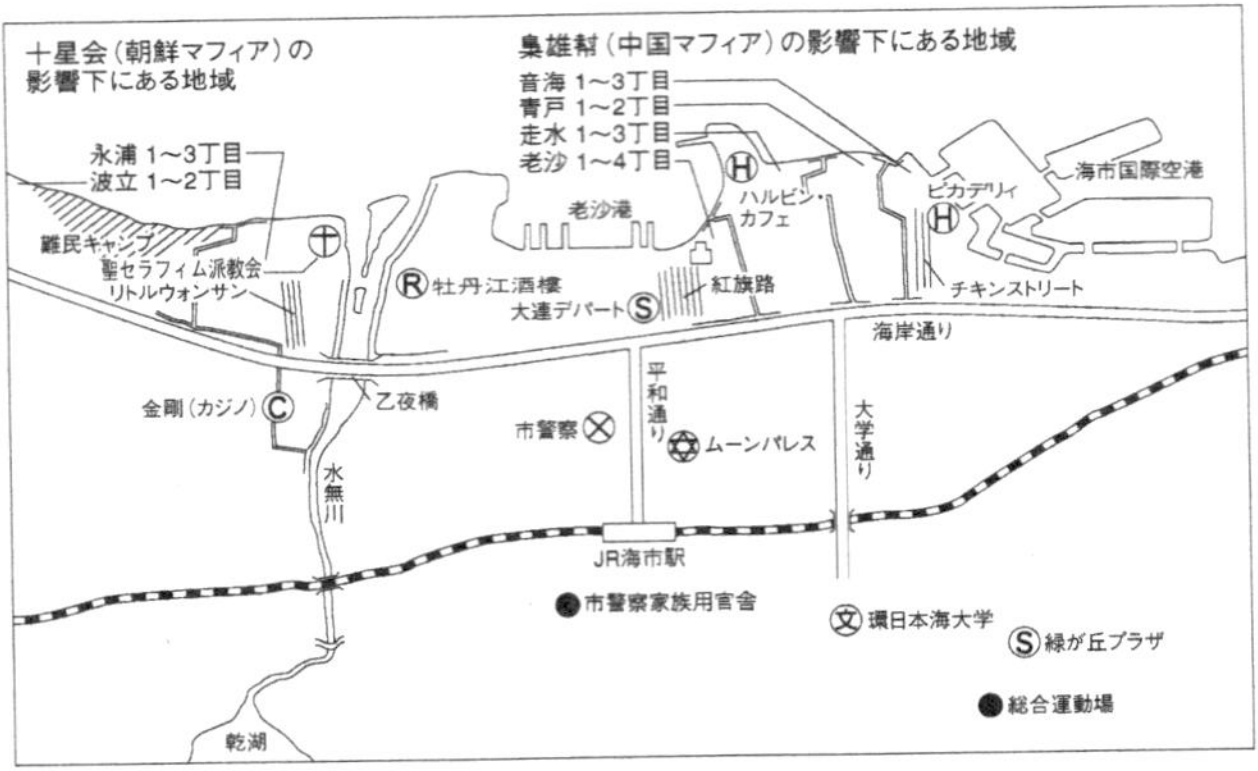

主な登場人物

石川ルカ　プラハ美術工芸大学学生
グエン・ト・トイ　ルカの里親
洪　孝賢　古着商
小久保仁　警視庁監察課管理官
水門愛子　警察庁監察官
布施隆三　元海市警察麻薬係長
小川未鷗　高校教師
内藤　昴　海市警察警官の遺児
韓　素月　昴の母親で難民出身者
前園英和　福井県警本部長
李　安国　十星会常任幹部
蔡　昌平　梟雄幇最高権力者
ヴィタリー・ガイダル　ポシェト・トレイディング・グループ会長

特定の場所

夜も昼も、数千数万の小舟にしがみついて日本海を渡ってきた難民の群れから一人の成功者が生まれ、その黒竜江省《こくりゅうこう》出身の朝鮮族の片肺の男が、小さな岬の台地の上にハルビン・カフェを建てた。カフェと名づけられているが、客室数六十三のホテルである。夜の帳《とばり》が降りると、色褪《いろあ》せた外壁にネオン管が灯《とも》り、青く発光する文字を漆黒の闇にうきあがらせる。歳月を重ね、潮風にさらされて、市民からはほとんど忘れられた存在となったが、石造りの西欧風の建物は変わらぬエキゾチックなたたずまいを見せている。黄ばんだシャンデリアがぶら下がる広いロビーへ入ると、吹き抜けになった二階の手すりから、白い胸をあらわにした娘たちが微笑みを投げてくる。正面にフロントカウンターがある。壁にずらっとならんだアナログの時計が世界の主要都市の時を刻んでいる。フロントカウンターの東側には、ホテルと同じ名前の薄暗いカフェがある。

この本を書いている間、私はたびたびそのカフェへ通い、一杯のコーヒーで長い時間をすごした。いつも人影はまばらで、娼婦《しょうふ》以外の客を見かけることは希《まれ》だった。まだうら若い彼女たちは、自分で自分を禁忌すべき者と見なしているかのように、じつに慎ましい態度で談笑していた。彼女たちが抑制した声で話す異国の言葉を、ＢＧＭのように聴きながら、独特な湿り気をおびたカフェの空気に身を浸していると、事件関係者が語ったあれこれの場面が、いままさに眼前で繰り広げられているかのように、脳裏にうかんでくるのだった。

ハルビン・カフェほど、あの七日間が鮮やかに想起される場所はない。事件をつうじて、そこが象徴的な場所として機能したからだろうか。もちろんそれもあるが、基本となる原因は単純で、建築物の構造が人間心理におよぼす影響の結果であるようだ。事件はすでに私の記憶の一部になっている。そして、娘たちのひそやかな声のほかはなにも聞こえぬ、静かで、がらんとした薄暗い空間が、私の記憶を喚起するのだ。過去において形成され、今日にあって隠されているものを、地下室が表象しているように。

反乱が老けゆくこと

激しく闘われた七日間の一ヵ月まえ、事件発生の予兆となる小さな悲劇が起きた。殺人予備罪および二件の殺人で起訴されていた海市《かいし》警察の元生活安全課長が、長い裁判の末に死刑が確定した直後の十一月二十一日、拘置所で首を吊《つ》ったのである。彼は、かつてこの街で激しく闘われた下級警官の反乱の首謀者の一人だった。

福井県の西端に、海市（＝蜃気楼《しんきろう》の意味）という、いささかロマンチックな名前を与えられた新興の港湾都市がある。

海市は三つの区域からなる。原発が二基ならぶ北東の半島部、繁華街と行政機関がある旧市街、それと東南の丘陵地帯に拓《ひら》かれたニュータウンだ。旧市街が日本海に落ちるところに国際空港が開港し、ほかに小さな漁港が二つと、商業港が一つある。この古くからある商業港の存在が、今世紀初頭まで原発の危険手当と地場産業で慎ましく暮らしていた北陸の一過疎地を、犯罪多発都市に変貌《へんぼう》させた。

ロシア沿海州から中国東北部にかけて、数次にわたる動乱があった。市政施行以前の三町村に大量の難民が押し寄せ、彼らのうち才覚のある者が商業港を利用して、大陸で盗伐採された木材の輸入をはじめた。ついで麻薬、武器、娼婦が陸揚げされた。マフィア本隊が上陸すると、数年で日本人暴力団の影響力を放逐し、やがて旧市街の海岸線に中国人街と朝鮮人街を形成して、それぞれを支配下に置くマフィアが厳しく対立してきた。

凶悪犯罪の多発により、警官の殉職率が東京をはるかに凌駕《りょうが》するレベルに達した。それが熱病を呼んだ。市警察の下級警官の一部が地下組織をつくり、マフィアに対する報復テロルを宣言して、法の番人自らが法秩序を脅威にさらしたのである。異常な興奮と虚脱状態が、短いインターバルでくり返され、やがてはとめどない攻撃性を誘発する感染症が市の全域を冒していった。

感染症は、私の見るところ、十年と三ヵ月でほぼ終息した。終息の原因に関して、とりたてて言うべきものはない。県警による鎮圧、裏切りと嫉妬《しっと》と権力への欲望による内部崩壊、厭戦《えんせん》気分の蔓延《まんえん》、凶悪犯罪の沈静化、ささやかな経済的安定、ｅｔｃ。例によって例のごとしである。すべての反乱は確実に老いてゆく。緩慢な死がつづき、その果てに、首謀者の一人が拘置所で自分の命を絶った。

元生活安全課長の自殺の翌日、『日本海ＮＥＷＳ』が社会面のコラムで、彼らの反乱に触れている。

『海人録』

メディアは彼らを『P』と呼ぶ。しかしPという呼称の組織は存在しない。興味深いことに彼らは自分を名づけていない。聖書の民が神の真の名前を秘匿するのを真似て、彼らもまた自分の真の名前を隠しているかのようだ。

名づけたのは海市警察の下級警官である。類似の犯罪が発生するたびに、下級警官の口語的な世界ではPが報復したのだと囁《ささや》かれつづけ、やがてメディアもその呼称を使用するようになった。

PとはポリスのPである。海市警察の現役とOBからなるネットワークを母胎として、Pは変形菌のように様々な貌《かお》を見せつつ増殖をくり返している。頻発する『警官殺し』に対して彼らは躊躇《ちゅうちょ》なく報復する。彼らは統一的な指導機関を持つ継続的な組織ではない。今日新たにPが生まれ、明日別のPが消滅する。厳密に言えばPとは類似犯罪の担い手の総称である。

先鋭化したグループは県警と厳しく対峙《たいじ》して、言わば、近親憎悪が沸騰点に達したある年の春、P壊滅作戦の指揮をとる公安部長の暗殺を謀り、首謀者をはじめ現職警官二十一名をふくむ二十九名の逮捕者を出した。だが同年秋の勤労感謝の日、地下に潜った残党が公安部長暗殺を成功させた。

それから八年が経つ。昨夜、暗殺計画の首謀者が舞鶴拘置所で自殺して、一つの時代の終わりを告げた。だが公安部長を暗殺した犯人はまだ捕まっていない。明日、十一月二十三日勤労感謝の日、海市市庁前広場で、地元の各NGOが共同で主催して平和祈念の集会が催される。

このコラムには、Ｐへのシンパシィの残滓《ざんし》が感じられる。じっさい問題として、Ｐのテロルに各メディアは一定の理解を示してきた。下級警官の反乱は、ときに市民の喝采《かっさい》をあびることさえあった。みもふたもない言い方になるが、人間は秩序破壊にカタルシスをおぼえるものであり、自分の立場が脅かされないかぎり、そうしたカタルシスをおぼえることを隠さない。メディアと市民は、Ｐのテロルの熱狂的なギャラリィとして伴走しつつ、煽《あお》り立て、暴動への期待を滲《にじ》ませてきた。しかしながら、眼を覆う惨事が引き起こされたときには、声をふるわせて断罪してみせ、そして風向きが変わってしまえば、深刻な顔つきで時代のおわりを宣言する。

もちろん、メディアと市民とは我々自身のことだ。

元生活安全課長の悲劇から一ヵ月後の、十二月二十日木曜日、午後四時すぎ、聡明《そうめい》で美しい二十四歳の女性が、九年ぶりに故郷へ帰ってきた。

彼女は海市で生まれ、十五歳の秋まで育った。その後、東京の高校を出て、ロンドン大学のジャーナリズム科で学んでいたのだが、友人に誘われて参加したワークショップでガラス工芸に魅せられ、進路を転換した。市内の専門学校で基礎技術を身につけると、プラハ美術工芸大学に留学し、そこで著名なチェコ人ガラス工芸作家と出会った。

帰郷する四十五日まえ、彼女は、二十一歳年上の作家の求愛をうけ入れて婚約をかわした。十二月初旬からは、中国四都市で催された作家の個展に同行し、上海で好評のうちに全日程が終了した。そのまま地中海の島にある別荘へいき、彼の両親、彼の妹と弟の家族と、クリスマス休暇をすごす予定だった。上海の最後の夜、東京で高校の友人の集まりがあるので、一日だけ日本へ帰らせてほしい、と彼女は懇願した。来春、妻となる日本人女性の過去について、肝心な点をなに一つ知らされていない作家は、疑いをはさまなかった。

上海から仁川《インチョン》経由で海市国際空港へ向かうのが最短ルートである。だが、彼女は作家の眼をごまかすためにいったん羽田へ飛び、そこから国内便に乗り換えた。

I　訪れてくる人

訪れてくる人のために工夫せよ。
マグレブ地域の古い都市メディナ、たとえば、マラケシュを単純に図式化すれば、自由に進入できる広場と広場を囲む迷路状の住居領域から成っている。砂漠であるかぎり、自由な交易が、集落の持続のためには不可欠である。一方、砂漠の中の都市であるかぎり、つねに襲撃の危険に脅かされている。この二面性を解決する巧妙な仕掛けが、この都市の図式なのである。

原広司『集落の教え100』

1

石川ルカ

　石川ルカが洪孝賢《コウ・コウケン》とはじめて会ったのは、十八年まえの、うだるような残暑の九月、海市警察が老沙《ろうさ》の紅旗路《こうきろ》で中国マフィアを二人射殺した夜だった。そのときルカは、永浦《ながうら》二丁目の通称リトルウォンサンで客を物色中の、どんなサービスにもおうじる用意がある六歳の街娼だった。

　ひどく腹を空《す》かせ、苛立《いらだ》ちから小さな唇の端をねじ曲げ、だが彼女の黒い眼には生きのびようとする意志の光があった。持ち歩いているショッピング・バッグには全財産が入っていた。ピンクの柄のヘアブラシ、すり減った口紅のスティック、うがいに使うウォッカのポケット瓶、煮染《にし》めたような色のタオル、それから、死んだときに顔にかぶせてもらうつもりで大切にとってある、透明の袋に入った真っ白いハンカチ。着替えはなかった。胸に英語で『シャングリラ』と文字の入ったTシャツに、黒いタオル地の短パンをはいていた。爪先に穴のあいたサイズが大きすぎるスニーカーを素足につっかけ、ぺたぺた鳴らして歩いていると、屋台で飲んでいた男が、どこか間の抜けた彼女の靴音に気づいて背後をちらと見た。

眼が合い、一瞬で判断した。ネクタイをだらしなく巻き、安物のビジネスーツの上着を膝《ひざ》にかけた、三十歳ぐらいの平凡な容姿の男で、彼女の経験値からすれば変態野郎の典型だった。すたすたと近づき、男の肘《ひじ》に手をふれ、まず朝鮮語で「遊びましょ」とささやいた。ついで日中露英の四ヵ国語で同じ意味の言葉をくり返した。店主が朝鮮語でなにか怒鳴り出し、火かき棒で殴りかかってきた。彼女は路地の暗がりに逃げ込むと、途中で脱げたスニーカーの片方を拾いに、そろそろともどり、屋台の様子をうかがった。男はなにごともなかったかのように飲んでいた。

リトルウォンサンは、朝鮮マフィアの十星会《じっせいかい》が支配する水無川《みずなしがわ》西岸で最大の歓楽街だった。残飯が豊富に出て、カラスが群れ、ネズミが大量発生し、ふだんから路上生活者の厳しい縄張り争いがあった。そのうえ先月以来、老沙の中国人街で銃撃戦が断続的に発生しているため、老沙をねぐらとしていた連中が、水無川にかかる乙夜橋を東から西へ渡って朝鮮人街へ避難してきて、路上生活者の数は四倍ほどに膨れあがっていた。力の序列で最下層に属する彼女は、その日も朝からろくな食事にありつけなかったので、屋台から離れた路地の陰にひそみ、変態野郎と見込んだ男が飲みおわるのを待つことにした。

石川ルカは、老沙事件と呼ばれる難民暴動のさなかに、市立病院の廊下で生まれた。父親は不明だった。母親は日本人の若い女で、名前や出身地、ルカを生んだときの状況なども、あるていどわかっている。

市政施行二年目、全国各地で銀行頭取の暗殺と誘拐《ゆうかい》が頻発して、日本金融システム崩壊元年とメディアが自嘲《じちょう》的に語りつぐようになる年の七月下旬、老沙事件が発生した。暴動の引き金になったのは、日本人が経営する老沙二丁目のコンビニエンス・ストアで、懸賞くじ付きのスナック菓子を万引した十一歳の中国人少年への、老沙交番の警官による暴行だった。四丁目に中国人の最初のコロニーが形成されつつある時代で、老沙全体はまだ日本人と中国人が混在して暮らしていた。中国人少年への暴行事件をきっかけに、国家権力と日本人住民の排外主義に対する難民の憎悪が臨界点に達した。数百人の暴徒が交番を包囲するとともに、老沙全域の商店に押し入って略奪をはじめ、暴動は一夜で、走水《はしりみず》、永浦、波立《なみだち》などほかの難民密集地区に飛び火した。県警は機動隊とSAT＝特殊急襲部隊を投入し、ガス銃と火炎瓶の応酬があった。日本人住民も自警団を組織して暴徒と激しい衝突をくり返した。そのさなか、中国マフィアの梟雄輩《きょうゆうばん》が暴動を煽動《せんどう》する目的で市警察のロビーに手榴弾《てりゅうだん》を放り込み、未曾有《みぞう》の難民暴動に発展した。

　四十日つづいた真夏の暴動の六日目、出産予定日が近づいた鳥取市出身のクラブホステスが、産院へ向かうつもりで市内循環バスに乗り、老沙四丁目の通称紅旗路を走行中に暴動に巻き込まれた。頭部に銃弾をうけ――発砲したのは暴徒か警官かいまだに不明である――負傷者で満杯の市立病院に担ぎ込まれたとき、すでに意識はなかった。赤ん坊だけでも助けようと、医師はホステスを廊下に寝かせ、メスで腹を裂いて、ルカをこの世に引っ張り出したのである。

　日本経済の疲弊とモラルの腐敗が極限に達していた。母親の親族は父親がどこの馬の骨ともわからぬ赤ん坊の引きとりを拒否し、病院で石川ルカと名づけられた子は養護施設で暮らすようになった。県の財政破綻《はたん》により、福祉施設の統廃合がすすみ、いくつかの施設を転々とした。

日本人の国内難民化とあいまって、入所する子供の数は増えつづけ、神経を磨《す》り減らした職員のなかには子供への虐待に慰みを見出す者がすくなくなかった。ルカも犠牲者の一人になった。だが彼女は挫《くじ》けなかった。憎しみは保留して、熱いスープ一杯のためにしゃぶってやり、生きのびるためにあらゆる恥辱に耐えた。

そして昨年の十二月、今世紀なんど目かの経済恐慌と、それにともなう食糧パニックが発生し、彼女に転機がおとずれた。職員は闇市場で食糧を手に入れるために、毎日街頭に立って私物の衣類や電化製品を売った。さらに困窮すると、女房や娘が街で男に声をかけては、腕を組んで路地の奥へ消えた。施設の機能が完全に麻痺《まひ》したのを機会に、彼女は仲間とともに、一瞬自由な気分を味わいつつ、街へ飛び出していったのである。

男が屋台を切りあげて夜のリトルウォンサンを歩き出した。石川ルカは後をつけはじめてすぐ、自分の判断力に疑いを持ち、声をかけるのをためらった。頭のすみで施設の陰気な職員をぼんやり想像していたのだが、でもぜんぜんちがうタイプかもしれないと思った。がっちりした体型ではないが、汗で濡《ぬ》れたワイシャツの下から強靭《きょうじん》な背筋がうき出ていた。きびきびと足を運ぶ後ろ姿に近寄りがたさを感じた。彼女のスニーカーはあいかわらず滑稽《こっけい》な靴音を立てたが、男は一度も振り返らず、旧港湾労働会館近くの朽ちたビルに入り、エレベーターのドアをあけたところで手招きした。彼女は破顔して駆け込んだ。ドアが閉まるのを待って、男の腰に抱きつき、パンツのファスナーを下げて、小さな手を差し入れると、耳を引っ張られてエレベーターの壁に叩《たた》きつけられた。男は無言で、彼女の方へ眼もくれなかった。三階で降りた。男は粗末なカウンターで病的に太った若い女にカネを払い、キーをうけとると、ベッドと小さなTVがあるだけの部屋に入った。男が朝鮮語でなにか言ったので、ルカは「日本人だよ」とこたえた。男は彼女をシャワールームへ連れていき、流暢《りゅうちょう》な日本語で使い方を教えた。

施設を脱走して以来、この九ヵ月ほど、一度も熱い湯をあびていなかった。石鹸《せっけん》と時間をたっぷり使って三回洗い、もう一回洗った。脱いだ衣服とスニーカーも洗濯してシャワールームを出ると、男が「見せろ」と言った。ベッドに仰向けになって脚をひらいた。男が酒瓶を手に覗《のぞ》き込んできたので、突っ込まれると思い、まぶたをぎゅっと閉じて耐える態勢をとった。どぼどぼとアルコールがそそがれ、性器から肛門《こうもん》の方へ裂けた傷口にしみて彼女は絶叫した。悶《もん》絶《ぜっ》しかねない痛みに叫びつづけ、しばらくの間、ベッドの上を転げまわった。

男はそれ以上ルカに手をかけず、なにも要求しなかった。逆に、彼女がシャワーをあびている間に用意したものを与えた。冷たいミルク、ケチャップのたっぷりついたハンバーガー、露店で買ってきたらしいミッキーマウスの絵がプリントされたTシャツ、黄色い短パン、下着、ゴムのサンダル。部屋に冷房装置はなかった。窓を開けはなって、扇風機の首を振らせ、枕をならべてベッドに横たわった。隣のビルのダンスミュージックががんがんひびいていた。

「あんた名前は」ルカは訊《き》いた。

「コウ」

「朝鮮人？」

「朝鮮、中国、日本、いろいろ血がまじってる」

「なに屋さん？」

「印刷屋。失業中だ」

コウは彼女の名前も年齢も訊かなかった。

「老沙でまた暴動が起きてるの？」ルカは質問をつづけた。

「あれは警察と梟雄幇の撃ち合いだ」

当時、県警ならびに市警察が老沙全域に敷いていた厳戒態勢の背景を、ルカは知らなかった。

およそ二週間まえ、市警察警官有志が、マフィアへの報復テロルを宣言して、双方の激しい衝突が老沙を中心に頻発していた。

「九時ごろ、二人殺されたって聞いたけど」

「梟雄幇の幹部と連れの女だ。いずれ報復がある」

「ポリ公がまた死ぬのね」

「日本でいちばん警官が殺される街だ」

「どっちが勝つ？」

「梟雄幇」

「どうして？」

「命の値段が安い方が最終的には勝つ」

「よくわかんない」

「寝ろ」コウは明かりを消した。

「おしゃぶりしてやろうか」

「客を捜すつもりなら出ていけ」

「あんたなら、おカネいらないよ」

「口をきくな。眼を閉じろ。頭のなかで羊を千匹数えろ」

翌日、石川ルカが眼覚めたとき、コウの姿はなかった。そのままベッドでまどろんでいると、白い顎髭《あごひげ》の、やけに腰の曲がった老人があらわれ、短い棒を振りまわして彼女を追い払った。元の路上生活へもどり、誰でも相手にした。傷口は癒着する間もなく、変質者のペニスが侵入してきて、なんども裂けた。酒に酔った警官にパトカーに連れ込まれ、両手で二人を同時にいかせてやったのに、カネを払ってくれず、インターチェンジ近くのキャベツ畑に放り出されたこともあった。

街がクリスマスの装いをはじめたころ、給食サービスがはじまったという噂を聞きつけて、水無川の河川敷へいくと、NGOのテントの入口で相談員が待ちかまえていた。写真撮影、かんたんな健康診断、聞き取り調査があった。その際、すでに報告があったのだろう、彼女が二年間暮らした養護施設の職員による性的虐待について問われたが、めんどうなことになるのを恐れて、ぜんぜん知らないとこたえた。ようやく飯にありつくと、こんどは波立の難民キャンプにある粗末な病院へ連れていかれた。おしっこと血液を採られ、性器を調べられ、傷の縫合手術をうけた。最後に、病気で腐敗した女の性器の恐ろしい写真を見せられ、これにはすくなからずショックをうけた。

難民キャンプにあるプレハブ小屋で、三週間ほど、入所施設の準備がととのうのを待った。その間に病院の検査結果が出て、四種類の性病が確認されたと知らされた。通院と薬の服用で治るとのことで、よくわからなかったが、死ぬほどのことではなかったようだと一安心した。そしてクリスマスの直前に、彼女は十人前後の子供たちといっしょに、ロシア正教会聖セラフィム派の養護施設に入所した。

聖セラフィム派教会は、リトルウォンサンから海の方へ八百メートルほど歩いた、水無川河口近くの、ロシア系難民が密集する低地に建っている。聖堂の壁も天井も、司祭の帽子も、眼につくものぜんぶが金ぴかだった。当時のルカが知る由もなかったが、教会の運営を支えているのは、海市では少数派のロシアマフィアの資金力だった。彼らは十星会と従属的な連合を結び、水無川東岸を支配下に置く梟雄幇と鋭く対峙《たいじ》していた。ロシアマフィアの幹部は、聖セラフィムの金色のイコンのまえで司祭の声を聴き、懺悔《ざんげ》し、霊的な悦《よろこ》びにみたされ、罪を贖《あがな》うために莫大《ばくだい》な献金を差し出した。そのおかげで教会に付属する養護施設の予算が拡充され、路上生活の子供たちをうけ入れる態勢がととのったのである。

石川ルカは修道士にも職員にも警戒を解かず、だが路上より施設の方がましだと考えて、周囲に順応しようと努めた。年が明けてもペドフィル＝小児性愛者が忍び寄ってくる気配はなく、春には船引《ふなびき》小学校の一年生に入学して、聖セラフィム派の施設から通いはじめた。学校は愉《たの》しかった。人生に一筋の光が射してきたのだと思い、彼女は胸を躍らせた。だがそのささやかな幸せも長くはつづかなかった。やがてロシアマフィアは、その本来の経済合理性を発揮して、教会から少年少女を調達するようになった。

入所からおよそ一年と八ヵ月後の、薄闇が迫る時刻、八歳になった石川ルカは救援物資の夏のワンピースを着て、迎えにきた運転手付きの大きな白い車に乗り込んだ。後部座席のルカの両脇に、一度だけかんたんに面接した温和な眼差《まなざ》しのロシア人夫婦が寄りそった。行き先は東京で、彼女は子宝に恵まれないロシア系商業銀行支配人の養女として、新しい人生をはじめるという話だった。どんな運命が自分を待ちかまえているのか、具体的に想像することはできなかったが、危険はじゅうぶんすぎるほど察知していた。このロングドライブの終点で、組織のボスらしき人物があらわれたら、学校をつづけさせてください、どんな辛《つら》い仕事も引きうけます、と死に物狂いで交渉しようと心に決めた。

監視と脅迫の日々がつづいた。むろん学校は断念せざるをえなかった。白人もまじる数人のきれいな男の子や女の子と、海市からさほど遠くない立派な家でいっしょに暮らした。連れてこられた日も、その後の出入りも、眼隠しをされたので、海市からの距離はルカの推察ではあるが。リビングルームの壁に、首のない子供の死体の写真が数葉、ピンでとめられていた。窓の隙間から海と対岸の街がわずかに見えた。スホイ33という名前の老インコが、炊事担当のちびのロシア女によればぜんぶ卑猥《ひわい》な言葉だというロシア語を、窓際の止まり木で切れ目なく口走っていた。毎日のように撮影があった。テーブルには、お茶とケーキと食欲抑制のための錠剤が常備されていて、体型の維持を口すっぱく言われた。若い女医が二週間に一度の割で家をおとずれて性病検査を実施した。週末はたいてい特注の衣服に着替え、薄く口紅を引き、香水を振りかけ、父母を装った日本人の監視役に連れられて外出した。海を望む高層マンションのペントハウス。寺の屋根瓦がやけにたくさん見えたから、たぶん京都あたりのホテルのスウィートルーム。どこだかわからない黒い森のなかの邸宅で仮装パーティ。意識を混濁させる青い錠剤をときおり飲まされた。望みをかなえてやりさえすれば、どの客もやさしかった。紳士的な態度を崩さなかった鋭い眼つきの老人、仲むつまじく見えた夫婦、知的で美しい女。

夏のおわりから晩秋にかけて、八歳の少女が児童売春組織のもとですごした三ヵ月は、ふつうなら、断片を辛抱強く拾いあつめていっても永遠に完成しないジグソーパズルとなるところであろう。だが石川ルカは辛い記憶を黒い小箱に封じ込めなかった。経験したことを、後々も細部に至るまで鮮明におぼえていた。本人に自覚はなかったが、彼女が罪の意識という〈倒錯〉と闘いつづけたことが、そういう結果をもたらしたのかもしれない。彼女は絶望とは無縁だった。小さな胸には生きのびようとする闘志があふれていた。

風の強い十一月の金曜日の暗い午後、アイマスクをつけられた石川ルカは、監視役のカップルといっしょに、スモークガラスをめぐらした青いBMWに乗り込んだ。娼婦は彼女一人だった。車庫のシャッターがあき、出るとすぐに急坂を下りはじめた。頭のなかで二十ほど数えると信号がある。そこを左折した。海市方面へ向かうようだった。

その日の監視役は、ルカが見るところたぶん男の子にしか興味がない、マリオと呼ばれる長身できりっとした男と、小柄で痩《や》せてるのに、やけにおっぱいの大きいユキという組み合わせだった。アイマスクをはずしていいとユキから許可が出たとき、BMWは国道27号線から海市の海岸通りに入るところだった。

走水のハルビン・カフェで仕事をするのは二度目だった。青戸と音海《おとうみ》の埋立地はまだ開発途上で、当時市内でもっとも高級だったハルビン・カフェのロビーを、ルカはユキに手を引かれて突っ切った。マリオがチェックインするのを待つ間、眩《まばゆ》いシャンデリアをぽかんとながめ、なに気なく視線を下ろして、胸がどきんと鳴った。眼のまえを右から左へ通過した黒っぽいビジネスコートの男に見おぼえがあった。すぐには思い出せず、男が消えたカフェの入口を凝視していると、ユキが手を強く引いた。マリオはエレベーターホールへ向かっている。そこで激しい銃声がロビーにとどろいた。

ルカの手を引くユキの動きがとまった。パンパンとまた銃声。二発か三発。悲鳴があがり、カフェから茶色いレザーのハーフコートを着た男が飛び出してきた。腰がふらついている。男は膝《ひざ》を折り、その無理な姿勢のままエントランスの方へ数メートル前進して力尽き、赤い絨毯《じゅうたん》の上に両膝をついて腹を抱えた。ルカの視界のなかにビジネスコートの男が入ってきた。両膝をついた男の側頭部へ、ビジネスコートの男の腕がむぞうさにのび、腕の先で拳銃《けんじゅう》が鈍い光を放った。コートの背中の裾《すそ》がすっと持ちあがった。銃声。ビジネスコートの男はすたすたと歩き出している。「コウ!」ルカは思わず叫んだ。ユキの向こう臑《ずね》を、大人びたデザインの黒のエナメルの靴で思いっきり蹴《け》りあげると、手を振り切って駆け出した。転がってる死体をジャンプした。コウの名前を呼んではいけないことに気づいて、「待って! 助けて!」と叫んだ。どたどたと靴音が迫ってくる。コウが振り返った。ルカに眼をとめ、一瞬のうちに状況を把握したのだろう、追いすがる監視役のカップルの足もとへパンパンと連続して撃ち込み、でためなダンスを踊らせた。コウは堂々とエントランスから出ていく。いつもそうして生きてきたみたいに。赤地に金糸の制服を着たドアボーイがびっくりして逃げようとしたが、自分で勝手に転んで、石段の下まで落ちていった。

「ねえ、車できたの?」ルカは遅れまいとコウの腕をとり、高ぶった口調で訊《き》いた。

「バスと歩きだ」コウはエントランスの石段を降りていく。

「まだ失業中なのね、おカネがないのね」長い間忘れていたコウの記憶が、ルカの頭にいっきによみがえってくる。

コウはこたえず、走り出したりもせず、きびきびとタクシー乗り場へ足を運んだ。運転手たちがタクシーの外で二人が近づくのを茫然《ぼうぜん》と見ている。コウが勝手に先頭のタクシーの運転席に乗り込んで、助手席のドアをあけた。ルカはさっと乗り込んだ。誰も制止しなかった。コウは黒の薄い革手袋でハンドルをにぎるとタクシーを急発進させた。

「名前、失業中だったこと、なんでもおぼえてるんだな」コウがミラーにちらと眼をやって言った。

「あたし記憶力がいいの」

「ぷんぷん匂うぞ」

「香水つけてる」

「そうやって客をとってるのか」

「とらされてるの」ルカは赤い唇をちょっと尖《とが》らせた。

「交番の近くで降ろしてやる」

「なんで」ルカはびっくりした。

「警察に保護してもらえ」

「いやよ」

「おまえの頭の良さなら、自分の口で説明できる」

「そんなことしても、同じことのくり返しになる。養護施設は安全じゃないのよ」

「じゃあどうする」

「あたしに訊いたってわかるわけないじゃないの」彼女はコウのばかさかげんに苛立《いらだ》つポーズをとった。「まだ八歳なのよ。どうするもこうするも自分で決められないわ。とにかくあたしを助けて、どうしたらいいかコウが考えて」

パトカーのサイレンが聞こえはじめた。はるか前方で赤色灯が点滅しているのが見える。ルカはこれまでどんなに辛い人生を送ってきたかを、二年と二ヵ月まえ、コウがリトルウォンサンの安ホテルに彼女を捨て置いた日から、逐一話しはじめる。もの凄《すご》いスピードで走ってきた三台のパトカーとすれちがった。コウは振り返らない。ルカは喉《のど》をからしてしゃべりつづけたが、おそらくコウは九割方聞いてなかった。要点は頭にとめ、なんの相談もなく手段を講じ、女を歓喜させる。そうやってコウは、あっちの女やこっちの女をものにしてきたにちがいない、とルカが察するようになるのは、ずっと先のことである。

海岸通りにタクシーを乗り捨てたとき、ルカの話はせいぜい半日分がおわったていどだった。「話はあとで聞く」コウにそう言われて口をつぐんだ。がっちり腕を組み、スキップしかねない足どりで西の方角へ歩いた。老沙四丁目の紅旗路を渡った。大連デパートのまえの巨大なクリスマスツリーのイルミネーションが瞬きはじめていた。薄汚い路地の奥の古いビルの六階にあがり、リトルウォンサンのあの安ホテルを思い出させる、狭くて殺風景な部屋に入った。

「明かりを消して待ってろ」コウが言った。

「コウはどこへいくの?」

「言われたとおりにすると言え」

「する」

「腹を空《す》かせても我慢しろ」

「我慢する」

「わたしは鍵《かぎ》をかけて出かける。誰かがドアをノックしてもあけるな。返事をするな。音を立てるな。TVを点《つ》けるな。どんなに淋《さび》しくても歌ったりするな。ハミングも禁止だ」

ドアが閉まる。ロックされる音。ルカは暗闇のなかにとり残される。コウはまた危険のなかに飛び込んでいくのだろうと思った。手探りで窓辺へいき、カーテンから洩《も》れる明かりにゴールドの腕時計をかざした。時刻は午後六時二十分をすぎたところだ。ベッドの端に尻《しり》を乗せ、脚をぶらぶらさせた。紅旗路あたりをパトカーのサイレンがいくつも連なってとおりすぎる。腕時計を見る。二分しか経ってない。体がどんどん冷えてくる。おしっこがしたくなる。不謹慎な歌詞が理由で放送禁止になったトゥー・メニー・シーヴス（泥棒がいっぱい）を、知らないうちに口ずさんでいるのに気づいてはっとする。これじゃだめだと思った。靴を脱いでベッドにもぐり込むと、枕もシーツもコウの匂いがした。ふとんを頭からかぶり、歌い出したりしないように奥歯に力を入れ、とにかくコウの言いつけを守るのだと自分に言い聞かせた。

午前二時近く、ロックのはずれる音がして、部屋の明かりがぱっと灯《とも》った。コウは食料品の入ったビニール袋を、ドアを入ってすぐのキッチンに置いた。

「寝てたのか」

「ずっと起きてた」

「腹へったろ」

「うん。トイレ使ってもいい？」

「なんだ」コウは意外な顔をした。「我慢してたのか」

「ばか！」ルカは慌ただしくベッドから降りると、顔を真っ赤にして怒った。「音を立てるなって言ったじゃないの！　洩れちゃう、洩れちゃう」

ばたばたとバスルームに飛び込んだ。コウがげらげら笑い出すのが聞こえ、ルカが用を足す間も、ドア越しにその憎たらしい笑い声はつづいた。ルカはばかやろうと怒鳴った。そのままシャワーをあびろとコウの声が返ってきた。彼女は言われるままにした。衣服を抱え、いやらしい黒い下着姿でバスルームを出ると、コウがちらと見て顔をしかめ、明日なにか買ってきてやると言った。

部屋にテーブルはなく、フロアに敷いた新聞紙の上で、コウがつくってくれた平たい鍋《なべ》をつついた。野菜とイカと油揚と餅《もち》が入った赤い色のスープだった。

「辛くないか」

「辛いの大好き」

「そりゃよかった」

「明日はどうするの」

「おまえはしばらく部屋から出るな」

「コウは？」

「仕事がある」

「印刷屋に就職できたの？」

「転職した。いまは古着屋だ」

「コウのちゃんとした名前を教えて」

コウは新聞紙の端に洪孝賢と漢字を書いた。ルカも自分の名前を書くと、彼はルカは男の子の名前じゃないのかと言った。TVは古い映画を放映していた。ニュースをあたしに見せたくないんだな、とルカは察した。ハルビン・カフェでコウが殺したのは誰なのかとは訊かなかった。庇護《ひご》をもとめているのだから、質問してはならないことがあることぐらいは、わずか八年間だが残酷な人生を生きのびてきたルカは理解していた。鍋をきれいに平らげ、汚れものをキッチンの狭いシンクに運んだ。

「わたしはシャワーをあびる。先に寝ろ」洪孝賢が言った。

「あたしを捨てないで」ルカは言った。

「わかってる」洪が素っ気なく返した。

洪孝賢との奇跡的な再会からおよそ十六年後、元生活安全課長の悲劇から数えて一ヵ月後の、十二月二十日、街の上に雨雲が重く垂れた木曜日の午後四時すぎだった。灰色の上品なコートを着た石川ルカは、小型のスーツケースを手に海市国際空港に降り立つと、洪孝賢の携帯電話にメールを入れて到着したことを知らせた。洪がいまも身をひそめているにちがいない紅旗路の方角の空を、真剣な眼差《まなざ》しで見つめ、しばらく待ったが、返信はなかった。それはいつものことだったから、彼女はがっかりはせず、むかしを思い出して、ハルビン・カフェの客室を予約した。それから、きびきびした足どりでタクシー乗り場へ向かった。

2

古田ヒロム

同じ日の東京——生暖かい夜風が吹く午後九時二分。それまで印象を残さぬよう転々と移動していた白いヴァンが、曙橋《あけぼのばし》付近の靖国《やすくに》通りを目的地の新宿一丁目へ向けて走り出した。

古田ヒロムが運転していた。二十七歳にしては幼げな風貌《ふうぼう》に苦悩の残滓《ざんし》を引きずっている。昨夜きれいに剃《そ》った顎《あご》はすでに青く陰りはじめている。雨滴が一つフロントガラスで砕けた。中国人街の上に雨雲が低く垂れ、イルミネーションの反射をうけて赤く濁っている。進行方向左手に湖南超級市場《スーパーマーケット》の明かりが近づいてくる。パーキング入口を示す矢印を確認した。ナイロン繊維と羊革でつくられたパイロット用手袋の指がウィンカーにかかる。ヒロムは自分に誓った。ぼくは破滅しないぞ、超然と高みに踏みとどまるぞ。

ヴァンが湖南超級市場の裏手の薄暗いパーキングにとまった。後部座席からすばやくミャンマー人の女が降りた。名前はシシィ。若くはない。髪をむぞうさに束ね、淡い色合いのセーターの胸に、おおきな花びらの青い薔薇《ばら》の花束を抱いている。間を置かずに平野が後部座席に乗り込んできた。ビジネスコートにダークスーツ。さして特徴のない容姿の四十代後半の男だ。ヒロムは平野とシシィの本名を知らない。彼らとは、浜松町のレストランで、わずか五時間まえに、はじめて会ったばかりだった。平野がボストンバッグからサブマシンガンを摑《つか》み出した。ヘッケラー&コッホ社製のMP5シリーズのうち最も小型化されたタイプで、サイレンサーを組み込んで全長わずか二百九十ミリ。SAT＝特殊急襲部隊に標準装備されている火器だ。ヒロムはMP5をうけとった。平野が花束をビジネスコートの内側に隠したとき、ベルトに差した四十五口径のコルトガヴァメントがちらと覗《のぞ》いた。

新宿が日本の黒社会の最大の拠点であることにいまも変わりはなかった。二十一世紀初頭の数年間にわたる熾烈《しれつ》な抗争を経て、湖南省を発祥の地とする真龍幇《しんりゅうばん》が、それまで新宿に割拠していた各勢力を一掃した。新来の真龍幇は歌舞伎町周辺の狭い地域から北上して、百人町と大久保に極彩色の中国人街を築き、現在、彼らの勢力は靖国通りと新宿通りに沿って東進しつつあった。

平野が先頭、シシィ、ヒロムの順で、パーキングの裏手から南へ広がる中国人街を左右に散らばり、相互に関連のないふうを装ってすすんだ。〈開雲楼〉〈湘江殿飲食部〉〈瘋狂艶舞〉〈床春閣〉〈學妹戀淫婦〉、飲食店と性風俗店が密集している。太湖酒家の店先で家鴨《あひる》の飴色《あめいろ》の肉の塊がゆるりと回転する。漢方茶を飲ませる屋台の後ろから黒い影がふいにあらわれて、シシィが小さな声をあげ、平野がさりげなく振り返った。痩《や》せ細った犬が道をのろのろと横切っていく。ふたたび前進する。平野の腰から上をきりっと直立させた姿勢には軍人風の凜々《りり》しさがある。

視線の先でビジネスコートの背中がふっと消え、ヒロムは前方に神経を集中した。シシィの淡い色合いのセーターも消える。店先のドライフルーツの山を通りすぎてヒロムは左折した。薄暗い路地で黒い毛糸の帽子を頭にかぶせた人影とすれちがう。思いがけず美しい女だ。ビルの汚れた外壁が迫ってくる。エントランスの壁に金属のプレート。錆《さ》びて剝《は》げ落ちた文字。辛うじて『新界大廈《ビル》』と読める。暗赤色の傷だらけのエレベーターのまえで三人がそろった。全員が無言。ドアがひらく。柄のながい箒《ほうき》を手にした老婆がよろよろと降りてくる。乗り込んだ。一揺れしてエレベーターが上昇する。階を示すランプをながめる。気が遠くなるほどゆっくりしたスピード。体の中心の一点で青い炎がぽっと点《とも》る。むしょうに彼女がほしくなる。罪深さが一つの魅力となっている女。帰還兵を迎える高級娼婦のように、紅旗路のアジトで、彼女はぼくを迎えてくれるだろうか。真夏の眠れぬ夜に、独身寮のベッドで見た性的な夢が、一瞬頭をよぎる。薄桃色の汗に濡《ぬ》れた完璧《かんぺき》な裸身。彼女が耳元でささやいた台詞《せりふ》が、頭の隅に甘く忍び込んでくる。わたしとなにかを分かち合えるだなんて、夢想してもいけないのよ。わかってるさ、きみほどの醒《さ》めた女を、ぼくは知らない。拒絶されることを想定して、ヒロムはいまから断念しようとする。

八階で降りた。平野、シシィ、ヒロムとつづく。どこかで麻雀牌《マージャンパイ》をかき鳴らす音が廊下にひびく。ヒロムのハーフコートの内側でＭＰ５の銃身が肋骨《ろっこつ》をこすり、コートのポケットに忍ばせた弾倉が歩くたびに太股《ふともも》の前面にあたる。シシィが平野から花束をうけとる。平野はドアをすぎて振り返り、コルトガヴァメントにサイレンサーをねじ込む。八〇三号室。鉄格子のドアの向こうにもう一枚の黒いドア。引き返し不能地点。わかってるさ、とヒロムは胸のうちで呟《つぶや》く。MP5に弾倉を装着してボルトハンドルを引き、ドアの手まえの壁に背中をあずける。シシィが壁の呼び鈴を押す。青い薔薇の芳香が鼻にまとわりつく。ヒロムは息をひそめる。シシィのひび割れた赤い唇が動く。お花をおとどけにあがりました。ドアロックが外される音。TVのノイズが洩《も》れてくる。感傷的なBGM。あらへんね、誰かしら。部屋の内側で、のんびりした、感じのいい女の声。鉄格子のドアがぎしぎし鳴る。

頭のなかで聖杯を掲げた。あなたに祝福あれ。信じてもいない神にヒロムは話しかけている。あなたは人生の目的を与えてくれました。取引をしようじゃありませんか。ぼくをゴールまで導いてくださるなら、あなたの望むとおりの罪を犯す用意があります。

青い薔薇のひと抱えがシシィの胸から離れた。恐怖がヒロムの全身の血管を膨れ上がらせた。一連の動作は瞬時にして起こったのだが、ヒロムの意識のなかでは夢の世界のように緩慢に進行した。シシィの腕がドアの内側へ差し出されると、花束に隠れていた平野の横顔が眼に入った。平野は壁に背中をぴたりとつけ、神に祈りを捧《ささ》げるようにコルトガヴァメントを胸に抱いている。ヒロムの右足はドアのすぐ脇にあった。それを基点にすばやく体を半回転させた。動きの帰結として左肩がシシィをばんと押しのけて、花束が宙に跳ね、それを慌ててつかまえようとした部屋の女の胸が、ヒロムのかまえたMP5の銃口に衝突した。写真で見たよりも、はるかにいい女だった。青い薔薇の花束が銃身の上にかぶさった。女とヒロムの間の狭いスペースに薔薇の芳香が充満した。三点連射の第一撃が彼女を弾《はじ》き飛ばした。

3

西　修平

兆候はなくもなかった。昨日の昼すぎ、彼女がちょうどいまと同じように、倦怠感《けんたい》に身を浸したままソファで寝転んでいると、四谷署の麻薬係長がたずねてきて、「牡丹江酒樓《ぼたんこうしゅろう》という店を知ってるね」とささやいたという。彼女はそんな店は知らないと言い張り、ドアチェーンをはずすことも拒否した。すると係長は、殺人容疑で取り調べようなんて気はないから安心しなさい、ご主人には内緒でいろいろ話したいことがあるんでね、と、名刺に携帯電話の番号を書いてドアの隙間から放り込んだ。

その話を聞いた西修平は、係長の訪問の目的を推し量り、どうやら彼女の肉体に関心があるようだと察しをつけてみたが、ことがその範囲でおさまるとも思えなかった。係長が牡丹江酒樓の事件を持ち出してきたこと自体が、警告を発していた。すくなくとも過去の一部が露呈したのであり、その原因が彼女にありはしないかと、西は厳しく問いただした。だが、精神不安から手を出した睡眠薬とアルコールのせいで、痺《しび》れっぱなしの彼女の脳はまともな反応を示さず、埒《らち》のあかぬままその瞬間を迎えた。

八〇三号室の二重ドアを入ると染みだらけのソファがある。彼女はそこに寝そべり、TVの甘ったるいラブストーリーをぼんやりながめていた。西は帰宅してすぐ栓を抜いたビール瓶を手に、あらゆる危険性について思考を集中していた。そこでドアの呼び鈴が鳴った。客などめずらしいから係長が突然訪ねてきたのだろうかと考えた。だが八年間の逃亡生活で途切れることのなかった警戒心が、彼に迅速な行動をうながした。靴音を消して寝室に入ると、ビール瓶をベッドに放り投げ、ナイトテーブルの引き出しに忍ばせてあったグロック17Sを掴んだ。

午後九時十一分。西修平の耳に銃声は聞こえなかった。

彼女の胸を貫通した銃弾が食器棚を粉砕し、その衝撃音に驚いて、一瞬、西は腰をかがめた。だが両手で保持したグロックの銃口と視線はドア付近からはずさず、部屋に飛び込んできた人影へ九ミリ・パラベラム弾を叩《たた》き込んだ。相手のサブマシンガンが天井を撃ちぬいてコンクリート片をばらまき、その粉塵《ふんじん》の背後の薄闇でべつの銃口が火を吹いた。西は身を反転させて寝室に飛び込んだ。

新界大廈《ビル》の各部屋は、買い手に引き渡される段階では、コンクリート製の四角い箱にすぎない。買い手が内装を施し、自由に間仕切りをする。八〇三号室の所有者で、部屋を賃貸している中国系インドネシア人は、どのみち不法滞在者相手の貸部屋業だからと、内装にも間仕切りにも手を抜き、部屋の窓側を薄いベニヤ板で囲って寝室と称していた。そのベニヤ板を引きちぎった弾丸が、西の頭をかすめて、東に面した窓ガラスをつぎつぎと撃ち砕いた。頭を抱えて背中を丸めた姿勢から、両膝《りょうひざ》のバネを効かせて、彼は窓に体をぶつけた。その直後、ドア越しに寝室内の掃射がはじまった。

ベランダつきの部屋はない。住人は冷暖房機の室外ユニットの置き場に困って、ベランダらしきものを勝手につくっていた。外壁に金具をボルトでとめ、それを利用して板切れを組んだていどの、構造的にはきわめて頼りない代物である。西の体はガラスの破片を撒《ま》き散らして、窓枠の下端から六十センチ低い位置に設《しつら》えたベランダに落ちた。衝撃と彼の重みで、ベランダ自体が大きく傾き、室外ユニットやら枯れた鉢植えのクチナシやらが、ばらばらと薄暗い地上へと落下していった。西は反射的にグロックを捨て、垂木の手すりに摑まった。歪《ゆが》んだ視界のなかに七〇三号室のベランダをとらえた。恐怖心が彼に指示を与えた。一瞬たりとも動きをとめてはならない。下半身を夜空に投げ出すと、反動で指先が垂木から離れ、無重力の空間で手足をばたばたさせているような不思議な時間が、意識のなかで流れた。両足が階下のベランダに着地した。右足が板張りの床を踏み抜き、崩れたバランスをどうにか立て直すと、腕で顔をガードして、七〇三号室の窓ガラスを突き破り、室内に飛び込んだ。

警戒心の強いポン引きの劉天順が留守だったのが幸いした。七〇三号室のドアの内側の六ヵ所のロックの解除に手間どれば、階段を使って先まわりした襲撃者に遭遇しただろう。西は部屋を突っ切り、鉄製のドア、鉄格子のドア、つぎつぎにあけて廊下に飛び出した。自分の靴音に脅《おび》えつつ地上階までいっきに駆け降りた。エントランスから商店街に向かう路地で、五階に住むミャオ族の娼婦《しょうふ》を突き飛ばし、罵声《ばせい》を浴びた。

通称中山路を、新宿通りの方角へ走った。膝が割れ、進行方向が左右にぶれた。前方右手の芙蓉時装公司《ブティック》からカップルが出てきて足をとめ、西を茫然《ぼうぜん》と見た。まず彼らの背後にある『熱《ホット》狗《ドッグ》』の看板が吹き飛び、つぎにカップルの男の方が腹を抱えて腰を折った。女の鋭い悲鳴があがった。人影が交差し、自転車が倒れて荷台の野菜がぶち撒かれ、路上に人々があふれ出した。

パトカーのサイレンが飛びかいはじめたころ、西は息をととのえながらゲームセンターに入り、トイレで手と顔を洗った。青ざめた顔に無数のすり傷と痣《あざ》。出血がひどい箇所はない。指を立てて髪をかきむしり、ガラスの細片を払い落とした。彼女は助かるまいと思った。ふらふらと戸口に立ち、至近距離から銃撃されたのだ。四谷署の刑事たちの視線にさらされている彼女の死体がまぶたの裏をよぎり、おぞましさに胸をふさがれた。パンツのポケットをまさぐった。小銭がいくらかある。

路上の雑貨小物屋で安物のサングラスを買い、眼差《まなざ》しを隠して、中山路をきびきびした足の運びで新界大廈に近づいた。異常気象のせいで暖かい夜だった。ジャケットは部屋に置いてきた。薄手のセーター一枚。ボトムはブルージーンズと半長靴。痘痕《あばた》の目立つ厳《いか》つい横顔でイルミネーションが点滅する。回転するビーコンが眼に入った。パトカーが一台。芙蓉時装公司のまえだ。現場保存のためにロープが張られて数名の制服警官が立っている。巻き添えを食った通行人がいたことを思い出しながら先へすすんだ。

新界大廈の路地の入口は封鎖されていた。救急車とパトカーが二台。路地を人影が走りまわり、野次馬が膨れあがっていく。怒声が聞こえ、前方の人垣が割れた。半長靴の爪先を女の赤い靴に踏みつけられた。新界大廈の路地から担架が運び出されてくるのを見た。負傷者に酸素マスクがあてがわれている。西は胸のうちで彼女の名前を叫んだ。身を乗り出した。下がれと制服警官が怒鳴った。誰かに胸を押されて西はよろめいた。負傷者の顔がちらと見えた。若い男だった。自分が倒した襲撃グループの一人だと思った。担架からはみ出すほどの長身で、ばかでかい青のスニーカーをはいている。そこで銃声らしき音がした。信じがたいほど間近だった。西の視界がぼやけてきた。胸が熱く爛《ただ》れているような感触がある。腰と膝が同時に崩れ、なんとかバランスを保とうと、両腕をおおきくまわした。自分の後頭部が路面に衝突する鈍い音が聞こえた。全身に脱力感がある。誰かがおおいかぶさってきた。むぞうさに突きつけられた銃口。一瞬、西の神経は研ぎ澄まされた。死ぬまぎわには不思議な現象が起きるのだなと思った。ほとばしる炎が見え、銃声が聞こえた。

4

水門《みと》愛子

自宅に電話が入ったのは翌早朝である。部屋の明かりは煌々《こうこう》と灯《とも》り、音声を消したTV画面では、五時三十五分のニュース番組がはじまるところだった。もうなん年もベッドで寝たことがない彼女は、毛布一枚でソファに横たわり、嫌な夢と闘っていた。静寂を破って電話の呼出し音が鳴ったとき、肝を潰《つぶ》すほどおどろいた。はね起きて、ソファから落ちかかり、虚空を摑《つか》んだ手がサイドテーブルのワイングラスを木端微塵《こっぱみじん》に砕いた。家族の誰かが死んだのかもしれない、とっさにそう思ったのだ。子供のころから自閉的な傾向のある弟だろうか。息をひそめて受話器をあげると、青柳明のどこか横柄にも聞こえる明るい声が耳にとどいた。安堵《あんど》すると同時に、こんどはいぶかった。警視庁捜査一課の、この若い管理官が早朝からわたしになんの用事があるというのか。見習い時代の青柳が投げてきた、不必要なほど親しげな視線を思い返して、彼女は眉《まゆ》をしかめた。だが彼の説明に耳をかたむけるうちに、年下の男の思惑などどうでもよくなった。手の甲の傷からあふれ出した鮮血が、パジャマの袖《そで》のなかへもぐり込んで、腕の内側の繊細な皮膚を濡《ぬ》らしていくのにも気づかなかった。奇妙に冷静さを増していく頭で、福井県警時代におぼえた上田三四二の短歌の替え歌を、思い返した。

殺人を今日十たびせり沈鬱《ちんうつ》に街ゆけばマタイ伝第五章

5

石川ルカ

日本海から雪まじりの冷雨が吹き寄せる夜明けまえ、くたびれた市営マリーナを望むハルビン・カフェの五階の客室で、石川ルカは洪孝賢を待ちつづけた。海の方で警笛が一つ鳴る。デジタル時計の緑色に光る数字へ眼をやる。ぽつんと灯るフロアスタンドの明かりが、だだっ広いツインルームに拡散して、傷だらけの調度品と、クローゼットの脇に置かれた小型のスーツケースを、うっすらとうきあがらせている。

わたしは洪孝賢のほんとうの人生を知らない、とルカは思った。

あなたはなに者なのかと問いただす場面もなかった。真実を知るのが怖かったわけではない。神を信じる者にとって神が問う必要のない存在であるのと同様に、洪が抱え込んでいる悪がどれほど底深いものであれ、ルカはそれをうけ入れるよりほかなかった。二人のそうした関係を断ち切ろうとしたのは、洪の側だった。高校の卒業式をおえた三月の東京の肌寒い夜、洪から最後の電話があり、「きみの人生はきみのものだ」と彼は言った。ルカは寮の荷物の整理をすませると、羽田発アムステルダム経由でロンドンへ出発した。それ以降、洪との音信は途絶え、この五年と九ヵ月間、彼は決して電話に出ず、メールを入れても返信をよこさなかった。それが彼の意思であることはわかっている。

だがルカが必要とするときはいつでも、洪は意表をついてあらわれた。すくなくともこれまではそうだった。昨日の夕方からハルビン・カフェの客室に閉じこもり、「あなたと会える最後の機会を与えてください」とメールを打ちつづけている。海市国際空港から早朝の便でヨーロッパへ発つことも伝えてある。それなのに、洪はなぜ応答一つよこさないのか。

デジタル時計をまた見た。濡れた路面を弾《はじ》くタイヤの走行音に耳をすませた。ルカは窓辺へ歩み寄った。マリーナのまえを、岬の先端の方角へ走り去る車のヘッドライトを見送りながら、あるいは包囲網が狭まっているのかと想像をめぐらした。洪孝賢はすでに頭を吹き飛ばされ、波立の岸壁に捨てられた古い冷蔵庫や娼婦《しょうふ》の死骸《しがい》の傍らで、雨に打たれながら、瞳孔《どうこう》のひらいた眼を暗い空へ向けているのか。

夜が明け、海の方で鷗《かもめ》が鳴きはじめた。ルカは身仕度をととのえると、小型のスーツケースを手に一階へ降りた。チェックアウトして、人気のないロビーを横切った。シャンデリアは黄ばみ、深紅の絨毯《じゅうたん》はどす黒く沈んでいる。『ハルビン・カフェ』で従業員が開店の準備をしている。十六年まえの十一月、金曜日の夕刻、カフェから飛び出してきた男が、ロビーで力尽きて両膝を折ったのはどのあたりだろうか、と視線をめぐらした。男の側頭部へ、拳銃《けんじゅう》をむぞうさに突きつけた洪のシルエットが、まぶたの裏にうかんだ。洪がやや屈《かが》みになる。コートの背中の裾《すそ》がすっと持ちあがる。ロビーにとどろく銃声。彼とわたしの劇的な再会の場面。

ルカはタクシーで空港へ向かった。冷雨はつづいていた。

昨年、音海の沖合に開港した海市国際空港は、韓国の仁川をハブ空港として世界中の重要都市につながっている。閑散とした出発ロビーで搭乗手続きと出国審査をすませた。なにも起こらなかった。免税店で酔い止めの薬を買い、搭乗待合室へ降りた。ベンチの最前列で、若い女のグループがスラブ系の言葉でにぎやかにおしゃべりしている。ビザ切れでいったん出国する娼婦たちだろう。数人のボディガードらしき男たちに守られて、美しい銀髪の紳士が読書用の眼鏡でロシア語の新聞を読んでいる。ほかに搭乗客はいない。搭乗案内のアナウンスが、耳障りなほど大きくひびいた。

ルカは娼婦らしきグループの背後についてすすんだ。誘導しようとする係員に背を向けて、搭乗待合室へ降りる階段へ眼をやった。人影はない。慌ただしく降りてくる靴音も聞こえない。あなたには神が抱くほどの欲望もないのですか、とルカは胸のうちでとがめた。あなたの携帯電話はまだ使われているはずで、わたしの伝言はとどいたはずで、それがあなたにすべてを与える用意があるというメッセージである、と了解できたはずでしょ。なぜきてくれなかったの。ルカは洪孝賢を思う気持ちで息苦しくなった。

残っている搭乗客はルカ一人だった。彼女は短く息を吐き、微笑みを投げてきた係員にボーディングカードを渡した。だがその瞬間、さっと腕を引っ込めると、きびすを返して階段へ向かった。背後で係員がなにか叫んだ。婚約者への裏切り行為だと非難しているように聞こえ、胸がぎゅっと締めつけられ、膝《ひざ》がふるえ出した。だがルカは足の動きをとめなかった。階段を昇り切って搭乗待合室から出たときには、体の隅々まで力がみなぎっているのを感じ、自分の決断に喝采《かっさい》を送った。

6

村瀬文則

東京——警視庁四谷署。係長会議直前の午前八時二十三分、ざわつく生活安全課のフロアを、村瀬文則麻薬係長は長距離通勤で疲労した体をいたわるようにのろのろとすすんだ。本日の議題は頭からすっぽり抜け落ちて、自分はなにか重大な過ちを犯したかもしれぬという不安に脅《おび》えていた。まずはお茶を飲もうと思った。気持ちを落ち着かせて詳細に検討すれば、事態はそう案ずるほどのものではないことがわかるはずだ。自分のロッカーのまえにきた。「会議は遅れるらしいぞ」誰かの屈託のない声が耳に入った。お茶をゆっくり飲めると思った。セカンドバッグからキーホルダーを摑《つか》み出して、村瀬の視線がとまった。ロッカーのドアがわずかにひらいている。ロックするのを忘れたのか。ドアをあけた。袖口《そでぐち》のすり減ったコートを脱ぎかけて、待て、ちがうぞ、と胸のうちで叫んだ。カンヌキの鉄片は内側へねじ曲がり、ドアの縁の二ヵ所がつぶれて塗料が剝《は》げ落ちている。バールのようなものでこじあけたのだ。ドアをいったん閉めて名札を確認した。俺のロッカー。ドアをばたんとひらいた。上の棚を見た。かっと眼を見ひらいた。緑色のビニール表紙のファイルがない。なぜだ。空っぽの棚に手を突っ込んでばたばたさせた。背中の毛穴がいっせいにひらき、汗が噴き出してきた。

ふるえる手でコートをロッカーにおさめた。厚顔な本庁の連中の仕業にちがいない。昨夜の電話で捜査員に肝心《かんじん》な点をぼかしたのがバレたのだ。短く息を吐き、慌てるなと自分を諌《いさ》めた。あのファイルで、なにが暴露されて、なにが暴露される恐れがないか、村瀬はめまぐるしく頭をはたらかせた。天井をきっとにらみ上げた。とにもかくにも署内でおおっぴらに窃盗とは許しがたい。怒りをバネに闘え。両手で拳《こぶし》をつくり、お茶をいれるために給湯室へ足を向けたところで、小柄な男と鉢合わせになった。

「村瀬係長だな」

かすれ気味だが甘い声だった。やや尖《とが》った耳、小さな真珠のピアス、アイライナーで隈《くま》どりしたような目もと、灰色の毛糸の帽子からはみだしている金髪。若者の街で張り込み中に急いで呼び出されたのか。その四十歳前後の見知らぬ男は威圧する視線をそそいでくる。

「あんたは」村瀬は訊《き》いた。

「監察課の者だ。本庁まできてもらいたい」

事態が飲み込めなかった。ジャンキーの娘を脅して寝たのはもう二十年近くむかしの話だ。情報収集と称して、密売人の元締めが経営する店で軽く一杯やり、女の子のおっぱいを触るていどのことで、監察課の事情聴取をうけるはずがない。

「いまから係長会議だ」村瀬は手で邪険に追い払う仕草をした。「後にしてくれ」

「課長には話をつけてある」

背後から肩を摑まれた。村瀬はまわれ右して、やはり見知らぬ二人のばかでかい男を見あげた。金髪男の手がぽんと背中を押した。つんのめると、両脇を抱えられ、左右の男の腕の力に敵意を感じた。そこで「村瀬!」と鋭い声。首をねじると、本庁捜査一課の警部が突進してくるのが眼に入った。金髪男が、両脇の男に連れていけと命じ、警部の行く手に立ちはだかった。村瀬は前方を向かされ、金髪男と警部が怒鳴り合う声を後頭部で聞いた。俺の身柄をどちらが押さえるかで争っているのだ。錯綜《さくそう》していた思考の回路が一瞬つながった。全体の関連はなお不明のまま、なにかがわかったと思った。階段を一つ降りるたびに新たな恐怖がわき、背骨の溝にそって冷たい汗が流れ出した。本能が警告を発した。慎重に振る舞わないとおまえの命運は尽きるぞ。

7

小久保仁

　鏡に映る自分の間抜け面を覗《のぞ》き込んだ。眼は赤く濁り、そのすぐ下の黒ずんだ皮膚は醜く垂れ、一日分の無精髭《ひげ》には白いものが混じっている。上腕と胸の筋肉はどうにか納得のいく締まり方をしているが、顎《あご》から首筋の肉のたるみから言って、若く見えてもやはり実年齢の四十九歳を下まわることはあるまい。そう惨《むご》い自己評価を下して、小久保仁は顔をしかめた。口をすすぐと、吐き気が込み上げてきた。髭を剃《そ》る気力はなく、バスタオルでもう一度ていねいに体を拭《ぬぐ》い、自分の姿がよく見えるよう洗面台から半歩下がると、若い女の声が頭の隅でひびいた。

「あなたは自惚《うぬぼ》れがすぎる。裸を人目にさらすべき歳ではないのよ」

　きみの忠告に一票、と小久保仁は胸のうちでおうじ、便器の蓋《ふた》に重ねた衣服を摑んだ。虚栄心から真冬でもアンダーシャツを身につけなかった。素肌の上からワイシャツを着て、衣服をすべて身につけ、靴をはき、そっと踵《かかと》を鳴らした。長身だった。高価なスーツをまとって背筋をのばしたシルエットは悪くない、と彼は性懲りもなくまたちょっと自惚れて、バスルームを出た。

高層ホテルの客室だった。テーブルには酒瓶やらグラスやら、昨夜の残骸《ざんがい》がそのままになっている。カーテンを閉め忘れており、広い窓から鈍色《にびいろ》の東京湾が見える。朝の淡い光線に照らされたダブルベッドの向こう端で毛布がめくれ、森の愛らしい尻《しり》が覗いているのに眼をとめた。森はシンと読み、姓ではなく名前である。警察官僚OBが設立した、紀尾井《きおい》町の遊戯用プリペイドカード会社に勤めるOLだった。

フロアに脱ぎ捨てられた森の服や靴を跨《また》いでクローゼットへいき、月給の二ヵ月分を出して買ったコートを手にした。食事をぬいても衣服にカネをかけるのは若いころからの習性だった。ドアの方へ足を半歩踏み出し、頭をそっとめぐらして、またダブルベッドを見た。枕を胸に抱いた森が、微笑みをうかべて眠っている。知り合った当時は気にもとめなかったが、なんどかベッドをともにするうちに、二十七歳という年齢差が、肌つや、歯ならび、瞳《ひとみ》の輝き、至るところに残酷なまでに、美醜の差をくっきりとあらわしていることを、認めざるをえなかった。

小久保が短いため息を洩《も》らすと、そのわずかな気配に森が眼覚めた。

「ねえ、もしかすると帰っちゃうの?」森が枕を抱いたまま言った。

「もしかするとってやつだ」

「どうして」

「朝四時まえに眼が覚めた。眠れない。ずっと起きてる」

「襲いかかってくれればよかったのに」

「持続しないんだ」

「お酒が入るとスターターが点火しないしね。一晩かけてまだ目的を達してないのよ。それなのにあなたはもう帰りたがってる」

「哀れんでくれ」小久保は不機嫌に言った。

森は笑みを投げ、右の手首から先を立てて、バイバイと小さく振った。

電車を乗り継いで帰宅するのがおっくうだった。ホテルのタクシー乗り場で、府中へいってくれと運転手に告げた。走り出してすぐ、まぶたが重くなり、意識が薄れていった。

小久保仁は警官受難の時代に生きていた。大陸で勃発《ぼっぱつ》した動乱を契機に、各民族のマフィアが大量の難民にまぎれて上陸し、凶悪犯罪の最前線では下級警官の殉職が日常化していた。一方、国庫のカネは空っぽ同然で、東京都の財政も破綻《はたん》した。給料は遅配とまでいかないが、この二十年間の凄《すさ》まじいインフレで、警官の実質賃金は低下の一途をたどってきた。小久保は警視庁警務部監察課管理官で、階級は警視だが、基本給は高卒入社四年目の森とたいして変わらず、衣服代だの、別れた妻が引きとった娘の養育費だの個人的な事情もあり、ベイエリアの高級ホテルに若い女を誘うほどの金銭的余裕はなかった。客室は、森が業者にねだって景品の宿泊券を手に入れ、昨夜、チェックインしたのである。

「お客さん、どのへんですか」

運転手の声で小久保は眼覚めた。アパートのまえまで車で進入できるのだが、中央通り商店街の入口をとおりすぎていたので、料金を支払ってタクシーを降りた。道路の反対側から野太い声の男性コーラスが流れてきた。家族の復権を説くカルトだった。街宣車の上に、肥満体の目立つ連中がせいぞろいして、『真の男は家族を讃《たた》える』というやつを高らかに歌っている。要警戒団体の一つだった。娼婦《しょうふ》、同性愛者、路上生活者、離婚した女性小学校長、等に対する恐喝やら傷害容疑で、多数の逮捕者を出していた。

なんとなく彼らの歌に耳を傾け、男の胸に浸透する力がないではない、と思いながら小久保は道路をすこしもどった。インド料理店と設計事務所が入っているビルの角を曲がり、中央通り商店街をいくと、金子酒店のまえに駐車した紺色のステーションワゴンが眼にとまった。小久保は酒店が所有する金子ビルの四階に部屋を借りていた。ステーションワゴンの運転席から人影が降り、わずかな靴音で敏捷《びんしょう》な男だとわかった。灰色の毛糸の帽子からはみ出した金髪。中年期にさしかかって進退極まったロックミュージシャンの装い。携帯電話の電源を切って、くつろいだ時間を心ゆくまで享受すべき代休日の朝に、あってはならない光景だった。

「管理官、早いお帰りで」

どこかいぶかる口調で空山健児《そらやまけんじ》が言った。麻薬課から監察課へ異動してきた空山は、係長待遇の警部で、警官の身辺調査をする追跡チームを率いていた。手法は、監視、尾行、盗聴、ときに脅迫。そうした任務は、以前は公安部出身者に独占されていたのだが、生活安全部出身者あるいは小久保のような刑事部出身者が、公安部に対抗するグループによって送り込まれて、いわば反公安系の追跡チームを育成してきたという経緯がある。ワゴンのテールで二人は向き合った。空山警部が顔を寄せてささやいた。

「昨夜の新宿一丁目の殺しを知ってますか」

「いや」

「福井県警の巡査部長がサブマシンガンで女を吹き飛ばしまして。女と同棲《どうせい》してた男も殺されました。そっちは拳銃《けんじゅう》ですが」

「捕まえたのか」

「巡査部長は撃たれて、病院で死亡しました。仲間数人が逃走中です」

「どのみち我々の仕事じゃない」

小久保は、〈福井県警〉に引っかかったが、金子ビルの入口へ歩き出した。監察対象は警視庁の警官に限定される。他府県の警官の不祥事は、それぞれの府県の警察本部の監察課が内偵する。殺人事件は警視庁捜査一課の管轄である。

「官房があなたに指揮をとらせろと」空山は追いすがることはせず、ワゴンの運転席へもどりながら、静かな口調で権威をちらつかせた。

警察庁長官官房は反公安グループの拠点だった。官房の指示とあれば従わざるをえない。小久保は足をとめた。だが、すぐには意味がわからなかった。空山のチームは待機組で、緊急事態が発生したときに、いつでも出動できる態勢をとっている。そのチームのキャップである空山が、独りで小久保の帰りを待つというのも不自然である。

「きみの部下はどうした」

「福井県の海市へ。死んだ巡査部長は海市警察の独身寮に住んでまして、やつの部屋の捜索です。残りは四谷署の麻薬係長の身柄を確保してます」

小久保は福井県警出身で、七年まえに推薦制度を利用して警察庁に移り、いまは警視庁へ出向している身だった。彼は海市警察の独身寮に住む巡査部長を一人知っていた。

「死んだ巡査部長の名前は」小久保は助手席のドアに手をかけて、ワゴンのルーフ越しに訊《き》いた。

「古田ヒロム。二十七歳」

小久保は助手席に乗り込む動作を利用して、空山に気づかれぬよう、深く息を吐き出した。

「なぜきみの部下が捜索を」

「越権行為ですが、それも官房の指示で」

「うちの監察課が福井県警の独身寮を捜索したんでは、あとでもめるぞ」

「捜査一課の応援に駆り出された、そう説明するよう意思統一してあります」

「きみのチーム以外にも動いているのか」

「ほかの連中は自分の任務で手一杯ですから」

「官房で指示を出してるのは誰だ」

「水門監察官です。福井県警で大失態をやらかした例の女です。あなたの元上司です」

小久保の頭が活発にはたらきはじめた。古田ヒロムがサブマシンガンで女を射殺し、水門愛子が乗り出してきたという。ばくぜんとであるが、昨夜の事件の輪郭が脳裏にうかんできた。

空山は滑らかにステーションワゴンを発進させ、国道20号線に出ると、アクセルを踏み込んだ。

片手で携帯電話を操作して誰かと連絡をとり、通話をおえると小久保に言った。

「いまの電話は水門監察官です。現場にきてくれと」

「説明してくれ」

「まともな説明をうけてません。新聞報道以上の事実をたいして知りません。後ろにあります」

後部座席に新聞紙が乱雑に散っていた。小久保は社会面の一枚だけをとった。『銃撃で3人

死亡　新宿の中国人街』の見出しに眼をとめた。二段三十行ほどの小さな記事だ。昨今、サブマシンガンの使用などめずらしくない。先月はロシアマフィアがグレネードランチャーで中国人金融業者を車ごと吹き飛ばしている。記事をざっと読んだ。日本人カップルが銃撃されて死亡。犯人グループは男女数名で、犯人の男一人が死亡したとある。その男が福井県警の現職警官であることは書かれていない。新聞紙を丸めて背後へ放った。

「死亡した犯人の一人が警官だと、どうしてわかった?」

「水門に訊いてください」空山はやや不機嫌に言った。「朝早く俺に直接電話が、七時十三分ですよ、あなたが摑《つか》まらなかったからです。新宿の殺しの犯人は福井県警の現職警官、説明はそれだけです。指示は三つ。あなたに連絡をつけろ。捜査員を別荘へ集めろ。四谷署の村瀬麻薬係長の身柄を押さえろ」

「麻薬係長は事件とどういう関係がある」

「殺されたカップルを知ってるという話です」

「よくわからんな。海市へ向かった連中は捜索令状を持ってるのか」

「水門が請求して八時三十五分に令状が出ました。海市警察には、俺たちが到着するまで、そいつの部屋を封印するよう依頼してあります。新宿の殺しは、海市警察の警官グループの犯行の可能性があるとか」

先行する大型トラックのテールに急接近した。空山は軽くハンドルを切った。車線変更すると、アクセルを踏み込んで、言葉をついだ。

「その話を聞いて、水門が左遷させられた事件を思い出しました。あの女には個人的に頭を突っ込みたい理由があるんでしょうね」

八年まえだったなと、小久保は思い返した。警察庁採用のキャリアである水門愛子は、三年半の見習い期間を経て警視に昇進すると同時に、福井県警の監察課長に就任した。当時、小さな警察署の知能犯係だった小久保は、P対策を強化した監察課に、海市警察勤務の経験を買われてリクルートされ、一年間ほど水門の下ではたらいたことがある。水門が赴任して二年目の秋、海市警察の警官グループが公安部長を暗殺し、その責任をとらされる形で、彼女は四国山中の小さな警察署へ飛ばされた。キャリアであれば、通常、警察庁と県警を交互に勤務しつつ出世していくところが、彼女はその後も地方勤務を強いられて、ようやく昨年、警察庁に返り咲いたばかりだった。

「海市警察の警官グループの犯行だとすれば」小久保は言った。「仲間が現地にいくらでもいる。電話一本で証拠隠しをやれる。本隊は朝までに地元に帰り着く。こちらが東京を朝出発したのでは手遅れだろう」

「俺もそう言いました。だが手をこまねいて見ているのは頽廃《たいはい》だと水門が。ほんとです。あの女、頽廃と言ったんです」空山はどこか感嘆する声を出した。「日本の警官で頽廃してないやつなんかいますか？　俺たちだけじゃない。国家、銀行、家族、男と女、システムというシステムは、すべて頽廃し切ってるんじゃないんですか？」

「きみの言うとおりだ」小久保は空山が投資相談に関して銀行ともめていることを思い出した。

「四谷署で麻薬係長の身柄を押さえるときに、捜査一課の連中と衝突しましてね。しばらく小競り合いがつづきますよ」

8

小久保仁

新界大廈《ビル》八〇三号室で、水門愛子監察官が独りで待っていた。ボタンを襟元まできっちりとめた濃紺のウールのコート。ストラップを胸に斜めにかけたショルダーバッグ。細い首の上にのせた、口紅のほかは化粧っ気のない平凡な顔。小久保の記憶にある彼女そのままだった。銃弾が破壊した薄暗い部屋でぽつんと立っていると、女子大生ていどにしか見えないが、入庁した年から計算すると三十五歳か三十六歳。階級は警視正。キャリアと呼ばれる警察官僚は総数で五百人ていどで、そのうち女はわずか二十人前後と少数であるため、なにかと下卑た噂が耳に入る。いわく、あのときの声が凄《すご》い、警察庁に復帰できたのは近畿《きんき》管区警察局長と寝たから。ただし水門は、キャリアの女にしては特異な経歴の持ち主だった。福井県警に赴任した年の秋、海市警察の警官グループにショッピングセンターで命を狙われ、逆襲して一人を射殺している。

「お休みのところを申しわけありません」

水門監察官が素っ気ない感じで右手を差し出した。小久保は非礼にならないていどに短く握手した。指先にちょっとした違和感が残った。ショルダーバッグから手帳をとり出す彼女の手になにげなく眼をやると、小指の付け根にバンドエイドが見え、血がにじんでいる。水門が警察庁に復帰後、顔を合わせるのははじめてだった。

「捜査一課長の丹羽《にわ》さんは、合理的な判断ができる人ですか？」水門が訊いた。

小久保が口をひらくまで短い逡巡《しゅんじゅん》があった。合理的とはなんだ、捜査能力について言っているのか、必要におうじて指揮系統を無視できるという意味か、感情に左右されずに実益優先でキャリアと取引するタイプということか。「ばかじゃありません」ほかに適当な言葉が見つからず、小久保はそうこたえた。本心を見せないという意味で言えば、丹羽岳雄はタフだ。だてに四十六歳で捜査一課長になったわけではない。札付きのキャリア嫌いでもあるが、それを言えば大人気ないと思い、口にしなかった。小久保のこたえに納得したのか、水門は一つうなずいて、手帳に視線を落とし、きびきびした口調で切り出した。

「概略を説明しておきます。まず犯人グループに関する目撃証言。証言者は五〇五号室の陳青。八十七歳の老婆です。事件発生の直前に、一階でエレベーターに乗り込む男二人ないし三人、それと東南アジア系の女一人を見ています。年齢および人相特徴については不明」

小久保はメモをとった。空山が煙草をくゆらし、たなびいた煙が水門の顔にかかると、彼女は嫌な顔をして手で払った。

「住人は森永恒夫《もりながつねお》と瞳《ひとみ》の夫妻。五年まえからこの部屋を借りています。おそらく両名とも偽名でしょう。恒夫は四十歳前後で、富久町のシャンタン・ホテルのカジノの従業員。通訳です。瞳は三十歳ぐらいで、同じカジノの地階にあるコーヒーショップのウェイトレスでしたが、昨年の八月に無断欠勤を理由に解雇。部屋から大量の睡眠薬とウィスキーが見つかっています。昨夜、恒夫の帰宅が午後九時〇〇分ごろ。最初の銃声が九時十分ごろ。つまり犯人グループは恒夫の帰宅を待って襲撃したと思われます」

水門監察官は破壊された食器棚の方へ腕をひらいた。

「捜査員の見方では、東南アジア系の女が花屋を装ってドアをあけさせ、古田ヒロムがサブマシンガンで森永瞳を殺した」

散乱した木屑《きくず》や食器片に混じって、靴で踏みつぶされた青い花びらがいくつか。飛び散った血はすでに黒ずんでいる。床に死体の輪郭をチョークで記してある。ドア付近で撃たれたとすれば、森永瞳は二メートルほど背後へ吹き飛ばされたことになる。

「古田はそこに倒れていました」水門監察官はドアを入ってすぐ左のチョークの跡を示し、声を低めた。「福井県警海市警察の盗犯係。巡査部長です。腹に二発被弾。古田が使用した銃は見当たりませんでしたが、着ていたハーフコートのポケットにサブマシンガンの予備の弾倉が一つ。手、顎《あご》、衣服から硝煙反応がたっぷり。つまり古田が森永瞳を撃ったと見てまちがいないでしょう。古田を撃ったのは森永恒夫と思われます。使用した拳銃《けんじゅう》はグロック。銃弾の旋条痕《しじょうこん》の分析結果が出ています」水門は奥へすすみ、食器棚の後ろのベニヤ板で仕切られた寝室に入った。「恒夫は古田を撃った直後、寝室に逃げ込み、窓から飛び出して、その際、拳銃を地上に落としたようです。下の地面でグロックが発見されています。硝煙反応あり。恒夫の指紋も出ました」

東に面した窓ガラスはすべて砕け散っている。小久保は窓辺に寄り、見下ろした。手製のベランダの残骸《ざんがい》がある。階下のベランダも壊れている。

「恒夫は運よく七〇三号室のベランダに引っかかり、窓から部屋に侵入して、廊下へ逃げ出しました。およそ八分後、現場近くにもどってきたところを背中から一発。とどめに眉間《みけん》に一発」

水門監察官は寝室を出た。空山はくわえ煙草で、壁にピンでとめられた水彩の風景画の曲がりを直していた。二人はその背後をとおって廊下へ出た。

「我々が乗り出す根拠は？」反公安系の追跡チームは官房の私兵同然だから、問い自体に根拠が希薄だと思いながら、小久保はささやく声で訊《き》いた。

「捜査一課はおもしろくないでしょうね」水門監察官がこたえた。

「水門さんはなぜ」

こちらの問いは多少とも意味があった。官房の監察官が、捜査員を現場に呼び出して、監察官自ら事情説明に努めるなどというのは前代未聞だ。水門監察官は傷だらけのエレベーターのドアを見つめて、すぐには問いにこたえなかった。その横顔は若いのか老いているのか判然としない。ドアがひらき、エレベーターに乗った。閉まりかかったドアを、遅れてきた空山が手でとめ、最後の一口を吸ってから煙草を足もとに捨てて靴でもみ消した。水門監察官が眉《まゆ》をしかめた。空山は気づいたはずだが、平然と乗り込んできて、残りの煙をエレベーターのなかへ吐き出した。

「福井県警ならびに海市警察に対する監察と理解しておいてください」ふるえながら下降していくエレベーターのなかで、水門監察官がふくみのある回答をよこした。たしかに警察庁の水門にはその権限がある。「とりあえず初動捜査で成果をあげることが肝心です。福井県警時代にわたしがえた経験と情報を活用すべきです。もちろん小久保さんの経験も。捜査一課を経由したのでは立ち遅れる恐れがあります。だからあなた方に依頼を」

いまこうして説明する時間も惜しいという口ぶりだった。新界大廈のまえの路地から通称中山路へ出た。死体の輪郭を記したチョークを隠すようにステーションワゴンが駐車してある。水門がチョークを示して、森永恒夫の死体があった場所だと言った。小久保は後部座席へ水門監察官といっしょに乗り込んだ。空山がワゴンを靖国通りの方角へ発進させた。

「むかし森永恒夫を取り調べたことがあります」水門が抱え込んでいる情報の一端を明かした。

その唐突な言葉に、小久保は表情を閉ざし、運転席の空山がちらと横顔を見せた。しばらく沈黙が落ちた。

「福井県警時代に？」小久保がそっと訊いた。

「そうです。今朝、解剖室で八年ぶりに彼と再会しました。本名は西修平、四十三歳」

「元海市警察マフィア係の警部補だ」小久保は運転席の空山に教えた。西修平とは、面識があるていどだが、海市警察で数年間をともにすごしていた。「祖母が香港生まれの中国人で、中国語を流暢《りゅうちょう》にしゃべる」

「いっしょにいて殺された女の素姓は」空山が運転席から訊いた。

「わかりません」水門がこたえた。

小久保は水門に女の写真を見せてもらった。知らない女だった。

「県警時代に西を取り調べたときの容疑は」空山がまた訊いた。

「麻薬取引です」水門が説明した。「海市警察の警官の一部が、押収品の麻薬を売り捌《さば》いていました。彼らをたぐっていくと、なん人かの中国人にたどり着きます。コック、ポン引き、ブティック経営者、自称映画俳優。そこからさらに追跡すると、不審人物として西修平が。つまり、中間に中国人の安全弁をいくつも配置して、盗み出した麻薬を西に集約させていたと思われます。近隣の県警が押収した麻薬も、同じルートを通じて西へ。証拠不十分で逮捕できませんでしたが」

「最終的に麻薬はどこへ?」空山が問いをつづけた。

「中国マフィアの梟雄幇に還流していました」

「麻薬取引は個人的なものですか。それともなにか背景が」

「西修平は、メディアが言う『下級警官の反乱』の、いわば財政担当者でした。麻薬取引から得た莫大《ばくだい》な収入は、武器調達、アジトの維持管理、殉職警官の遺族への補償金、逮捕された仲間の裁判費用、あるいは警察OB会を通じて犯罪被害者救援基金への寄付などにあてられていました」

「そいつらに奇妙な名前がついてませんでしたか」

「ピー。アルファベットのPです」

「ポリスのP」

「そうです」

「Pの資金源について週刊誌がいろいろ書き立てましたが、公判ではなにも出てこなかったと記憶してますが」

「例によって」水門監察官は表情のない声で言った。「Pの暗部は県警の暗部であるという理由から、県警本部は資金源の解明に消極的でした」

「なるほど」

「Pと梟雄掲との癒着についてもしかり。兵隊同士が街頭で殺し合い、高級ホテルのスウィートで幹部が取引していました。下級警官の反乱などではなく、端的に警察マフィアと呼ぶべきです」自分の言葉に高ぶったのか、水門の眼のふちが一瞬赤く染まった。

海市警察の下級警官による反乱の、もっとも華々しい季節は、水門監察官が福井県警に在籍した二年間をはさむ前後数年である。東京から数百キロ離れた、地理的な印象としては山陰とまちがいかねない辺鄙《へんぴ》な地方の、新興の港湾都市の事情など、本来なら、警視庁の警官が関心を寄せることもないのだが、下級警官による継続的な報復テロルは、いかにも刺激的だった。彼らが捜査の現場で抱く恐怖と復讐《ふくしゆう》心を、全国の下級警官が共有していた。おそらく空山も、当時、北陸最大の犯罪都市から送られてくる情報に耳をそばだて、特集記事をむさぼるように読み、報じられた範囲のことはほとんど知っているようだった。

水門が話をつづけた。「西修平を財政担当者と言いましたが、Pは単一の組織ではありません。ある特定のユニットが麻薬を手がけたのです。潤沢な資金をえたそのユニットが、Pの運動の方向づけに強い影響を与えました」

「西修平を取り調べた時期は」小久保が訊いた。

「あの年の二月から五月にかけて」

「あの年っていつです」と空山。

「八年まえの二月二十日未明にPの一斉検挙に踏み切りました」

「公安部長暗殺計画を摘発した」小久保が言いそえた。「八月には県警が勝利宣言を出した。ところが十一月、潜った連中が福井市のホテルで暗殺を成功させた」

「西に関しては、暗殺計画との関係は摑《つか》めず、麻薬取引容疑だけです。証拠不十分で、処分もできず、泳がせて監視をつづけたのですが、西は十月の末に消息を絶ちました。その直後、西がPの資金を持ち逃げして、仲間から処刑宣告をうけたという噂が流れました。詳細は不明ですが、複数の証言があります」

小久保は短くうなずいた。彼はもうそのころには現場を降りて、警察学校で教鞭《きょうべん》をとっていたが、西の資金持ち逃げと処刑宣告の噂は耳に入っていた。

「それが昨夜の殺害の動機ですか」空山が訊いた。

「西は、麻薬取引の実態、および関わった警官を知っています。その西が資金を横領して組織を離脱した。殺害の動機に口封じもふくまれると思います」

「犯人の狙いは西修平で、女の方は巻き添えになったという見方ですか？」

「おそらく」

「昨夜の犯人グループは、西がむかし所属していたユニットですか？」

「まちがいないでしょう」

「メンバーの把握は？」

「できていません」

「西修平以外は白紙ということですか？」空山は詰問する口調になった。

「Pの一ユニットは、厳密ではありませんが、二人から五人ていどです」水門は白い指で、顔のまえにいくつかの円や線を描いて説明した。「ユニット毎に一人のリーダーを決め、ユニット同士の接触はリーダーを通じてのみおこなう。リーダー以外のメンバーは、自分のユニットのメンバーしか知らない。リーダーが知っているのは、自分のユニットのメンバーと、接触のあるほかのユニットのリーダーだけ。防衛上の理由からそのような組織形態をつくったのです。しかも西は事情聴取に際して完全黙秘を貫きました」

「Pの全体のユニット数は」

「流動的です。メンバーの数も顔ぶれも流動的です。実働部隊の総数で二十から三十。それもたいした根拠はありません。全貌《ぜんぼう》の把握が困難なのです」

「これまでPの活動に外国人が加担した例は」

「公表されてませんが、アジトの提供で事例が一つあります。二十代のフィリピン人女性でした」

「そのフィリピン女がPに加担した理由は」

「彼女は殉職警官の恋人でした」

「麻薬取引を手がけたユニットと、公安部長を暗殺したユニットとの関係は」

水門は小さな顎《あご》をあげ、指でそれをささえた。どこか遠くを見る眼差《まなざ》しになった。

「わたしは公安部長暗殺事件の捜査からはずされたのです」

小久保は、水門とは反対側へ顔をあげた。窓外を流れる景色は新宿の猥雑《わいざつ》なビル群から閑静な住宅街へと変わり、ワゴンが坂道を登りはじめている。ふと見知らぬ町に迷い込んだような錯覚をおぼえた。水門がショルダーバッグから分厚い黒表紙のファイルを出して、小久保の膝《ひざ》の上に置いた。

「早朝、捜査一課の青柳管理官から問い合わせがありました」水門が言った。

捜査一課に十名ほどいる管理官のうち一名は、現場見習いとして、二十代後半の若いキャリアが配属される。それが青柳明だった。水門は小久保の膝の上のファイルをとり、ひらいて、膝にもどした。

「問い合わせは、四谷署の村瀬丈則麻薬係長が個人的に作成したファイルの内容に関するものです。話を聞き、ファイルのコピーを一部つくるよう依頼して、新界大廈の現場で青柳と落ち合いました」

小久保がいまながめている書類がそのコピーらしかった。住民票が二通。『日本海NEWS』の小さな三面記事。『牡丹江酒楼で銃撃　死者1人』とある。海市の梟雄幇支配地区で発生した、かなり古い事件だ。同事件に関わる捜査書類が二点。

「情報の流れに注目してください」水門が言った。「細部は不明ですが、ある単純な仮説を立てることはできます。それにもとづいて、病院で死亡した男の写真と福井県警の職員名簿を突き合わせ、海市警察の巡査部長、古田ヒロムであることを突きとめました。それからもう一人の男の死体を確認しにいき、西修平と再会したわけです」

JR目白駅から西南へ徒歩で十数分の場所に、和洋折衷の古い屋敷がある。現職の参議院議員で四代まえの警視庁総監が、さる銀行頭取から格安の賃貸料金で借りうけている物件だった。敷地の傾斜を利用して地下に設けられた車庫に、ステーションワゴンがすべり込んだ。空山はいったん降りかけたが、運転席にすわり直して、後部座席でつづいている水門監察官の事情説明に聞き入った。

9

小久保仁

日本警察は各県警が独自の権力を有し、その頑迷なセクショナリズムから反目をくり返しているが、国家警察の体を成していないわけではない。反国家活動の取締りという職務の性格上、各県警の公安部の連携は緊密である。それを実態的にささえる裏の組織もある。キャリアが警察のトップに昇りつめるためには公安関係の重要ポストを渡り歩かねばならない。つまり公安警察が、その秘密主義と潤沢な予算もあずかって、実質的な国家警察の機能を果たしてきた。

公安に権力が集中すれば、当然それに反発する勢力が生まれる。彼ら反公安系キャリアは、警視正以上の人事権をにぎる警察庁の長官官房を拠点に、日本版FBI構想を打ち出している。ようするに調整機関にすぎない警察庁に実権を与えて、それを核とした国家警察をつくり、公安から権力を奪おうというわけである。

この野望を実現するための実働部隊に、反公安系の監察課捜査員は組み込まれている。長官官房は、権力闘争のライバルである公安に似せて、越権捜査や違法捜査をいとわない追跡チームをつくった。それを担う下級警官たちは、汚い仕事を引きうけることで官房に恩を売り、ポストを要求する。その構図は、小久保仁が、六年まえに警視庁監察課に放り込まれる以前からつづいている。いつだったか、空山健児が首席監察官に面と向かって言い放ったことがある。これは商取引なんだ、フェアにいこうじゃないか。

通常の指揮系統としては、警察庁の水門監察官が組織間の調整を、警視庁の小久保が現場の指揮をとることになる。その点に配慮しているらしい水門の懇切ていねいな事情説明がどうにか終了して、三人はステーションワゴンを降りた。

空山が先に立って鉄のドアをあけた。コンクリートの階段にひびく靴音が、小久保にふと、仲間うちで別荘と呼ばれるこの家で、陰謀をめぐらした日々を思い起こさせた。与党の幹事長が韓国大使館の女書記官と密会している証拠を、首席監察官に得々と説明した夜もあった。それはＦＢＩ構想を前進させるための政治工作の一環であり、小久保はここ数年、官房のもとめにおうじて、有力政治家を恐喝する材料を提供してきた。

空山が四谷署の村瀬係長を呼びにいき、小久保と水門は広大な庭を望むリビングルームに入った。パソコン、ＦＡＸ、シュレッダー、コピー機等が持ち込まれて、雑然とした事務所の景観を呈している。小久保はＴＶを点《つ》け、コートをソファに放った。それから奥のダイニングルームへいき、大理石のばかでかいテーブルに写真入りの封筒と黒表紙のファイルを置いた。

「ブラックですか」キッチンで水門が言った。

彼女はまだコートを着たまま、サーバーからコーヒーを紙コップにそそいでいる。ブラックで、と小久保はこたえた。掛け時計は午前十時十八分。海市まで飛ばしても七、八時間はかかる。空山の部下たちの現地到着は午後四時をすぎるだろう。水門が紙コップを二つ手にしてキッチンから出てきて、一つを小久保のまえのテーブルに置いた。

「どうも」小久保は礼を言い、コーヒーを一口飲んだ。「捜査本部は古田ヒロムの身元を知ってるんですか」

「青柳が報告したはずです。西修平についてはまだ」

「水門さんがしゃべってないから」

「そうです」

「どこまでやるつもりなのかわかりませんが」

水門が引きとって言った。「いずれ捜査本部と意思の疎通が必要になります。首席監察官に緊急会議をひらくよう要請しました。捜査一課から丹羽さんにも出ていただく予定です」

彼女はテーブルの端で濃紺のコートを脱ぎ、椅子の背にかけた。コートの下も濃紺のパンツスーツだった。椅子に腰を降ろして、紙コップを両手で持ち、考えをめぐらすように窓外へ顔を向けた。冬の淡い陽の光をうけた彼女の顔はいくぶんか上気して見える。リビングルームの方で人声がして、空山が入ってきた。つづいてコートを手にした五十がらみの小太りの男。その背後に空山の部下が二人。彼らは小太りの男よりも頭一つ分だけ背が高かった。馬面の若い方が下河原警部補。情報工学に強く、ハッカーまがいの任務を命じられることに反発していたが、空山の話では最近ようやく自分と折り合いをつけたという。薄い髪を撫《な》でつけた花崎巡査部長は、新宿署の刑事課でくすぶっていたのを小久保が引きぬいた男で、巡査部長に昇進するのに二十二年かかっている。チームは、キャップの空山警部に、警部補二人と巡査部長四人をくわえた七人編成で、四人が海市へ向かい、こちらに三人が残っていた。

「村瀬係長だ」空山が小太りの男の肩をぽんと叩《たた》いた。

「すわれ」小久保はテーブルの対面する椅子を示した。

村瀬はうなずき、値踏みする視線をちらと投げて、椅子に尻《しり》を落とした。

「管理官の小久保だ。なにか飲むか」

「いいえ」

「紹介する。水門監察官だ」

気づいていなかったらしく、村瀬はバネ仕掛けのおもちゃのようにぱっと立ち上がると、水門へ頭を下げた。水門ですという事務的な声。監察官が女だとわかったためか、椅子に尻をもどした村瀬の表情に、いくぶんか安堵《あんど》の表情がうかんだ。花崎巡査部長がリビングルームのTVの音声を消して、ソファに体をあずけた。空山が花崎の隣で煙草に火を点けた。下河原警部補がテーブルの右端について、ICレコーダーをまわし、事情聴取がはじまった。

「中国人街の殺しの件だ」小久保は手帳をひらき、綴《と》じ目を指でしごいた。

「承知してます」

「昨夜二十二時十四分、捜査本部の捜査員より、新宿一丁目の新界大廈《ビル》八〇三号室の殺人現場に係長の名刺が残されていた旨の電話を、自宅でうけたな」

「うけました」

「係長の名刺がなぜそこにあったのか、捜査員が説明をもとめたそうだが、係長はどんな回答を」

「事情が混み入ってまして」

「わかるように話せ」

村瀬は小久保の口調に苛立《いらだ》ちがないかどうかと耳をすませるような眼差《まなざ》しになった。短い沈黙を置いて言った。

「一昨日の午後二時ごろ、森永恒夫を麻薬捜査の協力者として獲得する目的で、新界大廈八〇三号室を訪問し、その際に妻の瞳に名刺を渡したと捜査員に回答しました」

「係長は森永瞳の個人情報を収集していたようだが、電話ではそのことに触れなかったのか」

「おたがいさまですから」村瀬は腕を肩幅にひらき、両手のひらを天井へ向け、愛想笑いを小久保と水門へ交互に柔らかく投げた。「刑事課に情報を隠されて歯ぎしりすることがたびたびあります。捜査員の悪弊かもしれませんが、ようするにポーカーゲームでして、カードを一枚ずつ切りながら情報交換する。わかりますね」

小久保は関心を示さず、めんどうくさそうに早口で先へすすめた。「係長がそもそも森永夫妻に関心を抱いた経緯は」

「わたしの個人的な情報源から、森永瞳に関する噂が入りまして」

「情報源とは」

「それはちょっと勘弁していただきたい」

はじまったばかりだった。小久保はおだやかな口調で言った。

「記録は消す。名前と身元を教えてくれないか」

「彼を情報源として獲得するプロセスに、差し障りのある点がいくつかありましてね」

「おたがいさまだ。我々が盗聴法に違反しなかった日はない」

村瀬は小さな笑みをこぼした。「でもあなた方には監察権という権力がある。わたしは無力な一警官です。自分の身は自分で守らないと」

「もっともな意見だ」

小久保は気分の乗らない口調でそう言い、村瀬のファイルに西修平の資料が皆無なのはなぜだろうかとふと思い、手元の黒表紙のファイルに視線を落とした。そこで、「ひぃ」という声にならない叫び、ばたんと物が倒れる音、空山のものにちがいない短い笑いが、ほとんど同時に聞こえた。顔をあげると、テーブルの向こうの村瀬の姿が消えていた。視界を花崎巡査部長が横切ってキッチンへ向かった。誰も助けてやらなかった。水門はなにも言わず、小久保の位置からは彼女の表情をうかがえなかった。村瀬が苦痛にゆがんだ顔を手で半分隠して、のろのろと立ちあがり、自分で椅子を起こした。その背後を紙コップを手にした花崎がなにごともなかったような顔でリビングルームへもどっていく。村瀬は憐憫《れんびん》を請う視線を水門の方へちらと投げた。尊大にも卑屈にも自在になれるタイプだなと思いながら、小久保は質問を再開した。

「情報源の名前は」

「ジョイス・ウォンです。百人町の天主教会の神父で、小児性愛者です」

「きみは麻薬係だろ」

「ジャンキーのモデルがいましてね。男です。ごぞんじないと思います。安物のセーターを着てチラシにのってるのを見かけるていどですから。その三流モデルは、ウォンと同じ小児性愛者で、秘密クラブで会ったり、タイの、名前は忘れましたが、やつらに言わせると天国のような島へ、いっしょに子供を買いにいったりする仲なんです。そのモデルを通じて、四年ほどまえにウォンを知りました。ウォンも大麻ていどは嗜《たしな》むようです。中国人街の教会の神父ですから、売人の情報なんかもそこそこ入ってきます」

「なるほど。小児性愛で脅してウォンを情報源にした。我々と手法は同じだ」なにも問題はない、とでもいう鷹揚《おうよう》な口ぶりで小久保はつづけた。「それでウォンの情報とはなんだ」

「先月の中旬でした」しゃべるうちに多少とも自信を回復したのか、村瀬はもったいぶった手つきで上着の内ポケットから手帳を出した。「十四日です。四谷三丁目でウォンと一杯飲んだときに、信者の一人が殺しをやってるらしいという話が出ました。やつは信者の懺悔《ざんげ》を聞く機会がありまして、森永瞳の秘密を知ったわけです」

小久保は黒表紙のファイルをひらき、留めてある書類をはずして、テーブルにならべた。村瀬がひょいと腰をうかせて関心を示した。

「懺悔があったのはいつだ」

「一杯飲んだ時点から、二週間ほどまえです」

「内容は」

「若いころ拳銃《けんじゅう》で人を殺したと。年月日、被害者、動機、そういう肝心な点がわかりません。場所は、いろいろ話を総合すると、日本海に面した港町のようです。情報が断片的で、どうにもならないので、年月日と殺しのあった地名を訊《き》き出せと、ウォンに指示しました。森永瞳は毎週金曜日に教会にきます。で、ウォンが二十三日の金曜日に、それとなく過去の話に触れたら、森永瞳はぴたっと教会へあらわれなくなりました」

「女の本名は最後までわからなかったのか」

「わかりませんでした」

小久保はコピーされた住民票二通を指でつまんでひらひらさせた。「ウォンの言動が森永瞳に怪しまれたその日、十一月二十三日、係長は新界大廈八〇三号室の賃貸主である段朝枢の事務所を訪れて、保管されていた森永夫妻の住民票のコピーをとった。そうだな」

村瀬の瞳孔《どうこう》にかすかな反応があった。ファイルの窃盗に至るプロセスを理解したようだと小久保は思った。昨夜、捜査本部は段朝枢の事務所で村瀬の痕跡《こんせき》を見つけ、ひそかに森永夫妻の身辺調査をすすめているらしいと判断した。一方で村瀬は、名刺に関する問い合わせには木で鼻を括《くく》るようなこたえ方をしていた。二つの情報を突き合わせた結果、青柳管理官の言葉によれば、怒りに駆られた本庁の捜査員が村瀬のロッカーをこじあけたのだ。

村瀬は唇をなめた。「コピーをとりました」

「それで」

「翌日、新宿区役所で確認したところ住民票は偽造でした。森永恒夫の過去にもなにかあるな、ということで、恒夫の身辺を洗うと、シャンタン・ホテルのカジノに警備員として雇われていることがわかりました。ホテルもカジノも真龍幇の影響下にあります。カジノには世界中から麻薬シンジケートの幹部が遊びにきますから、恒夫はなにかと興味深い情報を耳にするのではないかと」

「係長が森永恒夫に関心を持った経緯はわかった。恒夫の身元調査はすすんだのか」

「いえ、まったく。本名も出身地も不明です」

「接触したことは」

「それを考えていた矢先に事件が」

「係長のロッカーにあった資料のコピーがここにある」小久保は指先で軽く叩いた。「日本海NEWSの記事について説明しろ」

「地方紙で拳銃による殺人を検索しました。条件は日本海に面した港町。若いころというので、とりあえず五年まえからはじめて十年間の殺人事件を検索しましたら、千件以上ありました。でも、若い女が拳銃を撃って逃げたことが目撃されている事件は、その一件だけでした」

小久保は『日本海NEWS』の三面記事に視線を落とした。十四年まえの事件だ。当時すでに小久保は異動で海市警察を離れており、そのありふれた殺人事件に記憶はない。日付は七月二十九日。海市老沙二丁目の牡丹江酒楼《しゅろう》で、食事中の三人の男性客が、十八歳から二十二歳ぐらいの女に拳銃で撃たれた。女は二発撃ち、弾丸はいずれもそれた。女を組み伏せようとした店員の中国人男性が撃ち殺されて死亡。女は逃走。また、撃たれた客三人も現場から立ち去り、県警は双方の行方を追っていると記事にある。

「続報は」小久保は訊いた。

「ありませんでした」

「この事件について森永瞳と話したことは」

「一昨日の訪問で。話といってもわずかですが。牡丹江酒楼という店を知ってるね、と訊いたら、顔色を変えました。あの女は否定しましたが、まちがいありません、その事件の犯人は森永瞳と名乗っていた女です」

事件の前日に村瀬が八〇三号室を訪れて、牡丹江酒楼の殺人容疑をほのめかしたのであれば、昨夜、サブマシンガンで突入した古田ヒロムが、西修平のすばやい反撃をうけて殺されたことも理解できる。西は警戒していたのだ。小久保は封筒から森永瞳の写真を出して、その死に顔に視線をそそいだ。瑞々《みずみず》しい感情を欠落させているが、どこか西欧風にも見える美しい顔立ちだった。

「森永瞳は」小久保は首筋を指でもみほぐしながら言った。「あの界隈《かいわい》では飛び切りの美人だったらしいな」

「けっこうセクシィでしたよ」村瀬はくだけた口調になった。

「森永恒夫は大家の段朝枢には警備員と称していたが、ほんとうはカジノの通訳だった。中国語がぺらぺらだ。係長はろくに身辺調査をしてない。恒夫には関心がなかったんじゃないのか」

「思惑がいろいろありまして」村瀬は下卑た視線を水門監察官の方へちらと流し、小久保には同意をもとめる微笑みを投げた。

小久保は胸のうちで舌打ちして、冷めたコーヒーを一口飲んだ。村瀬の思惑など、どうでもいいことだ。さあ、いよいよだと思った。残る書類は二点。牡丹江酒楼殺人事件に関する実況見分調書および供述調書が各一通。十二月十七日付けで村瀬が海市警察に電子メールで送った捜査嘱託書が添付されている。調書の請求理由として――麻薬所持容疑で捜査中の住所不詳森永瞳が前記照会事件に関与しているとの情報を入手――と村瀬は書いている。

「麻薬所持容疑があったのか」小久保は訊いた。

「いいえ。わたしが麻薬係ですから、そう書いておけば説得力があると思いまして。他意はありません」

「住所不詳にしたのはなぜだ」

「福井県警あたりに、かんたんに手を突っ込ませるわけにいきませんので」

「女が殺しをやってようが、そんなことは知ったことか。女を過去で強請《ゆす》って、男にスパイをやらせ、点数を稼がせてもらえばいい。あわよくばあのセクシィな女をものにできないものか。そういうことなのか？」

「そこまでは考えてません」村瀬は狡猾《こうかつ》そうな眼をゆっくりと瞬かせた。「女は殺《や》ってるなという感触はありますが、いまのところ証拠はなにもないわけです。容疑が固まれば、捜査一課に報告するつもりでいました。捜査がすすまないで、容疑が灰色のままに推移する場合もあるわけでして、そのときは男を協力者に。事態をつねに流動的にとらえておきませんと」

　自分のなめらかな口調に満足したのか、村瀬は赤い舌をのぞかせた。小久保はふいに、テーブルの向こうの男に飛びかかっていき、その醜悪な顔を原形をとどめないほど叩《たた》き潰《つぶ》したい衝動にかられた。

「十二月十七日」小久保はおだやかな声が出るよう注意を払って言った。「つまり事件の三日まえに、係長は調書を請求。同日に電子メールで調書二通をうけとる。その後、海市警察の方から問い合わせはなかったか」

「ありました。その日の夜です」村瀬は手帳をめくった。「八時四十五分ごろに、継続捜査班の菊池という男から電話が。森永瞳についての問い合わせです」

「係長の回答は」

「いままでお話ししたのと同様です。小児性愛者の神父が、森永瞳という信者の懺悔をうけて知りえた情報として、えー、拳銃で人を殺した、日本海、港町、若いころの事件。それだけです」

小久保はテーブルの上の供述調書を示した。「供述調書はこれ一通だけなのか」

「菊池に確認しました。まともなやつはそれ一通です。容疑者の手がかりは皆無だそうです。その件に関しては、公安の捜査手法を嫌う県警捜査一課が、やる気をなくしたとでも言いますか」

村瀬の解釈どおりだろう。小久保は調書をざっと読みなおした。供述日は事件から一ヵ月以上も経過した九月三日だ。調書を録取したのは福井県警本部、警部補、沢野正志。供述者の氏名は馬場孝弘。当時四十八歳。職業は海市警察公安課巡査長。牡丹江酒樓の個室で会食中に銃撃された三人の男性客の一人である。馬場巡査長が述べている――朝鮮系カルトの千里統一教団に潜入させた二名の協力者と接触中に銃撃をうけました。カルトの信者が、警察の協力者を殺傷する目的で、拳銃を発砲したものと思われます。二名の協力者の氏名は、荒尾進、三十四歳、教団職員。および宋時烈、三十一歳、販売業。荒尾と宋は逃走中で連絡がとれません――森永瞳を仮に三十歳とすれば、当時は十六歳。狂熱的なカルトが少女を刺客として放ったということか。小久保は調書から顔をあげて訊いた。

「森永瞳がカルトに関係していたという情報は」

「ジョイス・ウォンからはなにも聞いていません」

牡丹江酒樓の事件と昨夜の襲撃との間に、直接的な関連はあるまい、と小久保は思った。元カルト信者で殺人の過去を持つ女と、西修平が、海市のどこかで出会い、恋に落ちたということだ。牡丹江酒樓の事件から西が行方をくらますまで六年間ある。時間的な説明もつく。森永瞳と名乗る女も麻薬取引に関与していた可能性がないではない。だが水門が言うように、資金を持ち逃げし、なおかつ麻薬取引の核心部分を知る西修平を、かつての仲間が暗殺した、それが新界大廈事件の本筋だろう。

「継続捜査班の菊池に森永恒夫の話をしたか」小久保は訊《き》いた。

「男と同棲《どうせい》しているらしい、というていどに」

「中国系のカジノではたらいているとか、中国人街に住んでるとか」

「なにも。神父が中国人だということは話しましたが」

「森永瞳の人相特徴を教えただろ」

「三十歳前後の美人だと」

「住所は」

「教えませんよ」村瀬は眉《まゆ》をひそめ、小久保の頭の悪さを指摘する口ぶりになった。「住所不詳と書いちゃってますから。そうでしょ」

「だが教会には信者の住所録があるはずだ。菊池はその点を突いてこなかったのか」

「菊池はなにも訊きませんでした。さして関心がない様子で。というのも、継続捜査の案件を二人で八十件以上抱えてるんだそうです」

村瀬は煙草のパッケージを出して、一本くわえ、手をのばして下河原警部補のまえから灰皿を引き寄せた。煙草に火が点《とも》った。うまそうに吐き出された煙の行方を、小久保はぼんやりと視線で追い、頭では思考に集中した。村瀬が、海市警察の菊池に与えたのは、わずかな情報である。菊池がさして関心を示さなかったのもうなずける。だが彼らはちがったのではないのか。

視界の左の隅で水門監察官が動いた。首をねじって見ると、水門が熱のこもる視線を向けてきた。

「女です」水門が言った。「彼らのリアクションを引き起こすに足る情報だったと考えるべきです」

小久保はうなずいた。彼らはその女をよく知っていたのだ。三十歳前後。美人。カソリック。元カルト信者で、牡丹江酒樓事件の犯人。彼らの知る西修平の恋人も、犯した罪に苦しんでいたのかもしれない。それと中国人神父は、中国語に堪能《たんのう》な西の潜伏先と関連づけて検討されたにちがいない。小久保はテーブルの向こうで用心深く沈黙している村瀬へ顔をもどすと、厳しい声で問いを発した。

「十七日の夜に菊池から電話があった。事件発生は二十日の夜だ。その三日間に菊池から再度の問い合わせはなかったか」

「いいえ」

「菊池以外でもいい。海市警察から、調書請求に関連した問い合わせはなかったのか」

「ありません」

小久保はふいに質問を出発点にもどした。「昨夜、捜査員から名刺に関する問い合わせがあった時点で、ファイルの存在をなぜ報告しなかった」

「ですから」

「三人殺されたんだ」小久保は声に凄《すご》みをくわえてさえぎった。「おたがいさまだの、ゲームだの、そんな戯言《ざれごと》は許さんぞ」

村瀬の視線がすっと右に流れ、しばし宙をさ迷い、もどってくると小久保の手元あたりに落ちた。

「森永夫妻が殺されたと聞いて動転してしまったのです」

「それならわかる。素直にしゃべるんだ」

「菊池と電話で話した三日後に、森永夫妻が殺されました」村瀬は自分に納得させるように言った。「でも、菊池と話したことが、事件とどんな関連があるのか、さっぱりわかりません。彼はわたしの話に興味を持ちませんでした。それはそうなんですよ、情報といっても断片的で曖昧《あいまい》ですから。住所も教えていません」

「それが真実なら、きさまは動転するはずがない」小久保は決めつけた。「きさまは菊池に森永瞳の住所を教えたんだ」

「教えてません」

「四谷署のすべての電話、きさまの携帯電話、きさまの自宅の電話、この数日間の通話記録を徹底的に調べるぞ」

「わたしたちの知らないなにかが、起きたんですよ」

「そのとおりだ」小久保は弾丸を込めて、むぞうさに撃った。「新界大廈で殺された犯人は海市警察の現職警官だ。きさまでも、どういうことかわかるな」

村瀬の瞳孔《どうこう》がひらき、その灰色がかった眼に、小久保が三十年間の警官人生でうんざりするほど見てきた、ケチな罪人の脅《おび》えが走った。動揺を悟られまいとしてか、村瀬は顎《あご》をあげ、上体をそらして天井を見あげた。おそらく自分がどんな役割を果たしたのか、いまでも正確には理解できていないだろう。だが新界大廈の惨事に関して、情報の流れの繋《つな》ぎ目を、自分がどこかで担ったかもしれぬという疑惑は、森永夫妻の殺害を知った直後から抱いていたはずだ。そうして犯人像を明確に突きつけられてみれば、この小悪党の頭のなかで、いまジグソーパズルの断片が、ある奇怪な絵を描きはじめているにちがいない。背後へ倒れた村瀬の頭が、こちら側へ起きてくるまで、小久保は待った。

「再確認する。海市警察のいかなる人物にも、森永瞳が新界大廈八〇三号室に住んでいることを、教えなかったんだな」

村瀬は耐え切れなかった。声がふるえた。「報告が遅れたことを内密にしてもらえませんか」

「人事考課には、ということだな」

「約束をしてください」村瀬は懇願した。

「監察官どのが立ち会ってるんだ」

そんな権威づけになんの意味があるのかと、小久保は自分でいぶかりつつ言った。村瀬は肩で息をついた。ハンカチで額の汗を拭《ふ》き、ぎこちない手つきで手帳をめくった。背後のソファで金髪のもみあげを指先でまさぐる空山の横顔が紅潮している。

「事件の前日、十九日の夜、電話がありました」

「誰から」

「海市警察継続捜査班主任の石原です。夜、十一時すぎでした。四谷署の宿直から番号を聞いたと自宅の方へ電話が。用件は、森永瞳の情報の詳細が知りたい、ということでした。菊池にぜんぶ話した、あれ以上のことはなにも知らない、とこたえたんですが、住所不詳とはどういう意味なのかと石原は食い下がりまして。わたしは菊池に嘘をついてしまってますから、神父の話そのものがちょっと古くて、女がいまどこにいるかわからない、と適当にごまかしました。すると石原は、同棲している男は中国語を流暢《りゅうちょう》にしゃべらないか、と。後で考えたら、どんぴしゃりです」

「どんぴしゃりだ。それで」

「とにかく男についてはなにも知らないと突っぱねました。逆に、手がかりがないってわりには、やけに関心があるようじゃないかと訊いたら、公安筋の情報が入ったと。あ、なるほどと思いました。牡丹江酒楼《しゅろう》から逃げ出した公安のスパイは、拳銃《けんじゅう》を撃った女の顔を見てますし、同じカルトの信者ですから、犯人を特定できたんでしょうね。事件から十四年経って、公安の口も軽くなって、石原は犯人に関する情報を手に入れた。でも相棒の菊池には黙っていた。よくある話です」

「で、けっきょく女の住所を教えたんだな」

村瀬はちらと笑みをこぼし、じらすように手のひらを向けた。「石原は腰は低いんです。でも、しぶとくて、そのうえ強引なやつでしてね。明日にでも上京するから、その神父を紹介してくれないか、と言うんです」

村瀬の腕が上着の内側に入るのを小久保は見た。首の後ろがふいに熱くなり、なんということだと胸のうちで呻《うめ》いた。声が喉《のど》に引っかかった。

「石原に会ったのか」

「翌日、つまり昨日の昼に」

　村瀬が名刺ケースをとり出した瞬間、下河原が待てと叫んだ。その声に村瀬がおどろき、名刺ケースがテーブルにばたと落ちた。下河原がさっと椅子から立ち、テーブルの向こうにまわって名刺ケースを摑《つか》んだ。

「会ったのは石原一人か」小久保は訊いた。

「一人です。出張費は自腹だと言ってました」

　その会話を待って、下河原が名刺ケースを手にビニール袋を捜すためにキッチンの方へ去った。

「石原と、いつ、どこで会った」小久保の声が熱を帯びた。

「昨日の午前十一時半に、飯田橋のスターホテルのラウンジで。会う約束をした段階で、わたしの腹は決まってました。わざわざ出張してくるんではね、そこはまあ、おたがい警官ですから」村瀬は褒められるのを期待する口ぶりになった。「午前中に情報源をいろいろ当たって突きとめた、ということにして、森永瞳は新界大廈八〇三号室に住んでると教えてやりました」

　キッチンから出てきた下河原を、空山が呼びとめ、一枚の名刺が入った透明ビニール袋を引ったくると、壁際のデスクの電話へ向かった。

「海市警察は危険です。県警本部で確認してください」水門の厳しい声が空山の背中に飛んだ。村瀬の視線が、水門からリビングルームへ大きく泳ぎ、正面にもどってくると、小久保へ不安を訴えた。小久保は村瀬に解説してやる気がなかった。

「石原と別れた時間は」

「十二時ちょっとまえだったと思います。会ったのは十分ていどです。わたしが約束より十五分ほど遅れたもので」

「石原のフルネームは」

「石原寛人《ひろと》。巡査部長です」

その名前に記憶があった。小久保は水門監察官を見た。その青白い横顔になにか言おうとしたが、言葉を飲み込んで、村瀬への問いをつづけた。

「石原の人相、特徴を言え」

小久保は質問しつつメモをとった。年齢は四十五歳から五十歳。百七十五センチぐらい。中肉。短い髪。脂っ気なし。刈り上げではない。特徴のない顔。黒っぽいビジネスコート。スーツも同様。ネクタイは地味。全体の印象は平凡な事務職ふう。若干の訛《なまり》があるが、声は耳当たりがいい。おしゃべりという感じはない。煙草は吸わない。スターホテルのラウンジで注文したのはレモンティー。

「水門さんの方からなにか」小久保はペン先を手帳に立てて言った。

「係長はしばらく家には帰らないように」水門が冷淡な声で言った。

「はい——いつまで？」と村瀬。

「石原を特定できるまでは危険です」

村瀬は首をすくめた。「危険て」

「森永夫妻を殺した後で、係長も始末する予定だったと思います」

「自分の面が割れるから？」

「そうです」

「今朝も自宅から出勤しました。なにも問題ありませんでしたよ」

「やつらにトラブルがあったからだ」小久保は、電話をおえてこちらへ近づいてくる空山を見ながら、口をはさんだ。「仲間が一人殺された。身元がバレる恐れがある。昨夜から今朝にかけては、証拠隠滅の手段を講じるのに忙しかったんだろう」

空山が透明ビニールの袋をテーブルにそっと置いた。

「海市警察の職員名簿に該当者なしだ」

小久保は袋を指先で押さえて名刺を見た。石原寛人巡査部長。肩書きは海市警察殺人係継続捜査班主任。小久保は名刺入りの袋を水門に渡した。彼女は見ずに、唇をひらいた。

「八年まえに暗殺された県警公安部長と同姓同名です」

「なにか意味が」空山が訊《き》いた。

「わかりません」と水門。

「悪ふざけですか」

「そうかもしれません」

「公安部長を殺《や》ったのは俺だ」舞台俳優の台詞《せりふ》のひびきで空山は言った。「そういうメッセージなんですかね」

水門は曖昧にうなずいた。「十七日に調書請求。十九日に石原を名乗る男の電話。情報がどういう経路で流れたのかわかりませんが、おそらく男は、情報をうけとるとただちに村瀬係長と連絡をとろうとしたと思います。誰を名乗るか急いで決める必要があった。で、思いうかんだ名前を口にした。はじめは電話だけで用件をすませるつもりだった。埒《らち》があかないので会うことにした。すると名刺がいる。深夜の電話だった。会うのは翌日の昼まえ。東京で名刺を刷る時間はあります」

「他意はないってことですか」

「メッセージの発信とは考えにくいですね。ただし、とっさに殺された公安部長の名前がうかぶ人間は、そう多くはないと思います」

空山は水門の言葉に考えをめぐらす眼差《まなざ》しになった。水門は手帳をショルダーバッグに放り込んで立ちあがった。そこでふいにＴＶの音声が高まった。花崎がこちらをいぶかしげに見て、手にしたリモートコントローラーでＴＶを示した。全員がＴＶに神経を集中させた。レポーターの声が聞こえる——病院で死亡した男は古田ヒロム、二十七歳、福井県警海市警察の巡査部長。

「おい」空山が自分自身を疑うような声をあげた。「捜査本部が発表したのか」

「わからない」花崎がリモートコントローラーを振った。

コートの袖《そで》に腕をとおして襟をなおす水門監察官を、小久保はちらと見て、腕時計に視線を落とした。時刻は午前十一時五十四分。早すぎると思った。警察は本能的に身内の犯罪を隠蔽《いんぺい》する。その傾向はむかしから変わらない。警察の腐敗が眼にあまるものとなると、世論の動向を見ながらではあるが、警官の犯罪を積極的に摘発する事例は増えてはいる。腐敗を自らただす姿勢を見せる必要に迫られるからだ。とりわけ他府県警の警官の犯罪は、ＴＶカメラの砲列のまえで派手に暴露する。そうしたパフォーマンスは、もちろん幹部の意思統一のもとでなされる。だが、今回の事件の場合、犯人の一人が現職警官であると判明したのはわずか数時間まえだ。捜査本部はまだ情報収集に走りまわっている段階のはずで、記者会見をひらいたとしても、メディアの質問にこたえられまい。

「警察庁にPのリストがあります」水門は疑念が殺到してうかぬ顔の小久保に言った。「リストは写真付きです。ここへ送らせますから、村瀬係長にチェックさせてください」

石原を特定せよという水門の指示は頭を素通りした。小久保はまったくべつのことを考えていた。論理的な思考の結果というよりも、口をひらいたらその言葉が自然に出たという感じだった。

「水門さんがメディアに犯人の身元をリークしたんですか」

「そうです」水門監察官はなんの感情もこめずに言った。

「官房の意思かい」空山がテーブルの向こうからぞんざいな口調で訊いた。

「首席監察官の考えはどうでしょうか」水門は、いまから会議で決着をつける口ぶりで言った。

「世間を焚《た》きつけて、福井県警に監察課の捜査班を派遣するのが、あんたの狙いなのか」と空山。

「みなさんの同意が必要です」

「捜査一課はかんかんだ。監察官どのが弾《はじ》き飛ばされるぞ」

「相手が降《か》りることを望んでます」

「だから賭け金をつりあげたのか」

水門はコートのボタンを襟元まできちんとはめ、ショルダーバッグを胸に斜めにかけて、あいかわらず抑揚のない声で言った。

「どのみち一か八かです。タクシーの拾えるところまで誰か送ってくれませんか」

花崎巡査部長が名刺入りのビニール袋を手に、水門と部屋を出ていった。空山が新しい煙草に火を点《つ》け、露骨な表現で水門監察官への欲望を口にした。

10

斉藤淑子

ＴＶが正午の時報を告げた数分後だった。つい最近まで金子酒店の嫁と呼ばれていた斉藤淑子は、パートの赤間がかけてきた電話をうけた。長ネギが切れたと言う。裏に出してあると教えて、受話器を降ろしたとたんに、裏という指示でわかっただろうかと心配になり、四〇二号室を出た。

夫の大輔は、五年まえ、春の嵐が吹き荒れたある夜、一つ都心寄りの駅前でウクライナ人ホステスと寿司をつまみ、仲良く腕を組んで旧ベース前通りにある『赤いサラファン』に同伴出勤しようとしたところ、強風にあおられて飛んできた鉄骨製の看板の直撃をうけて、あっけなく四十一年間の生涯をおえた。もちろん淑子は彼の死を悼みはしたが、心のどこかで人生のおかしみを感じないではなかった。親の溺愛《できあい》をうけて育った一人息子で、それなりに好男子で、善良そうにも見えるが、生来の嘘吐《つ》きだった男にふさわしい死に方ではあると思ったからだ。

一方、大輔が死んで以来、あなたと養子縁組をして財産を相続させてもいいが、その代わり老後の世話をみてもらえまいか、という義母の申し出がそれとなくあった。自身の身の振り方もふくめて気持ちの整理に時間を要した。そして今年、二人の息子のちびの方が、大学生になったことで踏ん切りがついた。秋の彼岸に大輔の墓参りをすませた後で、義母にはっきりと告げた。大輔さんの戸籍から籍をぬきます、この街を出ます、斉藤淑子として生きていきます、老後の問題は自分でお考えください。金子ビルを売り払えば世間がうらやむ豪勢なホームで安穏と暮らせます、決断は息子たちには伝えてあります、反対なんかさせません、あたしの人生なんですから。

慌てた義母は、酒店の経理は他人に任すわけにはいかないので、それだけでも引きつづきお願いできないだろうかと訴えた。嫁は他人ではないのか、息子が子供を生ませた女は信用できるというのか、いろいろ反駁《はんばく》したい気持ちもあったが、男でも就職難の時代だった。彼女は給料を支払ってもらうことを条件に、経理ほか仕入れ関係の仕事を引きうけた。そうして空いていた四階の貸室に入居して、きちんと賃貸契約も結び、新しい生活をはじめた。

というわけで、いまなにもかもが爽快《そうかい》だった。一段ずつ階段を踏みしめる足の裏からも確かな充実感が伝わってくる。金子ビルは四階建だった。一階に店舗と立ち飲みコーナー、それに義母の居室がある。二階は、かつて淑子たち夫婦が使っていたが、いまは二人の息子が占拠している。三階と四階は賃貸で、それぞれ三部屋ある。三階からまっすぐ外へ通じる階段を、淑子はきびきびした足どりで降りた。

ビルの北側へまわり、隣のパチンコ店との間の普通車がどうにか通れる路地を見渡すと、ビルの壁に立てかけた泥付のネギの束に、よく肥えた中年女が屈《かが》み込むところだった。

「忙しかったら、手伝おうか」

淑子の声に振り向いた赤間は、たいした客じゃないからと言い、数本の長ネギを手に、でっかいお尻《しり》を振りながら搬入口へ消えた。下へ降りたついでに昨日の伝票を整理しておこうと思い、淑子も赤間につづいてなかへ入った。

立ち飲みカウンターに、いつも勤務明けに一杯引っかける駅前タクシーの運転手の顔が三つならんでいた。赤間の亭主もいる。大企業の管理職だったことが唯一の誇りであるらしい浅沼は、愚痴をこぼすことが多く、それが理由で同僚からも敬遠されがちなのだが、無口な日系ペルー人の小泉だけが相手をしてやる。今日も二人は肩を寄せ、浅沼がしきりに話しかけ、小泉は相づちを打ちながら顔は壁のＴＶを見あげていた。淑子はいらっしゃいと声をかけた。ようこそ未亡人、あっちの方の手入れはちゃんとしてるかな、と赤間の亭主がにやけた顔で訊《き》いた。こんな萎《しな》びた婆さんのあっちが気にかかるのかい、と訊き返した。黴《かび》が生えちゃいないか、蜘蛛《くも》の巣が張っちゃいないか、なにかと心配でね。黙れと赤間がカウンターの内側から亭主を叱り飛ばした。小指の先っぽていどのオマエのちんぽこなんか鶏のケツの穴にでも突っ込んでりゃいいんだ。亭主は顔を真っ赤にして笑い出し、淑子ものけぞって笑った。そこで小泉がビールのグラスをかかげ、おっとりした口調で「日本の警官も悪くなったね」とＴＶを示した。淑子はなにげなく画面を見た。若者の写真が映し出されていた。無帽で、制服のような紺色のスーツに、同色のネクタイ。

「警官がなにやったの？」淑子は訊いた。

「サブマシンガンで人を殺した」小泉がこたえた。「自分も殺されちゃったらしいけど」

すぐ画面が切り替わった。クリスマス・ソングが流れ、下町の商店街のクリスマス商戦の紹介がはじまった。淑子の胸に小さな波紋が生じていた。写真の若者に見おぼえがあるような気がする。上で伝票をつけてるからと赤間に告げ、店舗へいって伝票やら現金出納帳を抱え、搬入口から出た。

階段の入口にメイルボックスがある。淑子は四〇二号室のボックスをあけた。角型の白い封筒が入っていた。宛名は小久保仁様。四〇一号室の男だ。封筒の裏を返した。差出人は小久保昭。住所は書いてない。消印を見た。横浜中央。例の甥《おい》だろうか。封筒を四〇一号室のボックスへ落とした。なにかの符牒《ふちょう》を感じていた。階段を昇るにつれて鼓動が速まった。サブマシンガンで人を殺したという警官の写真は、四〇一号室の小久保仁の甥に似ているのだ。

自分の部屋に入った。伝票類を放り投げ、TVを点けてニュース専門局にチャンネルを合わせた。眼鏡をかけてTVのまえにすわり、神経を集中させた。ビルが映った。レポーターの声が福井県警まえからですと叫ぶようにしゃべっている。

正味四分ほどで事件の報道はおわった。若い警官の写真がなんどか挿入された。小久保仁の甥に似ているとは思うが、記憶は曖昧《あいまい》なままで、甥だと断言する自信はなかった。それに甥の名前を知らなかった。新宿で射殺された若者は、福井県警の警官で、名前は古田ヒロム、出身地は山口県。今日とどいた封筒は横浜市で投函《とうかん》されている。思いすごしだろう。あの警官は彼の甥ではない。手紙の差出人の小久保昭は、例の甥か親戚《しんせき》の誰かだろう。入居して丸三年になる四〇一号室の男について、あたしはなにも知らないのだ。事件と関連づけて考えるのはばかげている。そんなふうに自分とおしゃべりしながら、淑子は頭の隅で、小久保仁の甥を思い返した。

入居に際して小久保は家族はいないと言った。若いころから営業一筋で、いまは派遣会社に登録され、幼児向けの英語教材だの、健康食品、美容器具だのを、首都圏を中心に売り歩いている。安定した職業とは言い難いが、家賃は彼の口座から毎月きちんと引き落とすことができた。近所づきあいていどには立ち飲みカウンターで一杯やり、ちょっとした世間話には感じよくおうじ、安物のウィスキーをときおり買って帰る。淑子の知るかぎり、別れた女房や捨てた子供や、親しい友人がいる気配はなかった。ところが今年の三月、小久保は背の高い若者を連れて店にあらわれ、カウンターでビールを一本飲んだ。小久保も若者もすこぶる上機嫌だった。食品でふくらんだスーパーマーケットの袋を持っていたので、なにか料理でもするのかと訊くと、小久保は照れ臭そうにスキヤキですと言った。彼らの口調や眼差《まなざ》しに、職場でたまたま出会い、意気投合した熟年の男と若者、という関係以上のものを感じたので、淑子はもしかすると息子さんですかと訊いた。彼らは淑子の問いに声をあげて喜び、甥っ子ですよと小久保はこたえた。それから冷えたビールを一ダース買って彼らは帰った。

淑子は玄関のシューズボックスの上にある淡いグリーンの電話へ眼をやった。小久保はどこかの住宅街で仕事中だろう。派遣会社の電話番号はわかっているから、連絡をつけることはできる。殺された警官が、万が一、小久保の甥なら、教えてあげるべきだ。そう自分に言い聞かせて腰をあげた。三歩で電話に達し、アドレス帳をひらいて、番号を押した。呼び出し音に耳をすませた。がちゃっとノイズ。「警視庁です」と男の低い声。淑子は反射的に受話器を降ろした。

頭のなかで情報が錯綜《さくそう》して、なにがどうなっているのか、さっぱりわからないのに、恐怖の感情が淑子を摑《つか》まえた。まだ強風の吹きやまぬ夜に、大輔の命がほぼ絶望的であることを病院からの電話で知らされたときの、受話器をにぎったまま底冷えのする帳場で言葉を失っていた自分の姿が見え、淑子は胸をきりきりと締めつけられた。

11

小久保仁

リストに『福井県警本部警務部監察課長、警視、水門愛子』と署名があった。作成年月日は八年まえの九月。そのおよそ二ヵ月後に公安部長が暗殺されるという時期である。服役中あるいは公判中の元警官、逮捕には至らなかった警官、偽証罪や逃走幇助罪《ほうじょざい》に問われた警官の家族など、計五十七名からなっており、その種の写真の常として、年齢や性別に関係なく全員が粗暴で陰気な印象を与えた。

海市警察以外の警官は三名。女は計十一名で、そのうち一名はアジト提供で事情聴取をうけたフィリピン国籍のホステス。女の警官も一名ふくまれていた。首の細い小さな丸顔のその女は、殺人予備罪により服役中の少年係。№31に西修平警部補、京都府出身。№43と№44は、逃走幇助で逮捕された三十五歳の母親と九歳の息子だった。母親は執行猶予付きの判決、息子は家裁送致。記録によれば、男の子の父親は地域課巡査部長で、なに者かに拉致《らち》され、拷問をうけた後にナイトクラブの裏で死体で発見されていた。これには先月第一子が生まれたばかりの下河原警部補が、ハンカチで目頭を押さえた。

小久保がよく知る人物もなん人かおり、大半の写真になにかしらの記憶がよみがえったが、最後の一人までスクロールをおえても、『石原』を連想させる男の顔はなかった。村瀬も『石原寛人巡査部長』を発見できなかった。小久保は村瀬に再チェックを命じた。結果は同じだった。リストが古すぎるのだ。

「百人町の天主教会へいってくる」

空山警部がモニターのまえを離れ、ブルゾンを摑んだ。ジョイス・ウォンから村瀬の証言の裏をとるためだった。ドアのところで振り返ると、ふいに深刻な声で言った。

「他人《ひと》ごとじゃない。リストは俺たちの末路を示してる。管理官、そうは思いませんか」

小久保は返事をせず、さっさといけと手を振った。受話器を摑み、番号を押しながら考えをめぐらした。八年まえのリスト作成時に『石原』は洩《も》れていたということか。あるいはリスト作成以降、石原はPに加担するようになったのか。警察庁で会議中の水門監察官を電話で呼び出し、空振りだったことを告げて、最新のリストを県警に請求するよう頼んだ。

リストの到着を待っている間に、顔の利く新宿署へ石原寛人の名刺を持ち込んだ花崎巡査部長から、村瀬の指紋以外は検出できずと報告の電話があった。また、通話記録から、石原寛人は同一の携帯電話で四谷署の宿直室と村瀬の自宅へ電話をかけていることが判明。ただし石原は、海市在住の中国人が登録したプリペイド式の携帯電話を使用していた。ブラックマーケットで手に入れた電話と見てまちがいなく、それ以上の追跡はとりあえずペンディングにした。

水門監察官が、官房の総務課を介して県警監察課に請求させたリストが、午後四時近くになってようやくとどいた。作成年月日は今年の四月。リストアップされた六十三名中、五十七名分が古いリストにぴったり重なり、わずか六名が増えているにすぎない。その六名のなかに古田ヒロムも『石原』もふくまれていなかった。小久保は警察庁総務課長の谷田部に電話をかけた。「八年間でリストの追加分が六名なんてはずがない。ガキの使いじゃあるまいし、こんな資料を、はいそうですかとうけとるな。用件の主旨がわかってるのか！」相手の谷田部は警視正のはずだが、小久保は意に介さず、そう悪しざまに罵《ののし》ってリストを再請求した。

その数分後、空山と花崎があいついで帰ってきた。

「裏はとれた」空山が言った。「坊主は女から話を詳しく聞いちゃいない。森永瞳の本名も知らない。ところで村瀬、やっぱりおまえはあの女と一発やるのが目的だったそうじゃないか。変態坊主がそう言ってるぜ」

村瀬は顔のまえで蠅を追い払うように手を振って否定した。スターホテルの防犯カメラの映像ディスクを花崎が持ち帰っていた。下河原が、へらへら笑っている村瀬をどやしつけて、パソコンに向かわせた。映像をモニターに再生して村瀬に見せると、事件当日の午前十一時二十五分に回転ドアからホテルへ入り、十一時五十八分に出た男を、石原のようだと指摘した。拡大してプリントしたが、画質が悪く、俯《うつむ》きかげんでもあり、『石原』の特定に役立ちそうにもなかった。

午後五時二十分、海市にいる空山の部下が連絡をよこした。無事に捜査押収をすませて東京へ出発。五時二十八分、再請求したリストがとどいた。モニターにあらわれたのは、ばかばかしいことに、最初にチェックした福井県警監察課長水門愛子の署名入りのリストだった。

「糞《くそ》ったれ！」小久保は声を荒らげた。

村瀬がびっくりして立ちあがり、コーヒーでもいれるつもりなのか、キッチンへ小走りに去った。小久保はモニターをにらみつけた。これ以上総務課の線を押しても埒《らち》があかないと判断して受話器を摑んだ。水門監察官の携帯電話の番号を押すと、彼女がすぐ出た。

「電話しようと思っていたところです」水門が言った。「小久保さんは本日付けで、捜査一課に配属されることになりました。ポストは同じく管理官。帰ったら詳しく事情を説明しますが、警察庁と警視庁が合同で特命チームを編成して、福井県警に派遣します」

「特命チーム？」

「小久保さんは海市で捜査の指揮を」

小久保は口をつぐんだ。水門が事件に敏感に反応して乗り込んできたからには、福井県警への特命チームの派遣は、一つの論理的な帰結である。その可能性を、小久保は頭のすみで考慮しなかったわけではない。だが彼女が、警察官僚とのゲームでなにほどかの勝利をおさめるとは、やはり予想を超える事態だった。視界の端で、下河原が長い顎《あご》に指先をかけて聞き耳を立てている。

「古田ヒロムの部屋で押収した資料は、四谷署に運ぶよう手配してください」水門が受話器の向こうで言った。

「丹羽との約束ですか」小久保は訊《き》いた。

「そうです」

「手配します」

「石原の特定は？」

「該当者なし。リストは屑《くず》です。水門さんが八年まえに作成したリストから、六名が増えているにすぎない」

「では県警の全警官のリストを当たってください。まず海市警察の警官から」

水門の乾いた声のひびきが、小久保の胸のくすぶりにぽっと炎を点《とも》した。

「冗談じゃない」小久保の口調がふいに乱暴になった。「県警監察課にまともなリストを出させろ」

「彼らはこの八年間、P対策を真剣に講じてこなかった可能性があります。あるいは屑のリストは彼らの意思表示です」

「警察庁には手を出させないということか」

「そうです。福井県警監察課は、わたしが辞めたあとの報復人事で、ふたたび公安部の影響下に入りました。そんなことは、あなたもわかっているはずです」

「では警察庁の公安局がPの一級品のリストを持ってる」

「請求しました。ないという返事です」

「県警の公安部は」

「請求しても結果は同じです」

「やつらは、Pのリストを持ってるのか持ってないのか」

「持っていると思います。でも無理です。それを言ってもはじまりません。彼らが官房にリストを渡すはずがありません。逆の立場でも同じことです」

「捜査のポイントは石原寛人の特定だ」小久保は見えない相手に顎を突き出して語気を強めた。「すくなくとも現時点ではそうだ。特定する能力がこちらになく、向こうにあるなら、村瀬の身柄を公安にあずけて、捜査協力をさせればいい」

「できません」水門が気色ばんで返した。

「できる。警察庁ならそれができる。組織間の調整がキャリアの仕事だ。なんのために、あんたたちは強力な権限を持たされ、地位にふさわしい高給を税金からふんだくってるんだ。さっさと公安に話をつけろ！」

短い沈黙があった。水門の低く叫ぶような声がとどいた。

「いまそちらへ向かいます。待っててください！」

小久保は受話器を叩《たた》きつけた。はねた受話器が、紙コップをのせたトレイを両手でかかげている村瀬の足もとへ転がった。小久保がにらみつけると、村瀬はトレイを持ったまま、くるっと背中を向けてダイニングルームの方へ下がった。下河原が受話器をもどして、通話可能かどうか確かめた。しばらく誰も口をきかなかった。

「休暇をとったらどうですか」空山が冷ややかに言った。

「永久にか」小久保は自分の声にまだ怒りがにじんでいることに嘆息した。


冬枯れの庭に夜の帳《とばり》が降りはじめていた。リビングルームの窓辺に立ち、水門監察官の帰りを待ちながら、三十年間の警官人生でいく度となくめぐってきた危機のことを、小久保はぼんやりと思い返した。

最初にして、おそらくは最大の危機が、二十三年まえの陽炎《かげろう》がゆれる初夏のある日、なんの前触れもなくおとずれた。敦賀《つるが》市の交番勤務についていた二十六歳の小久保仁巡査は、パトロールの途中で老舗《しにせ》の質屋に立ち寄った。正月に質屋の経営者夫婦が自宅で絞殺され、被害者の長男と次男に嫌疑をかけたが、逮捕に至らぬまま六ヵ月が経過していた。

母屋《おもや》の方で激しい物音がするので、小久保は自転車から降りて庭を覗《のぞ》いた。美しい容貌《ようぼう》の若者が金属バットで5ドアの冷蔵庫を叩き壊していた。銀のピアスが光り、スキンヘッドから汗が飛び散った。タンクトップ、トランクス、テニスシューズというスタイルの、若者の肉体もまた眩《まぶ》しいほどの美しさだった。冷蔵庫のボディは原形をとどめないまでに凹《へこ》みができていたが、若者は唸《うな》り、口汚く罵り、金属バットを振るいつづけた。最後の一撃まで手をゆるめる気配のないその徹底ぶりに、小久保がおぞましいものを感じはじめたとき、銃声が轟《とどろ》いて左肩に痛みが走った。背後でもう一人のスキンヘッドの若者が自動拳銃《けんじゅう》をかまえていた。後に弟の方だと判明したその若者が放った第二弾は、小久保の頬をかすめて縁側のガラス戸を撃ち砕いた。小久保は恐怖にかられて制式拳銃ベレッタ97Fを抜いた。背後から兄が金属バットを振りかざして襲いかかってきた。小久保は弾倉が空になるまで撃った。十七歳の兄に三発、十六歳の弟に五発、九ミリ・パラベラム弾が命中した。

夜になって捜査本部の記者会見があり、弟の腹部に二発、兄の方は胸に一発と右大腿部《だいたいぶ》に一発が命中して、両名とも失血によるショック死、と虚偽の報告がなされた。それでも警官の過剰防衛を非難する声がメディアの一部にあがったが、県警は動じず、運よくというべきか凶悪犯罪が連続して発生し、その事件はたちまち忘れ去られた。

もちろん小久保自身は、かんたんに忘れ去ることなどできなかった。撃たなければ自分の死体が転がっていた。敵と至近距離で遭遇して太股《ふともも》を狙って撃つことなど不可能である。敵の力を殺《そ》ぐためには大きな的を撃つのがベストの選択だ。その流れの帰結として兄弟への発砲があった。装塡《そうてん》十発の弾倉を撃ち尽くしたことが問題にはなる。それも自分が抱いた恐怖感を考えれば当然すぎる反応だ。過剰防衛かどうかの論点とは無関係である。麻薬と銃器が氾濫《はんらん》する街で、殺される恐怖と殺す恐怖、いずれにも耐えること。犯罪の最前線に投入される下級警官の日常とはそういうものだ。小久保はくり返しそう考えることで、崩壊しかねない自己をかろうじて保った。

それでも自律神経が狂い出した。不眠、発汗、胃潰瘍《いかいよう》、集中力の欠如。小久保は嘱託医のセラピーをうけた。一方で県警は彼を顕彰した。警察功労章に準じる顕著な功労により無試験で巡査部長に昇任。夢にまで見た刑事講習の推薦枠が向こうから手招きしてきた。ようするに警察システムの、報奨と治療を柱とする手厚い保護のおかげで、彼はとにもかくにも現場の激務に耐えるほどには癒《いや》されたのだった。

小久保を自己崩壊の危機にさらしたのは恐怖の感情ばかりではなかった。彼の分身である実直な警官は、別種の耐えがたいストレスを溜《た》め込んできた。仕事への情熱が、正当に評価されるシステムを実感したことは一度もない。公僕意識に貫かれたシステムなどというものは、絵空事というよりも、端的にデマゴギーである。そこは徹頭徹尾、権限、階級、ポストをめぐる権力闘争の場だった。

警察庁に採用された後も事情は変わらない。システムの問題点が国会で追及されると、警察庁は、警察批判の論陣を張る野党政治家の、特殊な性的嗜好《しこう》や秘書の錬金術等、寝かせておいた情報をリークすることで彼らの口を封じた。その報復行動に、情報収集という領域にかぎられるが、小久保自身が深く関わってきた。

そうして、老人の死がどこかしら身近に感じられるようになったいま、小久保はふと、べつの人生を選択する道はなかったものかと思った。リビングルームのガラス戸をあけた。夜の冷気をあびながら、だがその感慨はおまえの退場をうながすものだ、と自分に警告した。迷いを抱えたまま現場に臨むと、思わぬ危険に身をさらすことになるぞ。

ＴＶの音声が喧《やかま》しかったが、ドアがひらいたのは気配でわかった。受話器を叩きつけてから二十三分が経過。苛《いら》立ちはおさまっていた。いやすまない、お嬢さん。さっきのは、自分自身への腹立ちをついつい他人に振り向けたというやつで、べつに悪気はないんだ。そのていどの和解の言葉なら、いくらでも吐いてやる。たった一つの信念を貫いてきたわけではなく、女と良心はいくつかスペアを用意して、状況におうじて使い分けてきた。いつでも辞めてやるが、それも相手の出方次第だ。煙草の煙が立ちこめる向こう、ひらいたドアのところに水門監察官が立った。

「二人で話しませんか」彼女は冷静な口調で言い捨てると、廊下に姿を消した。

小久保はリビングルームを出た。薄暗い玄関ホールで、水門がショルダーバッグを胸に斜めにかけたまま、顎を引いて視線をひたと小久保に当てた。緊張のせいか、怒りのためか、おそらく両方の理由で水門の眼もとに淡く赤みが差している。

「どうしようと言うんですか」彼女が言った。

「情報と村瀬を公安にぽんと差し出せばすむ。わたしは家に帰って代休日を愉《たの》しむ。なにも問題はない」

「あなた方は仕事を失います」

水門はずいぶんと飛躍した回答をよこした。小久保は両方の手のひらを天井に向けた。

「官房に忠誠を誓うスパイどもの失業」小久保は言った。

「それが嫌なら、公安との権力闘争に勝利しつつ捜査をすすめる。ほかに方法はありません」

「無能なキャリアもいっしょに舞台から去るなら失業も悪くない」

「無理です。権力を自ら投げ捨てる権力者などいません」

「そのうえ」小久保は水門の見解に同意して言った。「キャリアは公僕意識に欠けても、権力の維持と拡大に関しては異常なほど能力が高い」

前世紀末に高級官僚のお粗末さが世間に露呈して、キャリア制度の改革が政治日程に上るかに見えた。だが例によって官僚の激しい抵抗に会い、けっきょくその場かぎりの手直しで頓挫《とんざ》したという経緯があった。

「日本版FBI構想が実現すればどうにかなるという問題でもありません。FBI構想は権力闘争の口実です。本気で警察システムの改革を考えているキャリアなどいません」水門が言った。

「率直だな」小久保は感嘆する声で言った。

「わたしは制度改革に関心がありません」なにに対する怒りからか、水門は語気を強め、いっそう早口になった。「どんな登用制度も権力を生みます。権力は必要悪です。そうでしょ。二十五万人もの職員を抱える巨大な暴力装置をコントロールするには、エリート官僚の存在が必要になるわけでしょ。予算と人員が潤沢にあれば、彼らをじっくり育てることも可能かもしれませんが、そんなことは現実にはありえない。したがって経験に乏しいエリート官僚が重要ポストに就くのは避けられない。二十六歳の小娘にすぎないわたしが、福井県警の監察課長に落下傘降下するというような、ばかげた事態が恒常化している。とりあえずわたしに言えるのはこういうことです。問われているのは個人の能力だと」

そこで、水門はいったん口をつぐみ、小久保に鋭い視線をそそいで、言葉をついだ。

「キャリアは無能で尊大だと責め立てられますけど、あなた方はなんですか、卑屈な、下司野《げす》郎ですよ。ノンキャリアの関心事は、ポストと女のおっぱい」

小久保は片方の眉《まゆ》をあげた。水門は頭上に王冠をかぶせる仕草をした。

「あなた方は、自分たちにふさわしい、無能で尊大なキャリアを、頭にのせているんです」

「返す言葉がない」

「わたしが女だから仕事がやりにくいということは」

「罵倒《ばとう》すると、かえってばつが悪いという感じはある」

「おっぱいがあるから？」水門は軽蔑《けいべつ》しきった口調で言った。

小久保はちょっと考え、「無関係とは言えない」とこたえた。この鈍感な男根野郎という眼《まな》差《ざ》しを水門は向けてきた。そう言うおまえは女のくせに股間《こかん》にペニスをぶら下げてるじゃないか、と小久保は胸のうちで言葉を返した。

「三十六歳のキャリアで初《うぶ》な女、そんな女が存在すると思いますか」水門が言った。

「思わないね」

「権力闘争は嫌いじゃありません。他人の人生を牛耳る愉しみは、なにものにも替えがたい。だから老人の政治家は勃起《ぼっき》不能になっても、かくしゃくとしているわけでしょ。誰もが権力闘争に夢中になります。ようするに対立の本質は、キャリアがにぎる権力に、あなた方が嫉妬《しっと》していること」

「あんたの言うことはみもふたもないな」

「仕事の話をしてもいいですか」

「どうぞ」

あっさり了承されたことに意外の感があったのか、それまで小久保に鋭くそそがれていた水門の視線が、玄関ホールのフロアに落ちた。短いため息を洩《も》らすと、表情がかすかにやわらいだ。

「海市が捜査の中心になると思います。小久保さんには追跡チームを指揮してもらいます」

「空山を連れていくということですか」小久保の口調は部下にもどった。

「予算を削られました。とりあえず、ここにいる三名を現地へ」

「警視庁の監察課が県警の警官を内偵するなんて、できませんよ。バレたら県警のメンツをつぶすことになる」

「空山さんのチームも捜査一課に配属します。つまり捜査本部の捜査員として新界大廈殺人事件の捜査をする。これで管轄は問題ありません。県警のメンツは保たれます」

小久保は短くうなずいた。「捜査一課は現地入りしないんですか」

「一名が、わたしたちと行動をともにします。誰にするか、向こうから連絡が」

「青柳管理官ですか」

「彼は捜査本部からはずされました」

水門に情報を流したかどで丹羽が制裁したのだろう、と小久保は思った。どちらからともなくリビングルームへ足を向けた。

「現在のPの活動状況はどうなんですか」小久保は訊《き》いた。

「感触としては、九年まえにわたしが赴任した当時よりも停滞しているようです。狂熱の季節のあとの倦怠期《けんたいき》とでもいうのか。もちろん海市では、いまでも毎年、平均二人の警官が殺され、その報復があります。蔡昌平《サイ・ショウヘイ》が率いる梟雄幇《きょうゆうばん》、寄り合い所帯の十星会、ヴィタリー・ガイダルが束ねるロシア人グループ、マフィア各組織の動きは活発ですが、市警察を脅かすほどではありません。治安はあるレベルで安定している、というのが県警の見解です」

福井県警現職警官二千四百余名のリスト、および『石原寛人』がOBである可能性にそなえて同県警の退職者リストを、それぞれとり寄せた。まず海市警察三百十八名と同市警察の退職者リストを、休憩を入れずにチェックをつづけたが、該当者はなかった。時間が経つにつれてペースは落ちていくから、全警官のチェックがおわるのは夜明けになり、けっきょくは空振りにおわる、という惨めな結果が小久保の頭をよぎった。石原寛人が現職でもOBでもない可能性もあった。たとえば殉職警官や服役中の警官の兄弟。Pのリストで見るかぎり、家族の容疑は偽証罪や逃走幇助《ほうじょ》罪など補助的な役割に限定されているが、それを固定的に考えるのはばかげている。警官の弟を惨殺され、復讐《ふくしゅう》のために武器をとるに至ったエンジニアの兄がいても不思議はない。

とはいえ、入手できたリストを使って消去法でやってみるほかなかった。午前零時すぎ、現職警官およそ一千人分のチェックがすんだところで、村瀬の集中力が途切れ、小久保は本日の作業の終了を宣言した。むかしは事件が発生すると所轄署の道場に一ヵ月も二ヵ月も泊まり込んだものだが、それで捜査がどうにかなると思う精神主義とはとっくに決別していた。村瀬に逃亡の恐れはなかった。地域課に依頼してパトカーを一台配備してもらい、最年長だが階級がいちばん下の花崎巡査部長一人を村瀬につけて、後のメンバーは帰宅することにした。

小久保は最終電車で帰った。訊問《じんもん》と『石原』の特定に忙殺された一日がようやくおわって、吊革《つりかわ》と網棚のパイプに手をかけ、疲れた体を電車のゆれにまかせている小久保に、若者の死を悼む心の余裕が生まれた。脳裏に懐かしい光景がうかんできた。公安部長暗殺事件の翌年、初夏のある日、警察庁採用が決まった小久保は、別れの杯を酌みかわそうと、海辺の街の交番に卒配された古田ヒロムをたずねた。悲劇からまだ七ヵ月経ったばかりで、心配していたのだが、ヒロムから新しいガールフレンドを紹介されて、びっくりすると同時に、これで若者の復讐心は薄れていくかもしれないと胸を撫《な》で降ろした。

「親父は地域課の警官で、職質の最中にいきなりバンと撃たれて死んだ」三人で食事をとっているときに、ヒロムは、眼差しに志の高さを感じさせる魅力的なガールフレンドに、自分が警官になった経緯を冗談めかして話した。「通夜にきた親戚の半分は警官とその家族だった。そういう家系なんだ。ぼくは長男で、もう十三歳で、復讐を誓うことを周囲から期待されてるってことが、なんとなくわかってた。いま思うとじつに滑稽《こっけい》ではあるけど、精一杯、厳《いか》めしい顔をつくって、親父のかたきをとります、刑事になりますと宣言した。ちょっとした愁嘆場になった。黒服のおじさんやおばさんが感極まって泣いたね。それで引っ込みがつかなくなって、現在のぼくがいるというのも、真実の一部ではあるんだ」

テーブルで笑いが絶えることはなかった。だが、あのような時間は二度ともどらないのだと、最終電車の酔っ払いや遊び疲れた若者を、暗い眼でながめながら小久保は思った。今年の春、海市警察への配属が決まり、金子アパートをたずねてきたヒロムに、決意が変わらぬことを告げられた。小久保は慨嘆し、復讐を思いとどまるよう説得したが、ヒロムは聞き入れなかった。それでも淡い希望を抱いていたのだが。

12

水門愛子

翌朝、水門監察官は、代休をとった小久保仁の代わりに、特命チームに配属された本庁捜査一課の巡査部長に会いにいった。約束の午前十時ちょうど、四谷署の大会議室をのぞくと、まだ捜査会議中だと思っていたが、がらんとして、後ろの方にブルゾンを着た男が一人いた。

「水門監察官ですか?」男が訊いた。

「そうです」

「筒井悟《つついさとる》です」

長身で、ほっそりした体つきの、三十歳前後の男だった。

「押収品はどこに」

「この五箱です」筒井巡査部長は壁際に寄せられた段ボール箱を示して、押収品目録を手近の会議用テーブルにのせた。「コーヒーでもお持ちしましょうか」

「いいえ」

水門は折り畳み式の椅子に腰を降ろして目録にざっと眼をとおした。手紙、領収書、保険証、スナップ写真。警察学校の教科書やノートも多数ある。パソコンとフロッピーディスクはない。日記や雑多なメモ類もないようだ。携帯電話もなし。アドレス帳も見当たらない。手がかりになるようなものは、『石原』の仲間が部屋から持ち去ったのだろう。

「古田ヒロムの所持品は」水門は訊いた。

「車のキーと予備の弾倉だけです」

「村瀬の証言内容を聞いてますか」

「概略は課長から」

水門はテーブルに、スターホテルの防犯カメラの映像ディスク、プリントした男の写真、石原寛人巡査部長の名刺を出して、かんたんに説明した。

「青い薔薇《ばら》の購入先は」水門は訊いた。

「都内の花屋を当たってますが、まだ」筒井は首を横に振った。

「東南アジア系の女の割り出しは」

「陳青という老婆に、海市在住の外国籍の女の写真を見せはじめたのですが、記憶力に問題があるようでして、いまは係の者が投げ出している状態です」

女は海市から連れてきたとみるのが自然だが、不法滞在者の可能性がある。もしそうなら手の打ちようがない、と水門は思った。

「事件発生まえの古田ヒロムの足どりは摑《つか》めましたか」

「中学校の恩師が急逝したということで、事件前日の午後十一時五十三分、盗犯係長の自宅に電話を入れて、二日間の休暇を願い出ています。その件は寮の電話の通話記録で裏がとれました」

水門はメモをとり、手帳に視線をそそいだ。村瀬の証言によれば、午後十一時すぎに石原から電話。石原は、翌日、東京で村瀬と会う約束をとりつけると、ただちに暗殺チームを手配し、招集された古田は、口実をもうけて休暇をとったということだろう。

「翌早朝」筒井がつづけた。「時間は不明ですが、古田は自分の車で出発したようです。寮近くの月極め駐車場から、古田の青いスカイラインが消えています。死体の所持品のキーは二種類ありました。それぞれがべつの車のキーです。スカイラインと同タイプのものと、トヨタのヴァンに使用されているタイプです。おそらく連中は、ばらばらに海市を出て、途中で集合して一台の車に乗り換えた、ということではないでしょうか」

「古田がその一台の車の運転をしていた」

「ええ。キーは古田のポケットに入っていました。現場近くに車が放置されているのでは、と捜してみましたが、見つかりません。仲間がスペアキーを持っていた可能性はあると思いますが」

「古田のスカイラインの手配は」

「海市から東京へ出る経路の、各県に手配しましたが、いまのところ通報はありません」

「新界大廈八〇三号室から、海市に関係するものは出ませんでしたか。アドレス帳、手紙、走り書きした電話番号」

「出ませんでした」

水門は頭をめぐらして壁際の段ボール箱を見た。

「押収品を調べましたか」

「はい。とくに手がかりになるようなものはなかったのですが」

なにかをほのめかす口ぶりに、水門は筒井を見た。寝不足と疲労のせいで充血しているが、涼しげな眼をしている。

「気になる点が？」

「古田は勉強家です。警察学校の時代から刑事講習まで、教科書もノートもぜんぶとってあります。手垢《てあか》がついて、ぼろぼろで、教科書の余白にも書き込みがびっしりと」筒井は手帳をめくった。「それを見るかぎり、古田はガリ勉で昇進を狙うタイプに見えます。じっさい問題として、高卒採用としては出世頭です。二十四歳で巡査部長。今年の春、二十六歳で刑事に昇任。昇任と同時に海市警察に配属。ここまでは理解できます。ところが、それからわずか八ヵ月後、彼はサブマシンガンで女を撃ちました。信じられない話です。生真面目な男が嫉妬《しっと》に狂って、女を殺したという類《たぐ》いの事件ではありません。古田は、ある種の組織犯罪に加担したわけです。おそらく確信犯でしょう。新宿の事件は、彼のガリ勉警官のイメージからは想像できません」

古田の内面に関わる推測であり疑義だった。筒井は、古田の動機が不透明だと言っているのだ。

「あなたの指摘は頭に入れておきます。古田がPに加担した動機がなんだったのか、個人的な興味はあります。だがそれはそれとして、彼らはなぜカップルを殺したのか、つまりPの動機を解明する必要がある。押収品を見せてください」

水門が椅子から立つと、筒井は手で軽く制して、段ボール箱をテーブルの方へ引き寄せた。

「もう一つ気になる点が」筒井が白い綿の手袋をはめながら言った。「女の子の痕跡《こんせき》がありません」

「痕跡とは」

「ラブレターが一通も見当たりません」

「手紙を書かない男もいますよ。パソコンが押収品リストにありませんが、電子メールのやりとりをしていた可能性もあるわけで」

「女の子のスナップ写真も見当たりませんでした」筒井はその問題にこだわった。

水門は、ほんの短い時間、考えた。ガールフレンドのいない二十七歳の警官。不思議がることはない。筒井が白い封筒の束をテーブルに出した。目録によれば二十三通。一通ずつ検察庁のラベルが貼ってある。水門も白い手袋をはめた。

「古田の父親は警官で殉職しています。兄弟はいません。親戚の警官らしい男の手紙が一通。高校の恩師らしい人から一通。それ以外の二十一通は母親からの手紙です」筒井が説明した。

水門は封筒を裏返して、差出人の氏名を確認していった。達筆のペン字で『山口県防府《ほうふ》市、古田裕子』と記された封筒がつづく。まとまった量の手紙をながめ、そのほとんどが母親の手紙で、若い女の手紙が一通もないとなると、さすがに奇異な印象を与える。県警に採用された十九歳から、殺される二十七歳まで、古田ヒロムに手紙を書いた娘は一人もいなかったのか。

「ガールフレンドはいたと思いますか?」水門は訊《き》いた。

「いたと思うのが、自然じゃないでしょうか」

「そうですね」

「死体を見ました。古田は女の子にモテると思います」

古田に親しい女がいたとしたら、事情を訊くべきだろう。

「ガールフレンドが報道で古田の死を知ったかもしれません。若い女の問い合わせは」

「確認します」

筒井は電話を置いたテーブルへ走った。

四谷署に入った古田ヒロムに関する問い合わせの電話は、母親の裕子と叔父《おじ》の板倉渉《わたる》からの二本だけだった。昨夜、筒井巡査部長が、裕子と叔父の板倉夫婦の三人を死体安置所に案内したという。筒井が板倉の携帯電話の番号を控えていたが、悲嘆にくれた遺族が事情聴取を拒否することを恐れて、水門監察官は連絡を入れずに火葬場に向かった。

東京都の西郊外にある火葬場に着いたとき、礼服を着た小柄な男が、古田ヒロムの最後の骨を小さなスコップで手際よくかきあつめているところだった。火葬場の職員以外の人影は、男一人と女二人、いずれも五十歳前後。母親と叔父夫婦だろう。古田に恋人がいれば、火葬場に駆けつけているかもしれないと期待していたのだが、若い女の姿はなかった。

骨壺の蓋《ふた》が閉じられるかすかな音に嗚咽《おえつ》が洩《も》れた。骨壺《こつつぼ》を抱《たた》いた母親が、まえ屈《かが》みの姿勢で表へ歩き出し、叔父夫婦がつづいた。大理石のフロアを叩く靴音が耳を打つ。水門は彼らを遠巻きに見ながら、話しかけるタイミングをはかった。火葬場の車廻《まわ》しにタクシーが待っていた。後部座席に母親が乗り込んだとき、水門はやりきれない思いを胸にしまい込んで「古田さん」と声をかけた。叔父が振り返り、鋭い視線を向けた。水門は警察手帳をちらと見せた。

「警察庁の水門という者です。申しわけありませんが、一、二分、話を聞かせてくれませんか」

母親をガードするように、叔父が後部ドアのまえに立った。「古田ヒロムの叔父の板倉と言いますが、どんなご用件でしょうか」

「古田ヒロムの女友だちのことで」

「はい」板倉は顎《あご》を引き締めた。涙をたたえた眼が充血している。

「板倉さんは古田ヒロムに手紙を出された方ですね」

短い沈黙があった。山口県長門《ながと》市の板倉渉が出した手紙は、現職警官であるらしい板倉が、同じ道を歩みはじめた古田ヒロムを激励する内容で、ヒロムが福井県警に採用された直後の日付が記されていた。

「ええ、手紙を出しています」

「では捜査の経験もおありだと思いますので、率直に話しますが、古田ヒロムの携帯電話やアドレス帳が見つかりません。彼の女性関係について情報がほしいのです」

板倉は後部座席へ身を屈めて、母親と小声で言葉をかわし、すぐ水門の方へ向き直った。

「最近、つき合っていた女の子のことですね」

「はい」

板倉はまた後部座席の母親と話した。話が長引き、女の子の名前らしき言葉をなんどか、水門は耳にはさんだ。板倉はタクシーを離れると、「ちょっと」と聞きとりにくい声で言い、先に立って歩いた。火葬場の外壁にそって長いポーチがあり、古代ギリシャふうの円柱がならんでいる。二人はそのポーチにあがった。

「母親はなにも知りません」板倉はそう言うと、うかぬ顔を向けた。「わたしの方からお訊きしたいことがあります」

「なんでしょう」

「高木彩夏《あやか》のことを、ごぞんじないような気がするのですが」

「女友だちですか？」

「恋人でした」

過去形だった。別れた恋人がいたのか。

「いいえ、知りません」

板倉の表情がいっそう困惑した。「高木彩夏は殺されまして」

「いつ」水門の口から思いがけず厳しい声が出た。

「ヒロムが福井県警に採用された年、八年まえの十一月二十三日です」

諳《そら》じている板倉の話しぶりに、水門は一瞬とまどった。八年まえ。十一月二十三日。忘れられない年月日だったが、混乱して考えがまとまらなかった。

「高木彩夏と言います」板倉が念を押すように名前を口にしてつづけた。「ヒロムの高校の同級生で、ヒロムが県警に採用されると、福井県まで後を追いかけまして。公安部長が暗殺されたとき、彩夏はあのホテルの結婚式場で給仕をしていました」

水門は短く声をあげた。もちろんおぼえていた。「公安部長のほかに、ホテルのウエイトレス一名が死亡」

「彩夏はちょうど公安部長の背後にいて、サブマシンガンの銃弾をあびました」

水門は眉《まゆ》をしかめた。「県警はその件についてはなにも教えてくれませんでした」

板倉が陽に焼けた浅黒い顔を強張《こわば》らせた。しばらく沈黙した後で、おずおずと口をひらいた。

「ヒロム宛ての、わたしの手紙を押収して、あなたは読まれた。だからわたしが警官であることに察しがついた。そういうことですね」

「ええ」

「だがあなたは彩夏のことはまったくごぞんじなかった」

「いまのお話で、やっと遠い記憶が」

「ヒロムに宛てた手紙で、わたしは彩夏のことを書いているんですが」

水門は首を横に振った。「板倉さんの手紙は、文面の最後に日付があります。わたしが読んだ手紙は、たしか八年まえの五月です。つまり古田ヒロムが県警に採用された直後で、手紙の内容と時期は一致しますから」そこまでしゃべって、板倉が言いたいことがわかった。喉《のど》に引っかかって、いがらっぽい声が出た。「手紙をなん通書いたかおぼえてますか」

「すくなくとも二通は」

「押収した板倉さんの手紙は一通です」

「同じ年の暮れに、彩夏の死に触れた手紙を書いています」

「その手紙は知りません」

「そのようですが、なぜ」

「わたしの方が訊きたい」

「誰かが処分した」

「誰です」水門の口調が鋭さを増した。

板倉は手のひらを向けて制した。一つ深呼吸して、話をすこしもどした。

「ヒロムの母親の手紙も読まれたわけですよね」

「ざっと眼をとおしました。二十一通です。板倉さんの手紙と同様に、高木彩夏という娘さんのことは出てきませんでした」

「確認してみます」

水門はポーチで待った。板倉はすぐもどってきて、予想していたとおりのことを言った。

「ぜんぶでなん通出したかは不明ですが、母親は彩夏の死に触れた手紙を書いています」

「それもありません」

「ヒロムが処分したんです」板倉は断定する口調で言った。

「なぜそう思うんですか」

「正月に帰省したときに、彩夏のことを、手紙に書いたり、電話で話題にしては困る、とヒロムに言われました」

「なぜ」と水門は重ねた。

板倉はこめかみに指をそえ、俯《うつむ》きかげんになって言った。「ヒロムの言い分はこういうことです。公安部長の暗殺は、県警内部ではひそかに喝采《かっさい》をあびている。だからぼくの恋人が彩夏であることを知られると、県警では生きづらい」

水門は、短い時間、板倉の話に検討をくわえた。

「犯人グループに報復する意思を持つ人物、とみなされるから？」

「そうです。ヒロムは、上司にも同僚にも、彩夏の話はしていないと言ってました」

「処世術の意味で、彼はそう言ったのですね」

板倉の眼差《まなざ》しが陰った。「今回の事件が起きるまでは、そう理解していましたが」

「べつの解釈があるということですか?」

「殺された男と女はなに者ですか」板倉は問いを返した。

「まだ公表できませんが」

「誰にもしゃべりません」

「男の方が、八年まえの公安部長暗殺事件に関係した警官グループの近くにいたことは、確かです」

「だとすれば」

板倉が飲み込んだ言葉に、水門は考えをめぐらした。曇天の空から薄日が差し、どこからか小鳥のさえずりが聞こえてきた。頭の整理がつかなかった。Pのシンパが多い福井県警で無難な警官人生を送るには、恋人がPに殺されたことは秘匿した方がいいのだと、古田ヒロムは母親や叔父に説明したという。だが古田の真意は、べつのところにあったのかもしれない。板倉はそうほのめかしている。では古田の真意とはなにか。報復する意思だ。報復する意思をPに察知されないよう、恋人の死を秘匿したのだ。だとするなら、一昨日の夜、Pに加担して西修平と女を襲った理由をどう説明すればいいのだ。

水門は古田ヒロムの遺骨と遺族を見送った。それからなおしばらくの間、火葬場のポーチにたたずんで、思考をめぐらした。

古田はなぜ高木彩夏の死を隠したのか。処世術とは考えられない。報復の意思を隠すためだ。

だとすれば事件の筋を読みまちがえている。古田は、西修平が公安部長暗殺事件の犯人の一人であることを突きとめて、一昨日の夜、襲撃した。叔父の板倉渉が示唆したのもそういうことだ。石原寛人を名乗った男はPへの恨みを古田ヒロムと共有する者。東南アジア系の女も同様。そうは読めない、と水門は自分が立てた仮説に反駁《はんばく》を試みた。石原は内部事情に詳しい。西修平の女に関するわずかな手がかりに反応した。情報の流れから見て、石原は海市警察にネットワークを持っている。暗殺された公安部長の名前を偽名に使った。それらの事実を勘案すれば、もっとも合理的な解釈はこうだ。石原はPである。彼らはPである。古田ヒロムは報復の意思を隠してPに潜入した。「潜入」水門はそっと口に出して言ってみた。公安部長暗殺事件の手がかりは皆無に等しい。潜入は犯人を突きとめる有効な方法である。水門自身が、この八年間、潜入捜査を夢想してきた。

では捜査の目的で潜入したのであれば、古田はなぜ女を殺したのか。やむをえなかったと考えるほかはない。新入りに引き金を引かせる。それがPの手口だ。試すために、公安のスパイかどうか見極めるために、新入りにまず殺しを要求する。潜入者は危険な綱渡りを強いられる。古田に選択の余地はなかったのだ。結果から考えれば、古田は恋人を殺した犯人をまだ突きとめていなかったのだろう。彼らの信用をかちえて、グループの奥深く潜入する必要があった。だから女を殺した。

水門は「信じがたい」と呟《つぶや》いた。だが確信を持ちはじめていた。ただし、この仮説どおりだとしても、Pへの潜入を、古田ヒロムが単独で計画したとは思えない。背後関係があったかどうか調べる必要がある。胸の高ぶりをおぼえながら、タクシーを呼ぶために火葬場の事務所へ向かった。これが突破口になるかもしれない。古田ヒロムに背後関係があれば、海市警察に赴任した四月から、Ｐの内部事情に関する報告がはじまったはずである。

13

水門愛子

生涯最悪の日として記憶に刻み込まれている八年まえの十一月二十三日、いったん眼覚めて、隣に寝ているはずの男を腕で捜したことを、水門愛子はいまでもおぼえている。朝から晴れ渡った勤労感謝の日で、陽はすでに高く昇り、男は出ていったあとだった。余韻が残るベッドで彼女はまた眠りに落ち、おそらく昼近くまで、まどろみを愉《たの》しんだ。それから熱いシャワー、新聞と挽《ひ》き立てのコーヒー、古いカントリー・ミュージック、またベッド、ふたたびまどろみかけたとき、電話のベルが鳴り、事件の一報が入った。

狂信的武装カルトが警察幹部をテロルの対象にした歴史はある。だが警官グループが、一定の政治目標にもとづいて公安部長を暗殺したのは、日本の犯罪史上、前代未聞の事件だった。

その日、福井市の目抜き通りに面した燕《つばめ》ホテルで、国土交通省の若手官僚と北陸経済界の有力者の娘の結婚式が催された。花嫁の父親が県の公安委員長だった関係から、本部長、六名の部長、それに警察学校長が、妻あるいは妻の代理の娘とともに招かれていた。結婚式の三ヵ月まえ、県警本部は県議会でP壊滅作戦の勝利宣言をおこなっており、まったく無警戒だった。県警幹部の誰一人としてボディガードを伴っていなかった。すくなくともホテル周辺に、それとはわからない装いで、数台の警察車を配備すべきだったろう。午後三時三十一分、懐石風の中国料理が給仕されている最中に、招待客をよそおった三人のPが公安部長を銃撃したのである。

招待客および式場側が撮影した映像が、TVを通じてくり返し流された。三人のPは正装し、首から上は、それぞれ彩色の異なる京劇の孫悟空の仮面をかぶっていた。ゴム製の仮面は、中国人街へいけば玩具屋でかんたんに手に入る類《たぐ》いの、安価なおもちゃだった。彼ら三人が登場すると、新郎の友人による余興がはじまるものと勘違いして、式場から盛大な拍手が起きた。仰々しい仮面におどろいた幼児が泣き出し、勇敢な女の子が飛び出していって三匹の悟空に蹴《け》りをくれると、彼らはおどけて痛がる素振りを見せ、それがいっそうの笑いと拍手を誘った。新郎新婦ならびに招待客へ向けて、彼らは愛想よく手を振りつつ、さりげなく県警幹部のテーブルに近づいた。式に招かれていた交通部長の妻の証言によれば、黄金の悟空が上着の内側からサブマシンガンを摑《つか》み出したときも、一瞬ではあるが、それは余興のつづきとうけとめられた。黄金の悟空がいきなり公安部長の石原寛人警視正を撃った。招待された警察幹部のなかでキャリア官僚は石原一人だった。黄金の悟空はテーブルに飛び乗り、床に倒れた石原に向けて再度発砲して、とどめを刺した。その間、赤い悟空と緑の悟空は、天井へ向けてサブマシンガンを断続的に撃ち、人々を黙らせた。幼児の口は大人の手でふさがれ、誰も声をあげず、銃声だけが鳴りひびくなかを、三匹の悟空はすばやく退却していき、燕ホテルのエントランスに進入してきた白いヴァンに乗り込んで逃げ去った。

石原寛人公安部長は即死だった。銃弾の一部が背後のテーブルにそれて、十九歳のウェイトレスの背骨を砕き、死者二名と重軽傷者十五名の惨劇を引き起こした。その八日後、暗殺計画を察知できなかった責任をとらされて、県警警務部監察課長、水門愛子警視は徳島県警へ飛ばされたのである。

午後二時すぎに、水門監察官は新宿区の屋敷にもどった。四谷署の村瀬は、県警職員名簿のチェックを昼まえにおわらせ、ついで海市警察の異動者リストを過去四十年分調べて、水門が到着したときは、別室で休んでいた。空山警部と二人の部下は、リビングルームに事務机と電話機を持ち込み、Pのリストに記載された全員を、現住所、職業、家族、等々について再調査していた。水門は彼らに、古田ヒロムの恋人についてかんたんに説明すると、ダイニングテーブルに散乱した書類から古田ヒロムの略歴を捜し出して、ざっと眼をとおした。

初任科教育一年、地域課勤務二年、留置管理一年、SAT勤務三年、ふたたび地域課勤務を経て二十六歳で刑事を拝命。今年の春から海市警察刑事課盗犯係。筒井巡査部長の言うとおり、キャリアは悪くない。

SATは『Special Assault Team』の略で、前世紀に創設された当時は主要七都道府県のみだったが、現在では各県警の機動隊に八個小隊規模で編成されている。重火器を扱えるSAT経験者には、Pのリクルート担当者の心が動く。それを計算に入れて、県警のある部署が、古田ヒロムにSATの経験を積ませたのだろうか、と水門は思った。

だとすれば、海市警察への異動にも、ある部署の意向がはたらいていたことになる。古田が信頼できる県警幹部に、恋人の死を語り、秘めた報復の意思を打ち明ける。そして幹部をふくむ少数の人間が潜入計画を立てたのだ。では、古田の命がけの任務をバックアップした部署はどこか。

電話を摑んだ。公安部にしろ刑事部にしろ、問い合わせに、古田巡査部長はうちが送り込んだ潜入捜査員だなどと、素直に認めるはずもない。憮然《ぶぜん》と受話器を降ろした。福井県警内部でもいくらか意思の疎通が可能なキャリアに訊いてみることを考えた。県警に在籍中のキャリアは、捜査二課長、会計課長、警務部長と三名いるが、なにも知らないだろう。彼らは回転ドアから入ってきて、捜査ミスと警官の犯罪が世間に露呈しないことをひたすら祈り、任期をおえると回転ドアから出ていって階段を一つ昇る。それだけだ。地方勤務のキャリアが潜入工作に関与することなど、まず考えられない。捜査の現場に深く関わった水門の体験は例外で、彼女の資質もあるが、なによりもP対策が異常に過熱した時期だった。

「水門さん」リビングルームから空山警部の声が飛んできた。「元の部下で信頼できるやつはいないのか」

水門は腕組みして、短く息を吐き、煙草をくゆらしている空山に視線をそそいだ。ためらいの事情を察した空山は、個人的なルートを使って古田ヒロムの背後関係を探れと言いたいのだろうが、親切心からの助言とは思えなかった。結果として、一年と九ヵ月の任期中に、水門は信頼できる部下をつくることはできなかった。むろん自分の落ち度もあるが、キャリア官僚と下級警官の溝は深い。水門がこたえないでいると、空山が皮肉な口調で問いを重ねた。

「福井県警の監察課も、下司野郎ぞろいってことですか」

「一息入れたいなら別室でどうぞ」

水門の言葉に、空山はうれしそうに笑い、煙草の煙に咳《せ》き込みながら訊《き》いた。「福井県警時代に、レイプされたって噂が耳に入りましてね。ほんとうなんですか」

水門は反射的に立ちあがった。椅子の脚が嫌な音を立てた。わたしのことだ。手近の書類を引き寄せて束ねた。感情を締め出して、素っ気ない声を出した。

「誰がレイプのことを」

「あなたの上司です、首席監察官です。ずいぶんまえですが、六本木で一杯やってるときに、そんな話がひょいと」

自分の福井県警時代が、どんなふうに語られて、男どもの俗悪な好奇心を満たしているか、水門はよく承知しているつもりだった。だが、それは警察庁のキャリアの内部に限られると勝手に思い込んでいた。空山クラスの下級警官まで話が伝わっているとは。ふいに胃がきりきりと痛みはじめた。

「でたらめです」

「根も葉もない噂だと?」

「せいぜい愉しみなさい」

水門は不機嫌に言い放ち、椅子を離れた。テーブルの端をまわり、リビングルームを突っ切ろうとすると、空山が煙草を持つ手で制した。

「山の中で、素っ裸で、手錠をかけられて、民間人に助けをもとめたって話は？　それも嘘っぱちですか？」

水門はうるさそうに空山をにらみつけた。美少年がそのまま老けたと言えばぴったりくる、不自然な顔だと思った。パソコンのまえから下河原が気づかう視線を投げてきた。花崎が振り返り、燃えつきそうな空山の煙草を奪いとって、灰皿でもみ消した。

「裸という点を除けば、事実です」水門は静かな声で言った。

「Pに襲われて?」

「そうです」水門はドアへ足を踏み出した。

「待てよ」空山がぞんざいな口調で呼びとめた。「水門さん、あんたなにか隠してるな」

「必要なことは話してます」

「はっきりしておこう」空山は歯切れよく言った。「これはあんたの事件だ。個人的な恨みを晴らすために俺たちを利用してる。まあそれはいい。北陸へいくって話だが、俺たちにすれば、勝手を知らない現場に放り出されるんだ。危険を察知できない。逃げ道もわからない。どいつを脅せばいいのか、脅す材料があるのかないのか、なにもわからない。Pについて洗いざらい話してもらう必要がある。隠してるものをオープンにしてくれないと困る。わかるだろ。もったいぶらずに、すぱっと脱いでくれよ」

水門は空山の背後のガラス戸を見た。几帳面《きちようめん》に手入れされた庭が寒々と眼に映る。視線をもどし、小さな笑みといっしょに言った。

「裸が見たいんですか?」

「比喩《ひゆ》として言ってるつもりだが」

「脱いで見せなくちゃ、不安なんですか?」

「不安だね」

「しゃぶってあげましょうか？」

空山が下卑た笑い声をあげ、花崎も下河原も笑い出した。水門は表情を閉ざすと、リビングルームを突っ切り、廊下へ出て、変態野郎と胸のうちで毒づいた。玄関ホールの脇のトイレに入り、長年の習慣から、ブースのなかを注意深く点検した。床、ドアの金具、仕切りの壁、天井。福井県警本部の婦人用トイレが盗撮されていたことを知ったのは、職を解かれたときだった。私物を整理するために、引き出しの中身をデスクの上に広げると、身におぼえのない映像ディスクが出てきた。ぴんとくるものがあり、自宅に持ち帰って再生してみると、ごていねいなことに、水門愛子の場面だけを編集してあった。

嫌がらせは赴任直後からはじまった。知らぬ間にバッグに入っていたポルノ写真。首から上は水門にすげ替えられた豊満な女が、黒い犬に背後から犯されていた。卑猥《ひわい》な電話。恐怖心を植えつける目的で執拗《しつよう》につづく無言の尾行。官舎の自室のドアのノブに下がっていた精液入りのコンドーム。官舎から民間のマンションへ引っ越す原因となったのは、あとで考えると下級警官のジョークにしては悪くないと笑ってしまうのだが、キッチンテーブルの上の白い皿に盛られた巨大な人糞《じんぷん》だった。警察社会では女は希少物である。蝉牛のような女ではないという理由からだけで、性的ファンタジーの対象になる。その女がキャリア官僚であれば欲望はどこまでも倒錯していく。

用を足して、水を流し、ブースのドアロックをはずした。内側へドアがひらいた瞬間、フラッシュバックに襲われて、水門の体は強張《こわば》った。両方の拳《こぶし》を顎《あご》の下で固め、まぶたをぎゅっと閉じて、嫌な記憶を追い払おうとした。

水門愛子が長官官房グループに所属するに至った経緯に、主体的な選択があったとは言いがたかった。彼女自身がそうとらえていた。入庁してすぐ権力闘争に巻き込まれた時点で、権力の階段を昇るには公安畑を歩いた方が有利だという認識はあった。ところが警察大学校の初任幹部課程で、ある教官から首席監察官を紹介され、長官官房グループの勉強会に出席するようになった。監察業務を通じて公安から権力を奪取する、という彼らの陰謀主義に惹《ひ》かれた面があったにしろ、なんとなくグループの一員になったというのが正直なところだろう。当時の彼女は、並外れて強い権力志向と、世間知らずゆえの迂闊《うかつ》さを併せ持つ、小娘だった。

福井県警に赴任して間もない桜の季節、水門ははじめて海市警察を視察した。市警察警官有志による報復宣言が出されてから九年後のことだった。その日、午前中、市警察を訪れて署長以下の幹部に挨拶《あいさつ》した。それから三台の車に分乗して市内をざっと案内してもらい、最後に、老沙《ろうさ》、永浦《ながうら》、波立《なみだち》といった外国人密集地区を走った。中国系と朝鮮系のマフィアの支配地域を東西に分かつ水無川の河口近くは、両岸が海浜公園になっている。パーキングに車をとめ、桜が満開の公園をボディガードを引き連れて散策した際に、署長が護国神社祭りの日の夜に起きた惨劇に触れた。

「そこのベンチで、覚醒剤《かくせいざい》でイカれたアラブ人船員が、十四歳の朝鮮人娼婦《しょうふ》の喉《のど》を掻《か》き切る事件が起きましてね」

だが昼間は安全で、こうしてのんびり花見もできる、というのが署長の話の趣旨だった。外国人密集地区では連夜銃声が絶えず、凶悪犯罪の発生率はいぜんとして北陸随一ではあるが、それでもここ数年で、マフィアの跳梁《ちょうりょう》を旧市街の海岸線に封じ込めるのに成功しつつあるという。昨年の犯罪による死者は四十二人。大半はマフィアの抗争によるもので、市民が巻き込まれた事案は二例のみ。通常の殺人事件の発生数はほかの市町村と変わりない。殉職警官もぐんと減って昨年はわずか二人。十年まえと比較すると、殉職警官数は八パーセント減で、殺人件数は十五パーセント減。署長はしきりになにかを訴えていた。

「Pの報復殺人が抑止力になっている、とお考えですか？」水門は敏感に反応して訊いた。

「残念ながら、それを認めざるをえません。統計も裏づけています」

Ｐ対策が手ぬるいという世間の批判は承知しているが、同僚を殺された警官の心情は察するにあまりあり、しかも報復殺人が抑止力となっている実態がある。その市警察のジレンマを理解してほしい、ということらしかった。

水無川にかかる橋を老沙側へ歩いて渡り、龍崗《りゅうこう》ホテルに入った。薄汚れた鶯色《うぐいすいろ》の建物だが、三階にある香宮は市内では最高級の広東料理を供するという。水門は憂鬱《ゆううつ》な気分でトイレに入った。資料によれば、市警察の課長級以上でＰと断定しうる人物は一人もおらず、幹部は全員、世すぎに忙しかった。署内ではＰのシンパふうを装い、県警幹部には苦渋のポーズをとり、どうにか勤めあげたら、生涯賃金のなん割かは稼ぎ出せる再就職先を確保する。彼らの頭のなかにあるのは、それがすべてだった。

水を流してブースのドアをあけ、出合い頭に顎を摑《つか》まれた。強い力で顎を上へ突きあげられ、のけぞり、男の手の圧力で声を出せなかった。腹に拳がめり込んだ。二発、三発、四発。男が耳元で「声をあげると殺すぞ」と低く言った。眼の下に銃口が突きつけられた。二人組の眼出し帽の男だった。丸めたハンカチを口に押し込まれ、粘着テープが口とまぶたをふさいだ。

後ろ手に手錠。連れ出された。階段を降り、おそらく従業員用の出口を経由して、ヴァンのような車で運ばれた。彼女は後部座席の足もとに転がされた。背中を踏みつけている二人、運転役、携帯電話で短く交信する助手席の男、計四名と推定した。やがて街のノイズが遠ざかると、こんどはエンジンに負荷がかかりはじめた。急坂を登っていくのがわかった。

四十分ほど走ったと思う。車が静かに停止したとき、考えうるすべての災いが自分の身に降りかかるのだと、覚悟を決めた。やわらかい地面に転がされた。靴はどこで脱げたのか思い出せなかった。両脇を抱えられ、引きずられ、裸足で細い山道を下った。なだらかな傾斜地に出て、行軍がおわった。

猿ぐつわがはずされて、水門は森のなかの湿っぽい空気を胸いっぱいに吸い込んだ。名前は、と間近で男の声。こたえなかった。筋肉が強張り、平衡感覚は失われて、立っているのがやっとだった。草を踏む音が両側からすっと近づいた。全身が凍りついた。凌辱《りょうじょく》をうけるのだと思い、叫ぼうとすると、喉から空気の固まりが洩れた。また腹を殴られた。息がつまり、まえのめりに倒れた。すわらせろ、と男の声が言った。誰かの手が髪の毛を掴んで引き起こした。

「名前は」男は落ち着いた声であらためて訊いた。

「水門愛子」彼女はこたえるほかなかった。

「年齢は」

「二十六歳」

学歴、警察庁入庁年次、階級、ポストをこたえさせられた。独身。生化学者の父と翻訳家の母は健在。弟が一人で十九歳の学生。

「乾湖《かんこ》という人造湖を知ってるか」

「ええ」

「去年の夏、その湖で市警察の巡査部長の家族が殺された事件は?」

「知ってます」

「捜査書類を読んだか」

「ざっと」

「熱心だな」

海市警察警官が殉職した事件は、すべて捜査記録に眼をとおしていた。七ヵ月まえに発生した乾湖殺人事件の顚末《てんまつ》は頭に刻み込んであった。昨年の八月下旬、乾湖で釣りをしていた市警察麻薬係の警官とその妻子が銃撃されて死亡した。当時、市警察麻薬係が中国人居住区で麻薬密売組織を内偵中だった。そこで、医師の立会いのもと、腹部を撃たれて重体に陥った妻に容疑者リストを見せ、犯人の男女は吉林《きつりん》省出身の王立峰(二十三)と、王のガールフレンドの柳沢敦子(二十一)と断定した。だが両名は事件直後に姿を消して、捜査は暗礁に乗りあげ、重体の妻は一時回復の兆しを見せたが二十一日後に死亡した。

「犯人のカップルが」男が言った。「最近、海市に舞いもどったという情報があるんだが、知ってるか?」

「いいえ」それがどうしたのだ、と水門は胸のうちで問いかけた。なぜ乾湖事件の話をわたしにするのだ。

「赴任したばかりのきみに、恨みなどあるはずもない。きみを苛《さいな》んで愉《たの》しむつもりもない。だがきみは敵だ。きみに我々の現実を教える必要はある」

鳥の叫びが一声、上空で聞こえた。視界をふさいでいた粘着テープが乱暴に剝《は》がされた。光が眩《まぶ》しかった。若葉が芽吹いた落葉樹の木立ちの向こう、はるか下の方で、青い湖面がきらめいている。引き立てられた。男たちは全員が眼出し帽をかぶっていた。水門は背中を押されて傾斜地を降りていった。人間の胴体ほどの太さの灰色の木が一本。その根元に男女が背中合わせに縛りつけられていた。男は青いブルゾンとブルージーンズ、女はピンク色のニットのパンツスーツ。猿ぐつわをされて呻《うめ》いていた。眼隠しはされていない。水門は男と対面する位置にすわらされた。髪を摑まれた。男の顔がさらに近づいた。五十センチほどの距離。どちらかといえば優しい面立ちの若い男だった。男はふいに眼を見ひらいた。銃声。髄液やら肉片やらが飛び散り、水門の顔を濡らした。彼女は殴られた犬のように叫んだ。横に引きずられた。女と対面させられるのだと思った。眼をきつく閉じた。こじあけられた。涙と返り血で視界は曇っていた。また銃声。自分の叫びを聞いた。喉の奥から声を絞り出して泣いた。乾湖の北面に位置するその森のなかに、乾湖殺人事件の容疑者の男女の死体と、いつまでも泣きつづける水門愛子を捨て置いて、彼らは立ち去った。

新宿区下落合の屋敷は、週に一度、退職警官の夫婦が掃除のためにおとずれて全室の窓をあけ放つのだが、二階の寝室の空気は重く湿っていた。水門はいまベッドに腰をかけて、Pと呼ばれる下級警官たちの容赦のない人生について、考えをめぐらしている。取り締まる側のモラルの崩壊とは好対照に、報復原理を徹底させ、確信犯として法秩序を破壊する彼らの側に、欲望を抑制するだけの矜持《きょうじ》があったと思う。

あの日、彼らは自分たちがなに者であるかを、新任の監察課長に簡潔に伝えた。彼らの流儀を称賛してやってもいい。リーダー格の男が最後にささやいた言葉が頭の隅に侵入してくる。

「お嬢さん、さあ、お家に帰る時間だ」水門は首をめぐらして、厚手のカーテンの合わせ目から洩れる陽の光を見た。淡くオレンジ色を帯びたその光の向こうに、手錠のまま、泥と朽ちた葉のかけらにまみれて、尾根をめざしている自分の、恥辱にまみれた姿をよみがえらせた。痛さや寒さの感覚はなかった。傷だらけの素足で森の細道を踏みしめるたびに、国家官僚としてのプライドを回復させ、彼女は復讐《ふくしゅう》する決意を固めていった。

廃村同然の山中の集落で老婆が一人、家と小さな畑を守っていた。その老婆に助けをもとめて水門は救出された。五日間の強制入院とサディスティックな事情聴取があった。休養をすすめられたが、彼女は頑として拒み、ただちに職場復帰する意思を表明しつづけた。

彼女の不屈を、時代の風が後押しした側面はある。若手のキャリアが警視に昇進して県警に配置される際のポストは、通常、刑事部捜査二課長が圧倒的に多く、つぎに公安部の課長で、監察課長という例はまずなかった。だが九年まえというのは、警察庁の長官官房グループが、閑職にすぎなかった県警本部の監察課に、若手のキャリアを送り込みはじめた時期だった。当時、監察課は権力闘争の道具として再編成されつつあり、水門はその任務を担って福井県警に赴任したのである。

病室で彼女から事情聴取した捜査一課の管理官は、阿南《あなん》省吾、階級は警視、四十代後半の小柄な男だった。病室で二人だけになった機会をとらえ、水門は胸襟をひらいて阿南と話し合った。彼を気に入った点は多々ある。過去五年間、P対策に専従という経歴。彼の遠慮のなさと野心のなさ。質問の攻撃性と論理の一貫性。後輩の捜査一課長に煙たがられているのも好都合だった。

職場復帰後、福井市のレストランの個室で阿南と密会して、監察課が保管しているPの資料を見せた。阿南はざっと読み、関心なさげに突き返した。監察課の捜査員の大半を公安部出身者が占めていた。一級の資料は本隊の公安部にあげて、警察庁からきたお客さんには屑《くず》を投げ与えたのだと、阿南は言った。もちろん水門はそんなことは承知していた。

「監察課の捜査手法に魅力を感じたことはありませんか？」水門は訊《き》いた。

「刑事訴訟法に束縛されない捜査手法という意味なら、魅力はたっぷりある」と阿南はこたえた。

「わたしが捜査一課に全面協力すれば、P対策は進展すると思いますか？」

「進展はありえないね」

「どうして」

「あんたは課を掌握できない。部下は自分を公安部所属だと考えている」

「だったら、監察課から公安色を一掃してしまえばいいわけで」

「そんなことができるわけがない」

水門は自信たっぷりに言った。「わたしなら公安色を一掃できます。困るのは、監察課を刑事部出身者で固めても、彼らの誰一人として、わたしに手を貸そうとしないだろうと予測できることです」

P対策に本腰を入れるには、警察庁の支援が必要であることを、阿南に訴えた。計画に力の裏づけがあることを根気よく説明し、自分の闘志が弱さを隠すための強がりではないことを、最終的に認めさせた。

地方採用であっても、警視正以上の県警幹部は国家公務員となり、その人事権は警察庁がにぎる。長官官房に要請して、人事課長の電話による恐喝と甘言、首席監察官の突然の視察と内々の会食等、県警幹部に圧力をかけつつ、水門は、誰も予想しなかった豪腕ぶりを発揮して、捜査一課と監察課の人事に介入した。五月の連休明けの電光石火の荒業だった。阿南を監察課に引き抜くと同時に、捜査一課長を更迭して、阿南が信頼できる男を課長にすえた。ついで間を置かずに、阿南が作成したリストにもとづいて、監察課員を大幅に入れ替え――その際に小久保仁をリクルートしている――公安部出身者を全員追放した。そうして監察課は隊列をととのえると、海市のニュータウンの閑静な住宅街に、地下室のある鉄筋二階建の民家を借りうけ、そこを拠点として反転攻勢に出たのだった。

ふいに追想がおわった。両膝《ひざ》を胸に抱きかかえ、胎児のような姿勢で横になっている水門愛子を、薄闇がつつみはじめている。凌辱や凄惨《せいさん》な処刑の立会いも、時間を経れば、ある種の武勇伝として語れるようになるかもしれない。全面的な敗北におわった闘いを、警官は優れた敵によって鍛えられるものだ、とポジティブにとらえ直すことも可能だろう。だが決して口に出すことのできぬ、追想することさえ無意識のうちに拒む体験がある。この八年間、彼女を眠らせなかった恐ろしい夢がそれである。喉《のど》の渇きをおぼえた。人の気配に視線をぼんやりとドアへ向けた。ノックは聞こえなかった。廊下の明かりを背に男の影が立っている。

「眠ってるんですか」

暗く甘い声のひびきだった。水門は反射的に体をふるわせた。一瞬、あの男が戸口にあらわれたのかと思い、そんなはずはないと自分に言い聞かせた。

「下河原です」と男は言った。「たいした話じゃありませんが、古田ヒロムが初任科教育をうけていた時期に、小久保管理官が教官をやってましてね」

14

斉藤淑子

コンソールの下降ボタンを押した。金子酒店のシャッターがゆっくり降りていく。向かいの生花店で初老の夫婦が花をえらんでいる。その隣の芳賀《はが》不動産のまえにいる女を、斉藤淑子はなにげなく見た。女の視線は金子ビルの隣のパチンコ店の方へ流れ、そのまま足を踏み出すと、大きな歩幅で中央通り商店街を斜めに横切ろうとした。鋭いクラクションの音。白い乗用車が通過した。いったん足をとめた女は、ふたたび歩き出そうとして、淑子の方へ頭をめぐらした。視線が合った。若いのか老いているのかわからないが、思いつめた眼差《まなざ》し。黒っぽいコートを着た女の上半身をシャッターが隠した。根拠が希薄なまま、その女が自分に向かってくると思い、淑子は一瞬身がまえた。やがてシャッターが視界を完全に閉ざした。床に着地する耳障りな金属音。街のノイズが消える。居間の方でしわがれた笑い声があがる。義母がTVを観ている。小さな常夜灯を残して店舗内の明かりを落とした。淑子は薄暗がりにたたずみ、路地に通じる搬入口の方へ注意を向けた。ふいの訪問を告げる女の声は聞こえてこない。気のせいだったらしい。自分の胸のうちを覗き込んで、淑子は自問した。あんたはいったい、なにを恐れているんだい。

15

水門愛子

東京の西郊外の私鉄駅近くで、住所を頼りに捜していたところ、金子アパートのメイルボックスで小久保の名前を見つけた。狭い階段を昇っていき、四〇一号室のベルを鳴らした。バスルームの小さな窓は暗く陰っている。もう一度鳴らした。応答はない。表札はかかっていない。

水門監察官が隣の四〇二号室へ足を向けたとき、階段を昇ってくる軽快な靴音が聞こえた。

ショートのブルゾンをはおった女だった。ボトムはだぶだぶのコットンパンツに、履きつぶしたスニーカー。ほっそりした体つきで、短めのボブを赤く染め、愛嬌《あいきょう》のある顔にそばかすをまき散らしている。

「ちょっとお伺いしたいのですが」水門は声をかけた。

「なんでしょうか」女が足をとめた。

「四〇一号室の小久保さんのことで」

「あなたは？」

「仕事で多少おつき合いがありまして」

女の賢そうな眼が活発に動き、水門の頭のてっぺんからつま先までさっと見下ろした。かすかに敵意を感じさせる仕草だった。

「アパートの管理人として訊《き》かせてもらうけど、仕事上のつき合いってなに？」

水門は短い沈黙を置いた。「防犯関係です」

女は鼻で笑った。「では防犯上の理由から身分証明書を見せてちょうだい」

水門は提示した。女は身分証明書をうけとると、写真を確認して、返した。逡巡《しゅんじゅん》するような微妙な間があった。女は、気性そのままと思われる、さばさばした口調で言った。

「小久保さんは出てるよ」

「昼間から？」

女はパンツのポケットに両手を入れ、顎《あご》の先端をあげて、考える眼差しを水門の頭上に向けた。

「さっきまでいたから、食事じゃないかな」

「ではしばらく待たせてもらいます」

「どうぞ」

女は隣の四〇二号室へいき、乱暴な仕草でドアを閉めた。表札に『斉藤』とある。すぐにドアがひらいて、女が顔を出した。

「心当たりがあるんだけど、いってみる？」

「場所を教えてください」

わかりにくいところだからと、女は廊下へ出てきて、突っかけたスニーカーに踵《かかと》を入れた。

案内してくれるらしい。女がきびきびと歩き出し、水門はしたがった。

　小久保仁は、二十歳前後に地域課に二年、二十七歳から三十歳まで刑事課に四年、計六年間、海市警察に勤務している。さらに異動をくり返した後、九年まえに県警監察課にリクルートされ、およそ一年間、水門の部下としてはたらき、監察課勤務二年目の春にPの一斉検挙を経験した。同じ年の夏に勝利宣言が出たころには、自分から希望して現場を降り、警察学校の教官に転出していた。監察課時代の小久保は現場担当の警部補で、会議ではめったに発言せず、水門の記憶には残っていない。ただし、監察課採用時に、小久保の個人記録に問題点を見出し、水門が採用をためらった経緯があった。

　女は路地が入り組んだ一角の薄汚れたレストランに案内した。カフェテラス・スタイルだった。湯豆腐で一杯やっている濃厚な化粧の老婆。靴底のすり減ったジョギングシューズの若者のひと固まり。生えぎわの黒い金髪女と東南アジア系の言葉をしゃべる中年男のカップル。思うにまかせぬ人生に立ち往生している人々が、だだっ広い店内にばら撒《ま》かれていた。

「あそこ。顔は知ってるでしょ」

　女が奥を示した。デコラを張った粗末なテーブルで、スーツ姿の小久保が箸《はし》を動かしている。水門は女に礼を言い、テーブルに近づいた。

16

小久保仁

鯵《あじ》の塩焼き、里芋と人参と椎茸《しいたけ》の煮物、お新香、そんな食事だった。小久保は箸で人参を二つに割り、一つを口のなかに放り込み、テーブルの対面する椅子に腰をかける水門監察官へちらと眼をくれた。

「石原は見つかりましたか」小久保は訊いた。

「まだです」

「用件は」

「明日の夜、現地入りします」

「それで」

「一杯飲もうかと。本心です。あなたとは、もうすこし親密になる必要があります。今夜は都合が悪いですか」

「いいえ」

「高木彩夏という娘を知ってますか」

「遺族から聞いたんですね」

水門の眼に強い光が宿った。小久保の胸のあたりに視線を向け、しばらく考えをめぐらした。

「なぜ黙ってたんですか」

「昨日は石原を特定するのに手一杯だった。しかもわたしの代休日だった。いずれ話すつもりだった」

小久保が食事をすませるまで、水門は口をきかなかった。店を出て、小さな飲食店が密集する路地を奥へすすんだ。表通りに出ると、左折し、二軒目のカラオケ店に入った。ブースに案内され、二人はテーブルをはさんで対面した。室内電話でコーヒーを二つ注文した。

「あなたのことがよくわからない」水門が愛想のない口調で切り出した。

「そう言われても」

「敦賀市警察地域課時代に少年を二人殺してます。正当防衛ということですが」

小久保は水門の言葉をさえぎるように言った。「記録の一部に誤りがあります。わたしは恐怖にかられてベレッタの弾倉を撃ち尽くし、八発の弾丸を彼らに命中させています。だが、任務遂行上のやむをえない行為だったことに変わりはありません」

「海市警察刑事課知能犯係だったときの、ロシア人店員殺しは？」

小久保は左の眉《まゆ》をあげた。二度目の海市警察勤務時代の事件だった。リトルウォンサンのポルノショップで聞き込みをした永浦交番の二十二歳の警官が、店を出た直後に背後から撃たれて死亡した。その四日後、独自の情報網を使って犯人を突きとめた小久保は、水無川の河口に近いロシア人居住区で、ポルノショップのロシア人店員を暗殺した。疑われて事情聴取をうけたが、県警捜査一課はおざなりな捜査に終始し、監察課は警官殺害とロシア人店員殺害の間に因果関係はないと発表して事件に幕を引いた。

「濡《ぬ》れ衣《ぎぬ》です」小久保は平然と言った。

「あいつは殺《や》ってる、と阿南管理官は言ってましたけど」

「殺りかねない精神状態だったことは認めます。スキンヘッドの少年二人を殺して、なにかを踏み越えたという感覚がありましてね。じっさい、女房はわたしに嫌気がさして、娘を連れて出ていきました。そんなときにロシア人店員殺しが」

「監察課に採用する際に、あなたをPではないかと疑った経緯があります」

「ロシア人店員殺しはPが創立される二年まえの事件です。わたしにかぎらず、現場の警官なら誰でも恐怖と憎しみで頭に血が上っていました。まるで感染症に冒されたように。つまり組織的な報復がはじまる土壌があったということです。誰がPになってもおかしくなかった。だがわたしはPにはならなかった」

「監察課のリクルートにおうじた理由は」

「根っからの公安嫌いでして。当時の監察課なら現場でやつらと張り合えると」

「警察学校へ転出した理由は」

「現場を離れたくなるときが誰にもあります」

水門は沈黙を置いた。小久保の言葉を信じた様子はなかったが、短くうなずくと、本題に入った。

「古田と高木彩夏の関係を知ったのはいつです」

「公安部長暗殺事件の翌年、古田が卒配される直前だから、三月ごろだったと思います。本人から直接聞きました。Ｐに報復するつもりだと。非合法な手段で」

「県警の監察課長と人事課長に確認したところ、両名とも、古田と高木彩夏の関係は知らなかったと言ってます。彼らの回答は信用できますか」

「たぶん」

「なぜ」

「古田は報復の意思を隠す必要があった。だから、母親や叔父《おじ》にも、恋人がＰに殺されたことを外部に洩《も》らさないよう、協力をもとめました」

「でもあなたにはしゃべってます」

「彼は若かった。胸に抱え込んだ自分の復讐《ふくしゅう》心に脅《おび》えていた。誰でもいいから不安を分かち合う人間がほしかった」

「古田は、警察学校であなたと出会ったとき、あなたがつい最近まで監察課の捜査員としてＰ対策の最前線にいたことを知っていたはずです。だから信頼して秘密を明かしたという面は？」

「それもいくらかは」

「古田はどんな報復計画を？」

ノックがあった。ウエイターが入ってきてコーヒーをテーブルに置いた。小久保はコーヒーを一口飲んだ。ウエイターが出ていった。

「Pに潜入する。犯人を突きとめる。高木彩夏がされたように、彼らの背骨をていねいに撃ち砕く。ぜんぶすんだら警官をやめる」小久保は一息で言った。

今年の春、金子アパートで語り明かしたときの、古田ヒロムの報復の意思のゆるぎのなさを、小久保は思い返した。

「古田をバックアップした部署があったとは考えられませんか」水門が訊《き》いた。

「殺しですよ」小久保は問い自体を否定した。

「たとえば、監察課のバックアップをうけながら古田は自分の殺意を隠した、という可能性もあるわけで」

「バックアップにこだわる理由は」

「仮にそうだとすれば、担当部署は今回の事件の背景を知っているはずです」

小久保は短くうなずき、それからもう一度否定した。「古田の目的から言えば、監察課、捜査一課、あるいは公安三課にしろ、組織的な背景を持つことは、リスクをもたらすだけです。たとえばPの会議内容をメモして保存する、秘密文書をコピーする、メンバーの写真を撮ってリストを作成する、バックアップ組織の担当者とひそかに接触して資料を渡す、あるいは、Pの誰かと一杯やっているときに緊急接触要請が入り、うまい口実を見つけようと頭を悩ませる。そんなふうに尻尾《しっぽ》を摑《つか》まれる危険が増します。だが単独行動の場合は、そうしたリスクを冒す必要はありません。高木彩夏との関係だけを秘匿すればいい。あとはPの一員になり切ることに神経を集中する」

水門はコーヒーに口をつけず、カラオケ用のモニター画面へ視線を向け、長い沈黙を置いた。

画面では男性デュオが腰を振って歌っている。

「古田が、高木彩夏との関係を県警の誰にもしゃべらなかった、とは考えにくいですね」水門はなおも言った。

「なぜ」小久保は訊いた。

「公安部長暗殺事件当時、彼は初任科教育の八ヵ月目で、まだ現場も知らない十九歳の警官の卵でした。事件直後、とりあえず、自分の恋人が巻き添えになって殺された旨を、教官の誰かに報告したんじゃないでしょうか。それがふつうの反応です。報告が県警幹部にとどく。古田は呼び出される。悲嘆にくれると同時に、ヒロイックな気分が高揚している古田は、犯人への報復の意思を表明する。幹部は、この若者は使えるかもしれないと思う。古田に恋人の死を口外するなと釘《くぎ》を刺す。七年後、幹部は時期がきたと判断して、刑事講習の枠に古田を入れる。刑事に昇任させ、潜入工作の指示を与えて海市警察に送り込む。ただし古田は幹部を欺いた。つまり殺意を隠した」

「だが事実はちがう。石原寛人《ひろと》が燕ホテルで蜂の巣にされた日、古田は警察学校にいて、食堂のTVに群がる教官のなかに、喝采《かっさい》を叫ぶ者がいるのを見ました。その体験が彼に沈黙を強いたんです——」

水門は顎《あご》の先で小さくうなずいた。この女も、当時の雰囲気を知らないはずはない、と小久保は思った。

「石原公安部長は三十四歳の警視正」小久保は言葉をついだ。「超エリートです。兵隊からすれば将軍閣下ですが、部下の信頼はゼロでした。一方、夜の街でマフィアから狙撃《そげき》されて命を落とすのは誰か。下級警官です。石原は嫉妬《しっと》と反感の対象でした。そのへんの事情をPは狡猾《こうかつ》に計算し、下級警官の支持を失うことはないと判断して、公安トップの暗殺という大胆な行動に出たわけです。古田は事件直後にその冷酷な力学を理解しました」

水門がペンを持つ手を顎にそえた。視線は手帳に落ちているが、眼差《まなざ》しはどこか遠くを見ている。キャリアの孤立に思いをめぐらしているのか。小久保のまぶたに、下級警官の嘲笑《ちょうしょう》を一身に浴びて県警を去る彼女の姿がうかんだ。

小久保は話をつづけた。「その後も古田は、石原の死に溜飲《りゅういん》を下げたという声を、警官の溜《たま》り場の飲み屋で、愚痴といっしょになんども聞く。Pを容認する連中が、県警本部にも小さな警察署にも潜んでいることを知る。そのうえ、いわば身内の犯罪だから、県警全体がシステムとしてPの犯罪を隠蔽《いんぺい》する傾向がある。そうであれば、古田が選択できる道はかぎられる。彼は独りでオトシマエをつけることを決意する」

「古田は殺意をひめて時がくるのを待つ」水門は、小久保の説明が胸に染み入ったような表情になった。

「警官人生を長く歩くにつれて、警察への不信はさらに高まる。孤独が深まる。殺意は研ぎ澄まされていく」

「海市警察への異動は、古田が希望したんですか」

「死ぬ確率が高い職場に、望んで転勤するやつはいません。自分から異動を希望すればPに警戒されます。ただし刑事になれば、海市警察に配属される可能性が出てきます。公安部長暗殺事件以降、新人刑事を犯罪多発地区で実地訓練をさせるために、海市警察へ配属するというのが、既定のコースになりました」

「そうですね」水門はうなずいた。

「古田は計画の一環として刑事をめざした。Pと接触する機会を増やすには、いちばん疑われない方法です」

「刑事に推薦されなかったら？」

「彼には根深い県警不信があった。独りで報復する以外に道はない。そのためには狭き門をくぐるしかない。それがだめならどうするかなどは考えずに、彼は突きすすんだ」

「四谷署で押収品を見ました。手垢《てあか》がついてぼろぼろになった教科書やノートを」

「彼は初志を貫いた」

「古田とはずっとつき合いを」

「いいえ。警察学校を卒業するまぎわに突然告白され、彼が卒配で越前《えちぜん》市警察の淵上交番に勤務になるまでの、数週間の間に、なんどか二人だけで会った。それだけです」

「会った理由は」

「報復を思いとどまるよう説得しました」

「それ以降は会ってないんですね」

「彼の方から拒否しました」小久保はさりげなく嘘をまじえた。

「なぜ」

「わたしに告白したことを、彼は後悔していました。監察課がもっとも激しくPを取り締まった時期に、わたしは監察課の捜査員でした。Pに疑惑を抱かせないためには、わたしとの関係は断った方がいい」

「季節の便りていどのつき合いもなかったんですか」

「自然さを装うために、一度か二度、葉書をかわしました。彼はほかの教官にも葉書を出しています。わたしが警察庁へ移るのと同時に音信は途絶えました」

「古田の私物のなかに、小久保さんの葉書は一枚もありませんでした」

「海市警察へ赴任するまえに処分したのでしょう。わたしの痕跡《こんせき》は消すべきです」

小久保はヒロムに、個人的な報復の望みを捨てろと説得する一方で、説得が失敗した場合にそなえて、二人の関係が目立つものにならぬよう忠告も与えていた。

「今年の四月、古田ヒロムは海市警察に赴任、十二月二十日死亡。その間、彼から連絡はありませんでしたか」水門が訊いた。

「ありません」

「理解できませんね。古田は恋人の死がPにバレる場合を想定していたと思います。潜入してえた情報を無駄にしないために、誰かに伝えていたはずです。小久保さんは彼が秘密を明かした唯一の人間ですよ」

小久保は首を横に二度振った。

「彼が情報を誰かに伝えていた可能性を否定はしません。だがそれはわたしではない」

水門は手帳に書き殴った文字を、納得のいかぬ表情で見つめた。重苦しい空気から逃れるように、小久保はカラオケ用のモニターへ眼をやった。海中の映像が流れている。ダイバーがイルカのように腰をくねらせ、魚の群れが割れて、画面全体が銀色にきらめく。

「わたしの方から訊きたいことが」小久保は言った。

「なんです」水門が手帳から顔をあげずに言った。

「当時、水門さんと阿南管理官は、Pの内部に情報提供者を抱えてましたね」

「情報源Mのことですか」

「そいつはいまどうしてます」

「わかりません。文書による密告だけでしたから。わたしが赴任した年の七月に、突然、密告がはじまって、翌年の一斉検挙のあとで、唐突におわりました。Mは名前も性別も不明です」

「Mと呼ぶのはなぜですか」

「密告文書にMOONと署名が。月です」

「大物ですか」

「密告内容から言えば幹部クラス」

「動機は」

「それも不明です。動機をうかがわせる文章は皆無でした。論理的には、P内部の路線対立といったところではないでしょうか。断定はできませんが」

小久保は情報源Mについてもうすこし問いを準備していたのだが、水門が手帳を閉じたので、口をつぐんだ。彼女はこれ以上追及しても、小久保からはなにも訊き出せないと判断したようだった。それはそれで小久保は一息つくことができた。しばらく事務的な話をして、二人はカラオケ店を出た。

「恐怖心はないんですか」小久保は水門と肩をならべて路地を歩きながら、ささやく声で訊いた。

「海市へ乗り込むことの恐怖心？」

「一課の若い男を入れてもわずか六名です」

「恐怖心はあります」

水門の決然とした声が耳の底で鳴りひびいた。わたしにもある、と小久保は思った。海市へいけば、過去の自分と出会うかもしれぬという恐怖心が。夜の冷気を吸い込み、ゆっくりと吐き出した。腹に重いものが残った。奇妙なことに、それは全体に微熱を帯びて、長年彼を苦しめてきた潰瘍《かいよう》が消えていくような爽快感《そうかい》をもたらした。

駅前のにぎやかな居酒屋で一杯やった。精神を病み、自己治療に励むかのように、モダンアートに打ち込んでいるという、二十九歳の水門の弟の話を聞いた。優しい笑顔を絶やさない、裏表のまったくない、誰からも愛されていた男の子が、ある日突然、心を閉ざしはじめた悲しみと、この世界の理不尽さについて、彼女は旺盛《おうせい》な食欲を示しつつ語った。


芳賀不動産も生花店もシャッターが降りていた。生花店の右隣は、夫婦で切り盛りする小さな洋食屋だったのだが、突然今年の夏に模様替えして、店の規模と不釣り合いな豪勢なカウンターを持つショットバーになり、それと同時に女房と娘二人が姿を消した。バーをやるのが長年の夢だったという亭主が、油汚れの染みついたコック服を脱ぎ捨て、家族もきれいさっぱり捨てて、いまはどこか陶酔した表情でシェイカーを振っている。そんな話を、ちょっと風変わりなところがある金子酒店の女に聞かされているだけで、小久保仁は店に入るのははじめてだった。木製のドアを引くと、鈴がちりんと鳴った。口髭《くちひげ》を生やし、髪を後ろで束ねた亭主が、やけに渋い声でいらっしゃいませと言った。椅子は八脚。いちばん奥の椅子に金子酒店の女がいる。客は彼女一人だけだった。小久保は隣に腰を降ろした。

「怒ってる？」女が低い声で言った。

「いいえ。礼を言いにきたんです」

「さっきの女に、甥《おい》っ子の話をしなかったから？」

「そうです」

女は飲み物を訊《き》き、亭主にウィスキーの水割りを告げ、それから小久保のルビーのカフスボタンを指の腹でまさぐった。

「近所をぶらっと歩くときもスーツね」

「若いときからこうなんです」

「最初見たとき、裏稼業の人が部屋を借りにきたのかと思ったわ」

「似たようなもんです」

女は片肘《かたひじ》をカウンターについて頭を手にあずけ、小久保の横顔に視線をそそいだ。

「競輪場で見かけるタイプだと思ったこともある。年齢不詳のきれいな女を連れて、朝からのんびりレースを愉《たの》しんでるやつ。澄んだ眼をした、礼儀正しい口調を崩さない、連れの女よりもっと得体の知れない中年男。でもいまは警官にしか見えない」

小久保は短く声を出して笑った。水割りがとどいた。グラスをかかげ、女が小さなストレートグラスを合わせた。乾杯。際どい話をするから、向こうへいってててちょうだい、と女は亭主を追い払った。

「あたしを口説くのよ」

「彼が？」小久保は亭主の方へグラスを向けた。

「やりたいって素直に言えばいいのに」

「なかなか」

女はウィスキーをぐいとやった。「こんな婆さんに下心を持ってる男がけっこういる。たぶん未亡人というのは存在それ自体が男にとってはワイセツなんだと思う。だからなのかよくわからないけど、あたし、罪の意識があるの」

小久保はまた笑った。眼尻《めじり》に細かいしわが広がった。

「笑顔は悪くない」女が言った。「背の高い若者を連れてきた夜、うちの立ち飲みカウンターで小久保さんが見せた照れ臭そうな笑顔を思い出した。まるで最愛の息子を紹介するみたいだった」

「あまりおぼえてませんが」

「甥っ子、可愛かったね」

「いいやつでした」

「職場がいっしょだったの？」

「短い期間ですが」

「若い人が死ぬって、すごく痛ましい感じがする」

「まったくです」

「ほんとの甥っ子？」

「ちがいます」

「小久保昭という人は？」

短い沈黙が落ちた。この女はなぜあの手紙を知っているのだ。小久保がいぶかると、すぐ女が、まちがえてあたしのボックスに手紙が入ってたのよ、と疑問にこたえた。

「あれがほんとうの甥です」小久保はうなずいて言った。

女がカウンターの下で小久保の脚のふくらはぎを軽く蹴飛《けと》ばし、宣言するように言った。

「もう余計なこと訊かない」

「べつにいいんですよ」

「じゃあ、がんがん訊くけど」

「どうぞ」

嘘つき、と女が声を出さずに言うのが、小久保には聞こえた。もう嘘をついてる、都合の悪いことは惚《とぼ》けてるじゃないの、そんなふうに責め立てる顔つきで、女はウィスキーを飲み干した。

「古田ヒロムのガールフレンドを三人知ってます」小久保はなだめる声色で言った。

女はウィスキーのお代りを頼み、「そういう話はけっこう好きよ」と小久保を赦《ゆる》す口調で言った。

小久保はにっこり笑った。「じっさいに、わたしが会ったことがあるのは、二人目の娘だけですが」とっさにガールフレンドの話題を持ち出したのは、その場を繕うつもりだったのだが、しゃべり出した自分の口調に、追憶を愉しむひびきを聞きつけた。「そのころ、難民キャンプのある海辺の町の小さな交番で、古田といっしょに勤務してました。やつは警察学校を卒業したばかりで、まだ十九歳でした。五月の、真夏がきたような暑いある日の午後、交番の三ブロック北のコンビニから拾得物がとどきましてね。やけに重量のある古びた布製のバッグでした。運転免許証が入ってました。写真は怒れる少女といった顔つき。青い星印のついた黄色いビニール製の小銭入れ。柄にゴムを巻いた値札付きのハンマー。封を切っていない箱入りの釘が三箱。粗末な化粧道具。コンドームのパッケージ。表紙のもげた韓日辞典。二つに分離したぼろぼろの聖書。そんなものをテーブルに広げていると、バッグの持ち主が飛び込んできました」

短めのボブ、美しく力強い眉《まゆ》、顎《あご》から首筋にかけてのすっきりしたライン。白いTシャツにシルエットのゆるやかな灰色のスカートをはいたその娘を、小久保は思いうかべた。

「二十一歳の勇敢な娘です」

「それが二人の出会いね」

小久保はうなずいた。「古田とその娘の三人でメシを食ったことがあります。東京の高校を一年の夏で中退。NGOの難民支援活動に飛び込んで、日本海沿岸のいくつかの難民キャンプで経験を積んでから、二年まえに町にあらわれて教会で奉仕活動をはじめました。ところがその年の一月、彼女は教会の牧師を、ロシア系難民の少年に性的関係を強要したかどで県警生活安全部に突き出したんです。夫の犯罪を黙認していた牧師の妻は、それから間もなく消息を絶って、当時、彼女は教会に付属する住居で独りで暮らしていました。古田は、その娘に最初のガールフレンドの面影を見出して胸を衝かれたそうです。無意識のうちに、出会う娘に片っ端から、似ているところを捜したのかもしれませんが」

そこで小久保は、若干の説明が必要であることに気づいて、ショート・ストーリーをはさんだ――古田ヒロムと最初のガールフレンドは、山口県の小さな町の高校の同級生だった。おたがいに初恋の相手以外の異性を知らず、いちずで、神様が怯《ひる》むほど永遠というものを信じていた。高校を卒業すると、古田は山口県警の採用試験に落ち、広島県警も落ち、なんとか福井県警に採用された。ガールフレンドの方は、いったん地元の水産加工会社に就職したのだが、両親の反対を押し切って八月末に退職し、古田の後を追って福井市へきた。そうして仕事を捜していた十一月下旬、ガールフレンドは路上強盗に遭遇した。男の三人組だった。彼女は拳銃《けんじゅう》で背骨を撃ち砕かれ、集中治療室で五日間、生死の境をさ迷った後に死んだ。

「交番の場面はそのおよそ六ヵ月後です」と小久保は話をもどした。「拾得物が縁で出会って以降、古田は、娘が錆《さ》びだらけの赤いセダンを運転して交番のまえをとおるのを見かけるようになります。巡回中に金物屋からペンキ缶を下げて出てきた彼女とばったり会い、立ち話をしたことも。彼女は、バッグに入っていたコンドームはレイプ被害を余儀なくされた場合に、最善の策として男を説得して装着させるためのもので、ばかばかしい想像をしてはいけないと力説しました。そうして、しだいに親密さが増して迎えた六月上旬のある日の夕方、古田が日勤をおえてバス停の方角へ歩いているときでした。娘が赤いセダンで近づいて、ちょっとドライブしないかと声を。古田は思い切って、先にセックスってのはどうかな、と言ってみました。自分の声がふるえたのがわかり、顔が赤くなったのもわかり、恥ずかしさで、返事を待たずに逃げ出したくなったそうです」

「彼女はなんてこたえたの？」女が訊いた。

「早く乗ってちょうだい」

「よかったね」女は破顔してグラスをかかげた。

「二人とも若くて貧しくて、ホテルにいくカネなんかありません。教会へ直行しました」

「神様を冒瀆《ぼうとく》しにいったのか。なんだかわくわくする」

小久保は微笑んで、海辺の断崖《だんがん》の上に建つ淵上教会を頭にうかべた。青いトタン屋根のてっぺんの不細工な十字架がなければ、資材置き場にしか見えないみすぼらしい建物だった。教会に隣接した住居の一室で古田が見たのは、書籍の山が崩れ、至るところに衣類が脱ぎ捨てられ、壁際にはNGOのパンフが堆《うずたか》く積みあげられた、娘の精神の混乱そのままの光景だったという。

「質素なシングルベッドで、二人は神が定めた正しい体位をとりました」

「神が定めた体位って」

「娘の話によれば、神は正常位以外の体位を禁じてるそうです」

「ふうん、神様ってせちがらいんだね」

「人間から愉しみを奪うんですよ」

「ほんとだ」

「古田は娼婦《しょうふ》を救済の対象と考えるような堅物でして、正常位しか知りませんでしたから、べつに問題はなかったんですが」

最初のガールフレンドとの幼いセックスしか知らず、その娘は生涯で二人目の女だった。つまりそちらの方面に習熟しているとは言いがたく、娘の方の事情も似たりよったりだったらしい。

「同時に控えめな声をあげたあとで、経験豊かな男じゃなくてよかったわ、と娘が言うので、どうして、と古田が問うと、恥ずかしいもの、と娘はこたえました。わかりますか」

「なんとなくね」

「そういうところも、殺された初恋の娘に似てたそうです」小久保はヒロムの言葉を思い返しながら、痛々しいほど青白い乳房も、ためらいがちな悦《よろこ》びの声も、と胸のうちで補足した。

「感激のあまり、古田は胸に秘めていた計画を娘に明かしました。初恋の女の子を殺した連中を自分の手で捕まえて、自分の手で処罰してやると。まだ十九歳でした。ベッドでの話です。ピロートークというやつです。生涯二人目の女の子をものにした直後の、わけのわからない高揚感のせいで、つい口をすべらせたと言った方がぴったりくる決意表明です。娘も、あとで話を聞いたわたしも、くすくす笑うばかりで、古田の決意を信じませんでした」

　水割りのグラスは、ほとんど手つかずのまま、小久保のまえにあった。話がつながったと金子酒店の女は思ったにちがいない、と彼は思った。古田ヒロムの十九歳の決意が、一昨日の新宿の事件につながるらしいが、でもいまの話はどこからどこまでが真実なのだろうか、と女はいぶかってもいるだろう。

「脚色してあります」小久保は言った。

「でしょうね」女は気づかう素振りで言った。

「人を喜ばせようとして、ついつい。わたしには、そういう傾向が子供のときからありまして」

　小久保はグラスを持ちあげ、半分ほどいっきに飲んだ。カウンターに紙幣を置き、残りを飲み干して、椅子から降りた。

「どこへいくの？」女が言った。自分の声に思いがけず切迫感がこもったので、自分でびっくりしているような顔つきになった。

「部屋です。明日、早いので」

小久保は店を出た。ドアの鈴が鳴った。中央通り商店街の明かりは落ちていた。小久保は通りを斜めに突っ切った。背後でまたドアの鈴が鳴った。軽い靴音が路上に飛び出してくる。小久保は金子アパートの階段を昇っていき、途中で振り返った。金子酒店の女が階段を昇ってきた。

「その娘さんとは、どうなっちゃったの？」

「つぎの年の夏の終わりに」小久保は女が追いつくのを待って言った。「彼女の電話が不通になって、古田が教会へいってみると無人でした。それが彼女の意思なのだと思い、放っておくと、クリスマスに交番宛てに絵葉書がとどいて、中国にいることを知りました。朝鮮族の多い東北地方の吉林でした」

二人は肩をならべて階段を昇った。

「それっきり？」

「古田が返信を出して、その葉書の一往復だけで音信は途絶えました」

「へんな話だけど、彼女は最後まで正常位でしか、させてあげなかったの？」

「古田が言うにはそうです」

階段を昇りきった。四〇一号室のまえで二人は足をとめた。

「三人目のガールフレンドって、どんな娘さん？」

小久保はキーをとり出してドアノブの鍵穴《かぎあな》に差し込んだ。すぐにはキーをまわさなかった。

しゃべりすぎたという後悔の念が、彼の横顔に一瞬よぎった。「つぎの機会に」ドアをあけてやさしすぎる声で言った。

「もうつぎの機会なんてのは、おとずれないでしょうけど」女は皮肉を込めた。

「そんなことありませんよ」

「あっちの世界へもどるんでしょ?」

「どっちですか?」

「だからあっちよ」

小久保は笑って「どこもいきません、明日から美容器具やら健康食品やら担いで、また歩きづめの仕事です」と言った。女が笑みを返した。ちっともおかしくないけど、笑ってほしいならそうしてあげる、とでもいう仕草だった。小久保は軽く会釈して四〇一号室のドアを閉めた。ばたんとやけにでかい音がした。それと同時に、ショットバーで話している間ずっと感じていた女の欲望と、それに触発されて肥大しつつあった自分の欲望への関心をふいに失った。

ベッドに体を投げ出し、古田ヒロムの挫折《ざせつ》した復讐譚《ふくしゆうたん》についてとりとめもなく考えていると、森から電話が入った。人声、食器がぶつかる音、ポップミュージックが入り混じって聞こえる。若い女はまだ土曜日の夜を愉《たの》しんでいた。昨日はあれから、どこでなにをしていたのか訊《き》かれ、緊急の仕事が入ったのだとこたえた。

「疲れてるの?」森が言った。

すこしとこたえた。いつもの投げやりな冗談口調なのだが、隠せぬ疲労感があった。睡眠不足のせいばかりではなかった。天井の染みを見つめている小久保の濁った眼に孤独の影が差していた。

「仲間の首を絞めてまわる仕事に、嫌気がさしちゃったのね」森が言った。

「もうすぐおわる」

「いつ」

「この仕事が最後だ」

「そう心に決めて、なん年がすぎたの？」

小久保は受話器を口もとから離し、短く息を吐いた。配管を水が流れる音が聞こえた。受話器を近づけて訊いた。

「きみはほんとうに二十二歳なのか」

「十九歳で死ぬつもりだったの」

「そうか」

「よく聞く話でしょ」

「むかし、二十一歳で死ぬと宣言した友人がいた」

「その人は死んだ？」

「まだ生きてる。ペット・ショップだか貴金属のディスカウントショップだか忘れたが、商売が軌道に乗ったところだ」

言葉が途切れ、しばらく沈黙が落ちた。

「甘ったれてるね」森が言った。

「なにが」

「その人も、あたしも」

「若いということは、それだけで辛《つら》いことなんだろう」

「うれしい。でもあなたはあたしの人生に関心がない」

また沈黙。恐ろしく勘の鋭い娘だと小久保は思った。自分でそうとはっきり意識していたわけではないが、森の言うとおりかもしれない。二十二歳の娘の、声と表情の華やぎ、美しい乳房、愛らしい尻《しり》、そうしたものに魅了されているだけで、人生の一部を分かち合っているという意識は希薄だった。

「人生は糞《くそ》ったれだからな」小久保は回答らしきものを口にした。

「若い女といちゃついても、仲間の首を絞めあげても、胸がときめかないのね」森はくすくす笑いながら言った。

そのとおりだった。また電話すると森が言った。小久保は電話を切った。下の階で水を流す音が、こんどは轟々《ごうごう》と伝わってきた。部屋の明かりを点け、ジャケットのポケットから手紙をとり出し、使い捨てライターを手にバスルームへ入った。燃やしてしまうまえに、手紙をもう一度読んだ。生真面目な調子で古田ヒロムが書いている。

謹啓　待つという苦行は終わりました。僕はおそらく十二時間以内に首都圏のどこかで人を殺すでしょう。
昨夜、緊急の接触要請をうけて小川未鷗《みおう》と会いました。二十九歳。光洋台高校数学教師。舞鶴拘置所で自殺した小川勇樹の娘です。明日午後四時、浜松町駅ビル地下二階の『ペナン』で待て。指示はそれだけです。誰に報復するのか、報復する理由はなにか、いずれも当日現場指揮官から説明があるとのこと。

四月に市警察ＯＢへ挨拶《あいさつ》回りをした際に、交通課ＯＢで臨海運輸社長の佐伯彰を紹介されました。それとなくＰへのシンパシィを伝えると、勘ちがいするなと真顔で言われました。その後、佐伯彰はＰを離脱したという噂が耳に入りました。

佐伯の離脱を、小川未鷗も認めています。経緯は教えてくれませんが。七月に、彼女の方から誘いの電話があり、月に一度か二度飲むようになりました。貴方がおっしゃっていたとおり、Ｐの秘密主義は徹底しています。いまだに彼女以外のメンバーを僕は知りません。彼女も自分が所属するユニットのメンバーしか知らないと言っています。彼女には二歳上の隼人《はやと》という兄がいますが、その兄が同じユニットに所属しているのかどうかについても、彼女は口を閉ざしています。どのユニットが彩夏を殺したのか、この八年間、各ユニットはどんなふうに離合集散をくり返してきたのか、それから貴方が長年抱いてきた疑惑についても、Ｐの内情はまったく摑《つか》めていません。僕の願いが叶《かな》えられる日は、まだまだ先のことでしょうが、それでもようやく扉がひらかれたという思いに胸が高鳴ります。

小川未鷗は興味深い女性です。あるとき彼女は、決断がもたらすものは世界の荒廃だけである、と言いました。決断を回避しつつ生き延びる方法を発見しなければならない。でもあなたはけっきょく決断することになる。なぜそう思うのかと問うと、あなたはお馬鹿さんだからよ、というこたえが返ってきました。彼女の言葉は示唆に富んで僕を飽きさせません。僕も彼女も神の悪意に翻弄《ほんろう》されています。神は最愛の人を奪うことで僕たちに人生の目的を与えたのです。その意味で僕は彼女のまえで自分を偽る必要がありません。彼女が燕ホテルで彩夏を殺した三匹の猿の一匹だったとしても、いつか彼女に銃口を向けることになるにしても、僕は彼女の人生に共感をおぼえます。

横浜のホテルで手紙を書いています。そろそろ出かけねばなりません。怖さはなにも感じません。成し遂げるという意志だけがあります。

謹白

12／20、pm2：55　古田ヒロム

追伸として小川未鷗の住所と電話番号。数字は頭に刻み込んである。小久保は古田ヒロムがPに潜入してえた唯一の情報に火を点けた。文面の強気とは裏腹に、人を殺すというPの踏み絵をまえに、怖《お》じけづいているヒロムを感じた。Pの内部に深く潜入し、殺しを重ね、彼らの信用を獲得して三匹の猿を突きとめる作業の陰鬱《いんうつ》さを思った。便箋《びんせん》に黒い染みが広がっていくのをぼんやりながめている小久保の脳裏を、復讐心に衝《つ》き動かされて破滅の道を突きすすむ、若い警官たちの青ざめた顔がいくつもよぎった。燃えつきた手紙を便器に落として水を流した。黒い灰を巻き込んでいく渦の向こうに、こんどは、若者たちの残酷な物語の一部始終を薄暗がりから観察している男の仄《ほの》かな笑みがうかんできた。男には顔がなかった。名前も素姓も知らないその男に、おまえの裏切りの動機はなんだ、おまえはいったいなに者だ、と小久保は胸のうちで問いかけた。

はじまりもおわりもなく、語られるたびにちがった貌《かお》を見せるテロルの連鎖にすぎないように思える彼らの反乱にも、最初の一撃はあった。

市警察一階のロビーから五階の大会議室に至るまでの階段の壁を、石川ルカが帰国した時点で、総数七十三の殉職警官の遺影が埋めていた。最初に掲げられた遺影は、P創立のきっかけとなった麻薬係巡査部長のものだ。いまでは誰も気にとめないが、四名の若い警官の遺影が、一定期間掲げられた後に評価がくつがえり、世間に目立たぬようこっそりはずされたという事実がある。法に銃口を向けた犯罪者として、殉職者の列から除外されたその四名こそ、反乱を告げる最初の銃弾を放った警官有志である。

石川ルカがリトルウォンサンの屋台で洪孝賢とはじめて会った夜の、およそ三週間まえ、八月十四日の深夜、梟雄鞙《きようゆうばん》は、かねてより名指しで報復を宣告していた市警察麻薬係の巡査部長(五十三)に対し、テロルを実行した。慢性的な欠員状況にある市警察は、警護にじゅうぶんな力をさけず、結果として、塙町《はなわ》二丁目の巡査部長宅の襲撃を許し、祖母、妻、長男、次男も巻き添えになって五名の死者を出した。

その惨劇の五日後の同月十九日、午後八時五十分ごろ、当時、紅旗路の大連デパートの向かいにあった満洲里という犬を食わせる店で、梟雄幇幹部の仲献東と、従兄弟《いとこ》の縫製工場経営者が、表と搬入口の二ヵ所から侵入してきた数人の黒い眼出し帽の男たちに拳銃《けんじゅう》で撃たれて死亡した。

同日午後十一時ちょうど、警官へのテロルに報復を宣言する文書が、市警察警官有志の名で各メディアに送りつけられた。憎悪にかられた警官が、満洲里の事件に関連づけて発作的に送付した宣言文だと、当初はうけとめられた。だが翌日、仲献東と従兄弟を殺した銃弾が、日本警察の制式拳銃、ベレッタ97Fから発射されたらしいとの鑑定結果が出て、県警本部は愕然《がくぜん》とした。

さらに八月下旬から九月にかけて、ベレッタ97Fの銃弾による梟雄幇構成員に対する殺傷事件が続出し、後にその一連の事件は、Pの創立にまつわるフォークロアとなったのである。

市警察警官有志による報復宣言からちょうど四年目の夏、週刊誌がPの特集記事を組み、創立メンバー全員が死亡したことを報じると、県警は記事の内容に関するコメントを拒否したが、前記の四名の遺影をひそかに撤去させた。

記事に掲載された創立メンバーのリスト、および殺害状況の概略は以下のとおりである。

高岡守（二十九）　京都府出身。地域課自動車警ら班勤務。巡査部長。
久間肇（二十六）　福井県出身。地域課青戸交番勤務。巡査部長。
彦坂太郎（二十六）　岐阜県出身。地域課学園西交番勤務。巡査。

吉雄逸郎《よしお》（二十八）　山形県出身。地域課自動車警ら班勤務。巡査部長。

高岡守巡査部長は、前年の十二月二十九日の深夜、永浦三丁目のカジノ『金剛』で十星会常任幹部を内偵中に殺害された。年が明けた二月八日の昼間、久間肇巡査部長が警ら中に青戸一丁目の路上で、彦坂太郎巡査がほぼ同時刻に学園西交番近くで、ともに銃撃されて死亡。六月三日、老沙三丁目の渤海夜総会《ぼつかいナイトクラブ》の裏口で、吉雄逸郎巡査部長の惨殺死体が発見された。

吉雄逸郎の死の二ヵ月後に出たこの記事に、ある種の情報操作を嗅《か》ぎつけたとしても、さほどうがった見方ではない。つまり、誰が警官有志の氏名を週刊誌に明かしたのか。最初の銃弾を放った者たちが、道なかばにして斃《たお》れたわけだが、その氏名と死亡の経緯を、週刊誌を通じて県警二千四百名の警官に知らしめることで、彼らの死を、P再建のバネにしようと企てた者がいたのではないのか。

事実としてPは再建された。四名の若い警官は祭壇に奉《まつ》られ、新たな殉教者の列がつづいた。Pはいっそう攻勢を強めていき、ついには、石原寛人県警公安部長を暗殺するに至ったのである。

海市警察下級警官の反乱の節目となった事件を、反乱の複雑怪奇な暗部に抱かれつつ苛酷《かこく》な人生を生き抜いた石川ルカの個人史と重ねて、かんたんに付記しておく。

0歳　七月　老沙事件。暴動の六日目に生まれる。
五歳　十二月　県の養護施設から逃走。

六歳　八月　警官有志による報復宣言。Ｐ創立。
　　　九月　リトルウォンサンで洪孝賢と出会う。
　　　十二月　聖セラフィム派教会の養護施設に入所。
八歳　八月　児童売春組織に売られる。
　　　十一月　ハルビン・カフェ事件。
　　　　　　同事件の最中に洪孝賢と再会。児童売春組織から救出される。
九歳　十二月　金剛事件。高岡守巡査部長殺害。
十歳　二月　久間肇巡査部長殺害。彦坂太郎巡査殺害。
　　　六月　Ｐ創立メンバーの最後の生存者、吉雄逸郎巡査部長殺害。
　　　七月　牡丹江酒楼事件。馬場孝弘公安課巡査長ほか二名が銃撃をうける。
十四歳　八月　乾湖事件。巡査長一家殺害。
十五歳　四月　水門愛子が県警監察課長に就任。Ｐが乾湖事件の犯人を処刑。
　　　十月　緑が丘プラザ事件。水門愛子がＰのテロリスト一名を射殺。
十六歳　二月　Ｐ一斉検挙。
　　　十一月　石原寛人県警公安部長が福井市燕ホテルで殺害される。
十九歳　三月　高校卒業。ロンドンへ留学。
二十四歳　十一月　元生活安全課長が舞鶴拘置所で自殺。
　　　十二月　帰国。ハルビン・カフェに宿泊。
　　　　　　同日夜、新界大廈事件。女一名殺害。古田ヒロム殺害。西修平殺害。

後に拘置所で自殺することになる元生活安全課長が、公安部長が暗殺された直後の第二回公判で、彼らが目指したものを熱っぽい口調で語っている。正当性はべつとして、どの要求も下級警官の苛酷な現実を反映している。

警官の増員、待遇改善、SATなみの武装、天下り禁止、キャリア制度の廃止、刑罰の強化と犯罪被害者への補償の充実、ｅｔｃ。

それらを実現する道筋の話になると、元生活安全課長の陳述は支離滅裂になる。要約して言えば、海市警察から出撃して県警を影響下に置き、全国の下級警官と呼応して中央に攻め昇ることを夢想していたようだ。その力の裏づけとして採用したのが、麻薬取引による資金調達と、県警幹部暗殺計画である。

以上が彼らのヴィジョンのすべてだった。人類史的な惨禍を生み出すほどの理想主義の片鱗《へんりん》も、ここには感じられないが、それはないものねだりというやつだろう。すでに死を宣告された反乱のお粗末さを指摘するのは、私の本意ではない。死者を鞭打《むちう》つようで、いい気分はしないし、聞かされる方も愉《たの》しくはないだろう。とはいえ、公判記録からうかびあがるPの像は、やはり退屈である。世間がはやばやと公判への関心を失っていったのも、無理からぬことだと思う。獄中で歳月を重ねるうちに、元生活安全課長自身も自分のヴィジョンの退屈さに気づき、そのことが彼の自殺の遠因になったのかもしれない。

正装した黄金の猿が、燕ホテルの宴会テーブルの上から公安部長にとどめを刺した瞬間に、Pの輝かしい時代はおわった。幕が降りたあとも、舞台の熱気の余韻が数年つづいたが、それも、反目する警官グループの間の私的制裁だの、Pの残党による気まぐれな地下銀行襲撃だのといった、内々の事件にすぎない。宴のあとで、人々は深く傷ついた自分を見出したが、やがて時間の経過が癒《いや》しをもたらした。悪夢は、うっすらと埃《ほこり》をかぶり、遠い記憶となりつつあった。

石川ルカの帰国にはじまる激動の七日間が、その悪夢に最後の輝きを与えた。小さな秘密の暴露の連鎖が、おたがいに見知らぬ、あるいはこれまで距離を保ってきた人々の、急接近をもたらした。人と意識と場所の電位が極限まで高まり、彼および彼女をとらえた悪夢が青白い光を放ちはじめた。

II　共有するもの

人間が意識の諸部分を共有するように、諸部分がそれより小さな諸部分を共有する
ようにして、集落や建築をつくれ。
この方法が幻想的な世界の基礎である。
みんなでつくらねばならない。みんなでつくってはならない。

同・前掲書

17

石川ルカ

洪孝賢《コウ・コウケン》の商売道具は、携帯電話一台と腰のベルトに差した拳銃《けんじゅう》一丁、ルカの知るかぎりそれだけだった。無地のマフラー、腕と肩の縫い目がほころんだビジネスコート、すり減った黒靴という格好で、適当な時間に出かけた。自分で会社を経営しているのだと洪は説明した。帰宅は深夜、あるいは翌日の早朝、いろいろだった。冬の雨に長時間打たれ、髪もコートもずぶ濡《ぬ》れにして帰ってきて、キッチンで立ったまま熱いコーヒーをすすり、黙って出ていった夜もあった。

そして明らかに洪は貧しかった。「日本中から古着を買いあつめてる。船をチャーターして大陸へ輸出するでっかいビジネスだ」ただし、やたらカネを食うので、まだ利益があがらないという話だった。洪の言葉をどこまで信じていいのかわからなかったが、貧しさから這《は》いあがろうとすれば、危険を冒す覚悟が必要であることぐらいは、ルカにも理解できた。紅旗路《こうきろ》の薄汚れた狭い部屋で待ちながら彼の無事を祈った。洪は生きて帰ってくると、キッチンの水切り台に、なにがしかの食料をのせた。野菜、イカの足、ワカメ、米、露店で買った油餅《ヨウピン》や小籠包《ショウロンポウ》。夜、部屋の明かりのなかで見る彼の眼差《まなざ》しは、いつも疲労のために陰っていた。二人は、ベッドと壁の間の狭いフロアに新聞紙をひろげて質素な食べ物を分け合い、シングルベッドで一つの布団にくるまり、文字どおり寄りそって暮らした。

そんな日々の合間に、洪はルカを、老沙《ろうさ》一丁目のビルの中二階にある医者と看護師の二人しかいない病院へ連れていった。性病は免れていた。高級管理売春のおかげだと洪は言った。彼女が学校の勉強をしたいと言うと、洪は段ボール箱いっぱいの古本を部屋に持ち帰った。小学校の教科書、児童向けの小説や科学の本、福島原発事故のドキュメント写真集、それらにまじっていたポルノ雑誌、彼女はなんでも読み耽《ふけ》った。洪の言いつけを守って街には出ず、TVは音声を絞って見た。洗濯は毎日した。カーテンも洗い、薄汚いワンルームをぴかぴかに磨いて洪をおどろかせた。

「古着屋って拳銃が必要なの？」とルカは訊《き》いたことがある。

「必要だ」

「撃ち合ったりするの？」

「たまに」

「よくわかんないんだけど」

「正直に税金を払ったら我々は餓死する。ところが国家というのは税金を払わないと罰を与える。捕まえて刑務所に放り込む。これが国家権力だ。ところがこの街にはもう一つの権力が存在する。わかるな。マフィアだ」

使う言葉が八歳の元娼婦《しょうふ》には難しいことがわかっていたはずだが、そういう点に洪は無頓着《むとんちゃく》だった。ルカはなんとかついていき、どうにか会話は成立した。

「マフィアもカネを払えと要求してくる。税金と同じようなもんだ。つまりこの街は二重権力下にある。しかもマフィアは二種類存在する。梟雄幇と十星会《じっせいかい》だ。どの権力の支配下に入るか、ビジネスマンは選択をせまられる」

「コウは梟雄幇をえらんだの？」

「いまのところはそうだ。だが梟雄幇は足もとを見て無茶な要求をする。国家はあいかわらず税金を払えと言う」

「かわいそうなコウ」

「だからときに拳銃を使う場面がくる。じっさいに使用しなくても取引と契約には拳銃が必要になる。相手を信用できない。たぶん向こうもわたしを信用してない。つまり信用が担保にならない。この世界は暴力を担保とするマフィア資本主義の時代だ」

共同生活が三週目に入り、ずっとこのまま居させてくれるなら、洪の女房になってやってもいいとルカが思いはじめたころ、洪は小学校で使うような小さな机と丸椅子を二脚どこかで拾ってきた。彼女を対面する椅子にすわらせ、机に紙をひろげ、ペンを握ると、質問をあびせた。

「聖セラフィム派教会の施設で、ロシア人の夫婦と面接した場面、そこから話してもらおうか」

ロシア人夫婦の名前、推定年齢、人相、おたがいにどんな名前で呼び合っていたか。教会側で面接に同席したのは誰か。同じ境遇にさらされた施設の子はいなかったかどうか。引きとられていった日付。使用した車の特徴。途中の景色の変化。アイマスクをかけられた地点。到着までの推定時間。監禁された家の窓からの眺め。内部の見取図。出入りしていた人物のリスト。ボスは誰か、はたらかされた男の子と女の子、監視役、撮影者、衣装メイク係、変態撮影の相手役の性別、肌の色、眼の色、愛称。週末の外出先。大勢の客について、等々。

「しゃべりたくないことはしゃべらなくていい」

洪は気配りを示しつつ、最初はスケッチふうに、ルカが児童売春組織へ送り込まれる直前から、ハルビン・カフェで洪と再会するまでのおよそ百日を駆け足でたどり、また面接の場面にもどって、こんどはより詳細に事実を積み重ねていった。車の特定はパンフレットと厳密に突き合わせた。証言に食いちがいが出ると、厳しく問いただして、ルカに悲鳴をあげさせた。

「ねえ、なんでこんなことしなくちゃならないの！　もうやめようよ！」

「おまえの自由を保証するためだ」

「コウの話はいつもわかんない」

「売春組織に見つかればおまえは確実に殺される。だから組織を潰《つぶ》す必要がある」

「家に案内するから、さっさとあいつらを殺してちょうだい」

「おまえの話ではすぐに家を特定できない」

「コウの能力の方に問題があるんじゃないの？」

「それにおまえが逃げた日の翌日には、組織は家を引き払ってる」

「あのとき、すぐハルビン・カフェにもどって、地下の駐車場を見張ればよかったのよ。そうして、マリオとユキが車で家にもどるのを尾行していって、コウがパンパンって撃ってたら、きれいに片づいてた」

「警察に保護してもらえと言ったはずだ。それを拒否したのは誰だ。わたしは警察ではない。ボランティアでもない。おまえの父親でもない」

ルカは洪の意地悪な言い方に反発して口を尖《とが》らせた。

「じゃあどうして、あたしのために売春組織を潰すなんて言い出したの」

「もちろんわたしの方にも理由がある。ビジネスを円滑にすすめるうえで、警察とも仲良くしなくちゃならん」

「警察に情報を流して、恩を売るってわけね」

「おまえは賢い娘だ」

「警察はいや」ルカは強い口調で言った。

「なぜ」

「あたしを捕まえてしつこく訊くから」

「そんなことはさせない」

「できるの？」

「取引する。向こうは条件を飲むと言ってる。おまえの情報は、捜査記録上、尾行や盗聴で入手したことにする。警察が情報源を隠すためにちょくちょく使う手だ。ただし、情報の精度が高くなければ取引は成立しない。そのためにはおまえが正確に思い出す必要がある」

「でも」ルカは言いかけて口をつぐむ。

「なんだ」

「ロシア人たちは捕まったら、あたしのことをしゃべるわけでしょ」

「たぶんしゃべる。おまえがどんなに惨《むご》い仕事を強いられたか、公判で明らかにされると思う。だがおまえの実名は伏せられる。そのていどの人権感覚はこの国の司法制度にもある。それでも恥ずかしいのか」

「死んじゃいたいくらいにね」

「罪の意識があるのか。そんなもの糞《くそ》くらえだ。児童売春組織は、逃亡を防ぐ目的で、計画的に子供に罪の意識を植えつける。その効果は絶大だ。解放されても子供は口を閉ざす。だがおまえは、どうにかしゃべることができる。おまえには勇気があるってことだ」

「もう耐えられない」

「三ヵ月も監禁されてたんだ。おまえのポルノ映像を世界中の変態野郎が買ってる。あきらめろ」

「コウの言い方、ひどすぎる！」ルカは金切り声をあげた。

「謝る」洪はすかさず言った。「おまえに外の新鮮な空気を吸わせるべきだった。街に出てみないか」

「コウ、あなた一人でどうぞ」ルカは机をにらみつけた。

「大連デパートの展望レストランでメシを食いたかったんじゃないのか」

「そんな気分になれないの」

「アイススケートできるか」

「できない」

「教えてやる」

洪はもう立ちあがって壁に吊《つ》るしたコートを摑《つか》んでいる。

「女の機嫌をとる男ってサイテー」

ルカは洪に抱きすくめられる。手足をばたばたさせて抵抗はおわる。大好きな洪と外出。そんな誘惑に勝てるわけがなかった。

栄町のリバティビルの最上階にあるスケートリンクと、紅旗路の大連デパートで気分転換をはかった後、さらに五日分の夜が連続して費やされた。つぎの夜、洪はどういうわけかパソコンを抱えてもどってきた。

「知ってる顔があったら教えろ」

ルカはモニターを覗《のぞ》き込んだ。男の顔写真。国籍、性別、生年月日、在留資格、現住所、前科、等々が記されている。

「警察から借りてきたの?」

「取引が成立したんだ」

洪は数百人の犯罪者の写真をつぎつぎと見せた。休憩をはさみながら、同じ作業をなんどかくり返した。ルカは、教会に迎えにきた夫婦の女の方と、監視役のマリオとユキを特定した。洪はべつのリストも見せた。丘の上の家に往診にきた女医が、京都の大学病院の脳外科に勤務していることがわかった。

それから二人は車に乗って、八歳の少女の惨い三ヵ月の足跡を捜しに出かけ、洪は古着ビジネスを放り出して集中した。売春組織に警戒されないよう、毎回、車を変えた。どの車もおんぼろだった。そんなおりにルカは、洪の家族についてたずねた。

父方の祖母は、日本植民地主義者が中国大陸から退却する際の混乱で置き去りにした、いわゆる残留孤児である。祖母は黒竜江省で養父母に育てられ、漢族の男と結婚し、前世紀の後半に夫と息子の三人で日本に帰化した。息子、つまり洪の父親は、幼なじみの朝鮮族の女を呼び寄せて結婚し、男の子が生まれた。兄弟はなく、両親とは死別した、と洪は言った。

捜索の途上でちょっとしたアクシデントがあった。京都市内へロングドライブした帰り、ルカは下着を真っ赤な血で汚した。難民キャンプの病院で見せられた恐ろしい写真が頭をよぎり、悪性の性病で死ぬんだと覚悟を決めたが、洪は落ち着き払って、たぶんおまえは娘になったんだと言った。老沙一丁目の、以前に性病検査をうけた病院にいき、洪の言葉が正しかったことが証明された。アパートに帰ってルカが着替えている間に、洪は街に出かけ、真新しい『こころとからだ』といううきれいなイラスト付きの本、生理用品、ショートケーキ、青いソーダ水などを買ってきて、ルカの初潮を祝福してくれた。

そしてクリスマスの飾りが撤去されて間もない雪のちらつく日、海市《かいし》の中心街から車で西へ三十分ほどの距離の、京都府舞鶴《まいづる》市の東舞鶴湾を望む丘の上で、監禁されていた家を発見した。

「よくやった」洪は言った。

深夜、洪は警察の人間に会いに出かけた。翌日の昼すぎに帰宅すると、シャワーもあびずにベッドに倒れ込んだ。ルカもベッドに入り、洪の胸に顔を埋《うず》めてうとうとしているうちに、すとんと眠りに落ちた。

眼が覚めたとき、窓の外はもう真っ暗で、洪はバスルームで髭《ひげ》を剃《そ》っていた。ルカは慌てて洗濯物をとり込み、ベッドの上でたたみはじめた。そこで洪が大事な話があると切り出し、ルカの手の動きがぴたっととまった。

「いつまでもいっしょに暮らすことはできない」

これまでのおよそ四十五日間の共同生活で、自分に都合のいい夢ばかり見てきたが、その恐ろしい言葉が洪の口から出る日がくるのを、ルカは心のどこかで覚悟していた。

「どうしてなの」ルカは消沈しそうな気分を奮い立たせ、とがめる口調で訊《き》いた。

「わたしは警察に追われている。ハルビン・カフェでなにがあったのか、おまえは見ている。詳しく話す必要はないと思う」

ルカは積みあげた洗濯物の山を、ばさっと崩して怒りを示した。

「あたしもいまから誰か殺してくる。ポリ公に追われるの。コウといっしょにいつまでも逃げまわるの」

「では永遠にお別れだ」と洪の厳しい声。

ルカはふいに胸が苦しくなり、音がするほど拳《こぶし》で激しく叩《たた》いた。

「ちょっと待ってよ、コウの話はおかしい」

「どこがおかしい」

「警察と取引すればいいじゃないの」

「あいつらは単一の組織じゃない。胴体がいくつもある化け物なんだ。頭は数え切れない。それぞれが、胸や尻《しり》やほっぺたなんかで癒着して、複雑な関係をつくってる。ルカの件に関しては生活安全部と取引してるが、刑事部がわたしを捕まえようとしている」

「そこをなんとかうまくやりなさいよ」

「冷静になれ。わたしが安全であるかぎり、おまえとはこれからも会うことができる」

洪の気配が背後から近づいてくる。俯《うつむ》きかげんのルカの視線のなかで、洪はベッドに腰をかける。両肩にそっと洪の手が置かれる。ルカの全身から力が抜けていく。

「わたしたちは死ぬまで友人だ」洪は宣言する。「おまえにしてやれることが、まだあるだろう。できるかぎりのことはする。時期がくれば、書類をととのえて、学校にいかせる。約束する。だがおおっぴらに会うことはできない。時間と場所をえらんで会う。それしか方法はない。わかるな。おまえが大人になるまで世話をしてくれる女を見つけた」

自分と他者の間に引かれた暴力的な切断線を、幼くして意識せざるをえなかったルカは、じつに物分かりのいい態度を示した。もう一度、永遠の友人であることを誓わせて、洪を赦《ゆる》した。二人は腕を組んで、大連デパートの八階にある展望レストランへいき、ぎこちない雰囲気は隠せなかったにしても、最後の晩餐《ばんさん》をそれなりに愉《たの》しんだ。デザートの三色アイスクリームを食べているときに、洪は、リボンで結んだきれいな包装のプレゼントをくれた。ビーズのストラップが付いたミントグリーンの携帯電話だった。

「通話料金は心配するな。危険が迫ったら連絡しろ」

服と靴も買ってやろうと、洪は大連デパート三階の子供服売場へ向かったが、ルカは、洪の言うでっかいビジネスがまだヴィジョンにとどまっていることを知っているから、丁重に断った。年の瀬で人があふれた紅旗路に出て、露店を見てまわり、衣服と靴と洗面用具を買いそろえた。売れ残ったトナカイのぬいぐるみも買い、ナイトクラブの裏のパーキングにいって、洪が仕事で使っているシルバーグレイのヴァンに放り込んだ。ライトを点《つ》けると、光のなかをほっそりした女が駆け寄ってきて、さっと後部座席に乗り込んだ。グエン・ト・トイという名前の二十一歳のベトナム人だった。「あなたがルカね。すごくかわいい。愉しくやろうね」とト・トイは流暢《りゅうちょう》な日本語で言った。ヴァンは裏通りをぐるぐる走って、老沙二丁目の古いアパートのまえでとまった。洪は荷物をすばやく降ろすと、運転席の窓から手を軽く振り、言葉をかけずに去った。

ルカは泣かなかった。最初の夜、グエン・ト・トイが抱いてくれると言うのを断って、二段ベッドの上で独りで寝た。紅旗路の洪のアパートへ飛んでいきたいと切に思い、頭がへんになりそうになった。だが、学校にいかせてくれるという洪の言葉を信じて、無断外出禁止令を固く守り、狭い部屋で留守番をしながら古い教科書で勉強をつづけた。

ト・トイは、勤勉で快活な、不法入国者だった。警察や入国管理事務所の眼を盗んでひっそりと生きてきたが、三年まえ、安定した在留資格をえるために日本人と偽装結婚した。その際に友人から、偽装結婚の斡旋《あっせん》で小遣い稼ぎをしている洪を紹介され、世話になったという。ト・トイは十四歳で来日して以来、一度もベトナムには帰らず、故郷の村で稲作をしている家族に送金をつづけていた。朝早くバス停に向かい、走水《はしりみず》の漁港近くの海産物加工場で夕方まではたらいた。毎日ほぼ決まった時刻に、潮の匂いをぷんぷんさせて帰ってくると、狭いキッチンで二人分の晩飯をつくりながら、今日はどんな本を読んだのかと訊き、ルカの話に愉しそうに耳をかたむけた。ルカはト・トイをすぐに好きになり、洪の人選の確かさを称賛した。二人は仲のいい姉妹のように、おたがいを必要としていることがわかった。ただし気になる点がないではなかった。というのもト・トイは、じつに魅力的な笑顔と、ほっそりした手足と、うらやむほど大きくて形のいい乳房を持っていたからである。勘の鋭いト・トイは、ルカの胸のうちを察していたはずだが、なにも語らず、ルカを挑発するようなことも一度もなかった。

洪孝賢とグエン・ト・トイの間に、恋愛感情とは無関係ではあるにしても、大人の男と女がふと欲望をつのらせて一夜を分かち合うような事件が、過去にあったのかどうか、最後まで明かされることはなかった。

性的虐待現場の捜索は、週に一度か二度のペースでつづけられた。洪と会える機会はそれだけだった。翌年の二月の最初の金曜日、倒錯パーティがなんどか催された、黒い森のなかの邸宅を見つけた。

「あとは警察にまかせる」と洪は言った。

三月、海がひどく荒れた日、ト・トイはドアを勢いよくあけて仕事から帰ってくると、手にした『日本海NEWS』の夕刊を示して、コウがついにやったのよ、と高ぶった声で叫んだ。一面に『県警　児童売春組織を摘発』と大きな文字。舞鶴市の洋館の写真。その下に犯罪者の顔写真がずらっとならんでいて、逃走中のタチアナ・パーヴロヴナというきれいな白人の女以下、全員に見おぼえがあった。逮捕者八名。指名手配三名。六名の児童を救出。ト・トイがTVを点けてニュース専門局に合わせた。ルカは新聞を放り捨てて、ミントグリーンの携帯電話を手にした。洪がすぐ電話に出た。

「どうした」

「新聞読んだの」

「それだけか」

「話が聞きたくて」

ぷつんと通話が切れた。その仕打ちが頭にきて、ルカは電話をかけつづけた。洪は出なかった。〈緊急事態発生〉とメールを入れた。それでも応答をいっさいよこさなかった。

連絡が途絶えたまま、夜をなんども迎えた。ルカは洪への怒りをつのらせつつ、日に一度は殊勝に反省をこころみた。けっきょく見捨てられたのだと結論づけようとした矢先、三月下旬の夜、パジャマに着替えて歯をみがいていたら、TVで見たラスベガスのイリュージョン・マジックショーみたいに、バスルームのドアの脇で、いつものビジネスコートを着た洪孝賢が微笑みかけていた。

「ちょっとドライブしないか」

シルバーグレイのヴァンは、いつもエンジンの調子が悪く、ぷすんぷすんと不安な音をまき散らしながら走った。ルカは助手席に、ト・トイは後部座席に乗っていた。

「施設で暮らすか、これまでどおりト・トイと暮らすか、どっちがいい」洪が訊いた。

「ト・トイ」ルカは迷いのない口調でこたえた。

「では問題ない。じつは書類上、ト・トイは昨日からおまえの里親になってる。ト・トイの戸籍上の亭主は、露店で時計や貴金属を売ってる日本人なんだが、ト・トイはそいつと一度も会ったことがない。カネを払って入籍させてもらった。それだけの関係だ。男の方もト・トイには関心がない」

「あたしがその男を怖がる必要はないってことね」

「おまえはほんとに賢い娘だ」

それから洪は書類上のストーリーを説明した。ルカは紅旗路周辺で残飯を漁《あさ》っていたところ、心やさしい貴金属商の夫婦に拾われた。それが今年の二月二十三日である。夫妻はルカの性格がいいので、すっかり気に入った。そこで、三月十四日、市役所にいき、事情を話して、ルカの里親になれないだろうかと相談した。書類申請し、職員による面接があり、昨日、正式に里親として認められた。

「書類は完璧《かんぺき》だ」と洪は言った。

「職員を脅したの？」

洪は愉快そうに笑った。「ワイロも拳銃《けんじゅう》も必要ない。街にはおまえの仲間があふれて保護しきれない。里親の資格審査なんてないも同然だ。申請すれば、面接なしに一発でとおる」

「ねえ、コウ」ト・トイが後部座席から心配そうに訊いた。「警察がルカを呼び出すってことはないの？」

「ルカの事情聴取はおわってる。もちろん書類上の話だが。ルカをハルビン・カフェへ連れていった日本人の男女も、組織のほかの連中も、ルカについてなにもしゃべらなかった。そんな女の子は知らないと言い張った。警察も無理に追及しなかった。ほんとの事情はわかってるし、ルカの問題を表沙汰《おもてざた》にしないというのが、わたしが出した取引条件だからだ。二、三日のうちに教育委員会からト・トイに連絡がある。ルカは四月から老沙小学校に転入することになった」

以降、洪孝賢がルカのまえに姿をあらわす場面はめっきり減る。道はつけられたのである。重要な事柄に関して洪が話を切り出すとき、それはすでに決定ずみであり、しかも周到な準備が終了している。というわけで、事態は洪の言葉どおりに展開した。

学童の大半を難民出身者が占める老沙小学校では、学力と関係なくどんどん進級させる方針のためか、ルカは船引小の二年生の一学期以降、授業に出ていなかったにもかかわらず、新三年生に編入された。ルカは集団登校の列にくわわり、老沙小学校まで片道十八分の道程を、はじめのうちは目立たぬようひっそりと歩いた。逃走中の児童売春組織の誰かと、ばったり出会いはしまいかと脅《おび》えていたからだった。だが八歳の少女にそんな苦行は無理な話で、自由の味をおぼえるにつれ、口も手足の動きも滑らかさを増し、からかわれると激しく言い返すようになった。

学校にもすぐ慣れた。老沙全体と同じように校内でも犯罪が多発していた。裏門にパトカーが常駐し、通報をうけると武装警官がただちに踏み込んできた。盗み、恐喝、賭博《とばく》、ドラッグ吸引、破壊活動全般、発砲事件さえあった。だが苛酷《かこく》な人生のサバイバーであるルカには、いずれもありふれた日常だった。施設や路上で顔見知りになった子が、ざっと二ダースばかりいて、毎日汚い言葉をぶつけ合い、ときには暴力沙汰に発展したが、それも賑《にぎ》わいの一つにすぎなかった。児童の大半は日本語を満足に話せず、教師不足も手伝って授業どころではなかった。とはいえ、どんなに劣悪な条件下でも希望を捨てない子はいるもので、ルカもそんな一人だった。

街を独りで自由に歩きまわることは、いぜんとして禁止された。ルカは自分でも慎んでいたのだが、ある日誘惑に負けて学校帰りに紅旗路の洪のアパートへ寄ってみると、懐かしいワンルームには、老夫婦と乳飲み子をふくむ中国人の大家族が住んでいた。洪のビジネスは危険をともなうから、一ヵ所に長く住むわけにはいかないのだろう、とルカは思った。

危険が迫ったとき以外は電話をかけるな、と洪から厳しく言われていた。それでも七月末、ルカの九歳の誕生日の前夜、どうにも辛抱できなくなり、メールでスニーカーをねだると、その数分後、部屋のドアのこちら側に洪が立っていたのでびっくりした。やがて洪と会えるのは月に一回か二回が、数ヵ月に一回に減った。どこに住んでいるか教えてくれず、連絡は携帯電話だけが頼りだった。ふだん必要なものはト・トイが買ってくれた。気づかいを見せると、洪から送金があるのだとト・トイは説明した。

その年の晩秋、TVニュースが、音海《おとうみ》の運河で発見された男女の射殺死体の身元が判明したと報じた。指名手配中の、聖セラフィム派教会の日本人施設長と、児童売春組織のボスのタチアナ・パーヴロヴナだった。ニュースの解説によれば、児童売春組織の背後にロシアマフィアの影があり、内部でなんらかのトラブルがなかったかどうか、捜査当局は分析をすすめているという。ようするに警察は、施設長とタチアナは児童売春組織壊滅の責任を死で贖《あがな》わされたと見ていた。

洪はなにも語らなかったが、ある時期から古着ビジネスは軌道に乗ったようだった。ルカが五年生に進級する春休み、ある夜明けに眼覚めると、二段ベッドと壁の間の狭いスペースに尻《しり》をぺたんとつけて、洪とト・トイが声をひそめて話し込んでいた。ルカが起きたのに気づくと、「おまえはもっといい環境で勉強すべきだ」と洪は言った。数日後、ルカとト・トイは、引っ越し業者のトラックでニュータウンの学園地区に引っ越した。十二階建のマンションの最上階で、なんと二部屋あり、ルカの寝室の窓の下には、環日本海大学の緑の広いキャンパスが見えた。

ト・トイはバスで旧市街へ通勤した。そのうち洪の古着ビジネスを手伝いはじめると、帰宅時の魚の匂いが消え、休日にはおしゃれをしてデイトに出かけるようになった。ト・トイの職場は、紅旗路の老沙港に近い雑居ビルの一室で、ルカはなんどか遊びにいった。デスク、電話、パソコン、書類ケースと、どうにか事務所の体裁はととのっているが、狭い部屋だった。「社長はぼろ車で営業に走りまわってる。社員はあたし一人。だけど利益が出る会社なの。これはすごいことなのよ」とト・トイは言った。

地元の中央小学校に転校したルカは、二年後、洪のすすめで学園地区にある私立の女子中学に入学し、同時にスイミングスクールにも通いはじめた。学校内にルカの過去を詮索《せんさく》したがるグループがいて、黙らせるためにちょっと凄《すご》んだりもしたが、総じてなにごともなく学校生活を愉《たの》しんだ。背丈はあっという間にト・トイを追い越し、胸のふくらみや腰のくびれは、日に日に女らしさを増した。ト・トイとのつまらない口喧嘩《くちげんか》がぱったりやみ、言動がいちだんと大人びていったころ、洪はルカを「きみ」と呼びはじめた。

そうして迎えた十四歳の夏、乾湖《かんこ》事件が発生した。

乾湖は、湖畔に貸しボート屋と小さな商店が点在する、水無川上流の人造湖である。その年の八月下旬、台風が接近しつつある日曜日の夕方、乾湖の南岸で釣りをしていた市警察生活安全課麻薬係の巡査部長（三十九）、妻（三十七）、ルカの中央小学校時代の同級生である息子（十四）の三人が、なに者かに銃撃された。巡査部長は頭部を一発、腹部を二発撃たれて即死。妻は腹部を撃たれて重体。息子は胸部と腹部を撃たれて即死だった。『日本海ＮＥＷＳ』に『今年の夏もまた　警官一家惨殺』の見出しが躍った。本文中の記事には、市警察麻薬係はこの数ヵ月、老沙の中国人居住区で麻薬密売組織を内偵中であり、捜査本部は、警告ないし報復として梟雄鞨がテロルを実行との見方を強めているとあった。

通夜は谷町の古い家族用官舎の集会場でおこなわれた。進入道路で市警察の検問があり、官舎の周囲には抗弾ベストを着た武装警官が配置についていた。台風は熱帯低気圧に変わって、強い雨が焼香する人々の長い列を叩《たた》いた。小学校時代の担任教師に引率されて、ルカが同級生といっしょに焼香の順番を待っていると、誰かが受付のテントの脇にとめた警察車両のルーフによじ登った。濃紺の作業服を着た男が、両手でメガホンの形をつくり、車のルーフの上から激しい口調でなにかを訴えはじめた。官舎の前庭の砂を蹴散《けち》らす重い靴音がひびき、参列者の長い列が乱れてどよめきが起こった。ルカは一瞬、その男が引きずり降ろされるのではと思い、恐怖の感情にとらわれたが、手出しをする者はいなかった。アジテーションはいっそう激しさを増した。鋭い眼差《まなざ》しの男だった。その顔で雨滴が絶え間なく飛び散り、濡《ぬ》れた前髪が額に張りついた。声帯を痛めつけるしゃべり方。早口でくり出される短いセンテンス。そのリズム感にゆさぶられるように、参列者や警戒している武装警官の間から呼応する声があがりはじめた。雨合羽《あまがっぱ》を着た武装警官が二人、警察車両に駆け寄った。大柄な警官の方が、もう一人の警官の下半身を抱え、リフティングしてルーフに登らせた。警官はルーフの上で自分の雨合羽を脱ぎ、アジテーションをつづける作業服の男の肩にかけた。つぎに透明のビニール傘をひらいて、それも男の頭上にかざすと、顎《あご》を引いて前方を凝視した。やがて車の前面に数十人の武装警官が黒い塊をつくり、作業服の男の言葉に合わせて拳《こぶし》を突きあげた。カメラのフラッシュが稲妻のように断続的に瞬き、怒号に似た男たちの太い声が暗い空にこだました。眼のまえに突然出現したスペクタクルな光景に、ルカはわけもわからず脅えた。

想像することはできたが、婚約者の深い悲しみは、彼女を苦しめなかった。自責の念は呆《あき》れるほど希薄で、人を裏切ったのに、解放感さえかすかに感じながら、石川ルヵは老沙四丁目の路地を目的のない人の足どりで歩いた。海市国際空港から唐突に引き返して、五十時間が経過していた。自転車の荷台に首無しの鶏を鈴なりにぶら下げて、綿入りの黒い服を着た男がルカを追い越していく。店先の錆《さ》びついた檻《おり》のなかで薄汚れた犬が三匹、調理される順番を待っている。視線の先に日曜日の朝の紅旗路の賑わいが見えてくる。

洪がすでに死者である可能性は退けた。市立図書館のパソコンで、過去九年間の死者を洗いざらい当たってみた結果でもあるが、彼の電話が使用中であるにもかかわらず、なに一つ応答がないことが、彼が生きていることの証拠だった。それはまた彼の意思の表明でもあると思った。この二日間、歩きづめに歩き、からっぽになった頭で、彼女は問いかけた。洪孝賢はなぜわたしを断念しようとするのか。

父と娘の穢《けが》れない日々を死守したいのか。わたしの肉の現実を彼は認めたくないのか。わたしを抱いたら、神のまえで大罪を犯すことになるとでも思っているのか。そんなはずないでしょ、とルカは胸のうちで皮肉っぽく洪に語りかける。あなたは情欲を抱いて女を見る者。心のなかですでに姦淫《かんいん》した者。ああ、とルカは思わず声に出して嘆いた。わたしはどんどん卑しい女になる。

紅旗路に出た。新装された大連デパートのまえで、雑踏が太い帯をつくっているのをぼんやりながめ、明日はクリスマス・イブだと気づいた。彼女の足は自然と海の方へ向いた。大理石と青い鏡のビルが近づいてくる。むかし、同じ場所におんぼろビルがあって、三階と四階の中間の天井のやけに低い部屋で、グエン・ト・トイが伝票整理をしていた。実態とかけ離れた『モッズ』というモダンな名前の古着商で、一昨日たずねたとき、新しいビルに同じ名前のワイン輸入販売業者を見つけたのだ。びっくりしてその会社へいき、デスクの男性に訊《き》いたところ、登記簿を調べて教えてくれた。モッズは、九年まえに洪孝賢がある中国人に譲渡し、その三年後、中国人が現在の所有者に譲渡していた。

権利が二度譲渡されているのに、商号が変更されなかったことは意外だったが、洪がモッズを手放さざるをえなかった状況を、ルカはよくおぼえていた。

乾湖事件の翌年、十月の最初の日曜日、よく晴れた午後だった。ルカはト・トイといっしょに緑が丘総合運動場へJ3の試合を見にいき、喉《のど》をからして声援を送った。試合はFCミラージュが京都ギャラクシーを2—0で撃破した。帰り際、洪が家で待っているとト・トイが耳打ちしたので、上機嫌で自転車のペダルを踏み、ニュータウンの坂道をブラウスに風をはらませて走った。途中、唸《うな》りをあげて疾走するパトカーとすれちがった。見慣れた光景で、べつに不安を感じなかったのだが、マンションの駐輪場に着くと、洪が厳しい表情で待っていた。「ロシア人に尾行された。念のため部屋を引き払う」と洪が言った。三人はすばやく身のまわりの物だけを持ち出して、シルバーグレイのセダンで海市を脱出した。

「走水ヘヨットの中古を見にいった」洪は車を運転しながら説明した。「店を出たところで、誰かに見られてる気がした。車を走らせると、二台ついてきた。ナンバーを確認して、生活安全課に調べさせ、ヴィタリー・ガイダルの兵隊だとわかった。ガイダルは長い間ロシアの刑務所にいたんだが、一昨年仮釈放になって永浦《ながうら》にもどってきた。例の児童売春組織のタチアナはガイダルの女だった。やつらの狙いがまだはっきりしないが、最悪の事態を想定した方がいい。ルカとわたしを、報復リストにのせた可能性がある」

「サッカーから帰る途中、パトカーがぶんぶん走りまわってたけど、ロシア人と撃ち合いになったの？」ルカは訊いた。

「尾行は撒《ま》いた。あれはべつの事件だろう」

カーラジオを点《つ》けて、そちらの事件の概要はわかった。サッカーの試合が開始して間もない時刻、緑が丘総合運動場の北にオープンしたばかりのショッピングセンターで、県警幹部に対するテロ未遂事件が発生していた。狙われたのは女性の監察課長で、犯人グループの一人が射殺されたという。

福井市へいき、中心街のビジネスホテルにチェックインした。ルカとト・トイがツインルームに入ると、すぐに洪がドアをノックした。

「心配するな。学校はつづけさせる」洪が言った。

「いつもどれるの？」ルカは訊いた。

「転校する」

「遅すぎた」ト・トイが非難する口調で言った。「コウはルカを手もとに置いておきたかったのよ」

洪は眉《まゆ》をしかめてルカに言った。「きみの身の安全にもっと配慮すべきだった。学校は首都圏にあてがある。二週間ていどはホテル暮らしを我慢しろ」

洪は、会社をどうするか対策を講じるために海市へもどっていき、例によって翌日の昼までホテルにもどらなかった。その間、ルカとト・トイはTVのローカルニュース専門局を見て、ショッピングセンターで県警監察課長が射殺した犯人が、市警察の現職警官であることを知った。TV画面には「県警幹部もテロルの対象に　Pの戦術転換か」というテロップが流れた。

数日後、洪の運転する車で神奈川県横浜市へ向かった。市内のホテルを転々とした後、ルカとト・トイは賃貸マンションに入居し、洪は海市へ帰っていった。そして、ほぼ洪の計算どおり十月の第三週から、ルカはカソリック系の中学校に通いはじめた。学校経営者はワイン樽《だる》のように肥えた中国人で、おそらく事情を知っており、ルカが校内と生徒名簿で偽名を使うことを許可してくれた。転校に際して、洪は海市の梟雄帮のコネを使ったのだろうと察した。

ロシア人に尾行されなくとも、洪は遅かれ早かれルカを転校させただろう。ルカが脱出した後、これまでのPとマフィアの報復の応酬と、県警の取締りの強化にくわえて、武装カルトが宗教抗争を先鋭化させ、海市の情勢はさらに緊迫度を加速させていった。

十一月六日、紅旗路で駐車違反を取締り中の交通課警官二人がビルの窓から銃撃されて死亡。同月二十一日、北朝鮮系カルト『千里統一教団』の走水教会で爆発事件があり、死者一人と多数の負傷者が出た。教団は天主教会の攻撃だと非難して、紅旗路の老沙天主教会まえで抗議集会をひらき、警備にあたった警官隊と衝突した。十二月十四日、永浦交番が自動小銃とグレネードランチャーで攻撃され、地域課の警官六人が死亡。県警はPの報復を警戒してSAT四個小隊四十人をリトルウォンサンに投入した。同月十八日、学園西の高級マンションの部屋で、貸しビル業の朝鮮人実業家が射殺された。同月三十日、永浦一丁目のナイトクラブで十星会幹部らが銃撃され、No.2の常任幹部ほか五人が死亡した。

老沙と永浦の周辺、および市警察、市庁舎、県の合同庁舎、出入国管理事務所等に、SATと県警機動隊の装甲車が展開し、人々は不穏な空気のなかで新しい年を迎えた。

「市警察警官の屈折と憎悪は、臨界点に達している」と新年の『日本海NEWS』の社説は指摘した。「これまで散発的で無意識的だった報復テロルは、組織化された下級警官の反乱へと質的転換をとげつつある」

海市の情勢を、遠く離れた横浜市からながめていたルカは、愛する人との永遠の別れという以上の具体的なイメージを持てなかったが、自分の運命に垂れこめる暗雲を予感した。

二月、ルカは東京の全寮制高校の合格通知をうけた。その数日後、二月二十日未明、県警はPの一斉検挙に乗り出した。TVカメラは、奇妙に乾いた銃声と、夜空に赤い炎を引いて飛び交う銃弾をとらえた。市内数ヵ所での激しい銃撃戦を経て、一週間後の二十七日、県警は、Pによる県警公安部長暗殺計画があったことを明らかにし、首謀者の元市警察生活安全課長を逮捕したと発表した。

「ト・トイ！」ルカはTV画面に映し出された首謀者の顔を指さして叫んだ。「ほら、同級生の通夜で、車の上からマフィアに報復をしろって訴えてた人よ！」

東京の西郊外の森のなかで、ルカの新しい学園生活がはじまると、グエン・ト・トイは洪の新しいビジネスを手伝うために海市へ帰ることになった。洪は古着商の権利を、事務所と貸し倉庫四杯分の古着付きで、紅旗路の中国人に売り、中古車輸出業の準備をすすめているという話だった。海市は危険だからと、ト・トイを引きとめようとしたルカに、洪が電話で言った。

「未熟な若者たちの反乱は鎮圧された。老獪《ろうかい》な大人たちは昨日の敵と麻雀《マージャン》卓を囲んでる。誰も武装解除していないが、均衡がもたらされた。彼らは銃による平和を維持しようと努めるだろう。ビジネス環境がいくらかは改善されるということだ。わたしたちのことは心配いらない。きみはすでにきみの道を歩きはじめている」

トーキョー・インターナショナル・スクールは、多国籍企業の共同出資により設立され、教師も生徒も多様な人種で構成されていた。環境は申し分なかった。緑の森のなかの施設。小人数のクラス。全科目が英語による授業。知的な教師。充実した図書館。清潔で機能的な寮の二人部屋。率直で開放的な人間関係。個人の過去を詮索《せんさく》するような者は皆無だった。ルカは同好会で水泳とサッカーを愉《たの》しみ、図書館で追い出されるまで粘った。そしてときおり、『日本海NEWS』を検索して海市の動向に注意を払ったが、住所不詳、元古着商、洪孝賢の逮捕、あるいは死亡の記事が眼にとまることはなかった。

その年の十一月二十三日、勤労感謝の日、騒然とした一年を締めくくるように、地下に潜伏していたPの残党が、福井市のホテルでひらかれた結婚式の披露宴中に県警公安部長を暗殺した。全国のメディアがこぞってセンセーショナルに報じ、凄惨《せいさん》な殺人場面がTVでくり返し流された。ただし、公安部長暗殺は、Pの最大にして最後の攻撃の試みだったようで、ふたたび厳戒態勢が敷かれた海市で、それに呼応する動きは皆無だった。

クリスマス・イブのなん日かまえに、前触れもなく、高校の寮にベトナムからト・トイのカードがとどいた。ホーチミン市で兄弟と共同で小さな食堂を経営する準備をしており、日本にはもどらないと書いてあった。ルカはすぐ洪に電話をかけて抗議した。

「なぜ教えてくれなかったんですか。なぜ黙ってト・トイを帰国させたんですか。あなたは冷淡すぎます」

「ト・トイの意思だ」と洪は言った。「辛《つら》い場面は嫌だから、きみには知らせないでほしいと彼女に懇願された」

「彼女はあなたのビジネスを手伝うはずだったんじゃないんですか」

「きみが寮生活をはじめて、ト・トイの役割はおわった。彼女自身がそう判断して、故郷へ帰ったんだ」

「手紙に書いてある電話番号にかけたんですけど、男の人が出て、英語が通じません」

「そのうち通じるさ」

「あなたは黙って消えたりしないでください」

「きみはもう自分の力で新しい人間関係を築くことができる。そういう年齢に達した。わたしの役割もおわった」

ト・トイとは連絡がとれないまま迎えた高校三年生の夏、ルカは洪に電話をかけて、もう一度三人で会いたいと切々と訴えた。洪もさすがに感傷的になったのか、了解してくれ、夏休みの最後の週、二人はト・トイを捜すためにベトナムへ向かった。ホーチミン市のサイゴン駅近くに、店も家もあるということだった。衣料から生鮮食品まで扱う巨大なマーケットの敷地内を、汗と埃《ほこり》にまみれて四日間歩きまわり、夜は商人宿で虫の襲来と闘いながら体をやすめた。五日目、市役所に出向いて調べたが、ト・トイの消息は不明だった。現地に六日間滞在し、傷心のうちに帰国した。

東京の高校生活三年間で、ルカが洪と会ったのは、そのベトナムへの小旅行の一度だけだった。会いたいと電話しても、洪は多忙を理由に拒絶しつづけた。ベトナムから帰国後、電話連絡さえ、途絶えがちになった。ロンドン大学への入学が決まったとき、洪は電話で祝福してくれたが、ルカを抱きしめに上京してこようとはしなかった。

洪孝賢との決別は既定路線だったのだと、石川ルカは、ワイン輸入業『モッズ』の入ったビルのまえのバス停で、たまたま停車した市内循環バスに、考えもなしに乗り込みながら思い返した。バスは海岸通りへ向かった。老沙港のクレーンと海と空が遠ざかる。予報によれば、西から天候が崩れつつあるというが、湾の上には快晴の空が広がっている。

コートのポケットのなかで携帯電話が振動した。メールの着信。婚約者だった。彼はこの二日間、数分間隔で送信をつづけている。メールは読まず、自分の裏切り行為を頭から閉め出して、ルカは思考をすすめた。

ハルビン・カフェで再会した夜、八歳の孤児を見捨てないと決意した瞬間から、洪は別れを周到に準備してきたのだと思った。高校入学と同時に、教育資金の管理は銀行にまかされた。洪が銀行に信託した資金は潤沢とは言えなかったが、高校卒業後、ルカが希望していた海外留学生活をじゅうぶんに賄える額だった。

決別には、親鳥の庇護《ひご》から雛《ひな》を巣立たせるという側面と同時に、最初から、いずれ洪の人生からわたしを切り離さねばならないという、彼の断念の思いがあったのではないのか。ではなぜわたしを断念するのか。その点に踏み込もうとすれば、彼の人生の隠された部分に触れざるをえない。では隠された部分とはなにか。それは漠然とした疑念にとどまっている。たとえば海市の治安攪乱《かくらん》の要因の一つとして、無視できないほどテロルを活発化させていったPが、ついに公安部長暗殺に至った経緯と、洪孝賢の徹底した秘密主義との間には、なんらかの関連があるのではないのか。

また着信。ごめんなさい、とルカは胸のうちで謝罪する。あなたのもとには帰れません。それでも念のために誰なのか確認してみた。こんどはメールではない。胸がどきんと鳴った。モニターに表示された電話番号は登録されていない。バスが停車した。大連デパートの反対側だった。ルカは慌てて歩道に降りると、その場でほんの短い時間ためらってから、リダイヤルしようとする、懐かしい声だった。受話器の向こうからとどいたのは、抑制の効きすぎた、だが愛する者を必死でもとめようとする、懐かしい声だった。

「ト・トイなのね！」ルカは叫ぶように言った。「どうして番号がわかったの？」

「コウとずっといっしょにいたのよ」

「意味がわからない」

「事情がいろいろあるの。ルカはいまヨーロッパ？」

「紅旗路よ」

「紅旗路って、まさか」

「彼にどうしても会いたくて」

「ああ」ト・トイが、まるで我が子の死を嘆くような声を出し、ルカの胸を締めつけた。「ルカ、あなたはあの男に心を奪われてる。だから耳を貸さないでしょうけど、お願い、あたしの言葉を信じてちょうだい。あの男と会ってはだめよ」

18

内藤　昴

チノパンツの後ろに自動拳銃《けんじゅう》を差すと、背筋がぴんとのび、気分がすっきりまとまった。内藤昴《すばる》は革のジャケットを着て、鏡に背を向け、拳銃の形がうき出ないかどうかを確認した。光洋台高校の同級生に辻本勲という朝鮮人がいる。拳銃は辻本の長兄の十星会準幹部から手に入れたトカレフで、乾湖の先の山林で試し撃ちをした感触は悪くない。動かない標的を狙って撃つなら、命中率は想像していた以上に高いものだった。昴はフルフェースのヘルメットを摑《つか》むと、二階の自分の部屋を出た。

日曜日の午前十一時ちょうど、階下からＴＶの音や人声は聞こえてこない。母と義父はまだベッドにいるようだった。階段へ足を向けたとき、廊下の奥の部屋のドアが勢いよくひらいた。二歳の誕生日を迎えて間もない万里乃が、ドアを両手で押しひらいたまま、好奇心いっぱいの眼で兄を見た。昴は幼い異父妹へ微笑みかけた。万里乃が意味不明の言葉を切れ目なく発しながら、両手を前方へ突き出して、とっとっ と歩いてきた。昴は腰を落として待ちうけ、抱きすくめ、頬ずりした。万里乃はいつもクッキーの匂いがする。義父とは折り合いが悪いが、妹への感情はまったくべつだった。世界でいちばん可愛い生き物が自分を好いてくれる、という思いで胸が熱くなる。昴は万里乃を両親の寝室の戸口まで連れもどした。

「母さん、万里乃が階段から落ちるよ」昴は寝室の薄暗がりから視線をそらして言った。

「おいで」母が眠たげな声で呼んだ。

昴は万里乃を降ろした。おはようとダブルベッドの向こう端で義父の声。昴は事務的に挨拶《あいさつ》を返し、万里乃が無事に母の腕のなかに入るのをちらと見やって、ドアを閉めた。

「どこいくの」とドアの向こうから母の厳しい声。

「辻本の家」

「昨日の夜、バイクの音がうるさかったけど」

「辻本の兄貴に借りたんだ」

「事故起こすんじゃないよ」

「わかってる」

昴はきびすを返し、万里乃のことを頭から閉め出した。廊下に置いたヘルメットを拾いあげ、階段をリズミカルな足音を立てて降りていきながら、さあ徹底してやるぞと自分に告げた。玄関から前庭に出た。市役所に勤める義父が、気が遠くなる長期のローンを組んでニュータウンの外れに購入した、小ぎれいな家だった。カーポートにぴかぴかのフォードと、昴が故買屋から手に入れたＢＭＷ水冷単気筒６５２ccがとめてある。緑が丘総合運動場の歓声が風に乗って聞こえ、ＦＣミラージュのユースが決勝戦を闘っていることを思い出した。

閑静な住宅街にBMWの爆音をひびかせた。気分が高揚していた。学園東のコンビニエンス・ストアに寄り、三種類の弁当と二リットル入りのウーロン茶を買った。それから四丁目の高級住宅街にいき、聖マリアンヌ幼稚園の先の白い家の門扉のまえにBMWをとめた。敷地はさほどないが、どこか笑えるロココ調宮殿の造りで、装飾をほどこした門扉は太い針金で縛りつけてある。

昴はコンビニの袋をさげて塀を乗り越え、庭をおおう枯れ草を踏み、鍵《かぎ》の壊れたドアから玄関ホールに入った。大声で呼ばわると、いまではその家の唯一の住人となった十七歳の少女が吹き抜けの二階の手すりにあらわれ、白く光る眼で昴をにらみつけた。中学の後輩だった。良家の子女然とした面影は跡形もない。ぼろ布にしか見えないナイトガウンをはおり、なん年も洗ってない髪を毛糸の帽子のなかに隠している。

「弁当買ってきたぞ」昴はフロアに袋を置いた。

「眠剤ないか」少女が上から怒った声で言った。

「スノーならある」

「嘘つけ」少女は黄色い歯をむき出した。

昴はジャケットのポケットをまさぐり、昨夜、リトルウォンサンで売人から買った粉末コカイン入りのプラスチックの容器をとり出して、二階のフロアめがけて投げつけた。どたばたと足音が聞こえ、短い沈黙の後で、歓喜の叫びがあがった。「こいよ！　やらせてやる！」少女の狂った声を、昴は背中で聞き、玄関ホールを出た。肋骨《ろっこつ》がうき出たかわいそうな少女の裸が、老婆のようなしわくちゃの皮膚が、頭をよぎった。

少女の父親は青戸のオフィスビルに事務所をかまえる貿易商で、父母ともに挫折《ざせつ》した音楽家志望者だった。二歳から音楽の英才教育をうけた少女は、十三歳の夏の夜に、ちょっとした息抜きと好奇心から昴の誘いに乗り、緑が丘総合運動場の森にとめた中古のボルボのなかではじめての性を試した。そのままなにごともなくおわったとしても、少女が牙《きば》をむくのは時間の問題だっただろうが、先輩から借りたボルボが盗難車だったために、パトロール中の市警察に補導されて親に知れるところとなった。その夜、自宅の防音装置をほどこしたレッスンルームで、少女は生まれてはじめて異議中立の小さな声をあげ、父親の激しい平手打ちを食った。そのバシッという頬を打つ音が、両親はもちろん、本人も予想しなかった根底的な破壊活動の号砲となった。両親が弟を連れて家を完全に放棄するまで、少女は壊せるものは壊しつづけた。ピアノ、チェロ、窓ガラス、便器、シャンデリア、家族の絆《きずな》、自己愛さえも。家族が逃げ出した後、日に一度、母親が避難した塙町《はなわ》から怖々食事をとどけていたが、五ヵ月目に娘からフルートで頭蓋骨《ずがいこつ》にひびが入る暴行をうけたのを機会に、それもぷっつり途絶えた。いまでは少女は、昴がときおりとどける弁当にも手をつけなくなり、ドラッグ以外には関心を示さず、急速に衰弱しつつある。その悲劇の発端に、昴はいくらかの責任を感じて、少女との関係を切らさないできたが、最終的に彼をとらえたのは無力感だった。人間は壊れものだとつくづく思う。一度壊れてしまえば修復は不可能だ。

環日本海大学の正門まえに出て、右折し、大学通りを疾走した。海へ向けて真っ直ぐ降りていく急な坂道だった。無意識のうちにスロットルを全開してメーターが振り切れた。視界の彼方に、旧市街の高層ビル群と老沙湾の平坦《へいたん》な水面が見える。湾には貨物船の黒い影が点在し、ウラジオストック行きの高速フェリーの白い航跡が引かれている。

走水二丁目へいき、車の中古部品販売店に裏口から入った。辻本の親がやってる店だった。自宅は水無川西岸の朝鮮系住民が多数住む永浦にあるため、日曜日の倉庫は親の眼がとどかず、ティーンエイジャーたちの溜《たま》り場になる。昴はＢＭＷをスレート葺《ぶ》きの倉庫のなかに入れ、中二階の事務所につうじる階段を昇った。辻本とは多少の因縁があった。昴の父親は市警察の警官で、十四年まえに殺害され、当時、十星会の犯行を仄《ほの》めかす報道があった。十星会準幹部を兄に持とうが気にもとめなかったのだが、辻本の方で昴を過剰に意識したために、おたがいに相手を殺しかねないほど憎悪が沸騰した。そのばかげた険悪な時期を経て、二人は悪事を共有する良き仲になった。事務所に入った。アラブ風の旋律をロックのリズムで刻んだ音楽が鳴っている。辻本とその仲間たちがトリップ中だった。男が五人、女が二人。顔見知りの従業員の女の子が、我慢できないような仕草でブラウスのボタンをはずしている。辻本が気づいて手招きした。昴は女と約束があるんだと言い、ＢＭＷを倉庫に置かせてくれと頼んだ。旧市街では盗難の恐れがあり、長時間の路上駐車ができなかった。

昴は市内で最大の商業地区である通称チキンストリート、行政区分で言えば音海一丁目まで歩いた。ナイトクルーズ・ビルは、チキンストリートに面して建つ外壁に青いタイルを貼った比較的新しい建物で、三階から上はマンションになっている。東側の路地にマンションの出入り口がある。昴はエントランスホールに入った。紺色の制服のガードマンが警戒する視線を投げてくる。正面のエレベーターホールに入るには、キーを使うか、住人をインターホンで呼び出してドアをあけてもらう必要がある。昴はコンソールのまえに立ち、部屋の番号を押した。

「はい」と女の声が出た。

素っ気ないアルトだ。生徒がアンドロイドと呼ぶ、光洋台高校の数学教師の個性的な風貌《ふうぼう》がまぶたをよぎった。小川未鷗の声にまちがいない。

「二年E組の内藤です」と昴は言った。

短い沈黙。

「なんですか」

「先生に相談したいことがあります」

また沈黙。一瞬、警戒されたかと思ったが、すぐにドアがひらいた。昴はすばやくエレベーターホールに入った。小川未鷗は独身という話だが男と暮らしている可能性がある。男が部屋にいるようなら、多少めんどうだが二人を相手にするしかない。そいつが義父のように堅気の男の場合は、未鷗を外へ連れ出せばいいと思った。男を黙らせる材料はいくらでもある。十一階でエレベーターを降りた。青戸から音海にかけての一帯は、旧市街といっても埋立地に計画的に商業ビルを招致してできた清潔な街で、マンションの内部もきれいだった。壁の落書きや、子供を叱り飛ばす女の声もない。一一〇五号室の表札に小川とある。インターホンを押した。内側でロックがはずされる音がした。ドアがひらき、金属のアームの長さでとまった。

「相談したいことって、なに」未鷗がドアの隙間から言った。

「因数分解がさっぱりで」

「そういう話なら月曜日に職員室へきなさい」

「部屋に入れてくれませんか」

「帰りなさい」

「悪さはしません。襲いかかったりしません。約束します」

「なにを言ってるの」未鷗の声に侮蔑《ぶべつ》と怒りがこもった。

「先生がずっと好きでした」

未鷗がドアを閉めにかかった。昴はさっと隙間へ左手を入れ、右手でドアノブを摑《つか》んだ。

「おまえはPだ。わかってるんだ。さっさとあけろ！」昴は怒鳴った。

罵《のの》る未鷗の声が聞こえ、ドアの隙間に入れた昴の手を、靴べらのような硬い金属がしたたかに打った。昴は呻《うめ》いて手を抜いた。ばたんとドアが閉まる。すばやくロックをかける音。昴は左手の甲を見た。小指の付け根が切れて血が滲《にじ》み出し、ずきずきと痛む。右手でインターホンを押した。

「なあ、落ち着いて話そうぜ」

応答はない。だがこの女はぼくの話を聞きたいはずだ。そう判断して、昴は甘くささやく声で言った。

「先生、八月末に仲間と十星会の地下銀行を襲ったろ。証拠を摑んでるんだ」

なお沈黙がつづいた。なんの話かわからず困惑しているのか。そんなはずはない。隣の一一〇六号室から競馬新聞を手にした小太りの夫婦が出てきて、昴の背後を通り、中国語でうるさくしゃべりながらエレベーターホールへ向かった。インターホンからようやく未鷗の命令口調が聞こえた。

「着替えるから、外で待ってなさい」

昴の父は吉雄逸郎《よしお》といい、死亡時は市警察地域課の巡査部長で、Ｐの創立メンバーの一人だった。母とは入籍せず、子の認知もせず、一度も息子に会おうとしなかったのだから、たんに母を孕《はら》ませた男と言うべきかもしれない。昴が四歳になる直前、十四年まえの六月、眉間《みけん》に銃弾の穴をあけられた吉雄巡査部長の死体が、梟雄帮が支配する老沙三丁目のナイトクラブの裏口で発見された。十星会の犯行を仄めかす報道が流されたが、事件は未解決のまま現在に至っている。昴は光洋台高校に入るまで、父の死についてはそれ以上のことを知らなかった。母が話したがらなかったこともあるが、思春期までの昴が、父の人生にさほど関心を持たずにすごしてきたというのが、正直なところだろう。

昴は母の自慢の息子だったのだが、中学二年の夏、学園東の少女が家庭内暴力を振るいはじめるのと時期を同じくして、飲酒、喧嘩《けんか》、窃盗、セックスパーティ、ドラッグと生活が荒れはじめ、一年間の停学処分をうけた。それが母の結婚の時期と重なったために、義父が腫《は》れ物を扱うように昴に接し、その義父の態度が彼を苛立《いらだ》たせて、いっそうの非行に走らせた。母の結婚が、自分にある種の喪失感をもたらしたかもしれない。だが、それを生活の荒れとストレートに結びつけるのは、頭が悪く、感受性もゼロのくせに、通俗的な解釈を押しつけ、罪を告白することに悦《よろこ》びを感じる傲慢《ごうまん》野郎のすることだ、と昴は思った。

努力しなくても学校の成績はよかった。昨年、昴は教師や母や義父をいっとき喜ばせるために、一年遅れではあるが、県内で有数の進学校である県立高校に入学した。そしてゴールデンウィークに、当初の計画通り、音海のショッピングモールで大学生を恐喝してわざと逮捕され、高校を退学処分になった。なんでもいいから世間を愚弄《ぐろう》してやりたかったのだ。

勉学に未練はなかった。友人の家を泊まり歩き、面白半分の恐喝、窃盗、大麻パーティと、無軌道な青春の日々を送っていた五月下旬のある夜、転機がおとずれた。栄町のムーンパレスでウクライナ人ストリッパーに野次を飛ばしていたら、懐かしい人に声をかけられた。銀縁の眼鏡をかけ、ダークスーツに身を包み、実直なサラリーマン然としたその三十代なかばの男が、父の友人の池田のおじさんであるとは、すぐには信じられなかった。

昴が九歳だった二月下旬の凍《い》てつく夜、母が泊町《とまり》のアパートに池田を泊めたところ、明け方に武装警官に踏み込まれた。母の悲鳴で飛び起きた昴は、侵入してきた警官へ食器を手当りしだいに投げつけて池田の逃走を助け、家裁送りとなった。その騒動が、Pと県警の全面戦争が勃発《ぼっぱつ》した直後の一斉検挙の一場面であり、三日後には小川未鷗の父親が公安部長暗殺計画の首謀者として逮捕されたと知ったのは、ごく最近のことである。

七年ぶりの再会だった。池田は昴を喫茶店に誘い、きみのお母さんに事情を聞いたのだと、熱心に学業の継続を説いた。その場では断り切れず、昴は流れに身をまかせていたのだが、数日後、池田に紹介されて、光洋台高校教員の小川未鷗と会い、けっきょくは高校編入を決めたのである。

光洋台高校の応接室で未鷗と会った日、家に帰って、編入を許可してくれるかもしれないと報告すると、母は歓喜した。その際に母がなにげなく洩《も》らした「小川先生のお父さんは長い間、裁判中じゃないかしら」という言葉が、導火線に火を点《つ》けた。これまでの自分の短い人生で起きたさまざまなできごとを、昴はあふれるように思い出した。ばらばらの断片として曖昧《あいまい》に記憶していた男の顔、女の顔、彼らの名前、そのときどきの談笑風景が、つぎつぎと脳裏によみがえってきた。

昴は父の殺害を報じる新聞を検索し、死体には凄惨《せいさん》な拷問の跡があったことを知った。左手の薬指と小指の第二関節から先がなく、残りの八本の指の爪がはがされていた。メディアは、吉雄逸郎巡査部長をPと見なして、十星会が構成メンバーを訊《き》き出すために拷問にかけた疑いがあると報じていた。死体発見場所が梟雄幇の幹部が経営するナイトクラブの裏だったことも、中国人の犯行と見せかけるためにそこへ死体を遺棄したという推測を呼び、十星会犯行説を強化していた。昴は母に父の人生をたずねた。Pに関するほとんどすべての記事と、膨大な裁判記録を読んだ。小川未鷗との出会いから一年半を経たいまでは、記憶の断片は星座のように相互の関連を持ちはじめていた。

五分経ち、十分経っても、小川未鷗は姿をあらわさなかった。路地をはさんでマンションの反対側にマクドナルドがある。昴は店に入り、なにも注文せずに二階の窓際の席について、眼下のマンションの入口を監視した。さらに四分後、チキンストリートの方から白いホンダが路地に侵入して停止した。未鷗が通勤に使う車だった。エレベーターホールから階段を使って地下駐車場へ降り、車を引っ張り出してきたようだ。

運転席から女としては大柄な未鷗が降りて、周囲に視線をめぐらした。茶色に染めたボブがかすかにゆれた。淡いブルーのVネックのセーター、細身のブルージーンズ、スニーカーというラフな装いだ。この距離からでも、彼女のすっきり通った鼻筋がわかる。賢そうな額、優しく弧を描く眉《まゆ》、幅のある肉感的な唇、輪郭のくっきりした顎《あご》、いずれも美の構成要素であるような気がする。だが、二十九歳の熟れた肉体を持つこの数学教師を、美人だと言う生徒はいない。口の悪いやつは美容整形の失敗だと言う。非現実感をただよわせるその奇妙な顔を、昴は彼女の個性だと思う。性的魅力さえ感じる。それが、昨年、光洋台高校の応接室で、勉学の意欲があるかのように偽って、高校編入を願い出たほんとうの理由だった。あの日以来、昴は頭にうかべた彼女の完璧《かんぺき》な肉体を犯しつづけてきた。

昴は窓際の席を離れた。階段へ向かいながら、引き金を引き絞るイメージを頭によぎらせた。バンバンバンバン。ためらいもなく頭を吹き飛ばす用意がある、と小川未鷗に教える必要がある。その鉄の意志さえあれば世界が一変するだろう。昴は自分がなにを望んでいるのか、自分で正確に理解しているわけではなかった。十八歳の彼にとって世界は仄暗《ほのぐら》い海中に似ていた。光と酸素の乏しいその海を、彼はどこまでもゆっくりと落ちていく。ジャンキーの少女をなんとか助けてやりたいと思い、いまでもその考えは変わらないが、自分なりに手を尽くして結論を下している。人と人の間には深い亀裂《きれつ》がある。他者を救うことなど誰にもできない。自分が少女にしてやれることは、ドラッグの多幸感のなかで死期を早めてやること、それだけだ。撃てば、この閉塞《へいそく》感に風穴をあけることができるかもしれない。

19

小川未鷗

未鷗は、父親の小川勇樹の仲間とともに裁判支援闘争に積極的に関わってきたし、公安部長暗殺事件以降、数年間、公安の厳しい監視下に置かれた経験もある。だからおまえはPだと名指しされても、べつにおどろきはしなかった。だが地下銀行襲撃の証拠とはなにを意味しているのだろう。ホンダのドアに腰をもたせかけて考えをめぐらしていると、マクドナルドから内藤昴が出てきた。出席日数が大幅に足りないが成績は学年のトップクラスだった。昴が彼女の間近に立ち、無関心さを装った眼差《まなざ》しを向けてきた。この坊やの意図がわからないと未鷗は胸のうちで呟《つぶや》いた。

「出てくるのに時間がかかったな」昴が言った。

「女はいろいろ準備があるのよ」

「仲間に連絡したんじゃないのか」

未鷗は顎の先端をあげ、鈍い光を放つ灰色がかった眼で昴を見た。ドライブしようかと言い、返事を待たずに運転席に乗り込んだ。昴が後部座席に誰もいないことを確認して、助手席にまわってくる。未鷗は無言でホンダを発進させた。

「波立《なみだち》へいこう」昴が言った。

波立は、難民が暮らすスラムの端にある埋立地で、建築廃材から娼婦《しょうふ》の切り刻まれた死体まで、あらゆるゴミが不法投棄されている。昼間から女が連れ込まれてレイプされる場所でもあり、それが目的なのかと未鷗は一瞬思った。光洋台高校の鼻たれ小僧どもが隙あらばと狙っているのはわかっている。だが、ふだんは眠っている彼女の知覚の一部が、もっと深刻な危機が迫っていると警告していた。チキンストリートへ出て、左折するのを利用してバックミラーへちらと眼をやる。小豆色のヴァンと白い軽乗用車をはさんで青いセダンがついてくる。

「池田とはどういう関係なんだ」昴が訊いた。

「彼は市警察OBで、父が逮捕された八年まえからずっと裁判を支援してくれてる。弁護士の斡旋《あっせん》、差し入れの手配、裁判費用をOBから集めてくれたりとか」

ホンダは右折して、海岸通りを西へ向かった。青いセダンはついてくる。

「池田はぼくを、先生に、どんなふうに紹介した?」

「殉職警官の息子だ、よろしく頼む」

「それだけか」

「それだけで通じる。わたしたちは助け合って生きてる。就職の世話とか、子供の非行相談とか」

「吉雄逸郎はただの殉職警官じゃない。Pの創立メンバーだ。つまり池田もPだな」

「知らない」

「言いたくないってことか」

「知ろうとしてはいけないことがある」

「相手に迷惑がかかる？」

「おまえに対する配慮なの」未鷗は諭す口調で言った。「おまえに池田という男を教えない。そうすれば、池田にとっておまえは危険な存在とはなりえない」

昴は鼻を鳴らし、辛抱強さを強調する口ぶりで言った。「池田というのは偽名だ。本名は高岡悦士《えつし》。Pの創立メンバーの一人、高岡守の弟だ。元地域課巡査。もちろんPだ。八年まえの二月二十三日、池田は、ぼくの家に隠れているところを警官に踏み込まれた。その場はなんとか逃げたけど、四日後に特別公務員暴行陵虐容疑で逮捕された」

「知ってるなら訊く必要ないじゃないの」

昴は数秒間、沈黙した。さっと腕をのばしてカーラジオのスイッチを入れた。中国語のポップスがあふれ出て音が割れた。未鷗の視界の端で昴がすばやく動いた。革のジャケットの裾《すそ》がはねると、手に拳銃《けんじゅう》がにぎられていた。未鷗のおどろいた視線のなかで、昴がスライドを引いて弾丸を薬室に込め、銃口を彼女の両脚の付け根に突きつけた。彼女は反射的に股《また》をひらいた。

「まえを見てろ。ハンドルは離すな」

昴は厳しく命じるとむぞうさに引き金を引いた。バンと銃声。弾丸が未鷗の股間《こかん》の座席をぶち抜いた。彼女は小さく叫んだ。腕が強張《こわば》り、ホンダがふらついた。すぐに態勢を立て直して、バックミラーへ視線を送った。急停止する車や歩道から身を乗り出す人の姿はない。青いセダンはなにごともなくついてくる。排気音が破裂したていどにしか聞こえなかったのか。彼女は吐息をついた。腰がまだふるえている。

「ばかな真似はしないで」未鷗は声に憎しみを込めた。

「Pの口を割らせるんだ。制限なしでやる」昴は銃口を未鷗の脇腹に突きつけ、落ち着き払った声で話題を変えた。「去年の十一月だ。環日本海大の元学生で、麻薬密売人の男が、女の巡査を刺し殺した事件があった」

未鷗は口をつぐみ、耳をそばだてた。

昴がつづけた。「密売人は巡査に膝《ひざ》を撃たれて市立病院に担ぎ込まれた。それが昼間の事件だ。そして深夜、市立病院の個室で密売人はサブマシンガンの弾をぶち込まれた。首がちぎれてベッドは血の海だったたって話だ。ぼくはニュースでその事件を知ったとき、ああ、ミスったなと思った。つまり昼間、巡査が殺された時点で、Pの報復が想定できたはずだから、ぼくは先生のマンションを見張ってるべきだった。その教訓が今年の八月に生かされた」

水無川にかかる乙夜橋が見えてきた。両岸に沿って海浜公園がある。橋を渡ると十星会が支配する永浦だ。

「E組の辻本勲、知ってるだろ」昴が言った。

「ええ」

「八月の最後の週の、金曜日の夜から土曜日にかけて、ぼくは辻本とリトルウォンサンで女の子をナンパしてた。午前二時ちょっとすぎに、サブマシンガンの銃声が聞こえた。旧難民会館の近くだ。ぼくたちは見にいった。市警察のパトカーが到着すると投石がはじまって、警察が威嚇《いかく》射撃をした。ちょっとした暴動になった。明け方までつづいたらしいけど、ぼくたちは一時間ぐらいで飽きて、一杯引っかけにいった。その店に十星会の準幹部がいて、こんな話をした。襲われたのは地下銀行で、梟雄幇の仕業に見せかけているが、どうもPが怪しいと。ぼくはすぐ店を出た。家に寄ってカメラを摑《つか》むと、先生のマンションへいって、一一〇五号室の窓を捜した。部屋の明かりは消えたままだった。寝てるのかもしれないが、襲撃からまだもどっていない可能性もあるわけで、ぼくはマクドナルドの二階で、マンションの出入りを見張ることにした。土曜日の午前六時すぎ、先生は上機嫌に酔っぱらって帰ってきた。両側から男が先生の肩を抱いてた。ぼくは望遠レンズで写真を撮った。男の一人は池田、つまり高岡悦士だ。もう一人の年配のダークスーツの男の顔がよく撮れなかった。急いで店を出た。先生たちはマンションの入口のところで、奇妙な歓声をあげて抱き合ってた。路地の反対側から写真を撮ったら、その年配の男がぼくの方を鋭い眼で見た。怪しまれたと思って、さりげなく人込みにまぎれた。つぎに捜したときには先生たちの姿は消えてた」

作戦の成功にうかれていたのだ、と未鷗は思い返した。ここ四年間ほど公安の監視活動がぴたりとやんでいたとはいえ、慢心と言うほかはない。未鷗は胸のうちで舌打ちした。それにしても昴の意図がいまだに読めない。どんどんしゃべらせた方が得策と判断して「おぼえてるわ」と静かな声で認めた。

「地下銀行の被害額は不明。十星会が発表しないからだ。死者はゼロ。逮捕者もゼロ。おまえたちはプロの強盗団だ、と言いたいところだが、街角で酔っぱらってるところを目撃されるなんて、お粗末すぎないか」

「父の裁判支援の仲間よ。久しぶりに会って飲んだだけ。地下銀行襲撃とはなんの関係もないわ」

「じゃあ、その写真を、ぼくが十星会の準幹部に見せたかどうかなんてことは、ぜんぜん気にならないわけか」

「見せたの？」末鷗の声は意識せずとも鋭い口調になった。

「先生を売るつもりはない。安心しろよ」昴が口もとをほころばせた。

乙夜橋を渡りおえた。海岸通りの両側の建物にハングルの文字が目立ちはじめる。

「先生は」昴が言った。「古田ヒロムとどういう関係なんだ」

末鷗は表情を閉ざした。この坊やはまだカードを隠してるのか。慌てるなと自分に言い聞かせながら問いを返した。

「木曜日に東京で事件を起こした警官のこと？」

「そうだ」

「わたしとは関係ないわ。ニュースではじめて名前を知ったのよ」

「じつは、あの事件で殺された男に会ったことがある」

末鷗は首をゆっくりとねじらせて昴を見た。視線を前方にもどし、なお沈黙を置いて、詰問する口調で言った。

「どこで会ったの」

「音海の水族館。名田庄《なたしよう》のキャンプ場でも」

「なんのことだかわからない」

「親父が死んだあとで、池田がおふくろを助けてくれた。風呂場の修繕とか就職の世話とかいろいろ。泊町から塙町へ引っ越すときは市警察の人を大勢呼んで手伝ってくれた。おふくろは、はたらくのに忙しかったから、池田がちょくちょくぼくを遊びに連れ出してくれた。四歳から九歳までの話だから記憶が曖昧《あいまい》だけど、夏休みにキャンプ場へいったり、琵琶湖《びわこ》の遊覧船に乗ったことをおぼえてる。池田のほかに誰がいたのか、その連中がどんな偽名を使っていたのか、まったく忘れていた。ところが昨日の夜のTVニュースの画面に映し出された顔写真を見て、記憶がよみがえった。橋本という男だと思った。本名は西修平。市警察の元マフィア係のPだ。TVは古田ヒロムをPだと言ってる。そうすると先生、西修平はなぜ殺されたんだ」

市警察の殉職警官の子弟はたいがい似たような境遇だな、と未鷗は思った。この坊やの記憶にもPの亡霊がぞろぞろ出てくる。

「知らない。無関係だと言ってるじゃないの」

昴がまた鼻で笑った。脇腹に突きつけられている銃口は動かなかった。十星会が支配する永浦を通過した。海側が波立で、山側が船引《ふなびき》だ。右手に青いトタン葺《ぶ》きの屋根が海原のように広がりはじめる。市営船引住宅の向かい側は、朝鮮人が経営する粗末な食料品店、中古の自動車部品販売店、日式食堂などが軒を接している。旧海員会館ビルの先を右折して狭い舗装道路に入った。昴は口をつぐんでいる。未鷗はまたバックミラーで青いセダンを確認した。左前方にゴミの山の連なりが見えてくる。波立二丁目はかつて火力発電所建設予定地だった。護岸工事の途中で電力会社が倒産の危機に見舞われ、計画が放棄されたその荒れ地へ、人々は長年ゴミを不法に投棄してきた。夜になると、闇を白い水蒸気が流れ、メタンガスの青い炎が点々と灯《とも》るなかを、大型のダンプがゴミを捨てにやってくる。ホンダは生ゴミが散乱するぬかるみを突っ切った。人影や車は見当たらない。銃声が確認できない距離まで、スラムの青いトタン葺きの屋根が遠ざかった。昴の指示でコンクリートの山を迂回《うかい》し、岸壁の近くで停止した。

「地下銀行を襲撃した日の夜明けに、先生と祝杯をあげていた中年男の話をしよう。やつの名前は？」昴が顔を未鷗の耳の後ろに寄せて、ささやく声で訊《き》いた。

「教える必要はない」

「元生活安全課麻薬係長、布施隆三《ふせりゆうぞう》。なぜわかったと思う？」

未鷗は言葉につまった。なぜ隆三だとわかったのだ。ふいに喉《のど》の渇きをおぼえた。

「頭をはたらかせろよ」昴が静かに言った。

「おまえはなにか勘ちがいしてる」

「先生のお兄ちゃんに写真を見せて確認したのさ」

「嘘！」未鷗は小さく叫び、混乱した頭を整理しようと神経を集中した。

昴が革のジャケットの内側へ手を入れ、なにかとり出した。未鷗はうけとった。背景がわからないようにトリミングされた写真。針金のように痩《や》せた男の半身が写っている。レンズへ向けて微笑んでいるのだが、死んだ魚の濁った眼をして、鼻の頭が腫《は》れたように赤黒い。未鷗は、男の鋭角的な目鼻立ちに視線をそそぎ、それは血を分けた兄のまぎれもない証《あかし》だったから、胸に哀切と後悔の感情が堰《せき》を切ったように押し寄せてきた。隼人《はやと》が海市にもどってきているとは。あのとき殺すべきだったのだ。

「小川隼人が、いまどこにいるのか、知りたくないのか」昴が言った。

「なにが望みなの」

「先生が所属してるユニットの、構成メンバーの名前を教えてもらおうか。先生、高岡悦士、布施隆三、ほかに誰がいる」

「そんなことを聞いてどうするつもり」

「素直にこたえろ。隼人を県警に突き出すぜ。ヘロインをちょいと射《う》ってやれば、あいつはなんでもしゃべる。そうなれば先生も親父の小川勇樹と同じ運命だ。拘置所で首を吊るしかない」

末鷗の視線の先を野犬の群れがのろのろと横切っていく。小学生のとき、二歳上の隼人と探索にきて、食い散らされた男の死体を見たことを思い出した。風が紙やビニールの切れ端を舞いあげる。その向こうに隼人とこの坊やのかわいそうな運命が見える。

「まず隼人に会わせて」

「話が先だ」

末鷗はサイドミラーをちらと見た。青いセダンは映っていない。海から吹く風の音以外なにも聞こえない。高岡悦士は車をゴミの山の陰にでも隠しているのか、それとも道に迷っているのか。

「落ち着いて話ができる場所へいこうよ」

「十星会の事務所へいくか」

「だめ」

そこでエンジン音が聞こえ、昴の頭がミラーへ動いた。その機会をとらえて、末鷗は拳銃《けんじゅう》をにぎる昴の腕を払うと同時に、引きつけた自分の右膝《ひざ》をいっきにのばした。スニーカーが胸をどんと突き、昴が背後へ倒れた。末鷗は身を躍らせて体重をのしかけると、昴の右腕に嚙《か》みついた。昴が呻《うめ》き、手首に反動をつけて、拳銃を後部座席に放り投げた。末鷗は体をひねると、後部座席へジャンプした。背後から昴の腕がのびてきて、指先が未鷗のセーターの後ろ襟にかかった。未鷗は座席の上の拳銃を摑んだ。銃声がとどろいた。リアガラスが吹き飛び、未鷗の体は左肩から座席の下に落ちた。昴が馬乗りになって、膝で彼女の腹部を押さえ込み、拳銃を奪い返そうとした。未鷗はまた嚙みついた。昴が痛む左手でドアをあけ、彼女とからみ合ったまま、表に転がり落ちた。そこで勝負がついた。未鷗は銃を持つ手首をねじりあげられ、地面にうつ伏せに押しつけられた。昴が上腕部を踏みつけた。未鷗はぎゃっと叫んで拳銃を放した。脇腹に蹴《け》りを食らって、腰を海老のように曲げて呻いた。

「待て、昴！」

鋭く呼ばわる男の声があがった。未鷗は首をねじって見た。傘の骨、風雨にさらされた雑誌、青と白のプラスチックの欠片《かけら》などが散らばる地面を蹴って、草色のブルゾンを着た高岡悦士が突進してくる。その背後から細かい土埃《つちぼこり》を舞いあげて茶色のフォードが姿をあらわした。悦士が布施隆三を呼んだのだと思った。昴は未鷗の胸に拳銃の狙いをつけ、頭は接近してくる悦士へ向けた。その両者の間にフォードがタイヤを軋《きし》ませて停止した。運転席側のドアがばたんとひらいて人影が降り立った。黄色い毛糸の帽子をかぶっている。隆三ではなかった。潮風にあおられて長めのボブが顎《あご》に巻きついた。四十歳ぐらいのほっそりしたきれいな女だった。はじめて見る顔だが、誰なのかわかった。

「昴！」母親の素月《ソゲツ》が叫んだ。眼に怒りの炎が燃えあがっている。

「なにしにきたんだ！」

昴は腕を空へ突き出して撃った。銃声の余韻は強風にかき消された。素月は突進をやめなかった。昴はすばやくホンダの運転席にもどるとドアをロックした。素月の拳《こぶし》がサイドガラスを激しく叩《たた》いた。昴はエンジンをかけて急発進した。前方で悦士が横に飛んで逃れ、素月が悲鳴をあげた。ホンダはコンクリート片をはね飛ばしてUターンすると、ゴミの山が連なる広大な埋立地をフルスピードで走り去っていく。未鷗は起きあがって呻いた。踏みつけられた右腕が激しく痛む。昴を捕まえて隼人の居場所を訊き出さねばと思った。茶色のフォードの運転席に走り寄った。「あの子には近づかないで！」素月が立ち塞《ふさ》がり、両手を大きく広げて叫ぶように言った。未鷗がその腕を払うと、素月がしがみついてきた。「やめろ！」と悦士が割って入った。肩のまえをどんと突かれて、バランスを崩し、尻《しり》から地面に落ちた。ホンダがまき散らす砂埃がはるか遠くまでつづいている。昴の狼狽《ろうばい》ぶりに笑いかけたが、事態の深刻さに長いため息をつき、なんてざまだと自分を嘲《あざけ》った。未鷗は立ちあがり、汚れた衣服をぱんぱんと叩いた。セーターの襟は引き裂かれ、肩の丸味が剝《む》き出しになっている。右腕の骨に異常はないようだ。眼のまえでは素月が悦士に挑みかかっていた。

「昴になにを吹き込んだの？」素月は悦士の胸に指を突き立てた。

「去年の五月に高校編入の相談にのって以来、昴とは電話で話したこともない」悦士は両手をだらしなくひらき、天を仰いだ。

「そもそもあれが大失敗だったのよ」

「素月さんの了解をもらったはずだ」

「高校は卒業させてやりたかったからね」素月は鋭い視線を未鷗にくれた。

「誰にしても善意でやったことだ」悦士が言った。

素月は首を横に大きく振った。「配慮が足りなかった。あなたもわたしも。市警察に踏み込まれて逃げ出した池田のおじさんが、突然あらわれたんだもの。思い出すじゃないの、自分の人生に出入りした男や女を。あの連中はなに者だったのかと、父親の死と結びつけて疑い出すじゃないの。そういう年頃なんだから」

悦士は天を仰いだままうなずいた。それから濁った眼を未鷗に向けて「親父のことなんだ」と言った。「昴はこの間、吉雄の事件をいろいろ調べたらしい。で、最近、おまえの親父は仲間に殺されたんだ、とささやいたやつがいる」

「ささやいたやつって誰」未鷗は訊いた。

「たぶん十星会だと思うが」

「誰だっていいじゃないの」素月が吐き捨てた。

Ｐとマフィアの抗争に謀略はつきものだった。そこへ公安の秘密主義がからむと、世間には真相がまったくわからなくなる。Ｐの創立メンバー四人の殺害は、一部の週刊誌が報じたような、それぞれ別個の事件ではなく、仲間の裏切りによるひとつながりの謀略事件であるという噂が、十星会を発信源としてしきりに流された時期がある。

概要はこういうことだった——十五年まえの十二月末、高岡守、久間肇、彦坂太郎、吉雄逸郎の四人が、永浦三丁目のカジノ『金剛』で十星会常任幹部を襲撃した。だが襲撃直前に金剛の事務所に密告の電話が入り、十星会側の反撃をうけて高岡守が死亡し、残りの三人は退却した。これが金剛事件の真相である。彼らはテロルを仕掛けて失敗したのであり、高岡守が内偵捜査中に殺害されたという報道は完全なまちがいである。翌年の二月初め、金剛事件の現場から逃走した三人の警官を名指しする手紙が、十星会にとどいた。その結果、久間と彦坂が街頭で射殺された。最後に生き残った吉雄は、裏切り者の存在に気づき、おそらく金剛襲撃に際して後方支援にまわっていたと思われる疑惑の人物と対決したが逆に殺された、というものである。「忘れたころに、むかしのばかげた謀略説が復活する。どこにでも転がってる話だ。無視すればいいんだが、こういう事態になれば、そうもいかない」悦士が未鷗の引き裂かれたセーターに眼をとめ、意識しておだやかな声を出した。「昴には俺が話すよ。できるだけ早く機会を見つけてね。きちんと説明すれば、彼も納得するはずだ」

「やめて」素月が体のまえで右腕を激しく振り、低く唸《うな》る声で返した。「吉雄の息子だからって、よけいな感情を持たないでちょうだい。あの子にとっては大迷惑なんだから。全員、あたしたちのまえから消えてちょうだい。でないと昴はいつまでも拳銃を振りまわす。その先は見えてる。父親のように頭を吹き飛ばされるのよ」

もう遅すぎると未鷗は思った。悦士の肩に手をかけ、くるりと素月に背を向かせて、「あの子は隼人と会ってるのよ」と耳もとで言った。うつむきかげんの悦士の頭がわずかに持ちあがり、それから瞳孔《どうこう》のひらいた死者の眼で未鷗を見た。

20

小川未鷗

二十四年まえ、隼人が七歳、未鷗が五歳の夏に、海市における最大の難民暴動として長く記憶されることになる老沙事件が起きた。SATと機動隊の出動によって、暴動がいったん終息するかに見えた八月四日の白昼、難民代表が市警察に押しかけて不法逮捕と過剰警備に対する抗議行動をおこなっているさなか、梟雄幇がロビーに手榴弾《てりゅうだん》を放り込み、市警察庶務課の職員だった未鷗の母親の肉片が四方に飛び散った。その惨劇から数日間、谷町の市警察家族用官舎をおおい尽くした大人たちの号泣は、いまでも未鷗の耳の奥底で鳴りひびいている。

母の死を境に、生活安全課の捜査員だった父の小川勇樹は、市西南の山間地に建つ老朽化した官舎に幼い息子と娘を捨て置いて、マフィア取締りにいっそう没頭した。そんな家族崩壊の危機に際して、母親の役割を担ったのは兄の隼人だった。父から言いふくめられたのだろうが、彼の方にも自覚があったようで、嫌な顔一つ見せずに炊事も洗濯もやり、食料品は週に二度トラックでくる引き売りの男から計画的に購入した。学校のプリントは妹の分まで点検し、妹が泣いて帰ってくれば事情を問いただすなどして、彼なりに懸命に妹の世話を焼いた。谷町小学校へ通う道すがらも、波立の埋立地に死体があるという噂を聞きつけて未鷗が探索に出かけたときも、隼人は「ねえねえ、待ってよ」と足をばたばた言わせながらついてきた。頭の回転が鈍く、敏捷《びんしょう》さに著しく欠ける隼人にまといつかれるのは、未鷗にしてみれば鬱陶《うっとう》しいだけで、そんな兄をばかにし、やがて憎しみの感情さえ抱くようになった。

未鷗が小学校六年に進級した春、父はロシア系の児童売春組織を摘発した功績で課長に昇進した。だが昇給は微々たるものだった。そのうえ殉職警官の遺族へのカンパや、父がひそかにすすめていた計画の活動資金等、出費は増える一方だったから、母親を欠き、父親不在の、貧しい警官の家庭に光明が射してくる気配はなかった。

隼人と未鷗は、父が懲戒免職処分をうけた際の報道で知るまで、父が下級警官の反乱を準備していたことにまったく気づかなかった。高校を卒業したら海市を離れろという父の厳命にしたがって、隼人が名古屋のバス会社に就職した年の八月、かつて吉雄逸郎ら四人が市警察警官有志の名で報復テロルを宣言した日に、父は生活安全課の信頼できる部下数名とともにPのユニットを結成した。父は当初から、警察改革のヴィジョンと、それを実現するための財政・武装・組織計画を持ち、全ユニットの統合を企てた。二年後、未鷗は東京の大学に進学した。その夏、父は乾湖事件の被害者の通夜の会場で、報復テロルを公然と訴えるアジテーションをおこなって警察を追放され、それを境に事態はいっきに流動化していった。

未鷗は東京の大学でさまざまな政治潮流と出会った。世界的なカルトの支部、環境保護主義の過激グループ、ネオナチ、フェミニズム左派、犯罪被害者支援組織等の各種NGO。どの潮流も、この国を破滅させた政治家、高級官僚、銀行家を激しく糾弾していた。熱っぽい混沌《こんとん》のなかで、若者たちはなにかを決断したがっていた。青春の特権として思い切り暴力を振るいたがっていた。未鷗はその空気に触れ、なにかを熱望したが、ほかの若者と同様に、自分がなにを熱望しているのかわからなかった。

そうして迎えた大学生活三年目の早春、未鷗は父逮捕の知らせをうけて帰郷し、SATが市街地に展開する騒然とした雰囲気のなかで、名古屋からもどってきた隼人と再会した。父を支援する人々と連絡をとり、臨海運輸社長の佐伯彰らに助けられながら、弁護団を組織するために奔走する日々がはじまった。報道や支援者の話から、これまで一度として関心を寄せることのなかった父の憤怒《ふんぬ》と挫折《ざせつ》した野望を知り、未鷗はわけもわからず熱望していたものを見つけたと思った。連夜の緊迫した対策会議が、執拗《しつよう》な公安の尾行が、検問所に立つSAT隊員のサブマシンガンの鈍い光が、父が歩んだ道をたどりはじめた彼女の背中を押した。そして銃による局面打開を、最終的に決断させたのは、布施隆三との出会いだった。

父が逮捕された年の初夏、市警察では連日、現職警官、OB、その家族らの取り調べがおこなわれていた。壊滅状態に陥ったPを再建すべく、地下に潜った少数のメンバーとひそかに連絡をつけようとしていた未鷗のまえに、布施隆三が西修平と高岡悦士を従者のようにしたがえてあらわれた。

「小川勇樹の野心に興味はない」と彼は言った。「我々三人はユニットをつくっているが、一枚岩ではなく、西と高岡の考えはむしろきみの父親に近い。だがわたしに言わせれば、下級警官の千年王国なんて糞《くそ》くらえだ。ただし報復への共感はある。キャリアの公安部長に報復する権利がわたしにはある。きみが父親と同じヴィジョンを持つことに反対しない。報復の一点で共闘しないか」

非合法活動に走った妹の生活をささえるために、隼人は名古屋のバス会社を退職して、臨海運輸ではたらきはじめた。未鷗はそんな隼人を焚《た》きつけた。身を寄せた隼人のアパートで、マフィアのテロルに倒れた母の思い出を声を殺して語り、極刑が予想される父の無念を訴え、決断をうながしつづけた。どこまで本気で語ったのか、自分でも不明な点がある。隼人は、泣き虫でのろまで、そのうえ中学時代から栄町教会で祈りはじめていた。そんな男など、秘密結社の規律が要求されるユニットに引き入れても、足手まといになるだけだという考えは、未鷗のなかにはっきりとあった。だが、隼人の勇気のなさをなじるほどに、自分のヒロイックな気分が高揚していき、その快感に酔い痴《し》れているうちに、決断をうながす行為そのものが目的化されていった。むろん隼人は未鷗のテロリスト宣言に猛反対したが、けっきょくは、母の死後、幼い二人が歩んだ道と同様に、妹が突進する後から、それが地獄へ至る道だと知りながら、兄はとぼとぼとついてきた。

そして父の逮捕から九ヵ月後、石原寛人《ひろと》県警公安部長暗殺を決行して、父の無念を晴らした。高岡悦士と布施隆三の掩護《えんご》をうけ、黄金の猿の面をかぶった未鷗は、宴会用テーブルに飛び乗って、公安部長にとどめを刺した。そうして、暗殺事件の翌々年、公安の監視がゆるみはじめたころ、未鷗は東京の大学に復学した。なんとか卒業して光洋台高校に教職をえて海市にもどったとき、引きつづき臨海運輸ではたらいていた隼人のドラッグ依存症に気づいた。

公安部長暗殺の際、隼人は逃走用のヴァンの運転手役にすぎなかったのだが、街角の見知らぬ老人にも好かれたその心やさしさゆえに、罪の意識の重圧に耐えかねてドラッグに手を出したのだった。学園西の隼人のアパートで二人だけで話した。隼人は自分がドラッグほしさになんでもしゃべりかねない精神状態にあることを自覚していた。治療には長い期間を必要とするだろうし、依存症を完全に払拭《ふっしょく》できる保証も、その間に隼人が仲間を売らない保証もなかった。「ぼくを殺してくれ」と隼人は言った。未鷗は同意した。兄の苦しみをとりのぞいてやるためにも、それが最善の方法だと思った。深夜、車で半島中央部の山林の尾根にある送電用の鉄塔へいき、隼人に最後のコカインを吸わせて、後頭部に銃口を押しあてた。引き金を引けなかった。未鷗は拳銃《けんじゅう》を捨て、隼人を抱きしめて激しく泣いた。そのときはじめて、これまでの隼人の決断のいっさいが、自分への愚かな愛だったのだと未鷗は悟った。あのときほど隼人を愛《いと》しく思ったことはない。やがて乳房をまさぐる隼人の手に気づいたとき、非現実感をおぼえると同時に、ほんの一瞬、突きあげてくる自分自身の欲情を意識した。我に返った未鷗を摑《つか》まえたのは恐怖の感情だった。衣服と素肌の隙間に侵入してきた隼人の手が下着を荒々しく引きちぎった。未鷗は逃れながら暗がりのなかで拳銃を捜した。髪を摑まれ、腹に拳《こぶし》を叩《たた》き込まれた。傾斜地の広葉樹の根元で意識がもどったとき、鉄塔の下に車はなく、隼人の姿も消えていた。

市内に緊急避難用の部屋をいくつか確保してある。その一つ、栄町三丁目のマンションの薄汚れた窓ガラスに、ムーンパレスのイルミネーションの反射が映りはじめた時刻で、空にはまだ青みが残っていた。未鷗はソファベッドの端に腰をかけ、六坪ほどの薄暗いワンルームに垂れこめた重苦しい空気にうんざりしていた。高岡悦士はベランダとの仕切りのガラス戸のまえに立ち、未鴎が光洋台高校の生徒から訊《き》き出した昴の携帯電話の番号を押しつづけているが、いまだに応答はない。西側の壁に寄せた本棚に、べつの男の後ろ姿が溶け込んでいる。老沙湾の沖で釣りを愉《たの》しんでいるところを急きょ呼び出された布施隆三は、いつものダークスーツではなく、フード付きの黒い防水ジャケットだった。

西修平が公安部長暗殺の直前に姿を消し、そのときの諍《いさか》いが原因でやがて佐伯彰も離れていき、現在のユニットは四人で構成されていた。未鴎は連絡とリクルートを担当。残りの三人が地下に潜伏した実行部隊である。高岡悦士と布施隆三。もう一人、ベトナム人の女がいる。そのグエン・ト・トイは、東京で西修平を暗殺した後、西新宿の集合場所にあらわれず、そのまま連絡が途絶えていた。

「隼人はなぜもどってきた」隆三が訊いた。

「人恋しいやつだからね」未鴎はこたえた。

「妹のそばで死にたいのか」

「育った土地だし」

「吉雄の息子が居場所を知ってるようだが、どこか思い当たる場所はないか」

いつ聞いても耳に心地好いその声で、女の髪を、匂いを、背中の美しさを、ついさっきまで称賛していたにちがいない、と未鴎は思った。釣りの話にかぎっては信用ならない男だった。波間をただようスポーツフィッシャーのキャビンで賞味していたのはどこの女なの、と未鴎は胸のうちでとがめながら、隆三の問いに対するこたえを捜した。

「旧市街。永浦、老沙、走水、どこかわからないけど、ジャンキーの溜《たま》り場にひそんでると思う」末鴎は言った。

「十星会の支配地区はかんたんには手を出せないぞ」

「昴を捕まえた方が早い」

「どこを張ればいいんだ。自宅か、辻本とかいう同級生の家か、ガールフレンドはいないのか」隆三は、迷い子になった飼い猫を捜せと女房に急き立《せ》てられた男のような、どうでもいい口ぶりで言った。彼は危機が迫るときほどそういう口調になるが、頭では冷静に状況を分析している。

「昴の狙いがよくわからないんだけど」

「父親のことだろ。そういう話じゃないのか」

「なぜわたしたちのユニットの構成メンバーを知りたがったの？」

「きみがどこまで素直にしゃべる気になるか、とりあえず試そうとした。まだそういう段階で母親の邪魔が入った。あるいは十星会の意向をうけてメンバーを知ろうとした」

隆三はほとんど空っぽの本棚から赤い表紙の本を手にとった。末鴎が大学通りの古本屋で見つけ、なにかの謀議のおりにそこへ置いて、忘れたままになっていたガロアの伝記だ。

「昴のことはまかせてくれないか」悦士が口をはさんだ。

「まかせろって」末鴎が訊いた。

「母親が言うには、昴は、吉雄がPの仲間に殺されたって話を信じてるらしい。あれは十星会が流した攪乱《かくらん》情報だということを、ぼくが昴に会って、きちんと説明する」

「昴の流儀の方が道理にかなってる」末鴎は反駁《はんばく》した。「あの子がそうしたように鉛の弾をぶち込むぞと脅して口を割らせる。それが真実を知る唯一の方法だってことは、あなた自身がいやというほど経験してきたじゃないの」

悦士の視線が泳ぎ、すっと窓外に向かった。気まずい沈黙が落ちた。ガラスに額を押しつけた悦士の横顔を、未鷗は見た。かつて怨嗟《えんさ》の暗い光を放っていた悦士の瞳《ひとみ》は、いま栄町の歓楽街の明かりを漫然とながめている。「やつは吉雄の女に御執心なんだ」と隆三が言ったことがある。未鷗はきょうはじめて素月と会ったが、聡明《そうめい》そうできれいな女だった。素月は数年まえに市の職員と結婚して長女を生んだ。だが悦士はまだ思いを寄せているにちがいない。吉雄殺害の直後からとして十四年間もだ。その一途《いちず》さが、未鷗には信じられなかった。テロリストも恋をするのか。するだろう。愛の告白もか。やってのけるだろう。そうすると、彼は復讐《ふくしゅう》心以外の自己を信じていることになる。わたしにはぜんぜん理解できない。

「昴は創立メンバーの遺児だ。傷つけたくない」悦士が長い沈黙のあとで言った。

「同感よ。でもあの坊やは秘密をいっぱい抱えて、わたしたちを脅してる」未鷗は苛立《いらだ》ちを隠さぬ視線を悦士の横顔にそそいだ。「池田のおじさんとしては、話をじっくり聞いてやりたい気持ちはわかるけど、もう時間がない。昴はさっきの件で怒って、いまごろ隼人を公安に突き出しているかもしれない」

「悦士は、吉雄の息子の最終的な処遇が、気がかりなんだよ」隆三が本から顔をあげずに言った。

「口を割らせる。問題はそのあとだ。昴をどうする」悦士が厳密なこたえをもとめた。

「昴がなにを知ってるかによる」未鷗がこたえた。「あの坊やは、おそらく隼人が知るかぎりのことは訊《き》き出してる。だったら仕方ないじゃないの」

「殺すのか」

「昴を生かしておく方法が一つだけある。あの子をユニットに迎え入れるのよ。夜を徹して陰謀を語り合う。忠誠の証《あかし》として引き金を引かせる。罪深さを分かち合う。手をたずさえて地獄への道を突き進む」

悦士の横顔にうかぶ苦悩の色をちらと見て、でもあなたにそんな情熱は残ってない、と未鴎は声には出さずに告げた。八年まえのあの狂熱の最中なら、と思った。未鴎自身が、この世の不合理と殉職警官の遺族の怨嗟の声を言葉を尽くして語り、なんならベッドに引っ張り込んででも、十八歳のテロリストの調達にやっきとなるだろうが、彼女にもそんな情熱はとっくに失《う》せていた。あのかわいそうな古田ヒロムを誘ったときにも、それを感じたことを思い出した。

隆三はなにを考えているのかと、未鴎は本棚の方を見やった。隆三はガロアの伝記の綴《と》じ目を指でしごき、そのページに悦士の苦悩を解決する鍵《かぎ》が書いてあるかのように視線をそそいでいる。彼は動揺する姿を見せたことがない。その気配すら未鴎は感じたことがない。彼はめったに議論しない。彼の短い言葉はまっすぐに真実を言いあてる。「殺しは殺しだ。殺しを重ねて神に至ると思うな。正気を保ちつつ地獄の業火に焼かれる日を迎えろ」彼がそう戒めたことがある。至言だと思う。昴を仲間に引き入れるくらいなら、あっさり死を与えるのが慈悲というものだ、と隆三なら言うだろう。

「隼人はどうするんだ」悦士の声が未鴎の思考を中断させた。

未鴎は視線をベランダの方へぼんやりとあげ、いまの問いになにか意味があるのだろうかと考えた。公安部長暗殺事件の痕跡《こんせき》はすべて消したはずだった。アジト、文書、車、武器もなにもかも。ただしドラッグに手を出して離脱した男を消してない。未鷗は自分のレトリックが気に入って笑い出しそうになり、その感情のゆれが、いっそう彼女の気分を沈潜させた。

「隼人が姿を消して以来、この五年間、公安部長暗殺事件の容疑者の名前がメディアに出なかったのは、奇跡というほかはない」未鷗は言った。

「彼を生かす方法はないかと俺は言ってるんだ」悦士が激しい口調で返した。

取引をしようというのか。昴を生かす代わりに隼人も生かしてやる、そういう話か。個人的な感情を優先させて仲間を危険にさらそうというのか。ふいに未鷗はなにもかも投げ捨てたくなった。

「隼人は堕《お》ちるところまで堕ちてるはず。カネもない。女もいない。昴が言うように、ドラッグを餌にどうにでも操れる状態と思った方がいい。ドラッグ依存症を克服して原隊復帰するなんて不可能よ」

「隼人に関しては最初から無理があった」悦士が言った。

未鷗は反駁しかけたが、口をつぐんだ。自分への刃《やいば》を悦士に向けようとしている。恥ずかしさで顔が紅潮するのがわかった。

「きみを責めてるんじゃない」悦士は窓外を見たまま言った。「全員が過ちを犯したんだ。隼人を巻き込むべきじゃなかった。犯した過ちを繕うために、殺しを重ねようとしている。我々が歩んできた道はそのくり返しだった」

「じゃあ回顧録でも書いたら」未鷗は皮肉を込めた。

「殺しを避ける方法を考えてみないか」悦士は短い沈黙を置き、静かに言った。

「あなたは西の場合も殺す必要はないと主張した。降りる権利は誰にでもある。あなたは怖《お》じけづいて降りた。そのことについてとやかく言うつもりはない。でも仲間の決断を阻害する権利は誰にもない」

「西が姿を消してほぼ同時期に資金が消えた。それだけが確認できた事実だ。やつが資金を持ち逃げしたという証拠はない」

「彼には釈明する義務がある。それを放棄して、仲間を絞首台に送るに足る情報を抱えたまま、連絡を絶ったのよ」

「仲間の離脱によって生じた危険は、地下に潜ることで、当面は回避できる。西が離脱後に我々を絞首台に送ろうとした形跡はない。神代史絵《ふみえ》は西のたんなるガールフレンドだった。彼女も問答無用で殺すなんてばかげてる」

「西と八年間も逃亡生活をつづけた女を、たんなるガールフレンドと片づけるなんて、それこそばかげてる」

悦士はゆるりと首を横に振った。「はっきり言おう。東京の殺しは古田ヒロムの忠誠を試す機会だった。その意味しかなかった。西を殺す必要はまったくなかった。隼人の問題にしても、きみがアジト暮らしを決断すれば危険を回避できる。きみの胸一つだ。俺は潜伏生活を八年間つづけてる」

「そんな生活に嫌気がさした、とでも言ってるように聞こえるけど」

「きみはなん人殺した」

「二人よ。石原寛人とかわいそうなウエイトレス」未鴎は感情を閉め出した声で言った。

「きみはまだ殺し足りないのか」悦士は冷ややかに言った。

末鷗は人差し指を眉間《みけん》にあて、そっと奥歯を嚙《か》み締め、悦士の言葉にえぐられた胸の痛みに耐えた。憎しみの対象のキャリア官僚と、なんの罪もない娘、その二人ではまだ殺し足りないのか、もうじゅうぶんに殺しすぎたのか、いまの末鷗にはわからなかった。テロルを決行すれば、巻き添えの死傷者を出す可能性がつねにつきまとう。そんなことはとっくに覚悟していたはずなのに、ほんとうに覚悟していたのかどうか自分への信頼がゆらいでいた。

「あなたも離脱したいならどうぞ」末鷗は心のうちを見透かされまいと、精一杯の虚勢で言った。

悦士はガラス戸のまえで長いため息を洩《も》らした。「我々はずいぶん遠くまできてしまった。そうは思わないか。ただ習慣と恐怖から殺しを重ねている。我々は怠惰なテロリストグループだ。かつて熱っぽくとり憑《つ》かれた観念さえ頭から消えかけている。なあ末鷗、きみは、きみの父親がかかげた理想をまだ信じてるのか」

悦士は青ざめた顔をドアへ向けると、返事を待たずに歩き出し、末鷗の視界をよぎった。ドアが苛立たしげな音を立てて閉まった。

「悦士の指摘は正しいんじゃないのか」布施隆三がふいに本棚のまえから言った。

「そうなの？」末鷗はなかば自分に問いかけた。

「下級警官の千年王国を信じた者の、悔恨を感じる」

「ああ」末鷗は感に堪えた声を洩らした。

隆三はガロアの伝記を本棚におさめた。べつの本を手にすると、椅子を引き寄せて背もたれを抱くようにしてすわり、話題を変えた。

「きみはこんな本を読んでるのか」

隆三は手にした本の表紙を向けた。それも前世紀末に出版された古本だった。トリン・T・ミンハの『女性・ネイティヴ・他者』

「気が向くとぱらぱらめくってながめる。そのていどよ」

隆三が適当な箇所を声を出して読んだ。「わたしがこれという理由もなく気に入っているのは、言葉、断片、片句だ。インクで書かれた部分に息がつまるように思えるとき、すぐに新鮮な空気を送り込む隙間となってくれるのが、空白、脱落、沈黙——おもしろそうだな、借りるぞ」

椅子から立つと、隆三は本棚からガロアの伝記をとった。それをトリンの著作に重ねて左脇に抱えた。

「昴の自宅の監視はどうするの」未鷗は訊《き》いた。

「放っておいても悦士がやる」隆三が顔をしかめた。

「昴はわたしたち三人の写真を十星会に見せたかしら」

「そう考えて行動した方がいい。いまごろ武装した朝鮮人が、チキンストリートのマンションのドアを蹴《け》破《やぶ》って突入しているかもしれない。事態を掌握するまではあの部屋に近づくな。必要なものは持ち出してあるのか？」

「ここへくるまえに部屋に寄って、拳銃《けんじゅう》もキャッシュカードも持ち出してる」

「メモ類は」

「ふだんからそんなものは残さない」

「予備の部屋と車は確保してあるのか」

「紅旗路に。今夜はそこに泊まるつもり」

「では問題ない」

隆三は、紅旗路のどこのアパートだとは訊かない。緊急時に使用する部屋と車は自分で用意して、組織防衛上の理由から、信頼できる仲間にも教えない。それが地下生活者の原則だった。だから未鷗の方でも、隆三と悦士の潜伏先を知らない。

「教員生活をあきらめることも覚悟してる」

「結論を急ぐな。高校が冬休みの間に片がつけばいいわけだ。ただし、このまま地下生活に入ることも想定しておけ」隆三が本棚を離れた。

「ねえ、崩壊の予感がする」

「我々はとっくに崩壊している」

未鷗は笑おうとしたが笑えなかった。近づいてきた隆三の肘《ひじ》を乱暴にとった。脇に抱えていた本がフロアにばらばらっと落ちた。肘を摑《つか》んだまま背後へ倒れ込むと、隆三は両手をベッドについて上体をささえた。視線の先四十センチほどにある隆三の顔をじっと覗《のぞ》き込むが、なにも読みとれない。

「ぜんぜんその気がないみたいね」

「きみもだ」

「二千日ぐらいしてない」

「そんなになるか」

「ボートで女といちゃついてたんでしょ」

「まさか」

「処女を捧《ささ》げたのに」

「嘘つけ」

「ト・トイは警視庁に逮捕されたの？」

隆三は末鷗から視線をはずし、しばらく考え込んだ。

「離脱した可能性もある」

「なぜそう思うの」

「小川勇樹が自殺した。気分は伝染する。テロルの季節はおわったと誰もが感じはじめている」

「隆三、あなたも？」

「じっさい、テロルの季節はおわったんだ」

末鷗はうなずいた。「悦士はもうだめね」

「彼はわたしに声をかけない。眼を合わせようともしない。胸のうちを読まれたくないらしい。だがこれまでよく持ちこたえたと言うべきだろう。悦士だけじゃない。きみも報復テロルに倦《う》み、罪を贖《あがな》いたいという衝動に駆られている」

末鷗は下から隆三をにらみつけた。胸のうちで、なんでも知ってるのねと言った。Pが完全に支持を失ったわけではない。光洋台高校に職をえて海市にもどってきた末鷗を、執拗《しつよう》に尾行した公安捜査員がいる。やがて顔見知りになったその五十がらみの巡査部長が、本屋の文庫本の棚のまえで末鷗にささやいたことがある。お父さんの支持者は俺たちの仲間にもいます、石原寛人なんて殺されて当然です——だが報復にじっさいに加担するかどうかとなると、話はぜんぜんちがってくる。市警察には厭戦《えんせん》気分が蔓延《まんえん》している。この数年で言えば、古田ヒロムのような志願兵は希有《けう》の例だ。

「仮の話だけど」末鷗は言った。

「なんだ」

「わたしが離脱したら殺す？」

「場合による。我々は離脱者なら誰でも処刑宣告するわけではない。臨海運輸の佐伯とは疎遠になったが、いまのところなんのトラブルもない。そうだろ」

「秘密を抱えて連絡を絶つのよ」

「捜し出して、きみの願いをかなえてやる」

「殺すのね」

「我が身を滅ぼしてしまいたい気分か」

「西を殺した直後だっていうのに」

「それでは、西も、同居していた女も、古田ヒロムも、死ぬ必要はなかったことになる」

「わたしには悦士を非難できない」

「テロリストの末路は、むかしから精神の不毛と相場が決まってる」

「人間はなぜ同じ過ちをくり返すの？」

「神の御心ってやつだ」

「人間は最初から罰せられた存在ってこと？」

「思いつめるな」

「そうね」

「吉雄の息子と連絡がとれたら教えてくれ」

体を起こそうとする隆三の肘を、末鴎は下から摑まえた。

「下級警官の千年王国はどうなるの?」

「それはきみの父親が見た悪夢だ」

「八年まえの狂熱は二度ともどらないの?」

「もどるさ。キャリアの警察支配、国家とマフィアの二重権力状態、そういうものがおわらないかぎり、下級警官の理不尽な殉職はなくならない」

「狂熱がもどるのはいつ?」

「神は気まぐれだから時期はわからない。ばかげた狂熱自体は、人類滅亡の日まで永遠にくり返される」

「あなたはなにを夢見て生きてきたの?」

「夢など見たことはない」

「あなたの人生の動機はなに?」

「きみはさっきから自分に質問している。悦士に向かって自分の罪を咎《とが》めている」

「いいから、こたえて」

「むかし市警察で流行った替え歌がある。殺人を今日十たびせり沈鬱《ちんうつ》に街ゆけばマタイ伝第五章」

「ああ、それおぼえてる」

「元歌は、殺人を、ではなく姦淫《かんいん》を、だ」

「姦淫を今日十たびせり沈鬱に」未鷗はそっと口にしてみた。

「元歌も替え歌もセンチメンタルにひびく。歌に詠み込まれた真意も似たようなもんだ」

「真意ってなに、どこが似てるの」

「姦淫する快楽、復讐《ふくしゅう》する快楽」

　隆三の顔がふいに降りてきて未鷗の顎の下に埋まった。彼女は短く声を洩《も》らした。男の体温を感じたのはほんの一瞬だった。隆三はもうドアへ向かっていた。ベッドに捨て置かれた未鷗は、隆三はその言葉どおりの首尾一貫した生き方をこの八年間してきたのだと思った。彼はヴィジョンを語らず、容赦のない報復テロルに徹した。断固たる報復の継続こそが、凶悪犯罪の最前線で死に直面している下級警官を鼓舞すると信じて。だが自分はどうだろうと自問して、未鷗の気分はまたいっそう沈潜した。父のヴィジョンの荒唐無稽《むけい》さをいまでは知り抜いている。テロルの犠牲者たちが、石原寛人が、石原の背後のテーブルにいたウェイトレスが、夢に出てきて彼女を眠らせない。

21

水門愛子

海市の統計上の人口は三十九万四千人弱である。若者向けのタウン・ガイドブックには、密貿易とドラッグと殺人と人身売買が活況を呈するアンダーグラウンドの底深さから、夜の人口は倍のおよそ八十万人に膨れあがると、おもしろおかしく書かれている。その数字に依拠して言えば、不正規の住民四十万人がどっと街にあふれ出した午後八時すぎ、水門愛子監察官はJR海市駅から市内循環バスに乗った。

バスは平和通りを海へ向けて北上した。特命チームの予算は微々たるもので、長期戦にそなえる意味もあり、極力タクシーは使わない方針だった。老舗《しにせ》の和菓子屋、消費者金融の無人ボックス、土産品屋の上に重ねた薄汚れたビジネスホテル、左手に市警察の五階建の灰色のビル。いまでも市警察裏の詰め所にSAT一個小隊が常駐しているはずだ。通りをはさんで反対側は、日本人が安心して遊べる栄町の歓楽街。黄色い星のマークに青い文字で『MOON PALACE』と書かれたネオンが、ぼんやりした光を放っている。下級警官がたむろするストリップ劇場で、情報源Mはそこから名前をとった。ぱっとしない地方都市の風景がつづいた。東京からの距離が感じられて、水門の胸にふと寂寞《せきばく》感がよぎったところで前方の視界が一変し、スモークガラスの高層ビル群が夜空にあらわれた。彼女の八年の不在の間に街の景色は様変わりしていた。バスは海岸通りに入った。その通りから海側の一帯は、大量の難民が流入するまえは材木置き場と海産物の加工会社が点在する荒れ地だった。シティホテルの豪華な装いのエントランスのまえを通過した。老沙、走水をすぎ、青戸一丁目でバスを降りると、潮の香りがぷんと匂った。

ビルの谷間を吹き抜ける寒風に抗《あらが》うように、水門は前傾姿勢で歩いた。路面を打つ自分の靴音に耳をかたむけ、やはり恐怖感はあるものの、自分の足の運びにかつてない軽快さを感じた。商業銀行の裏にあるオーシャンホテルに、偽名でチェックインした。一階の自動販売機コーナーがやけに目立つ貧相なビジネスホテルで、狭いロビーにはスラブ系らしき言葉が飛びかい、あまり裕福そうではない白人がたむろしている。べつのホテルに、本庁の筒井巡査部長が今夜遅く、空山、下河原、花崎の三名は、明日の夕方までに合流する予定だった。四谷署の村瀬は、警備上の理由から引きつづき新宿区の屋敷で暮らしていた。水門は七一三号室に入った。粗末なシングルルームだ。フロントに電話をかけ、小久保の偽名を告げて部屋を訊いた。隣の七一二号室だという。電話をかけた。誰も出ない。

22

小久保仁

小久保仁は夜のリトルウォンサンを歩いていた。路地にばら撒《ま》かれたテーブルで男たちが晩飯を食っている。臓物と香辛野菜の匂いが鼻をつき、金属の食器がひびき合い、空気を弾《はじ》かせて朝鮮語が飛びかう。革ジャンから娼婦《しょうふ》用の下着までそろえた露店で小山のように太った女が手招きする。県警本部の監察課にリクルートされた時代をふくめると七年間をすごした土地だった。永浦交番のまえをとおった。抗弾ベストをつけた制服警官が二人歩哨《ほしょう》に立っている。小久保が、二十歳前後の二年間、勤務した職場である。イルミネーションはいっそう華美になり、人も建物も増えたが、変わらぬ街の匂いは小久保の胸をたちまち懐かしさでみたした。

旧港湾労働会館の角を曲がった。地下のナイトクラブへ降りる階段の壁に、ハングルで『ウォンサン港』と書いたピンク色のネオン管が走っている。海市への第一波の難民は、北朝鮮の東海岸にあるウォンサン港から漂着した。彼らは永浦海岸の防砂林で数ヵ月のテント生活を余儀なくされた後、永浦二丁目の港湾労働会館を襲撃して不法占拠した。行政の説得、市警察による強制排除、難民側の再占拠があり、その間にも漂着する難民の数は増えつづけた。けっきょく市当局は撤退して、港湾労働会館周辺に最初の朝鮮人街が築かれ、この界隈《かいわい》がリトルウォンサンと呼ばれるようになったのである。

繁華街を抜け、軽量ブロックを重ねた粗末な家が密集する地区を歩いた。凄《すさ》まじい夫婦喧嘩《げんか》に遭遇して足をとめ、しばし自分の両親の思い出にひたり、さらにすすんで水無川の河口近くのロシア人居住区までいくと、海から運ばれてきた雪が夜空に舞っていた。聖セラフィム派教会のタマネギ形の屋根を右手に見ながら、西へ三ブロック歩き、ビルの谷間の中古車販売店に着いた。『キム兄弟商会』の看板の明かりは落ちていたが、窓ガラス越しに事務所をのぞくと、トウモロコシ色の髪をした男がTVのサッカー中継を見ていた。兄のピョートルだなと思った。

小久保は事務所に入った。ロシア人と中央アジアのトルコ系の血がいくらかまじるその朝鮮族の男は、椅子からさっと立ち上がり、無言のまま小久保を強く抱きしめた。キム兄弟とは、永浦交番に勤務していたころからの、つき合いだった。

「ウラジーミルはどうしてる」小久保は訊《き》いた。

「ハバロフスクに出張してます。ヴィタリー・ガイダルの仕事です。車のほかに銃とか女も扱ってます。いつもあなたの話が出ます」

市警察の警官有志が報復テロルを宣言する二年まえ、キム兄弟商会は経営にいきづまって盗難車に手を出し、ピョートルは弟夫婦ともども市警察で取り調べをうけた。先に帰された弟の女房は、市警察を出たまま消息を絶ち、四ヵ月後、波立の岸壁近くで、野犬に食い散らされた無残な白骨死体で見つかった。捜査本部は、死体の脇で発見したマカロフの銃把から被害者の指紋を検出し、頭蓋骨《ずがいこつ》の損傷具合とあわせて自殺と発表した。当時、市警察にもどって知能犯係の刑事に昇任していた小久保が、キム兄弟の依頼で情報を収集したところ、物証とされるマカロフを現場鑑識で発見した捜査員は存在しなかった。また、欧亜混血の美人だった弟の女房を警察車で送った盗犯係の刑事がいたこと、さらに、その刑事が、被害者が消息を絶った直後、仲間うちでレイプを自慢げに吹聴《ふいちょう》していた事実が判明した。小久保はキム兄弟に、犯罪被害者組織で活動している弁護士を紹介しようとしたが、彼らは盗犯係の刑事の写真がほしいと言った。

数週間後の朝、疑惑の刑事はニュータウンの自宅のまえで十数発の銃弾をあびた。

ピョートルは金庫から、シグ336、サイレンサー、それと弾丸一箱を出して、小久保に渡した。シグ336はSATに標準装備されており、小久保は扱い慣れていた。ピョートルは、ついでガレージに案内してトヨタの白い小型車を見せた。

「整備してあります。足はつきません」

「急がせて悪かったな」

「裏切り者は見つかりそうですか」

「まだなんとも言えない」

「捕まえたら始末するんですか」

「いや裁判にかける」

「じゃあ、なぜサイレンサー付きの拳銃《けんじゅう》をほしがるんですか」

「証拠あつめに必要なんだ」

ピョートルは短い沈黙を置いた。

「公判が維持できないと判断したら？」

小久保は言葉につまった。

「若いころのようにやるかもしれない？」ピョートルは責める口調で重ねた。「もう若くはありませんよ。俺もあなたも」

小久保は、白いものが目立ちはじめたピョートルの赤茶けた髪に眼をとめた。晩婚で、ようやく長女が小学校に入ったばかりだった。弟はマフィアの群れに身を投じたが、兄の方はかろうじて堅気の側に踏みとどまっていた。

「無茶はしない。歳を食った分だけ自制心は増してる」

「あのころ苦しんだ自分の姿を忘れないでください」

小久保は、わかってる、と言葉すくなにこたえた。ピョートルはガソリンを満タンにし、カネは頑としてうけとらず、もう一度抱きしめて小久保を見送った。

小久保はトヨタの車を運転して乙夜橋を渡り、水無川の東岸に広がる中国人街に入った。かつては老沙全域に多数の朝鮮系住民がいたのだが、黒社会の世界的なネットワークを背景に持つ中国系の梟雄幇が、Pが誕生する前後にアンダーグラウンドの覇権をにぎると、朝鮮系の十星会を水無川の西側に押しやり、いまでも圧倒しつづけている。車を運転しながら電話をかけた。若い女の声が出た。むかし交通課でお世話になった佐々木という者です、お父さんはいらっしゃいませんか、と訊いた。父は会社にいると思います、と女はこたえた。

臨海運輸は、Pと梟雄幇の癒着を象徴するように、老沙四丁目のはずれにある。小久保は車を臨海運輸の裏へ向け、中小の食品工場や運送会社がならぶ通りを走った。記憶にはないコンビニエンス・ストアが眼にとまり、進入してパーキングの端に駐車した。コンクリート塀の背後に、臨海運輸の二階建の倉庫のような建物が見える。小久保は車を降りると、落ち着いた足どりでコンクリート塀に向かった。二階の事務所から明かりが洩れ、非常階段がうっすらと闇にうかんでいる。さりげなく周囲に視線をめぐらし、塀に飛びついて、乗り越えた。

裏庭ほどのスペースはなく、丈の高い雑草が倒れ、空き瓶や発泡スチロールのトレイが投げ捨てられている。数歩で非常階段の下に達した。シグを抜き、サイレンサーをねじ込むと、靴音を消して鉄製の非常階段をあがった。ドアはロックされていた。シグの銃口を向け、カンヌキを吹き飛ばした。室内へ体をすべり込ませると、デスクで茫然《ぼうぜん》としている佐伯彰へ、シグを突きつけた。六十歳をいくつか超えているはずだが、肌の色つやがよく、むかしと同じように人を気持ちよくさせる太り方をしていた。

「わたしをおぼえてるな」

小久保は声をかけながらすばやく動いて、一階の事務所に降りるドアをロックし、壁掛けTVのスイッチを入れて音声のボリュームをあげた。市警察時代には面識があるていどの関係だったが、県警監察課捜査員として海市で捜査活動に従事した際に、阿南管理官をともなってひそかに佐伯と接触し、Pの創立メンバー全員が謀殺されたという疑惑に関して、情報交換を試みたことがある。佐伯は内部事情をいっさい明かさず、その頑《かたく》なな態度に、小久保は殺しかねないほどの憎しみを抱いた。

「日曜日に社長が一人で仕事か」小久保はデスクの上に散乱した伝票類へ眼をやった。

「不況の嵐をまともに食らってる。資金繰りが苦しい。おまえも下級警官の端くれだ。知恵を出してくれないか」佐伯がからかう口調でこたえた。

臨海運輸は、Pから資金提供をうけて、当初から殉職警官の遺族の雇用を確保する目的で設立された。八年まえのPの一斉検挙以降は、裁判支援活動のセンターの役割を果たしてきた。

「Pがカネを隠し持ってるだろ。麻薬取引でたっぷり稼いだはずだ」小久保は言った。

「用件はなんだ」

「時間はとらせない」小久保はデスクを押しやって、佐伯の正面に立った。「かんたんな質問だ。金剛事件の密告者を捕まえたか？」

「おまえはまだ、密告者が創立メンバーを殺したなんて話を信じてるのか。ばかばかしい。陰謀だよ。十星会が攪乱《かくらん》を狙って流したんだ。おまえとは以前にも同じ話をしてる」

「情報源Mはどうだ。これは十星会がらみの話じゃない」

「それも週刊誌ネタだ」佐伯は吐き捨てた。

「当時、わたしは監察課の内部にいた」小久保は辛抱強く言った。「捜査員がどのていどの情報を入手したのか知ってる。屑《くず》情報ばかりだった。Mの情報提供がなければPはブラックボックス同然で、一斉検挙など夢のまた夢だった。ところがあの大捜索と小川勇樹の逮捕。情報源Mは存在したんだ」

TVで観客がどっとわいた。佐伯は傲然《ごうぜん》と小久保をにらみつけている。

「一斉検挙のあとで、組織存亡の危機に直面して、おまえたちは死に物狂いでスパイ狩りをやったはずだ。誰だ容疑者は？」小久保は問いをつづけた。

「容疑者などいない」

「素直に話せよ」

「存在しなかったものを、どうしゃべればいいんだ」

「わたしが敵だからか。監察課の手先になっておまえたちを嗅《か》ぎまわったからか」

「情報源Mの人相特徴を言ってみろ」

「監察課幹部はMと接触できなかった」

「では、Mとやらも、我々の内部を混乱させるための偽情報だ」

小久保はいきなり佐伯の右膝《みぎひざ》を狙って撃った。福井県警を離れてからは、射撃訓練以外に引き金を絞ったことはなかったが、弾丸は狙ったところに命中した。衝撃で佐伯の右脚がはねあがり、呻《うめ》き声が洩れた。パンツの生地が裂け、強化プラスチックが覗《のぞ》いたが、義足が壊れた様子はなかった。十三年まえ、佐伯は検問中に、十星会のチンピラにサブマシンガンで撃たれ、右脚の付け根近くから先を吹き飛ばされた。治療とリハビリで憂鬱《ゆううつ》な一年間をすごした後、総務課の事務職として復帰したが、四ヵ月で退職して臨海運輸社長に就任した。

「つぎは胸に穴をあけるぞ」小久保は告げた。

「落ち着け」

「情報源Mと疑うに足る男はいる。そいつはまだ組織にいる。すくなくとも、おまえはそういう認識に達した。ところが決め手となる証拠がない。疑惑はつのる一方だが、そいつの正体を暴けない。だからおまえはPを離脱した」

「おまえは妄想にとり憑《つ》かれてる」

「ではなぜPを離脱した」

「おまえに話す筋合いはない」

「痛い点を突かれたと感じてるはずだ」

「金剛事件の密告者も、情報源Mも存在しない。そんなものを信じて一生を棒に振るおまえは狂ってる」

佐伯の額から汗がいっせいに吹き出していた。ある年の暮れ、交通課の連中を引き連れて飲んでいた佐伯と、居酒屋で隣り合わせたときの光景が頭をよぎった。佐伯は屈託なく笑い、ひどく汗をかき、十二月の酒の席でもタオルを手放さなかった。猥談《わいだん》は粋でユーモアがあり、同席していた免許係の若い女が佐伯をかわいいと言った。

「おまえに恨みはない。それどころか好感を抱いてさえいる。だが言葉が通じない。命と引き換えになにを守ろうとしてるんだ」小久保は言った。

「もうなにもしゃべらんぞ」

「Pを離脱しても、内部事情は明かさないのか。やつらに義理立てして、裏切り者を庇《かば》ってることに、まだ気がつかないのか」

小久保は粘つく手でシグをにぎり直した。自分の顔から血の気が引くのがわかった。鼓動が速まっていた。キム・ピョートルに言われたばかりの警句を、必死の思いで頭の隅にひびかせた。だが、厳しく封印していたものが、あっさりと解き放たれようとしていると思った。しゃべってくれと胸のうちで懇願しながら、銃口をあげた。だがこの男はしゃべらないだろう。では殺してしまうことになるのか。殺すことになるだろう。佐伯の心臓から血と肉片が飛び散る光景がはっきりと見えた。自分の精神状態の豹変《ひょうへん》に愕然《がくぜん》としたが、引き金にかけた指に力が入っていく。そこで携帯電話の振動が小久保の胸を締めつけた。銃口を佐伯の胸に向けたまま、受信した。水門監察官だった。

23

小久保仁

紅旗路の有料パーキングにトヨタを入れた。水門の電話がなければ、佐伯を殺したかもしれないと思った。自制心を失いかけた自分を責め、だが頭の半分では、裏切り者を捜し出すにはたぎるほどの殺意が必要なのだ、と自分に言い聞かせた。発砲した件で、佐伯に通報される可能性は考慮しなかった。やつはシラを切りとおしたが、あの反応からみて、裏切り者が誰なのか察しがついているはずだった。街に出た。極彩色のイルミネーションが降りそそぎ、市内循環バスが連なり、商品は豊富で、女たちは小ぎれいにしている。電化製品の安売りショップのまえの雑踏で、水門監察官が待っていた。

海市へ向かっている途中の筒井巡査部長が、本日の午前十一時の便で関西国際空港から香港に出国した女に関する情報を伝えてきたという。グエン・ト・トイ。三十七歳。日本とベトナムの二重国籍。既婚者。夫は日本人。現住所は老沙三丁目の天河大廈《ビル》五〇三号室。

水門と小久保は、紅旗路を渡り、衣類の露店がならぶ老沙三丁目に入った。新宿と比較すれば小規模な中国人街で、狭い路地もすべて頭に入っている。だが、むかしからそうなのだが、すぐ背後の暗い海と、その向こうに横たわる大陸を意識するせいか、小久保は路地をめぐるたびに説明のつかない奥深さを感じた。

天河大廈は八階建ほどの崩れ落ちそうなビルだった。通りに面してドラッグストアと貴金属店がある。異臭のするエレベーターに乗り、五階で降りて、薄暗い廊下をすすんだ。五〇三号室の鉄製のドアに『金象《ゴールデン・エレファント》時装《ブティック》有限公司』のプレート。現住所が事務所とはどういう意味か。ノックした。返事はない。二重ドアはロックがかかっていなかった。

部屋には明かりが灯《とも》っていて、商品倉庫のような光景が眼に入った。紙製の箱が壁を埋めつくしている。右手のガラスケースに時計がならび、その上に食べかけの料理がある。ライスにそえた鶏の薄切りと青菜。指先で触れた。ライスも鶏肉もまだ温かみがある。小さな叫びが背後で聞こえ、振り返る間もなく、水門の体が小久保にぶつかってきた。戸口に二人の男が立ち、中国語でなにかまくし立てた。毛皮のショートのジャケットを着た小太りの男と、ダークスーツに黒いサングラスの男だ。小久保は水門の肩を摑《つか》んで自分の後ろへ押しやると、男たちの面前にベレッタを突き出して、ポリスだと怒鳴り、警察手帳を見せた。二人の男は廊下へ出て、その場で騒々しくしゃべりはじめた。べつの男が携帯電話になにかを告げている。小久保は音を立ててドアを閉めると、ガラスケースの奥へまわった。デスクの上に日本語のスポーツ新聞。白い綿の手袋をはめて仕切り伝票をめくった。符牒《ふちょう》ばかりで内容が摑めない。デスクの引き出しを調べた。名刺があった。金象時装有限公司プレジデント・明石光雄。

「グエン・ト・トイの亭主の事務所です」小久保は言った。

「彼らはなに者なの？」わずかにあけたドアの隙間から廊下をうかがいながら、水門が訊《き》いた。

「善良な隣人。我々を不審者と考えて様子を見にきた。あるいは明石の帰りを待ってる悪党」

小久保は素っ気なく言った。

まだなにもわからなかった。小久保は明石光雄の名刺をオーバーコートのポケットに突っ込んだ。引き出しを片っ端からあけた。国保の納税通知書が出てきた。住所は天河大廈五〇三号室。グエン・ト・トイ宛ての納税通知書もあった。小久保はそれを水門に渡し、壁に積みあげた紙製の箱を一つとってあけた。ブルガリの香水セット。故買品ではなく偽ブランド商品か。部屋の左手にカーテンの仕切りがある。ベレッタに手をかけ、粗末な応接セットをまわって接近し、カーテンを払った。ＴＶと簡易ベッド。壁に吊《つる》した粗末な衣服。簡易ベッドをずらすと、埃《ほこり》まみれのポルノ雑誌の山が出てきた。壁に吊した衣類のポケットをまさぐった。硬貨が数枚、スケートリンクの半券らしきものが二枚。そこでドアがあき、四十代なかばの痩《や》せた男がふらっと入ってきた。頰骨の出た顔の上に薄い頭髪がかぶさっている。水門がさっと背後へまわってドアを閉めると、男はびっくりした顔で侵入者たちを見くらべた。

「明石光雄か」小久保は訊いた。

「おまえたちは」

「警視庁だ」

警察手帳を示した。明石の視線がかすかにガラスケースへ泳ぎ、表情が強張《こわば》った。

「おまえの商売に関心はない。飯を放り出してどこへいってた」小久保は訊いた。

「腹の具合がちょっと」明石は下腹に手をあてた。

小久保は短く息を吐き、「すわれ」と応接セットを示した。明石は素直に指示にしたがった。水門が食事はどうするのかと訊いた。明石は顔のまえで力なく手を振った。

「グエン・ト・トイは女房だな」小久保は立ったまま質問をつづけた。

「女房」

「自宅はどこだ」

「俺はここ」

「グエンとは別居か」

「なにがあったんだよ」

「グエンは東京で事件を起こして逃走中だ」

明石の鳥のように光る小さな眼に、一瞬まぶたが降りて、すぐひらいた。

「書類だけの結婚なんだ。俺はなにも知らない。八年ぐらいまえに住民票を俺のところに移してからは、グエンの家がどこにあるかも、どんな仕事で飯を食ってるのかも、まったくわからない」

「おまえのところにグエン宛ての納税通知書がある。連絡はとってるわけだな」

「携帯電話で」

「知らせるとグエンが書類をとりにくるのか」

「俺が税金の処理をやってる。カネは、事務処理の報酬といっしょに振り込んでくる」

銀行通帳を出させた。振込元に『グエン』とあるだけ。携帯電話はプリペイド式だろうと思いながら、明石の名刺の裏にグエンの番号を書かせた。

「グエンの写真はないか」

「会ったこともないんだぜ」

「入籍はいつだ」

「あの女が十八歳のとき」

「十九年まえだな。仲介者は誰だ」

「長谷川って市警察の警官。名前は忘れた」

小久保のメモをとる手がとまった。声が厳しくなった。

「所属、階級は」

「生活安全課だったかな」

「銃器係の長谷川純巡査部長」ガラスケースの上で手帳を広げている水門がふいに口を出した。

「ハルビン・カフェで撃たれた男か」小久保も思い出した。異動で海市警察を離れて二年目の秋の事件だった。

「そうだよ」

「話ができすぎだ」小久保が疑義をはさんだ。

「なにが」

「仲介者が死んで、グエン・ト・トイが、どこでなにをしていたのか、捜査する手がかりがなくなる」

「冗談じゃない、ほんとの話だ」

小久保は壁に積みあげた紙箱の山を蹴《け》り飛ばした。なかみの腕時計や香水がフロアに撒《ま》き散らされた。明石が待てと叫んだが、小久保は薄汚い壁がそっくりあらわれるまで狼藉《ろうぜき》をやめなかった。

「県警に押収されるのが嫌だったら洗いざらい話せ」小久保は紙箱を踏み潰《つぶ》して凄《すご》んだ。

「長谷川に中国人を紹介されて、その中国人が書類を用意した。俺はサインして、カネをもらった。それでおしまい。だからグエンて女に会ってない」明石がため息まじりの声で言った。

「中国人の名前は」

「コウ」

「コウだけじゃわからん」

「古い話だし、むずかしい名前だったんで、コウとしかおぼえてない」

小久保はコウなにがしの特徴を訊いた。当時、三十歳ぐらい。中肉中背で、ぱっとしない容姿の、貧しい身なりの男。古着商と自称。流暢《りゅうちょう》な日本語をしゃべった。紅旗路の喫茶店で会い、偽装結婚の代金で少々もめたが、最後は友好的な雰囲気で別れたという。水門が手帳から視線をあげ、神経を集中して思考をめぐらす顔つきになった。

「それだけの関係なら、なぜ素直に長谷川からコウを紹介されたと言わなかった」小久保は静かな口調で訊いた。

明石は唇をなめ、しばらくの間沈黙した。「一昨年の夏、コウとばったり会ったんだよ。ハルビン・カフェのまえのマリーナで。俺たちは四、五人で、時計だのサングラスだのを観光客に売ってたら、夕方の薄暗い時刻だったと思うが、コウが女を連れて桟橋をこっちへ歩いてきた。俺が、よう、久しぶりだな、とかなんとか声をかけた。コウも俺に気づいて軽く手をあげて、女と駐車場の方へ歩いていった。そしたら朱伯儒が、あいつ誰なんだと俺に訊いた」

「朱伯儒というのは」

「俺の同業者」

「それで」

「コウの説明をしたら、知ってるやつかもしれないと朱が言い出した。声がふるえてた。どうしたんだって、俺は訊いた。朱はなにもしゃべらなかった。俺は気になって、つぎの日の朝、コーヒーでも飲まないかって電話したら、朱は大阪にいた。そのうち連絡がとれなくなって、いまどこにいるのか知らない」

小久保の靴底が腕時計の文字盤を踏み潰した。そっと歩き出し、ソファに腰を降ろすと、尻《しり》が抜け落ちそうなほど深く沈み、軽くバランスを崩した。ソファの反対の端に水門が腰をかけた。

「朱は夜のうちに逃げ出したんだな」小久保が言った。

「臆病《おくびょう》を絵に描いたようなやつなんだ。大阪に着いても、まだびびってた」

「そのわけを、翌朝電話をかけたときに、おまえは朱から聞いた」小久保は決めつけた。

明石が唾《つば》を飲み込む音が聞こえた。

「朱は十四歳ぐらいまで路上生活者で、売人、窃盗、強盗、どんどん悪くなって、十九歳のときに殺しを頼まれた。いったんは引きうけたんだが、怖くなって、翌日、紅旗路の喫茶店で、殺しを依頼した男にカネを返した。男が機嫌よくカネをうけとったんで、晴れ晴れとした気分になって、テーブルダンスを見にいった。もう潰れたけど、老沙二丁目のイエローホースって店だ。朱は切符の窓口でいきなり撃たれた。あいつ、すげえ敏捷《びんしょう》なんだ。弾が背中から入って、肝臓の一部がちぎれたって話だが、とにかく転げまわって客席に逃げ込んで助かった。誰に撃たれたのかはわからなかった。市立病院に担ぎ込まれて、手術の二日後に、女に車を手配させて逃げ出した。東京方面って言ってたかな。それから十四年ばかり、朱は海市に近づかなかった。帰ってきたのは、一昨年、マリーナでコウを見かける三ヵ月ぐらいまえだ」

「朱が撃たれた理由は」

「殺しを断ったからだろ」

「殺しを依頼した男がコウか」

「朱はそう言ってる」

「名前も一致してるのか」

「いや、殺しを依頼したときは、コウは名前を言わなかったって話だ」

「誰を殺せと」

「名前とか現場は、当日教えるという約束だった」

「殺しの動機は」

「わからない」

「いつの話だ」

「えーと、十六年まえだ。朱が撃たれたのが、ハルビン・カフェで長谷川が殺《や》られる前日だった」

小久保は脚の痺《しび》れを感じた。明石の証言が思考の緊張を強いている。集中力を高め、ハルビン・カフェ事件の記憶をたぐり寄せた。十六年まえの十一月だと思った。ホテルと同名のコーヒーショップで、長谷川巡査部長が、二人の北朝鮮系難民にサブマシンガンで殺害された。長谷川と待ち合わせをしていた元警官が反撃して、犯人の一人を店内で、もう一人をホテルのロビーで射殺した。

「長谷川を殺ったのは、二人の北朝鮮系難民だ。コウは朱に断られたから、そいつらを雇ったということか」小久保は質問をつづけた。

「朱はその可能性があると言った。イエローホースの切符売場で朱を撃ったのも、たぶんコウだろうって。で、俺はグエンて女に電話してみた。マリーナでコウを見かけて二日後ぐらいかな、女に、コウって男を知ってるだろって訊《き》いた。コウなんて男は知らないの一点張りできたから、殺しの依頼の話をちらっと洩《も》らしたら、女はがぜん興味を持った。なに、コウを脅して小遣い銭でも稼ごうと思っただけさ。俺は詳しく話した。女はなんだか深刻そうに最後まで聞いて、コウを脅すことなんて誰にもできない、と言った。この話がコウの耳に入ったら、おまえは確実に殺される、忘れちまいな。そういうわけで、いまこうやって警視庁の刑事さんに脅されるまで、誰にもしゃべってない」

小久保は明石の屈託のない口調に耳をかたむけながら、グエンもコウにしゃべっていない、と思った。この男が生きているのが証拠だ。殺人依頼がバレたと知ったら、コウは明石の口を封じたはずだ。だがなぜ、グエンはコウにしゃべらなかったのか。その疑問を頭にとどめて、細部の確認作業にかかった。

「マリーナの場面だ。コウは朱に気づかなかったんだな」小久保は訊いた。

「朱の勘ちがいって可能性もある。コウを誰かとまちがえたんだ」

「グエンの話からすれば、コウが殺しを依頼した男にまちがいない」

「そうか」

「コウと女は散歩してたのか、ちょうどヨットからあがってきたところなのか、そのあたりはどうだ」

「はっきりしないな」

「コウの格好は」

明石は考え込んだ。海パンかな、服を着てたような気もするが、と独りごちた。

「連れは若い女か」

「若かったと思う。黒いビキニの上にシャツを引っかけてた。ふるいつきたくなるような凄え体つきなんで、おぼえてるんだよ」

「コウとは十七年ぶりの再会だな」

「そうなる」

「一度、喫茶店で会っただけだ。その日、あたりは薄暗かった。おまえが自分でそう言ってる。よく見えないはずだ。どうしてコウだとわかった」

また明石は考えた。「見映えのいい男じゃないんだが、シルエットっていうか、たたずまいっていうのか、男の俺が言うのもへんだが、コウはそういうのが凄く感じがよくて、印象に残ってた」

「中年太りしてなかったか。顎《あご》に肉がついて貫禄《かんろく》がついてたとか」

「いや、印象は変わらなかった。だからすぐ思い出したんだよ」

「コウを日本人だと思ったことはないか」

「じつは喫茶店で会ったときに本人に確かめた。日本語がうますぎるんでね。じいさんばあさんの代に日本に帰化したんで、中国語はほとんどしゃべれないそうだ」

中国系の日本人だというコウの話が真実かどうかはべつとして、年齢、中肉中背で見映えのしない容姿、グエン・ト・トイとの緊密な関係、その三点において、コウなにがしは、石原寛人を名乗った男と重なり合う、と小久保は思った。コウ＝石原は、市警察の長谷川純に明石を紹介してもらい、グエン・ト・トイに偽装結婚を斡旋《あっせん》した。時期と動機が不明だが、グエンはやがてPに加担し、三日まえ、コウとともに新宿で西修平と女を襲った。そういうことだとしたら、十六年まえに、コウ＝石原はなぜ現職警官の長谷川を殺したのか、なぜ自分で手を下さず、北朝鮮難民を雇ったのか、疑問がつぎつぎと頭をよぎり、思考の回路がいっそう混線してきた。

「なあ、コウとグエンって女は、なに者なんだ」明石が脅《おび》えのまじる声で訊いた。

「それを調べてるんだ。明日、また話を訊く」

小久保は不機嫌に告げ、水門と連れ立って部屋を出た。廊下に人影はなかった。エレベーターに乗り込んだ。

「コウの話をどう思います？」小久保は訊いた。

「石原寛人を名乗った男がコウである可能性は高いと思います」水門が言った。

「Pが警官を暗殺した例は一件だけのはずです」

「公安部長暗殺」

「コウはハルビン・カフェで警官を殺した。しかも難民を雇って」

「コウがPであると仮定するなら、それはありえないことです」

「するとコウ、つまり石原寛人を名乗った男は、Pではないことになる」

それもありえないことだ。コウと『石原』はべつの人物なのか。二人ともそれ以上思考がはたらかなかった。天河大廈の表に出ると、「刑事さん」と親しげなひびきの日本語が耳にとどいた。ドラッグストアから洩れる明かりのなかで、スーツにネクタイの若い男が「ボスが会いたがってます、こちらへどうぞ」と言った。小久保はあっちへいけと手を邪険に振り、水門の肘《ひじ》を軽くとって歩き出すと、道の両側をぞろぞろと男たちがついてきた。その数、十人前後。明石の部屋のまえで見かけた男はいないようだ。フラッシュが瞬き、シャッター音が連続した。明るい商店街をえらんで歩き、海岸通りに出たところで、水門がさっと手をあげてタクシーをとめた。走り出してすぐ、背後にバイクが二台あらわれて、タクシーを追ってきた。

「永浦へ」水門が運転手に鋭く告げた。

小久保は意図を察して短くうなずいた。リトルウォンサンへ逃げ込めば中国人は追ってこない。まだ追ってくるなら、連中は警官ということになる。タクシーがタイヤを軋《きし》ませてUターンした。

男たちは、車とバイクを使って永浦二丁目のリトルウォンサンまで追跡してきた。タクシーが歓楽街の雑踏で徐行すると、指揮官らしいスーツの若い男が歩み寄ってきて、後部座席のガラスを叩《たた》いた。「水門愛子さんでしょ」と呼びかける奇妙に甘ったるい男の声を聞いたとたんに、水門の膝《ひざ》が小刻みにふるえ出した。けっきょく振り切るのをあきらめ、尾行する男たちを引き連れてオーシャンホテルにもどった。

一階のロビーを、男たちは、殴られまいとするかのように距離を保ち、そして全員が明らかに上機嫌でついてきた。水門と小久保がエレベーターに乗り込んだところで、ようやく男たちは行軍をやめ、閉まるドアの向こうで、スーツの若い男が微笑みといっしょに軽く手をあげた。部屋に入ってもしばらくの間、水門のふるえはとまらなかった。

彼らはなに者だったのか。『石原』の指示で動いた市警察にちがいない、ということで水門と小久保の意見は一致した。明日の月曜日に、水門監察官が市警察をおとずれることは、金曜日の夜の段階で県警本部長と市警察署長へ連絡がいっている。両者の指示が下へ伝わる間に、Pの情報網にかかり、彼らは水門の宿泊先を特定して、天河大廈まで尾行してきたのだろう。金象時装有限公司に入ってすぐあらわれた中国人は、市警察の動きとは無関係と思われた。

水門が、パソコンでハルビン・カフェ事件の捜査記録を確認した。

事件発生は、十六年まえの十一月第二金曜日、午後六時四分ごろ。走水三丁目のホテル、ハルビン・カフェの、同名のコーヒーショップで、北朝鮮系難民二人がサブマシンガンで長谷川純巡査部長（三十一）を銃撃して死に至らしめた。

その日、長谷川は非番で、妻（二十四）によれば、「パソコンのソフトを買いに紅旗路へいく」と午後五時半すぎに自分の車で家族用官舎を出た。ハルビン・カフェまで車で十二分ていどである。長谷川は午後五時五十分にテーブルについてロシアンティーを注文。午後六時四分、北朝鮮系難民二人が長谷川を銃撃。その直後、二人は、無帽で黒っぽいコートを着た男に拳銃《けんじゅう》で撃たれ、一人は店内で、もう一人はロビーで死亡した。コートの男は長谷川が撃たれる直前に店に入ってきた、とウエイトレスが証言している。だとすれば、コートの男は長谷川の待ち合わせ相手であり、テーブルに近づいたとき、長谷川が撃たれたのを見て、ただちに反撃したものと推定される。

目撃者の証言によれば、コートの男は、十二歳前後の少女を連れて、ホテル正面玄関のタクシーを奪って逃走した。男は逃走の安全を確保する目的で少女を人質にとったとも考えられるが、少女に関する問い合わせはなく、その後の消息は不明である。一方、タクシー運転手の証言によれば、男と少女は腕を組んで親しげに見えたという。こちらの証言を信じるなら、男は娘を連れて長谷川に会いにきたとも考えられ、少女が消息を絶った理由の説明がつくが、真偽のほどは不明である。

長谷川巡査部長殺害の動機については、個人的な怨恨《えんこん》というよりも、ここ数年激化している、十星会の対警察テロルの一環と見るべきである。

以上が事件と捜査のあらましだった。

「ロビーの監視カメラの映像をチェックした記録がありませんね」水門がいぶかる声で言った。

「元警官が映っていたんです。そいつが長谷川と待ち合わせしていて、北朝鮮難民二人を射殺して逃げたコートの男です。それで県警がもみ消した。P創立から二年後の事件です。警官による殺傷事件を、県警が徹底して取り締まるようになるのは、ずっと先のことです」

「元警官の名前は」

「布施隆三。元麻薬係長。聞いたことありませんか」

「いいえ。あなたはなぜ知ってるんですか」

「ハルビン・カフェ事件で、やつはちょっとした英雄になりましてね、それで噂を耳にしました」

「そう」

　布施隆三が連れて逃げた少女は、確かロシアマフィアの児童売春組織の娼婦《しょうふ》ではなかったかと、小久保はおぼろげな記憶をたどった。布施と少女の関係は忘れたが、少女から訊《き》き出した情報にもとづいて、県警と市警察は児童売春組織を摘発し、その功績で市警察生活安全課売春係長だった小川勇樹が課長に昇進したはずである。

「長谷川が」水門が話をすすめた。「妻にはソフトを買いにいくと嘘をついて、布施という男とハルビン・カフェで待ち合わせしていたとします」

「長谷川は先にきてテーブルで待っていた。そして布施がカフェに入ってくるのとほとんど同時に銃撃をうけた」小久保は言った。

「だとすれば暗殺対象は長谷川一人。暗殺者が布施も殺すつもりなら、タイミングを遅らせたはず」

「おそらくそうでしょう。問題はコウの動機です。コウが石原だとする。つまりPだ。すると、コウが北朝鮮難民二人を雇って長谷川を殺した動機は？」

　水門は首を横に振った。小久保にもわからなかった。Pが下級警官を殺す。考えられないことだ。長谷川が仮にPの暗殺対象だったとすれば、たとえば裏切り者だったとすれば、Pは自ら手を下すだろう。難民を雇うなどということは、断じてありえない。

24

小川未鷗

紅旗路の東側に、ブティックや、西洋家具の店、高級エステサロンが密集する気どった界隈《かいわい》がある。そこから路地へ一歩入ると、ふいに光も色彩も乏しくなり、いまにも崩れ落ちそうなビルがつぎつぎとあらわれてくる。その貧民街の奥まった場所に建つ、東北烈士記念館という奇妙な名前のアパートに、未鷗《みおう》は部屋を確保してあった。六階の狭いワンルームで、西向きの窓をあけると、非常階段へ飛び降りることができる。使い古した粗末なベッドと、梱包《こんぽう》したままの寝具が一組、事前に用意しておいた家財道具はそれだけだった。窓をあけて、汚れた空気を追い払い、エアコンの吹き出し口から温風が出てくるかどうか、不安げに見ていると、布施隆三から連絡が入った。

市警察から入手した情報によれば、新宿の事件の捜査で、週明けにも警察庁と警視庁の特命チームが海市《かいし》に乗り込んでくるという。仮に警視庁がグエン・ト・トイの身柄を押さえ、そんなことはまず考えられないが、内部事情を詳細に訊き出しているとしても、中国人街にひそんでいれば、ほぼ安全だった。SATの掩護《えんご》なしに、県警が踏み込んでくることはない。中国人とトラブルが生じても、梟雄幇のトップの蔡昌平《サイ・ショウヘイ》の名前を出せば万事解決する。それはPと梟雄幇の関係を端的に示していた。末鷗は、かつて佐伯彰が、両者の関係の見直しを執拗《しつよう》に主張したことを思い返すうちに、いたたまれなくなって街へ出た。彼女自身も、その点に割り切れない気持ちをずっと引きずってきたのだ。

老沙二丁目まで歩き、自動車整備工場にあずけてあったスカイブルーのセダンを引っ張り出し、半島方面へ向けて走らせた。目的地は決めていなかった。県境を越えて、舞鶴市でホテルを捜してもいいと思った。

Pは警察情報を集約して梟雄幇に流し、そのおかげで梟雄幇は捜査の手を逃れ、一方、十星会は警察に叩かれるだけ叩かれてきた。見返りに、Pは梟雄幇から、警察も十星会も手を出せない中国人街にアジトを持つことを許され、また、麻薬取引のおこぼれにありついてきた。梟雄幇との癒着は、内部的には、マフィアとの二正面作戦は不利であり、とりあえず梟雄幇と和戦して十星会の壊滅をめざすということで意思統一している。梟雄幇と警察の衝突で警官に死者が出る場合があるが、そうした矛盾は、梟雄幇に生贄《いけにえ》を差し出させることで解決し、同時にPは報復テロルの成功で得点を稼いできた。

先行車の赤いテールランプに注意を払いながら、末鷗は、これまでどうにか耐えてきたあれこれの負荷が、いっきに厳しさを増しているのを感じた。海岸線に沿ってラブホテルの連なりが見えてきた。徐行してウィンカーを出した。頭の芯《しん》からひどく疲れて、運転に集中できなかった。

デイパック一つで部屋に入った。腰のベルトからコルトガヴァメントを抜き、ナイトテーブルに置いた。昴に電話をかけた。あいかわらず留守電になっている。ベッドに体を投げ出して、なにも考えまいとしたが、悔恨の念は彼女を摑まえて離さなかった。隆三が無慈悲に指摘したとおり、わたしは自分自身と対話をしている。悦士の悔恨はわたしの悔恨。隼人の堕落はわたしの堕落。天井の鏡に薄暗い女の顔が映っていた。未鷗は眼を閉じ、手足の緊張を解いた。時間をかけて、深い呼吸をくり返していると、夏の陽光ときらめく水面がまぶたの裏にうかびあがってきた。妹の決断を諫《いさ》める隼人の懐かしい声が聞こえた。

「古い書物を読んでほしい。すべての事例がすでにそこに書かれている。未鷗、おまえのこともね」

父の第一回公判の準備に忙しくしていた七月のある日、隼人は未鷗を乾湖へ誘った。屋根つきのイルカのボートを漕《こ》ぎ出し、報復の決意を固めた妹を、なんとか思いとどまらせようと説得を試みた。

「未鷗、おまえは一つの事例にすぎない。おまえ独自の光を放つ人生などというものは存在しない。人はすでに書かれた事例を生きることしかできない。神の言葉について話してるんだ。わかるだろ。おまえはこんなふうに考えてはいないか。この世界は神の悪意に満ちている。でも嘆いてばかりいてはいけない。神の悪意と闘うことはできる。闘うことによって、あらかじめ決定づけられた人生を、よりよく生きることはできるはずだ。さあ、拳銃を振りかざして街へ飛び出していくんだ。これじゃあね。おまえはほんとうに、すでに書かれた事例の一つになってしまうよ」

「どうすればいいの」末鷗は欠伸《あくび》を嚙《か》み殺して訊いた。

「決断を回避するんだ」

「神の悪意に屈伏しろってことね」

「回避だ。屈伏じゃない」

「同じよ。敵前逃亡よ」

「お願いだから、ぼくの話をきちんと聞いてほしい。おまえの内部で水位が高まってる。もうすぐ決壊しそうなほど圧力が増している。それに耐えること。耐えて、決断を回避すること。それが神の言葉を生きるただ一つの方法なんだ」

その場面から八年と少々の月日が経ち、いま、ありとあらゆる悔恨に胸をふさがれた末鷗は、隼人の言葉を理解できるようになったのは、いつのころからだったかと思い返した。彼女は、隼人の言葉をそのまま、新任の若い警官に伝えている。大工町のショットバーのL字型のカウンターの奥まった席で、グラスをかかげ、ベッドに誘おうか誘うまいか迷いながら、古田ヒロムに告げている自分の姿が見える。

「水位が高まると、若者はなにかを決断したがるのよ。決断の中身は空虚そのものなのに、中身なんかなんでもいいから、あなたは決断したがってる。青春の特権として決断したがってる。ばかみたいでしょ。さっさと引き返しなさい」

末鷗はベッドの上ではね起きた。携帯電話の着信メロディが鳴っている。

「わたしだ」布施隆三の落ち着き払った声。

「ああ」末鷗はため息を洩《も》らした。

「なんて声だ」

「考えごとしてたから」

「まず隼人の件だ。走水二丁目の錦ビルにカンダハルって店があったのを知ってるか」

「いいえ」

「去年の春に潰《つぶ》れたんだが、経営者が夜逃げしたあと、ジャンキーが勝手に電気やら水道管を引っ張ってきて、共同生活のようなことをやってる。麻薬係が調べにいった。隼人は十一月末ごろあらわれて、カンダハルで暮らしはじめたらしい。住人に写真を見せて確認した。時期から考えると、おそらく父親の自殺を知って帰ってきたんだろう。隼人は今月の九日にふらっと出ていって、その後は見てないそうだ。ジャンキーの証言だから、あてにはできないが。吉雄の息子がカンダハルに出入りしてることもわかった。BMWのバイクか、クライスラーの赤いステーションワゴンで乗りつけて、粗悪なドラッグを売り捌《さば》いてる。わかったのはそれくらいだ。もう一点、きょうの午後、東京のメディアが、古田ヒロムの恋人は燕ホテルのテロルの犠牲者だと騒ぎ出した。ついさっき県警監察課がそれを認めた」

未鷗は混乱し、一瞬なにも考えられなくなった。

「ウエイトレスのこと?」

「高木彩夏とかいう名前の娘だ。古田の同郷で、高校時代からの恋人同士だったそうだ」

「どういうことなのかわからない」

「古田は報復の意思を隠して、我々の組織に潜入したんだ」

「県警が送り込んだの?」

「組織的背景があったかどうか、情報を収集してる。きみが我々のリクルート担当だということは、県警に筒抜けになっていると考えた方がいい」

「わかった」

通話が切れた。未鷗は混乱した頭で、古田ヒロムのことを考えようと神経を集中させた。彼は深夜のドライブで、あるいは殉職警官の母親が経営するショットバーで、遺族の無念と慟哭《どうこく》を癒《いや》すには報復しかないのだとくり返し語った。わたしが殺したウエイトレスが、ほんとうに彼の恋人だったのだとすると、あのとき彼は、三匹の猿への報復の意思を語っていたことになる。だが彼は眼のまえの女が、倒すべき黄金の猿とは気づかなかった。彼の死後に暴かれたその皮肉な事実は、なぜか未鷗に哀切の感情をもたらした。彼に報復を遂げさせてやってもよかったのにと思った。未鷗は、復讐《ふくしゅう》の連鎖に足を踏み入れたときから、自分も報復をうける日がかならずくるものと覚悟していた。そのことについて恐怖の感情を抱いたことはない。誰の命であれ等価である。殺したのだから殺されて当然だろう。未鷗はナイトテーブルを見た。さっと腕をのばしてコルトガヴァメントを摑んだ。スライドを引き、初弾を薬室に送り込むと、銃口を自分のこめかみに押しあてた。引き金に指をかけ、その姿勢のまま、しばらく静止した。銃を下ろして、短く息を吐いた。隼人を眠らせてやるのが先だと思った。

25

内藤　昴

旧港湾労働会館の地下階段を降りて、ナイトクラブ『ウォンサン港』の防音扉をあけた。音の割れたムードミュージックが地鳴りのようにひびき、青やピンクの眩《まばゆ》いライトがはねる回廊状のステージでは、一ダースばかりの裸の女がダンスを踊っている。

学園東の整骨医院で診てもらうと、左手の第五中手骨《ちゅうしゅこつ》が骨折していた。治療をうけている間に、高岡悦士と小川未鷗の双方からメールが切れ目なく入りはじめた。昴はいっさい無視することにした。彼らは急いでいるかもしれないが、ぼくは決着を先にのばすことができる。この状態は駆け引きするうえで有利に作用するだろう、と昴は思った。母さんの予期せぬ介入にとまどったが、あれで連中がぼくを甘く見るようなら、それはそれで好都合だ。

混雑したフロアを突っ切って分厚い木製のドアに達すると、農夫のような顔つきの金髪の白人の男がすっと寄ってきて、昴の肩にごつい手を置いた。昴は名前を告げ、李安国《リ・アンコク》に食事に呼ばれたのだと説明した。白人は昴の左手の包帯にちらと眼をやり、まだ疑っているような表情をうかべつつ、木製のドアをあけた。ともかく話は通じているようだった。内部は狭い事務所で、初老の男と女が盆にならべたキムチとスープで夕飯をとっていた。白人が「拳銃《けんじゅう》は」と訊《き》いた。昴はトカレフを渡し、念入りなボディチェックをうけた。それがすむと、白人は正面にあるもう一つの鉄製のドアをキーであけた。

　特別客用のプレイルームだった。ビリヤード台とカードテーブル。左手に黒大理石のバーカウンター。その奥のソファで電話をかけていたダークスーツの小柄な男が立ちあがり、深い絨《じゅう》毯《たん》を踏みながら忍び寄る気配で近づいてきた。李安国、十星会常任幹部№3。成長期の栄養不良のせいで骨格が未発達で、三十一歳という実年齢の半分ていどにしか見えない。李本人が語ったところによれば、六歳でピアニストの母と小浜湾に漂着し、海市の難民キャンプで暮らしはじめ、十五歳でカジノと売春クラブの経営に乗り出した。十八歳のときに十星会常任幹部を殺害した容疑で逮捕され、証拠不十分で不起訴となると、殺害で空席になった常任幹部の地位に就いた。十星会は、北朝鮮系マフィアの十一組織が梟雄幇に対抗するために連合体として発足したのだが、李による常任幹部暗殺以降、内部抗争は激化の一途をたどった。この十三年間で、梟雄幇《きょうゆうばん》に組織をいくつか潰され、仲間うちで殺し合っていくつか解散させ、十一組織が四組織になったという。

　李が柔らかな笑みを投げてきた。短い振幅の握手と抱擁があった。

「手をどうしたんだ」

「小川勇樹の娘を脅したら、ひどく抵抗されまして」

　李は顔をしかめ、港東に最近オープンした店を予約してあると言った。先月の末に辻本の兄の紹介で知り合ったばかりだが、昴はみょうに李に気に入られていた。トカレフを返してもらい、バーカウンター横のドアからべつの事務所に入った。くつろいでいた男が四人、慌てて直立不動の姿勢をとった。とおり抜け、階段を昇ってエントランスホールに出た。表にロールスロイスのリムジンが待っていた。助手席にボディガードが一名。後部座席に李と昴が乗り込んだ。リムジンの前後に護衛の国産車がついた。

「Ｐを見くびるな。おまえには手加減してるはずだ」李が言った。

「はい」

「やつらに誘われたことはないのか」

「いいえ」

「十八歳、吉雄の息子、Ｐの資格はじゅうぶんだろう」

「ぼくにではなく、たぶん彼ら自身に原因が。情熱が失《う》せてると思います」

「なるほど」

「高岡悦士と話したときに感じました。知性を身につけろと熱心に説くんです。徹底した自己懐疑から知性が生まれるんだとも」

　李は快活な声で笑った。「おまえの言うとおりだろう。Ｐは八月に朴成哲の地下銀行を襲ったが、被害額はたいしたことはない。やつらも内部の引き締めを兼ねた演習のつもりだ。報復殺人は、俺の見るところ去年の十一月以来起きていない。今年の春にオーシャンビュー・ホテルのラウンジで、うちの組織の準幹部が撃ち殺された。メディアがＰの報復を匂わせたが、あれはミスリードだ。俺は犯人を知ってる。女房がミャンマー人を雇って殺したんだ。その事件の五日まえに、たまたま自動車警ら隊の警官がパトロール中に銃撃されて一人死んだ。だからPが報復したんじゃないかという憶測が生まれた。むかしから、どうもメディアはPを過大評価する傾向がある」

「Pの時代はおわったということですか」

「それが言いすぎなら、休眠状態に入ったというところだ。忘れたころに鮮やかな手口で報復に出る。それだけだ。誰も喝采《かっさい》しない。市民、警官、政治家も、いまやマフィアさえも平和と安定をもとめてる。警官を挑発するな、挑発に乗ってもいけない、これが全市民の了解事項だ。十星会と梟雄幇の間で激しい銃撃戦が起きても、市民を巻き込まないかぎり、世間は寛大に見るようになった。海市は成熟したんだ。清潔で平和な街づくりには俺も賛成だ。じっさい麻薬撲滅キャンペーンに活動資金を出してる。俺がいくつかのNGOの大スポンサーだってことは、警察もメディアも知ってる。市民社会とうまくやれる感触がある。俺はビジネスマンで社会運動家、ようするに正真正銘のマフィアだ」

　車の連なりは乙夜橋にかかった。

「二年まえに梟雄幇の最高権力者が蔡昌平に代替りした」李がつづけた。「梟雄幇とPの蜜月《みつげつ》はつづいてる。だがもうPの出る幕はない。敵は梟雄幇だけだ。いまだに乙夜橋を東へ渡るのに、防弾ガラスの車とサブマシンガンが要る」

　象徴的な橋だった。昴はインターネットでP関係の資料をあつめるうちに、乙夜橋をめぐるいくつかのエピソードを知った。老沙事件の際に暴徒化した日本人の群衆が、老沙交番の周辺に築かれつつあった中国人街に火を放ち、ついで朝鮮系の住民を襲撃すべく、この橋を地響きを立てて西へ渡ったことがある。市民生活は混乱を極め、難民はマフィアの傘下に入ることで、ふたたび襲ってきた飢餓と死の恐怖に耐えようとした。容赦のない暴力が街を支配し、命の値段は廃車同然の中古車よりも安かった。水無川の河口付近に死体がうかぶ日々がつづいた。警察はマフィアの脅威にさらされて殉職者を続出させた。そうしてPが誕生することになるのだが、当時のことを思えば、李の話は隔世の感があった。

「Pが、かつて力を誇示できた原因は、どこにあるとお考えですか」昴は訊いた。

「力学的に言えば単純な話だ。暴力と陰謀主義。これにつきる。暴力を背景に陰謀をたくらんだ経験があればすぐにわかる。優秀な指揮官と四、五人の統率のとれた兵隊がいれば、四十万都市を翻弄《ほんろう》するなんて、じつにかんたんなことなんだ」

「なんとなくわかります」

「極論を言えば指揮官一人いればいい。緊張さえつくり出せば、兵隊はいくらでも補充が利く。俺たちにそんな真似はできない。なぜかわかるか。ビジネスマンだからだ。原価計算をやり損益分岐点を見極めるという厄介な仕事がある。その点、Pは楽だ。恨みを組織して引き金を引くだけでいい」

ロールスロイスは港東の貿易センタービルに着いた。高速で昇降するエレベーターの明かりはニュータウンからもよく見える。五十二階にあがり、フランス料理店に入った。案内された個室にドレスアップした白人女が待っていた。ソーニャという名前で、ウラジオストックの極東大学教授の娘だという。彼女の透きとおるような白い肌とペールブルーの瞳《ひとみ》は、正視できないほどの美しさがあった。ソーニャは日本語を理解せず、李とは英語で話した。李はワインをえらび、三人の出会いを神に感謝する言葉を口にして、乾杯した。

「おまえはどんな人生を夢想してるんだ」李が訊いた。

「先のことは想像できません」

「詩を詠むテロリストなんてのはどうだ」

「ばかげてます」

「そう言い切れるのか」

「詩など詠まなければ」

李は笑った。「女を自由にできる人生はどうだ」

「悪くないと思います」

「聡明《そうめい》で美しい女を、富と権力のまえに跪《ひざまず》かせる喜び。そういう人生を軽蔑《けいべつ》しないのか」

「道を説く人生も、それ自体に愚かな欲望を抱えてます」

李は二度小さくうなずき、ソーニャになにか話しかけた。英語だったので理解できなかったが、李と昴のやりとりの説明のようだった。ソーニャは聞きおえると、白く輝くような微笑みを昴へ向けた。

「おまえには頭脳と胆力がある」李がグラスのなかを覗《のぞ》き込んで言った。「不足しているのは経験と出会いだ。マフィアになれとはすすめない。おまえのような若者はビジネスを志すべきだ。人間関係に恵まれれば、富と権力をわがものにできる。世界中のすばらしい女を自由にできる」

昴はワインを飲んだ。成熟した女の濃厚な香りがした。料理とハーバービューを愉《たの》しみながら、李は、先月会ったときと同じように、金剛事件の密告者を話題にした。吉雄逸郎をふくむP創立メンバー全員を謀殺した男は、その名前、年齢、人相特徴、警官であるかどうか、そして動機も不明だった。李は鴨の燻製《くんせい》にナイフを入れながら、密告者の動機を言葉にしようと試みた。

「ある種の快楽だ」李は言った。「それはまちがいない。動機をさらに解明するには、やつの全人格を知る必要がある。あれからずっと考えてきた。やつにはすべてがそなわってると思う。大胆さ、細心さ、人間観察力、計画立案能力、冷酷な実行能力、なんなら詩を詠んでみせることもできる。一言で言えばエレガントな男だ。信念さえある。信念がないんじゃなくて、信念はあるんだ。そして孤独だ。やつの孤独を思うと俺は抱きしめてやりたくなる」

26

小久保仁

眠りが年々浅くなる。午前四時前後には一度眼覚め、それから出勤時間まで、覚めているのか眠っているのか不確かな時間がのろのろとすぎていく。そんなおりに突然電話が鳴り、妻の不貞を嘆く友人の涙声を聞かされた朝を思い出しながら、小久保仁はオーシャンホテル七一二号室の窓辺で、クリスマス・イブの日の夜明けをむかえた。

八時にノックがあったとき、小久保は着替えをすませてコーヒーを飲んでいた。訪問者は、深夜にべつのホテルに入った筒井巡査部長だった。小久保は明石光雄の名刺を渡して事情を説明し、グエン・ト・トイの戸籍調査と背後関係、および『石原』が使ったプリペイド式携帯電話の登録者である紅旗路に住む中国人の身元を洗うよう指示を出した。単独行動の際は無理をするな、県警も市警察も信用するな、誰も信用するな、自分の身は自分で守れ。老いの徴《しるし》だと思いながらうるさく忠告を与え、それから水門監察官の部屋に電話をかけて朝食に誘った。

一階のコーヒーショップで、トースト、表面が乾いたトマト、目玉焼き、薄いコーヒーで朝食をすませた。筒井が市役所へ出かけたあとで、ようやく水門が降りてきた。まぶたの重そうな眼を手のひらで隠して、「朝食は食べません。いきましょう」と言った。約束の時間をすぎていたのでタクシーを拾った。東の方角にわずかな青空がのぞくほかは、灰色の街の上をいく重にも灰色の薄い膜が覆う、ひどく寒い日だった。市警察正面玄関の上で日章旗が風になびいていた。薄汚れたコンクリートの壁にいく筋もひび割れがある。経済の疲弊にあえぐ地方警察の変哲もないたたずまいだ。

水門の顔に、昨夜男たちにつきまとわれたときの緊張の色はなく、まだ眠そうで、どちらかといえば機嫌はよさそうだった。一階の総務課カウンターへいき、水門が身分を告げ、署長さんをお願いしますと言うと、太った女職員が慌てた様子で奥へと走った。海市警察の署長の椅子にキャリアが就くことはなく、公安部と、刑事部か生活安全部が、交互に署長ポストを分け合うのが慣例だった。現職は生活安全部出身のノンキャリアで、ほぼ同年齢だが、小久保は面識がなかった。

ロビーのベンチに、運転免許の更新におとずれたらしい男女が無言で固まっていた。赤ん坊がぐずり、色の浅黒い東南アジア系の母親があやした。階段の壁にずらっと掛けられた殉職警官の額入りの写真が眼にとまり、懐かしさから小久保がそちらへ足を向けたとき、二人の男が出てきて水門と挨拶《あいさつ》をかわした。五十歳前後の長身の男は、髪型、シャツの襟、カフス、靴の先に至るまで気を使っているのがひと眼でわかった。署長だった。どこか自分と似たタイプだな、と小久保は内心おもしろくない気分で挨拶した。もう一人の小柄な若い警官が、継続捜査班の菊池良彦巡査で、しきりに唇をなめて水門と小久保を見くらべた。刑事部屋では落ち着かないでしょうと署長が言い、一階総務課奥の署長室に案内された。デザインの古めかしい応接セットにつき、名刺を交換した。小久保は急きょ用意した警視庁捜査一課の名刺を出した。

「お二人がこちらへ見えるのは、あれ以来ですか」署長がなにげない口調で過去に触れた。

「あれ以来です」小久保がなんの感情も込めずにこたえた。

「当時、わたしも」署長は情けない表情をつくった。「二月の末から六月ぐらいまで、五階の道場で暮らしました。連日、事情聴取で、市警察の三割を片っ端から。その女房や息子からも。我々にとって不幸な事件でした」

「まったく」小久保は心から言った。

「おたがい深く傷つきました。県警と市警察の関係が、どうにか世間なみに回転しはじめたのが、この一、二年です。そこへ今回の事件ですから、じつに残念です」

穏便に計らってもらえまいかという依頼のようだが、署長の本心はわからなかった。抵抗は隠微《いんび》な形で執拗《しつよう》になされるものだ。尻《しり》でも触られたのか、女のはしゃぐ声がロビーの方であがり、それが合図かのようにコーヒー豆を挽《ひ》く音ががりがりと聞こえはじめた。

「新宿の事件の概要はごぞんじですね」小久保は正面のソファで背中を丸めている菊池に切り出した。

「報道されたていどですが」菊池がか細い声でこたえた。

「西修平と女が、偽名を使って住んでいたマンションを、犯行グループがどういうルートで知ったかを調べてます」

署長がソファのもう片端から、卓上の黒漆の木箱をあけて煙草をすすめるのを、小久保と水門は断った。署長の指先は手持ち無沙汰《ぶさた》なふうに宙を泳ぎ、それからワイシャツの暗緑色のカフスをまさぐった。

　小久保は言葉使いはていねいだが、いつものめんどうくさそうな早口でつづけた。「警視庁四谷署の麻薬係が、女の過去を調べる目的でこちらに調書を請求し、犯行グループのなかに海市警察の現職警官がいたわけですから、そこに情報の流れがあったのではないかと疑うのは、まあ自然な見方でしょう」

「はい」菊池は言葉を飲み込むように喉《のど》を鳴らした。警戒する素振りだが、たんに、ぼくじゃないと言ってるように聞こえる。

「十二月十七日に、四谷署の麻薬係が牡丹江酒楼《ぼたんこうしゆろう》事件の調書を、こちらの署からとり寄せました。同じ日の夜八時四十五分ごろ、菊池さんは四谷署の麻薬係に問い合わせの電話をかけています。そのあたりの経緯を話してもらえますか」

　菊池はぎこちない手つきで手帳をひらいた。ゴールドの細いリングをはめている。声がすこしふるえた。「夜八時すぎに署に帰ってきましたら、主任に、牡丹江酒楼事件の調書請求が警視庁からあった、とりあえず送っておいたが、どういうことなのか問い合わせてみろ、と言われまして」

「主任というのは」

「原千秋巡査部長です」

　小久保は名前をメモした。原は部下に仕事を放り投げたということか。すくなくともこの段階では、原という主任は牡丹江酒楼事件に関心がなかった。そう考えていいようだ。

「原巡査部長の話も訊《き》きたいのですが」小久保は署長に言った。

「いまここに呼んでよろしいですか」

呼んでもらうことにした。署長はのっそりソファから立ちあがると、デスクの電話へいき、原主任を署長室へと告げた。署員が組織的な報復殺人に加担したとなれば、署長は監督責任を免れない。彼の関心事はつぎのポストか再就職先だ。今後も警察一家の庇護《ひご》下で生きていくわけで、サボタージュする気はないようだが、この場はうまく立ちまわろうとするだろう、と小久保は思った。

「で、菊池さんは四谷署に電話をかけた」小久保は署長がソファに尻を落とすのを待って先をうながした。

「まず調書をざっと読みました。それから四谷署の村瀬係長と電話で話を。向こうが摑《つか》んでいるのは不確かな情報でした。若いころに日本海側の港町で殺しをやった、という噂のある女がいる、というていどのことで。こちらの方も、調書を読んでもらえばおわかりになりますが、牡丹江酒樓事件は公安の案件でして、刑事部は手を引いた状態にあるんです。新しい捜査資料はなにもありません。で、念のために、村瀬係長の電話がおわった後で、馬場に探りを入れました」

小久保は手帳をめくった。隣で水門が、供述した公安捜査員です、とささやいた。

「馬場孝弘巡査長」小久保は確認した。

「いまは退職してますが」菊池がこたえた。

「捜査に進展があったかどうか探りを入れたんですね」

「事件そのものをおぼえてませんでした。もちろんあの人は惚《とぼ》けたんですが」菊池は眉間《みけん》にしわを寄せて笑いを要求した。

「菊池さんは思い出させた。馬場はなんて言いましたか」

「俺はあの案件からはずされたんだと」

小久保はうなずいた。カルトに潜入させたスパイ二名と接触中に銃撃された。明らかに馬場の失態である。正体を暴露されたスパイは二度と使えない。銃撃された時点で、公安の関心は事件の隠蔽《いんぺい》だけになったはずだ。県警捜査一課に追及されてやむなく供述におうじはしたが、世間に洩《も》れないことが確認できれば、後は忘れてしまえばいい事件だ。

「馬場はほかには」

「なにか知ってたって、おまえたちにしゃべるわけにいかないだろと」

「馬場に探りを入れたのは、四谷署の村瀬係長と電話で話した直後ですね」

「そうです」

「それから二日後の十九日の夜までの間に、四谷署から牡丹江酒楼事件の調書請求があったことを、馬場以外の誰かに話しましたか」

「いいえ」菊池は自分に落ち度がなかったことが確認できたように、迷いのない口調でこたえた。

主任の原に指示をうけたときに、周囲で誰か聞いていなかったかどうかを訊いた。菊池はそれも否定した。職員がコーヒーをとどけた。ほっそりした若い女で、カップをテーブルにならべると出ていった。そこへ継続捜査班主任の原千秋が部屋に入ってきて、署長が紹介した。小久保はカップに口をつけ、菊池に馬場孝弘の自宅と勤務先を訊いた。勤務先はＳＭ（セイフティ・マネジメント）社。市警察の公安ＯＢが設立した警備保障会社で、本社は青戸二丁目にあるという。メモをとり、菊池を解放して、原に質問を向けた。

「四谷署の依頼は原さんが処理したんですか」

「総務課です」原千秋は顔色の悪い四十代なかばの男だった。「相談はうけました。調書をくれといっても膨大な量ですから。総務課の人間といっしょに捜査資料を見まして、とりあえず概要がわかればいいんだろうと、実況見分調書と供述調書各一通をえらんだわけです」

牡丹江酒楼事件の調書請求があったことを、菊池良彦以外の人間に話したかどうか、と小久保は訊いた。原は新宿の事件が報道された後で、四谷署からの調書請求と、四谷署管内で海市警察署員が起こした殺人事件との関連が気になり、菊池やほかの署員とあれこれ噂し合ったが、報道で事件を知る以前に、誰かにしゃべったことはないと明言した。小久保は念を入れて、総務課員に相談をうけた際の状況を訊いたが、周囲で誰かが話を聞いていた可能性を原は否定した。つぎに調書を送付した総務課員を呼んでもらい、同じ質問をした。同じ返答だった。三人のうち誰かが嘘をついているとしても、さしあたって小久保には手の打ちようがなかった。今日のところは、と水門をうながし、二人は礼をのべて腰をあげた。

「市内を御案内しますよ、昼飯でもいかがですか」と署長が誘った。

丁重に断って部屋を出た。警察庁幹部が視察なり監察なりにおとずれると、いんぎん無礼に応対して、地元の著名人がひそかに通う旨《うま》い店にでも連れていき、帰りには鯛鮨《たいずし》かなにかの土産物を持たせるのだろう。この百年変わらぬ日本警察の因習だった。

バス停に若い制服警官が一人、羽毛入りの黒いブルゾンとビジネスコートの男が二人、それに布製の袋をさげた五十がらみの女が一人待っていた。ブルゾンの男の額の後退具合を、市警察のロビーで記憶している気がして、小久保は水門の肘《ひじ》を軽くとり、バス停をとおりすぎてつぎの路地に入った。色彩の乏しい住宅街を数分さ迷った後に、小さな児童公園に入った。水飲み場に、裸足《はだし》の子もまじるストリートチルドレンが群がっている。小久保は半壊した陶器製のベンチに腰を降ろしてSM社に電話をかけた。受付嬢が出て、すぐ総務課長の馬場に代わった。小久保は身分を告げ、牡丹江酒楼事件の件で会って話がしたいと言った。

「県警の公安部をとおしてくれないか」馬場は不機嫌な声で返答した。

「市警察の菊池良彦巡査から、最近、問い合わせがあったと思います。警視庁四谷署から調書の請求があったことを聞きましたね」

「それがどうしたんだ」

「そのことを誰かにしゃべりませんでしたか」

「公安部の協力要請がなけりゃ、なにもしゃべらん」

通話が一方的に切れた。小久保は寒気を胸に吸い込んで、ため息まじりに吐き出した。県警でも警視庁でも、公安とはずっとこんな調子でつき合ってきた。

「とにかく公安部をとおせと」小久保は水門に馬場の反応を告げた。

「まあ、正当な要求です」水門は足もとの砂地を靴先で引っかいた。「どうしますか」

小久保は返事をせず、思考に集中した。菊池が馬場に電話、その馬場が証言を拒否、どちらもとくに不審な点はない。では情報はどんなルートで漏洩《ろうえい》したのか。Pが市警察内部の情報を毎日かきあつめて分析しているとは考えられない。そんなことをするには、国家的な情報組織が抱えているような規模の、分析スタッフが必要となるだろう。つまり個人的な人間関係をつうじて、偶然、情報が伝わった。そういう流れのはずだ。これが東京なら、総務課員、原、菊池、馬場の四人にそれぞれ五人編成の追跡チームをつけ、電話を盗聴し、女から家族関係まで洗いざらい調べあげるのだが、追跡に使えるのは空山たち三人だけだった。ターゲットを絞った方がいいだろう。

砂利を踏む音に視線をあげた。女の子もまじるストリートチルドレンの集団が、こちらへまっすぐ向かってくる。垢《あか》にまみれた真っ黒な顔のなかで白目が光り、速度がいっきに増し、変声期まえの幼い鬨《とき》の声が冬空にひびいた。からかうつもりなのかと思った瞬間、水門が短く叫んだ。ぶんと空気を切り裂く音が聞こえた。背後から振り降ろされた鉄パイプの一撃を、小久保は肩をひねってかろうじて避け、勢いあまって地面に転がった。汚れた鶯色《うぐいすいろ》のセーター一枚の少年が鉄パイプをにぎりなおして突進してきた。小久保は全身の毛穴がいっせいにひらくのを感じた。パンと乾いた銃声がとどろいた。ベレッタ97Fをかまえた水門が、唖然《あぜん》とした顔でこちらを見つめている。奇妙な静寂があった。「逃げろ！」小久保は叫んだ。少年たちが怯《ひる》んでいる隙に、二人は地面を蹴《け》って逃げ出した。

27

小久保仁

小久保はレンタルした小型の白いワーゲンを走らせた。予算不足ゆえ、料金は水門が自腹を切った。風がフロントガラスに衝突して、細かい雪を舞わせ、背後へと吹き流した。小久保は、思わず発砲した水門をとがめなかった。街角で見知らぬ少年が突然襲いかかってきて、理不尽な暴力を振るうのではないかという潜在的な恐怖心は、いまだに小久保の胸にもあった。そして正直なところ、発砲したのが自分ではなかったという事実が、いくらか彼の気持ちを楽にさせていた。

海岸通りでテイクアウトのチャイニーズフードを買い、漁港を見下ろす小高い丘に昇って、早めの昼食をとりながら打ち合わせをした。丘を降りるとき、沖合は吹雪いているのか、灰色に煙っていた。二人は老沙二丁目の牡丹江酒楼《しゆろう》へ向かった。水門が金曜日に、牡丹江酒楼事件の際に馬場から調書をとった、県警捜査一課の沢野正志警部補に電話をかけて、会う約束をとりつけてあった。

　零細の縫製工場が寄りあつまった四階建のくすんだビルの地下一階に降りた。薄暗い階段が切れると、そこは思いがけず広いフロアで、金券ショップ、古着屋、ドラッグストア、コーヒーショップなどが迷路のような狭い通路にならんでいる先に、牡丹江酒樓があった。入口で暗い赤色のチャイナドレスの娘が笑みで手招きした。店内は家族連れもまじる客で混雑している。

「水門さんか」という声が聞こえ、振り向くと、赤い革のジャケットを着た男が通路にいた。小柄で童顔。やわらかそうな髪はかなり後退している。首に黒いマフラーを巻き、ボトムは細身のジーンズにバックスキンのタウンシューズ。「沢野だ」と男は言い、同じフロアのコーヒーショップに二人を案内した。入口に近い席に娘が二人いて、ショートコートの裾《すそ》からすばらしい脚を見せていた。安物の白い丸テーブルがいくつか散らばっている店内に、客は彼女たちだけだった。奥まった席につき、ケチャップの染みだらけの前かけをたらした少年にコーヒーを頼んだ。

「繁盛してるようですね」小久保は牡丹江酒樓の方角へ親指を突き出して話を向けた。

「むかしから、ああいう汚い店なんだが、手ごろな値段で高級料理を食わせる」沢野がぞんざいな口調でこたえた。

「撃った女、三人の客、遺留品はなにもありませんでしたね」小久保は軽く不信感をひびかせた。

「連中はもうビールを飲んでたんだが、グラスの指紋さえとれなかった」

「どうして三人の客の一人が馬場だとわかったんですか」

「馬場は店をちょくちょく利用してたんで、顔を知られていたこともあるが、身元が判明したのはちょっとした偶然だ。接客した若いウエイトレスが、事件から一ヵ月後ぐらいに、ボーイフレンドの窃盗事件で市警察に呼ばれたときに署内で馬場を見かけた。で、あんたの仲間じゃないのかって俺に連絡をよこした。ウエイトレスに署員の写真を見せて馬場を特定した。やつは最初、牡丹江酒楼に一度もいったことがないと惚《とぼ》けたが、なん日か経って、たぶん上司と相談のうえで事情聴取におうじた。馬場から供述をとって捜査は打ち切りだ。俺が勝手にそう決めたんじゃないぜ。刑事部の幹部の指示だ」

沢野は煙草に火を点《つ》けた。薄いゴールドのライターが、彼の小さな手から離れてテーブルに置かれると、思いがけず重い音を立てた。煙の固まりがゆっくり拡散していき、彼の背後の黒ずんだ壁の方へ流れていく。小久保は馬場から調書をとるまでの経緯に検討をくわえながら、沢野正志の経歴を思いうかべた。関西の私大卒。二十六歳で警部補に昇進。その後、中国人ホステスをめぐって梟雄幇と私的な悶着《もんちゃく》をなんどか起こし、それが理由で出世のスピードを鈍らせ、四十二歳の現在も警部補。ずっと刑事畑で、県警本部と所轄署を往復してきた。海市警察に配属された経歴はない。

「沢野さんが幹部の指示を忠実に守ったとは思えませんが」小久保は期待を込めて言った。

「それで」沢野は表情を変えずに言った。

「従業員を射殺した女の特定ですが、千里統一教団の信者リストに当たってみましたか」

「女の信者の写真をかきあつめて、事件に居合わせた客や店の連中に見せた。特定できなかった。犯人の女が信者リストから洩れているのか、目撃者の記憶があいまいなのか、どっちとも言えない。付けくわえると、荒尾進と宋時烈という名前も信者リストにはなかった」

「馬場が嘘をついたと？」

「協力者を守るために、刑事部には本名を明かさなかったということだ。俺が馬場の立場でも同じことをする」

小久保は森永瞳の写真をテーブルに出した。沢野は数秒間、鋭い視線をそそぎ、黙って写真を返した。

「殺された森永瞳が、牡丹江酒楼で従業員一名を射殺して逃げた若い女かどうか、確認したい。十四年まえの目撃者の連絡先はわかりませんか」小久保は訊《き》いた。

「女にこだわる理由は」

「東京で西と女を殺した犯行グループは、牡丹江酒楼事件に敏感に反応してます。つまり彼らは、十四年まえの七月二十九日、牡丹江酒楼で馬場ほか二名を銃撃した女を知っていたのではないか。またその女が西と以前から親しい関係にあることも知っていたのではないか。ということであれば、女は犯行グループとも近い関係にあったと考えられます」

少年がコーヒーをとどけた。カップに輪切りのレモンがういていた。小久保は口をつけた。酸味がほどよくコーヒーに溶けて味は悪くない。沢野は砂糖のスティックの端をちぎり、カップに流し込みながら入口へ鋭い視線を投げた。娘の二人連れが席を立つところだった。

「西は追跡対象者だったんじゃないのか」沢野が誰にともなく言った。

水門が「そうです」と喉《のど》に引っかかったような聞きとりにくい声で言い、額に指先をあて、視線をテーブルに落とした。奇妙な沈黙がつづいた。沢野はなにを言おうとしたのだろう、と小久保はめまぐるしく頭を回転させた。西の女の身元は、水門が福井県警監察課長だった時期に、すでに監察課が確認しているはずだと言っているのか。

「女についてはなにも知らないのか」沢野がこんどははっきりと水門に言った。

「知りません」

「報告があがってこなかったようだな」

「そのようです」水門が感情のこもらぬ声でこたえた。

「阿南《あなん》省吾管理官とはうまくいってなかったのか」

「信頼関係があったつもりです。彼が暗殺されたあとで、情報の集約に支障が出たのは事実ですが」

「あんたを辱めようってつもりはない。キャリアが捜査の指揮をとろうとすれば、それが現実だ。県警の現実は八年まえと変わっちゃいない。むしろ悪くなってる。あんたは強引な人事で監察課から公安色を一掃したが、激しい揺りもどしがきた。いまじゃあ公安部が監察課を完全に掌握してる。Ｐと公安部が勝利して、俺たち刑事部は戦線縮小をよぎなくされてジリ貧の一途だ」

「その第一級戦犯であるキャリアのヒステリー女が、なにをしにもどってきたんだ、というわけですね」水門は静かな声で返した。

「聞かせてくれないか、今回の狙いを」

「犯人グループの検挙を突破口に、福井県警の抜本的改革」

「本気で考えてるのか」

「それは特命チームの編成と予算獲得のための口実です」

「ほんとの意図は」

「恨みよ」水門は簡潔に言った。

沢野は声を出さずに笑った。童顔の眼尻《めじり》に細かいしわを寄せ、マフラーを首からほどいた。水門の頬が上気していた。小久保はむっとする熱気を感じ、近くに暖房機の吹き出し口でもあるのかと頭をめぐらすと、粗末な身なりの四人連れの男の客が入ってくるのが眼に入った。

「出よう」沢野が席を立った。

話す気になったようだと小久保は思った。三人はコーヒーを飲み残して店を出た。

「車か」沢野が肩をよせて訊いた。

「近くのビルのパーキングに」小久保はこたえた。

「東京から？」

「こちらでレンタカーを」

「いくらかましな選択だが、盗聴器を仕掛けられるから注意しろ。できれば毎日車を替えるんだな」

小久保はうなずいた。沢野は通路をもどらず、牡丹江酒樓のまえにきた。

「個室は馬場が田中という名前で予約してあった。馬場と荒尾進がいっしょにきて先に個室に入った。十五分ほど遅れて宋時烈があらわれた。そこまではあんたたちが眼をとおした調書に書いてある」沢野は店のまえのチャイナドレスの娘を示した。「当時も案内の娘がいて、宋時烈の後ろからついてきた女を目撃している。宋と女の距離は五メートルほどで、連れなのかどうかあいまいだった。女は店のなかになん歩か入って、誰かを捜す素振りで見渡した。カモフラージュだった。女は宋が入った個室を確認した。右手の二番目の部屋だ。女はいったん店を出て、ドラッグストアの方へぶらぶらと歩いていき、数分後、あるいは数十秒後だったかもしれない、とにかく短い時間でもどってきて、店内に入った。おそらく最終的な決意を固めるための散策だったんだろうな。それから銃声が二発。個室から女が飛び出してきて、張乾剛という従業員とぶつかった。新聞は女が張に組み伏せられたと書いたが、実態はもつれあって倒れて、パニック状態だった女が発砲したらしい。女はきた方角に逃げた」

沢野は通路の先を示した。突き当たりの壁に『陳文江中醫診所』の看板と右上に向かう矢印。そこにも地上に出る階段があるらしい。牡丹江酒樓《しゅろう》からダークスーツの痩《や》せた初老の男が出てきて、外国訛《なまり》の日本語で挨拶《あいさつ》をした。沢野が事情を説明し、その男の案内で店内に入った。乳飲み子もまじるテーブルに蟹《かに》の残骸《ざんがい》が散乱していた。男が個室のドアをあけた。八人掛けの丸テーブルと給仕用の小さなテーブルがある。

「実況見分のときには、椅子はあちこちに倒れてるし、テーブルは壁にぶつかってるしで、正確なところはわからないが、ウエイトレスの話ではこうだった」

沢野はドアから見てほぼ正面の黒漆塗りの椅子を引いた。そこが宋時烈の席で、左に馬場、右に荒尾進という位置関係だったという。沢野はテーブルの背後の壁にある二ヵ所の銃痕《じゅうこん》を修復した跡を示した。

「女は拳銃《けんじゅう》を馬場の首筋に突きつけ、水門と小久保が立つドアからは、宋と荒尾の椅子の中間に銃痕が見える。上着のポケットをまさぐって警察手帳を見つけると、いきなり宋と荒尾を撃った。だが二発ともはずれ、宋か荒尾かどちらかがテーブルをばんと押して反撃した。女は突き飛ばされて、そのまま逃げ出した。これが馬場の供述だ」

「そうですね」小久保は言った。

「ところが、女が個室のドアをあけたとたんに銃声が聞こえたという複数の証言がある」

水門がドアを閉めた。ほかの客のノイズがふいに遠ざかった。

「馬場にその食いちがいを質《ただ》しましたか」水門が訊いた。

「やつは自分の供述が正しいと突っぱねた」

「仮に馬場が嘘をついているとして、嘘をつく根拠がわかりません」小久保は言った。

「根拠はない。馬場の単純ミスだ。捜査記録を読んだうえで、整合性のある供述をすればよかった。もっとも馬場にとっちゃあ、整合性はたいした問題じゃない。公安と刑事の幹部同士で話はついてる。現場の俺の不満をなだめるために、供述調書をとらせてやる必要があった。これが真相だ、納得しろよ、おまえたちにも手を突っ込まれたくない事件があるだろ、というわけだ。で、けっきょく俺も納得して、この事件を忘れることにした」

「馬場は整合性に無頓着《むとんちゃく》だった。それはわかります。だが、自分が経験したことをそのましゃべればいいものを、なぜ供述に細工をしたのかという疑問が残ります」

沢野はふんふんと二度うなずいた。「馬場の関心事はただ一点。二人の身元を隠すことだ。で、カルトのスパイと接触中に銃撃されたというストーリーを思いついた。カルトが宋時烈に公安のスパイという嫌疑をかける。女が宋を尾行する。個室に押し入ってみると、宋のほかに荒尾進もいる。もう一人の男が公安だとわかる。発砲する。こんなストーリーでいいだろう。馬場の考えはそのていどだったと思う」

話がやや唐突に聞こえた。カルトのスパイという供述を、沢野があっさり退ける根拠はどこにあるのか。水門は片腕を胸のふくらみの下にまわし、もう片手で顎《あご》をささえて思案している。

西の女の身元についてなにか知っているのだと、小久保は思い返した。

「場所を変えて話そう」沢野が言った。

階段を昇った。『陳文江中醫診所』の横から地上に出ると、人間一人がどうにかとおれる狭い通路で、それを表通りと反対側にすすみ、粗末な住宅が密集する路地をめぐった。小さな広場に水道の蛇口が三つならんで、よく肥えた女がバケツに水を汲《く》み、その傍らで丸めた紙幣を耳にはさんだ子供たちがサイコロを振っていた。割れたガラスを黄ばんだセロテープで貼り合わせた窓から、ミシンをかける男の姿が見えた。その家の角を曲がるとふいに灰色の空が広がり、バスケットボールのゴールポストがぽつんと立つ人気のない空地に出た。

「刑事部で森永瞳の写真を手に入れた」沢野が言った。「きょうの午前中、むかし牡丹江酒楼の受付だった女に見せた。いまは紅旗路で亭主と小さな店をやってる。似ているような気がすると言った。十四年もまえの話だから、まあそんなところだろう」

霜が解けて地面はぬかるんでいた。ゴールポストの周辺だけコンクリートが打ってある。そこへあがると、三人は靴を鳴らして泥を落とした。

「安斎幸雄警部補をおぼえてるか」沢野が水門に訊いた。

「背の高い、すこし斜視の」水門は短い間を置いてこたえた。

「金曜日の夜、水門さんに電話をもらった後で、むかし監察課にいた連中のなん人かに当たってみたら、安斎幸雄が西に詳しいことがわかった」

水門がティッシュペーパーで濃紺のブーツに付いた泥を拭《ぬぐ》った。その手つきをぼんやり視線で追いながら、小久保は神経を集中させた。

「安斎は七年まえに退職してる」沢野が言った。

「暴行をうけて負傷したことは新聞で読みました」水門が言った。

「あんたのせいだって言うやつがいる」

水門が華奢《きやしや》な白い指でティッシュペーパーを丸め、オーバーコートのポケットに入れた。言葉を返さず、視線を海の方角へ向けた。寒気のために横顔がいっそう青白く見える。

「公安部長暗殺の失態で県警幹部の処分があった」沢野は水門に話しかけた。「処分の本質は空いたポストをめぐる権力闘争だ。世間に詫《わ》びるという体裁をとりながら、権力をにぎったグループが報復人事をやる。前年の五月、阿南管理官に捜査一課から監察課へ引き抜かれた連中が、あからさまな冷遇をうけた。水門さんが飛ばされて、監察課長の椅子が空席になり、そこへ公安部出身者がすわって、刑事部出身者をことごとく追放した。まあ、水門さんにやられたことをそっくりお返ししたわけだ。阿南管理官が引きあげた捜査一課長も左遷。代わりに公安と協調路線をとる男がポストに就いた。翌年の春、札付きの反公安系の刑事五人に、海市警察への異動が発令された。この意味はわかるだろ。実質的な辞職勧告だ。四人が異動を拒否して退職。ところが安斎幸雄一人が異動をうけ入れた。家族持ちのくせに、おっちょこちょいで、反骨精神過剰な男なんだ。七夕のころだったと思う。安斎は夜の街で聞き込み中に数人の男に暴行された。全員が眼出し帽で、最後まで無言だった。背骨をやられて下半身が麻痺《まひ》し、それが原因で退職した」

空地を白と薄茶の猫がのろのろと横切っていき、ふと足をとめて小久保の方を見た。県警の権力闘争の陰湿さは、警視庁の比ではない。それは彼自身がよく知っていた。

「土曜日、安斎幸雄に会いにいった」沢野がつづけた。「女房が魚を売って生活をささえてる。まだオシメがはずせないのかって訊《き》いたら、細い管を突っ込んで排泄《はいせつ》するんだとか言ってたな。水門さんに会いたがってたぜ」

「あなたがなにを言いたいのかわかりません」水門が風で乱れた前髪を手でかきあげ、いくぶん苛立《いらだ》ちをにじませて言った。

「旗を振ったのは誰だ。Pの壊滅と法秩序の回復を叫んだのは誰だ。諸君の闘いを警察庁は全面的に支援する、そう約束したのは誰だ」

「わたしです」

「やっと思い出したか」

「敗北はつきものです」

「部下の退路を確保しないで、煽《あお》るだけ煽った」沢野はなおも責める口調で言った。

「未熟でした。ほんの小娘でした。そういうわたしを監察課長に就ける感覚とシステムに問題があります」

「自分には落ち度がないとでも言うのか」

「落ち度は認めます。責任をとらされました」

「四国山中に飛ばされたらしいが、命を危険にさらしたわけでもあるまい。俺たちに言わせれば、安全地帯に逃げ込んで、高給を保証され、ぬくぬくと生きのびたってことだ。県警の連中はそうはいかない。いったん旗幟《きし》を鮮明にすれば、最後まで闘い抜く必要がある。敗れたら、退職して路頭に迷うか、安斎のような報復をうけるか」

「あなたのように道化になるか」水門が冷たく言い放った。

沢野は一瞬顔をゆがめ、息苦しいとでもいうようにマフラーと首の間に指を突っ込んだ。それから快活な声で笑い出した。

「下級警官のひがみに辟易《へきえき》してるようだな」

「わたしの関心事は犯人の検挙です」

「恨みがどのていどのものか知らないが、どうせやるなら徹底してやってもらいたいもんだ」

「協力を」水門が声に真摯《しんし》なひびきを込めた。

短い逡巡《しゆんじゆん》があった。

「公安部長が暗殺される前年の冬」沢野が言った。「安斎の記憶によれば十一月末、安斎のグループは、西が若い女と音海のショッピングモールで買い物しているのを目撃した。二人は、その夜ハーバービューホテルに泊まり、翌日ばらばらにホテルを出た。西は市警察に出勤して、女は紅旗路のマンションに帰った。調べてみると、マンションは大富豪夜総会《ナイトクラブ》の娼婦《しようふ》の寮だった。女は二年まえから大富豪夜総会ではたらいていたが、それ以前の経歴は不明だ。店に提出した戸籍抄本と保険証の写しは赤の他人のものだった。店の話では、西と女の出会いはその年の夏ごろで、店にふらっと遊びにきた西が女を気に入って連れ出したという。だが、その話はあまり信用できない。大富豪夜総会は高級売春クラブで、市警察の係長クラスが遊びにいけるような店じゃない。西は麻薬取引でつき合いのある梟雄幇の幹部に接待されたんじゃないか、と安斎は言ってる。おそらく店から西へ連絡がいって、警戒されたらしく、それ以降、西と女の接触は確認できなかった。女は翌年の六月に店をやめた。転居先は不明だ。八年後の一昨日、俺が見せた写真で、安斎は女と再会した。まちがいないとやつは言った。当時、女は二十歳をすこしすぎたぐらい。肌が抜けるように白く、西欧風の顔立ちで、これが最高級の娼婦かと思ったそうだ」

西修平と女の出会いはそういうものだったのだろう、と小久保は思った。女は売春クラブでも身元を隠していた。殺人を犯した過去を持つのだとしたら当然だろう。女は西と恋に落ち、店をやめ、おそらく西の非合法活動をささえた。

「女の身元はいぜんとして不明なんですか」小久保は訊いた。

「不明だ。ただし、その女が牡丹江酒樓《しゅろう》で銃撃したことはまちがいない」

「なにを根拠に」

「牡丹江酒樓の殺しについて話を聞かせてくれないかと、西が俺を呼び出したことがある」

「いつ」小久保はいがらっぽい声を出した。

「公安部長が暗殺される二ヵ月ほどまえ、正確におぼえてないが、九月だったと思う。あいつは捜査記録をぜんぶ読んでいた。馬場の供述調書にある荒尾進と宋時烈を、千里統一教団の信者リストで確認できないが、どういうことなんだと言った。馬場が嘘をついたんだろとこたえた。なぜ嘘をつく必要があると言うから、あいつらが刑事部にほんとうのことを教えたためしがあるか、そもそもなんでおまえがこの事件に関心があるんだ、と言ってやった。ようするにそんな調子で、俺はそのとき西の意図がまったく理解できなかった」

「いまはちがう」小久保は錯綜《さくそう》した情報を頭のなかで整理しながら言った。

「安斎幸雄の情報がある」

「そうですね」

「西と女のデイトが目撃されたのが十一月。翌年の二月にPの一斉検挙がある。六月、女は店をやめる。おそらく西と暮らしはじめた。そして九月、西が牡丹江酒樓事件に関して、俺に問い合わせてきた」

「女は過去の殺人を西に打ち明けたんでしょう」

「西はその話に関心を持った。だから捜査記録に当たったうえで俺を呼び出した。西はなぜ関心を持ったのか」

空地を渡る寒風が、バラックふうの家々のトタン屋根をかたかた鳴らしている。ペンをにぎる指がかじかんで、小久保は息を吹きかけた。

「女には動機がある。つまり女は荒尾進と宋時烈を知っていた」

「馬場の話を信用するならそうなるが」

「女は宋時烈を尾行していた」

「標的はそいつ一人だ。なにか個人的な動機だったとすれば、女は宋時烈の素姓を知っていたはずだ」

「西は女から宋時烈の本名を聞いて関心を持った」

「よく知る人物だったからだ」

「新聞報道では身元不明の三人の男となっている。だが西は捜査記録を当たって、その旧知の男が公安と接触していたことを知った」

「信じがたい話だった」

「西のよく知る男はPです」水門が辛抱仕切れない口調で言った。「荒尾進とされた男は、ごくふつうに考えて、馬場孝弘の同僚の公安捜査員。そのPは公安のスパイです」

沢野が煙草に火を点《つ》け、ゆっくりと吸い込み、吐き出した。煙の固まりが水門の方へ流れ、彼女はいやいやするように頭を振った。

「西はその疑惑をどうしたと思う」沢野がすでに結論をえている口調で訊いた。

「組織に持ち返った」小久保がこたえた。

「ひと悶着《もんちゃく》あったはずだ」

「パージされたのは西の方です」水門が言った。

「資金横領の汚名を着せられて」沢野はひどくうれしそうに言った。

午後早い時間だというのに、暗い空だった。沢野がくわえた煙草の、赤く燃える先端に眼をとめて、まだ断定はできないにしても、西修平殺害の隠されていた動機が明らかになった、と小久保は思った。八年まえ、公安との接触がPの内部で問題化したとき、宋時烈はどうにかその場を切り抜けたが、火種は残された。いつなんどき、ふたたび燃え盛るかもしれぬ火種の根絶が、新界大廈事件の目的だったにちがいない。だとすれば、こういう仮説が成り立つ。石原寛人を名乗った男は、牡丹江酒樓事件の『宋時烈』であり、またハルビン・カフェ事件の『コウ』でもある。

28

小久保仁

筒井巡査部長を呼びもどし、海市に入った空山健児警部ら三名をくわえて、青戸のカラオケルームで捜査会議をひらいた。グエン・ト・トイの捜査に進展はなく、『石原』が使用したプリペイド式携帯電話の登録者は行方がわからなかった。馬場孝弘の監視に力をそそぐことにして、空山ら四名を当たらせた。小久保は水門監察官に、むかしの同僚から情報を収集してみると告げ、独りで出かけた。まず市役所で調べものをすませた。それから紅旗路の有料パーキングへいき、トヨタに乗り込むと、市の東南部のニュータウンへ向かった。

市内循環バスから降りる客はまだまばらな時刻だった。ときおり風に舞っていた粉雪がぴたりとやみ、暗灰色の空にどこか危うげな静けさがおとずれた。閑静な住宅街のあちこちでクリスマス・イブのイルミネーションが灯《とも》り、その光の彩りが輝きを増していくのを眼に入れながら、小久保はPの闇を思った。ハルビン・カフェ事件、牡丹江酒楼事件と、その一端が明らかになるにつれ、闇は、ばくぜんと想像していた範囲をはるか超えて、深さと広がりを、怪奇な複雑さを、示しはじめていた。そうした暗中模索の捜査の現状とはべつに、なぜか、自分の人生が加速度的に完結へと向かいつつあるのを感じた。小ぎれいな家が近づいた。庭に面した部屋の厚手のカーテンが、内部の明かりでうっすらと透けて見える。カーポートに茶色のフォード。薔薇《ばら》の垣根に寄せてトヨタ車をとめた。亭主が帰るには早すぎる時刻だ。彼女が帰宅したにちがいない。車を降りて、フォードをのぞいた。助手席にチャイルドシート。フロントボディーに手を触れた。エンジンルームはまだ熱を持っている。鋳物製の黒い門扉をあけ、砕いたレンガを踏み固めた細いアプローチをすすんだ。芝がびっしり植えられた狭い庭にピザの宅配のチラシが落ちている。インターホンのボタンを押した。

「どなた」返ってきた女の声は、相手が誰かわからないうちからもう責めていた。

「小久保だ」

短い静寂。クラシック音楽が洩《も》れ聞こえる。ばたばたと足音。二ヵ所のロックをはずす音がつづき、ドアが三十センチほどひらいた。ＬＤの明かりを背にした女の薄暗い顔のなかで、双《ふた》つの眼が青白い光を放った。

「帰ってちょうだい」韓素月《カン・ソゲツ》は言うなり、すたすたと家のなかへもどった。

ドアはひらいたままだった。彼女には、むかしから、拒絶なのか受容なのか判断がつきかねる態度をとる傾向があった。小久保は沓《くつ》脱ぎに足を踏み入れた。はじめておとずれた家なのに、懐かしい匂いを嗅《か》ぎつけ、出会ったときの光景が一瞬よみがえった。船引の居酒屋で、いきなり議論を吹きかけてきた朝鮮族のウエイトレス。それが韓素月だった。

キム・ウラジーミルの妻の殺害、その報復への加担、自ら手を下したロシア人店員に対する報復殺人、妻と娘の家出と、小久保の人生のなかでも沈鬱《ちんうつ》な一年を経験したあとの、翌年――早春だったなと思い返した。

二月下旬のある日、底冷えのする午前中、五人の若い警官が船引の小久保のアパートをたずねてきた。吉雄逸郎、久間肇、彦坂太郎、高岡守の四人は、全員が二十代の地域課の警官で、若鷹《わかたか》寮に住んでいた。永浦交番に勤務していた吉雄とは親交があった。久間と高岡守は吉雄の友人。彦坂は久間の警察学校の同期。もう一人は高岡守の弟で、警察学校で初任科教育をうけていた高岡悦士だった。

前年、海市警察では六名の警官が殉職した。殺人係の五十代の刑事、キム兄弟に報復された盗犯係の刑事、残りの四名は地域課の警官だった。いずれの事件も未解決で、マフィアの犯罪と見なされていた。

一方、メディアは年末の特集で、市警察による報復殺人の疑いが濃厚な事件が二件あると報じた。そのうちの一件が、永浦交番の警官殺害に対する報復、つまり、リトルウォンサンのポルノショップのロシア人店員殺しだった。小久保はキム兄弟に調べさせて犯人を突きとめたが、捜査本部には報告しないで、自分の手で報復した。県警は事件の真相を隠蔽《いんぺい》したが、永浦交番の警官たちは、誰がロシア人店員を殺したのか察しがついていた。

そうした経緯があって、吉雄逸郎ら五人が小久保をたずねてきたのである。訪問の目的は、後にPと呼ばれるようになる地下組織の創立に、手を貸してほしいということだった。彼らは、盗犯係刑事殺害とロシア人店員殺害への関与を根拠として、小久保に絶大な信頼を寄せていることを口々に述べた。とりわけ身内の腐敗を厳罰に処した意味で、盗犯係刑事殺害への小久保の加担を称賛した。小久保は、市警察刑事課盗犯係の連中から、キム兄弟に情報提供した嫌疑をかけられて制裁をうけそうになったとき、署内で拳銃《けんじゅう》を抜いて逆にどやしつけたのだが、そうした無頼ぶりも彼らの熱っぽい支持をえていた。

六畳間の中央に置いた電気火燵《ごたつ》に十二本の足を突っ込み、煙草の吸い殻の山を築き、腹が空くと即席麺《そくせきめん》をすすり、朝のかなり早い時間から薄暗くなるまで、声をひそめて話し込んだ。彼らの主張と構想は、弁の立つ吉雄逸郎が主にしゃべった。犯罪者に我々の断固とした意思を伝える必要がある。誰がマフィア幹部を、連続娼婦《しょうふ》殺しの鬼畜を、腐敗警官を制裁したのか、これを隠してはならない。凶悪犯罪を、迅速に、継続的に、ためらいもなく銃弾で処理する警官集団が、市警察に存在することを周知させる必要がある——それが犯罪を抑止する唯一の効果的な方法だというのだった。

小久保はとり合わなかった。キム兄弟に情報提供したことも、ロシア人店員を射殺したことも認めなかった。彼は報復を個人的な事柄と考え、報復に『犯罪抑止力』という政治的な意味を吹き込むことに反対だった。それどころか、殺人へ傾斜していく自分におぞましさを感じ、内部で暴れ出した黒い獣と格闘して、日夜、呻吟《しんぎん》していた。

まだ殺人経験のない五人の若者の、未熟な、感傷的で空想的な、だがそれゆえに死への衝動を端々に感じさせる議論をうけ流し、小久保はとりあえず一杯やらないかと近所の居酒屋へ連れ出した。座敷でテーブルを囲み、酒を酌みかわすうちに、若者たちの気分は高揚した。警察幹部批判をぶちまけた。下級警官の惨憺《さんたん》たる現実を、殉職警官の無念と遺族の慟哭《どうこく》を、涙ながらに語った。命を賭《か》けるだの、恋を捨てるだのと言いつのり、やがて久間肇が唐突に市警察署歌を大声で歌い出したとき、「ほかのお客さんの迷惑になるから、静かに飲んでくれませんか」とほっそりしたウエイトレスにたしなめられた。そのとき韓素月は、東京の理系大学を出たが、未曾有《みぞう》の就職難と難民出身者というハンディキャップゆえに、就職浪人三年目を迎えていた。やけに落ち着き払った素月の態度にかちんときた吉雄逸郎が、性的なからかいの言葉を投げつけると、彼女は厳しい警察批判を返して、思いがけず熱っぽい議論になった。

「法の名において人を殺すことは許されるのか」彼女は若者たちに問いかけた。「死刑制度が存在し、現実に刑が執行され、拳銃を携帯した警官が犯罪者を撃ち殺しても職務の遂行として許される日常があるんだから、YESということになる。ところがカルトが教義にもとづいて人を殺すと犯罪になっちゃう。つまり法の正義だけが正義と考えられている。これはおかしいと思う。神の名においてと言おうが、理想の実現のためだろうが、法の正義を振りかざそうが、どの根拠も等価のはずでしょ。神、理想、法、ぜんぶ人間の頭がひねり出した観念の体系なんだから。誤解のないよう言っておくけど、法治国家に反対してるわけじゃないの。わたしが言いたいのは、どんな観念体系が支配していようが、殺人は殺人であるということ。そこであなたたちにお願いしたいことがある。法の正義にもとづくものであれ、報復テロルであれ、殺人を犯すことがあったら悩んでほしい。人を殺すことの意味について、孤独のうちに思索を重ねて、形而上学《けいじじょう》的な設問に煩悶《はんもん》してほしい。その絶望的な営為の果てに、殺人者が精神の高みに近づいた希有《けう》な例があるけど、それも前世紀初頭にロシア皇帝の馬車に爆弾をぶん投げた連中までの話ね。近ごろのポリ公なんて最低よ。悩む能力すらないんだから」

室内に流れているのはクラシック音楽ではなく、ジャズ風のピアノソロだった。コードペンダント灯がダイニングテーブルに暖かい光を投げかけ、ツイードの灰色のスーツを着た韓素月が、椅子の背もたれに体をあずけ、近づいてくる小久保へちらと視線を流して、赤い唇に煙草をくわえた。

「娘を迎えにいかなくちゃならないのよ」

小久保は市役所で戸籍調査をして、彼女に万里乃という名前の二歳の娘がいることを知っていた。職場での慌ただしい一日がおわり、娘を保育園に迎えにいくまえに、静かな一時をすごしているところへ、歓迎せざる客があったということらしい。

「話はすぐおわる」

小久保は椅子を引き、八年ぶりに素月と対面した。年輪を重ねて、輪郭がいくらか丸みを帯びたが、彼女の美しさに陰りは見られなかった。十一歳の細腕で板切れにしがみついて、丹後《たんご》半島に漂着した中国籍朝鮮族の難民。九人家族の唯一の生存者。十九年まえ、はじめて出会ったとき、彼女はねじり鉢巻きにピンクの法被《はっぴ》姿《すがた》で居酒屋を飛びまわっていたのだが、ずっとそんな印象がある。吉雄逸郎が殺された直後にたずねてみると、彼女は結核に冒されていたのに気づかず、長引く微熱に顔を上気させ、ディスカウントショップの店頭で怪しげな回春剤を売っていた。小久保はふと、回春剤を強引にワンケース買わされたことを思い出した。最後に会った監察課時代、素月は青戸の高層ホテルの地下のランドリー工場で、真冬もショートパンツで汗を飛び散らせていた。

「洗濯屋はやめたようだな」

「ソフトウエアの派遣オペレーターよ」

「得意分野だ」

「冗談じゃない。苦労したわ。古い技術は凄《すご》いスピードで捨てられるの」

小久保は小さくうなずいた。彼女のことだから独学で先端の技術を習得したのだろう。

「亭主はなに屋だ」

「市立図書館に勤めてる」

「司書か」

「そうよ」

「よりによってきみが結婚するとはな」

「あなたと関係ないじゃないの。さっさと用件をすませてちょうだい」

かくべつ急いでいる様子には見えなかった。話を待っているような気配すらある。だが青春回顧を愉《たの》しむような女ではぜんぜんない。どういうことなのだろうか、と小久保はいぶかった。素月がテーブルの上につぎつぎと吐き出す煙の輪の向こうで、吉雄逸郎がぎこちなく笑い、古田ヒロムの笑顔と二重写しになった。二人とも、娘たちが放っておかない好青年なのに、自己の観念に憑《つ》かれて破滅へ突きすすむタイプだった。

「高岡悦士の連絡先を教えてくれないか」

「わたしが知るわけがないでしょ」

「やつの方から連絡はあるだろ」

「ないわ。どうしてそんな決めつけるような言い方するの」

「彼らは同志の遺族へのケアを怠らない。じっさい問題として、吉雄が殺された直後から、きみは悦士におおいに助けてもらった」

「調べはついているんだ」素月が芝居がかった口調で言った。「さすがポリ公ね」

「きみは結核で倒れて、長男はまだ小さかった」小久保は話をつづけた。「毛嫌いしてる連中のケアをうけ入れざるをえなかった。関係はずるずるつづいた。一斉逮捕がはじまると、悦士はきみの家に逃げ込んだ」

「あの連中のケアというのは無償じゃないからね。けっきょくはギブアンドテイク」

「そのとおり」

「でも善意から出発してる。それは認めてあげるけど、自分が窮地に陥るとギブアンドテイクの発想が出てくる。始末におえない連中よ。同志の遺族。ああ気持ち悪い」素月は激しい口調になった。「同志って言葉なんて大嫌い。おまえも恨みはあるだろって、余計なお世話よ。彼らはこう言う。愛する者を殺された者には報復する権利があるはずだ。その権利をきみは認めないのか。認めるもんですか。誰にも人を殺す権利なんかない。国家が人を殺す権利を独占して、ポリ公たちは法の忠実な番犬として人を殺すことに慣れ親しんできたから、なにか錯覚しちゃったんでしょうね。それがPの本質よ。吉雄も高岡守もマフィアに殺されたけど、わたしと悦士に共通点なんかない。わたしは悦士をマフィア同然と見なしてるんだもの」

小久保は熱した空気がいくぶん冷えるまで沈黙を置いた。

「じゃあどうして悦士を匿《かくま》ったりしたんだ」

「なんでかしら」素月は自分をいぶかる眼差《まなざ》しになった。

「情が移ったのか」

「それもある。悪党のカラスでも、羽根を痛めて窓から迷い込んできたら傷の手当ぐらいしてあげる気持ちは、いつだってある。それにあいつ頭が悪くて、やさしいところもあって、吉雄と同じぐらいかわいそうな男なの。なんとかしてあげたい気分にさせる。でも協力者の真似ごとをしたのは、あのときだけよ」

素月の偽りのなさはむかしのままだと小久保は思った。栗材らしい暗灰色のテーブル、オレンジ色の笠《かさ》から洩《も》れる明かり、部屋の隅々に生じている薄闇、それぞれに視線をめぐらした。狭いが趣味のいいＬＤ。小久保は居心地の悪さを感じながら話をすすめた。

「図書館司書のきみの亭主についても、ざっと調べた。親族に警官も殉職警官もいない」

「わたしがＰじゃないかと疑ったの？」

「念のため」

「ばっかみたい」

「関係をつづけたいのは彼らの方だ。きみの方では決してない」

「よくわかったでしょ」

素月が華奢《きゃしゃ》な手首を返して腕時計を見た。そのまま無言で席を立ち、煙草と灰皿を手にキッチンの方へいった。音楽が遠ざかった。電話をとりあげる音。「内藤です、すこし遅れますので」と素月が告げている。保育園に連絡しているらしい。長男を妊娠したときもおどろいたが、結婚して四十歳すぎて第二子を出産とは、いまでも信じがたかった。小久保はテーブルの上のコードペンダント灯へ視線をぼんやり向けた。居酒屋で、聡明《そうめい》なウェイトレスが、五人の若い警官を徹底的にやり込めている光景が頭をよぎった。

後に素月から聞いた話によれば――吉雄は小久保には隠していたのだが――あの夜、居酒屋で、吉雄はしたたかに酔い、朝の光がはねるベッドで眼覚めると、そこがウエイトレスの部屋だと気づいて狼狽《ろうばい》したという。すまなそうな顔をする必要はないのよ、と素月は吉雄に言った。ちょっとした好奇心から警官とやってみたくて、あたしが引っ張り込んだんだからね。吉雄二十三歳、素月二十四歳の早春だった。

その一年と数ヵ月後、吉雄逸郎巡査部長、高岡守巡査部長、久間肇巡査部長、彦坂太郎巡査の四名は、メディア各社に文書を送付してマフィアに対する報復テロルを宣言した。小久保はなんどか勧誘され、そのたびに、彼らを思いとどまらせようと説得を試みたが、ことごとく失敗した。そして後に、古田ヒロムの場合も同じ轍《てつ》を踏むことになった。

「きみが吉雄の子を生んだのは、おどろきだった」小久保は、素月が電話をおえてテーブルにもどると言った。

「あれは避妊の失敗」素月はちょっと眉《まゆ》をしかめた。

「堕《お》ろす気はなかったのか」

「なかったわ」

「吉雄の反応は」

「困り果ててた。あいつ一途《いちず》でくそ真面目だから、堕ろせとは一度も言わなかった。出した結論が、別れよう、生む生まないはきみが決めてくれ」

「吉雄が仲間と報復宣言の準備をすすめていたのを、きみは知ってたか」

「薄々はね。具体的になにをするかはわからなかった。妊娠してからは、それで彼の心をゆさぶってみた。命を粗末にしないようにと訴えて、テロルに走るのを引きとめようとしたけど、うまくいかなかった」

「なるほど」

「当時の吉雄の精神状態から言えば、妊娠した女を捨てることも、自分のヒロイズムをかき立てるのに、効果的だったんじゃないのかって気がする。ある種の倒錯よ。仲間にも強要したかもしれない。女と別れろって。残念だけど吉雄はどんどん狂信的になっていった。でも彼を愛してたのよ」

「そうか」

「ねえ、思い出話を愉しみにきたわけじゃないんでしょ」

小久保は顔のまえで拝むように両手をすり合わせた。さあ踏み込むぞと自分に告げた。素月は新しい煙草に火を点《つ》けて待ちかまえた。

「吉雄、高岡守、久間、彦坂。彼らは幼い悦士を排除して四人で出発した。報復宣言を作成する現場にわたしは立ち会ってる。最後の説得を試みていた。その翌日、宣言文がメディア各社に送りつけられた。わたしは彼らにとっては危険な存在ということになる。わかるな。だからといって、彼らから命を狙われるようなことはなかった。彼らはわたしを信用した。わたしもそれにこたえた」

「全員が殺されちゃってるのに、そんなことを言ってもなにもならないじゃないの」

小久保は無視してつづけた。「彼らが走り出した後、関係は切れた。だからわたしは彼らのその後の内部事情を知らない。そこできみに訊《き》きたいんだが、彼らに仲間が増えたという話を聞いたことはないか」

「ないわ。あなたは確か九年まえにも同じことを訊いてる」

「きみと吉雄とのつき合いは、いつまでつづいた」小久保はこれも二度目の質問かもしれないと思いながら訊いた。

「別れよう、彼がそう宣言して、おしまい。徹底してた。死ぬまで会えなかった。考えてみたら、彼とのつき合いはほんのわずかの期間よ」

「わずかとは」

「一年間にも満たない。出会った年の暮れには別れてた」

小久保は頭のなかでざっと計算した。報復宣言は翌年の八月。吉雄殺害はその四年後の六月。

「別れてから吉雄が殺されるまで、丸三年半ほどある。その間、いっさい連絡がとれなかったのか」

「そうよ」

「電話をかけても出ないのか」

「携帯電話だと送信者を確認して出ない。だから公衆電話を使ったり、偽名で若鷹寮に電話したこともあるけど、わたしだとわかったら、吉雄はすぐ切った。そのうちわたしの方があきらめた」

「吉雄が殺される直前はどうだ」

「ない。しつこいわね」

「吉雄は自分が危険にさらされていることを知ってたはずだ。前年の暮れには高岡守が、同じ年の二月には久間と彦坂が殺されてる。創立メンバー四人のうち、彼は最後に生き残った一人だった」

「あなたがなにを言いたいのかよくわからない」

「吉雄は裏切り者を知っていたと思う」

「そいつの名前をわたしに教えたって言うの？」

「教えなかったのか」

「なぜわたしに」

「きみのよく知る人物だった、吉雄は殺されるまえに、その男の名前をきみに告げたかもしれない」

素月は一瞬眼を見ひらいた。

「悦士のことを言ってるの？」

「彼らの当初の計画では」小久保はおだやかな声で言った。「わたしをリーダーに据え、あの四人プラス悦士の六人で、いまで言うPを創立する予定だった。彼らは死ぬつもりだったから、兄弟のどちらかは生かすべきだと考えて、早い段階で悦士を計画から排除した。それに彼はいかにも若すぎた。当時、十八か十九歳で、まだ警察学校にいた。守と悦士の兄弟の父親は、島根県警の警官で、殉職している。犯罪者への復讐《ふくしゅう》が、兄弟が警官になった動機だった。だから計画から排除されたことは、悦士のプライドをいたく傷つけた。わたしは彼に泣かれたことがある。ここから先は想像になるんだが、兄の守が殺害されたあとで、悦士が新メンバーになった可能性はある。弟だけは生かそうという考えを、兄の無念を晴らさせてやろうという考えが退けた。監察課は悦士をマークしていたが情報は乏しい。で、訊きたい。そのあたりの経緯をきみは知らないか」

「どうしてわたしが知ってると思うの」

小久保は素月の言葉の余韻に耳をかたむけた。肯定のひびきがないではないと思った。「きみは同志の遺族だ。しかも魅力的な女だ。一方、若者には告白癖がある。若者ときみの関係は、すくなくとも期間としては、吉雄ときみの関係よりも長い。もちろん若者とは悦士のことだ」

素月は煙を小久保の顔に吹きかけた。

「悦士は、自分がPのメンバーになった経緯について、きみにどんな話をしてる」小久保はかまわず前進した。

「そのまえに質問させて」

「なんだ」

「あなたが半島ホテルのランドリー工場にたずねてきたことがあったでしょ。九年まえの年の瀬かな、とにかく監察課時代よ、朴成哲を紹介してくれないかって。あれはなんだったの?」

朴成哲は素月の従兄弟《いとこ》で、当時、頭角をあらわしてきた十星会の若手だった。

「きみに断られた。警察ともマフィアとも関わりたくないという理由で。朴成哲とは接触できなかったが目的は果たした。べつのルートを使って金剛の経営者と会うことができた。金剛というのは永浦三丁目の古いカジノだ」

「高岡守が殺された場所ね」素月がそっと言った。「事件の真相なるものを、金剛の経営者から聞いた。裏切り者がPの創立メンバー全員を殺したという、例の怪しげなストーリーだ」

「わたしも悦士から聞いてる。十星会がばかげた噂を流してるって」

「十星会がPの内部分裂を狙った謀略情報とうけとめられて、そのストーリーは浸透しなかった」

「でもあなたは信用してるみたい」

「真偽を確かめた者はいない。検証してみる価値はある。裏切り者が存在したとすれば、吉雄たちがPを結成した後、四人に新たなメンバーがくわわったことになる。すくなくとも一人は。つまり4プラス1だ。それで翌年だったと思うが、またきみをたずねて、プラス1について訊いた」

「悦士のことが頭にあったのね」

小久保はなかば認めるようにかすかにうなずいた。「彼以外には思いつかなかった。だが金剛の経営者の話をそのまま信用すれば、悦士を裏切り者と想定するには不都合な点がある。まず動機だ。自分を可愛がってくれた兄と兄の友人たちを、殺す理由が見当たらない。それにさっきも話したように、悦士がPにくわわったとしたら、兄の守の死後と考えるのが自然だ。ところが十星会のストーリーは、まず高岡守殺害からはじまる。当時のわたしはプラス1についても、悦士以外に思いうかばなかった。だから、きみにプラス1の心あたりを訊き、知らないと言われると、あっさり引き下がった」

「八年まえはそうだった。でもいまはちがうわけね」

「証拠はいぜんとしてない。だが悦士がプラス1を知っているかもしれない、と思うようになった」

「どうして」

「P創立の準備に悦士は深く関わっていた。志を同じくする兄が創立に参加した。プラス1の情報が、兄の守から悦士に洩《も》れたと仮定しても、それほど不自然ではない」

「それで」

「創立メンバー四人が殺されて、プラス1が生き残る。十星会が、四人の殺害の裏には密告があったという噂を流す。悦士はプラス1に事情を訊いてみる。敵の謀略を信じるのかとプラス1に反駁《はんばく》されて、悦士はそれ以上踏み込めなかった。密告があったという証拠があるにはあるが決定的なものじゃない。その後もプラス1は報復テロルをつづける。悦士の眼のまえでマフィアを殺して見せたかもしれない。疑惑は吹き飛ぶ。悦士はプラス1とユニットを結成する。むしろこう言うべきかもしれない。疑惑を消すために、プラス1はPの内部に踏みとどまって報復テロルをつづける必要があった。わたしの仮説が正しいとすれば、裏切り者はかつて悦士の近くにいた。もしかするといまも悦士の近くにいる」

　素月は煙草を灰皿に押しつけて、立ち昇る細い煙をしばらく見ていた。頭の半分でべつの主題に思考をめぐらしているような眼差《まなざ》しだった。

「あなたの期待にはそえないと思う」

「悦士がPのメンバーになった経緯は」

「あるとき、自分が組織を再建したようなことを言い出した」

「真にうけたわけじゃあるまい」

「もちろんよ。そういう子供じみた強がりは、みっともないからやめなさいと言ってやったら、悦士は凄《すご》く傷ついた。素直で、他者の苦悩に鋭敏なところもあるんだけど、自分がどう見られているか、それが気になって仕方ないらしく、自分を装うことに腐心する傾向があるのよ」

「正確な分析だと思うが、それは若さの徴《しるし》だ。きみもわたしも若いときはそんなもんだ。悦士は誰と組織を再建したと言ってるんだ」

「そのあたりは彼だってわきまえてる。ほかのメンバーの名前を出したことはないわ」

小久保は予想した範囲の回答だったので軽くうなずいた。「悦士と親しくなったのはいつだ」

素月は悦士を匿《かくま》った逃走幇助罪《ほうじょざい》で現行犯逮捕されたとき、完全黙秘を貫いたため、悦士との関係は調書でも明らかになっていなかった。

「吉雄が殺されて二週間か三週間経ってからだと思う。息子をリトルウォンサンの遠い親戚にあずけて、市立病院に結核で入院してたら、香典をあつめたんだとか言って、おカネを持ってきてくれた。居酒屋であなたたちとはじめて会ったとき、悦士もいたわけだけど、顔も忘れてたわ」

「悦士は独りできたのか？」

「独りだった」

「ほかの人間を紹介されたことは？」

「退院したあと、もうおカネがすっからかんで、民間アパートの家賃が払えなくなって困ってたら、彼が堝町の市営住宅の空きに押し込んでくれて、引っ越しのときに市警察の関係者をなん人か連れてきたけど」

素月が三人の名前をあげた。小久保はメモをとった。いずれも監察課時代に記録に眼をとおしたことがあるPのシンパだった。

「悦士をつうじて知ったのはその三人だけか」

「あとは仕事関係ね」

素月は記憶をたどりながら退院後の生活を話した。ディスカウントショップに再雇用してもらえず、悦士の世話で紅旗路のサウナの接客係についたが、夜勤を要求されたのを機会にやめ、つぎに学習塾の講師の職をえたが、生徒と父兄からばかげた民族差別をうけて、これも数ヵ月で退職。スーパーマーケットの鮮魚売場、十星会系のカジノの清掃係など、仕事を転々とした。その間、悦士が息子を遊びに連れ出してくれ、キャンプ場でバーベキューなどもしたらしくて、息子が悦士の仲間になん人か会っているが、素月は誰も知らないという。

「息子は悦士の仲間の名前をおぼえてないか」

「みんな偽名よ。悦士も池田と名乗ってた」

「悦士に強い影響を与えている人物の存在を感じなかったか」

「感じたけど、特定の個人じゃない。吉雄が殺されたとき、悦士は二十二歳の巡査でしょ。香典のことにしろ市営住宅の斡旋《あっせん》にしろ、先輩やOBの根まわしがあったと思う。たとえば臨海運輸の佐伯とか。悦士の背後にそういう影を感じただけ」

「悦士が所属するユニットのリーダーに関する噂を聞いたことはないか。なんでもいい、現役かOBか、独身か家族持ちか、醜男《ぶおとこ》か女たらしか」

「ぜんぜん知らない」

「情報源Mについてなにか聞いていないか」

「え」素月がいぶかる顔を向けた。

「Pの幹部クラスで監察課に情報提供したやつがいる。それが八年まえの一斉検挙につながった」

「そんなこと知るわけないわ」

これ以上訊いても無駄だと判断した。小久保は手帳に携帯電話の番号を書き、破いてテーブルに置いた。

「悦士から連絡があったら、電話をくれと伝えてほしい」

素月は返事をせずにテーブルの上のメモを見つめた。冷ややかな視線だった。小久保は腰をあげた。椅子の脚が耳ざわりな音を立てた。

「ねえ」素月がためらう声で呼びとめた。

「なんだ」

素月は祈願するように、テーブルの上に両方の手のひらを差し出し、コードペンダント灯の明かりをうけた。

「息子が吉雄の死に関心を持ちはじめてるのよ」

「十八歳だろ。べつに不思議ではない」

「同級生の兄が十星会の準幹部で、なにか吹き込んだみたい」

「そうか」小久保は顔をしかめた。

「必要なのは仮説の検証じゃなくて、悪循環を断ち切ることよ」素月は語気を強めた。

「それには時間がかかる」

「どれくらい」

「舞台の上の全員が報復の応酬に嫌気がさすまで」

「絶望しろってことね」

「出演者一同、せいぜい愉《たの》しめってことだ」

小久保は無言で歩き出した。沓《くつ》脱ぎに降りて靴をはいた。素月が吐き捨てる声が聞こえた。

「みんなさっさと地獄へ堕《お》ちればいいのよ」

外は雪が激しく降り出していた。

トヨタ車にもどり、携帯電話をチェックした。「海市に着きました。一杯やりませんか」キム・ウラジーミルからメールが入っていた。

29

小川末鷗

大学通りは、環日本海大学正門を基点に海へと降りていき、バイパスと国道を突っ切って、海岸通りの走水一丁目の交差点でおわっている。国道と海岸通りの中間あたりにピザの店ニコルズがある。内藤昴が指定したのは、ニコルズのまえの緑と赤でペイントされた公衆電話ボックスだった。ウィンカーを点滅させたアイボリーホワイトのセダンが、電話ボックスをとおりすぎて、ニコルズの二軒先の、末鷗がひそんでいる輸入雑貨店のまえの路肩にとまった。セダンの運転席から男が降りると、寒そうに背中を丸めて歩道に駆けあがり、煙草専門店の自動販売機でぐずぐずと煙草を買った。ひとしきり激しく降った牡丹雪《ぼたんゆき》はニュータウンの方角へ去り、いまは粉雪が途切れがちに暗い空を舞っている。セダンが走り去った。末鷗は腕時計を見た。約束の午後五時まであと三分。「かならず一人で」と昴は条件をつけた。悶着《もんちゃく》を恐れて、高岡悦士にはなにも知らせなかった。特命チームへの対応策で忙殺されている布施隆三には、会う時間をなんとか明日に引きのばせと言われたのだが、見え透いた駆け引きをすれば、昴が隼人を県警に突き出すと言い張り、末鷗は独りで会うことにしたのだった。彼女は急いでいた。兄との関係の決着を、自分のでたらめな人生の決着を。

大柄な男が電話ボックスで長電話していた。凝視していると、末鷗の視界のなかにべつの人影がふらりと入ってきて、携帯電話を耳に当て、頭を周囲にめぐらした。左手の甲の白い包帯。昨日と同じ黒い革のジャケットに黄土色のチノパンツ。末鷗は輸入雑貨店からそっと出た。ハーフコートのポケットで携帯電話が振動して着信を知らせたとき、彼女はベルトに差したコルトガヴァメントに手をかけて、昴まで二メートルの距離に近づいていた。

「車か」昴が落ち着いた声で訊いた。

「ニコルズの裏よ」

末鷗は昴の腰を抱き寄せた。革のジャケットの内側からコルトの銃口を脇腹に突きつけ、ニコルズの裏へ向かいかけたとき、電話ボックスから男が出てきて立ちはだかった。想像していた以上におそろしく背の高い男だった。

「小川先生」男は下ぶくれの茫洋《ぼうよう》とした表情をなごませて言った。「二年E組の辻本勲の兄です」

べつの靴音に末鷗は首をねじった。ニコルズのポーチ灯の明かりのなかに、二人の男があらわれて、歩道の前後に鋭い視線を投げた。煙草専門店のまえにも二人。先ほど見かけたアイボリーホワイトのセダンが路肩に急停止して、三人の男がばらばらっと降り立つと、やはり周囲を警戒する姿勢をとった。

「殺すよ」末鷗は昴の腰を強く抱き、柔らかい脇腹の肉に銃口をめり込ませて命じた。「連中を追っぱらって」

「話をしたいだけだ」昴がなだめる口調で言った。

辻本の兄は無頓着《むとんちゃく》に体を寄せて、頭上から親しげな声で言った。「俺たちが先生を殺《や》るつもりならいつでも殺れた。拉致《らち》する、パンツをむしりとる、強姦《ごうかん》する、生爪をはがす、好き放題にやれるが、手を触れたこともない。なあ先生、そこのところを考えてみちゃくれませんか」

セダンの数メートル先に黒いリムジンが静かにとまった。

「銃を突きつけたまま話をしてもいい」昴がどうでもいい口ぶりで言った。

「吉雄逸郎のことね」

「ほかにもいろいろある。信じるも信じないも先生の自由」

「隼人はどこなの」

「話がおわれば会わせる。約束するよ」

十星会はざっと十人前後。要求におうじるほかなかった。ダークスーツの小柄な男が、リムジンの後部座席のドアをひらき、ボスを迎え入れるように待った。クリスマス・イブを愉しむ人々が街にあふれはじめていた。父親に手を引かれた幼い女の子が、舗道にたむろする男たちへいぶかしげな視線をめぐらした。末鷗は銃口で昴をうながした。乗ってきたスカイブルーのセダンをニコルズの裏のパーキングに置いたまま、末鷗は昴といっしょにリムジンの後部座席にすわり、辻本の兄は助手席に乗った。

「どこへいくの」末鷗は訊いた。

「金剛だ」昴がこたえた。

リトルウォンサンから海岸通りを南へ渡ると永浦三丁目に入る。道幅は狭くなるが、歓楽街がそのままつづいている。リムジンは雑踏をかき分けて美しい光のアーチをくぐった。右手前方に漢字で『金剛』と書かれたイルミネーションが見えてきた。改修と増築を重ねて、前衛建築のような奇怪なシルエットを持つに至った五階建ほどのビルである。リムジンは金剛の斜め向かいに横づけされた。ヨーロッパ風の店がまえの喫茶店だった。『モンパルナス』とハングルのネオン管が走っている。末鷗はコルトガヴァメントをベルトに差して降り立った。店の周囲に人影が散開して、雑踏に眼を光らせている。テラスの丸テーブルにオーバーコートの客が一人。昴の同級生のように見える幼ない顔つきだが、着ているのは光沢のある暗褐色の毛皮のオーバーコートだった。

「先生、コーヒーはどうだ」ミンクらしい毛皮のコートの男が言った。

「もらうわ」

「李安国だ」男は短く言い、隣の椅子を引いた。

名前を聞いて、末鷗はちょっとおどろいた。本名は李寧《リ・ネイ》。旧北朝鮮江原道元山市出身。推定年齢三十一歳。十星会常任幹部。写真で顔を知っていたが、会うのははじめてだった。末鷗と昴はテーブルについた。辻本の兄がウエイターを呼んで注文をとった。

「金剛事件は」李が言った。「十五年もむかしの話だ。先生の耳に入ってる事件の経緯は、おそらく、尾ひれがついて原形が失われてると思う。俺は事件の真相を知ってる。金剛は、いまは他人の手に渡ってるが、当時、俺の店だった。高岡守が殺られたとき、俺は現場にいて一部始終を見ている。そんなわけで、俺の話を聞いて損はない」

「聞いたうえで判断する」末鷗は言った。

「まずは、十星会の謀略説というのを、先生の頭からとっ払ってほしい」

「どうして」

「裏切り者を暴き出せばPは内部崩壊する。その期待を込めて、市警察とのルートを通じて、俺は事件の真相をしゃべってきた。そんな時期もあったが、いまはちがう。放っておいてもPは自滅する。先生のプライドを傷つけるつもりはない。俺の話を、予断をはさまず、冷静に読みとってほしいってことだ」

末鷗は金剛のイルミネーションへ視線を逃した。李が想像しているよりも事態は深刻化していると思った。報復テロルを実行しうる唯一のユニットは、七人のメンバーの大半を失って、すでに崩壊していると言っていい。隼人は廃人同然。西修平は、公安部長暗殺の直前にカネとともに姿を消して、四日まえに処刑。佐伯彰はしだいに距離を置いていき、いまでは関係を完全に断った。グエン・ト・トイも消息を絶ち、高岡悦士は離脱しつつある。では、このわたしはどうなのだ。深い疲労感に打ちのめされて、自分で自分の頭を吹き飛ばしかねない精神状態だ。

「趣旨の半分はわかった」末鷗は顎先《あごさき》を昂然《こうぜん》とあげて動揺を隠した。「でもPは勝手に自滅するなら、なぜわたしにしゃべるの？」

「個人的な動機だ。金剛事件の裏切り者に関心がある。尽きない興味がある。だから人にしゃべりたい。そういう気持ちって、あるだろ、誰にでも。できれば生きたまま捕まえて、そいつと一杯やりながら、じっくり話を聞いてみたい」

李の言葉が理解できずに、末鷗はとまどった。

「金剛事件のことなら、まず高岡守の弟に話してやればいいと思うけど」

「それはぼくが困る」昴が口をはさんだ。「おふくろを引っ張り込んで、話し合いにならない。先生なら隼人の件で脅せる」

熱いコーヒーとブランデーがとどいた。昴がコーヒーにブランデーをたっぷりそそいだ。末鷗はブラックコーヒーをすすった。むかし海市警察にいて、後に県警監察課に駆り出された、小久保仁という警官を知ってるか、と李が訊《き》いた。

「面識はないけど」

「小久保はPの創立に誘われたが断った。高岡悦士は参加を熱望したが、兄貴たちに拒否された」

「なぜ知ってるの」

李は手のひらを温めるようにカップを両手で包んだ。頭のなかを整理するためか、しばらく沈黙して、コーヒーを一口飲み、歯切れのいい口調でしゃべり出した。

「Pの創立メンバー四人のうち、最初の犠牲者は高岡守だった。十五年まえの十二月二十九日の深夜、金剛の店内で射殺された。翌年の二月に、久間肇と彦坂太郎がほぼ同時刻に銃撃されて死亡。四十日ほどの間に三人が殺されて、吉雄逸郎一人が生き残った。小久保は心配になって吉雄に会いにいった。この話は知ってたか?」

「いや」末鷗が知っているのは、小久保仁が監察課の阿南管理官をともなって、佐伯彰をたずねたことだけだった。

「小久保は、ある殺人事件がらみで盗犯係の連中ともめて、警官有志の報復宣言が出る一年ぐらいまえに、海市警察を追われた。創立メンバー三人が殺されたときは、大野市警察あたりにいたんじゃないのかな。吉雄の方は市立病院に入院していた。自動車窃盗犯に撃たれたという話だった。小久保は病室に吉雄を見舞い、事態を把握しようとしたが、激しく反発されて散々な結果におわった。小久保は、かつて吉雄たち四人の若者の敬意を一身にあつめていた。だがPの創立への参加要請を拒否したことで、敬意は吹き飛んで、小久保は侮蔑《ぶべつ》の対象になった。そのへんによく転がってる話だ。一般に若者は、ある日突然、誰かに惚《ほ》れ込む。心底敬服する。そいつを神格化する。先生も身におぼえがあると思うが」

末鷗はカップに口をつけた。耳が赤らんだのが自分でわかった。閉め出そうとするのに、脳裏に布施隆三の哲人の厳しい顔が滲《にじ》み出てくる。

「自分で神格化した対象を、こんどは侮蔑する」李が話をすすめた。「侮蔑する権利が自分たちにはある。その思いが彼らを熱くする。侮蔑することに無上の喜びを感じはじめる。それと同時に死と破壊への衝動が高まる。激しい報復テロルに駆り立てられる。テロルは本来、若者のものなんだろうな。老人は安楽椅子でくつろぎながら煽《あお》り立てるだけ」

「それで」末鷗は苛立《いらだ》つ声で先をうながした。

「小久保が、入院中の吉雄を見舞って、反発をくらったときの話だ。内部事情が洩《も》れているんじゃないかと、小久保がちらっと口にしたことも逆効果になった。組織防衛のお粗末さを指摘してるのと同じことだから、吉雄は色をなして怒った。若者は他者の批判に耐えられない。吉雄は小久保を脅した。これ以上関わるな、知っていることを一言も洩らすな、さもないとテロルを宣告する。その憎しみにみちた顔が、小久保が最後に見た吉雄になった。四ヵ月後、老沙で吉雄の死体が転がった。俺は他人の人生にさして関心がないが、ときに小久保の悔恨を思うことがある」

末鷗の視線の先に、漆黒の前髪を額に垂らした昴の横顔があった。表情からはなんの反応も読みとれないが、はじめて聞く話ではないのだろうと思った。テラスの南端のテーブルに客が近づくと、雑踏のなかからオーバーコートの男が出てきて邪険に追い払った。

「小久保は四人の死の背景を調べはじめた」李がつづけた。「六ヵ月ほどの間に全員が殺されたことに、まず疑惑を抱いた。小久保は吉雄を病院に見舞ったとき、頭の隅で、誰かが十星会にカネや女で買収されて仲間を売った可能性を検討しつつ、新メンバーがいるのかどうか訊いてる。吉雄は、いるともいないともこたえなかったが、微妙な反応があったらしい。それから吉雄の惨殺死体に感じるある種の作為だ。つまり、拷問があったかのような工作の可能性。確信があったわけじゃないが、小久保の脳裏から裏切り者の影が消えなかった。やつはオフの日を利用しては海市にきて、自分の足で調べはじめた。金剛事件は捜査記録ではこうなってる。同じ月のはじめに、リトルウォンサンで警官殺しがあった。犠牲者は市警察売春係の巡査部長。十星会の常任幹部、申忠浩《シン・チュウコウ》の配下の者が疑われた。じっさい申が警官殺しの指示を出したんだ。捜査本部は地域課から数名をリクルートした。高岡守はそのうちの一人だった。十二月二十九日、高岡は客を装って金剛に潜入し、申忠浩を内偵中に背後から撃たれた」

「そうね」

「だが、小久保がなん年もかけて調べていくうちに、現場に最初に到着した市警察の連中が口をひらいた。高岡の死体は眼出し帽をかぶっていた。県警鑑識課の証言もえた。胸と腕からサブマシンガンなみの硝煙反応が出ていた。高岡は報復テロルに出て逆襲されたと理解すべきだった。そこでほかの三人の当日の行動を調べた。久間と彦坂は非番だった。吉雄は記録によれば、事件のあった夜、一人で結町《ゆい》を警ら中に自動車窃盗犯と撃ち合い、負傷して市立病院に担ぎ込まれていた。小久保はこう考えた。三人も高岡と行動をともにしていたにちがいない。吉雄は金剛で負傷したのだ。県警は金剛でなにがあったのか知っているが、警官の報復テロルが世間に洩れるのを恐れて、事件の真相を隠蔽《いんぺい》している」

かくべつ末鷗の注意を引く点はなかった。金剛で申忠浩を襲撃して失敗。高岡守が死亡。吉雄逸郎が負傷。県警は事件を隠蔽。事実そのとおりだった。

李が話をつづけた。「それ以上の進展はなかった。小久保が捜査をなかばあきらめかけていたところで、監察課の阿南管理官から声がかかった。九年まえの話だ。先生たちは小久保仁を裏切り者と見ていたようだが、やつが監察課のリクルートにおうじた理由は、海市で腰をすえて、四人の若者の死の背景を解明することだった。その年の暮れに、小久保が俺をたずねてきた。率直な情報交換があった」

李はカップを飲みほすと、すこし歩こうと言い、モンパルナスの店内へ誘った。李の背丈は、昴の肩の高さしかなかった。店内を抜けて裏通りに出た。そこにも男たちが散開して警戒に当たっている。道路をうっすらと覆った雪を踏んで、南の方角へ向かった。

「小久保仁は、いまどうしてる」李が訊いた。

末鷗は、小久保が特命チームの一員として午前中に市警察をたずねたことを知っていたが、それには触れず、なん年かまえに推薦制度を利用して警察庁に採用されたはずだとこたえた。

コンクリートを砕く振動音が近づいてきた。工事用のライトが煌々《こうこう》と灯《とも》り、路肩に工具や太いコードを積んだトラックがとまっている。古いビルの改修工事のようだった。

「十二月二十九日の午前二時ごろ」李はふいに金剛事件の夜に触れた。「俺はこのビルの地下にあったブラックスワンというクラブで申忠浩と飲んでいた。きれいな日本人の娘がついた。その娘がカジノで遊んだことがないと言うんで、金剛にいくことになった。そのころ、俺は博《ばく》打《ち》好きの申を接待しては、勝たせてやっていた。その情報を吉雄たちが摑《つか》んでいたわけだ」

李は路地に入り、表通りへ向かった。未鷗、昴の順でつづき、前後をボディガードが固めた。そのとき李はいくつだったのかと未鷗は訊いた。十六歳だ、もう殺しを経験していた、女を知るより殺しの方が早かった、その二年後には最年少の常任幹部に昇進した、と李がこたえた。路地を抜け、金剛の斜め向かいに出た。

「不法建築で市から解体を要求されてる」李は路地を出てすぐ右の薄汚れたビルを示した。「後でわかったことだが、五階の部屋で吉雄の仲間が金剛の出入りを監視していた。やつらが金剛をテロルの現場にえらんだのは、当時はまだ日本人の客が多くて、標的に接近するのがかんたんだったからだ」

永浦二丁目のリトルウォンサンを拠点とする十星会の勢力が、海岸通りの南側にある三丁目を支配下に置いたのはかなり遅く、未鷗が東京で大学生活をはじめて以降である。いまは完全な朝鮮人街だった。正面入口から金剛に入った。娼婦《しょうふ》がたむろするロビーを横切った。長年、殺し合ってきた敵の懐へ入る緊張感のせいで喉《のど》がひどく乾いた。警備員が整列して直立不動の姿勢をとった。金属探知機をさけて入った。老女がスロットマシーンにかじりついている。奥へすすんだ。ブラックジャックのテーブルでどっと歓声があがる。夕方の慌ただしい時刻で、空きのテーブルが目立つ。左手に地下へ降りる階段があった。

「申はバカラをやるために、日本人の娘とボディガード四人を連れて地下へ降りた。俺もいっしょに降りて、下のフロアマネージャーに指示を与えてから、上にあがって事務所へ向かおうとした」李は右奥の鉄製のドアを示した。ガラス窓に鉄格子がはまっている。「携帯電話が鳴るのとほとんど同時に、事務所から叔父《おじ》の全光一が飛び出してきた。光一は俺に駆け寄って、いま男の声で電話が入った、とささやいた。内容はこうだ。〈警官が客に紛れ込んで申忠浩の暗殺を計画している。非常口を使うな。待ち伏せ攻撃に合うぞ〉いたずら電話なのか、信頼に足る情報なのか、とっさには判断がつかなかった。とりあえず光一を申のもとへ走らせた。下のバカラは一般客が立ち入らないよう、レートを恐ろしく高めに設定してあったが、基本的には誰でも自由に出入りできる。階段の上でほかの客をストップさせた。非常口の出口周辺を調べてみる必要があると思った。そのとき俺はちょうどこの場所にいた。携帯電話で警備担当者に指示を出しながら、階段を降りようとしていた顔身知りのロシア人を制止した。遅かった。やつらは先に下に降りていた。どかんと大音響がした。SATが使う特殊閃光弾《せんこう》が炸裂《さくれつ》したんだ」

李を先頭に下へ降りた。男の客が三人、朝鮮語でなにか言い争いながらあがってきた。狭い階段の一方の壁に寄った。末鷗の手が昴の包帯に触れた。骨が折れたのかと訊いた。昴はこたえずに、話を信じる気になったか、と問いを返した。末鷗もこたえなかった。

「爆発と同時に」李が言った。「俺は表へ飛び出して非常口の出口へ向かった。だから現場の状況は、あとで申や生き残ったボディガードに聞いて知った」

地下フロアのスペースはさほど広くない。ドーム状の天井から凝った装飾のシャンデリアがぶら下がっている。バカラテーブルが手まえに二台と奥に一台。客はいない。軽快なワルツが流れ、競馬放送がノイズのように薄く聞こえる。淡いブルーのディーラーの制服を着た痩《や》せぎすの女が、李をちらと見てあくびを嚙《か》み殺した。

「午前零時から夜明けにかけてカジノは混雑する。俺は申のために一台をキープしてあった」

李は奥のテーブルへ向かった。「ほかの二台には客が群がってた。カード偽造で一財産つくった女のグループ、関西の商社のグループ、合わせて十五人前後。ここで銃撃戦をすれば犠牲者が大勢出る。それを避けるために非常口へ追い込む作戦をとったらしい。店の表で襲撃しなかったのも同じ理由だろう。狭い道に店が密集して二十四時間雑踏が途切れることがない」

バカラテーブルの背後の壁の一部が、アルコーブになっていて、鋭い岩肌の雪山の絵画が飾られている。アルコーブの内壁に鉄製のドア。李はそれを示して非常口だと言った。

「申忠浩、ブラックスワンの娘、ボディガード四人の計六人は、ばかげたことに光一の警告にもかかわらず、非常口へ殺到した。爆発音と閃光のせいでパニックに陥ったんだろう。非常口の階段をあがると、裏の従業員用のパーキングに出る。そこへ出たところで、サブマシンガンを掃射されて、ボディガードが二人倒れた。このフロアにいたべつのグループが背後から撃ってきた。挟み撃ちにされたわけだ。カジノの内部には、すくなくとも二人のPがいたと思う。一人が逃げた申を追い、もう一人は背後を警戒した。光一がそいつと撃ち合った」

李が毛皮のコートを脱ぎ、辻本の兄がそれをすばやくうけとった。ディーラーの女たちがぞろぞろと地下フロアを出ていき、降りてきた客を係員が追い返している。

「俺が裏のパーキングへまわったとき、もう銃声がばんばんひびいて、通用口の灯は消えていた。やつらが銃で吹き飛ばしたんだろう。まわりのビルの窓から洩《も》れる明かりだけだった。銃口が火を吹くのが見えるんで、そのあたりへ適当に弾をぶち込んだ。やつらはサブマシンガンで、俺は拳銃《けんじゅう》だ。どうにもならない。そのうちサブマシンガンがとどいて、俺たちの方が圧力をかけはじめた。おそらく吉雄が負傷して、やつらは退却した。出口の危険が去って、非常用の通路にいた申のボディガードが、カジノの内部へ反撃した。特殊閃光弾がさらに二発爆発した。上のフロアでも一発。その混乱に乗じて、ここにいたPの一名ないし二名は脱出した。高岡守の死体が残された。死者はほかに、光一と申のボディガード二人」

フロアの右手にレストコーナーがあった。李は金ぴかの装飾をほどこした応接セットへいき、テーブルにならんだ紙コップを摑みあげた。辻本の兄が、先生、気楽にやってくださいい、と言った。末鷗は紙コップを手にした。ビールだった。喉を湿らせて、李の話に耳をかたむけた。

「申は警察がくるまえに姿を消した。俺は銃を集めて車で持ち出すのが精一杯で、死体を隠す暇がなかった。警察は防犯カメラの映像ディスクを押収して、襲撃されたのが申であることを察知した。県警捜査一課の幹部が俺に取引を持ちかけた。高岡殺害は不問にする。営業停止には追い込まない。その代わりべつのストーリーを飲め。高岡は申忠浩の動向を内偵中に狙撃《そげき》された。高岡に逆襲されて申の兵隊が二人死亡。おまえの叔父の全光一は流れ弾に当たって死亡。もちろん俺はオーケーした。密告電話の話はしなかった。申は警官殺しで県警に追われることになった。俺にとっては万々歳ってとこだ。一方で、俺は独自に調査して、さっき話したように、金剛の斜め向かいのアパートの五階を日本人が借りていたことを突きとめた。契約は事件の二週間まえで、家主が保管していた住民票はでたらめだった。部屋も調べた。生活した形跡はなかった。窓から金剛の出入りが丸見えだった。契約した日本人は後に久間肇だとわかった。もちろんやつらは二度とその部屋を使わなかった」

李が応接セットの椅子に腰を降ろしてソファを示した。昴と未鴎は両端に離れてすわった。テーブルにフルーツと見事な生蠣《なまがき》のオードブルがある。昴は屈託のない調子でレモン汁をかけ、音を立てて生蠣を飲み込んだ。辻本の兄が小さな木箱を持ってきて、葉巻をとり出し、吸い口を切って李に渡した。未鴎の視線の先の巨大なスクリーンで、きらびやかな勝負服を着た騎手がナイター競馬の勝利インタビューをうけている。葉巻の甘い香りがただよい、テーブルの向こうから李がなにかを差し出してきた。未鴎はうけとった。葉書大の白い封筒で、いくらか色《いろ》褪《あ》せている。宛名《てあか》は金剛代表取締役李寧先生。手書きではなく印字。差出人欄は空白。中身をとり出した。手垢に汚れた写真が三枚と罫線《けいせん》のない便箋《びんせん》が一枚。写真は若い制服警官の顔のアップだ。裏に、氏名、所属、階級が印字された小さな紙を貼ってある。久間肇、青戸交番、巡査部長。彦坂太郎、学園西交番、巡査。吉雄逸郎、自動車警ら班、巡査部長。便箋の文字も印字である。内容は簡潔そのものだ。

三名は申忠浩襲撃の生き残り。

吉雄逸郎は十二月二十九日早朝、久間肇と彦坂太郎の両名によって市立病院に担ぎ込まれ、現在も入院中。

「写真とメモが届いたのは二月四日だ」李が言った。「すぐ申に知らせた。申は兵隊に密告の裏をとらせた。吉雄は腹と脚に二発食らって市立病院に入院中だった。病院の話によれば、十二月二十九日午前二時三十五分ごろ、男二人が車で吉雄を運んできて、名前を名乗らずに姿を消したという。宿直の職員に写真を見せて、その男二人が久間と彦坂であることを確認した。ようするにこういうことだ。高岡が金剛の店内で射殺され、裏口でも銃撃があり、血痕《けっこん》が残されている。襲撃は高岡の単独犯行ではないことは明らかで、高岡以外にすくなくとも、店内に一名、裏口に二名、計三名の仲間がいたはずだ。そして、ほぼ同時刻に、どこかで吉雄が弾をぶち込まれ、久間と彦坂が市立病院に担ぎ込んだ。密告の裏がとれたも同然だった。それから、吉雄が重傷を負った事件の報道はいっさいなかった。そのことの意味を申は考えた。たいしてむずかしい問題じゃない。県警は吉雄の負傷の原因を摑み、吉雄を市立病院に担ぎ込んだ警官二人も特定した。そこまで調べがついたが、金剛事件を高岡の殉職ということで隠蔽《いんぺい》しようとしている。申はそう確信した。隠蔽工作の一部が、後に小久保が捜査記録をあたった際に明らかになった。吉雄の負傷は結町で自動車窃盗犯と撃ち合って云々《うんぬん》と処理されていたわけだ。申は兵隊に指示を出して、二月八日、久間と彦坂を殺した」

未鷗は、テーブルにならべた三人の警官の写真と密告文へ視線をそそいだ。これを複写して、小久保は佐伯彰に見せたのだなと思った。李の話は、これまでのところ、さまざまなルートを通じて耳に入ってきている攪乱《かくらん》情報と大筋にちがいはない。だが、当事者が語る事件の細部が、未鷗の胸にじわりと浸透しはじめていた。彼女は自分の心理状態に反発して、写真と密告文を李に突っ返した。

「要らないのか」李が言った。

「謀略説を否定する根拠にはならない。捜査関係者を買収すれば、高岡守のほかに、久間、彦坂、吉雄の三人が、申忠浩襲撃に関与したことを知るのはかんたんだ。おまえは報復したあとで、写真と密告文を偽造して、Pの内部に裏切り者がいるという攪乱情報を流した」

「残念だ」李の口調は残念そうではまったくなかった。「小久保に話したのはここまでだ。やつは不満を口にした。申忠浩が吉雄を殺《や》るまで四ヵ月もかかってるが、どういうことなんだと問いつめた。俺は、Pの幹部を連れてくれば、つぎのカードを見せてやると言った。その機会が今夜おとずれた」

李は葉巻の煙の向こうで会話を愉《たの》しむ表情を見せている。そこで末鷗はふと、申忠浩の死体が水無川にうかび、李安国が殺害容疑で逮捕されたことを思い出した。混線していた思考の回路の一本がつながった。

「申が殺されたのはいつ?」末鷗は訊《き》いた。

「金剛事件の二年後だ」

「捜査一課に貸しがあった。だからおまえは不起訴になったのね」

「不起訴には貸しも影響してるが、俺は申を殺ってない」

「動機もある。申を排除して自分が常任幹事になる。じっさいになった。久間、彦坂、吉雄、その三人を殺ったのも、李、おまえよ」

李は葉巻の香りを嗅《か》ぎ、口もとをほころばせた。

「その方が頭にすんなり入るというなら、仮の話として俺が殺ったことにしよう。俺はこの封筒をうけとると、対処方法をじっくり考えた。申は高岡守殺しで警察に追われてる。金剛事件の生き残りの三人を殺れば、その件でも申は疑われて、警察の捜査は厳しくなり、ますます窮地に陥るだろう。そこで俺は、申にはなにも教えずに密告の裏をとり、三人を殺れと指令を出した」

「おまえに似つかわしい陰謀ね」

「じつは小久保も俺を疑ってた」

「あたりまえよ」

「吉雄も同時に殺る計画だったが、ちょっとした手ちがいが生じた。病室が変わって、うろうろと捜してる間に、久間と彦坂の殺害を金剛事件の報復かもしれぬと思った県警が、市立病院にパトカーを急行させた。俺はいったん兵隊を引き揚げさせた。あせる必要はなかった。退院すれば機会はいくらでもある。考える時間的な余裕が生じた。密告者はなに者なのか、密告した動機はなんなのか、どんな方法で申忠浩暗殺計画と実行メンバーを知りえたのか。これまでの経緯を振り返りながらそんなことを考えていると、俺の耳に、まるで神の啓示かなにかのように、密告者が嘲笑《ちょうしょう》する声が聞こえてきた。凄《すご》く嫌な感じを持ったのを、いまでもおぼえている」

スクリーンにナイター競馬のつぎのレースのオッズが表示されている。連勝複式。そこへ焦点の合わぬ視線を向け、李安国が抱いたという嫌な感じは、一般論としてならなんとなくわかる、と未鷗は思った。動機の不可解さが人の気持ちを落ち着かなくさせるのだ。

「整理しよう」李がビールを一口飲んで言った。「まず金剛襲撃の夜のやつらの配置だ。久間が借りた部屋での監視、客を装って店内に潜入、裏口で待ち伏せ、おおまかに三つのポイントに分かれていた。四人いれば、なんとかカバーできるが、五人と考えた方がうまく説明がつく。

店内に二人、裏口に二人、監視部屋に一人だ。となれば第五の男がいた可能性が出てくる」

末鷗はちらと李へ眼をくれ、またスクリーンのオッズ表へ視線をもどした。李の分析の正確さに軽くおどろいていた。店内に高岡守と布施隆三がいたのだ。そして裏口に吉雄と彦坂、部屋で監視についていたのが久間。金剛襲撃を指揮していたのは、布施隆三である。それはPのなかでも極少数の者だけが知る秘密だった。

李が言った。「第五の男が密告者だとする。三つのポイントのどこかにいて、金剛の事務所へ電話を入れ、その後はうまく立ちまわったんだ。もちろんほかのケースを想定できないことはない。そいつは外部の人間で、会議を盗聴して計画を知り、その夜、高岡たちの行動を監視していた。あるいは四人のうち、誰か口の軽いやつがいて、女にでも計画を洩らし、その女をつうじて計画を知った。現実にはそういうばかげた話がけっこうある。だが、ふつうに考えれば、密告者は内部にひそんでる」

「動機は」末鷗は急《せ》かせる口調で訊いた。

「そいつのバックに誰がいたのか」李が問いで返した。

「Pを潰《つぶ》したがってる勢力」

「十星会、梟雄幇、県警公安部、あるいは刑事部だ」

「そうね」

「俺は事件の細部まで検討をくわえて、ある仮説に達した。ポイントは密告のタイミングだ。申が金剛に入った直後に電話が入った。事前に電話があれば、申は金剛にいかなかった。もう一分か二分遅ければ、Pは暗殺に成功したはずだ。密告者は申がPを殺すことを期待して、絶妙のタイミングで密告したことになる。そういう期待を抱くやつは誰だ」

「梟雄幇なら逆。申の暗殺を期待するはず」

「十星会もちがう。金剛でPを殺って、警察の介入を招くようなばかな真似はしない。では公安という可能性は」

末鷗は首を横に振った。「泳がせて監視するというのが公安捜査の基本。それにあのころPの勢力はまだ弱くて、公安との対立はそんなに厳しくなかった。公安が、Pを謀殺しかねないほどの憎悪を持ったとすれば、すくなくとも公安部長暗殺以降だと思う」

「刑事部の線は」

「同じく時期的にありえない。現実に、吉雄、久間、彦坂の三名が、襲撃に参加したことを摑《つか》んでいながら逮捕せず、事件を隠蔽したわけでしょ」

「すると密告者のバックには、どんな組織が存在したんだ？」

「存在しない。密告者も存在しない。おまえが考え出した謀略のためのフィクションよ」

李が腕時計を見た。文字盤にあしらったダイヤがきらめいた。辻本の兄がさっと近づき、片膝《ひざ》を折って巨体を屈《かが》ませ、李の耳元でなにかささやいた。短い言葉のやりとりがあった。辻本が離れると、李は話のつづきを思い出そうとする眼差《まなざ》しになった。

「密告者のバックに組織は存在しない。論理的にはそうなる。俺の個人的な感触も同じだ。では動機はなんだ。カネか女か。個人的な恨みか。四人全員に対して恨みがあったのか、それとも特定の人間に恨みがあったのか」

「フィクションだと言ってるじゃないの」

「現実だと仮定して」李は辛抱強く言った。

「動機があるとすれば恨みよ」未鷗は関心なさげにこたえた。

「思い当たる節があるのか」

「ないわ」

李は短い沈黙を置き、話を先にすすめた。そして四月の末、青戸のサヴォイ・ホテルで会った」

場に完全復帰するのを待った。そして四月の末、

「誰と」未鷗は反射的に訊いた。

「吉雄と」

「なぜ」

「俺が吉雄を殺すのを、密告者は待っていた。自分が利用されるのはたまらないと思った。で、吉雄に、密告者から送られてきた写真とメモを見せて、これまでの経緯を詳しく話した。吉雄は、自分が襲撃メンバーの一人だということは頑として認めなかったが、俺の話には真剣に耳をかたむけた。それから一ヵ月と少々が経過した六月三日、老沙三丁目の渤海夜総会《ぼっかいナイトクラブ》の裏口で吉雄の死体が発見された」

未鷗の手は無意識のうちにテーブルから紙コップを摑みとっていた。喉《のど》を湿らせるつもりが、ビールが口のなかにあふれ、顎《あご》を滴り落ちる液体を手の甲で拭《ぬぐ》った。

「吉雄がおまえの話を信じたとは思えない」

「もちろんやつは半信半疑だった。だが金剛で申を襲撃したのが、四人ではなく五人だとしたら、俺の話の裏をとる必要があると思ったはずだ」

「話ができすぎてる」末鷗は抗議する口調になった。

「吉雄は慎重にことを運んだ。辛抱強く第五の男の監視をつづけた。だから俺の話を聞いてから殺されるまで一ヵ月もかかった。決定的な証拠を摑んで問いただしたのか、あるいは感づかれて先手を打たれたのか、どちらの場合だったにせよ、吉雄は第五の男と対決して殺された」

「第五の男なんて存在しない」末鷗の声はほとんど叫びになった。

「吉雄たちは四人で出発して、新メンバーをくわえることなく、全員が死亡したという話になってるのか」

「そうよ」

「嘘をつくな」李は嘲笑した。「第五の男は存在した。おそらくそいつはPの再建にも関わっている。だから先生たちの間では、こういう話になってるはずだ。吉雄は十星会に捕まって拷問をうけたが、第五の男の名前を吐かなかった。だから殺された。業を煮やした十星会は、第五の男をあぶり出すために、〈金剛事件の密告者〉を捏造《ねつぞう》して、ばかげた噂を意図的に流した。どうだ、図星だろ」

「ちがう」末鷗は自分の力ない声に眉《まゆ》をしかめた。真相は李の指摘どおりだった。

「公安筋の情報によれば、当時、ユニットと呼べるものは吉雄たちのグループだけだった。彼らは組織防衛上、徹底した秘密主義をとった。そのせいでメンバー構成は外部に洩《も》れなかった。だが先生たちは外部の人間じゃない。第五の男が誰なのか知ってる。ところが残念なことに、俺が証拠を提供したのに、そいつの裏切り行為は暴かれなかった。なぜそんなばかげたことが起きたのか。俺の考えを言おう。先生たちにとって、そいつは、侵してはならない聖域だったからだ。数々の武勇伝に彩られた、偉大な指揮官だったからだ。神話を疑うことを放棄して、信じていたいという理由から、神話を信じつづけた。その甘っちょろいメンタリティが、ばかげた裏切りを許してきたんじゃないのか」

末鷗は否定しようとしたが、言葉が出てこなかった。辻本が携帯電話をしまいながらふたたび近づいてきた。

「先生、聞かせたい話がまだあるんだが、申しわけない、あとは昴に案内させる」

李が白い封筒に写真と便箋《びんせん》をおさめ、無言で差し出した。気まずい沈黙が落ちた。末鷗は頬に昴の視線を感じた。なお沈黙がつづいた。うけとった。指先がふるえた。

辻本の兄がアルコーブの内側の鉄製のドアをあけた。非常用通路は大人二人がならんで歩ける幅があり、凝った造りの明かりが壁から深紅の絨毯《じゅうたん》を照らしていた。事件のあとで改修して、大切な客を接待する際の出入りに使うようになったのだという。堅固なビルのなかに組み込まれたパーキングには、リムジンが二台、後部座席のドアをあけて待っていた。李安国とはそこで別れた。李は、ソウルで国軍の要人と会う約束があるのだと言い、辻本の兄をともなって海市国際空港へ急いだ。

30

小川未鷗

昂と未鷗は、もう一台のリムジンに乗り込んだ。

「北京ホテルへいく。パーティがあるんだ」昂が言った。

昨年の夏、港東にオープンした北京ホテルは、梟雄幇《きょうゆうばん》系の商業銀行が経営していた。リムジンがパーキングを出るとすぐ、前後に護衛の車がついた。

「パーティの主催者は」

「ポシェト・トレイディング・グループ」

「ヴィタリー・ガイダルの？」

「四民族のビジネスグループの融和をはかろうというのがパーティの趣旨らしい。電力会社の呼びかけで、これまで敵対してきた各ビジネスグループが、今年の夏から木曜会という名前の朝食会をはじめた。共存共栄をめざそうってわけだけど、まだ信頼度が低い。暗殺されたんじゃたまらないから、李は準幹部クラスを出席させてる。梟雄幇も同じ対応をしてるそうだ。ガイダルだけがちがう。本人が朝食会に出てきて融和を訴える。ようするに弱小マフィアが生き残り策を探ってる」

ヴィタリー・ガイダルは、激しい抗争を経て海市のロシア系マフィアを統一した『バンディト（＝ギャングの意味）』のボスだった。いまでは、貿易、商業銀行、貸しビル業、カジノ等を経営するポシェト・トレイディング・グループを率いている。

「ガイダルに会わせるつもりなの？」

「ぼくも初対面だ。李が道筋をつけてくれた。なにも心配はいらない。地元選出の代議士、銀行家、電力会社のオーナー、芸能人やプロレスラーも呼ばれてる。李も招待されていたけど急用で出席できなくなった」

リムジンが光のアーチをくぐり、海岸通りを東へ向かった。ヴィタリー・ガイダルとの接触に危険を感じつつ、未鷗は、真偽の定かでない裏切りの物語を、最後まで聞きとどけたい気分になっていた。金剛事件の第五の男、組織的背景のない孤独な密告者、サヴォイ・ホテルでの李と吉雄の密会、渤海夜総会の裏口に捨てられた吉雄の惨殺死体、まだその先も裏切りがつづくというのだろうか。雪がまた降りはじめた。昴がそれを窓ガラス越しに見ている。未鷗はふと十八歳の若者に翻弄《ほんろう》されている自分を意識した。

途中、音海のファションストリートにある貸衣装屋に寄った。二人とも、粗末な衣服に汚れたスニーカーという装いだった。未鷗は黒のタキシードと短靴をえらんだ。店には、仮面、鬘《かつら》、眼鏡といったパーティグッズもそろっていた。紺色の作業帽、眼の部分と鋭い角度の鼻からなる仮面、それと金色の豊かな顎髭《あごひげ》の三点がワンセットになったものを手にして、試着室で付けて見ると、鏡に映る人物に記憶があった。ヴァン・ゴッホが描いた『郵便配達夫ルーラン』だった。昴は銀ラメのタキシードに赤い鼻のクラウンの仮面を借りた。

会場入口で武器のチェックがあるから拳銃《けんじゅう》を運転手にあずけてくれ、と昴が言った。未鷗は素直におうじた。北京ホテルは貿易センタービルの東隣にあった。リムジンがホテルの正面玄関に横づけされた。

数組のカップルといっしょにエレベーターに乗り込み、二十五階のフロアをそっくり借り切ったパーティ会場で降りた。昴が受付カウンターで名前を告げ、セルゲイさんを呼んでくれませんかと言った。ざわめき、陽気なダンスミュージック、中国語でなにかを叫ぶ声が聞こえる。通路の先は、衝立《ついたて》で遮られて、様子がわからなかった。

正装した小柄な白人があらわれて、セルゲイだと名乗った。彼の案内で受付を通過した。衝立の向こうに金属探知用のゲートがあった。なにごともなくそこも通過し、通路の雑踏を縫ってすすむと、いっせいに拍手する音が聞こえ、先ほどのざわめきが遠ざかった。薄暗い大ホールに入った。眩《まばゆ》い照明が落ちる中央の円形の舞台で、すばらしいプロポーションの三人の女の裸体が、複雑にからみ合い、音楽に乗せて軟体動物のようになめらかに体位を変化させていく。客の背後でフルバンドが古い映画音楽を薄く演奏している。ホールを突っ切った。未鷗の肘《ひじ》が誰かの腕に触れた。深紅のマントをまとった長身の男が振り返って、蜘蛛《くも》をモチーフにした仮面から好奇の視線をそそいできた。未鷗は短く謝ると、昴のあとを追った。

セルゲイがドアをあけた。小ホールを横切り、もう一つドアをあけて、スウィートのリビングルームに入った。正面の窓から雪に煙る夜の街が見える。左手のL字型の豪華なソファで、骨格の大きなアッシュブロンドの老人と、わずかな布切れのほかはなにも身につけていない若い女が、シャンパンを飲んでいた。部屋の内側にいた黒髪の男がドアを閉めた。昴と未鷗は仮面をはずした。セルゲイが二人を紹介し、ヴィタリー・ガイダルが薄い緑色の油断のない眼で昴と未鷗をじっと見た。握手はなかった。ガイダルが女の裸の尻《しり》を叩《たた》いて奥の部屋へ追い払った。昴と未鷗はL字型のソファの短い方へならんで腰を降ろした。セルゲイが部屋を出ていき、黒髪の男がドアの脇に歩哨《ほしよう》のように立った。

「小川勇樹は、わたしの売春組織を一つ潰《つぶ》して生活安全課長に昇進した。おまえは子供だったかもしれんが、どういう事件だったか、わかるな」ガイダルは、なんの前置きもなしに、間のびした聞きとりにくい日本語でしゃべりはじめた。「責任者のタチアナと日本人の男が逮捕を免れて、報復を計画したが、摘発があった年の秋に二人とも殺されて、音海の運河に死体がうかんだ。それもおまえの父親が殺《や》ったにちがいない。その間、わたしはビロビジャンで刑期を務めていて、釈放されたのは事件の四年後だ。海市にもどり、永浦のロシア人を束ねるのに二年ほどかかった。Pと小川勇樹に対する報復計画にとり組みはじめたのは、いまから九年まえの、夏のおわりぐらいだった。その年の五月、県警監察課を舞台に権力闘争があった。刑事部が覇権をにぎり、監察課を影響下に入れて、P対策を本格化させた」

ガイダルはサイドテーブルのグラスをとり、シャンパンで喉を湿らした。滴がこぼれてシャツの胸に染みをつくったが、気づかないで話をつづけた。

「P包囲網ができつつあった。県警はP対策に、市警察は捜査妨害とサボタージュに、Pは組織防衛に、三者はそれぞれの事情で忙殺されていた。小川勇樹を暗殺しても、それほど叩かれることはあるまいと思った。暗殺者リストには小川のほかにもう一人の男がいた。誰の話なのか、おまえはもう察しがついたはずだ。そいつは、わたしの売春組織が摘発される前年の十一月、ハルビン・カフェで事件を起こした。コーヒーショップで、北朝鮮難民二人が市警察の銃器係を殺した。おそらく銃器係と待ち合わせていた男が、その場で北朝鮮系難民二人を殺し、ホテルのロビーにいた子供を連れて逃げた。確か八歳の女の子だ。メディアは、男が子供を人質にとったとか、男の娘の可能性もあるとか、推測記事を書いたが、子供は売春組織の商品だった。男と子供は以前から顔見知りで、偶然、ハルビン・カフェのロビーで出会った可能性がある。というのも、あのときロビーにいた監視役の証言によれば、子供は監視役の手を振り切ると、男になにか叫びながら駆け寄って、いっしょに逃げ出したという。男の名前を叫んだのかもしれんが、言葉は聞きとれなかった。翌年の三月、一斉摘発があって売春組織は潰された。わたしは、捜査の流れを分析して、ハルビン・カフェから逃げ出した子供が警察へ情報を洩《も》らした、と結論づけた。問題は子供を連れ出した男の素姓だ。だがハルビン・カフェ事件の情報を、警察が隠したんで、男の名前を突きとめることができなかった」

　ドアをノックする音が話を中断させた。赤茶けた髪の男が入ってきた。トルコ系かアラブ系に見える風貌《ふうぼう》だが、眼差《まなざ》しに東洋の血を色濃く感じた。ガイダルと男の間でロシア語の短いやりとりがあった。

「子供の消息を調べた」ガイダルは先へすすめた。「名前も本籍もわかってるから、かんたんだった。ニュータウンのマンションで、ベトナム人の女といっしょに暮らし、私立の女子中学に通っていた。当時三年生だったと思う。ベトナム人の女は紅旗路の古着商に勤めていた。従業員はその女一人で、経営者は中国人だった」

ガイダルはまたシャンパンに口をつけた。末鷗は、赤茶けた髪の男はなぜ呼ばれたのだろうといぶかりながら、頭の一部でガイダルの証言を検討した。これまでのところ関心を惹《ひ》く点はない。ハルビン・カフェで北朝鮮系難民のテロリスト二名を射殺したのは布施隆三である。彼の記念すべき第一撃がそれだった。彼は娼婦《しょうふ》の女の子から入手した情報を、当時、生活安全課売春係長だった父に流して、売春組織の摘発に協力した。そうして一段落つくと、女の子をグエン・ト・トイに養育させて、女の子は確か五年まえに、留学するためにイギリスへ渡ったはずである。

「つぎに中国人経営者を調べた。やつは紅旗路の安ホテルに住んでいた。住民票や戸籍は完璧《かんぺき》だが、流暢《りゅうちょう》な日本語をしゃべった。わたしは中国人に興味がわいた。慎重に監視をはじめて、一週間ほど経ったある日、中国人が奇妙な行動に出た。直接目撃した男は、昨年、梟雄幇に殺された。その日いっしょに中国人を監視していた男にしゃべらせよう」

窓寄りに立っていた赤茶けた髪の男が歩み出て、ガイダルに向けてしゃべりはじめた。自分のボスにくらべるとずいぶん流暢な日本語だった。

「十月です。最初の日曜日でした。ニュータウンの、緑が丘プラザというショッピングセンターで、俺たちは中国人を見失いました。昼飯の時間帯だったと思います。ひどく混雑してまして、電話で連絡をとり合いながら、手分けして捜していたら、地階の飲食店街でドーンと爆発音が。つづいて銃声も。あとでわかったことですが、特殊閃光《せんこう》弾とサブマシンガンでした。あそこは、地下二階から八階まで一部が吹き抜けになってます。六階にいたルキノフにも音が聞こえたそうです。ちょうど下りのエレベーターがきたので、やつは地階の様子を見るために飛び乗りました。西側のエレベーターです。二階あたりで、客がぐいぐい押し込んできて、男と胸が合ったので、ひょいと見ると、監視対象の中国人でした。ルキノフは、感づかれて殺されるんじゃないかと、びびったそうです。一階で客がどかっと降りて、エレベーターのなかは、ルキノフと中国人と、ほかに一人か二人ぐらいになりました。ルキノフは怖《お》じけづいて、膝《ひざ》がふるえはじめたので、ドアが閉まる寸前に降りてしまいました。その話を、ルキノフは俺たちにしゃべりませんでした。みっともないと自分でも思ったんでしょう。男じゃないってことになりますから。いま話した内容は、去年ルキノフが殺された後で、やつの女がしゃべったので、俺たちははじめて知ったわけです。とにかくそのときは、警官があつまってきたので、俺たちは退却しました。エレベーターのなかで殺しがあったことは、夕方のニュースを聞くまで知りませんでした。県警の監察課長が市警察刑事課の刑事を撃ち殺したんです。県警はPのテロルを撃退したと発表しました。報道によれば、状況はこうです。監察課長が、そいつは女ですが、ボディガードを連れて緑が丘プラザに食事にきた。そこを狙って、Pが地階の飲食店街で特殊閃光弾を破裂させ、噴水池にうかんでたミニチュアの帆船をサブマシンガンで粉々にした。陽動作戦です。騒ぎでボディガードが慌てた隙に、Pの別動隊が、監察課長を銃で脅してエレベーターに引っ張り込んだ。それも西側のエレベーターでした。ところが地下三階に着いたとき、監察課長が逆襲して、市警察のPを殺したってわけです。そういうことを報道で知って、ルキノフは肝を潰したそうです。自分が降りたすぐあと、同じエレベーターのなかで、殺しがあったと思ったからです。西側のエレベーターは二台ありますから、そうだとは断定できませんが、ルキノフがエレベーターを降りた時刻と、監察課長が市警察のPを撃ち殺した時刻は、かぎりなく近接してます」

赤茶けた髪の男の話はそこでおわった。窓外の闇で牡丹《ぼたん》雪が降りしきっていた。明かりに誘われた白い昆虫が乱舞するように見えた。二十歳の秋だ、と未鷗は思った。監察課長暗殺未遂事件が起きたというニュースを、東京の下宿で聞きながら、父が選択した人生の陰鬱《いんうつ》さと重ね合わせて、黒々とした不安をおぼえたことを、彼女は思い返した。監察課長を襲撃したのは、市警察刑事課の警官で結成されたユニットだった。彼女が後に知ったのはそのていどのことだ。ルキノフの女がしゃべったとおりのことが、じっさいにあったとして、それがなにを意味するのか、考えようとするのだが、未鷗の思考はまとまらない。

「ルキノフは降りた。エレベーターに中国人が残った。そこまでは事実だ」ガイダルが話をうけついだ。「同じエレベーターに、県警監察課長と市警察のPも残ったとしよう。中国人は、地下一階か二階で降りて、事件とは無関係だったのか。そうは考えにくい。なぜなら中国人は、ベトナム人の女を通じて、売春組織から逃げ出した子供とつながりがある。子供は、ハルビン・カフェから逃げ出した男を通じて、市警察生活安全課の小川勇樹とつながりがある。つまり中国人はPとなんらかのつながりがある。では中国人と監察課長と市警察のPの三人は、一階でルキノフが降りたあと、エレベーターが地下三階のパーキングに着くまでの間、なにをしていたのか。市警察のPが射殺された。これは事実だ。死体があった。監察課長は自分が殺したと証言した。ボディガードも、連絡をうけて駆けつけると監察課長が拳銃を手に茫然《ぼうぜん》としていた、と証言してる。だが監察課長とボディガードの証言には中国人が出てこない。これはなにを意味するのか」

ガイダルが末鷗を見て、顎《あご》の先端をかすかにあげ、発言をうながした。

「中国人と監察課長が、同じエレベーターに乗り合わせたという仮説が、そもそもまちがっているんじゃないでしょうか」末鷗はこたえた。

「ほぼ同時刻。同じ西側のエレベーター。中国人の素姓を考えれば、仮説が正しい確率は二分の一なんてもんじゃない」

末鷗はそっと唾《つば》を飲み込んだ。「中国人と監察課長の関係について、検討してみる価値があるかもしれません」

「関係とは」

「あらゆる関係を想定できます」末鷗はあいまいに言った。

「監察課長は中国人をかばってると思わないか」

「その可能性はあります」

ガイダルが短い沈黙を置いた。

「ハルビン・カフェから、子供を連れて逃げ出した男に、心当たりは」

「ありません」

ガイダルは口を割らせるつもりはないらしく、ふんふんとうなずき、ドアの脇で警護のために控えている黒髪の男を手招きした。男は上着のポケットから一枚の写真を出した。末鷗は、ガイダルが暴露しようと試みている陰謀の、輪郭さえ摑《つか》めていなかったが、写真になにが写っているのかは察しがついた。それがガイダルの手を経由して、自分の手に渡る間に、末鷗は表情を閉ざした。写真を見た。背景の街はどこなのかわからなかった。昼間、横断歩道で信号を待っているらしい人々のなかに、黒っぽいビジネススーツを着た、見おぼえのある男がいた。カメラのレンズの右斜め上方へ、静かな眼差しを向けている。彼の名前を頭から追い払った。

「古着商の中国人だ」ガイダルが言った。

「名前は」未鷗は落ち着いた声が出たかどうか、自分の声の余韻に耳をすませた。

「知らないのか」

「知りません」

「洪孝賢。長野県生まれ。祖父母の代に日本に帰化している。県警監察課長と、なんらかの関係があった、と考えるべきじゃないのか」

「そうかもしれません」

「写真を持ち帰れ。この中国人を知ってるかどうか、仲間に訊《き》いてまわれ」ガイダルが命令口調で言った。

未鷗と昴は仮面をつけて部屋を出た。大ホールの円形の舞台では、金髪の女が背後から両方の乳房を鷲掴《わしづか》みにされ、大きくひらいた両脚の間をべつの女に責め立てられて、もの悲しい声で泣いている。

「ガイダルは」昴が耳もとでささやいた。「中国人の戸籍はでたらめで、じつは警官ではないかと疑ったんだ。そこで市警察の職員名簿を過去にさかのぼって調べた。ところが写真の男を発見できなかった。これはどういうことなんだ?」

「彼は名簿から削除されてる」未鷗はこたえた。

「細工をしたのか」

「古い名簿から一人消えても誰も気にしない。でもガイダルは中国人の素姓をもう知ってるんでしょ？」

「もちろん知ってる。そいつがハルビン・カフェから少女を連れて逃げた男だってことも知ってる」

「写真が李安国の手に渡り、おまえが中国人の名前を教えた」末鷗は断定する口調で言った。

「なにか不都合な点でもあるのか」昴がクラウンの赤い鼻をつまんだ。笑い出したくなるのを我慢するような仕草だった。

31

小久保仁

キム兄弟商会で再会を祝して軽く一杯やり、そのまま部品倉庫で話し込んでいたのだが、ウラジーミルがヴィタリー・ガイダルの呼び出しをうけたのをしおに、小久保仁は特命チームにもどった。水門監察官に問いただしたいことが山ほどあった。だが、それは胸にとどめて、動きはじめた馬場孝弘の監視に集中した。

仕事をおえて青戸のSM社を出た馬場は、迎えにきたシルバーメタリックのスポーツ車で港西のフレンチ・レストランへいき、総勢十一名の老若男女とイブのディナーを愉《たの》しんだ。哺乳《ほにゅう》瓶《びん》をくわえた幼児もまじる賑《にぎ》わいの中心は、青に金のメッシュ入りの鬘《かつら》に、じゃらじゃら鳴るトルコ石のネックレス、フリルの付いたシルクのブラウスで珍妙にドレスアップした老女だった「馬場のおふくろにまちがいありません。やつらはそろいもそろって耳がでかい。耳一族です」と空山警部が報告してきた。県警の沢野正志警部補に教えてもらった家族構成と職員名簿の写真から、実母のほかに、馬場夫妻、娘の夫の市警察公安課長、息子の県警公安部外事課捜査員が、家族連れで参加していることがわかった。午後八時すぎ、ディナー終了。レストランを出た馬場一族が、四台の車を連ねて音海のボウリング場へ到着した段階で、小久保はつぎの手を打った。空山にニュータウンの馬場孝弘の自宅へ侵入するよう指示を出すと、水門と二人で音海へ向かった。

ワーゲンのフロントガラスに雪が吹きつける。運河にかかる橋を渡った。整備された道路がまっすぐのび、その先の闇に巨大客船のような白い建物がうかんでいる。スカイボウルは、音海の埋立地の北端に昨年オープンしたショッピングセンターの最上階にあるという。

吹きさらしの広大なパーキングにうっすらと雪が積もっていた。ヘッドライトの光のなかに筒井巡査部長が入ってきて、さりげなく腕を振り、小久保は誘導されるままにワーゲンを駐車した。降り立ち、待ちうけていた筒井に、やつらの車はどこだと訊いた。

筒井が前方左手の四輪駆動のＲＶを示した。「あのＲＶと奥の乗用車三台の計四台です」

「きみの任務は」

「車の監視です」

「ではつづけろ」小久保はショッピングセンターの明かりに足を向けたが、もどかしげな筒井の口調が気にかかった。「空山の指揮下に入るのが不満か」

「いいえ」

「監察課の手法に我慢ならないのか」

「多少のとまどいが。経験がないものですから」

「いずれ慣れる。それも嫌だというなら警官をやめろ」

「はい」

「丹羽に報告したいならそれでもかまわんぞ」

「そんなつもりはありません」

「どうせきみは我々をスパイするために配属されたんだ」小久保はむぞうさに言った。「県警と悶着《もんちゃく》を起こして、それが捜査一課に飛び火しかねないと判断すれば、丹羽はきみを引き揚げて、我々を放っぽり出す。長官官房も最後まで我々を守る気はない。ようするにすべてはいつもどおりだ。わたしはわたしの流儀でやる」

筒井の薄暗い顔のまえで雪が舞った。一瞬眼を光らせたが、無言のまま監視用の白いセダンに乗り込んだ。小久保と水門はパーキングを突っ切り、屋内に入った。

エスカレーターで五階にあがった。ゆったりしたフロアの右に展望レストランがある。真っ直ぐすすみ、ボウリング場の自動発券機と受付カウンターのまえを抜け、八レーンと九レーンの客に近づいた。幼い女の子がボウルの重さに振られて尻もちをつき、大人たちが喝采《かっさい》を送った。ベンチで乳児のおしめを交換していた女がこちらへ笑顔を向け、小久保の視線と合うと、表情が厳しく一変した。男と見まちがうほど肩幅があった。耳たぶは、垂れて幅が広い。馬場の娘だなと思った。

「馬場孝弘さんはいますか」小久保は上のフロアから呼びかけた。

頭がいくつか振り返った。大人も子供も、胸に馬蹄《ばてい》の形を白で染め抜いた鮮やかな緑色のTシャツを着ている。豊かな黒髪の初老の男が、若い男の肩を抱いて耳打ちすると、まえへ出てきた。鬘をのせているらしい馬場孝弘は、退職時のひどく額が後退した写真とは別人の印象だった。

「誰だ」馬場が鋭く言った。

「警視庁の小久保だ」小久保はボウリングのピンが倒れる音に負けぬ声量でこたえた。

「帰れ。話すことなんかない」馬場は左の手首から先を使って追い払う仕草をした。

「緊急の用件でしてね。お愉しみのところを申しわけないが、ほんのすこし時間をくれませんか」

　馬場は顔をしかめ、おぼつかない足どりで階段を二歩あがって、上のフロアに出てきた。沢野が言うとおり右肘《ひじ》がくの字に曲がっている。広い耳たぶの若い男と、すこし遅れて猫背の巨漢の男がつづいた。県警公安部外事課の息子、それと市警察公安課長で娘婿の倉持玄四郎だなと思った。

「警察庁の水門です」水門が馬場に告げた。

　馬場の息子と倉持は、おどろいた様子も見せず、水門の背後へとゆっくり歩き、彼女の全身に視線を這《は》わせた。息子が下卑た笑みをうかべて、いい度胸してるな、またPに強姦《ごうかん》されるぜ、と言った。あの味が忘れられなくてきたのさ、おまえも好きもんだな、と倉持は言い、水門の首筋へ顔を近づけると、ささやく声で彼女の性器の形状についてたずねた。水門は耳も眼も貸さず、顎《あご》を突き出し、昂然《こうぜん》とした態度で正面の馬場に視線をそそいだ。

「西修平といっしょに東京で殺された女の身元を教えてもらおうか」小久保は言った。

「俺が知ってるわけがない」馬場はゆるりと首を横に振った。

「では言い換える。牡丹江酒楼《しゆろう》で宋時烈を撃った女の名前は？」

「質問があるんなら公安部に訊《き》け。なんども言わせるな」

「おまえは西修平殺害の容疑者なんだぞ」

「ばかな」

「八年まえの傷が、まだ痛むのか」小久保は、馬場の右肘に軽く手を触れ、沢野から聞いた推理を口にした。「一ヵ月半ばかり入院したって話だが、西にやられたんだろ？　その傷がもとで捜査員からはずされた。つまりおまえには動機がある。しかも西殺害の三日まえ、十二月十七日の夜、菊池から西の潜伏先の手がかりをえている」

馬場が左に頭をかたむけた。ようやく思考の回路がはたらきはじめたな、と小久保は思った。特命チームの捜査がどこまですすんでいるか、馬場は知りたいはずだ。

「八年まえの九月、西が捜査一課の沢野を呼び出して、牡丹江酒楼でおまえと同席していた宋時烈と荒尾進についてたずねた。ところが、沢野はおまえのでたらめな証言以外はなにも知らなかった。そこで西はどうしたか。おまえを痛めつけて訊き出そうとした。だがおまえは口を割らなかった。それが証拠に退職後はＳＭ社の総務課長におさまってる。公安部がおまえの口の固さに褒美を与えたってことだ。そこで訊きたいことがある。西は、宋時烈が誰なのか、知ってたんじゃないのか？」

馬場が八レーンと九レーンの一族へ、ゲームをつづけろ、とでもいうように左手を振った。外事課の息子と市警察の娘婿は、あいかわらず視線で水門を舐《な》めまわしながら、だが小久保の話に神経を集中している。そこでふと、息子たちは事情を知らないようだ、と小久保は思った。宋時烈が大物だからだ。そして馬場孝弘もスパイ工作の全体を知っているとはかぎらない。市警察の下っ端の公安捜査員など、公安部の陰謀の歯車の一つにすぎない。

「女は牡丹江酒楼で宋時烈を狙ったが失敗した。その後、女は紅旗路の大富豪夜総会のホステスになり、そこで西と出会った。おまえはそのことを知ってたか？」小久保は軽く探りを入れた。

馬場は視線を合わさず、考え込む眼差《まなざ》しになった。

「つまり西は」小久保はつづけた。「女から宋時烈の話を聞いた。よく知ってる男だった。あっとおどろくようなPの大幹部だった。西がおまえから訊き出そうとしたのは、公安とPの大幹部の関係だ。事情聴取で嘘をならべ立て、西に右肘を潰《つぶ》されてもしゃべるわけにはいかなかった極秘の関係だ」

「おまえたちもボウリングを愉しめ！」馬場がふいに怒鳴りつける口調で息子たちに命じた。

倉持と馬場の息子が表情を強張《こわば》らせ、渋々レーンの方へ去った。馬場がフロアにぽつんと置かれたピンボール台の方へ歩き出し、それにおうじて小久保と水門はゆっくりと動いた。

「もうおわったんだ」馬場がピンボールの台に手をかけ、かすかに詠嘆をひびかせて言った。

「なにがおわった」

「県警内部の争いが。市警察、公安部、刑事部、みんな傷ついた。これは俺たちの問題だ。警視庁は手を出すな」

「おわっちゃいないぞ。四日まえに西が殺されたばかりだ」

「燃えかすだ。最後の小さな炎が吹き消されたんだ。警官同士のばかげた殺し合いはもう起こらない。それは請け合う。俺たちはマフィアを封じ込めることに成功した。すくなくとも、ニュータウンでなら平和な生活を保証できる。環日本海大学のおかげで若い連中も増えた。サッカーチームもある。魚と酒は旨《うま》い。世界中の女と安く遊べる。悪くはない。そうだろ。俺たちはたっぷり血を流して、ささやかな幸せを手に入れた。もう恨みっこなしだ。俺は西に恨みなんか持ってなかった。報復より、家族と愉《たの》しむ方をえらぶ。見ればわかるだろ。俺だけじゃない。過去にどんなにいがみ合おうが、それが県警二千四百名の警官の共通の気持ちだ」

下級警官の悲哀に理解をもとめるような言い草に、小久保は嫌気がさした。老いた元公安捜査員の真情の吐露は、聞く者に、なにかしらの人間的な感情を引き起こすにちがいない、こいつは傲慢《ごうまん》にもそう思い込んでいるのだ。おまえの人生もわたしの人生も糞《くそ》ったれだが、共通点はそれだけだ、と胸のうちで告げた。

「泣かせる話だ」小久保は嘲笑《ちょうしょう》した。「だが馬場、おまえは尻に火が点《つ》いてるのがわかってないようだな。荒尾進のことはだいたい摑《つか》んでる。当時のおまえの上司だ」

馬場の視線が、フロアの端の自動販売機コーナーの方へすっとあがった。太い眉《まゆ》の端で血管がふくらみはじめる。

「宋時烈とはなに者だ」小久保は語気鋭く訊いた。

「調書にあるとおりだ」

「無駄口を叩《たた》くな。宋時烈はPの幹部で、しかも公安のスパイだ。いつごろからのつき合いなんだ？」

「警視庁とは関係がない」

「おおアリだ。西が殺された日の昼間、そいつは海市警察の石原寛人と名乗って、東京で四谷署の捜査員と会い、西と女の居場所を訊き出してる。そして夜の新宿で、死体が三つ転がった。

おまえはそういう結果を招くと知ったうえで、菊池から入手した情報をそいつに流した。動機もある。西への恨みだ。素直に吐かないと、令状を請求して東京へ護送するぞ。捜査資料の捏《ねつ》造《ぞう》はなにも田舎警察の専売特許じゃない。警視庁はおまえらよりずっと破廉恥で洗練された手口を使うんだ。おまえを刑務所にぶち込んでやる」

馬場は首を横へ激しく振った。「考えすぎだ。俺はなにも知らない」

小久保は鷹揚《おうよう》にうなずいた。「おまえは小物だ。そんなことは最初からわかってる。小物なりに知ってることをしゃべればいいんだ」

馬場はぐいと左腕を突き出した。手のひらを小久保へ向け、後退《あとずさ》りして、よろめいた。レーンの方から馬場の息子と倉持が飛び出してきて、両側から馬場を抱えた。馬場の顔は怒りと恐怖で紅潮している。

「いいか」小久保は静かな声に冷酷さをひびかせた。「公安の大物スパイが、これまでPの内部で、どれほどの裏切り行為をしてきたのか、近いうちに明らかになる。そうなれば、馬場、おまえの命はいくつあっても足りない。Pはおまえをぜったいに許さない。取引しよう。捜査記録からおまえの名前を消してやる。それしか生きのびる道はない」

「俺はなにもしゃべらないぞ！」馬場が声を振り絞って叫んだ。

取引がすんなり成立するとは思っていなかった。小久保は名刺に携帯電話の番号を書いて渡した。馬場は黙ってうけとった。

小久保と水門はスカイボウルを出た。エスカレーターで降りる途中、空山から「携帯電話二台、番号を摑んだ、もどる」とメールが入った。馬場は退職して四年経つ。公安部の極秘任務を離れた解放感から、警戒を怠ったかもしれない。十二月十七日の夜、自宅で継続捜査班の菊池から思わぬ情報を入手した後、馬場はただちに、家に設置された電話、ないしその二台の携帯電話のいずれかを使用して、かつての上司に連絡をとった可能性がある。もしそうなら、通話記録で相手が判明する。

32

小川未鷗

未鷗はスカイブルーのセダンから降りた。学園東の高級住宅街にある邸宅の広い車庫には、リアガラスが砕けた彼女のホンダと、カンダハルの住人が証言したクライスラーの赤いステーションワゴンがおさまっていた。昴の案内で階段を昇り、玄関ホールへ出た。大理石を敷きつめたフロアにシャンデリアが砕け散っていた。「その女はなんだい」しわがれ声が降ってきた。吹き抜けの二階の手すりに、ぼろをまとった女の子がいた。くる途中、車のなかで、音楽家一家の崩壊劇を聞いていたので、一人で住んでるジャンキーの子だな、と未鷗は思った。昴は少女に軽く手をあげ、なにもこたえず、勝手知った家をさっさとすすんだ。敷地はさほど広くないようだが、豪勢な造りの家だった。ホール、廊下、トイレ、どこも明かりが煌々《こうこう》と灯《とも》り、壁は悪戯《いたずら》書きで埋められ、フロアには衣類やら壊された家具の一部やらが転がっている。家の住人が負債を抱えて夜逃げし、整理屋がカネ目のものを洗いざらい持ち出したあとのような光景だった。

昴が頑丈そうな木製のドアをあけて、壁のスイッチ板をまさぐった。スポットライトが一つ灯り、闇にグランドピアノがうかんだ。防音装置が施された部屋だった。ドアが閉まると、室内のよどんだ空気が動き、末鷗は食べ物の腐った強烈な臭いに顔をしかめながら、薄明かりに眼を凝らした。フロアに、楽譜やら、踏み抜かれたアコースティックギターの破片が散らばり、斜めにずれたソファには、なにかの抜け殻のように白いバスローブが捨て置いてある。

「隼人はいない。九日に死んでる」昴の声が聞こえた。

末鷗は首をややかしげ、短い沈黙を置いた後、視線を背後へめぐらした。昴がグランドピアノの上に腰をかけて、脚をぶらぶらさせている。末鷗は、騙《だま》されたのだと気づき、眼尻《めじり》を吊《つ》りあげたが、口から出たのはせつない声だった。

「どこで死んだの」

「カンダハル。潰れたクラブだ。ジャンキーが住み着いてる」

「だけど隼人は九日にふらっと出ていったって」

「誰がそんなことを言った」

「住人の誰か。麻薬係に調べにいかせたのよ」

「あいつら死体に困って、波立へ捨てちまったんだ。だからそんな嘘をついたのさ」

「死体はまだそのまま?」末鷗はとがめる口調になった。

「四日後、市役所が身元不明のまま処理した。『日本海ＮＥＷＳ』に小さく出てる」

「それが隼人だって断定できるの?」

「写真を見せたはずだ。あれは、隼人が寝床にしてたミキサー室の壁に貼ってあったのを、ぼくがはがして持ってきたんだ」

「死因は」

「ドラッグのやりすぎに決まってるだろ」

昴が言いおわらぬうちに、未鷗はピアノから垂れている昴の足を腕で払った。身を投げるようにして落ちた昴は、フロアを転がって、立ちあがった。未鷗はコルトガヴァメントを抜いた。

「待て！」昴が叫んだ。「騙されたくらいで、かっかするな。頭を冷やして考えろ。ぼくがカンダハルに出入りするようになったのは、市役所が隼人の死体を処理した日以降だ」

「なんの話」

「ぼくは生きてる隼人に会ってない。先生のマンションのまえの路上で撮った写真を見せて、あの中年男の名前を訊《き》き出したのは、隼人じゃないってことさ」

未鷗は、はっとした。「悦士なの？」

「池田じゃない。ああこいつは布施隆三だ、元麻薬係長の警部補だ。いくらぼくを可愛がってくれてるからって、そんなことを彼がしゃべるわけないだろ」

「じゃあ誰が教えたの」

「韓素月って女だ」昴が左の眉をしかめた。

33

小久保仁

空山警部らのヴァンが到着して間もなく、音海のショッピングセンターの広大なパーキングを、馬場孝弘が、息子の運転するRVで出発した。馬場一族の四台の車両のすべてに発信機をとりつけてあった。空山の追跡チームは、警察官僚OBが経営する渋谷の盗聴機器輸入代理店から購入した最新の車両追尾装置を使い、二台の車に分かれて馬場の車の尾行をはじめた。その数百メートル後ろから、小久保と水門はワーゲンで追いかけた。

馬場は栄町でRVから降り、一人でムーンパレス近くのショットバーに入った。五分ほどで出てきて、こんどはタクシーを使った。そのため車両追尾装置が使えなくなり、三台の車でタクシーを慎重に追いかけたが、馬場は執拗《しつよう》に尾行を撒《ま》く行動に出た。幸町、老沙、と引きまわされ、けっきょく走水二丁目で見失った。

ワーゲンをのろのろと運転しながら、小久保は、十二月十七日の夜に、馬場が連絡をとった人物を頭にうかべた。宋時烈、荒尾進の線も、あるいはその両者だ。そして今夜、ふたたび同じ人物に、接触をはかろうとしているのではないのか。海鮮レストランがならぶ通りに出た。店先の生《い》け簀《す》で魚の鱗《うろこ》がきらめいている。対向車とすれちがった。若者が窓からクラッカーを破裂させ、一瞬、フロントガラスを色つきの紙の帯がおおった。小久保の視線の先の暗い海に、おびただしい数のヨットのマストがぼうっとうかんだ。右手の台地の上の建物の壁で、青色のネオンガスが頼りなさげに発光している。水門がそれを指さして、『Harbin Cafe』の文字を呟《つぶや》く声で読んだ。

34

小川末鷗

環日本海大学正門から西へ二分ほど歩くと、ガリバルディ広場がある。商店街が街興しのために、南イタリアの貧しい町から運んで再現した石畳の広場のまわりには、ギャラリィ、女子学生に人気の雑貨屋、ライブハウスと、モダンな店がならんでいるのだが、ディスコ『Lスペース』の角を曲がると雰囲気は一変する。そこは日曜日に老いた娼婦《しょうふ》が立ちんぼしている怪しげな路地で、学生では手が出せない高価なエロ本専門店、間口のおそろしく狭いラブホテルも兼ねるビジネスホテル、所有者はカルト教団だと噂のある赤煉瓦《れんが》のビルなどが軒を接している。昴がイカレた学生相手にドラッグを売り捌《さば》いている、赤煉瓦のビルの地下にあるクラブ『レジェンド』で、小川末鷗は、韓素月があらわれるのを待った。

肉も魂も、なにもかもが壊れた邸宅の防音ルームで、昴が言っていた。「夜明けに、先生のマンションのまえで中年男をカメラで撮った時点で、見おぼえがあると思った。写真が現像できるまえに、いくつか記憶の断片がよみがえった。吉雄逸郎《よしお》が殺されたとき、ぼくは三歳と十一ヵ月で、その前後には、やつと会ってる。もちろんもっと大きくなってからも。と言っても記憶はあいまいだ。おふくろと三人でメシを食ったことがあるような気もするけど、やつがぼくを、アミューズメントパークに連れていってくれたりするような、すごく親しい関係じゃなかったと思う。名前も忘れてた。おふくろの背後で影がちらついていた男。あるいは、おふくろと親密だったかもしれないが、ぼくと深く関わろうとはしなかった男。そんな記憶を、おふくろにしゃべって、あの男は誰だったのかと訊いた。おふくろはべつに隠さなかった。元警官よ、確か麻薬係の。名前も教えてくれた。聞きおぼえのある名前だった。最後に写真を見せて確認した。布施のやつ、ぜんぜん変わってない、とおふくろは言った。へえ、いろいろ人間関係がつながってるんだなとは思ったけど、そのときは詳しい話はしなかった。ぼくが布施隆三を金剛事件と結びつけて考えはじめたのは、ごく最近で、先月の末に李安国と会ってからだ」

ストロボ光が点滅するダンスフロアで、百人を超える若者が腰を密着させ、カリブの音楽に乗ってどたどた足を踏み鳴らしている。ダンスフロアから遠く離れたボックス席は、テーブルの上の青い蠟燭《ろうそく》の明かりに顔を寄せなければ、相手を識別できないほど暗かった。湿っ気たピザをビールで流し込んでいると、韓素月らしい人影がボックス席を覗《のぞ》き込みながら、きびきびした身のこなしで近づいてきた。昴が呼びにいき、連れてくると、自分がいた席にすわらせ、未鷗の隣に腰を降ろした。素月は昨日の昼間と同じ黄色い毛糸の帽子をかぶったまま、未鷗に鋭い一瞥《いちべつ》をくれると、ウエイターを手招きしてカクテルを注文した。

「万里乃はまだ寝てない。大好きなお兄ちゃんの帰りを待ってる。クリスマス・イブだものね」素月が嫌味をきかせて言った。

「じゃあ、さっさとすませよう」昴は母親の言葉をうけ流す調子で言い、テーブルに肘《ひじ》をつくと、やや身を乗り出した。「布施とつき合いはじめたのはいつだい」

素月は短い吐息をついた。「暮れに金剛で高岡守が殺された年の、五月か六月ごろだったと思うけど」

タチアナ・パーヴロヴナの児童売春組織を摘発した二、三ヵ月後だな、と未鴎は頭に刻みつけた。正確な時期は忘れたが、布施隆三が吉雄逸郎たち四人とユニットを結成したころだ。前年の晩秋、隆三はハルビン・カフェ事件で断固たる行動をとり、その勇名を聞きつけた吉雄たちがひそかに隆三と接触をはかった。そうして、児童売春組織摘発に際して、隆三が創立メンバー四人を使って情報収集をおこなうというプロセスを経て、ユニット結成に至ったのである。

「ぼくはもう生まれてたわけだ」昴が言った。

「三歳になるかならないか」素月が言った。

「創立メンバー四人全員がまだ生きていた」

「そうね」

「布施とつき合うようになったきっかけは」

「コピーキャットのレジにいたら、彼が客できた。走水のディスカウントショップよ。結核で入院するまでそこではたらいてた」

「布施は母さんを知ってたの？」

「ゴールドフィッシュにいただろって、訊かれた。警官が溜《たま》り場にしてた栄町の洋風居酒屋のこと。コピーキャットのまえに、そこで二ヵ月ぐらいウエイトレスしてた。じゃあ、あなたも警官なのって訊《き》いたら、なん年かまえに退職してると言った」

「それで」

「彼はときどきコピーキャットに買い物にきて、いつもわたしのレジで精算して、初夏の、風がすごく気持ちいい日に、ドライブに誘われた」

「いつまでつき合ってたの？」

「昴が小学校に入るころには別れてた。はじめてのデイトから数えると、四年間ぐらいね」

その四年間の最初の一年間で、高岡守、久間肇、彦坂太郎、吉雄逸郎が殺害されている、と末鷗は思った。カクテルグラスがとどいた。素月は淡い緑色の液体に口をつけた。

「なぜ別れたの？」昴が訊いた。

「説明が長くなる」

「かまわない。話してほしい」

「布施が吉雄を殺したんじゃないのかって疑ってるの？」

「可能性を検討してる」

「きょうの夕方、吉雄の先輩がきて、おまえと同じように、吉雄を殺した男を捜してた」

「誰ですか」末鷗は語気鋭く口をはさんだ。

「小久保仁」

末鷗はほんの短い時間、青い蠟燭の炎に眼をとめた。特命チームは新宿の事件の犯人を絞り込んでいるのか。

「布施の話も出たんですか」末鷗は訊いた。

「小久保は、わたしと布施の関係を知らない。訊かれないから、わたしはなにもこたえない。小久保は悦士と連絡をとりたがってたけど、連絡なんかとってやらない」

「小久保は電話番号を教えませんでしたか」

「メモをくれた。でも燃やした。関わりたくないの、小川先生、あなたともね」

素月がカクテルで喉《のど》を湿らせるのを、昴は待った。

「じゃあ、母さん、話してくれ」昴が言った。

素月は、太い毛糸で編んだカーディガンのポケットから煙草を出して、一本くわえ、使い捨てライターで点《つ》けた。悔恨、懐古、あるいは憎悪といった感情をまったく引きずらない、無頓《むとん》着《ちゃく》な調子でしゃべりはじめた。

「結婚しようなんて言葉は、どちらからも出なかった。出る気配もなかった。はじめから、男と女の関係を愉《たの》しむということで、暗黙の了解ができてたんだと思う。生活の苦しい時期だったから、なんどか彼からおカネ借りてる。返してないけど。たいした額じゃないわ。コンサート、食事、おしゃべり、ベッド、ふつうのデイトよ。昴には悪いけど、子供がいると、かぎられた時間を利用するしかないでしょ。昼間、家に引っ張り込んだこともある。話がおもしろくて、セクシィに感じるところもあって、愉しむには不足のない男だった。そんなわけで、彼がこの街でどんな商売をしていようが気にしなかった。日用雑貨の輸入販売をしてるとか言ってたけど、事務所を見たわけではないし、ほんとうはなにをしてるのかぜんぜんわからなかった。紅旗路の安ホテルに住んでた。でもいったのは一度だけ。Pかなと思ったことはある。彼は警官の報復テロルを肯定してたからね。メディアに報復を宣言した市警察警官有志を話題にしたこともある。未熟な蜂起《ほうき》だが最初の一撃を放った功績は認める、というような言い方を、彼はしてた。でも突っ込んだ議論にはならなかった。彼は気乗りしないふうだったし、わたしの方は、その話になると自分が熱くなるのがわかってたから、なるべく避けてた。ようするに大人の関係ね。で、四年目に悦士にバレた。隠してたわけじゃなくて、男がいることは、あいつに仄《ほの》めかしてあった。ある日、昴が悦士にどこかへ連れていってもらったのよ。音海の水族館だったかな。ところが昴は予定より早く帰ってきたんで、あの最中を見ちゃった。おまえは六歳になってたから、おぼえてるでしょ。彼が帰ったあとで、誰なのかと訊くから、布施のおじさんよ、会ったことあるじゃないの、そんなふうにこたえたと思う。昴はつぎに悦士に会ったときに、その話をしちゃったわけ」

「しゃべったおぼえはないな」昴が顔をしかめた。

「うちの母さんが男の人と家にいた、ぐらいの表現で、最初は言ったと思うの。それだって悦士にとっちゃあ大問題よ。名前を訊かれて、おまえは素直に教えた。悦士はわたしのところへすっ飛んできて、生きるの死ぬのって顔で、布施とはいつからできてたんだって訊くから、あ、みんなPだったわけね、と思った。それで、あの連中とつき合うのにうんざりした。布施にもちょっと嫌な感じを持ったしね。悦士がわたしを口説いてるのを知ってたわけだから。色恋でもめて分裂寸前のテロリスト集団よ。なにからなにまで通俗的な連中。ばかみたい」

素月はグラスを摑《つか》むと、未鷗に向けて挑発するように乾杯のポーズをとった。

「布施はいつからPの活動を？」昴が訊いた。

「訊いたけど、彼はこたえなかった」

「池田のおじさんは？」

「吉雄が殺されたあと、悦士ったら、頼んでもいないのに、わたしのまえで復讐を誓ったの。わたしのまえで復讐《ふくしゅう》を誓ったの。だからその前後には、Ｐの活動をはじめたんじゃないのかな」

末鷗は事情を知っていたが黙っていた。吉雄逸郎の死から三週間後、高岡悦士が、ハルビン・カフェ事件と児童売春組織の摘発で一部に名前を知られていた布施隆三をたずねて、Ｐの創立メンバー全員が殺害されたことを話し、Ｐの再建を訴えた。すると隆三は、脾臓《ひぞう》の数ミリ脇の筋肉を貫通した弾痕《だんこん》を見せ、それが金剛事件の際の負傷であり、自分があの事件の生き残りであることを明かした。そして、隆三のかつての部下で刑事課に移っていた西修平をくわえて、三人でＰを再建したのだ。末鷗の父親、小川勇樹が生活安全課を基盤にべつのユニットを結成するのは、その二年後である。

「布施について、吉雄からなにか聞いたことは？」

素月は首を横に振った。「殺されるまえの、すくなくとも三年間は、吉雄とはいっさい連絡がなかったし」

「母さんと布施の間で、吉雄の話題が最初に出たのはいつ？」

「吉雄が殺されたあとよ」

「それまで、ぼくの父親については、どういう説明をしてたの？」

「学生時代から長いつき合いの男で、いまはべつの女と結婚して、東京の大手企業の研究所にいるってことに。じっさいそういう男がいるんだけど。吉雄が殺されたあとで正直に話した。吉雄がＰだったかもしれないという話もね」

「布施と、Pや報復宣言を話題にしたとき、それを吉雄と関連づけてしゃべることはなかったわけだ」

「吉雄が殺される以前は」

「母さんは」昴が確認した。「吉雄が殺される以前は、吉雄について、布施にはいっさいしゃべっていない」

「そのとおりよ」

「でも布施は、べつのルートで、吉雄が仲間とPを創立した事実を知っていた可能性はある。そして布施は、コピーキャットで母さんに声をかけるまえから、母さんが吉雄逸郎との間に子供をもうけたことを知っていた可能性もある」

昴の意図を探るように、素月は煙草の煙をぼんやりながめた。

「わたしが吉雄の子を妊娠したことを、悦士は守から聞いて知ってた。そういう話はみんな好きだし、警官の社会は狭いから、布施の耳にとどいていた可能性はある。おまえがなにを言いたいのかわからないけど」

聡明《そうめい》な素月がわかっていないはずはない、と未鷗は思った。昴は残酷な物語の可能性を仄めかしているのだ。男は情報収集の目的で女に接近する。あっさりものにしてみたものの、女からはなにも情報がえられない。そこでほかの手段を使ってP創立メンバーに接近し、裏切り、全員を殺し、メンバーの子を育てている女を抱きつづける——だが昴が想定しているこの物語には、重要な事実誤認がある。男が女への接近を試みたとき、男はすでに創立メンバーと行動をともにしていた。情報収集の目的などなかった。ではなぜ男は女に接近したのか。ちょっとした残酷なよろこびを味わうためか。そうとしか考えられない。だが、そんなばかげた話があっていいのか。あれもこれも、いっさいがっさいが、なにかのまちがいなのだ、と未鷗は自分に言い聞かせた。李安国も、ガイダルの配下の赤毛も、嘘をならべ立てている。

「ぼくの質問はおわりだ」昴はそれ以上踏み込まなかった。

「なにをするつもりなの」素月が厳しい声を出した。

「真相が知りたい。それだけだ。心配はいらないよ」昴は諭す口調でこたえた。

「真相を知るのに拳銃《けんじゅう》を振りまわす必要があるわけ？」

「あんなばかな真似は二度としない。先生の協力がえられたしね」

「ならいいけど」素月がぜんぜん信じていない口ぶりで言った。

「ぼくは先生ともうすこし話がある」昴は話を打ち切ろうとした。

「おまえがわたしを苦しめるのは、ある意味であたりまえのこと。なんてったって息子だからね」素月は光る眼で昴をにらみつけ、声にいっそう厳しさを込めた。「そういうことを言いたいんじゃない。ねえ、吉雄とかんたんに別れたわけじゃないのよ。言葉のかぎりを尽くした。わめき散らした。泣き叫んだ。子宮でしかものを考えられない女ってやつを演じることまでした。通じなかった。救ってあげられなかった。ばかな男よ。でも昴、おまえの場合は、ばか息子ということではすまないわ。わたしはおまえの未来に責任がある」

　昴はビールを一口飲んだ。

「母さんは万里乃の未来に責任がある。あいつは二歳になったばかりだ。でもぼくはちがう。全世界がぼくにひらいている。ろくでもない世界だけど、ぼくはそこで独りで生きることになる。そういう時期にきてる。それに人を救うなんてことは誰にもできない。吉雄の場合もそうだったわけだろ。もちろんぼくは母さんを愛してる。でもここでさよならをしよう」

末鷗はいたたまれなくなって、デイパックを手に立ちあがり、昴と席を入れ替わってテーブルを離れた。イブの夜を愉しむ若者で混雑する店内を歩き、ウエイターにトイレの場所を訊《き》いて、表示の明かりをめざした。フロアの端に達したところで肘《ひじ》を摑《つか》まれた。軍用の草色のジャケットを着た男が、エル、スノー、スピード、クラック、ヘッジ、なんでもあるよ、とささやいた。男を振り払い、婦人用の半透明のガラスドアを引いてなかへ入ると、黒いタイルのフロアに、縮れた金髪の若い女が四つん這《よ ば》いになっていた。前髪の間から定まらぬ視線を向け、爛《ただ》れたような赤い唇の端で泡を吹き、前方に転がっている金ラメのハイヒールの方へ這ってくる。末鷗は女をよけて洗面台へいき、デイパックから携帯電話を出して、メールをチェックした。

午後六時四十三分と八時十一分の二回、『EXIT』と入っている。布施隆三が使用する「電話請う」を意味する暗号だった。隆三の反対を押し切って昴に会いにニコルズへ向かってから、一度も連絡をとっていなかった。反射的に指を番号ボタンにかけた。だがおまえは自分のすすむべき道を決めているのか、そもそもこの数時間なぜ連絡をとろうとしなかったのか、と自問した。問うまでもなかった。隆三を疑いはじめているのだ。

彼には秘密が多すぎる、と末鷗は携帯電話を見つめながら思った。まずガイダルの配下の赤毛の証言。緑が丘プラザで、刑事課の森晃次のユニットが暗殺未遂事件を起こしたとき、県警監察課長と同じエレベーターに乗っていたかどうかはべつにしても、犯行発生時刻に現場に居合わせたことを、隆三はなぜ仲間に隠してきたのか。

韓素月との関係にも不可解な点があると思った。昴が仄めかしたように、隆三は素月が吉雄の女だと知ったうえで近づいた可能性がある。いやむしろ、吉雄の女だったからこそ声をかけ、ベッドに誘い込む腹づもりだったと考える方が自然だ。なぜそんなことをしたのか。素月が魅力的だったからか。同志の女と寝るという悪意にみちた快楽をもとめたのか。Pの内部でもめ事を起こそうという魂胆があったのか。隆三と素月のはじめてのデイトから一年以内に、P創立メンバー全員が殺害されたことは、隆三のそうした奇怪な行動と無関係と言えるのか。布施隆三とはなに者なのか。「吉雄は第五の男と対決して殺された」末鷗の頭の隅に李安国の声が忍び込んできた。疑惑の断片が、にわかに関連を持ちはじめたように思えた。

洗面台の鏡へ視線をあげ、まだあると思った。西修平が暴露した、牡丹江酒樓《しゅろう》での公安部との密会問題だ。鏡に映る自分の薄暗い顔の向こうに、八年まえの十月中旬、公安部長が国土交通省若手官僚の結婚式に出席するとの情報を入手し、暗殺計画の具体化をすすめていた紅旗路のアジトで、隆三が釈明している光景がうかんできた。牡丹江酒樓事件に関する彼の供述にとくに不自然な点はなかった。公安部は、隆三がハルビン・カフェで北朝鮮系難民二人を射殺したことを知っていた。そこで県警公安部岩間光正警部補が、隆三と旧知の市警察公安課捜査員馬場孝弘を使って連絡をとり、Pから誘いがなかったかどうか、もし誘いがあったら話を聞かせてくれまいか、そんなふうに持ち出してきたという。

「西、きみは、なにやら疑惑めいた口ぶりで言うが、この話のどこが気にかかるんだ」隆三は怒りを抑制した静かすぎる声で言った。「情報提供者の獲得工作で飲み食いに誘うのは、公安部のルーティンワークだ。現役時代から公安部との接触はあった。なにがしかの情報交換もあった。誰しも経験していることだ。ところがきみの過去をひもといても、そんな事実は皆無だというのか」

「なぜいままで隠していたんですか」西もおだやかに問い返した。

「あの少女が狙ったのはわたしだ。個人的な事情から恨みを持たれている。だが公安部はなにも知らない。少女の身元も知らない。わたしがしゃべっていないからだ。沈黙するわたしの胸のうちが、きみにわかるか。少女の罪を問いたくない。そっとして置いてやりたい。わたしが注意深く暮らせばすむことだ」

西は少女の身元を知っていたようで、それ以上踏み込まなかったが、悦士が納得せず、隆三の個人的な事情を執拗《しつよう》に知りたがった。隆三はやむなく、少女の両親の名前を口にし、それで全員が事情を察した。少女の両親はともに警官で、離婚後、無理心中した。隆三は少女の母親との関係を疑われて、けっきょく依願退職に追い込まれたのだが、それはよく知られたスキャンダルだった。公安部との密会問題を討議する会議は、かわいそうな少女が犯した殺人を明かるみにし、そのことに隆三が怒りと苛立《いらだ》ちをぶちまけて、後味の悪いままにおわった。

だが冷静に記憶をたぐると、あの日の隆三は饒舌《じょうぜつ》すぎると思う。西修平の表情にも、疑惑が晴れた様子はなかった。隆三に関する情報を、ほかにも隠し持っていた可能性がある。西にしてみれば、あの日はほんの前哨戦《ぜんしょうせん》のつもりだったのかもしれない。だがその四日後の深夜、潜伏していた部屋を中国人に襲撃されたと、電話で佐伯彰に伝えてきたのを最後に、西の姿は、資金の一部とともに忽然《こつぜん》と消えたのである。昨日の夕方、悦士が指摘したとおり、西が資金を持ち逃げした確証はない。人とカネが同時に消えたということだけが事実である。末鷗は過去を思い返しながら、そこにも謀略の匂いを嗅《か》ぎつけている。公安部との密会も再検証の余地があると思った。

また李の声がひびいた。

「神話を疑うことを放棄して、信じていたいという理由から、神話を信じつづけた。その甘っちょろいメンタリティが、ばかげた裏切りを許してきたんじゃないのか」

だがすべてが謀略であるにちがいない、と未鷗は頭で鳴りひびく疑惑の鐘の音を、こんどは一掃しようと試みた。李安国とヴィタリー・ガイダルが、吉雄の息子を使って偽情報を流しているのだ。死を恐れない胆力、断固たる意志の力、そして鮮やかな現場処理能力で仲間を鼓舞し、導きつづけたのは誰か。公安部長暗殺を為し遂げたのは誰か。布施隆三ではないのか。彼が裏切り者であるはずがない。頭が割れるように痛んだ。どのみち隆三とは連絡をとるべきだと思った。このままでは自分が疑われる。とりあえずそう結論づけ、店の外で電話をかけようと振り向いたところで、未鷗ははっと息を飲んだ。眼のまえに韓素月が立っていた。

「わたしよりひどい顔してる」素月は、涙のせいなのか赤く充血した眼で、未鷗をまっすぐ見た。「迷ってるでしょ。自分が歩んできた道が信じられなくなってるでしょ。そういう状態になっても、自分の人生を正当化するためにまた人殺しを重ねるんでしょ。あなたに罪深さなんか感じない。精神の高さや深さをまるで感じない。自己愛ばかりが強くて、頭は空っぽ、それだけよ。好きにやればいいけど昴を巻き込まないで。その汚れた手でわたしの息子に触らないで」

そこまでいっきにしゃべると、素月はさっとトイレに向かい、ばたんとドアを閉めた。未鷗の首筋に汗が流れた。

ボックス席で昴が待っていた。未鷗は顔を寄せて、リトルウォンサンで安全に身を隠せる場所はないかと訊いた。

雪は降りつづいていた。スカイブルーのセダンのハンドルをにぎり、大学通りを旧市街へ向けて走らせながら、未鷗は布施隆三に電話をかけた。裏をとったわけではないが、隼人は今月の九日にカンダハルで死んでいるらしいと切り出し、昴の説明をそのまま伝えた。隆三は短い時間、沈黙した。

「それが事実なら残念なことだ。だが仲間に迷惑をかけずに逝ったという見方もできる」隆三が鎮魂をかすかにひびかせて言った。

「そうね」

「ほかの話はどうだった」

「昴は父親殺しの嫌疑をあなたにかけてる」

路面の雪をタイヤがはね飛ばす音がしばらく聞こえた。隆三は予想していたのではないかと疑いながら、未鷗は息をひそめて言葉を待った。

「なぜこのわたしが」隆三が静かな声で言った。

「母親への接近の仕方に、疑問を感じてるようなの」

「話が飲み込めない」

「どうして」未鷗はとがめた。とがめる権利がわたしにはあると思った。怒りがこみあげてきた。とっさに、この感情を利用すべきだと判断して強い口調で告げた。「韓素月と四年もつき合ってたなんて知らなかった」

「悦士は知ってる。きみには話しにくい事柄だった」隆三が撤退する素振りを見せた。

「嫉妬《しっと》に狂ったばか女がユニットの団結を乱すから？」

長い沈黙が落ちた。受話器の向こうで隆三がため息を洩《も》らすのが、はっきりと聞こえた。

「さっきの話のつづきをしたいんだが」隆三が言った。

「昴が抱いた疑問ね」未鷗はまだ許さぬひびきの声で言った。

「どういうことなのか説明してくれないか」

「吉雄と別れた女がコピーキャットのレジではたらいてる。買い物にきた元警官に口説かれて、わずかな期間でものにされちゃう。半年後に金剛事件が起きて高岡守が、その翌年の二月に久間と彦坂が、六月に吉雄が殺される。世間は十星会の犯行だと見なす。その四件の殺人は、Pの内部にいる裏切り者の仕業だと十星会が釈明する。もうわかるでしょ。昴は、母親を口説いた元警官のほんとうの意図と、裏切り者の存在をむすびつけて考えてる。あの男は、Pの情報を手に入れるために母親に接近し、ベッドでえた情報を十星会に流して、父親をふくむ創立メンバー全員を殺した可能性がある、と昴は言い出したのよ」

「ばかばかしい」隆三は吐き捨てた。

「そうね。あなたはすでにPだったんだから、情報収集の必要なんかない。いい女だったから賞味してみた、それだけのことでしょ。それにあなたの功績を知る者にとっては、検討に値しない疑惑よ。でもわたしはあなたに対する信頼を失いかけてる。当然でしょ」

隆三はまた黙った。未鷗は電話をにぎりなおし、最後のワンフレーズを相手が嫉妬とうけとめることを祈った。

「吉雄の息子と話したのはそれだけか」

「そんなところね」

「長い時間がかかったな」

「ついさっきまで韓素月といっしょにいたのよ」未鷗は言ってから、悪くないこたえだと思った。

「きみはいまからどうするんだ」隆三は話題を変えにかかった。

「まず、泊まる場所を確保する」未鷗は受話器から口をはずして、そっと息を吐き出した。

「こっちへこないか」

「嫌よ」

「若い男といっしょにいるのか」

未鷗は口をつぐんだ。昴とまだ行動をともにしていることを、隆三は見抜いているのだ。鼻で軽く笑い、どうにか自然な反応に聞こえたはずだと思いながら、言葉を捜した。

「今夜は気晴らしでもする。クリスマス・イブだしね。あなたは年中息抜きしてるものね。処女だの娼婦《しょうふ》だの警官の妻だの、好き放題につまみ食いしてる」

「まあいい、明日、話そう」隆三が不機嫌な声で言った。

通話が切れた。未鷗は長い長いため息をついた。携帯電話をハーフコートのポケットに落とし、手のひらの汗をブルージーンズの太股《ふともも》でぎこちなく拭《ぬぐ》った。全身の筋肉が強張《こわば》っていた。

「先生、声がふるえる箇所があったな」助手席で昴が言った。

「おそろしく洞察力のある男だから」

「ぼくが先生に李安国を紹介したと思ってるかもしれない」

「そうね」

「やつが十四年まえに、吉雄と対決したとしたら、李安国の話の説得力を知っている。やつは九年まえにロシア人の尾行に気づいて、ベトナム人の女と少女を逃がすと同時に、紅旗路の古着商の事務所をたたんでいる。となると、李が先生にヴィタリー・ガイダルを紹介した可能性も、やつは検討していると考えた方がいい」

末鷗は息苦しさを感じた。窓をすこしあけると、強い風が車内に雪を舞わせた。

「おまえはどうするつもりなの」

「布施隆三の疑惑を決定づける証拠はまだない。とりあえず先生の話をぜんぶ聞かせてほしい」

老沙の自動車整備工場から持ち出したスカイブルーのセダンは、隆三がその気になれば市警察を使っていつでも捕捉《ほそく》できる、と末鷗は思った。いま現在モニターされている可能性さえある。JR海市駅近くの有料駐車場にセダンを入れ、タクシーは足がつきやすいから、市内循環バスでリトルウォンサンへいった方が安全だろう。そして、市警察の手がおよばない、不法滞在者や指名手配された犯罪者が身をひそめる安ホテルにチェックインすればいい。

35

水門愛子

タクシー会社で調べて、馬場孝弘がハルビン・カフェの正面玄関でタクシーを降りたことがわかった。空山の追跡チームに周辺を捜索するよう指示を出し、水門監察官は小久保といっしょに、ハルビン・カフェで聞き込みをしたが、右肘《ひじ》のまがった初老の男に気づいたホテル従業員はいなかった。宿泊者名簿を調べ、ホテル内のレストラン、バー、サウナ、すべての施設を見てまわった。該当する時刻に地下パーキングを出た車もなかった。正面玄関以外に四ヵ所ある出入り口のいずれかを使い、馬場はふたたび表に出た、と考えるのが妥当のように思われた。けっきょく馬場の足どりは摑《つか》めず、午前零時すぎに捜査を打ち切った。小久保が、むかし使っていたロシア人の情報源と会うと言うので、リトルウォンサンの入口まで送りとどけてやり、水門はワーゲンを運転して独りでオーシャンホテルへもどった。緊張の連続で眠れそうになく、スコッチの水割りをやっていると、携帯電話が鳴った。小久保だった。

「寝てましたか」

「いいえ」水門は言った。「Pと公安の関係についておもしろい話を聞いてるところです。こっちへきてくれませんか」

古田ヒロムの恋人の件が発覚して以来、小久保がほかにもなにか隠している気配をずっと感じており、ばくぜんとした不安を水門は抱いた。だが、警察庁の会議で特命チームの編成を訴えたときから、身を捨てる覚悟はできていた。危険を恐れていたのでは獲物に近づけない。

午前零時五十二分、イブの雑踏が切れ目なくつづくリトルウォンサンの一角で、水門はタクシーを降りた。極彩色の光があふれる街のビルの隙間の暗がりで、小さな花束を胸いっぱいに抱えた少年が声をかけてきた。路地に分け入り、頭をめぐらして、ハングルが氾濫《はんらん》するイルミネーションを見ていった。最近火事があったらしく、白っぽいビルの四階から五階にかけて壁が黒ずみ、窓ガラスが割れ落ちている。その二階に英語で『リトル・ガール』とあった。

コートの上から左胸を押さえ、ホルスターに装着したベレッタ97Fの感触を確かめて、水門はビルの階段をあがった。深紅の絨毯《じゅうたん》の両側に、同系色のロングスカートの少女たちがずらっとならび、外国訛《なまり》の日本語で、いらっしゃいませと声をそろえた。黒服の男が数歩近づいて、いぶかしげな視線を投げてきた。水門は手で追い払うと、携帯電話を出して、教えられた番号を押した。

「右にドアがあります」小久保の声が指示を出した。

ナイトクラブの入口の手まえを右へいき、青い塗料を厚く吹きつけた鉄のドアをあけた。短い昇りの階段がつづく。中三階にあがると、そこは掃除用具をおさめたブースで、灰色の作業服を着た肌の浅黒い女が三人、フロアに尻《しり》を落としておしゃべりをしていた。水門は自分の位置を受話器に告げた。「まっすぐ」と小久保が言った。左眼に眼帯をかけた作業服の女が、水門を制止するように手を激しく振り、インドシナ系の言葉で鋭く叫んだ。

かまわずブースを突っ切ると、こんどは下りの短い階段があった。その先は薄汚れた廊下で、両側に部屋がならんでいる。おおかたの住民はまだ起きているようだった。廊下にダンスミュージックがあふれ、あけっ放しのドアから男女の罵《のの》り合う声が聞こえ、香草の強い匂いがぷんぷん漂ってくる。毛皮のコートの欧亜混血の女が戸口に立ち、水門に鋭い視線をそそいできた。ドレスの襟から白い豊満な胸がこぼれている。

左手にエレベーターがあった。そこでまた電話で道順を訊《き》いた。エレベーターに乗った。きついアンモニア臭がする。コートのボタン、ジャケットのボタン、ホルスターのロック、つぎつぎとはずした。九階で降りた。右へ。九〇五号室だ。薄暗いエレベーターホールで靴がすべった。フロアが濡《ぬ》れている。廊下に人影はない。どこかの部屋で女の悲鳴があがり、思わず足をとめたが、あのときの声だとすぐに察して、そのまま芝居がかった女の叫びが切れ切れにひびく廊下をすすんだ。九〇五号室のまえにきた。ドアノブはまわる。水門はベレッタを抜くと同時に、ドアを押しひらいた。

ピンク色の照明が八畳ほどのスペースを淡く照らしている。セミダブルの粗末なベッド、布団はピンクとブルーの花柄。ドレッサー、丸テーブルと椅子が二脚。娼婦が商売用に借りている部屋だろうか、そう思った瞬間、背中に衝撃をうけ、フロアに叩《たた》きつけられた。顎《あご》を打ち、舌の奥を嚙《か》んだ。相手はのしかかってきて、水門の右手首をねじりあげ、ベレッタを奪った。首筋に銃口が食い込んでくる。「両手を後ろへまわせ!」小久保の声だった。

36

小久保仁

手錠が水門の両手首にがちっとはまった。バスルームへ引き立て、水を張ったバスタブへ頭から突き落とした。脚をばたつかせ、もがいたが、小久保はかまわず彼女の頭を沈めた。水を飲ませ、恐怖心でなにがなんだかわからなくなるまで押さえつけ、それから髪を摑んで引きあげた。「情報源Mとは誰のことだ」小久保は耳元でがなり、返事を待たずにすぐ沈めた。一分、二分と水に浸《つ》けて、引きあげ、「話す気になるまでつづけるぞ」また沈めた。それをさらに二度三度とくり返した。後ろ襟を摑み、バスタブの外に引きずり出して、便器と洗面台の間の狭いスペースに転がした。「情報源Mとは誰だ」彼女が咳《せ》き込む声に重ねた。なにか言葉が返ってきたが、聞きとれなかった。咳がいっそうひどくなった。小久保はしばらく放置してから、同じ質問をくり返した。

「情報源Mとは誰だ」

「東京で話したとおりです」水門は息をつぎ、喘《あえ》ぐ声でこたえた。「情報提供はすべて文書によっておこなわれたのです。MOONと署名があるだけで、身元を確認する手がかりはありませんでした」

「文書の受け渡し方法は」

「主に郵送です。阿南の自宅へ」

「緊急の場合は」

「阿南の携帯に電話が。子供か外国人の声で、短く、文書の受け渡し方法を指定してきます。市立図書館まえの電話ボックスを探れとか、ハンバーガーショップの八番テーブルの裏を見ろとか。文書の受け渡し時に、本人が姿を見せたことは、一度もありません」

「阿南は殺されたんだ。死んだ人間から裏をとれというのか。ふざけるな！」

小久保は水門の襟首を摑んだ。やめてと叫ぶ声があがったが、また頭からバスタブに落とし、こんどは下半身も投げ込んだ。手錠のせいで体の自由が利かず、彼女は溺《おぼ》れかけた。足を突っ張り、どうにか上体を水から出すと、大きく酸素を吸い込んだ。

「おまえはなに者なの！」水門が叫んだ。

「質問をするな！」

小久保は水門の頭に手を置いて命じた。灰色がかった眼で、彼女の胸の奥を覗《のぞ》き込み、なぜこうまで抵抗して口を割らないのだといぶかりながら、水に浸された彼女の下半身が冷えていくのを待った。水門が寒いと呟《つぶや》いた。小久保は頭を押さえ込んだ。吐き出された空気が水面に浮上してくる。手の力をゆるめたが、彼女はもう頭を持ちあげることができず、ゆらめく水のなかで口をあけ、白い眼をむいた。オーバーコートの襟を摑んで引きあげた。彼女は慌てて酸素を吸い込むと、「正直に話してる！」と泣き叫んだ。寒さで歯が嚙み合わず、がちがち鳴った。

「情報源Mの名前は」小久保は感情のこもらぬ声で訊いた。

「知らない、お願い、出して、凍えて死にそう！」

小久保の意思は明快で徹底していた。また沈めた。水門は力尽きて抵抗をやめ、意識が遠のいていくように見えた。それでもなお、しばらくの時間、水に浸けて、頭を引きあげた。水門は、呼吸の仕方を忘れたように、喉《のど》をぜいぜいと鳴らした。

「情報源の名前は」

「布施隆三」水門は呟き、聞きとれるほどの声が出たのか、自分で心もとないような表情をした。

小久保は水門の体を水から引きずり出した。脚がバスタブの縁から落ち、フロアに衝突して、痛そうな音を立てた。バスルームから出して、フロアに転がし、手錠をはずした。水門は凍えて、全身の筋肉が強張《こわば》り、自分で肘をのばすことができなかった。小久保は、水門を仰向けにさせ、ウールのオーバーコートのボタンに指をかけた。

「布施隆三は緑が丘プラザ事件に関与してるな」

「ええ」水門がか細い声でこたえた。

「エレベーターのなかで、おまえは刑事課の森晃次を射殺したろ。あのとき布施もいっしょだったのか」

「いっしょです」

「布施が当時、洪孝賢と名乗っていたのを知ってたか」

「いいえ」

「朱伯儒に殺しを依頼した男は布施隆三か」

「布施です。彼はハルビン・カフェ事件のコウです」

「なぜそう断言できる」

「コウ、つまり石原寛人を名乗った中年男は、人相特徴からいって、布施隆三にまちがいありません」

小久保は短くうなずいた。

「ハルビン・カフェ事件で、布施は北朝鮮難民二人を雇って長谷川を殺し、その場で、自分が雇った難民二人を殺したことになる」

「自作自演です」

「やつの動機は」

「煽動《せんどう》。下級警官の報復心を煽《あお》り立てる目的で、元部下の長谷川巡査部長をスケープゴートにした」

「信じがたい話だ」

「でも、動機については、それ以外に考えられません」

「ではもう一つの動機、自分で雇った難民をなぜ殺した」

「口封じです」

小久保は質問を中断して、水門のオーバーコートのボタンをはずした。布施隆三のいくつもの顔が頭をよぎった。ハルビン・カフェで自作自演をおこなった洪孝賢。公安と関係のある宋時烈。情報源M。石原寛人を名乗った男。水をふくんで重量を増した水門の衣服を脱がすのに手間どり、小久保は苛立《いらだ》ちの声をあげた。コートをなんとか脱がすと、あとは手荒に引き裂き、ボタンを弾《はじ》き飛ばした。素裸にすると、また手錠をかけ、ベッドに寝かせた。

ノックはなかった。眼つきの鋭い、扁平《へんぺい》な顔の東洋系の若い女が入ってきて、部屋にある二台の石油ストーブに点火した。それからヘアドライヤーを手にベッドへいき、ふるえている水門の濡れた髪に熱風をあてながら乾かした。小久保は、赤く燃えはじめた石油ストーブのまえに椅子を寄せて、布施隆三の跳梁《ちょうりょう》ぶりに考えをめぐらした。それぞれの事件での、布施の立場、目的、人間関係を、細部はべつとして想像することはできる。だが、事件を貫くものが、たとえばやつの動機が、あるいは布施隆三という人間の統一性が、まるで感じとれないと思った。

女が出ていった。体を起こせ、と小久保は厳しく命じた。水門が、足と後ろ手を使い、苦労してヘッドボードに背中をあずけた。あらわになった小ぶりの乳房へ、小久保の視線がずっとあがり、ベッドに近づいて、毛布と布団を両肩へずりあげた。水門の表情はやつれているが、顔はきれいだった。右の眉尻《まゆじり》がやや赤味を帯びているていどで、顔に傷はない。小久保は石油ストーブのまえの椅子にもどると脚を組み、「布施隆三の話をしてもらおう」と切り出した。

元海市警察生活安全課麻薬係長、布施隆三。現在四十八歳。小久保の二度目の海市警察勤務と、布施の在籍時がほぼ重なる。十九年まえの二月、布施はスキャンダルに巻き込まれて依願退職。小久保の方は同年の九月、盗犯係刑事殺害への加担をめぐる軋轢《あつれき》が原因で、海市警察を追い出されている。

「わたしが監察課の捜査員だったときも、布施隆三の名前は、Pのリストになかったと思うが」小久保は記憶をたどりながら訊《き》いた。

「リストにはありませんでした」

「なぜだ」

「布施に関する情報は乏しかったのです。梟雄幇との黒い噂がささやかれた時期もありますが、どこでどう暮らしていたのか詳しい記録はありませんでした。Pとして活動中だという報告は皆無でした。退職警官ですから、すでに海市を離れていると見なしていました」

「市警察の口が固かったということか」

「布施が地下深く潜行していたことも、関係していると思います」

「やつがハルビン・カフェ事件の英雄だということは知ってたか」

「過去の話として」

「やつが提供する情報の重要度から言えば、現役の大物だったわけだ」

「そうです」

「情報源Mが布施隆三であることが、どうしてわかった」

「彼の方から名乗り出て」

「情報提供の動機について聞いたことがあるな」

「あります」

「布施はなぜPを裏切った」

「複雑な男でした。組織的で継続的な報復テロルに反対していました」

「やつ自身が」小久保は軽く皮肉を込めて言った。「そうしてきたんじゃないのか」

「だからこそ、その結論に達したのだと」

「では、やつの反対理由を聞こう」

「彼によれば」水門は、布施隆三の語った言葉を頭のなかで整理するように、しばらく沈黙を置いて言った。「我々は小グループに分散している。わずか数人のグループとはいえ、それなりの指揮系統が確立されている。敵という現実が、最小限のヒエラルヒーを要請する。弾圧が厳しくなれば、我々はヒエラルヒーを強化する。グループ間の連携も強めて、離合集散をくり返しつつ、組織を肥大化させていく。そうなると、かならず野心家があらわれて、報復にべつの意味を吹き込み、殺戮《さつりく》の彼方に千年王国の建設を描いて見せる。いまその兆候が出ている」

「野心家とは誰を指す」

「彼は名前を口にしませんでしたが、小川勇樹元生活安全課長を念頭に、しゃべったことは明らかです」

「千年王国とは」

「警察管理国家。ただし確固としたグランドデザインがあったわけではありません。ほんの兆候です。後に小川勇樹が公判で主張したていどの内容です」

「布施はPを潰《つぶ》そうとした」小久保は頭をやや右へ傾げて言った。「そこまではわかるが、やつの本心がもう一つはっきりしないな」

「被害者の同僚、恋人、あるいは遺族が、深く傷ついた魂を慰撫《いぶ》するために報復する。その殺人だけが許される。他者が殺人を代行してはならない」

水門はいったん言葉を切り、宙の一点を見つめた。

「殺人は悪である。せめて悪は個人で背負い込もうではないか。個人が滅びれば、その個人に付属する悪も消滅する。だが組織的で継続的な報復テロルは、悪を蔓延《まんえん》させる」

「布施がそう言ったのか」小久保は声と表情を陰らせた。

「彼の言葉です。彼がめざしていたのは、現状のPの解体。殺人を個人に還元する。悪を自己責任において引きうける」

「悪を個人で引きうける。その先になにがある。布施はどう言ってるんだ」

「親しい友人が殉職したら躊躇《ちゅうちょ》なく報復する。そうやって生きていく。ただそれだけのことだと」

小久保は組んでいた脚を降ろし、石油ストーブを抱きかかえるように、まえ屈《かが》みになった。

「当時、わたしは阿南に訊いたことがある。優秀な情報源を抱えてるようですが、そいつの動機はなんですかと。阿南は考え込み、けっきょくこう言った。情報源Mが動機を表明したことはない。やつは一方的に情報をよこすだけだ。すると、阿南はわたしに嘘をついたのか？」

「いいえ」

「おまえは飾り物で、実質的な監察課の№1は阿南だった。その阿南が布施の動機を知らなかった。おまえだけがなぜ知ってるんだ」

「情報源Mが布施隆三であることを、阿南は知りませんでした」

「おまえが教えなかったわけだ」

「ええ」

「なぜだ」小久保は語気を強めた。「おまえだけが、なぜ情報源Mの素姓を知ってる。おまえと布施隆三はどういう関係なんだ！」

小久保は言いざまにベッドへ突進した。「嫌！」と水門は叫んだ。小久保は髪を摑《つか》み、ベッ

ド から引きずり降ろした。彼女が腰をフロアに激しく打ちつけ呻《うめ》いた。「説明をちゃんと聞いて！　わかってもらえるはずよ！」彼女の懇願に、小久保は耳を貸さず、髪を摑んだままフロアを引きずった。訊問《じんもん》をやり直すつもりだったが、彼女の体が先に反応した。寒さからではなく、おそらく冷水への恐怖心から全身がふるえ出した。小久保は彼女をベッドにもどした。部屋の隅で、瓶の底に数センチ残っているウォッカを見つけ、また、がちがちと鳴りはじめた彼女の歯の間から、純度の高いアルコールを少量ずつ流し込んだ。

二人は元の位置関係にもどっている。小久保は石油ストーブに屈み込み、くぐもった声で再開した。

「発端からだ。最初の密告はいつだ」

水門は、淡いピンク色の照明に染まった壁の方角へぼんやりした視線を向けた。

「県警に赴任した年の七月四日だったと思います。ムーンパレスの封筒で手紙がとどきました」

「とどいたのはアジトか、県警本部の監察課か」

「わたしの自宅です」

海市のニュータウンにかまえた監察課のアジトを拠点に、本格的なP対策に乗り出して四十五日ほどが経過した時期である。仕事はしばしば深夜におよんだ。水門は、アジトで捜査員と雑魚寝《ざこね》するわけにもいかず、市内のホテルに泊まるのは警護上の問題があるため、車を飛ばせば一時間半の距離の福井市の自宅にかならず帰っていたという。

「ワープロで書かれた、かんたんな文面でした。〈市警察の押収品倉庫を監視しろ。Pの資金源の解明に役立つはずだ〉後はMOONと署名。そのていどです。阿南にそれを見せ、若干の議論を経て、押収品倉庫に隠しカメラを設置しました」

小久保は、押収品倉庫の監視班に組み込まれなかったが、水門が語る経緯は、だいたい知っていた。市警察周辺にとめたヴァンのなかで、監察課捜査員が二十四時間モニターした。監視体制は規模をいくらか縮小しつつ、翌年の二月までつづけられた。

「八月末までに、六、七名の警官が、大麻、覚醒剤《かくせいざい》、コカイン、ヘロイン等を盗み出す場面を撮影することに成功しました」

水門は話を先へすすめた。窃盗の瞬間を映像にとらえたが、すぐに逮捕はせず、彼ら全員を監視下に置いて泳がせた。交通課の四十代の独身の巡査長は、煙草にまぜた大麻樹脂を、学園東の自宅マンションでバッハといっしょに愉《たの》しんでいるだけで、背後関係はなかった。隠しカメラの存在が露呈するのを防ぐために、巡査長の逮捕は翌年の春まで引きのばされた。残る五、六名は、それぞれ単独の常習犯で、少量ずつ倉庫から盗み出したブツを、中国人街で売り捌《さば》いていた。動機は遊興費、家のローン、蓄財と、全員が似たようなものだった。Pとの関係は不明のまま、監視活動の重点を、警官からブツを買い入れていた四人の中国人へと移して、粘り強く捜査をつづけていくうちに、九月上旬、情報源Mから第二の通信が届いた。〈先週の日曜日、老沙四丁目の『沈時装公司《ブティック》』に出入りした女の客の一人は敦賀市警察の警官だ〉と書かれていた。沈時装公司は監視対象の店だった。客の出入りをモニターした映像ディスクと敦賀市警察の名簿を照合して、盗犯係の三十二歳の女巡査を割り出した。

「背後の闇の深さが垣間見《かいまみ》えた瞬間です」水門は強調した。「九月の中旬には、京都府警の警官が、やはり市警察警官からブツを買い入れていた中国人コックと、ナイトクラブで接触するのを確認しました」

「敦賀市警察の場合と同様に」小久保が口をはさんだ。「情報源Mの第三の密告があって、後日、確認できたということだな」

「そうです」

「照合作業は誰がやった」

「わたしと阿南の二人で」

「監察課のほかの連中は、照合作業自体を知らないということか」

水門はうなずいた。「情報源Mが、Pのネットワークのなかで重きを占めていることがはっきりしたわけです。彼の安全を確保するために、二人だけの極秘扱いということに」

「敦賀市警察、京都府警には通報しなかったんだな」

「もちろん」

「県警の警務部長には」

「彼は最後までなにも知りませんでした」

各地の警察が押収した麻薬が、おそらく確認できた範囲をはるかに超えて、海市で売り捌かれているらしいことまではわかった。その先が、もう一つはっきりしなかったのだが、京都府警の警官と中国人コックの接触を確認して間もなく、Pの資金源に関わる疑惑の輪郭が、ふいにうかびあがり、それと同時に捜査は行き場を失った。

「九月二十日ごろ、マークしていた四人の中国人のうち、自称映画俳優の香港人が、週末の人出で混雑する紅旗路のハンバーガーショップで、市警察マフィア係長の西修平と接触しました。そのとき西は尾行に気づいたようです。翌日、香港人だけでなく、ほかの三人も一斉に姿を消しました。ポン引き、コック、ブティック経営者」

「情報源Mはなにか言ってきたか？」小久保は訊《き》いた。

「その件についてはなにも」水門は首を横に振った。「事件の筋に関しては、阿南とも見解が一致しました。西修平は中国語が堪能《たんのう》なマフィア係長でした。複数の中国人を使って、他府県の警官からも麻薬を買いあつめ、梟雄帮に還流させていたと見るべきです。他府県の警官は、地元で売り捌けば、いずれマフィアに知られて弱みをにぎられることになりますが、海市へいけば市警察が安全を保証し、ダーティな部分はPが引きうけてくれます。おそらく押収現場でもドラッグが抜きとられて、そちらの方はもっと大量に流通していたと思われます。年間を通じてとなると、莫大《ばくだい》な取引量になるでしょう」

「けっきょく西はボロを出さなかったわけだ」

「はい。西の監視は、彼が消息を絶つ翌年の秋までつづけられましたが」

麻薬取引でえた利益がどこへ流れているのか。西の背後に小川勇樹元生活安全課長がいるのではないのか。そうした疑惑は解かれぬまま、翌年、Pの一斉検挙が一段落ついた後、最終的に、他府県警をふくめて警察内部の窃盗犯を一ダースばかり捕まえたていどで捜査は終息した。

「つぎは第四の密告だ」小久保は先をうながした。

「西と香港人の接触を確認したあとだったと思います。同じくムーンパレスの封筒に入った手紙で、わたしがテロルの対象になったと、警告をしてきました」

誰もが知っている事件で、翌年の公安部長暗殺の前ぶれだった。その時点では、県警幹部へのテロルは先例がなかったが、情勢を考慮すれば情報源Mの警告は検討に値した。県警は水面下で攻勢を強めており、Pとの抗争は抜き差しならない局面を迎えていた。また水門愛子本人にとっても、四月に拉致《らち》事件を経験したあとでは、真実味があるというレベルを超えて、くるべきものがきたという感覚だった。彼らは、二度目は、恐怖心を植えつけるていどではすまさないだろう。

「阿南に相談してボディガードを付けてもらいました。松尾巡査部長。SATで優秀な成績をおさめた俊敏な男です。運転手は難波巡査が専属であたることに。そして情報源Mの警告が正しかったことが証明されました。十月の最初の日曜日です」

テロル日和であるかのような、水門の声の決然としたひびきに、小久保は一瞬、耳をかたむけた。

水門は、しゃべりはじめると、意識せずともあの日の光景が眼のまえに鮮やかにうかんでくるのか、口調がきびきびしてきた。緊張を強いられる激務がつづいていた。その日、水門は、自分自身と二人のボディガードの気分転換をかねて、ニュータウンの緑が丘にオープンしたばかりのショッピングセンターに出かけた。秋のシャツを一枚買い、パスタていどの軽い食事をとり、市民の屈託のない日常にふれて生気をとりもどし、さっとアジトにもどる、そんなばくぜんとした予定を考えていた。

「二階のブティックに寄ったときです。松尾巡査部長と難波巡査は、店の表で警戒していました」

気品のある発色のロイヤルブルーのシャツを見つけ、水門はフィッティングルームに入った。タイミングを計ったように爆発音が聞こえた。ロイヤルブルーのシャツに袖《そで》をとおしたときだった。その日着ていたブラウスを脱ぎ、吹き抜けになった地下二階の飲食店街で特殊閃《せん》光《こう》弾が破裂したとわかった。後に、水門がカーテンから頭をのぞかせると、店の表の通路を人々が走っていた。慌ただしい靴音、遠い悲鳴、タンタンタンと銃声らしき破裂音。水門が急いでブラウスを着込み、ブティックを飛び出したところで、初老の男に抱きすくめられた。そのときは誰かとぶつかったぐらいに思った。ごめんなさいと叫んで、体をかわそうとしたが、脇腹に銃口を突きつけられて、動きをとめられた。松尾と難波は、地階の爆発騒ぎに巻き込まれて姿は見えなかった。初老の男が「エレベーターに乗れ」と命じた。客は手すりから身を乗り出して地階をながめていた。その背後を、肩を抱かれ、銃を突きつけられたまますすんで、下りのエレベーターに乗った。大勢の客がいたが、一階でほとんど降りて、地下一階と二階では誰も乗らなかった。エレベーターには、水門と初老の男と、男の客一人が残った。地下三階にパーキングがある。車で拉致するつもりだなと思った。ドアが閉まると、男の客が振り返った。そのとき初老の男と水門は後ろの壁についていた。男の客は、「やあ森、手伝ってやる」と親しげに言いざま、水門のジャケットの内側へ手を差し入れて、ベレッタを抜いた。一連の動作は、なめらかで迷いがなかった。薬室に弾丸を送り込む音。つづいて頭が割れるほどの銃声。顔に降りかかる血の雨。初老の男が崩れ落ちる。また銃声。水門は自分の悲鳴を聞いた。男の客はベレッタの銃把を水門に向けて鋭く言った。「わたしがMOONだ。阿南にはしゃべるな」水門が銃把をにぎると同時にエレベーターのドアがひらいた。男の客は落ち着き払った足どりでパーキングの薄暗がりに消えた。

数分後、駆けつけた部下が初老の男の素姓を教えてくれた。市警察殺人係巡査長、森晃次、五十六歳。

その夜、メディアは一斉に、県警のヒロインがPのテロルを撃退したと報じた。

「阿南には真実を話さなかったんだな」小久保が厳しい声で確認した。

「しゃべるなと言われました。情報源Mを失うことはできません。彼がどれほど危険な綱渡りをしているか、そのことに配慮をすれば、信義を守る必要があります」

「それに恩人だ」

「命を救ってくれました」

「おまえはやつの顔を見た。Pのリストを調べた。該当者はいない。どうやって特定した」

「彼は捜査四課が作成したリストに、梟雄幇との関係を疑われる人物としてリストアップされていました。夕方には、自分のパソコンを使って特定しましたが、もちろん捜査本部にも阿南にも教えませんでした」

「連絡をとったのか」

「その日の夜に、彼の方から接触してきました」

松尾巡査部長と難波巡査は、Pの攻撃を許したかどで阿南の厳しい叱責《しっせき》をうけたのだが、水門が二人をかばい、福井市の自宅マンションへ帰る車も彼らがガードした。夜十時すぎにマンションに送りとどけてもらい、松尾と難波を返した。

「午前零時ちょっとまえ、どうやって番号を調べたのか、昼間、緑が丘プラザで会った者だと男の声で電話が。布施隆三かと訊きました。もう調べたのか、いまきみのマンションのまえにいると言うので、急いで着替え、マンションのまえの通りに出てみると、シルバーグレイのセダンが近づいてきました。車を一乗谷の方角へ走らせながら話し合いました。こちらが送る情報を黙ってうけとれ、と布施隆三は言いました。指示をするな。要求を出すな。恫喝《どうかつ》が効くと思うな。きみはわたしを破滅させることができるが、決してコントロールはできない。Ｐに壊滅的な打撃を与えるまで、わたしのことは知らないふりをしろ。きみだけに情報をとどけるのは、危険を回避するためだ。なぜ阿南ではなくわたしなのですか、と訊きました。きみは敵だからだと彼は言いました。敵しか信用できない。キャリアしか信用できない。きみがＰに寝返る確率はゼロだ」

「裏切り者のパラドックスだ」小久保がふいに口をはさんだ。

「あの夜、シルバーグレイのセダンの助手席で、わたしもそう思いました。裏切り者が信用できるのは真の敵だけです。彼の動機を訊きました。さっき話した内容です。緊急時の連絡方法については、考えておくと彼は言いました。それから、Ｐの内部でスパイ捜しがはじまっているので、しばらく動きがとれないが、焦るなと。小一時間ほどでドライブはおわりました」

「つぎの情報提供は」

「翌年の二月十九日」

「日にちをよくおぼえてるな」

「辰巳《たつみ》清隆を逮捕した日です」

「なるほど」

「当日の朝、鍵語《キーワード》を使った緊急連絡が」

「鍵語？」

水門は説明した。深夜のドライブの数日後、布施隆三は五通目の手紙を送りつけ、緊急の場合にそなえて、携帯電話の番号を『日本海NEWS』の伝言板にのせろと指示してきた——電話番号はすでにドライブ中に布施隆三に教えてあり、その指示は阿南を欺くための工作だった——手紙にかんたんな暗号文の作成方法が説明してあった。彼が指定した鍵語はsymphonyで、二語あるyの、末尾のyは捨てる。それをアルファベットの冒頭に置いて、ABCDEFGに対応させ、つぎにsymphonにない文字をabcdeとつづけて、sがA、yがB、というように1対1の関係にする。数字はAからJまでを0から9に置き換える。

小久保は関心なさげに、視線を石油ストーブの燃える芯《しん》に向けて、黙り込んだ。夜明けが近いようだった。車の走行音が頻繁に聞こえはじめている。沈黙が耐え難くなって、早くつぎの質問をしてほしいのか、水門がベッドで動く気配がした。

「よく我慢できたな」小久保は言った。

「なんの話ですか」

「おまえが情報源Mの正体を知ってから四ヵ月以上も、情報提供がなかったわけだ」

「ええ」

「その間、布施とはちょくちょく会っていたのか？」

「まさか」

「まさかはないだろ。あの年の十二月、Pは二件の報復を手がけ、貸しビル業の朝鮮人だの十星会幹部だの六人を殺したが、逮捕者や処分者は一人も出なかった。監察課は、喉《のど》から手が出るほど内部情報がほしかったはずだ」

「彼をゆさぶるのはかんたんでした。でもそんなことをすれば、彼はただちに姿を消したでしょう。待つことが最善の選択だったことは、その後の展開が証明しています。わたしをとり巻く環境も、自重して決戦の日にそなえるよう、うながしていました」

緑が丘プラザ事件で、水門はテロルを撃退したキャリアとして、一躍メディアの脚光をあびたが、監察課内部の反応は複雑だった。無能なキャリアという評価を見直す雰囲気が出てくる一方で、その逆の陰にこもった反発もあった。森晃次の娘は、鯖江《さばえ》市警察の少年係巡査だったのだが、前年の夏に北朝鮮系マフィアに殺されていた。森の復讐《ふくしゅう》心と、それを法の正義の観点から取り締まる国家官僚という構図は、どちらが下級警官の心情的な支持をえるかは微妙なところだった。P対策で、ずるずると一進一退をくり返していれば、監察課内部に厭戦《えんせん》気分が広まったかもしれない。

「戦端をひらいたら、手をゆるめずに、いっきに壊滅まで追い込むというわけか」小久保は言った。

「結果から言えば、その戦術を、布施が構想していた節があります」

「では二月十九日の件を話してもらおう」

水門はベッドから頭をめぐらして、イルミネーションの反射が映る暗い窓を見た。小久保もつられて窓を見た。西の空には星がまだ瞬いているようだが、街の喧噪《けんそう》は確実に高まっている。

「早朝、自宅で電話をうけました」水門の声が聞こえ、ふたたび長い供述がはじまった。

女のしわがれ声がアルファベッドを読みあげるのを、メモ帳に書き写した。百文字弱だった。女は二度読み、水門は暗号文の正誤を確認すると、換字表をつくって解読した——緊急。石原寛人暗殺計画。売春係の辰巳清隆が降りたがっている。小川勇樹がそれに気づいて辰巳を外す。辰巳の家に武器と計画メモ——そんな内容だった。辰巳は生活安全課売春係の巡査部長で、小川勇樹の側近とみなされていた。

水門はタクシーを呼び、夜明けまえの高速道路を、海市へ向けて飛ばした。ニュータウンの監察課のアジトで、阿南管理官と落ち合うと、二人で小部屋にこもり、短時間で捜査方針を打ち出した。

監察課第四班の七名が、急きょ、通常の任務から離れた。彼らは、朝の通勤ラッシュがはじまるすこしまえ、辰巳清隆が妻と幼い息子の三人で暮らす大工町のアパートをおとずれた。情報の精度の高さにおどろくことになるのだが、辰巳は任意の捜索をあっさり受け入れ、捜査員はゴルフバッグのなかから、イタリア製のサブマシンガン一挺《ちょう》、自動拳銃《じどうけんじゅう》四挺、銃弾多数を発見し、ディスクほか文書を押収するとともに、辰巳を銃刀法違反で現行犯逮捕した。

ベテランの捜査員が辰巳の妻と話してみると、彼女はPの協力者ではなかったが、夫の非合法活動に気づいており、家に踏み込まれて夫を逮捕されたにもかかわらず、どこか安堵《あんど》感をにじませていた。夫婦ともに報復の応酬のストレスに耐え切れぬ精神状態にあると見て、捜査員は妻を説得し、インフルエンザで高熱が出たので夫を休ませてほしい旨の電話を、売春係長にかけさせた。そして、Pから探りの電話が入る場合にそなえて、二名の捜査員がアパートに残り、辰巳の家族とともに緊張の時間を翌日の朝まですごした。

一連の捜査は監察課内部でも秘密裏にすすめられた。いつものように待機班はアジトで待機し、オフの捜査員はその日の深夜まで招集されなかった。第四班が担当した辰巳の事情聴取は、アジトをさけて、十星会が支配する永浦一丁目の光復ホテルの客室でおこなわれた。隣の部屋では水門監察課長と阿南管理官が逐次報告をうけ、夕方からは県警捜査一課長、捜査四課長ならびに刑事部長も参加して作戦を練った。監察課は同日の深夜までに、辰巳の供述と文書の分析をおえ、石原寛人公安部長暗殺計画に加担したメンバー、通信方法、アジトの所在地、暗殺計画の概要を把握した。

辰巳清隆の逮捕から二十三時間後の二十日未明、県警捜査一課は、監察課、捜査四課、警備部のSAT三個小隊の応援をえて、五ヵ所の民家を同時に急襲した。小川勇樹をとり逃がしたが、現職警官六名、OB二名、殉職警官の遺族三名を逮捕し、武器、ディスク、メモなど多数の証拠資料を押収した。

同日の深夜、捜査一課の突出に焦りを感じた公安部が——翌朝のメディアはそう報道した——これまでの沈黙を破って一斉に動いた。なん年もまえから監視下に置いていた秘密アパートほか数ヵ所に踏み込んで、彼らもまたPとの全面戦争に突入した。そうして六日後の二月二十六日、公安部は老沙四丁目のマンションに潜伏中の小川勇樹と若い巡査一名を逮捕して、功名争いに先んじていた捜査一課にどうにか一矢報いた。

「阿南が殺されたのはいつだ」小久保は訊《き》いた。

「二十一日、辰巳の逮捕の翌々日です」

阿南省吾管理官は、警察車の後部座席でゆられて、市警察署からニュータウンの監察課のアジトへ向かう途中、学園西で信号待ちしていたところを、バイクの二人組の銃撃をうけて死亡した。

「犯人の目星はついたのか」

「いいえ」

「Pのテロルか」

「彼らです。まちがいありません」

「阿南殺害に関して、布施からなにか情報は」

「ありませんでした」

「その後の情報提供は」

「二月十九日が最後です」

「最後とは」

「彼は関係を絶ちました」

「いっさいか」

「いっさいです」

「夏に県警の勝利宣言が議会であったろ」

「はい」

「Pはほんとうに壊滅したのかどうか、やつの意見が聞きたいとは思わなかったのか?」

「聞くべきでした。逮捕、事情聴取、資料の分析、送検に忙殺され、そのうえ勝利感に酔っていました」

最終的に殺人予備罪ほか二件の殺人で起訴された小川勇樹の、殺人予備罪に関わる第一回公判がはじまった七月末までに、事情聴取をうけた市警察警官は全体のおよそ三割、逮捕者は現職警官二十一名をふくむ計二十九名に達した。Pの実働部隊は全体でせいぜい二十五名前後とみなされていたから、県警はPをほぼ壊滅したと分析した。八月上旬、定例議会にのぞんだ県警本部長は、過去十年間にわたる警察マフィアとの戦いに勝利したと厳かに宣言した。

「布施隆三を捜そうともしなかったのか」小久保は訊いた。

「戸籍調査ていどは」水門がこたえた。「彼の住民票は、退職後、官舎から船引の市営住宅に移されていました。そこに一年ほど住んだようですが、引っ越し先は不明で、住民票はそのままになっていました」

「誰に調べさせた」

「わたし独りで」

「おまえだけの情報源Mか」

どこか思わせぶりな小久保の言葉に、水門は眉《まゆ》をしかめた。

「マフィアとの関係が疑われる警官リストを再点検するよう、指示したこともあります。その方法でも布施隆三の消息は摑《つか》めませんでした」

「噂ていどの情報もあつまらなかったのか」

「手がかりは皆無でした」

「小川や西が、布施を知らなかったはずはあるまい」

「彼らは完全黙秘を貫きました」

「布施隆三の周辺にいたのは誰と誰なんだ」小久保は苛立《いらだ》ちをにじませた。

「布施は、完全黙秘を貫いた少数の精鋭とのみ行動をともにしていた、と考えるほかありません」

「二月の一斉検挙のあと、やつはどこへ消えたと思う」

「おそらく海外」

「なぜそう思う」

「彼は仲間に疑われた可能性があります」

「逮捕を免れたほかの連中も、県警が勝利宣言を出すころには姿を消したな」

「はい」

そうしていったんは散り散りになったが、数人が秋にもどってきて、計画を完遂したのだ。

「公安部長暗殺事件の容疑者は？」

「県警捜査一課はなにも摑んでいません」

「公安部は？」

「そちらはわかりません」

小久保はさっと椅子から立つと、部屋のなかを歩き出した。ドアのまえで背中を向け、首筋に手をあてた。

「赴任してすぐ、おまえはPに拉致《らち》されたことがあったな」小久保は振り返ると、話題を公安部長暗殺から二十ヵ月ほど遡《さかのぼ》らせた。

「はい」

「Pのメンバーの顔を見なかったか」

「全員が眼出し帽でした」

「なん人だ」

「四人」

「女は」

「いなかったと思います」

「布施隆三がいた可能性は」

短い沈黙があった。

「彼が指揮官でした。翌年の十月、本人と会った際に、声に聞きおぼえがあったので確認したところ、認めました」

「レイプがあったという話だが」

「ばかげた噂です」

「連中は紳士的だったわけだ」

「まあ、そうです」

「拉致で恐怖を味わったか？」

「乾湖事件の容疑者二名の処刑に立ち会わされましたから」

「おまえは恐怖心に耐えて本格的なP対策に乗り出した。布施の方でもおまえを高く評価したんだろうな」

「彼の口から同じ言葉を聞きました。だから、わたしを密告の相手にえらんだそうです」

小久保がベッドの横に立つと、水門がふいに緊張して顔をゆがめた。指先を彼女の顎《あご》にかけた。すぐにふるえが伝わってきた。冷水の恐怖がよみがえってくるらしい。

「阿南殺しに疑問がある」

「なんでしょうか」

「阿南はノンキャリアだ。部下の信頼も厚かった。殺せば市警察の大多数の警官の反発を食う。それを承知で、Ｐはなぜ阿南を殺した」

「不思議がる理由がわかりません。Ｐの一斉逮捕に踏み切った直後です。彼らは追いつめられていました。阿南にかぎらず、テロルの犠牲者になる恐れは誰にでもありました」

小久保はうなずいて見せたが、すぐに反駁《はんばく》した。「偶発的な銃撃戦で、警官がＰに殺された事例は過去にもある。だが捜査の指揮をとる幹部が狙い撃ちにされたことはなかった」

「前年の十月に、わたしがテロルの対象になってます。そして公安部長暗殺は成功しました」

「それはおまえたちキャリアの話だ。Ｐがノンキャリアをテロルの対象にしたことはない」

「先例がなくとも、起きてしまえば最初の事例になる、それだけのことです」

小久保は水門の顎にかけた指先に力を込め、ぐいと自分の方へ向かせて、青ざめた彼女の顔を見つめた。眉尻《まゆじり》の傷が腫《は》れはじめているが、黒い瞳《ひとみ》にふたたび強い光が宿っている。

「阿南を殺せば、Ｐは警官の反発を招く。それが狙いだった。Ｐをいっそう追いつめるために阿南を殺した。この考えはどうだ?」

「話がよく理解できません」水門はなかば抗議する口調で言った。

「わからないはずはあるまい」小久保は怒った声を返した。

「ぜんぜん」水門《や》は首を横に振った。

「布施が阿南を殺ったと仮定すれば、一本筋がとおるんじゃないのか」

「論理が飛躍してます」

「飛躍はしてないぞ」小久保はいっそう語気を強めた。

「奇想天外です」

「布施隆三の密告の目的はなんだ。あれこれの能書きをとっ払ってしまえば、Pの壊滅、その一点に絞られる。ちがうか」

「そうですけど、布施が阿南を殺したなんて」

「信じられないのか」

「あなたの言うとおりだとすれば、彼は盤上の駒のように阿南を殺したことになります」

「人間的にやつを信頼していたような口ぶりだな」

水門は、驚愕《きょうがく》とも狼狽《ろうばい》ともとれる、奇妙な表情を一瞬うかべた。

「彼との信頼関係を測る規準は、情報の信頼度がすべてです」

「裏切りの動機はどうだ」

「どうだとは」

「やつの語った言葉を、おまえは信じたのか」

「動機など関心を持ったところで、どんな意味があると言うのですか」水門は冷淡にこたえた。

こんどは小久保が短い間を置いた。眼差《まなざ》しが侮蔑《ぶべつ》の光を放った。水門は鋭敏にそれを感じとり、恥辱をうけたように頬を赤く染めた。

「まだなにか隠してるぞ」小久保は責めた。

「隠してません！」

叫びに近い声だった。小久保は水門の首の後ろにまわって、指先で襟足をやわらかく触った。水門の息づかいが荒くなった。

「惚《ほ》れたのか」小久保は訊《き》いた。

水門が眼をぎゅっと閉じた。惚れたんだな、と小久保は胸のうちで告げた。命の恩人、際立つ胆力、孤高の弁舌、一時期はおまえを県警のヒロインにした功労者。水門の髪を摑んだ。彼女は頭を激しく振って抗《あらが》おうとした。毛布が肩から落ちた。むき出しになった左の乳房を、小久保は、もう片方の手のひらで包み込んだ。

「ベッドで作戦を練ったのか」小久保は詰問を重ねた。「繫《つな》がって、乳くり合いながら、阿南殺しを計画したのか」

「誤解よ！　阿南のことはなにも知らない！」水門が叫んだ。

小久保は水門をベッドから引きずり降ろした。石油ストーブが倒れ、がたんと音がして火が消えた。いっきにバスルームへ運び、頭からまた水へ突き落とした。彼女はもがき、また水を飲み、もう赦《ゆる》してと叫んだ。引きあげて、転がした。

「阿南を殺したのは誰だ」

「知らない」水門は喘《あえ》いだ。「布施が殺った可能性はあると思う」

「なぜ」

「魂がないから」

「意味がわからないぞ」

「あの男は魂のない陰謀家だから」

「なぜそう言える」

「石原を殺したのは布施隆三なのよ！」

小久保は、水門の絶望的な声を聞いた。

「証拠は」

「前日の夜に突然連絡がきて、会いたいと」

「勤労感謝の日の前日だな」

「P一斉検挙のきっかけとなる情報をよこした直後、二月に連絡を絶って、夏にホーチミン市から葉書を一枚くれ、それきりだったのが、九ヵ月ぶりに連絡が。わたしの部屋に泊まって、朝までいっしょに。そのとき孫悟空の面を持ってた。金色と赤と緑の面。近所の中国人の孤児にあげるとか言ってた」

「わざとおまえに面を見せたのか」

「そうよ」

「なぜだ」

「犯行声明のつもりでしょ」

「わからないな」

「そういう男なの」

「なぜ県警に報告しなかった」

「わたしが破滅するじゃないの」水門は弱々しく抗議した。

「すべては計画的だったのか？」

「なにが」

「小川勇樹が立てた暗殺計画を潰《つぶ》す。自分の手で公安部長を暗殺する」

「わからない」

「おまえの信用をえる目的で、布施が計画的に、緑が丘プラザで森晃次を殺したという可能性は」

「それじゃあ悪魔よ」水門は力なく首を振った。

「布施は魂がないんだろ。そういうことなら、ほかの不可解な事件も納得できなくもない。金剛事件を知ってるな」

「概要ていどは。捜査記録を読んだだけ」

「Ｐの創立メンバーを殺したのは布施だと思わないか」

「わからない。もう頭がはたらかない」水門は叫び出しかねない声で言った。

「布施からその後、連絡は」

「ないわ」

「布施が所属していたユニットのメンバーを誰か知らないか」

「知らない」

小久保は髪を摑《つか》んでいた手を放した。

37

水門愛子

強化プラスチックのフロアに、側頭部が衝突して鈍い音を立てた。傾いた視界のなかを、長身の男の後ろ姿が遠ざかる。おまえはなに者だ、と水門は胸のうちで呼びかけた。小久保の真意とバックグラウンド、どちらもさっぱり見当がつかず、頭は混乱の極みにあったが、そうね、こうなることへの心のそなえがまったくなかったわけではない、と奇妙な冷静さで彼女は思った。東京のカラオケルームで情報源Ｍについて問われたときから、いつかは自分の恥辱にみちた過去が暴露されるという予感は胸のどこかにあった。危惧《きぐ》が現実化したのだ。小久保は警察庁に報告するだろう。きょうにもわたしは捜査からはずされ、悪夢に決着をつける機会を永遠に失うことになる。その絶望的な思いが、彼女をいっそう苛《さいな》みはじめたが、なにからなにまで挫《くじ》けたわけではなかった。まだあきらめるわけにはいかない、と強く自分に言い聞かせた。あの男にもう一度会う必要がある。狭いバスルームに、惨めな姿で転がされたまま、彼女は自己の想念と戯れはじめた。

過去は二度ともどらない。あの日あそこで起きてしまったできごとを、後になってべつの結果に導くことなど、誰にもできない。過去とは怨恨《えんこん》とともに記憶されるなにかだ。振り返るそばから、過去は神の悪意にみちた世界として立ちあらわれてくる。悔やみ切れぬ思いに悶《もだ》えて人は怨恨を抱く。この負の感情を相殺できるのは、復讐《ふくしゅう》する快楽だけ。

38

小久保仁

映像の歪《ゆが》みと範囲から判断すると、固定式のシャワーノズルの数十センチ上の位置に、広角レンズがあるようだった。バスルームの寝ぼけた光のなかに、小さく丸まった水門愛子の裸体が捨て置かれている。残りの三台のモニターには、それぞれの角度からとらえたクリスマスの朝の無人の部屋が映し出されている。小久保のいる隣室も同じつくりの部屋だった。ただし、パイプ式のラックに、隠しカメラに対応したモニターと録画用デッキがそれぞれ四台あり、キム・ウラジーミルが、デッキのまえで映像ディスクをコピーしていた。

「ベッドの真上のカメラの音声はどうだ」小久保は訊《き》いた。

「クリアです」ウラジーミルがこたえた。

「ではそれと、バスルームのカメラと、コピーするのは二台分でいい」

「わかりました」

小久保は、青白い顔を朝の薄紫色の光にさらし、あの女は自分が関わったこと以外はなにも知らない、とくたびれた頭で思った。居場所、愛人、周辺の男たち、ようするに布施隆三が率いるユニットの実態。布施と公安の関係。退職後の布施の十九年間の足跡。水門愛子はそれらについてなにも知らない。だが彼女の証言があれば、森晃次殺害はなんとか立件できるだろう。金剛事件の捜査は後まわしにしても、やつの逮捕が先決だと思った。

映像ディスクのコピーが一組完成した。小久保はそれをうけとると、あとは頼むとウラジーミルに告げ、コートを着て部屋を出た。

水門愛子は、洗面台の扉のまえに頭を寝かせ、上体のねじれた、窮屈なうつ伏せの姿勢で倒れていた。ほっそりした体つきだった。胸を衝《つ》かれるほどきめが細かい肌、ナイフのようにくびれた腰、優しい丸みを帯びた尻《しり》にいく筋もできた赤い擦過傷、それぞれに眼をとめた。小久保は手錠をはずして、裸の背中に毛布をかけた。水門は手首をさすり、それから背後の小久保を見た。

「撮影したでしょ」水門が責める声で言った。

「もちろんだ。カメラは四台」

水門はひとしきり呪いの言葉を吐いた。

「あなたの背後にいるのは誰?」

「ロシア人の友人」

「ガイダルの兵隊?」

「ボスとは無関係に協力してくれてる」

水門は毛布を体に巻きつけると、眼に憎しみの強い光を込めた。右の眉《まゆ》尻に青黒い痣《あざ》ができて醜く腫《は》れあがっている。

「警察庁に報告するつもりね」

小久保はこたえずに、バスルームを出た。水門の声が追ってきた。

「どこかで着替えを用意してちょうだい」

水門の濡《ぬ》れた衣服がフロアにとぐろを巻いていた。

「タクシーでホテルに帰った方が早い」

「毛布一枚よ」

「じゅうぶんだ」

「裸のショーは愉《たの》しめたかしら」

「キャリアの犯罪が暴かれるシーンを、たっぷり愉しませてもらった」小久保は怒りを込めた。

「映像ディスクはどこ？」

「ここにある」小久保は上着の胸を叩《たた》いた。

「コピーをとったはずよ」

「ばら撒《ま》いて、布施隆三の尻に火を点《つ》けてやる」

「そんなことしたら彼は逃げ出すじゃないの」

「やつが警察庁を脅すまえに先手を打つんだ。わかるな。おそらくやつは、おまえとベッドでお愉しみの場面を撮影してる。密告文のコピー、電話の会話の録音ディスク、ほかにも脅す材料をたっぷり持ってる。そんなものを見せられたら、首席監察官は腰を抜かすぞ。慌てて、おまえを捜査からはずす。事件そのものを隠蔽《いんぺい》する。なにもなかったことにする。布施隆三はぬくぬくと生きのびる。そんなことは許さない」

水門は不機嫌な顔で聞きおえると、短くうなずいた。

「わかった。でもまだ警察庁には報告しないでちょうだい。空山たちにも話さないで。当面は二人だけの秘密事項ということに」

「どうするつもりだ」

「時間はまだあります。布施隆三を諦《あきら》めません」

小久保は一瞬たじろいだ。あれほど痛めつけられた直後だというのに。

「わたしといっしょに捜査をつづけるのか」

「あなたが警察庁に報告しないかぎり」

「おまえは近いうちに、かならず破滅するんだぞ」

「かまいません。どのみち、布施と刺しちがえる覚悟でした。捜査の手をのばせば、過去を暴露すると彼に脅されることは、最初からわかっていたことです」

小久保は短く息を吐いた。「一つ疑問がある」

「なんです」

「公安部長暗殺の前夜、布施はなぜ京劇の仮面をおまえに見せたんだ」

「さっき話しました。犯行声明です」水門は関心なさげに言った。

「災いの種を自ら蒔《ま》いたようなものだ。監察課に情報提供していたことが明かるみに出たら、仲間がやつを決して許さない。そんなことはわかっていたはずだが」

「わたしが沈黙すると読んだのです」

「大胆すぎる。ゲームじゃないんだ。読みをまちがえたら、やつの命はない」

「じっさいにわたしは沈黙しました。それに命がけの危険を冒さなければ、彼の望む快楽はえられません」

「快楽」

「彼を駆り立てているものはそれだけです」

「布施の快楽とは」

「死ぬほどの恥辱をキャリアの女に与えること」

　水門は言い放つと、毛布をひるがえしてフロアに屈《かが》み込んだ。濡れたジャケットを広げ、内ポケットをまさぐり、財布と身分証明書を手にした。コートの下からホルスターを引っ張り出し、拳銃《けんじゅう》を返してちょうだいと言った。小久保はジャケットの上に水門のベレッタを放った。彼女はそれを拾って立ちあがり、憎々しげに部屋を見渡してから、バスルームへいった。罵《のの》る声がして、彼女は靴を履いて出てきた。濡れたコートを摑《つか》み、未練がましくながめ、けっきょく怒りを込めてフロアに叩きつけた。鶯色《うぐいすいろ》の毛布一枚で、水の滲《し》みた靴を鳴らしながら、きびきびと部屋を横切った。ぼろ旗を高く掲げた孤独な行軍だった。彼女はドアに達し、振り返ると、いぶかしげな視線を小久保へそそいだ。

「タクシーを拾ってくれないんですか」

　小久保は頭を右へ傾げ、わずかなりともいじらしさがあったかどうか、彼女の声の余韻に耳をすませた。そんなものがあるはずもなかった。小久保は待てと言い、月給の二ヵ月分を出して買った自分のコートを脱いで、彼女の素肌の肩に着せた。

39

小久保仁

東の方角に青空がのぞき、車のルーフに積もった雪から落ちる滴が、朝の光線をうけてきらめいていた。歓楽街が短い眠りにつく時間帯だった。タクシーを拾うためにメインストリートへ通じる路地をいくと、昨夜の名残りのサンタクロースの帽子を頭にのせた男がもみ手で近づいて、若い、きれい、最高のおまんこです、お客さん天国へいけます、と外国訛《なまり》の強い日本語で声をかけてきた。ふだんなら無視するところだが、小久保は足をとめずに「その子に魂はあるのか」と訊いた。路上の解けかかった雪を踏む、二人の男の微妙にずれた靴音が、しばらくつづいた。男は生真面目な口調で、魂のある子をお捜しなんですね、たぶんいると思います、時間を少々いただけませんか、と言った。意味がつうじているかのような奇妙な会話だった。小久保が黙っていると、男の靴音は遠ざかった。どういうわけか愉快な気分が胸に残った。路地からメインストリートに出て、小久保は背後からついてくる水門監察官を見た。濡れた黒い髪の下に平凡で痛ましい顔があった。この女にいま必要とされているのは精神的治療かもしれない、と思う一方で、小久保は、この八年間、水門を摑まえて放さなかった暗くて甘美な夢に、自分が惹《ひ》きつけられているのを感じていた。その夢がどんなラストシーンを迎えるのか想像もつかないが、幕が引かれる瞬間にはぜひ立ち会いたいものだ、と小久保は近づいてくるタクシーに手をあげながら思った。

二人はオーシャンホテルに帰った。

不首尾におわった若い愛人との東京ベイエリアの夜にはじまり、古田ヒロムの死への鎮魂、追憶、事件捜査、水門監察官の疑惑追及に時間を費やして、小久保はこの五日間ろくすっぽ眠っていなかった。立ちどまるのも苦痛なほど疲れた足を引きずり、どうにか七一二号室にたどり着いた。シングルベッドでいっぱいの狭い部屋だ。ヘッドボードのすぐ背後にながめの悪い窓がある。ネクタイに指をかけると、室内の電話が鳴った。

「すぐきて！」と水門が受話器に叫ぶ声が耳を打った。

小久保は部屋を飛び出して、隣室の七一三号室のドアをあけた。さすがに一瞬たじろぎはしたが、それは恐怖を呼び起こすものではなく、既視感に似た不思議な感情を小久保にもたらした。心のどこかで想像したかもしれぬ光景だった。ベッドの上にもフロアにも青い薔薇《ばら》の花が散乱していた。茎を折られた花。首をもがれた花。ひと抱えほどある陶器製の花瓶が砕け、破片が散らばり、フロアを水で濡らしている。水門が衝動的な行動に出たのだろうと思った。新宿の新界大廈《ビル》八〇三号室に散乱していたのと同じ、青い薔薇の強い芳香が充満した部屋の中央で、水門が蒼白《そうはく》な顔色をして自分の肩を抱きしめている。

「誰が薔薇を」小久保は訊《き》いた。

び出した。


「たぶんあの男が」

「メッセージのようなものは」

水門は無言で花と花瓶の破片の間を捜しはじめた。小久保も部屋の隅々まで捜したが、カードや手紙らしきものは見つからなかった。水門をベッドにすわらせ、室内電話でフロントを呼び出した。

「七一三号室だが、花屋はいつきたんだ」

フロントの男は調べて、拙《つたな》い日本語でこたえた。

「午前一時すぎです」

「花屋を部屋に入れたのか」

「いいえ。わたしどもがつい先ほどお部屋の方へお持ちしました」

「どこの花屋かわかるか」

老沙四丁目の花屋だった。電話番号を訊き、「花で部屋を汚した。申しわけないが掃除を頼む」と小久保は言った。

すぐに花屋に電話をかけたが誰も出ない。朝の八時まえで、歓楽街の深夜営業の花屋が店を閉じて間もない時刻だった。掃除用具のワゴンを引いて女があらわれると、水門と小久保はバッグやノートパソコンを持ち出して七一二号室に移った。ベッドサイドのコンソールに手をのばしてラジオを点けると、歯切れのいい朝鮮語が流れ出した。ボリュームをあげ、小久保は水門を手招きした。彼女はすぐに盗聴を警戒しているのだと了解し、窓の方へ歩いてきてベッドの枕元に腰をかけた。

「布施が薔薇の花をとどけた意図はなんです」小久保は部下の口調で訊いた。

「愉《たの》しもうってわけでしょ」

「あの女がまたきてるそうだ。ちょいと可愛がってやろうじゃないか」

「馬場の息子たちの下品な嫌がらせと同じです」

「求愛行動という可能性は」

「ばかばかしい」水門は吐き捨てた。

「水門さんとやつの距離の近さを、利用できないかどうか考えてるんですよ」

「距離」

「布施の執着心を感じます」

「わたしへの？」

「倒錯してるにしろなんにしろ、やつはあなたの再登場を歓迎してる。もう一度遊びたがってる。そんな気がします。もしそうなら、やつの執着心を利用できるかもしれない」

　水門はまだ小久保のコートを着ていた。コートのポケットに両手を入れ、視線をドアの方へそらしたまま、なにかを考えはじめた。顔にいくぶん血の気がもどっている。ほっそりした首が顎《あご》のラインを美しく見せている。どことい って特徴のない容姿だが、性的な魅力がないわけではないと小久保は思った。狭いバスルームに転がされていた水門の白い裸身が脳裏をよぎった。くびれた腰、丸みを帯びた尻《しり》。小ぶりだが形のいい乳房の感触が手に残っている。布施が味わった警察官僚の肉体。布施隆三はベッドで翻弄《ほんろう》しただけでなく、裏切りの果実を与えて有頂天にさせ、最後には死に至るほどの恥辱をこの女の白い胸に刻印したのだ。しゃぶり尽くしたはずだが、八年も経てば、欲望が復活してきても不思議はない。

　誰かがドアをノックした。小久保はラジオを消した。掃除がおわりましたと女の声。

「風邪をひく。着替えて、体をやすめた方がいい」小久保は言った。

「あなたが隠していることを、ぜんぶ話してほしい」水門が言った。

　小久保は、話すから、まず熱い湯に浸《つ》かれと、水門を部屋から追い払った。そこで携帯電話が鳴った。

「管理官どの」空山の薄く笑う声が受話器からとどいた。「部屋にいませんでしたね。携帯電話も通じませんでした。クリスマス・イブはどこでお愉しみだったんですか？」

　小久保は短く息を吐いた。めまぐるしく頭をはたらかせ、水門が尾行された可能性に考えが及んだ。

「リトルウォンサンの夜も悪くないぞ」小久保は無愛想に言った。

「長官官房のおネエちゃんもいっしょですか」

　ホテルにもどるところを目撃されたのか、たんに空山のキャリアの女への関心から出た言葉なのか、小久保は判断がつかなかったが、空山の劣情にこたえてやることにした。

「円滑な捜査のために親密さが必要だということで見解が一致した。というわけで、我々はひどい睡眠不足だ。捜査会議の開始を一時間遅らせる」小久保は話題を打ち切るために怒りをにじませた。

40

水門愛子

両膝を胸に抱いて狭いバスタブに体を沈めた。手足の指の末端にまで血液がめぐっていくのを感じながら、呪縛《じゅばく》は解けつつあるのかもしれないと水門は思った。恐慌をきたして小久保に助けをもとめはしたが、すぐに冷静さをとりもどすことができた。追想することさえ無意識のうちに拒んできた恥辱の体験は、いまやわたしを最終ゴールへと駆り立てる推進力に転換している。小久保の示唆を愉しむ余裕さえある。布施隆三の執着心、と水門は声には出さずに言ってみた。あの男にしても下級警官であることに変わりはあるまい。部下の思わぬ妬《ねた》みを買い、スキャンダルに巻き込まれたあげく、県警幹部の処分と道連れに退職に追い込まれたかわいそうな青年警官。下級警官の悲哀が身に染みているにちがいない。キャリアの女への倒錯した欲望が、あの男を衝《つ》き動かして、わたしへの尋常ならざる接近をもたらしたのだ。水門はいっそう体を沈めた。額の線まで浸かり、呼吸を限界まで我慢して、いっきに顔を湯からあげて空気を吸い込んだ。ぷんと強い芳香がした。青い薔薇の匂いだと思った。部屋に残っていた芳香がバスルームにまぎれ込んだのだろうか。水門は眼を閉じて、湯の表面を青い花びらで覆い尽くした。それは彼女の記憶にある光景だった。福井市の高級マンションの自分の部屋の、ゆったり寝そべることができるバスタブに、九ヵ月ぶりに突然姿をあらわした男が青い薔薇の花びらを撒《ま》き散らしている。水門はそっと背後へ意識を向けた。男の腕が、まえにまわってきて、彼女の手首を摑《つか》むと、彼女の脚の間に導いていく。抗《あらが》ったりはしない。繊細な皮膚が自分の指先の動きを感じとる。甘い吐息を洩《も》らす。花びらで埋め尽されたバスタブのなかで、背後から男に抱かれている自分が見える。男も彼女も京劇の孫悟空の面をつけている。彼女の指の動きが熱を帯びる。男の欲望を察して彼女は腰をうかせる。下から熱い異物が侵入してくる。短い悲鳴。大歓声があがる。ふいに彼女は、八年まえの十一月二十三日の、燕ホテルの鳳凰《ほうおう》の間に投げ出された。国土交通省の若手官僚と北陸経済界の有力者の娘の結婚式会場で、彼女は四つん這《ば》いになり、背後から貫かれ、声を出すまいと歯を食いしばっている。正装した男や女が口々になにか叫ぶ。笑い声が逆巻く。羞恥心《しゅうちしん》はまったくない。男が突きあげる腰の動き、彼女に断続的に押し寄せる波、観衆のどよめきと踏み鳴らす靴音、それぞれのリズムが共振しはじめる。彼女は譫言《うわごと》のようになにか叫びつづける。サブマシンガンの掃射音が頭のなかで鳴りひびく。彼女は蓄積したものを放出する。

41

小川未鷗

なぜこの電話番号がわかったのだ、と未鷗はなかば混濁した意識の隅でいぶかった。旧港湾労働会館の真裏にある安ホテルの一室で、夜明けまで昴と話し込み、高ぶった神経を沈静させるために服用した睡眠導入剤がまだ効いているせいで、電話の声はずいぶん遠くから聞こえた。小久保仁はさっさと本題に入り、元監察課長が布施隆三との関係を証言した映像ディスクについてしゃべりはじめた。途中、なんどか問いをはさもうとしたが、思考が空まわりして言葉が出てこなかった。小久保が簡潔に語る荒唐無稽《むけい》な物語は、李安国、ヴィタリー・ガイダル、そして韓素月からえた情報と渾然《こんぜん》一体となり、未鷗を非現実的な世界へと運んでいった。受け渡し方法を決め、電話を切ったあとで、未鷗は映像ディスクの存在をいくらか信じはじめていた。立ちあがると、体がふらついた。

「無理するなよ。眠剤が効いてる間は記憶が飛ぶことがある」ベッドと壁の間の狭いスペースで、衣服を着たまま毛布にくるまっている昴が言った。

未鷗は昴に、布施が監察課のスパイだった証拠があるらしい、とだけ伝えて、バスルームへ入った。バスタブはなく、シャワーのハンドルをひねると、頭から冷水を浴びた。呪いの言葉を吐き、ハンドルをまわしつづけたが、ぬるま湯にもならなかった。

みすぼらしい部屋で濡《ぬ》れた髪を乾かした。ベニヤ板一枚へだてた隣室で、男の声が、頭のてっぺんから抜ける高音で沖縄民謡を歌っていた。昴が買ってきてくれた熱いコーヒーで脳を刺激しながら、未鷗は電話の内容を詳しく説明した。映像ディスクがほんとうに存在するとしても、小久保の真意がべつにある可能性を否定できなかった。未鷗は昴に掩護《えんご》をさせるかどうか、ちらと迷った。「その汚れた手でわたしの息子に触らないで」昨夜の韓素月の言葉が頭をよぎり、さして熱のこもらぬ声で、部屋で待っていたらどうだと声をかけたが、昴は黙ってトカレフに弾をフル装塡《そうてん》した。

太陽が顔をのぞかせているが、西の空では暗雲が広がりはじめていた。朝の早い露店をのぞき、未鷗は変装用に、赤毛のウイッグとフェイクの毛皮のコートを手に入れた。乾いた路面をえらんで歩き、リトルウォンサンのメインストリートを南へ下り、海岸通りを渡った。布施隆三が監察課のスパイだったとは、と未鷗は胸のうちでつぶやいた。まだ信じられなかった。商店の軒から落ちる雪の滴のうるさい音にまじって、公安との密会問題で紛糾した紅旗路のアジトでの、隆三の怒りを抑制した声が頭の隅に侵入してきた。

「組織が打撃をうけるたびに、ばかげた裏切り者捜しがはじまる。魔女狩りだよ。自己確認ってやつだ。共同体のカーニバルみたいなもんだ。ふだんは怖《お》じけづいてる連中ほど、スパイ摘発に夢中になる。そいつらにとっては、過去を詮索《せんさく》すればするほど、誰も彼もが裏切り者に見えてくる。あの女と関係があったなんて知らないぞ、なぜ黙っていた、教えたくない理由があるのか、さあ言ってみろ。女を公安と言い換えても、問題の本質は変わらない。こんな調子でやられたら、たまったもんじゃないぞ。悦士、きみはどう思うんだ」

末鷗はそうとは知らなかったが、あのとき隆三は韓素月をめぐる確執を持ち出して、悦士の口を封じようとしたのだ。けっきょく隆三は押し切った。その点に胡散臭《うさんくさ》さを感じるが、一ヵ月後、彼は燕ホテルで公安トップの暗殺を成功させて、裏切り者ではないことを百パーセント証明した。あの完璧《かんぺき》なストーリーが、たった一枚のディスクで崩壊するのだろうか、とふたたび信じがたい思いにとらわれた。末鷗の視線の先で、朝の低い光線がモンパルナスのテラスを照らしていた。フード付きの白いダウンジャケットを着た六歳ぐらいの女の子が、男の膝《ひざ》に腰をかけ、テーブルの上の湯気の立つカップに口をつけた。男の赤茶けた髪と欧亜混血の眼差《まなざ》しに記憶があった。北京ホテルで、緑が丘プラザ事件における中国人古着商の奇妙な行動を証言した、ヴィタリー・ガイダルの兵隊だった。男が末鷗に気づいて手招きした。

42

小久保仁

盗聴されるのを警戒して部屋を五〇六号室に変え、小久保は水門に、P創立メンバーの若者たちとの関わりから、古田ヒロムからとどいた手紙までの一部始終を、かいつまんで話した。それがおわると、テーブル代わりのカウンターに置いたノートパソコンと向き合い、布施隆三のファイルにざっと眼をとおした。水門監察官が九年まえの十月、布施＝情報源Mと接触以降ひそかに作成して、個人的に秘匿してきた記録である。

布施隆三。熊本県本渡市出身。中学校時代に両親の都合で兵庫県尼崎市に転居。市内の高校を出て、福井県警に採用される。二十二歳で巡査部長。二十五歳で警部補。県警生活安全部麻薬課主任を経て、二十六歳で海市警察麻薬係長。顕彰多数。希《まれ》に見るスピード出世だったが、市警察に異動して二年目、二十八歳のとき、スキャンダルに巻き込まれて依願退職。

依願退職に関する記録は、捜査資料および新聞・週刊誌の記事から成っている。

発端は、二十年まえの七月十九日、北朝鮮系難民で麻薬密売人の丁容甲が、転落死した事件である。海市警察の麻薬係長、布施隆三警部補（当時二十八歳）と、同係捜査員八田克美巡査長（当時五十一歳）の両名が、七月はじめから丁の監視活動をつづけていたところ、同日、午前零時すぎ、永浦一丁目の路上で、丁が突然ナイフを振りかざして襲いかかってきた。布施と八田は反撃して、丁を万景ビルの非常階段五階に追いつめた。そこでなお抵抗しようとした丁と布施がもみ合い、丁は誤って地上に転落し、首の骨を折って死亡した。

県警生活安全部麻薬課の管理官が録取した調書によれば、丁と格闘したのは若く体力のある布施であり、五十一歳で膝に持病のある八田は、丁が転落したとき二階の踊り場にようやくたどり着いたところだった。県警は任務遂行上の事故として処理した。警官が発砲しなかったこともあり、メディアが警察の過剰防衛だと非難することもなく、事件はいったん終息した。

同年十一月下旬、七月の麻薬密売人転落死事件に関して、「布施隆三警部補は丁容甲容疑者に手錠をかけた後、非常階段五階から突き落とした」という内容の無署名の告発文書がメディア各社に送りつけられて、事態は急変する。水面下の取材攻勢をうけて、県警監察課が乗り出し、布施と八田の両名、ほか関係者に対する事情聴取がおこなわれた。十二月二十七日、監察課は、告発文書は八田克美巡査長が作成したもので、告発内容は個人的確執にもとづく虚偽であると発表し、八田に懲戒免職を言い渡した。記者会見の席で、個人的確執とはなにかという記者の問いに、監察課長は「年少の上司への妬《ねた》みである」とこたえた。

これで一件落着かと思われたのだが、翌二十八日午前四時五十分ごろ、市警察のパーキングにとめたセダンの運転席で、八田克美が短銃自殺を遂げた。助手席には六年まえに離婚した妻の射殺体があり、無理心中と見なされた。二人の間に、妻が引きとった当時十三歳の娘がいた。TVの取材カメラが、祖父母と娘が暮らす福井市の家に押しかけ、例によって例のごとく年の瀬の悲劇を煽《あお》り立てた。

正月が明けて、メディアが八田の離婚した妻の身分と素行を暴きはじめると、事態はいっそう紛糾した。

週刊誌が書いている。「県警生活安全部の公害課主任、神代はる香警部補（三十九歳）は、海市警察の交通課に配属されていた二十二歳の秋に、十二歳年上の交番勤務の八田克美と結婚。すぐに人生設計の誤りに気づいたようで、将来性のありそうな上司と小まめに寝るようになった。七年まえには、別れ話のもつれから、県警銃器対策課の主任に恐喝されるというスキャンダルに巻き込まれ、それがきっかけで八田と離婚している」

恐喝事件に際して、県警監察課が録取した調書によれば、神代はる香の不貞が最初に露呈したのが結婚二年目である。八田と神代の両名とも円満な夫婦を演じることに腐心して、結婚四年目には長女の史絵が生まれるが、結婚生活は十一年つづいて破綻《はたん》した。その間に妻が相手をした男は九人、と八田は主張し、実名と所属を明らかにしている。妻の神代の供述によれば不貞相手は二人。一人は彼女を恐喝した県警銃器対策課の主任。もう一人は大物で、当時の管区総務部長だった。

一月下旬、週刊誌が「殺人か事故死か　麻薬密売人転落死の謎を解く鍵《かぎ》は、女警部補の奔放な性」というリードのもとに、神代はる香のヌード写真を掲載し、「写真は神代はる香警部補に捨てられた県警銃器対策課の主任が、慰謝料を要求して送りつけたものである」と注釈をつけた。室内で撮影された変哲もない全裸の写真だが、神代の魅力的な容貌《ようぼう》と豊満な肉体がじゅうぶんにうかがえる代物である。

　ほかに、敦賀市の梟雄將が経営するカジノでくつろぐ元銃器対策課長の写真や、元管区総務部長で現県警生活安全部長が福井市の自宅まえで殺到したカメラマンを殴りつける写真等がメディアの誌面を賑《にぎ》わした。論調はメディアごとに若干異なるが、無理心中で決着した一連の事件の背景に、監察課の言う「年少の上司への妬み」のほかにも、神代はる香と布施隆三の男女関係があったことを仄《ほの》めかすという点では一致していた。

　そうした記事が出ると、布施はふたたび監察課の事情聴取をうけた。彼は神代との親密な関係を否定した。また、前年の十二月初めからおこなわれた事情聴取の際、八田克美は布施と神代の関係についていっさい供述しておらず、二人の関係を裏づけるものはなにもなかった。だが布施にとって不運だったのは、県警本部が、七年まえの銃器対策課長による恐喝事件を隠蔽《いんぺい》してきたことである。無理心中をきっかけに過去の隠蔽工作が暴露されると、県警本部長以下の幹部十四名に処分が下った。そして、おそらく幹部の腹いせから、理不尽にも、布施は二月末日付けで依願退職に追い込まれた。

　以降、布施の記録はほとんどない。二月に独身寮を追い出された後、同年四月に住民票が船引市営住宅に移される。退職から三年後、捜査四課が麻薬取締法違反容疑で老沙二丁目の梟雄將構成員、蔡昌平宅を急襲した際、蔡と飲食をしていた布施は、事情聴取をうけている。記録上、彼の痕跡《こんせき》と言えるものはそれだけだった。

水門が所持していた写真は、捜査四課のリストにあったもので、退職時の二十八歳の布施隆三である。小久保は写真をプリントアウトして手帳に貼りつけた。逮捕するまでは、布施と水門の関係を伏せるとしても、布施が標的であることはできるだけ早く部下に知らせる必要があると思った。

小久保は提案した。「昨夜、監察課時代の水門さんの部下と情報交換したところ、むかし西修平とユニットを組んでいた布施隆三の名前が浮上し、捜査四課のリストで写真を入手した。それでどうでしょうか。東京に送って村瀬に確認させる。これでいけると思います。監察課時代の部下の名前は明かさずに押し切る。そうすればあとで不都合が生じる恐れはない」

二人は、しばらくの間、問題点がないかどうか検討した。空山がいろいろ勘ぐるだろうが、それはいつものことで、無視すればいい、ということで話が決まった。水門が写真を東京へ電送し、小久保は電話で村瀬を呼び出して用件を伝えた。

時刻は捜査会議開始予定の午前九時半をまわった。二度にわたって会議開始を先にのばしてきたが、東京からの報告を待つことにした。確認しておきたいことがまだあった。水門がパソコンのまえにすわり直して、福井市の市立中学のホームページを検索し、同窓会名簿で八田克美と神代はる香の娘を見つけた。神代史絵、十五歳。写真は、ひどく幼げで、削《そ》げた頬が暗い印象を与える。だが眼差しには、明らかに『森永瞳』の面影があった。牡丹江酒楼《しゅろう》事件は中学卒業の三年後ということになる。

「布施は神代はる香とほんとうに関係はなかったんですか」小久保は訊《き》いた。

「彼は否定しました。二人ともずっと生活安全部で暮らしてきたので面識はあったようですが。

丁容甲の転落死についても同様に、彼は否定してます」

「水門さん自身の感触は」

「彼は退職の時点では純情な青年だった、そう信じてやってもいいと思います」

小久保は手帳をひらき、貼りつけた布施隆三の顔写真へ視線をそそいだ。平凡な容貌だが、薄い皮膚の下から野心と正義感のせめぎ合いがうかがえ、そこに若者の凛々《りり》しさを感じないではない。布施が真実を語ったのだとすれば、逆恨みだな、と小久保はモニターの少女へ視線を移して思った。神代史絵は、突然襲いかかってきた悲運の因果を問い、咎《とが》をうけるべき者を見出し、布施隆三に罪を贖《あがな》うことをもとめたのだ。だが、と小久保は少女の逡巡《しゅんじゅん》を思った。十四年まえの七月二十九日、布施を尾行して牡丹江酒楼に着くまで、殺害の機会は、なんどもおとずれたはずだ。布施が個室に入るのを確認する。なおためらい、薄暗い地下のドラッグストアあたりをぶらついた後に決行するが、失敗して従業員と衝突し、混乱のままに発砲して殺害する。その予期せぬ殺人が、彼女を苦しめつづけたのだろう。

「布施にとって依願退職は辛《つら》かったでしょうね」小久保は言った。

「彼はこう言ってました。下級警官の卑屈さが招いたばかげた事件だと。彼をはめようとした八田の卑屈。恐喝事件の調書と写真をメディアに流し、県警幹部が青ざめるのを見て溜飲《りゅういん》を下げた連中の卑屈。県警生活安全部の将来を担う逸材だとおだてられ、自分でもそれを信じ切っていた彼自身の卑屈」

その卑屈さを計算して、布施は下級警官の喝采《かっさい》をあびるテロルを演出してきたのだと、布施にというよりも、誰かわからぬ相手に抗議しながら、小久保は「梟雄幇とのつき合いについて、どんな話を」とつぎの問いを向けた。

「蔡昌平が逮捕されたとき、いっしょにいてとられた調書があります。その調書のとおりのことを。梟雄幇は将来使い道があるかもしれないと彼を接待し、当時の彼は惰性で徒食の日々を送っていました」

「蔡昌平はいま海市の梟雄幇の№1ですね」

「県警はそう認識してます」

「布施と蔡の現在の関係は」

「わかりませんが、布施は蔡の庇護《ひご》下にいると思います」

「まだ利用価値がある」

「蔡はそう見なしているでしょう」

「布施がPに加担するようになった経緯は」

「わかりません。それを語れば内部事情を敵に教えることになります。彼は、彼が必要とするときに、彼が必要とする量だけ仲間を売った。それだけの話で、彼は県警のスパイではありません」

「やつと水門さんの関係がよくわかりませんね」

「わからないとは」

「なぜベッドをともにするようになったのか」

「舞台の準備のようなものです。恥辱を劇的に与えるために」

「晴舞台は公安部長暗殺」

「あの日のことにかぎらず、いまあなたのせいで、こんなふうに恥辱が露呈して、死ぬまでわたしが苦しみつづけるように」

「それは布施の側の事情だ。水門さんが布施と寝る気になった理由は？」

「情報収集のためです」

素っ気ない回答の連続に、小久保は短い沈黙を置いた。

「やつは無防備のまま水門さんの懐に飛び込んできた。水門さんはいつでもやつを抹殺することができた。小川勇樹でも西修平でもいい、Pの幹部と接触して、裏切り者の証拠を示すだけでよかった。寝る必要なんかどこにもなかった」

「では前言を撤回します」

「はじめて寝たのはいつです」

「いずれ法廷で話します」

「現時点で、捜査上、布施隆三という男を知る必要がある」小久保は諭す口調で言った。

「彼がわたしの眼のまえで森晃次を射殺した夜」

「情報源Mとはじめて接触した夜ということになる」

「そうです」

「布施のどこに惹《ひ》かれたんですか」

「個人的な事柄です」

「政治犯だろうが、けちな性犯罪者だろうが、当人にとって犯罪はいつだって個人的な事柄だ」

「声、言葉、身振り、意表をつく行動、奔放なイマジネーション、眠らせないポテンシャル」

水門が嘲笑《ちょうしょう》するひびきで返した。

小久保は笑わなかった。彼女の言葉にリアルなものを感じた。沈黙がつづき、水門が耐え切れなくなったように窓辺を離れ、ベッドの足もとの方へ移動して腰をかけた。その横顔が紅潮していた。小久保の携帯電話が着信した。東京の村瀬係長だった。

「石原寛人と名乗った男です。まちがいありません」村瀬が言った。

小久保はねぎらいの言葉をかけ、電話を切るとすぐ、明石光雄の番号を押した。グエン・ト・トイの戸籍上の亭主は、天河大廈にいて、寝ぼけた声で電話に出た。十分以内に着くから待てと告げ、水門が重要なディスクをショルダーバッグにつめるのを待って、五〇六号室を出た。

エレベーターで地下まで降り、天井の低いパーキングを急ぎ足ですすんだ。時刻はちょうど午前十時。電話局へ通話記録を調べにいった筒井巡査部長は、なんらかの成果を携えて会議の場所に入っているだろうと思った。レンタカーのワーゲンのまえに男が二人いた。作業用防寒服を着た細身の男。もう一人の巨漢の猫背の男に見おぼえがあった。馬場孝弘の娘婿、市警察公安課長の倉持玄四郎。倉持のばかでかい顔に、昨夜の薄笑いはなく、どこか場ちがいに感じられる生真面目な表情をうかべて、水門と小久保を待ちうけている。

「なんだ」小久保は不機嫌な声で訊いた。

「親父をどうした」倉持が言った。

意味がわからなかった。小久保は短い沈黙を置いた。

「我々が東京へ護送したかってことか」

「そうなのか」倉持が顔を強張《こわば》らせた。

「いつから連絡がとれないんだ」小久保の声が厳しくなった。

「逮捕してないのか」

「馬場は家に帰らなかったのか。どうなんだ。はっきりこたえろ」

こんどは倉持が間を置いた。

「昨日の夜、長男が栄町で親父を降ろした。おまえたちは尾行してたんじゃないのか」

「尾行した。だが、ある地点で見失った」

「どこで」

「馬場の最後の連絡はどこからあった」小久保はこたえずに問いを返した。

「栄町で降ろして、それが最後だ。あとは電話の一本もない」

「馬場の行動予定は」

「知らない」

「息子も知らないのか」

「そうだ」

「馬場は誰かと会ったはずだ。心あたりは」

「ない。そもそも、おまえと親父の話がさっぱりわからなかった」

小久保は顎先《あごさき》で軽くうなずいた。思っていたとおりだった。

「Pの幹部に公安のスパイがいる。その工作に馬場は関わった。そこまではわかるな。おそらく馬場は、昨夜、むかしの上司と連絡をとった。その上司が馬場の消息を知ってる」

「上司って誰だ」

「十四年まえの牡丹江酒樓《しゅろう》事件の、馬場の供述調書に、宋時烈と荒尾進という男が登場する。おそらく宋がスパイで、荒尾が馬場の上司だ。荒尾進の名前を調べてわたしに教えろ。おまえたちがそいつを捕まえても、なにもしゃべるまい。惚《とぼ》けられておしまいだ。わかるな。荒尾進の名前がわかったら、我々が馬場を見失った地点を教えてやる」

小久保は名刺に携帯電話の番号を走り書きして倉持に渡した。倉持は、牡丹江酒樓事件の年と、捜査記録に出てくる二人の男の名前を確認しながら、ふるえる手でメモをとった。

ワーゲンを老沙三丁目へ飛ばした。馬場孝弘の身になにか起きているのは確実だった。盗聴を警戒して、車のなかではなにもしゃべらなかった。天河大廈の金象時装有限公司で、明石光雄に写真を見せ、布施隆三が『コウ』であることを確認した。水門が言うように布施に魂がないのであれば、北朝鮮難民を雇って警官を殺し、下級警官の報復心を煽《あお》り立て、なおかつ自分で犯人を射殺して称賛をあびるという謀略は、まことに布施に似つかわしい行為だった。

水門は予備のブラウスとパンツ、小久保のセーター、水に浸《つ》かって型が崩れたパンプスという装いだった。天河大廈の近くで安物の防寒靴と赤いダウンのコートを買い、眉尻《まゆじり》の傷を隠すための黒いサングラスも買い、それから平和通りのレンタカーショップへいき、ワーゲンを返すと、タクシーを拾った。尾行する車がないかどうか確認して、走水一丁目の裏通りでタクシーを降り、青戸二丁目まで歩いて、ビジネス街のカラオケ店に入った。

煙草の煙が充満したブースには、空山、下河原、花崎、筒井の四人全員が待っていた。小久保がソファに腰を降ろすと、筒井が通話記録の用紙をよこした。三ヵ所に赤い丸印。最初が十二月十七日、つまり馬場孝弘が市警察刑事課継続捜査班の菊池良彦の電話をうけた日である。

通話開始時刻、二十二時二十一分五十七秒。対話地名、福井。通話時間、十二分四十四秒。つぎが十二月二十四日、昨日の夜だ。通話開始時刻、二十一時六分三十八秒。対話地名、福井。通話時間、十九分二十三秒。同じく十二月二十四日。通話開始時刻、二十三時十四分。対話地名、海市。通話時間、十六秒。

「三本とも同じ携帯電話にかけてます」空山が哄笑《こうしょう》しかねない声で言った。「相手は福井市に住んでます。昨日の夜、馬場はボウリング場で管理官にどやしつけられたあとで、そいつを海市に呼び出したようです。二本の電話の間に一時間と四十八分あります。福井市からここまで車で一時間半ぐらいですから、計算は合います。もう一度かけてるのは、そいつが遅れてるかなにかで、確認の電話を入れたんでしょう。携帯電話の持ち主の名前がわかりました。前園英和。県警の職員名簿のいちばん最初にのってます。つまり県警本部長どのです」

43

石川ルカ

足が自然とそこへ向き、気がつくと石川ルカは、湿地に建てられた聖セラフィム派教会の暗い聖堂のなかにいた。蠟燭《ろうそく》の炎がゆらめき、黒衣の修道士が祈る声が流れ、金箔《きんぱく》の燭台《しょくだい》の陰やイコンの下の壁際に貧しい人々が蹲《うずくま》り、地上的なもののいっさいを否定しようとする情熱が充満していた。ルカは息苦しさをおぼえ、どうしてこんな場所に迷い込んだのだと自分自身をいぶかった。毛糸の帽子を深くかぶった前歯のない女が、死期を悟った人の表情のない眼でルカを見つめ、十字を切った。天井に描かれた神の国へ視線を逃して、もしかすると彼は警官ではないのかと疑った瞬間はある、とルカはふたたび、洪孝賢のことを考えはじめた。

同級生の通夜で、鋭い眼差《まなざ》しの男が警察車両の上から叩《たた》き出す激しい言葉を聞いた夜、ルカは神経が高ぶって眠れず、ビールでもこっそり飲むつもりで寝室を出ると、暗いリビングルームにグエン・ト・トイがいて、音声を消したTVで古い映画を見ていた。詳しい経緯は忘れたが、通夜のアジテーションの話になり、海市の下級警官の狂気を誘発する厳しい現実と関連づけて、ト・トイは、ある若い刑事の思い出を語った。

ト・トイは十四歳のとき、中国人密入国組織の手を借りて兵庫県の香住《かすみ》海岸に上陸し、そのまま海市へ輸送されて、紅旗路のナイトクラブでウェイトレスとしてはたらきはじめた。八ヵ月ぐらい経った翌年の初夏の休日、異国の地にいくらか慣れたト・トイは、独りでバスに乗って栄町の映画館へいった。日本の若者を主人公にした恋愛映画を、言葉がわからなかったがそれなりに愉《たの》しみ、ちょっとせつない気分で繁華街を歩いていたところ、二人の刑事に職務質問をうけた。若い方の刑事がパスポートを調べて、すぐに偽造だと見抜き、ト・トイに手錠をかけて、警察車の後部座席に押し込んだ。

車は平和通りに出て、市警察のまえをとおりすぎ、海岸通りへ向かった。どこへ連れていくつもりなんだろうと、ト・トイが不思議に思ったのと同時に、後部座席にいた若い刑事が、車を運転している年配の刑事と言い争いをはじめた。当時のト・トイには、彼らの日本語がまったく理解できなかった。車はやがて音海の工事中の埋立地の先端でとまった。大きな建設機械が点在するだけで、建物も人影もなく、あたりはおそろしいくらい真っ暗だった。年配の刑事がト・トイを外へ引きずり出そうとして、若い刑事ともみ合いになり、二人は車の外で激しい口調で相手を罵《のの》りはじめた。ト・トイは怖くて後部座席でじっとしていたのだが、そのうち大声をあげて泣く声が聞こえたので、ひょいと窓外を見ると、年配の警官が、両膝《ひざ》をつき、地面を拳《こぶし》で叩いて号泣していた。

ト・トイは紅旗路のマクドナルドのまえで釈放された。そのとき若い刑事が、真剣な眼差しで彼女をにらみつけ、なにかを告げたが、やはり内容は理解できなかった。

「それから三年後に、その若い刑事とばったり会ったのよ。紅旗路の吉林茶店《カフェ》のまえをぶらぶら歩いてたら、彼が独りで店から出てきたんで、びっくりして声をかけたの。彼はあたしの顔を忘れてたけど、話を聞いてすぐ思い出してくれて、ちょっと立ち話をした。埋立地で年配の刑事が泣いてた理由を、彼が教えてくれた。そのときはもう日本語を話せるようになってたから、ちゃんと理解できた。老沙事件がはじまってすぐ、刑事の女房が、紅旗路で買い物中に暴徒化した難民に捕まって、レイプされたって話だった」

鋭敏なルカは、もしかすると若い刑事ってコウのことじゃないのかと訊《き》いたが、ト・トイは即座に否定した。

「彼は上司と喧嘩《けんか》して市警察をやめたばかりだったのよ。東京で仕事を捜すって言ってたけど、いまどうしてるかな」

それが洪孝賢との出会いのエピソードだったのだと、二日まえ関西国際空港から突然かけてきた電話で、ト・トイは認めた。彼の闇の深さと、彼の人生に深く関わってきたことも認め、だが同時に、ト・トイには隠されてきた彼の闇の深さと、それへの恐怖心をせつせつと訴えた。

「顔も知らない戸籍上の亭主の話を真にうけるなんておかしいし、わたしだって信じたくない。だから最初は、明石の話をコウに打ち明けるつもりだった。たぶん彼は笑ってこう言うだろうと思った。ばかばかしい、朱なんとかって中国人が、わたしを誰かとまちがえたのさ。でも打ち明けたとたん、わたしと明石光雄と朱伯儒の三人が消される可能性もあると思った。ルカ、あなたの知らないコウはそういう男なの。ほかにも疑惑や秘密がいっぱいある。言葉でうまく説明できないんだけど、明石の話を聞いて、なにかが、いっぺんに理解できたと思った。明石の話を聞いてから、この二年と数ヵ月間、コウが怖くて怖くて、生きた心地がしなかった。わたしがなにかを知れば、コウはすぐに気づく。コウに気づかれたな、とわたしが思えば、それもコウにすぐ知れる。わかるでしょ。ねえルカ、飛行機の出発までまだ四十分もあるの。いまこうして電話している間も、怖くて膝がふるえてる」

受話器の向こうのト・トイの声もふるえていた。彼女が抱いた恐怖心にはなにかしらの根拠がある。それは確かなことだと思いながら、ルカは、薄明かりにうかぶ複製画のまえに立った。遠い記憶がよみがえってきた。教会付属の施設で暮らしていたころ、この絵をなんどか見ている。

V・I・スリコフ『大貴族婦人モロゾワ』、と日英露中朝の五ヵ国語で書かれたキャプション。貴婦人が丸太で組んだ粗末な橇《そり》に乗せられて、群衆が見守るなかをどこかへ連行される、というスペクタクルな構図である。絵の右隅に異形の男がいる。髭面《ひげづら》、骸骨《がいこつ》のように窪《くぼ》んだ眼差し、ぼろ布からむき出しになった肩。絵を見るたびに、薄気味悪さを感じつつ、そこへ惹《ひ》きつけられたことをルカは思い出した。男は素足で雪の上にあぐらをかき、貴婦人に向けて、そのポーズがなにを意味するのか不明だが、右手の二本の指を奇妙なかたちに曲げている。二十四歳の女に成長したルカは、絵と向き合っているうちに、以前とはちがう感慨を抱いた。ここには狂人が狂人を装うかのような倒錯があると思った。無能で無用で、生まれつき徹底的に卑しく、不治の病に冒されて異臭を放ち、喜捨をもとめてさ迷い歩く人物として描かれているらしいこの男は、宗教的なレトリックのなかで、この世ならぬ霊的な存在へ奇跡的な転換をとげる。現実の不幸に打ちひしがれた人々は、男が人々の罪業のいっさいを背負ってくれるという思いに慰められる。極悪非道のマフィアさえ慰められる。この人間精神の倒錯をもたらしている、耐え難い飢え、渇き、苦悩と絶望は、洪孝賢が救い出してくれるまでは、幼い自分にとって日常の世界だったのだ、とルカは思った。

事実の確認をもとめることさえ、ト・トイにためらわせた洪の恐ろしさについて考察をくわえつつ、頭の半分では、もう一人の洪を、ルカは愛惜の念とともに思い返した。

洪孝賢はわたしの神だった。でも神とちがって洪には下心がなかった。懺悔《ざんげ》を聴きたがらなかった。罪の償いを強要したこともなかった。洪は神の狡猾《こうかつ》さとも無縁だった。どんな取引もしなかった。わたしに惜しみなく与え、代償をいっさいもとめなかった。

44

小川未鴎

　耳をふさぎ、頭を両手で抱え込み、天地をゆるがす衝撃音の恐怖に耐えた。彼女にとって元監察課長の証言を聞くというのはそういうことだった。だが激しい稲妻がとおりすぎてしまうと、突然、暗雲が断ち切られ、いまは抜けるような青空が広がっていた。誰でもいいから手をとって、ダンスのステップを踏みたい気分だった。脳の隅々から手足の末端神経まで力が漲《みなぎ》っているのを感じた。そうした自分の精神状態を、もう一人の冷静な彼女は、例の現実否認というやつだろうと思った。心をひどく傷つけられた者に特有の、回避と適応であり、自己防衛的な乖離《かいり》である。カウンセラーならそう診断するだろう。その一方で、だがこの病的な高揚感には真実味があると思った。あの男の裏切りの途方もない底深さは、世界のほんとうの姿を暴き出しているのではないのか。だとすれば、それは腹の底から笑うほかのない修羅だった。じっさいに彼女は、この数年間の迷いと呻吟《しんぎん》に、一昨日の夜、半島の付け根にあるラブホテルで深刻な顔で頭に銃口を突きつけた自分に、おかしみをおぼえた。布施隆三への憎しみがぜんぜんわいてこなかった。なんて呆《あき》れた女だ。正味三時間ほどの映像ディスクを二度見おわったあと、そんなふうに自分自身とおしゃべりする時間がつづいた。彼女ばかりでなく、金剛で殺害された警官の弟も、渤海《ぼっかい》夜総会の裏口に惨殺死体で転がされた警官の遺児も、しばらくの間、口をきかなかった。

窓の外はすでに薄暗く、雪は昼まえから降りつづいていた。高麗《こうらい》ホテルは、リトルウォンサンのメインストリートに面したビジネスホテルで、全客室に三百チャンネルを超える衛星TV受信装置、それに映像ディスク再生装置と、いちおう体裁はととのっている。コンパクトなツインルームの、モニターに近い方のベッドの端に背をもたせかけていた高岡悦士が、「昴、頼みたいことがある」と言うなり立ちあがった。末鷗は悦士の声に快活なひびきを聞きつけた。悦士はきびきびとした身のこなしでベッドの端をまわり、丸テーブルの昴と対面する椅子にすわると、手帳になにか書きつけた。

「光洋台マーケットを知ってるだろ」悦士が言った。

「はい」

「高校に近い方の入口から入って、三本目の路地を右へいくと、右側にマルフクって総菜屋がある。そこで森晃次の女房がはたらいてる。亭主より年上だったから、もう七十歳近いはずだ。店にいなければ自宅へいってくれ。市営墒町住宅四の二の一。これで現金を引き出して、そっくり渡してほしい」

悦士は丸テーブルにキャッシュカードを置き、メモを書いた紙をやぶって、カードにそえた。

「ぼくを追っ払おうってわけか」昴は抑揚のない声で言った。

「それもある。五分後に俺が死んでる可能性もある。カネを有効に使いたい。経済的なサポートを必要としてる家族はごまんとあるが、俺が提供できる額は一家族分しかない」

森晃次の長女は、敦賀市警察の警官で、父親の死の一年まえに殉職していた。長女と歳の離れた長男は軽い知的障害があり、悦士が臨海運輸に就職させようと、森の女房を熱心に説いた時期があった。だが女房は、Pとは関わりたくないという理由から、悦士の申し出を頑として拒み、長男はいま福祉作業所ではたらいて、わずかばかりの小遣い銭をえていた。

「誰からと言えばいいの？」昴が訊いた。

「俺の名前を出してくれ」

昴はむぞうさにメモとカードを掴むと革のジャケットのポケットに入れた。池田のおじさんには従順というのではなく、言い争いをしても無駄だと判断したのだろう。まだ正体の掴めぬ、徹底して冷めているのにどこか夢心地に感じられることもある、十八歳は部屋を出ていった。

「小久保仁が連絡をとりたがってるけど」未鷗は悦士に言った。

「放っておけ。俺たちで処理すべきだ。問答無用で殺してもいいが、布施の口から聞きたいことがいろいろある」

「そうね」

未鷗は胸のうちで疑惑を数えあげた。ハルビン・カフェ事件の自作自演、金剛事件の密告者、吉雄と対決した男、公安との密会事件、県警監察課阿南管理官殺害の真相、隆三がほぼ独占的に引きうけてきた梟雄帮との関係。ほかにも、わたしたちの知らない陰謀があるにちがいない。

「緊急避難用に確保してる民家が舞鶴にある。もちろん布施は知らない。小さな家だが、シャッターの降りる車庫と、地下にカラオケルームがある。そこを使おう」

「わたしが布施を呼び出す」

「問題はやつがどのていど警戒してるか。元監察課長が、ある日突然、刺しちがえる覚悟で秘密を暴露する。そのていどのことは想定していると思う」

「だけど暴露されるのを期待してるわけじゃない。すでに暴露されたという兆候があったとしても、信じたがらないはずよ。昨日の夜、彼を疑いはじめていることを、わたしは彼にはっきりと伝えたけど、それも悪い結果にはつながらないと思う。疑わない方が不自然だもの」

「では、もうすこし手のうちを明かそう。つまり、李安国とヴィタリー・ガイダルに会って話を聞いた。どうかな」

「その方がわたしも自然にふるまえる。残念ながら疑惑を拭《ぬぐ》い切れない、いや疑惑は深まってる、悦士も釈明をもとめてる、布施にそう話して呼び出せばいい」

「隠すのは二点だ。映像ディスクの存在と、俺たちがやつを殺す気になってること」

「呼び出す場所はどこにする」

「アジトじゃなくて、ごくふつうの街角がいいな。紅旗路なら、やつの不安をいくらかとりのぞける。長春図書のまえはどうだ」

末鷗は携帯電話を手にして、一つ深呼吸した。声がふるえるだろうと思った。だがそれでいいのだ、と自分を励ました。

45

佐伯　彰

車のドアをあけ、重く感じる頭を、紅旗路の地下に掘られた広大なパーキングの澱《よど》んだ空気のなかへ持ちあげた。モニターのなかで元監察課長のキャリアの女がぺらぺらしゃべり出したとたんに、佐伯彰は自分を責めはじめた。すくなくとも九年まえに、小久保仁から金剛事件の詳細な経緯を聞いたあとで、疑惑の一つ一つを布施隆三に問いただすべきだった。あのときなぜ躊躇《ちゅうちょ》したのか、おまえは意気地なしだ、と地上へ通じる階段を義足の音をひびかせて昇りながら、また自分を責め立てた。

大連デパートの入口に出た。足をとめて、ほんの短い時間、行き交う買い物客をながめ、あの男の仮面を引きはがす機会はほかにもあったなと思った。西修平が布施と公安部の密会を問題にしたときがそうだ。布施がめずらしく怒りをぶち撒《ま》け、西が暗い顔で沈黙したその会議の四日後、深夜、就寝中に自宅へかかってきた西の電話の緊迫した声を、佐伯は思い返した。

「いま部屋を襲撃された。たぶん中国人だ。怪我はない。史絵も無事だ。警戒してべつの部屋にいたんだ。俺は部屋を誰にも教えてない。知ってるとすれば公安部だ。どういうことか考えてみろ。おまえに一言、言っておく。布施隆三を信用するな」

佐伯は部屋の場所を訊《き》き、電話がおわるとすぐ、老沙一丁目の該当する住所へいってみたが、すでに県警機動捜査隊が到着していたので引き返し、電話で情報を収集した。銃声を聞いたと一一〇番通報があり、機捜隊と市警察地域課のパトカーが急行したところ、西の部屋になに者かが踏み込んだ形跡があったという。襲撃グループの人数や使用した車は不明だった。

その夜を最後に西修平の音信は途絶えた。数日後、紅旗路のアジトに隠していた資金が消えていることに、小川未鷗が気づいた。中国人の襲撃は、西の自作自演と見なされ、捜査でもそれを覆す証拠は出てこなかった。それが、後に語りつがれることになる資金横領事件の経緯である。佐伯は仲間に、襲撃されたという電話が西からあったと伝えたが、西が布施を疑ったことは誰にもしゃべらなかった。

若いカップルが眼のまえでぱっと分かれて、佐伯の両側をすり抜け、デパートへ入っていった。通行の邪魔をしていることに気づいて歩道へ降りた。西には逃亡生活の道をえらぶしかなかったのだ、と佐伯は後悔の念に苛《さいな》まれながら思った。布施にばかげたライバル心を抱きはじめた悦士。心酔してベッドをともにする女たち。疑惑をただす勇気のない義足の男。これでは離脱した方が利口というものだ。イルミネーションの洪水のなかを、髪や肩に雪を積もらせ、港の方角へ歩いていくうちに、ふと、どこからか布施隆三に自分の苦しみを見られている気がして、佐伯は背中に悪寒を感じた。そういうことかと思った。論理の整理がつかないまま、キャリアの女が言う『魂のない男』の動機に思い当たったぞ、と口のなかで呟《つぶや》いた。

潮の匂いがいちだんと強まったころ、大理石の壁に鏡を張りめぐらしたビルに着いた。正面玄関の上に英語で『レインボー・ビルディング』と金文字がうき出ている。エントランスの横壁に、会社名を記した金属プレート。十一階に『モッズ』とあるのを確認した。

登記簿謄本によれば、京都市東山区の衣料販売会社『モッズ』が、洪孝賢に譲渡されたのが十八年まえの十二月である。譲渡と同時に、本社は海市老沙四丁目の彩虹大廈《ビル》三〇五号室に移転。九年まえの十一月、緑が丘プラザ事件のおよそ四週間後、モッズは食肉卸業の中国人に譲渡される。詳細は不明であるが、おそらく食肉卸業者は在庫品を叩《たた》き売った後、モッズを休眠状態に置いたと思われる。事務所の三〇五号室は、食肉卸業者の老親が麻雀《マージャン》用の部屋として二年間使用した後、モッズを買収した日本人に明け渡された。日本人はモッズの商号を変更せず、医療用セラミックスの販売、砂利採取業、労働者派遣業、酒類輸入販売業、等々、事業目的を追加したが、じっさいにどんな商売をしていたかは不明である。一方、ろくに鉄筋も入っていない安普請の建物だった彩虹大廈は、梟雄幇《きょうゆうばん》系の貸ビル会社に買いとられた後、三年まえに十八階建の近代的なビルに生まれ変わった。彩虹大廈がとり壊される際に、住人はことごとくわずかな補償金で追い出されたのだが、どういうわけかモッズは引きつづき新しいビルの十一階に事務所をかまえ、ワイン輸入販売の看板をかかげて今日に至っている。

貸ビル会社の実質的なオーナーは、梟雄幇の最高権力者、蔡昌平である。推定六十二歳、吉林省出身の人当たりの柔らかい男で、二十年ぐらいまえまでは、組織が夜総会へ手配する大陸の女たちの世話係だったという。愚痴の聞き役。不慣れな異国生活に関するよろず相談窓口。ホームシック対策上、女たちのために適時開催するカラオケ大会の幹事。ようするにケチな仕事で走りまわるちんぴらだった。それが№1とは信じがたい出世であるが、老獪《ろうかい》で、度胸もあり、人心掌握力にすぐれている、と敵対する朝鮮人の評価はすこぶる高い。

佐伯は大理石の階段を三つあがった。エントランスホールの奥は金融関係専門の弁護士事務所。左に二台のエレベーター。右手の地下パーキングへの階段へ足を向けた。佐伯は、小久保から電話で、小川末鷗や高岡悦士と共同歩調をとるよう言われていたが、疎遠になっている彼らと連絡をとる気になれず、単独行動を選択していた。

階段を降りて、パーキングにならんだ高級車を見ていきながら、蔡昌平が№1まで昇りつめたプロセスに、Pがもたらす警察情報が多大な貢献をしたことは明らかだが、そこには布施と蔡の個人的な関係もあったにちがいないと思った。赤いポルシェのまえで足をとめた。ナンバーを照合して、モッズの代表取締役、竹原妙子の車であることを確認した。三十四歳、独身。布施隆三の大切な宝物。竹原妙子は、あの男の秘密のすべてを知っているはずだ。

時刻は午後四時五十二分。ワイン輸入業は、クリスマスをすぎれば仕事納め同然になるのか、年内いっぱいは忙しいのか判断がつかないが、待とうと思った。半生の償いのためなら、車の陰で数時間待機するのは造作もないことだった。西修平と神代史絵をむざむざ殺させてしまったという焦燥が、佐伯を急《せ》かせていた。そこでかすかな靴音が耳にとどいた。佐伯は急ぎ足にならないよう注意を払って、階段の方へもどった。靴音は背後から聞こえた。車の出入り口からなに者かが入ってきたのだ。不自然だった。それが敵だとすれば前方も警戒すべきだと自分に告げた。

ベレッタを抜き、セーフティをはずした。蔡の兵隊が布施を掩護《えんご》する場面を想定していた。

ベレッタをブルゾンの内側に隠し持った姿勢のまま、階段の昇り口に達した。ちょうど男が二人、アタッシェケースとコートを手に言葉をかわしながら、階段の上に姿を見せた。どちらも若い営業マンふうの男だった。敵ではない、瞬時にそう判断すると、佐伯は彼らを盾にするようにして階段を駆けあがった。義足ががちゃがちゃと鳴り、営業マンふうの二人が途中で足をとめて道をあけた。佐伯の視界のなかに、べつの男のシルエットが入ってきて階段の上に立った。男の胸のあたりで火が吹くのとほとんど同時に、佐伯は撃った。階段の途中で頭を抱えて屈《かが》み込んだ営業マンふうの二人に、転げ落ちてきた男がぶつかり、もつれ合って階段をずり落ち、手足をばたばたさせた。佐伯は残りの階段をいっきに駆けあがった。背後でサブマシンガンの掃射音がひびき、銃弾がコンクリート壁から削りとった細片が周囲に飛び散った。

奥の方のエレベーターのドアが閉まるところだった。右手に弁護士事務所の高級そうなスモークガラスのドア。左へ階段を三段降りれば、人々が行き交う紅旗路の雑踏だった。大連デパートの方へすこし寄ったバス停のまえで、白いマフラーの女の子が寒そうに足踏みしている。雑踏へ逃げ込め、と佐伯は自分に命じた。だが指示は筋肉に伝わらなかった。エントランスホールの中央で、佐伯は義足をはめた右脚一本でたたらを踏み、どうにかバランスを保った。自分の身体に異常を感じたが、なにが起きたのか理解できなかった。大理石のフロアにばたんと仰向けに倒れた。その姿勢のまま後退《あとずさ》りしつつ、敵の姿を捜してベレッタの銃口を自分の脚の方へ向けたとき、地下への階段の降り口に、まだ靴をはいている肉の固まりが転がっていることに気づいた。左脚の膝《ひざ》から下を失っていた。激痛が襲ってきた。敵は視界の外からきた。右腕の付け根を靴で踏まれた。ベレッタが手から離れ、フロアに落ちて金属音を立てた。首の筋力が耐え切れなくなり、持ちあげていた頭が背後へがくっと倒れると、肩の後ろが階段の縁に乗り、視界の天地が逆になった。すでに焦点がぼやけつつある佐伯の眼に二人の老婆が映った。大柄な太りぎみのと、痩《や》せたちびで、びっくりした顔で佐伯を見ていた。だが、すぐにちびの方が、膝が悪いらしい大柄な方の手を引いて立ち去った。顔に降りかかる雪を心地好いと感じた。奇妙なことに、佐伯の頭に遠い記憶にある警官の顔がよぎった。優秀で、自己犠牲をいとわず、眼差《まなざ》しに自分自身を傷つけてしまいかねない鋭敏さを感じさせる若者だった。県警幹部の腹いせで退職を余儀なくされた彼の、嘆き、憤《ふん》怒《ぬ》、絶望を思った。佐伯の視界の隅で黒っぽいコートの裾《すそ》がひるがえった。それがこの世で彼が最後に見た景色だった。銃声がとどろいた。コルトガヴァメントの四十五口径の弾丸が、佐伯の鼻骨を砕いて侵入し、脳底動脈を破壊した後、階段の大理石ではね、からんからんと軽い音をひびかせて、どこかへ転がっていった。

46

内藤　昴

光洋台マーケットには、雑貨や食品を売る店のほかに安い食堂が多数あった。下校時に腹を空《す》かせて、友人らとたびたび寄り道していたから、総菜屋の『マルフク』はすぐに見つかるはずだったが、昴は最初からいく気がなかった。高麗《こうらい》ホテルを出ると、タクシーを拾って走水へ飛んでいき、辻本勲の父親の店の倉庫からBMWのバイクを引っ張り出した。左手の包帯と副《そえ》木《ぎ》をはずし、小指と薬指に、ビニールテープをしっかり巻きつけてハンドルをにぎった。寒さと骨折の痛みは、我慢するほかなかった。断続的に降る雪をついて引き返すと、高麗ホテルのパーキングを見張り、高岡悦士と小川未鷗が白いセダンで出かけるのをバイクで尾行した。

未鷗が、客で混雑する長春図書の一階フロアの、奥まった場所にある実用書コーナーで、相手を待ちはじめて九分が経過していた。ヤング情報誌コーナーにいる昴には、彼女がしだいに落ち着きを失っていくのがわかった。到着してすぐ、海の方角で銃声が聞こえると、彼女は店の表に様子を見にいき、うかぬ顔でもどってきた。いまは、遠く近く重なりながら、どんどん近づいてくるパトカーのサイレンに耳をそばだてている。携帯電話がバイブレーションでメールの着信を告げた。昴は受信した。宮殿造りの白い醜悪な家で死滅しつつある少女が、ドラッグをほしがっていた。明日の朝まで待てとメールを送りつけたとき、視界の隅でフェイクの毛皮のコートが動いた。表の様子をまた見にいくのか、末鷗が長春図書から出ていった。

47

高岡悦士

紅旗路は二十四時間、人と車の往来が途切れることのない街だった。路肩はいつものように違法駐車の車でびっしり埋まり、中国人が車の走行の切れ目を狙ってばらばらと道を横切っていく。長春図書と大連デパートのちょうど中間の『黒竜古玩工藝《アンティーク》』のまえに、どうにかスペースを見つけ、そこにとめた車のなかで、高岡悦士は末鷗が裏切り者を連れてくるのを待っていた。

ダッシュボードに眼をやった。時刻は約束の午後五時を数分まわっている。ワイパーが動いて雪を払い、確保された視界のなかを、パトカーのビーコンが赤い光を点滅させて海の方角へ去っていく。十分ほどまえ、銃声が断続的に聞こえた。長春図書から二百メートルほど海寄りのレインボービルのまえに、警察車両がぞくぞくと到着しているようだった。気にはとめたが、いつ入るかわからない末鷗からの緊急連絡にそなえて、老沙交番に電話をして様子を訊《き》くという考えは退けた。チャンスは一度しかない。そう見なして行動すべきだ。布施隆三の胸のうちは想像がつく。これまでどおり言葉を弄《ろう》し、指揮官の威厳と、誰もが認めざるをえない過去の武勲を無言のうちにちらつかせれば、危機を切り抜けられると思っているだろう。そこが唯一の付け目だった。間近でガラスをこつこつと叩《たた》く音が悦士の思考を中断させた。あの男だなと思ったが、吹きつけた雪がサイドガラスに張りついてなにも見えなかった。過敏な反応は警戒心を呼び起こすだけだ。無防備をよそおうべきだと自分に言い聞かせながら、悦士はドアをあけて、右足を路面に降ろした。頑丈なウォーキングシューズが雪を踏みつけ、その右足を軸に、降りしきる雪のなかに上体を起こした。左足を運転席に残したまま、悦士の動きがとまった。額にコルトガヴァメントの銃口がぴたりと当てられていた。命運は、こんなふうにして、唐突に尽きるんだなと思った。

西修平が言ったことがある。「あの男は、数百キロ上空から俺たちの行動を観察して、心の動きさえも読みとることができる。まるで全知全能の神のように。あるいは徹底的な裏工作によって俺たちの運命を知っているかのように」

つい先ほど、高麗ホテルの客室で映像ディスクを見るまでは、布施隆三を疑ったことは一度もなかった。だが、悦士はなん年もまえに、布施を偶像視するのはきっぱりとやめていた。ひそかに入手した監察課追跡チームのリストに小久保仁の名前を見つけ、こいつは裏切り者だ、兄貴たちの報復宣言の直前に逃げ出した腰抜け野郎だ、と激しく罵《ののし》ることで自分が男であることを証明できる、と信じ込んでいた八年まえの愚かな俺ではない、と悦士は思った。虚勢から、他者に心理的圧力をくわえる必要から、言葉と態度をよそおうことに腐心することに、いまの俺は関心がない。ヒロイックな自己陶酔なしには一歩も前進できなかった、死に物狂いの自己正当化の日々としか言いようのない、かわいそうな青春時代と、俺は決別している。

そうした俺の内部で生じている根本的な変化を、人間観察のスペシャリストである布施隆三は見逃さず、今回の疑惑は、生死を分かつ、苛烈《かれつ》な、最後の闘争へ行き着くだろうと判断したにちがいない、と悦士は思った。焦点の合わぬ間近で、コルトガヴァメントの銃把をにぎる薄い羊革の手袋が黒光りしていた。命は惜しくはないが心残りはあった。小久保仁ともう一度酒を飲みたいと思った。森晃次の女房にカネはとどいたのだろうか。昴の眼差しに宿る虚無が気がかりだった。

韓素月にやり込められたときの光景がまぶたにうかんだ。彼女の言うように、報復は愚かな行為にはちがいない。だが、Pに関わった下級警官のこれまでいっさいの愚行が、まったく無意味だったとは思わない、と、いまここにはいない素月にささやきかけた。冒瀆《ぼうとく》的な裏切り行為によって、俺たちの愚行が膨大なゼロの集積になるということはない。すくなくともそこには、布施隆三という男には決定的に欠落している人間的な苦悩があったと思う。きみもそれは認めるはずだ。返事は聞こえず、なにかを憐れんでいる素月のきれいな顔が脳裏をよぎった。

引き金が引き絞られ、弾丸が飛び出してくるまでの一瞬の間、悦士は想念をつぎつぎと頭によぎらせた。まだ彼は生きていた。最後の瞬間まであきらめるな、と自分を叱咤《しった》した。額に突きつけられたコルトガヴァメントを手で払おうとした。布施隆三の背後を、人々を満杯にした市内循環バスがのろのろと通過するところだった。窓ガラスの曇りを、小さな手が拭《ぬぐ》い、幼い顔がこちらへ好奇心にみちた視線を向けた。悦士はその子と眼が合った。

48

小川未鷗

　黒竜古玩工藝まで距離にしておよそ三十メートルだった。紅旗路を横切って悦士の白いセダンに近づいてくる人影が眼に入ったとたん、未鷗は歩き出していた。無帽。黒っぽいビジネスコート。記憶にある悠然とした足の運び。未鷗の胸は高鳴った。人の流れにぶつかって思ったようにすすめない。路肩に後部のドアをひらいたままのヴァンが一台、さらに乗用車が四台ほどつづき、その先の白いセダンの運転席側のドアに人影が到達した。未鷗は歩を速めた。すぐ背後で中国人が携帯電話に切れ目なくしゃべっている。未鷗は苛立《いらだ》った。ヴァンの後ろで男が豚の枝肉を肩にかつぎ、歩道を横切って路地に消えた。悦士がセダンから降り立つのが見えた。その額に突きつけられた銃口。黒竜古玩工藝まえの路上で、一発の銃声と未鷗の叫び声が重なった。

　それはすでに残像であり、極度に緊張した脳が、ありもしない細部をつけくわえたのかもしれない。悦士の短めの髪が逆立ち、頰の皮膚の下の筋肉がふるえるのが見えた。銃声が未鷗の心臓をぎゅっと摑《つか》まえた。悦士の後頭部から、しゅるしゅると液体が噴き出してゆるやかな放物線を描き、その落ち際の一部にヘッドライトが透過して半透明のきれいな赤色を闇にうき立たせ、最後に、セダンのフロントガラスを血の色で染めた。貫通した弾丸が黒竜古玩工藝のショーウィンドーを砕き、微細なガラス片がきらきらと極彩色の光を反射させながら、雑踏に降りそそいだ。ばかげたことに末鷗はそれを一瞬美しいと思った。また銃声。こんどは自分のすぐ背後で聞こえた。末鷗は体を歩道へ投げ出した。誰かが彼女につまずいて倒れ、悲鳴と怒号が渦巻いた。腹ばいの姿勢でコルトガヴァメントを抜き、周囲に視線を走らせた。路肩にとめた乗用車のタイヤに頭をあずけるようにして見知らぬ男が倒れていた。敵がどこにいるのか皆目わからなかった。静止するなと末鷗は自分に命じた。はね起き、人を突き飛ばし、よろめき、雪に足をすべらせながら、海岸通りの方角へジグザグに走った。

　兆麟麵家の先を右折した。衣料雑貨の露店がならぶ四条街の雑踏にまぎれ込み、急ぎ足で歩きつづけ、自分の靴音以外に迫ってくる物音はないかと耳をそばだてた。薄暗い路地へ入り、息をととのえ、煉瓦《れんが》の壁の角から様子をうかがった。紅旗路の方からきた男が左右の路地を覗《のぞ》き込みながら近づいてくる。末鷗はコルトガヴァメントの引き金に指をかけた。男は背後を警戒する素振りを見せ、末鷗がひそむ路地へ「小川先生」とささやく声で呼びかけた。昴だった。末鷗は手をそっと振って彼を招き寄せた。

「怪我は」昴が訊いた。

「だいじょうぶ。おまえはどうして」

「光洋台マーケットにはいかなかった。先生たちのあとを尾《つ》けてた」

末鴫は眉《まゆ》をしかめた。「車の脇で倒れていた男が誰なのか知ってる?」

「男が先生の背中に拳銃《けんじゅう》を向けた。だからぼくが撃った」

「ああ、昴」末鴫は昴の手をにぎった。

「池田のおじさんはどうした」

「布施に殺された」

「先生を撃とうとしたのは布施の仲間だ。それはまちがいない。仲間って誰だ。Pなのか」

「そんなはずはない」

「梟雄帮か」

「まさか」

「布施の裏切りを梟雄帮が了承していたとすれば、そういうことだろ」

「確かなことはまだなにも言えないのよ」末鴫は混乱したままそうこたえた。

「映像ディスクはどうなった」

「悦士が持ってた」

「先生は」

「ない」

「コピーはしてないってことか。そんな間抜けなことをやらかしたのか」

末鴫は、昴の責め立てる口調に苛立ち、くるりと背を向けて歩き出した。映像ディスクはまだあると思った。小久保が佐伯にも渡したはずだ。どこへいくんだと昴が声をかけてきた。末鴫は返事をせず、路地の前後へ注意を払いながら、佐伯彰の携帯に電話をかけた。男の声が出た。佐伯さんですかと訊《き》いた。どちらさまですかと問い返されて、末鷗は口をつぐんだ。受話器を通じてパトカーのサイレンと飛びかう怒号が聞こえる。殺気立った捜査現場の雰囲気だ。電話を切った。

「なぜすぐ切った」昴が訊いた。

「佐伯の身にもなにか起きてる」

「レインボービルのまえのパトカーと関係があるのか」

「わからない。布施がいきなり悦士を撃ったのも理解できない」

「どういうこと」

「映像ディスクの存在を知ってたとしか思えないのよ」

「佐伯が布施に教えたという可能性は」

その可能性はあると末鷗は思った。市警察のPのシンパにディスクの存在を仄《ほの》めかして、布施隆三と接触をはかろうとしたのかもしれない。路地の角を曲がり、明るいブティック街に出た。左手の突き当たりは大連デパートだ。末鷗はショーウィンドーに全身を映し、すばやく髪の乱れを直した。ガラスに顔を近づけた。傷はないようだ。雪の上を転げまわったせいで、コートの肘《ひじ》とジーンズの膝《ひざ》がぐっしょり濡れている。

「布施は、こっちに映像ディスクのコピーがないことを、知らないはずだ」昴が肩を寄せて言った。

「だからなに」末鷗は不機嫌な声でおうじたが、昴がなにを示唆しているのかわかった。

「もう一度、誘い出そう」

「だけど悦士の車が使えない。わたしの車は海市駅に置いてある」

「布施をリトルウォンサンへ呼び出せばいい。李安国はソウルからもどってる。ぼくが応援を頼む」

「十星会に手出しはさせない」

「強がり言うな」

末鷗が反発して言い返そうとしたとき、昴の光る眼が動いた。対面しているショーウィンドーが激しい音を立てて砕け散るのと、昴が発砲するのと、ほとんど同時だった。末鷗には状況がまったくつかめなかった。昴に腕をとられ、大連デパートと反対方向へ走り出した。背後で銃声がとどろいた。前方左手の『港灣體育用品』のイルミネーションの一部が吹き飛び、その下の店の入口で太った女が頭を抱えてしゃがみ込んだ。

全速力で路地をめぐり、どうにか敵の追跡を逃れたと判断して、走るのをやめたとき、昴と末鷗は黒竜古玩工藝の西側に達していた。粗末な飲食店がならぶ路地を歩いた。布施隆三以外には、敵の顔も人数もわからない状況では、誘い出すのはいったんあきらめた方がいい、と末鷗は思った。

「現場を離れて、作戦を練り直そう」末鷗は小声で言った。

「この先にぼくのバイクがある」昴も同意見のようで、すぐにおうじた。

「手の傷は」

「なんとか我慢できる。駅まで飛ばして、先生の車に乗り換えればいい」

長春図書のビルの壁に突き当たった。左右に通路がある。右へいけば紅旗路だ。昴が左へ曲がった。末鷗はつづいた。側溝から汚水があふれて、路面の雪を溶かしながら流れている。道教の小さな寺をとおりすぎ、壁が崩れ落ちた黄土色のビルのまえに差しかかった。みすぼらしいポーチ灯の下に、毛皮のロングコートのまえをはだけ、大きくひらいたネックラインから豊満な白い胸をのぞかせた若い女がいた。街娼《がいしょう》だなと思った。女が首をかすかにねじって背後の薄暗がりを気にした。昴に警告を発したのだが、末鷗は自分がなにを叫んだのかわからなかった。昴の肘をとると同時に路面を蹴《け》り、ビルとビルのわずかな隙間に飛び込んだ。間を置かずに掃射するサブマシンガンの銃声がとどろいた。「早く走れ！」昴の怒鳴り声がすぐ後ろで聞こえた。

49

小久保仁

「高岡悦士も佐伯彰も誰かを捜していた」小久保は胸のうちで彼らの拙劣な行動をなじりながら言った。「あるいは誰かと会う予定だった。二つの現場に共通の背景があれば、そういうことだ。そいつの名前に見当がつかないわけじゃない」

「誰なんだ」沢野正志警部補が暗い声で訊いた。

レインボービルまえに集結した警察車両の、いちばん海寄りのパトカーの後部座席で、二人は、親しい友人同士のぞんざいな口調で、すでに十五分ほど話し込んでいた。

「新宿で殺された女の身元がわかった」小久保は、なにを秘匿し、どこまでしゃべるかを、沢野から二人の死を知らされた時点で決めてあった。「女の名前は神代史絵、三十三歳。八田克美と神代はる香の娘。両親は二十年まえの十二月二十八日早朝、市警察のパーキングで無理心中した。おぼえてないか」

沢野はペンを動かす手を休めずに、ちらと小久保へ視線を流した。

「俺が県警に採用された年の事件だ」

「その線をたぐって、新宿の事件の主犯を突きとめた。四谷署の署員が事件当日の昼間に主犯と会ってる。写真で特定した。布施隆三、四十八歳。元市警察麻薬係長。牡丹江酒楼《しゅろう》で神代史絵に狙われた宋時烈とは、布施隆三のことだ。そう断定して、まちがいないと思う。神代史絵は、両親の無理心中の原因は布施隆三にあると考えたのだろう。ようするに逆恨みだ」

沢野が手帳に文字を書き殴っていく。小久保は沢野の思考が話に追いつくのを待つための沈黙を置いた。

「布施が宋時烈だとすれば、やつは長い間、Ｐの仲間を裏切ってきた可能性がある」小久保は言った。

「うむ」沢野は低く唸《うな》るような声を出した。

「その件について、佐伯彰はなにか摑《つか》み、布施隆三を捜していた。だから殺された。高岡悦士の場合も同様だ。そういう推理が成り立つ」

「あんたが捜査情報を高岡と佐伯に流したんだな」

小久保は腕時計を見た。沢野の問いを無視して、パトカーのドアをあけた。最後まで沢野の口から映像ディスクの話は出なかった。死体のどちらからかディスクが見つかったが、沢野は教える気がなかったのか、それとも布施隆三がディスクを奪い、沢野はなにも知らないのか、判断がつかなかった。

「レインボービルに、布施隆三と関わりのある会社が入っているかどうか、わかったら教えてくれ」小久保は言った。

雪が舞うなかに降り立ち、小久保はレインボービルの方を振りあおいだ。大理石のフロアに転がっていた左足の靴の底のひび割れの痛ましさが、まぶたの裏にうかんだ。血まみれの肉塊から飛び出した骨の白さが、異教徒に鼻と口蓋《こうがい》を破壊された仏像を思わせる面相の惨《むご》さが、階段に落ちて逆さまの世界を見つめていた死者の眼の虚《うつ》ろさが、つぎつぎと思い出された。佐伯にくらべれば、悦士の死体はずいぶんときれいだった。彼らの無念の死を悼みながら、小川勇樹の娘は無事なのだろうかと思った。沢野はまだ手帳をにらみつけて考えをめぐらしている。小久保は腰を屈《かが》めて、後部座席を覗《のぞ》き込んだ。

「布施のバックにおそらく公安部がいる。梟雄幇もバックにいると思う。布施、公安、梟雄幇、どういう関係なのかわからないが、どいつも謀略のプロだ。きみが知ったことを、やつらに知られないよう注意しろ。馬場孝弘が昨夜から行方不明だ。息子と娘婿が血眼で捜してる」

会話を断ち切るようにパトカーのドアをばたんと閉めた。小久保はすたすた歩いて紅旗路を突っ切り、反対車線でタクシーを拾った。海沿いの道をいけば、ハルビン・カフェまで歩いてもわずかな距離だが、いまのところはまだ沢野に行動を知られたくなかった。

総勢わずか六名の特命チームは、迷路のような謀略と県警本部長の犯罪に前進を阻まれて、機能停止に近い状態だった。水門監察官と筒井巡査部長は、ホテルを替えて客室に閉じこもり、前園英和県警本部長の記録の収集と分析に集中していた。空山警部が率いる追跡チームは、前園が妻と住む福井市の高級マンションへ向かったが、標的を丸裸にするうえでなにが可能なのかを検討するのが精一杯で、具体的なアクションはなにも起こせないでいた。

音海一丁目でタクシーを降りて、ビルの陰で小川末鷗に電話をかけた。本人が出たので、ほっと息をつき、悦士が殺害されたときの状況を訊《き》いた。彼女は、佐伯の行動についてはなにも知らなかった。映像ディスクを布施に奪われたという。コピーは手配してやるから、布施を誘い出すときは我々と共同作戦をとれと言うと、通話がぷつんと切れた。彼女は自分の手で布施の頭を吹き飛ばしたいのだろう、と思った。予想された反応だったので、べつに落胆はしなかった。

小久保はいつになく慎重だった。海岸通りを反対側へ渡り、またタクシーを拾った。雪はいっそう激しさを増し、夜空の底が抜けて無尽蔵に降り出したように思えた。後部座席でゆられながら、手帳をひらき、昨夜の馬場孝弘の行動に再検討をくわえた。

午後九時六分、音海のスカイボウルから前園英和へ電話。馬場から事情説明があったと思われる。前園はおそらく布施隆三と連絡をとり、落ち合う場所と時間を決めた後、スカイボウルにいた馬場に伝えた。前園が福井市近辺にいたとすれば、落ち合う時間は午後十一時ごろと推定できる。

午後九時二十八分、息子の運転するＲＶで出発。馬場が早めにスカイボウルを出たのは、尾行を振り払うためだ。

同三十九分、栄町で降りる。同四十一分、ショットバー『パラダイム』へ入る。同四十六分、パラダイムを出てタクシーを拾う。栄町で降りたのは、息子にも行動を知られたくなかったからだろう。パラダイムに寄った理由は不明。同十時十分、尾行を撒《ま》いた後、ハルビン・カフェに到着。午後十一時十四分、ふたたび前園に電話。これは空山が指摘したとおり、前園が約束の時間にあらわれないために確認の電話を入れたのだろう。ふつうなら馬場と布施が福井市へ赴くところを、県警本部長たる者が、わざわざ海市に駆けつけた理由はなにか。優位に立つ者が呼び出したのだ。そう考えるのが自然だ。小久保はしばらくの間、布施と前園の関係、および前者の優位性についてとりとめもなく思考をめぐらした。ハルビン・カフェの正面玄関まえにタクシーがすべり込んだ。小久保は料金を払い、領収書をもらって、タクシーを降りた。海の方角は雪のカーテンに遮られてなにも見えなかった。エントランスの階段を昇りながら、馬場がここにタクシーを着けた意図を探った。我々はタクシー会社で調べて、馬場がタクシーを降りた地点を突きとめた。そうなる場合を想定し、馬場は、足跡を消す目的でハルビン・カフェを経由したのだろう。

ほつれた金糸を赤い制服の肩からだらしなく垂らしたドアボーイが、いらっしゃいませと声をかけてきた。寒さで鼻をかわいそうなくらい赤く染めていた。がらんとした人気のないロビーを横切り、正面のフロントカウンターで、昨夜応対してくれたチーフマネージャーを呼んでもらった。待つ間、黄ばんだシャンデリアの連なりをながめ、吹き抜けになった二階の手すりへ視線を移した。商品の陳列みたいに、厚化粧の娘たちがずらっとならんでロビーを見下ろしていた。この悪天候では思うように客がとれまいと同情した。

「お待たせしました」ダンス教師の大げさな身のこなしでチーフマネージャーがあらわれた。

二人はカウンターの端へ移動した。

「あれからなにか耳に入りませんでしたか」

「とくには」

「警察がきたと思いますが」

チーフは口をかすかにひらき、意味がわからないという顔を向けた。小久保はその反応に作為を感じた。

「きたんだな」小久保はぞんざいな口調で断定し、すぐに丁重な言葉にもどした。「いつきましたか」

「昼食の時間です。十二時四十分ごろでしたか」チーフはオールバックにした薄い髪に手をやり、緊張した声でこたえた。

「警察は写真を三枚見せた。まず初老の男、それからわたしと昨夜の女性。こいつらを見かけなかったかと訊いた」

「そうです」

倉持玄四郎と馬場の息子が、予想どおり公安捜査員を動員して馬場の行方を捜しているのだと思った。彼らも通話記録を調べて、馬場の失踪《しっそう》に県警本部長が関与している疑いを抱いているはずだが、そこから先、彼らがどう動いているのかわからなかった。連絡もいっさいなかった。雲上人同然の県警本部長に、彼らが馬場の消息を直接問いただしたとは思えない。混乱したまま、捜索と情報収集に走りまわっているというところだろう。

「わたしが担当している事件には警官が関与してましてね。つまり警官の犯罪です」小久保は意識して声を低めた。

「は」

「とまどうこともあるでしょうが、なにかあればかならず連絡を」

小久保は恫喝《どうかつ》するひびきを込めて言い、カウンターを離れようとしたとき、エントランスから入ってくる人影が視界に入った。若い女だった。酔っぱらいを連れてはいない。透明ビニールの傘を手に下げ、濡《ぬ》れた黒髪をハンカチで拭《ぬぐ》いながら近づいてくる。灰色のウールのコートのシルエットが斬新《ざんしん》な印象を与える。名のあるデザイナーのコートだろうと思った。幅のある赤い唇の左端が心持ちねじれ、眼差《まなざ》しには挑戦的な光がある。小久保は表情を閉ざした。そのきれいな女に記憶があった。女はカウンターでキーをうけとると、ちらと小久保へ鋭い視線を流して、エレベーターホールの方へ去った。女もわたしに気づいたなと小久保は思った。レインボービルのエントランスで、佐伯彰の潰《つぶ》れた顔を見下ろしていたときだった。ふと視線をあげると、現場保存のために張られたロープの向こうの野次馬のなかに、あの女の真剣な眼差しを見つけ、一瞬だが、眼と眼が合ったのだ。

「いまのお客さんの名前は」小久保はさりげない口ぶりでチーフに訊いた。

「服部さまです」

小久保は手帳をひらいて、昨夜書きとめた宿泊客のリストを確認した。服部早苗は五一八号室の客だ。ツインを一人で借りている。二十六歳。住所は東京。

「服部さんがチェックインしたのはいつです」

「二十日です」

小久保は頭のなかですばやく計算した。滞在六日間だ。

「長いですね」

「最初は一泊の予定でした。二十一日の朝、いったんチェックアウトなされたんですが、すぐもどられまして」

「なにか事情でも」

「ちょっとわたしどもには」チーフは軽く頭をかしげた。

「予約はいつまで」

「毎日更新なさってます」

小久保はカウンターを離れた。もちろん偶然だろうと思った。殺人現場で、野次馬のなかにいた魅力的な娘とふとしたことで眼が合い、二十数分後、聞き込みのために立ち寄ったホテルで同じ娘と遭遇した。殺人現場とホテルはわずか五百メートルほどの距離だ。偶然が重なったとはいえ、かくべつ不審がることではない。だが気になった。栄枯盛衰を味わったにちがいない寂れたホテルで、娼婦《しょうふ》が利用する部屋に、六日間も一人で滞在している、デザイナーズ・ブランドらしい高級コートを着た魅力的な娘。一泊の予定がなぜ急きょ変更になったのか。滞在がなぜ延々とのびているのか。この雪が激しく降る夜に、彼女はいかなる理由でどこを出歩いていたのか。小久保はフローリストとトイレの間の通路に入ると、手帳をひらいて服部早苗の連絡先に電話をかけた。若い女の声がハローと言った。予想外のできごとに、小久保は言葉につまった。

「ごようけんは」女は拙《つたな》い日本語で言った。

小久保は短く息を吐いた。「服部早苗さんをお願いします」

紙をめくるような音が聞こえた。女はもう一度名前を教えてくれと言った。小久保はくり返した。

「そういうひとはいません」女はこたえた。

「失礼ですが、そちらは服部さんのお宅ではないんですか」

「がくせいのりょうです」

小久保はまちがい電話を詫《わ》びて電話を切った。服部早苗は偽名かもしれないと思った。長く記憶にとどめた番号を宿泊者カードに記入したのだとすれば、『服部早苗』はその学生寮でかつて暮らした可能性が高い。なぜ偽名を用いたのか。なぜ電話番号を偽ったのか。あらたな疑問が湧いた。小久保はロビーの方を振り返り、いまから五階にあがって五一八号室のドアをノックしようかどうかと考えた。ほんの短い時間ためらったが、そのまま通路をすすんで表に出た。

右へ向かい、すぐ左折して、海の方へゆるやかに降りていく坂道に入った。薄暗い通りだった。朽ちたビルと建設現場のプレハブ小屋のような建物がひしめき、怪しい明かりがぽつんぽつんと灯《とも》っている。昨夜、正面玄関からハルビン・カフェに入った馬場が、四ヵ所ある出入口のどれを使って、外へとおり抜けたかは定かでない。タクシー運転手の業務記録によれば、ハルビン・カフェで客を降ろしたのが午後十時十分。前園の海市到着予定を午後十一時とすれば、それまでの五十分間を、馬場はどこでどうすごしていたのか。周辺の飲み屋を昨夜のうちに洗いざらい当たったが、馬場らしき男が時間を潰していた形跡はない。馬場が、布施隆三が運転する車に乗り込み、前園と落ち合う場所へ向かったのだとしたら万事休すである。だが馬場が、この界隈《かいわい》の、人目にさらされずにじっくり話ができる場所で、布施と合流し、二人で前園の到着を待った可能性はなくもなかった。

シャッターを降ろしたマリンスポーツ用品店のまえで男たちが焚《た》き火をしていた。とおりすぎてしばらくいくと、飛んできた酒瓶が小久保の頭上を越え、路肩にとめたピックアップ・トラックのフロントガラスに当たって砕け散り、どっと笑い声があがった。ピンク色のネオン管が『balloon』と描いた看板の下を通過した。騒がしい人声と音楽が洩《も》れ聞こえた。ビルの陰で、女がやや腰を落とし、毛皮のコートのまえをはだけて立ったまま放尿していた。ざくざくと雪を踏む靴音が背後から近づいた。小久保は女に腕をとられた。警察だと低い声で告げると、女はすぐに手を放した。運河にかかる小さな橋を渡った。道の右手は建物が途切れて金網がはじまり、雪に埋まった敷地の向こうに、二階建の木造建築物が見えた。

海沿いを走る道路に出た。金網はまだつづき、強風にあおられてぶるぶると音を立てた。白いペンキが塗られた鉄柵《てっさく》の門扉のまえにきた。コンクリートの門柱に埋め込まれた黒い金属板に、錆《さ》びた金文字で『Kaishi YACHT CLUB』とある。『Y』の縦の棒が欠けていた。鉄柵に手をかけて力を入れると、嫌な音を立ててレールの上をスライドした。車が進入できる幅のアプローチをすすみ、ポーチで雪を払ってから、市営マリーナのクラブハウスに入った。

電話で用件を告げ、今泉という職員を待たせてあった。小久保が暖房の効いたロビーでコートを脱いでいると、カウンターの奥から眼鏡をかけた痩せた青年が出てきて、今泉だと名乗った。時刻は午後七時をまわり、残っている職員は彼だけのようだった。塗料の剝《は》げかかった応接セットに腰を降ろして、係留船のリストを見せてもらった。海上艇置が二十二隻、陸上艇置三十九隻、計六十一隻。所有者を見ていく。個人と法人が半々ぐらい。コウに該当する江、黄、侯、洪、康、といった中国名、布施隆三、前園英和、馬場孝弘、株式会社SM、市警察OBの親睦《しんぼく》団体である『警親会』、あるいはそういう団体を思わせる名称。頭にうかべた名前と照らし合わせていったが、なにも引っかからなかった。

「どうぞお持ちください」今泉が言った。

リストを持ってさっさと帰れという意味らしかったが、小久保は無視して、こんどは住所に注目して点検した。場所柄なのか老沙に住む中国人が眼につく。それは拍子抜けするほどあっさり見つかった。老沙四丁目五六三番地レインボー・ビルディング十一F。所有者の欄に視線を移した。株式会社モッズ。船名、アリアドネ号。海上艇置。

「この会社の資料を見せてください」

小久保の厳しい声に、今泉はひょいと立ちあがると、腕を左右に振る奇妙なフォームでカウンターの方へ走った。沢野と取引する必要があるな、と小久保は思った。佐伯彰がモッズを調べようとして殺害されたことはまちがいない。今泉が小走りにもどってきてファイルを見せた。一枚のカードに、アリアドネ号のスペック、所有者、職業等が書き込まれている。全長十三・二メートル、全幅四・三六メートル、喫水〇・六六メートル。モッズはワイン輸入販売業。従業員十八名。代表取締役竹原妙子。

「モッズの竹原さんをご存じですか」小久保は訊《き》いた。

「はい」

「年齢は」

「三十歳ぐらい」

「ふるいつきたくなるような体つきの美人」

今泉は一瞬、瞳《ひとみ》を輝かせ、小さくうなずいて「ボートは会社所有になってますが、竹原さんは個人的に使ってます」と言った。

「連れの男を見かけたことは」

「なんどか」

小久保は手帳に貼りつけた布施隆三の写真を見せ、二十年まえの撮影だと言いそえた。

「似てると思います。はっきりそうとは言えませんが」今泉が言った。

「アリアドネ号に案内してください」小久保は立ちあがってコートを摑《つか》んだ。「懐中電灯と長靴を貸してもらえませんか」

「あの、ぼくは、約束があるんですけど」

小久保は自分でも下品だと思いながら、いきなり声を荒らげた。「一般人は捜査協力の義務があるんだ。軽犯罪法第一条第八号違反でしょっぴくぞ！」

今泉は素直に反応し、ばたばた走りまわって命じられたものを用意した。装備をととのえると、二人はクラブハウスを出た。

外は激しく吹雪いていた。道路を横断して海沿いの歩道を南へ下った。左手にハルビン・カフェの明かりが暗闇に滲《にじ》んで見え、右側の海にはボートを係留するバースがなん本か西の方角へのびている。運河にかかる橋を渡り、ハルビン・カフェのまえで、バースへかけられたブリッジを降りた。

どこかで犬が吠《ほ》えた。膝《ひざ》まで雪に埋もれて、のろのろと前進するうちに、吠える犬の数が増して、うるさいほどにわめきはじめた。先をいく今泉が給電設備のコードに足をとられてつんのめり、頭から雪のなかに倒れた。痛みをともなって雪が頬に吹きつけ、しばれる寒気で顔の筋肉が強張《こわば》った。今泉が足をとめた。フライブリッジと大きなキャビンを持つフィッシャーボートが係留されている。ボートの船尾を懐中電灯が照らした。船名は『Tactics』だった。二人はさらにバースの先端へ向けてすすんだ。右側に老朽化したタグボートが係留され、その船尾の周辺に群がった犬がこちらへいっせいに吠え立てた。へんだな、ちょっと待ってください、と今泉が言い、小久保を残して先へすすみ、つぎに係留されているボートの船名を確認すると、懐中電灯の明かりでバッテンを示した。小久保はタグボートを見た。この場所にアリアドネ号は係留されていたのだと思った。タグボートには明かりが灯っていた。今泉がそこへめがけて雪のボールを投げつけると、犬どもがいっそう激しく吠え立てた。人影があらわれてなにか怒鳴ったが、犬の声と風の音にかき消されて聞きとれない。ばかやろう、出ていけ、と今泉が怒鳴り返して、また雪のボールを投げた。タグボートは、これまでもなんどか不法にマリーナを利用しているらしい。小久保は船体に沿ったバースへ入っていき、船上の男に大声で呼ばわった。

「ここにいたボートを知らないか」

「出ていった」男は腕を大きくのばして沖合を示した。

「いつだ」

「夜明けに」

「見たのか」

「俺は橋の下で見ていた」男はこんどは運河の方角を指さした。

「深夜から夜明けにかけて、銃声のようなものは聞こえなかったか」

「なんだって」男は耳に手をあてて訊き返した。

「銃声だ」

小久保はベレッタを抜いた。自分でもよくわからぬ怒りに駆られていた。雪を降らしつづける天への憎しみだったかもしれない。上空へ向けてむぞうさに発砲した。ふいに犬どもが静かになり、銃声の余韻が長くつづいた。男は頭と腕を同時に振って、銃声を聞いていないことを伝え、用事がすんだとばかりに、キャビンの方へもどった。今泉がまた雪のボールを投げ、犬どもがまたばかみたいに吠えはじめた。

50

小川未鷗

　ふいの襲撃にそなえて、TVモニターから洩れる明かり以外は照明を点《とも》さず、音量もエアコンディショナーのファンがまわる音が聞こえるほど低く抑え、昴と未鷗は、舞鶴市の古い住宅団地に高岡悦士が確保した小さな民家のLDで、地方局の報道番組を見ていた。黒竜古玩工藝のまえで昴が射殺した男の身元は不明だった。番組は、高岡悦士と佐伯彰の経歴を明らかにしてPの内紛を匂わせたが、捜査本部はまだ会見をひらいていない。

「李に掩護《えんご》を頼む」昴が携帯電話を手にTVのまえのソファを離れて、ダイニングテーブルの方へ向かった。

「だめよ」未鷗は押し殺した声で呼びとめた。

　昴が無視して番号を押しはじめた。未鷗はソファからはね起き、昴の腕に手をかけた。

「ちゃんと話を聞いて」

「自分たちのお粗末さに呆《あき》れないのか」昴は侮蔑《ぶべつ》する口調で言った。「池田のおじさんはあっさり殺《や》られる、先生もぼくがいなけりゃ、紅旗路でとっくに死んでる」

「マフィアを信用するなんて」

末鷗は腕をとる手に力を込めた。昂が邪険に肘《ひじ》で突いた。どんと胸を押されて末鷗はよろめき、両脚を踏んばると、右の肩を大きくまわして昂の頰を平手で叩《たた》いた。数倍の強さの平手打ちが返ってきた。まともに末鷗の顎《あご》に入り、首がねじれ、腰が砕けそうになって、ダイニングテーブルに両手をついた。

「だいじょうぶか」昂が手を差しのべた。

末鷗はこんちくしょうと口のなかで叫ぶと同時に右の拳《こぶし》を固めてフックを放った。昂はダッキングであっさりよけると、低い姿勢で末鷗を抱きすくめた。テーブルが押されてキッチンの流し台にぶつかった。末鷗は昂の髪の毛を摑《つか》んで右膝を蹴《け》りあげたが、すばやく体を寄せられて、身動きがとれなくなった。十八歳の若者の筋力は末鷗の想像をはるかに超えていた。右脚を肩に担がれ、左脚の太股《ふともも》を抱え込まれた。その姿勢のまま体がうきあがり、背中からテーブルの上にどすんと落ちて、後頭部をシンクの縁に打った。途中で買った食料品の包みに手が触れた。摑んで振りまわすと、即席麵《そくせきめん》、ペットボトル、缶詰などが、部屋のあちこちへ飛んでいき、騒々しい音を立てた。

「やめろ！　警察に通報されたらどうするんだ！」昂が低く唸《うな》る声で言った。

末鷗は抵抗をやめた。後頭部に熱い痛みをおぼえ、指で髪のなかを探った。部分的に腫《は》れているが裂傷はないようだった。彼女の右脚はまだ昂の肩に担がれていた。昂の執着をかすかに感じた。

「降ろして」未鷗は軽く右脚をゆすった。

昴の手がのびてきてセーターの上から左の乳房にそっと触れるのを、未鷗は見た。昴のほっそりした長い指が、量感を確かめるように、あますところなく乳房を包み込んだ。

「やめなさい」未鷗は厳しく言った。

昴は、数秒間、彼女の乳房を包む自分の手を見つめ、離した。彼女の右脚も肩から降ろした。未鷗はテーブルの縁に手をかけ、軽く反動をつけて、フロアに足をつけた。二人は胸を密着させて向き合う格好になった。未鷗はするりと体をかわし、こっちで話そう、と告げてソファにもどった。昴は骨折した左手をかばいながら、フロアに転がっているペットボトルを拾いあげて、ソファの反対側に腰を降ろした。

「痛むのね」未鷗は言った。

「じゃれ合ったりしたからだ」昴が顔をしかめた。

「明日の朝、整骨医にいこう」

昴は鎮痛剤を口に入れ、ペットボトルの水で流し込んだ。それから左手をTVの明かりにかざして、小指と薬指を縛りつけているビニールテープをほどき、ジャケットのポケットから副木と巻いたビニールテープを出した。未鷗はそれをうけとり、昴の小指に副木をあて直すと、ていねいに巻きつけ、力を入れてビニールテープを引きちぎった。痛いと昴が叫び、自由に使える方の手で未鷗の頰をぴしゃっと叩いた。さきほどの強烈な張り手ではなかった。未鷗もただちに返した。さらに数発ずつ、おたがいに相手の頰を叩き、二人はもつれ合ったまま、ソファから落ちた。未鷗は上から押さえつけ、下から昴の両脚ではさみ込まれる格好になった。

「誘ってるの？」末鷗は訊《き》いた。

「いまのは先生が誘ったんだぜ」

末鷗はまた昴の頬を叩いた。昴が反撃しようとしたが、腕を押さえ込まれると、自分から力を抜いた。

「ねえ昴、おまえがなにを考えているのか、よくわからないときがあるんだけど」

昴は短い沈黙を置いた。「ぼくにもよくわからない」

「おまえを駆り立ててるものはなに？」

「欲望」昴はこれには即答した。

「欲望って」

「ある女とはじめて会ったときから、ずっと夢想してる」

「なにを夢想してるの？」

「彼女を性的に辱めること」

「おまえ頭がおかしい」

「正常で健康的な十八歳だって証明だよ」

末鷗は指先を昴の唇に這《は》わせた。歯の間から濡《ぬ》れた舌が出てきて指の腹をなめた。侵入させると、昴は軽く歯を立てた。

「理解できなくもないけど」末鷗は言った。

「最初は、ともかくそういうことだった」

「いまはちがうの？」

「親父を殺した犯人に、さして関心はなかった。その点はいまも変わらない。ぼくは吉雄って男を知らない。復讐《ふくしゅう》する気持ちなんて希薄さ。関心があるのはその女のことだ。彼女のことはなんでも知りたいと思った。だから、彼女が自分の人生を賭《か》けたにちがいないPについて、いろいろ調べはじめた。Pの資料を、裁判記録をふくめてかなり読んだけど、じつに退屈だった。メディアの分析は、不徹底のうえに陳腐そのもの」

「そうね」

「ところが李安国と出会ったことで、がぜん興味がわいた」

「金剛事件の真相を知ったから？」

「裏切り者の存在に惹《ひ》きつけられた」

「動機の不可解さに好奇心を刺激されたのね」

「すこしちがう」

「ちがうって、なにが」

「親しい人々の愛情や信頼に背くことの陶酔について、ぼくは考えはじめた」

未鷗は上から視線をそそいだ。昴がつづけた。

「あれこれ考えているうちに、おふくろの脚の間に頭を埋《うず》めていた男のことを思い出した。李と会う以前に、そいつの写真をおふくろに見せて、名前も素姓も知っていたから、ある罪深い仮説に到達するのに、時間はかからなかった。時期と人間関係から考えて、そいつは吉雄逸郎とユニットを結成していたかもしれない。そうだとすれば、そいつが金剛事件の裏切り者である可能性が出てくる。ぼくは自分が立てた仮説に夢中になった。右手でおふくろを抱きながら、左手で吉雄逸郎を殺した男の胸のうちを想像して、ぼくは痺《しび》れた」

「おまえ、やっぱり頭がおかしい」

「もっと残酷な物語が、ありうるかもしれないと思った」

二人はふいに沈黙した。ディーゼルエンジンの音が高まり、家全体がかすかにゆれた。除雪車が表をとおりすぎていく。末鷗は、ほっと息を洩《も》らした。昴の瞳《ひとみ》でTVモニターの色彩が点滅している。

「どんな物語」末鷗は察しがついたが訊いた。

「本人が真相を知れば、悔恨と慚愧《ざんき》の念に身を焼かれるにちがいない。そんな物語だ。裏切り者とは知らずに、そいつの視線のなかで、彼女がとめどなく濡れていく光景が、ぼくの頭をなんどもよぎった」

TVコマーシャルのうるさい音声に、激しい平手打ちの音が混じった。末鷗は強く叩きすぎて、手首の痛みに眉《まゆ》をしかめた。見返してくる昴の眼が、青白い光を放っている。

「おまえは卑しい」

「どこが卑しいんだ」

「残酷さを愉《たの》しんでるじゃないの」

「先生も愉しめばいい。人間はそれを愉しんできたじゃないか。それは愉しむに値する物語なんだよ。彼女の人生の残酷さは、ある男の荒唐無稽《むけい》な裏切りに還元《ほんろう》されるような、ちゃちなものじゃない。もっと超越的で、宇宙的な、なにかが、彼女を翻弄してる。宇宙に犯されて、彼女はいつまでも、せつなく泣きつづける」

末鴎は表情を閉ざした。フロアに落ちていたビニールテープを拾いあげ、昴の両方の手首を摑《つか》んで交差させた。抵抗はなかった。縛りあげた。両足首も同じように縛った。チノパンツを脱がして、膝《ひざ》のあたりまでずり下げた。昴はネイビーブルーのトランクスをはいていた。それも脱がした。小さな種子のように見える乳首がのぞく位置までシャツをめくりあげた。胸をうっすらと覆う筋肉、下腹部のなめらかな皮膚、黒い草むらに埋もれている性器、それぞれに指先を這わせた。昴の視線のなかで、末鴎は衣服を脱ぎ捨てた。変哲もないデザインの白いパンティだけを身につけた彼女は、昴の腰に跨《また》がると、片方の手を背後へのばして、固く直立した性器をにぎりしめた。美しい乳房を見せつけ、ときおり顔の上に重く垂らし、ふくませ、だがほんのわずかしか与えなかった。苛立《いらだ》ちの声があがると、唇に血が滲《にじ》むまで昴の顔を激しく叩いた。体を入れ替え、腰を逆の方向へ突き出し、微妙な位置を探り当て、意表をついた動きで昴の怒りを誘った。そこは唾液《だえき》にまみれるずっと以前から、熱く爛《ただ》れ、太股の内側を伝って流れ出していた。皮を剝《む》くようにしてパンティを脱ぎ、すべてをさらして、考えうるかぎりの痴態を演じつづけ、昴が懇願する声を聞きながら、彼女にとっても辛《つら》い時間に耐えた。やがて限界に達した彼女は昴の体を離れた。デイパックからカッターナイフをとり出し、昴の自由を束縛しているビニールテープを切り裂いた。彼女は挑発的な言葉を投げつけた。昴は慌ただしく立ちあがると、チノパンツから脚を抜こうとした。その胸をどんと突いた。昴はばたんと背後へ倒れ、後頭部をTVのどこかへぶつけて呻《うめ》いた。彼女は一瞬恐怖を感じ、解き放たれた野獣の逆襲にそなえて身がまえた。

51

小久保仁

部屋に足を踏み入れてすぐ異変に気づいた。政界や警察幹部がらみの事件では、一度や二度は、こんな光景を眼にすることになる。午後から使用している港西二丁目のビジネスホテルのツインルームで、書類が散乱するベッドに筒井巡査部長が所在なげに腰をかけ、水門監察官は窓辺をうろつきながら長電話の最中だった。相手は首席監察官で、どうやら水門に帰京して報告するようもとめているらしく、彼女はのらりくらりかわしている。事情を察した小久保は、筒井に隣の部屋で待てと手まねをまじえて命じた。水門と首席監察官との電話はなおしばらくつづいた。その間に小久保の携帯電話が鳴り、部屋の反対側で警視庁の部下の報告をうけた。『服部早苗』の連絡先は、トーキョー・インターナショナル・スクールの高等部の学生寮。わかったのはそれだけで、過去二十年間の卒業者名簿に服部早苗の名前はなかった。

「では本部長の監視を解きます、ええ、もちろん朝のフライトでそちらへ」水門はことさらに従順な口調で告げると電話を切った。

「筒井が丹羽にしゃべったんですね」小久保は訊いた。

「さらに丹羽が官房にご注進におよんだわけです。明日午後一時から警視庁幹部をまじえて会議をひらくそうです。わたしも出席しなければなりません」

会議の結論はすでに出ている、と小久保は思った。本来なら、官房グループにとって、公安出身の前園英和県警本部長の追放は願ったりのはずだ。ところが今回の場合、雪見酒やら接待マージャンに夢中で危機管理を怠った、というていどの失態ではない。事件が明かるみに出れば、公安閥につながる者であろうとなかろうと、警察庁幹部の厳重処分は免れないだろう。それに、権力の中枢から公安閥を排除して日本FBI構想を推進するというのは、官房グループの求心力であって、その実現を本気で考えているわけではない。今回の事件が自分たちにも害をおよぼすと判断すれば、官房グループは、ためらいもなく公安閥を世間から守ろうとして、慣れた手つきで政治決断を下すだろう。

小久保は、「まず報告を」と言い、小さな丸テーブルを示して水門をすわらせた。手帳をひらき、夕刻に紅旗路で発生した二件の殺人事件、レインボービル入口の現場とハルビン・カフェで、二度遭遇した若い女に関する気がかりな点、アリアドネ号のグラマラスな船主がレインボービルでワイン輸入業を営んでいること、それからマリーナに不法係留しているタグボートの男の証言を、かいつまんで話した。

「馬場の消息は」水門が訊いた。

「まだ不明です。本部長は通常どおり職務についています。安否が心配だったので、怪しまれるとは思ったのですが、本人に直接電話をかけて確認しました」

「アリアドネ号の行方の捜索は」

「沢野警部補と再度会って、その件と、微罪でもいいから竹原妙子の身柄を押さえるよう依頼してあります。だが明日になればそんな努力もすべて無駄になります。官房は、いったん水門さんを呼び寄せたら、二度とこちらにはよこしません。二十四時間後には我々にも引き揚げ命令が出る。水門さんのスキャンダルで官房を脅してもいいが、それよりも、まず本部長の身柄を押さえましょう」

　水門は、小さな、だが力強いうなずきを返すと、丸テーブルを離れて、散乱した書類を束ねはじめた。小久保は隣の部屋へいき、待機していた筒井に「おまえを捜査からはずす、明日の朝にでも東京へ帰れ」と告げた。筒井は蒼白《そうはく》な顔で小久保を見つめ、一言も発しなかった。

　前園英和県警本部長を拘束できる材料はまだなにもなかった。空山が福井市内のタクシーとハイヤーを調べたが、昨夜海市へロングドライブした車は皆無だった。前園は馬場孝弘といっしょにアリアドネ号で布施隆三と落ち合ったのではないのか。そこでなんらかのトラブルが発生して、馬場が消息を絶つことになったのではないか。アリアドネ号の夜明けの出航は、そうしたことと関係しているのではないのか。いろいろ想定できるが、推測の域を出ていない。新宿の事件の三日まえに、馬場の電話をうけた前園は、布施と連絡をとったはずだが、それも確たる証拠はない。

　だがもう時間がなかった。ホテルを出て、レンタカーショップでホンダの小型車を借り、水門の運転で福井市へ向かった。監視中の空山に電話をかけ、いまから本部長の身柄を押さえると伝えると、官房の意向はどうなんですかと警戒する声で訊《き》いてきた。事後報告する、と小久保は素っ気なくこたえた。まず本部長の事情聴取、あとでもめたら官房と取引、取引するにも本部長を落とすのが先だ、そう言って空山を黙らせた。小久保は車内灯の仄《ほの》かな明かりの下で、前園英和の記録をざっと読んだ。手帳に諸事件を年代順に書きつけ、ときおり水門に質問を向けながら事情聴取の手順を考えた。彼女がよどみなく語るのを聞くうちに、彼女と布施隆三の関係を、前園も知っているかもしれないと思った。だが、いまさらどうでもいいことだった。遅かれ早かれ、彼女の恥辱と犯罪は暴露され、彼女は破滅するのだ。雪は降りやまず、時速五十キロ制限が出ている高速道路の追い越し車線を、水門はアクセルを踏み込んで飛ばしつづけた。

イーストとウエストの二棟の高層マンション、四面のテニスコート、幼児と老人のための形ばかりの散歩道、ショッピングアーケード等からなるロイヤルガーデンズは、足羽川《あすわ》の北岸にあった。前園県警本部長は五十一歳で、子供はなく、妻と二人でイーストの最上階で暮らしている。イーストのエントランスから東寄り八十メートルほどの、薄暗い場所で待機している追跡チームのヴァンの横を通過した。もう一台は西寄りの路地に隠れている。エントランス近くの路肩でパトカーが警戒中だった。その後ろへホンダをつけて降りた。水門監察官が警察庁の権威をちらつかせて、本部長の帰宅予定時間がわかるかと訊くと、到着する五分から八分まえに本部長車の運転手から連絡が入るとこたえた。では到着までパトカーで待たせてもらうと告げ、勝手に乗り込んだ。

「本部長を緊急逮捕するんだ、どこへも連絡するな」小久保はなかば冗談口調で凄《すご》んだ。警官二人はどう対応してよいかわからず、頬の筋肉を強張《こわば》らせて笑った。そんな彼らに、水門は気さくに声をかけ、家族や恋人の話題を引き出して場をもたせた。パトカーで待機をはじめて間もなく、沢野警部補から電話が入った。小久保はパトカーを出て受信した。

「例のボートは」沢野が言った。「午前九時に三国町の九頭竜《くずりゅう》マリーナにビジターで係留した。申し込んだのは竹原妙子だ。ところがボートは午前十一時二十五分ごろ、原因不明の出火で延焼した。捜査員を送ったところだ。竹原妙子の自宅は北京ホテル。だが所在が摑めない。竹原の背後関係も不明だ」

雪は降りつづけた。足羽川へ吹き抜ける風が、ロイヤルガーデンズの建物の周辺で巻きあげ、雪が夜空へ向けて降っているように見えた。水門と小久保はパトカーの後部座席で、二人の警官が不審な動きをとらぬように眼を光らせながら、本部長の帰宅を待った。午後九時五十一分、本部長車の運転手から連絡が入った。きっかり五分後、東の方角からヘッドライトが近づいてくるのを確認すると、小久保は懐中電灯を借りてパトカーを降りた。水門も反対側のドアから出た。小久保は道路中央にすすみ出て、赤色に灯《とも》した懐中電灯を大きく振った。黒塗りの国産高級車が停止すると、助手席から男がすばやく降りて、黒っぽい上着の内側に右手を差し入れたまま「誰だ！」と鋭い声を発した。

「警察庁の水門です。本部長に話が」水門がよく通る声でおうじた。

小久保は警察手帳を見せ、「ぶっ放すなよ」とボディガード兼秘書官を落ち着かせた。黒くコーティングされた窓ガラスにさえぎられて、後部座席の様子はうかがえなかった。小久保は窓ガラスを二度叩《たた》き、やや半身の姿勢で待った。前園本部長は、現行の昇進システムでは、ノンキャリアの警官が到達しうる最高位の階級とポストに就いた男で、事情聴取の要請を強引に突っぱねることも考えられた。その場合は、大声で容疑をわめき立て、それでもおうじないときは、追跡チームも呼び出して、拉致《らち》まがいの行動に出ることも選択肢の一つに入れていた。小久保が東の方角へ視線をあげたとき、後部座席の窓がすっと降りた。雪が吹き込み、座席にいた大男が寒そうに首をすくめた。小久保は最初の一突きを慎重に刺した。

「馬場孝弘が消息不明になっている件、およびアリアドネ号が九頭竜マリーナで延焼した件で、お話をうかがえませんか」

息をひそめて反応をうかがう小久保の眼に映ったのは、瞬《まばた》きすれば見逃したかもしれぬ、ちょっとした仕草だった。前園県警本部長がほっと肩で息をついた。こいつは布施隆三に脅《おび》えているのだと気づき、小久保はすかさず「車を乗り換えてください」と、厳しい口調で言った。高級車のドアがあき、そのやわらかい音が小久保の耳を打った。オーバーコートを手に後部座席から降り立った前園は、顔にかかる雪に眉《まゆ》をひそめて、「どの車だ」と訊いた。かろうじて尊大さを持ちこたえている声だった。小久保はこちらですとホンダへ案内しながら、「事情聴取は内密にしておくよう、指示を出された方がいいと思います」と励ます声でささやいた。前園は二度短くうなずき、ボディガード兼秘書官を手招きした。話がすむと、前園をホンダの後部座席に乗せ、小久保の運転で出発した。

「どこへいくんだ」前園が訊いた。

「海市へ」水門がこたえた。

「なぜだ」前園が後部座席から身を乗り出した。

「布施隆三がいるからですよ」小久保は不機嫌な声で前園を押しもどした。「やつの緊急逮捕にそなえて現地に作戦本部を設けます。本部長に指揮をとる資格があるかどうか、わかりませんがね」

　これはなにかのまちがいなのだと、やっきになって否定しようとするが、確実に時間が刻まれていく場面が人生にはある。音海一丁目のチキンストリートに面した高級ホテル『ピカデリィ』の二三〇九号室で、小久保仁はポットのコーヒーをつぎ足しながら、いまがまさにそれだなと思った。警視庁の一管理官が、県警本部長を軟禁状態に置いて、事情聴取をはじめようとしていた。権力の力学から言えばあってはならない事態であるが、それを可能にしたのは、前園英和県警本部長の布施隆三への恐怖心だった。車中でずっと脅えていた前園は、ホテルの客室に入ると、警視庁の檻《おり》に守られているという安心感が芽生えたらしく、ネクタイをゆるめ、靴も靴下も脱ぎ捨て、表情をくつろがせてコーヒーカップを口に運んでいた。暖房の効いた豪華な客室もいくらか効果をあげているようだった。小久保は、黒檀《こくたん》のでかいテーブルの向こうの孤独な本部長へ、不躾《ぶしつけ》な視線を向けた。肉の割れた厳《いか》つい顎《あご》、ゴールドのフレームの眼鏡、スタイリングスプレーで撫《な》でつけた短めの髪。武闘派を気どるキャリア官僚の尊大さに似せて自分をつくってきたな、と思った。小久保の隣の席で、水門が黒いサングラスをかけたまま、聴取の開始をうながすようにノートになにか書きつけた。証言の録取および水門と小久保以外の同席を、前園が拒否したために、空山たちは廊下をはさんだ向かいの部屋で警備につきつつ、交代で休息をとっていた。

「昨夜午後九時六分、馬場孝弘から電話がありましたね」小久保は静かに切り出した。

「警視庁に脅されたと言ってきた」

「で、本部長は布施隆三と連絡をとった」

「そうだ」

小久保は布施の携帯の電話番号を訊いてメモした。前園は布施の自宅を知らないと言った。

「布施とどんな話を」

「警視庁の捜査が予想外にすすんでるから、対策を練ろうということになって、アリアドネ号で午後十一時に会うことにした。俺はそれを馬場に伝えた」

「本部長は自分の車で海市へ？」

「自分の車で」

「馬場が午後十一時十四分にも電話をかけてますね」

「俺がちょっと遅れたからだ。馬場の電話があったときは、マリーナのバースを歩いてたよ。アリアドネ号で馬場と布施が待っていた」

前園は、テーブルに用意されたクリスタルの器からクッキーを摑《つか》むと、パッケージを破いて口のなかへ放り込んだ。クッキーを嚙《か》み砕く音がしばらくつづいた。

「俺と馬場がびびってるのに、布施は冷やかし気分だった。それはそうなんだよ」前園は屈託のない声でつづけた。「やつは地下に潜伏してる。それも県警が手を出せない紅旗路の奥深くに。緊急に対策を迫られてるのは俺と馬場の方だ。家族持ちだし、仕事も地位もある、逃げ出したらすべてを失う、そうだろ。布施はこともなげに、恐れることはないと言った。あのキャリアの女に、ちょいとささやいてやれば捜査はストップする。なあ、すこし太ったんじゃないのか」

最後のワンフレーズは水門へ向けられた。彼女はペンを握る手で頭をささえ、ちらと前園へ視線を流したが、返事をしなかった。なんでサングラスなんかしてるんだ、と前園が訊いた。これにも水門は無言でおうじた。前園は口に指を突っ込んで、歯ぐきにつまったクッキーをかき出し、ぺちゃぺちゃと音を立てて味わった。

「乗り込んできたってことは、あの女にもそれなりの覚悟があるんじゃないのか、と言ったら、覚悟はしてるだろうが、なにを覚悟したのか自分でもわかっちゃいない、と布施は言うのさ。どのみち最後は、官僚組織特有の防衛システムが自動的にはたらくから、それを見物してればいい。警官は警官の犯罪を隠蔽《いんぺい》しないではいられないってわけだ」

前園がコーヒーで喉《のど》を潤した。それから自分のまえのテーブルにクッキーのパッケージを五個と四個、横に二列にならべ、間隔が均等になるよう指先で微調整した。前園はくつろいでいるのではなく、極度の緊張で集中力を失っているのだ、と小久保は判断を訂正した。黙っていると、その痴呆《ちほう》めいた遊びをいつまでもつづけそうだったので、おっしゃるとおりだと思います、と小久保は先をうながした。

「官房には報告をあげたんだろ」前園が訊いた。

「本部長の犯罪を知って、東京の連中は慌てふためいてます」

「おまえは布施を緊急逮捕するなんて言ってるが、官房がそれを許すはずないさ」

「事件を隠蔽しても、本部長が置かれた状況は変わりませんよ。布施に秘密をにぎられ、脅され、また不安な夜を迎える」

小久保に突き放されて、前園の視線が、クッキーを動かす指先からこちらへすっとあがった。その充血した眼は、あいかわらず尊大だが、ふたたび恐怖心と闘いはじめていた。

「生かすも殺すもやつの胸一つ」小久保は声に冷酷さをひびかせた。「そして本部長もいずれ退職する日がくる。秘密を抱えたまま賞味期限が切れる。布施にしてみれば、本部長はたんに危険な存在となる」

「馬場も苦しんでたんだよ」

前園の言葉を、小久保は頭のなかでもう一度ひびかせた。どこか他人に罪をなすりつけるひびきがある。小久保は、ディテールはべつとして、アリアドネ号でなにがあったのか、その核心部分はわかったと思った。

「昨夜、なにがあったんですか」

「脅すつもりだったんじゃないのかな」前園は、こんどは庇《かば》ってみせた。「馬場はヨットのキャビンで、拳銃《けんじゆう》を持ち出した。国外へ出ろ、さもないと殺《や》すぞ。拳銃をにぎってる手がふるえてた。馬場は人を殺した経験なんかないんだ。さっさと殺っちまえばいいものを、布施が国外退去に同意することをひたすら懇願した。あれじゃあ勝負にならない。やつの方は落ち着き払って馬場を撃ち殺した。眉間《みけん》に一発、胸に二発。びっくりした。すごい血が流れた。それが眼のまえで起きたんだ」

「時刻は」

「夜明けだ。正確な時間はわからない」

「本部長はどんな行動を」

「行動ってなんだ」

「布施をとり押さえなかったんですか」

「ばか言うな。向こうは拳銃をかまえてるんだ。それにおまえは布施の恐ろしさを知らない」

「アリアドネ号は出航した。本部長もいっしょですね」

「布施は俺を帰したりしないよ。馬場の死体を海に捨てるところまでは手伝わせる。他人にも悪に手を染めさせる。そういう男だ。越前岬《えちぜんみさき》の二、三十キロ沖合で、どぼん」前園は両方の手のひらを上向きにして、水がはねる仕草をした。

小久保は眉をしかめ、手帳に書きつけて、ページをめくった。

「午前九時、アリアドネ号を三国町の九頭竜マリーナに係留した」小久保は経過を追った。

「竹原妙子が車で迎えにきていた。俺は途中で降ろしてもらって、タクシーで自宅へ帰った」

前園がおうじた。

道草をして思いがけず遠くまでいってしまい、日がとっぷり暮れてからどうにか母親の待つ家にたどり着いた子供の、疲労感に明るさのまじる声だった。とにもかくにも最初の峠へ前園を引きずりあげた、と小久保は思った。水門監察官は誰とも視線を合わさず、腕組みしてノートをにらみつけている。

「馬場は、昨夜九時四十分ごろ、栄町のパラダイムというショットバーに立ち寄ってからマリーナへ向かってます。これにはなにか理由が？」小久保は訊《き》いた。

「パラダイムは、いまは消えちまった暴力団関係者がやってる店だ。馬場はその店で拳銃を手に入れたのかもしれんな」

「馬場の息子たちには、手を引かせたんですか」

前園はうなずいた。「Pに潜入させたスパイとトラブルになった、馬場の消息はまだ不明だ、頭を突っ込むな、一生冷や飯を食わせるぞ、公安部長にそう言わせた」

「公安部長も事情を知ってるんですか」

「この十数年間、俺が直接、Pの大物スパイを使ってることになってる」前園は、自分が布施に使われていることを暗に認めるような、奇妙な言いまわしで言った。「公安部長は俺が引きあげてやった男だ。いろいろ詮索《せんさく》はしてるだろうが、命令には黙ってしたがう」

小久保はそこで、布施と竹原妙子の関係に質問を移した。

前園によれば、布施が竹原を経営者にすえてワインの輸入販売をはじめたのは三年まえだが、二人のつき合いそのものは、さらに十六年さかのぼるという。神戸の中学生だった竹原は、朝鮮人にシャブを打たれて骨抜きにされ、リトルウォンサンへ売り飛ばされた。まだ幼いのにすばらしい体つきで、それになかなかの美人だったから、十星会幹部専用のクラブでしばらくホステスをやった。それから、梟雄幇をスパイする目的で、紅旗路のナイトクラブ『紫禁城』へ送り込まれ、蔡昌平と遊びにきていた布施隆三と出会った。

「一目惚《ぼ》れだった」と前園は言った。「布施がじゃなくて竹原の方が惚れた。竹原本人がそう言ってる」

なんど目かのベッドで、竹原はスパイ行為を告白した。当時の蔡はまだ無名のマフィアだったので、布施は蔡の紹介で梟雄幇の幹部と会い、情報提供と引き換えに竹原を自由にするよう頼んだ。数週間後、十星会のスパイ網は壊滅した。梟雄幇の兵隊が、女五人と男二人を切り刻み、その死体を見せしめのために波立の岸壁にならべた。事件が終息すると、布施は竹原を東京へ連れていき、ドラッグ中毒治療をうけさせた。竹原は一年半ほどで退院し、数ヵ月の準備期間を経て、横浜市にあるカソリック系の中学校に再入学した。中国人の学校経営者が竹原の身元引受人になった。布施は竹原が大学を卒業するまで、治療費、生活費、学費等の仕送りをつづけた。

「高校はどこへ」小久保はそこで口をはさんだ。

「東京の、外国人の子供が通う、全寮制の高校だとか言ってたな」

「トーキョー・インターナショナル・スクール」

「ああ、そんな名前だ」

メモをとる小久保の頭の隅を、ハルビン・カフェに滞在している『服部早苗』の眼差《まなざ》しの挑戦的な光がよぎり、二人の若い女の人生の重なる部分を想像しようとしたが、その先はまだばくぜんとして思考がはたらかなかった。

「竹原が東京で治療をうけていたころ」前園が懐古する口調で言った。「布施は、レインボービルに建て替えられるまえの、彩虹大廈っていうおんぼろビルで、洪孝賢という名前を使って古着商をはじめた。たいした商売じゃない。儲《もう》からなかったと思う。紅旗路の薄汚いアパートに住んでた。竹原が高校を卒業するぐらいまでは、仕送りすると、ほとんど残らなかったんじゃないのかな」

竹原妙子は公安部長暗殺事件の翌年、東京の大学を卒業した。いったん外資系のホテルに就職し、転職してロスに渡った。それから短い結婚生活を経験した後、十六年ぶりに海市にもどってきた。

ジャンキーの幼い娼婦《しょうふ》に援助をつづけた布施隆三の胸のうちを、小久保は探ろうとしたが、考えがまとまらなかった。前園が、しょんべんタイムだと言い、バスルームへ消えると、ドア越しにばかでかい音を立てて放屁《ほうひ》した。水門も小久保も笑わなかった。小久保は、窓外の闇にちらつく雪へ眼をやり、人生のどんなに凄惨《せいさん》な瞬間にも、滑稽《こっけい》さはつきまとうものだ、とため息まじりに思った。

「では布施の話を」小久保は質問を再開した。「はじめて接触したのはいつです」

「P創立の二年後だった」

小久保は記録を確認した。前園英和は三十二歳で巡査部長に昇任。翌年、県警公安三課の捜査員として海市のマフィア対策に従事。その年の八月にPが創立されている。

「布施はもう退職してますね」

「退職して三年後ということになる」

「布施とのつき合いは十六年間」

「千年ぐらいの感覚だな。濃密な十六年。おまえの言うとおりだ。また眠れぬ夜がくるってやつだ」前園の口調がなめらかになった。

「なるほど」

「市警察有志の報復宣言が出た直後、公安部の外事課をのぞく一課から三課までが、情報収集の担当者を決めたが、けっきょくP対策のセクションができたのは三課だけだった。その翌年、俺はマフィア対策担当からP対策担当に移った。それ以前に梟雄罫を担当してたんで、布施が蔡昌平と親しくつき合ってるという情報を摑《つか》んでいた。いろいろ調べた結果、使えるかもしれないと思った」

「わかります」優秀な元警官、自堕落な生活、と小久保は胸のうちで補足した。しかもやつは、下級警官のゆがんだ嫉妬《しっと》心に憎しみを抱いていた。

「当時は、創立メンバーが誰なのかまったくわからなかった。そいつらのテロルが刺激になって、単発的な報復だの警官の過剰防衛事件だのが頻発していた。だからまず創立メンバーの洗い出しが先決で、誰かを潜入させる必要があった。馬場孝弘が布施と顔見知りだったんで、仲介させて、じっさいに接触したのは、その翌年の秋だ。十月のおわりだったと思う。やつは、ハルビン・カフェの二階にあったグリル・ルーム・アット・ザ・ハルビン・カフェへ、俺たちを引っ張り込んで、フルコースを注文した。ばか高いワインも。ひでえ眼に合った。それから紫禁城へいってシャンパンをぼんぼん空けた。竹原妙子はもう東京で治療をおわって、高校生だったんじゃないかな。俺の提案に、布施は考えておくと言った。一晩で二ヵ月分の給料が消えた。ふつうならそんな豪勢な接待はしない。ぜったいありえないことだ。ところが気がついたら俺はカードで支払わされてた。最初から完璧《かんぺき》にやつのペースだった」

　どこか布施を称賛するひびきがあるなと思いながら、小久保はメモをとりつづけた。

「二週間ぐらい経った、十一月のある日、布施から突然呼び出しがあった」前園が言った。

「十一月のなん日です」

「日にちは忘れた。ハルビン・カフェ事件の当日だ」

「それで」小久保は手帳をにらみつけて神経を集中した。

「事件の十五分ぐらいまえに、紅旗路へ車でいって、裏通りで布施を拾った。ハルビン・カフェへ向かえと言うんで、車を走らせながら話した。馬場もいっしょだった。下級警官の英雄になれば創立メンバーの方から接近してくる、と布施は言った。なんの話かわからなかった。布施は、一階のコーヒーショップに、市警察の銃器対策係の長谷川純を呼び出していた。長谷川は布施の元の部下だ。約束の時間は午後六時だったと思う。朝鮮人が長谷川を襲撃する、わたしがその場でただちに朝鮮人を殺す、そうやって、いまから下級警官の英雄になる、と布施が言うんだ。朝鮮人が襲撃するって、なぜ知ってるんだと訊いた。わたしが雇ったからだ、と布施は言った。平然としてた。ばかばかしくて俺も馬場も信じなかった」

「そりゃあそうでしょう」小久保はくぐもった声で先をうながした。

「ロビーで事件を起こしたら、監視カメラで身元がバレるぞ、と俺は言った。そうだろ。すると布施は、わたしが英雄である証拠が残る、だからロビーをえらんだんだ、と言った。捜査一課に追われることになったら、とびきりの英雄になれる。元警官による報復という点で、捜査一課が事件を隠蔽《いんぺい》する可能性がいくらかあるが、それでも英雄の名前は口づてに洩《も》れる。いずれにしろ、数日後には、わたしは市警察の英雄だ」

小久保は首の後ろに手をかけてもみほぐした。べつにおどろかなかった。ハルビン・カフェ事件が布施の自作自演だと知ったあとでは、むしろ腹にすんなりおさまるディテールだった。

「なぜ布施は、本部長たちに計画を話したんですか」

「それも訊《き》いたさ。おまえたちを地獄に引きずり込んでやる。それが布施のこたえだ」

「地獄」

「報告したら二人とも殺すと脅された。こいつは狂ってると思った。車がハルビン・カフェの裏口に着いた。やつは悠然と降りて、ロビーへ入った。まだ信じられなかったが、本気かもしれないと思ったら怖くなって、俺と馬場は急いでハルビン・カフェから遠ざかった。海浜公園まで逃げていって、無線で、事件が起きたのを知ったんだよ」

「本部長の当時の上司は」

「岩間光正」

「報告しなかったんですね」

「報告したのがバレたら、布施に殺されちまうだろ」前園はとがめる口調で言った。「それにやつが朝鮮人を雇った証拠がない。報告したって、そんなばかげた話は、ぜったいに信用してもらえない。なあ、煙草ないか。もう十年以上禁煙中なんだが、我慢できなくなった」

　小久保も水門も煙草は喫《す》わなかった。銘柄はなんでもいいと前園が言った。小久保は部屋を出た。廊下をはさんで斜め向かいのドアがかすかにあいている。近づくと、下河原警部補がさっとドアをあけて迎え入れた。空山警部と花崎巡査部長はベッドで雑誌をながめていた。煙草を一箱もらい、朝までに話がつくかどうかわからないから、しっかり眠っておけと告げた。

「前園はどうです」空山が訊いた。

「ぺらぺらしゃべってる」

「俺たちに内容は教えてくれないんですか」

「馬場孝弘を殺したのは布施だ。前園は黙認して、死体遺棄に手を貸した。ほかにもあるが、時期がきたら詳しく話す。きみらが想像している以上だ」

二三〇九号室にもどり、前園に煙草を渡した。水門が窓をあけようとしていた。はめ殺しの大きな窓の両側に幅の狭い換気用の窓があった。彼女はそれを全開すると、サングラスをはずして目を細め、「雪がやんでる」と独りごちた。小久保も窓際へいき、疲労と錯綜《さくそう》した情報のせいではたらきの鈍った頭を、窓から流れ込む冷たい風にさらした。視界の中央に高層ビルが二棟そびえ、その右手に暗い海が広がり、停泊中の船の明かりが点々と見える。布施隆三はまだ眠っていないだろうと思った。この時間も、愉悦の表情をうかべて、つぎなる謀略を構想しているにちがいない。

「いっさいが、あの狂った男の目論見《もくろみ》どおりに進行した」前園は二本目の煙草に火を点《つ》け、供述を再開した。

県警捜査一課は、ハルビン・カフェ内の一連の銃撃の瞬間をとらえた映像ディスクから、北朝鮮系難民二人を殺して現場を立ち去った男を特定した。殺害された長谷川巡査部長の女房の証言がそれを裏づけた。長谷川は、布施隆三に会いにいくと、女房に言い残していた。だが捜査一課は、証拠を隠滅して事件を忘れることにした。前園と馬場も、布施への恐怖感から口を閉ざした。そして、市警察殺人係の数名の捜査員を発生源として、英雄伝説が生まれ、報復を志す下級警官の間にひそかに広まった。

布施が、ハルビン・カフェのロビーで、顔見知りの少女と偶然出会ったことが、英雄伝説の捏造《ねつぞう》を盤石のものとした。事件発生時、ヴィタリー・ガイダルの児童売春組織が、当時八歳の石川ルカという名前の少女を、客の相手をさせるためにハルビン・カフェに連れてきていた。布施は少女を救出すると、隠れ家として確保してあった紅旗路の安アパートへ連れていき、児童売春組織の情報を訊き出した。その間に、これも布施の目論見どおり、Pの創立メンバー四人が接触してきた。布施は、彼らを使って、少女売春婦からえた情報をもとに捜査をすすめ、一方では、市警察売春係長だった小川勇樹と連携して、翌年の三月には児童売春組織の摘発に成功した。その過程で、布施と創立メンバーがユニットを結成した。同年十一月、布施のユニットは、逃走中の売春組織のボスのロシア人女と、子供を供給していた教会の日本人施設長を殺して、死体を音海の運河に捨てた。彼らのユニットは短期間のうちに、市警察内部で絶大な支持を獲得し、その影響力は県警全体におよびはじめた。

「ところが十二月の末から翌年の六月にかけて、布施は創立メンバー四人全員を殺した」前園は神の奇跡を告げる人の厳かな口調で言った。

十二月二十九日、布施のユニットは永浦三丁目のカジノ金剛で十星会常任幹部申忠浩を襲撃した。決行直前に、布施が襲撃を十星会へ密告したため、すばやい反撃をうけ、高岡守が死亡した。翌年、布施は自分以外の襲撃メンバー三名を十星会へ密告。二月八日、久間肇と彦坂太郎が街頭で狙撃《そげき》されて死亡。襲撃現場で我が身を危険にさらすという、大胆かつ命がけの偽装工作のために、誰も布施を疑わなかったのだが、十星会の李安国が、創立メンバーの最後の生き残りである吉雄逸郎とひそかに接触して、裏切り者の存在を教えた。吉雄は、決定的な証拠を摑むべく、布施の行動をひそかに監視した。だが感づいた布施は、蔡昌平の兵隊を使って吉雄の身柄を拘束し、蔡の事務所に連れ込んで拷問した。吉雄は、李安国から情報提供があったことを吐いた後に殺され、死体は老沙三丁目のナイトクラブの裏口に転がされた。

「布施はなぜ創立メンバーを殺したんですか」小久保は訊いた。

「そこだよ、なぜだと思う」前園は例の痴呆《ちほう》の笑みをうかべた。

「ハルビン・カフェ事件を疑われたんですか」

「そうじゃない。方針をめぐって対立があったわけでもない。本人の弁によれば、布施は創立メンバーの信頼を一身にあつめていた」

「ではなぜ」

「殉教者が必要だった」前園は人差し指を立てた。「創立メンバーこそ殉教者にふさわしい」

「だから殺した？」

「そのとおり」

「Pの勢力をいっそう拡大するために殉教者を？」

「やつは狂ってると言ったろ」

まったく、と小久保は胸のうちでつぶやいた。

「四人が死んだあとで」前園がつづけた。「誰が創立メンバーだったのかを、布施と高岡守の弟が、べつべつにしゃべりはじめた。布施は、高岡守の弟の悦士、それに元の部下の西修平をくわえた三人で、ユニットを再結成した。情報操作もぬかりなくやった。週刊誌に創立メンバー全員死亡の記事を書かせて、四人を殉教者に祭りあげた。まあ見てろ、と布施は言った。市警察のあらゆる部署に、Pのユニットが自然発生的に生まれるぞ。あとは様子を見ながら、水と肥やしを適当にくれてやればいい。果実がうなるほど生《な》る。おまえたちの仕事は剪定《せんてい》と間引きだ。公安は果樹園の管理人だ。俺と馬場は奴隷同然だった。もうやめてくれと訴えた。ぜんぜん相手にしてくれなかった。そんな時期に、牡丹江酒楼《しゅろう》で布施が撃たれた」

狙撃した犯人をすぐには特定できなかったが、布施が神代はる香の娘を思い出したのだ、と前園は言った。娘の消息を前園と馬場の二人で秘密裏に調べた。祖父母に育てられた史絵は、福井市の県立高校二年の夏に家出していた。その後の足跡は不明だが、家出から十四ヵ月後、おそらく布施を殺す目的で海市にあらわれ、栄町のスナックを経て、紅旗路のナイトクラブに移ったことまではわかった。そのクラブには布施が出入りしていた。

事件以降、史絵はいったん姿を消し、およそ五年後、ふたたび紅旗路のべつのナイトクラブにホステスとして雇われ、そこで西修平と出会った。史絵がもどってきた理由ははっきりしないが、刑務所願望だろう、と前園は言い、これは布施の説だが、と補足した。小久保は西の資金横領疑惑について訊いた。公安との関係を疑われた布施が、西を追放するために仕組んだのだ、と前園は言明した。

「横領されたはずのカネはどこへ消えたんですか」

「布施が懐に入れたと思う」

「やつの資金力は、どのていどだとお考えですか」

「麻薬取引をつうじて、かなりのカネを隠匿している可能性がある。やつが好きなときに、下級警官の反乱ってやつを、好きなだけ起こせる資金力はある、と考えた方がいい」

夜が明けはじめていた。小久保は休憩を入れ、水門が灰皿に溜《た》まった煙草の吸い殻をバスルームへ捨てにいった。前園はソファに横たわり、赤く充血した眼をまぶたの上から指で強く押さえた。ふたたび事情聴取にのぞんだとき、前園は、テーブルにさりげなく置かれた水門のバッグに眼をとめ、「録音してるのか」と訊いた。そうです、と水門が短くこたえた。ひと悶着《もんちゃく》起こるかと思ったが、前園はなにも言わなかった。

牡丹江酒樓事件当時、馬場孝弘は四十七歳で巡査長。前園英和は三十六歳で巡査部長。二人とも、ぱっとしない、ありふれた下級警官だった。馬場はその後、巡査部長、警部補と昇進して、退職後はSM社の総務課長におさまった。前園の方は、警部補、警部、警視といっきに駆け昇り、Pの一斉検挙に踏み切ったときには、警視正で県警公安三課長。そしてキャリアの公安部長が暗殺されると、そのポストに就き、二年まえには本部長にまで昇りつめた。階級は警視長。地獄の果樹園は奴隷に多大な果実をもたらしたのである。

小久保の質問にこたえるかたちで、前園は信じがたい昇進の背景について語った。

P創立メンバー全員が殉教者になると、市警察の刑事課と生活安全課を中心にあらたなユニットが生まれて、激しい報復に出た。マフィアとの衝突で犠牲者が増え、それにおうじてユニット数も増加した。布施は前園に小出しに情報を与えた。県警本部あるいは公安部のメンツから立件がもとめられる場合には、前園が決定的な証拠が摑《つか》めるよう、念入りに計画を練ったうえで果実を与えた。重要な事例が二件紹介された。水門愛子監察課長暗殺をはかった森晃次が率いる刑事課のユニットを、メンバー全員を逮捕して消滅させた事件。そして公安部長暗殺を計画した生活安全課の小川勇樹の逮捕である。前園が持ち帰る果実は、公安三課の予算と人員の増大、および彼自身のスピード出世をもたらした。もちろん、馬場と上司の岩間光正もいくらかは、おこぼれにあずかった。その幸福な警官人生の継続を保証するものこそ、さらなるPの勢力拡大であった。

「とくに難しい工作じゃなかった。適当に泳がせて、息の根をとめないていどにパクる。これは公安の基本的な手法だからな」前園が言った。

「布施が情報源だということを知っていたのは、誰と誰ですか」

「俺と馬場だけだ」

「岩間光正にはどんな報告を」

「複数の情報源だと言い張った。そのうち信用されなくなったので布施と相談した。高岡悦士でいいじゃないか、とやつは言った。岩間は退職したいまでも、高岡悦士が情報源だと思い込んでる」

　小久保は顔をしかめ、「ばかげてる」とつぶやいた。

「俺は本部長になるつもりなんかなかった」前園がふいに深刻な声で言った。「だがゲームから降りたら布施に殺される。布施との関係がバレたら、Pに八つ裂きにされる。やつが地獄に引きずり込んでやると言った意味がわかるだろ」

　よくわかった。途中下車禁止の、地獄行き列車だ。今夜のところは、本部長の犯罪の輪郭を把握するにとどめるにしても、まだ質問がいくつか残っていた。小久保は手帳のページをめくり、メモを確認しながら事情聴取《らち》をつづけた。

「九年まえの四月、水門監察官拉致事件が発生してます。市警察幹部は事前に計画を知ってたんでしょうか」

「あの事件のあとで、市警察全員が事前に知ってたっていう冗談が、飲み屋で流行《はや》ったが、真相はほぼそれに近い」

「緑が丘プラザ事件で、森晃次を射殺したのは水門さんではなく、布施隆三だったことをごぞんじでしたか」

「もちろん知ってた」

「布施は水門さんの信頼をえるために森の殺害を?」

「そのために、やつはわざわざ緑が丘プラザへ出かけていった」

「監察課の阿南省吾管理官の殺害も、布施の仕業ではないかという説が」

「それも布施だ」前園はぜんぶ聞かずに、めんどう臭そうに言った。

「公安部長暗殺の実行メンバーは」

「布施が緑の猿。高岡悦士が赤い猿。黄金の猿が小川勇樹の娘の未鷗。小川の息子の隼人が逃走用の車を運転して、佐伯彰とグエン・ト・トイは後方支援」

「佐伯がユニットから離脱した時期は」

「はっきりしないが、公安部長暗殺以降、やつは距離を置きはじめた。Pの資金援助と梟雄幇系の企業の仕事が入ってこなくなって、臨海運輸の経営は苦しいらしい」

「下級警官の反乱も内実はせちがらいってことですよ」

「まったく」前園がにこやかにおうじた。

「小川の息子はいまどうしてるんです」

「ドラッグ中毒になって、もう長い間、消息不明だ」

「公安三課と監察課、布施が二つのルートで情報提供したのは、本部長に対する牽制《けんせい》の意味があったんですか」

「牽制する必要なんかない。やつは俺のキンタマをにぎってるんだ。監察課とつき合うようになった理由は、キャリアの女と遊んでみたかった、それだけだ」

事実そのとおりだったのだろう、と小久保は思った。時間をいっきに八年間すすめて、先週木曜日の新宿の事件について質問した。前園の供述はこれまでの読みと寸分ちがわなかった。情報は、四谷署の村瀬、市警察殺人係継続捜査班の菊池、元公安課捜査員の馬場孝弘、そして前園を経て布施隆三に流れた。前園はまる二日間、西修平を消すことの利益と布施の犯罪にいっそう引き込まれることとの不利益を考えた後に、布施に神代史絵らしき女の情報を伝えた。布施は村瀬と会う約束をとりつけると、暗殺部隊を組織して東京へ向かった。メンバーに関して前園は知らなかった。

「新宿の事件の時点で、布施が率いていたユニットのメンバーは」

「高岡悦士。小川未鷗。グエン・ト・トイ。古田ヒロムが新入りってことになる」

「グエンが出国した理由は」

「出国した？　なんの話だ」

小久保は説明する気がなく、つぎの質問に移った。「一昨日の夜、天河大廈の表からホテルまで我々を尾行した連中は」

「公安捜査員だ」

「布施の周辺に、二十代なかばの日本人の女はいませんか。なかなか美人です」

「知らないな」

「竹原妙子の高校の後輩かもしれません」

前園はちょっと考えて、首を横に振った。小久保は、『服部早苗』が布施とつながりのある女だという考えを捨ててはいなかったが、その問題は胸にしまい込んで、手帳にはさんだ蔡昌平の写真に視線をそそいだ。十七年まえに麻薬取締法違反で逮捕されたときの写真である。当時四十五歳。頬骨の出た、温和な眼差《まなざ》しの、どこか影の薄い男だ。

「布施と蔡昌平との関係がよくわからないのですが」

「ビジネス半分、友情半分、そんなところだ」

「友情も？」

「たぶん。布施には男を惹《ひ》きつけるところがあるんだ。決断力と実行力は申し分ない。話してみると知性を感じる。ユーモアのセンスもある。俺にとっちゃあぜんぶブラックユーモアだがね」

前園が下卑た声で笑った。唾《つば》が飛び、水門のノートに落ちた。水門は無言のままそれをハンカチで拭《ぬぐ》った。笑いがおさまっても、前園は上機嫌だった。

「男の俺が言うのもなんだが、布施のなにげない仕草にぞくっとくることがある。煙草を買うときなんかに、ポケットに手を突っ込んで小銭をまさぐるとか、電話の受話器を耳に当てた姿勢で、すっと神経を集中させるときとか。そういう一瞬を、人に強く印象づけるなにかが、布施にはある。女もやつを放って置かない。あの、どうってことない顔で、信じられないほどもてる。吉雄逸郎の女、小川勇樹の娘、もちろんそちらのお嬢さんも、やつに夢中になった」

水門は、両手の拳《こぶし》で小さな顎《あご》をささえ、窓の方に顔を向けて、なにもこたえなかった。

「やつは、なににつけても手のうちを隠したりしないんだが、どういうわけか、女をものにした話を吹聴《ふいちょう》するってことがない。節度をわきまえてるところがある。そういう点でも、じつに好感がもてる男なんだ。ところが、騙《だま》して殺した男の女房と寝る、そいつの娘とも寝る、平然と寝る。誰とでも見境なく寝る。梟雄幇と寝る、公安部と寝る、監察課と寝る、俺とも寝る。まめにつき合って、ベッドでよろこばせて、半狂乱にさせる」

前園は自分の言葉に顔をしかめた。椅子から立ちあがると、大きくのびをして首の骨を鳴らして、言葉をついだ。

「やつの裏工作に、Pの連中は誰も気がつかなかった。なぜだと思う」

「さあ。やつが英雄だったせいですか?」

「そういうことなんだが、むしろ、取り巻き連中が自分からすすんで、やつの伝説づくりに熱中したところに、問題点があるんじゃないのかな」

「と言いますと」

「やつが英雄であるかぎり、自分も気持ちがいいんだ。やつが偉大な英雄であればあるほど、側近の自分も、英雄列伝の末席ぐらいは汚してることになる。反乱が惨めに鎮圧されたあとも、英雄的な事業に参加した我が半生に悔い無しってことになる。やつが裏工作の天才じゃ困るだろ。てめえの人生はなんだったたってことになる。だから取り巻き連中は、自分自身のために、いつまでも布施隆三の英雄伝説を語りつづける」

小久保は内心、前園の分析の鋭さにおどろいた。そのとおりだろうと思った。前園が正気に返ったのは一瞬だったようで、また例の痴呆《ちほう》の笑みをうかべると、朝の光があふれる窓辺へ素足でぺたぺたと歩いていき、下界を見下ろした。

「誰が佐伯を殺したんですか」小久保は問いをつづけた。

「布施と蔡昌平の兵隊。高岡悦士を殺したのもやつらだ」

「黒竜古玩工藝まえの路上で、もう一人殺されてますね」

「あれは蔡の兵隊だ」

「高岡悦士はいきなり撃たれました。理解できないと小川未鷗が言ってます」

「おまえがなにを言いたいのかわからん」

「佐伯と高岡、布施が二人を殺した動機は」

「連中に裏切りの証拠をにぎられたからだ」

「布施がそう言った？」

「そうだ。やつから電話があった」

「具体的にどう言ったんですか」小久保は執拗《しつよう》に問いを重ねた。

「未鷗が、わたしの裏切りに確信を持ってる。なにか証拠を摑《つか》んだようだ。佐伯と悦士にも話が伝わったと考えた方がいい。佐伯には、蔡の兵隊を監視につける。未鷗、悦士、吉雄の息子の居場所がわからない。その三人を公安部を使って捜し出せ。そんな内容の電話だ」

「吉雄の息子も関係してるんですか」

「小川未鷗と行動をともにしてるようだ」

「布施の言う裏切りの証拠とは」

「緑が丘プラザ事件かもしれん、とやつは言ってた」

「映像ディスクがあるという話は？」

小久保の視界の左の隅で、水門がにぎったペンをノートに突き立てた。

「なんのことだ？」前園がいぶかった。

「布施と監察課の関係を証言した映像ディスクがありましてね。その存在を、布施が事前に知っていたとすれば、いきなり高岡悦士を殺した理由もはっきりする」

「知らんぞ。誰が証言したんだ？」

前園の視線が、一瞬、宙をさ迷い、それから水門へ向けられた。ふいに三人とも沈黙した。

部屋に微妙な空気が広がった。水門が匂いを嗅《か》ぐように小久保の肩のあたりへ顔を寄せ、「わたしを疑ってたんですか」とささやく声でとがめた。念のためです、と小久保はこたえた。前園がいぶかしげな表情で窓辺を離れ、ソファへ移動して、どっかと体を投げ出した。小久保は腕時計を見た。午前八時四分。午後一時の会議なら、あと二時間ほどで水門は東京へ発たねばならない。三十年間の警官人生に、きれいさっぱりピリオドを打つことになるかもしれぬが、決断のときだと思った。

「現在のPの勢力は」小久保は訊《き》いた。

「実体があるのは布施のユニットだけだ」前園がこたえた。

「もうユニットとは言えない。そうですね」

「布施隆三、一人だ」

「やつの英雄伝説は、市警察のなかでまだ生きてますか」

「逮捕しろと命じれば、市警察はサボタージュする。そのていどには生きてる」

「だが手足となる警官はいない」

「それはうけあう」

「布施が使えるのは蔡昌平の兵隊だけ」

「いまとなってはそうだ」

「布施をここへ呼び出してください」

「冗談じゃない！」前園はふいに声を荒らげて抗議した。「おまえはあの男の恐ろしさを知らない！」

「感づかれる？」

「本部長には無理です」水門が割って入った。

小久保はうなずいた。「では蔡昌平に連絡をつけられませんか」

「三年まえまで使ってた携帯電話の番号なら知ってる。公安部長時代に蔡とは多少のつき合いがあった」

「番号を教えてください」

「どうするつもりだ」

小久保は、水門と練ったもう一つの計画を説明した。「わたしが蔡に電話をかけます。こう言ってやります。警視庁は県警本部長と元監察課長を逮捕した。本日、全メディアを呼んで記者会見をひらく。布施は、自分が裏切った友人とその遺族に、地球の果てまで追われることになる。もはや布施の利用価値はゼロだ。こちらへ引き渡せ。引き渡せば、記者会見は中止する。布施を裁判にかけることもしない。県警本部長と元監察課長の犯罪は隠蔽《いんぺい》する。いっさいを闇に葬る。この取引自体がおまえにくれてやる果実だ。会話を録音してないなら、いますぐ準備しろ。同じ内容をくり返してしゃべってやる。引き渡しの際に、県警本部長の供述を録音したディスクもつけてやろう。県警本部、警察庁、警視庁の三者を、おまえは永遠に恐喝できる。これがぎりぎりの取引条件だ。マフィアとの癒着なんてどうってことない。それを我々が心の底から気に病んだ歴史はない。だが、警視庁のメンツにかけて、布施隆三だけは許せない。わかるな。ざっとこんな調子で言ってやります。蔡昌平はわたしの話を理解できると思います」

前園は口をきかなかった。小久保はテーブルを離れて、先ほどまで前園がいた窓辺へいき、車と人があふれはじめたチキンストリートを、しばらくの間ながめた。

「蔡に脅された方が、まだ、生きた心地がするんじゃありませんか」小久保は軽い調子でソファの前園に声をかけた。

「万が一、蔡が友情を選択したら?」前園がそっと訊いた。

「そのときは仕方がない。あなた方二人を逮捕して記者会見する」

「水門監察官も納得してるのか」

「もちろん」

「公判がはじまれば、死ぬほど恥ずかしい話が世間に洩《も》れるんだぞ。おまえの本心はちがうはずだ」前園が水門に言った。

「布施隆三の心臓に鉛の弾を撃ち込む。あとは闇に葬る。それがわたしの本心です」水門が落ち着き払った声で言った。

「そうだろ」前園が勢い込んだ。

「だがそんなことは許さない」小久保は厳しく言った。

前園は右手の親指の第一関節に歯を立て、長い時間、がりがりと噛《か》み、黙考した。

「裁判にかけないとなると、布施はどうなるんだ？」

「その質問が蔡から出た場合は、こうこたえます。布施を持ち帰ったって、東京の連中が困ると」

「だからどうするんだ」前園が薄く笑った。

「蔡が、はっきりした回答をもとめるかもしれません」

「どう回答するんだ」

「始末すると」

「どこで」

「東京へ向から途中。銃を撃てる場所ならどこでも」

「おまえの部下は承知してるのか」

「彼らのためにも、直前まで黙っておく。事件が起きてしまえば全員で隠蔽する。それは保証できる。我々は警官なんだ」

「誰が布施を殺《や》るんだ」

そこでようやく、小久保は会話のずれに気づいて顔をしかめ、強い口調で言った。「始末なんかしません。事件を闇に葬るなんて話は、取引を蔡に信じ込ませるための方便です」

「だけど布施を持ち帰ったら、東京の連中はほんとに困るぞ」

「ばかやろう！」

水門が制止しようとしたが間に合わなかった。小久保はソファへ突進した。前園英和県警本部長を殴りつけ、ベレッタを抜き、銃口を口のなかへ突っ込んでスライドを引いた。前園は力なく両手をあげ、喉《のど》を悲しそうに鳴らした。レンズを粉々に砕かれた眼鏡のフレームの奥に脅《おび》え切った眼があった。いくらかでも抵抗されたら、小久保は反射的に引き金を引いたかもしれない。前園に幸運が重なった。ばかげたことに、「シャツが汚れてます」という水門の一言で、小久保は戦意を喪失した。前園の潰《つぶ》れた鼻から飛び散った鮮血が、シルクのワイシャツの胸を台無しにしていた。小久保は人生最悪の気分に陥った。

52

小久保仁

蔡昌平のしわがれ声は薄暗く、呼吸の浅い老人のように途切れがちで、相づちも極端にすくなかった。話をちゃんと聞いていないのでは、と小久保は不安にかられながらしゃべった。そっちの準備ができしだい連絡しろ。引き渡し場所を指定する。正午までに連絡がなければ、県警本部長と元監察課長の逮捕容疑を全メディアに知らせて、午後一時から市警察で記者会見をひらく、と時間をかぎった。最後に自分の携帯電話の番号を告げた。数百年にも思える長い沈黙がつづき、「布施を朝メシに誘ってみるよ」というかすれた声が耳にとどいた。

受話器を降ろしたとたんに、いま話した相手はほんとうに蔡昌平だったのかと、根本的な疑問がわいた。布施隆三と話していた可能性はないのか。これまでの証言から言えば、いまの声は布施ではない。布施は感じのいい声でしゃべる。四谷署の村瀬も水門監察官も口をそろえてそう言っている。だが寝起きで声がしわがれていたのではないのか。首筋を冷汗が流れ、動悸《どうき》が速まっていた。肺に空気を吸い込み、ゆっくりと吐き出した。おまえはなにを脅えてるんだ、と小久保は自分の動揺ぶりを胸のうちで罵《ののし》った。時刻は午前八時四十九分。あと三時間少々で警官人生の総決算の結果が出る。ほかに打っておく手はないのかと考えをめぐらしながら、ルームサービスのメニューを手にとった。空腹をまったく感じないが、いまのうちになにか腹に入れておく必要があるだろう。そこで水門が口をひらき、警備の強化を訴えた。死地をなんとなく切り抜けてきた布施隆三の危機察知能力を、警戒すべきだという彼女の主張は、過敏反応とは言い切れなかった。小久保は前園をどやしつけて、警備部長に電話させた。

海市にはSAT二個小隊が常駐し、そのうち一個小隊十名は市警察裏手の詰所に待機して、いつでも事件現場に展開可能な態勢にある。だが布施に察知されるのを恐れて、海市のSATを動かすことは避けた。警備部長とも相談のうえ、敦賀《つるが》市郊外で訓練中のSAT一個小隊を、四十分以内にピカデリィの地下パーキングへ派遣させて、県警本部長の直接指揮下に入るよう手配した。警備部長には、Pの幹部との秘密交渉の警備だと説明し、ほかの県警幹部に事情を洩らさぬよう厳命した。

小久保は厄介な仕事をもう一つ片付けるために部屋を出た。斜め向かいの客室のドアがひらき、花崎巡査部長が顔をのぞかせて、無言でうなずいた。空山警部は音声を低く押さえてTVニュースを見ていた。靴をはいたままベッドで寝ていた下河原警部補が、慌てて起きあがった。

「首席監察官がきみに探りを入れてないか」小久保は決めつける口調で空山に訊《き》いた。

「昨日の夜から、なん本か電話がありましたよ」空山が微笑んでこたえた。

「本部長を拘束したことを教えたのか」

「まだです」

「含みのある返事だな」

「先が読めませんので」

小久保は空山の胸のうちを言ってやった。「上司に人生を台無しにされた哀れな警官というのは例に事欠かない。今回のケースは趣がだいぶちがうが、わたしがきみらをひどい眼に合わせるという意味では同じだ」

「我々もそう思います」空山は笑みを絶やさずに言った。

「方針が決まった。本部長と水門監察官を逮捕する」

「あの女も？」空山がおどろきの声をあげた。

花崎が表情を閉ざした。下河原の視線が、しばらくの間、小久保の頭上をさ迷い、それから窓の方へ逃げていった。

「布施隆三は彼女の情報源だった。経緯はあとでゆっくり話す。時間がないんだ。ともかく彼女は逮捕に値する。本人も罪を認めている。二人を逮捕して、午後一時から海市警察で記者会見をひらく」

「東京の連中には手出しをさせないんですね」

「それが基本線だ」

「まだあるんですか」

「すでに危険な時間帯に入っている。だからきみらには計画と手順を説明する必要がある。だが基本線をうけ入れることができないなら、わたしの話を聞かなかったことにして、このホテルを離れろ。首席監察官にはなにも教えるな。どこかのビジネスホテルで、口を閉ざして、T

Vニュースでも見てろ」

「俺たちが拒否したら、管理官は、たった一人で逮捕も記者会見もやるつもりなんですか?」

「布施の分と合わせて、手錠を三個置いていけ」

「いかにも管理官らしい」空山はまた笑った。

「三人とも腹は決まってます」下河原が言った。「俺たちはずっと話し合ってたんですよ。危険な時間帯とはなんのことか、説明してください」

　下河原の言葉に、小久保は一瞬胸を熱くさせたが、なお慎重に言った。「警察庁と警視庁、二ヵ所同時に爆弾を放り投げるようなもんだ。世間が喝采《かっさい》して、我々は英雄になるかもしれんが、うかれていられるのも、ほんのわずかな期間だ。どんな爆弾騒ぎでも警察の本質は変わらない。我々はかならず身内から報復をうける」

「わかってますよ」空山が自信たっぷりに言った。「対抗策をとりましょう。あとで脅せるように、幹部にどんどん隠蔽《いんぺい》工作をさせておくんです。管理官の話をもうすこし聞かなくちゃ、なんとも言えませんせんが、こっちですぐに記者会見は策がなさすぎます。二人を、布施も逮捕できたら三人を、黙って東京へ連行しましょう。本庁にぶち込んでおいて、一定期間、計画的に、幹部の圧力をうけるんです。首席監察官あたりが、がたがた言っても耳を貸さないで、官房長官、警察庁長官、警視庁総監、政治家、ぜんぶ引っ張り出して、やつらの隠蔽工作を撮影する。その方が我々の未来を担保できます」

　空山は、黒髪にもどした髪を短く刈りそろえ、地味な眼鏡をかけて、ダークスーツを着ていた。その小官僚然とした装いよりも、中年ロックミュージシャンをまねた方が、不良を気どるぶんだけ可愛げがあり、この男に似合ってると小久保は思った。だが空山が本領を発揮するのは、タフな小官僚として暗躍するときだった。

「幹部対策はまかせる」小久保は言った。

53

小川未鷗

一条の強い光が、ガラストップのテーブルではねて、室内の明暗に美的な均衡をもたらしていた。彼女はまぶたの裏に晴れ渡った空の青さをうかべ、いよいよ最後の一日がはじまるのだと思った。バスルームへいき、歯を磨いた。左の乳房に昴の歯が刻みつけた赤い傷痕《きずあと》が、いくらかの気恥しさをともなって痛んだ。唇の端にも裂傷がある。どこも打ち身だらけで、全身の関節が熱を持っているように感じられる。狼藉《ろうぜき》のかぎりを尽くしたようなものだなと思った。おたがいの性器が悲鳴をあげるまで熱中し、すべてを吐き出したあとの解放感が、彼女の意識をすっきりさせていた。先の人生などどうでもよかった。頭にあるのは布施隆三の胸に黒々とした穴をあけることだけ。港西一丁目の地方TV局のロビーへ、隆三を誘い出す案について検討をくわえていると、昴がバスルームに入ってきて、辻本の兄貴が先生と話したがってる、と携帯電話を手渡した。

「紅旗路のグリーン・グラス・ハウスってマンション知ってるだろ。大連デパートの西にある」辻本の兄がくつろいだ調子で言った。

「最上階のフロアぜんぶが蔡昌平の自宅よ。それがどうかしたの?」

「パトカーと救急車がじゃんじゃん駆けつけてる。SATが突入をはかってるって話だ。信じられないだろ、県警が蔡の自宅を襲撃するなんて。事情がさっぱりわからない。先生はなにか聞いてないか?」

昴の手が両方の腋《わき》の下から入ってきて、行為の最中もおわったあともその完璧《かんぺき》な美を称賛しつづけた双《ふた》つの乳房を摑《つか》むのを、未鴎は見た。グリーン・グラス・ハウスでなにが起きているのか、彼女にも見当がつかなかった。

54

沢野正志

グリーン・グラス・ハウスの十八階は、フロア全体で十家族ほど住める広さがあるのだが、ドアは樫《かし》材の頑丈なやつが西と東に二つだけで、廊下に面した窓は一つもなかった。SAT隊員が樫材のドアを大型ハンマーとバールで破壊し、つぎにあらわれた鉄製のドアを、電動グラインダーで切断しにかかった。火花が飛び散り、救急隊員がエレベーターホールまで退いた。沢野正志警部補はドアから離れた場所で、片方の耳に指を突っ込んで騒音を遮断し、旧知の梟雄幇幹部に電話をかけた。「救急車を呼んだやつがいるんだ！」沢野はがなり立てた。「銃で撃たれたと部屋の内部から通報があった。勘ちがいするな、これは捜査じゃない、ドアがあかないから俺がSATに応援を頼んだ。兵隊をコントロールしろ。騒ぎを起こすな。いまドアを切ってる。内部の様子がわかったら連絡してやる」

鉄製のドアがひらいた。救急隊員を廊下に待機させ、まず眼出し帽のSAT隊員四名がMP5をかまえて突入した。沢野は捜査一課の捜査員とともにつづき、玄関ホールの中央に置かれた金屏風《びょうぶ》の向こうに出た。ぴかぴかに磨かれた大理石の床にシャンデリアの明かりが映っている。左右にＳＡＴ隊員がわかれた。右手に会議室のような広いスペース。沢野は左手の応接間に入った。ガラスの破片が散らばり、ソファの縁に頭をあずけてダークスーツの中年男が倒れていた。蔡昌平の顔は古い写真の記憶しかないが、死体はボディガードだろうと沢野は思った。破壊された胸部。露出した骨。頭の近くに四十五口径のシグが転がっている。血溜《ちだま》りを指ですくった。まだ温かい。女の声で「人が銃で撃たれた」と救急車出動の要請があったのが十八分ほどまえである。応接間を突っ切った。砕けた格子のガラス戸からダイニングルームに入った。九ミリ弾の薬莢《やっきょう》が散乱している。二十人はかけられそうな長大なテーブルの周辺に男の死体が三つ。蔡の死体はない。壁に弾痕《だんこん》と飛び散った血。その下に若い男の死体。これはショットガンだなと思った。南に面した広い窓は防弾ガラスで、弾痕はあるが、ひび割れた箇所は皆無だった。ダイニングルームの先の部屋を捜索していたＳＡＴ隊員が、若い女を廊下へ連れ出した。通報者らしい。女は声をふるわせて中国語でなにかしゃべっている。沢野は寝室に足を踏み入れた。正面に書画。その下に髭《ひげ》の武将の土偶がならび、線香が煙を立てている。ダブルサイズのベッドの向こうを覗《のぞ》き込んで、眼をそむけた。うつ伏せに倒れた男の後頭部から脳味噌《のうみそ》がこぼれている。肘《ひじ》を不自然に曲げた右腕の先から、手首が離れて転がり、五本の指をていねいに砕いてあった。

55

空山健児

蔡昌平との取引が不成立になってもかまわないと思った。布施隆三を捕り逃がしても、県警本部長と長官官房付監察官の逮捕だけでじゅうぶんすぎる成果だった。しかも、すでに逮捕したも同然である。二人を東京へ連行して本庁の留置場にぶち込んでしまえば、相手が警察最高幹部だろうと、ルーティンをこなすだけになる。電話での叱責《しっせき》、甘言、ささいな口論、なんでも録音しておく。下落合の別荘に誘い込み、幹部の恫喝《どうかつ》の一部始終を隠しカメラで撮影しておいて、予定どおり二人を検察庁に送りつける。それから派手に記者会見をひらく。幹部連中は烈火のごとく怒り狂うだろう。だが連中が報復に出ようとしたときには、こちらは恐喝材料をたっぷり確保してある。つまり望みどおりのポストが手に入る。一方で、日本警察の恥部を切開した勇気あるノンキャリアとして、我々は世間の称賛を一身にあびることになるだろう。退職後は講演と評論活動でメシが食える。銀行に騙《だま》されて背負い込んだ借金は帳消しにできる。隠蔽《いんぺい》人生の負債をいっぺんに返せるとさえ思ったとき、空山健児の胸にふと不安がよぎった。

工作を好き放題にさせておいて、しゃあしゃあと送検し、記者会見をひらくというのは、いかにも卑劣な手口のような気がした。

本質的に小心者である空山は、自分が立案した幹部対策に脅《おび》えながら、長い時間かけてトースト一枚をどうにか腹におさめた。彼ら三人は二三〇九号室で前園県警本部長と朝食をすませた。水門監察官は斜め向かいの客室で休息をとっており、小久保管理官は、到着したSAT一個小隊と打ち合わせるため、たったいまホテルの地下パーキングへ降りたところだった。前園がバスルームのドアをあけたまま放尿する音が聞こえた。朝粥《がゆ》定食の紫漬の最後の一かけらを、箸《はし》で上手に摘《つま》んで口のなかに放り込んだときの、前園の幸福そうな微笑みが思い出された。男を男たらめしている背骨のようなものが溶解しちまったにちがいない、と空山は思った。ドア寄りのベッドに腰をかけて眼を閉じている花崎巡査部長、窓辺で下界をながめている下河原警部補、それぞれへ視線を送り、やつらは事態の深刻さに気づいているのだろうかといぶかった。勝手のわからぬ犯罪都市での異常な日々がつづき、ノーマルな思考がはたらいていないのではないのか。

コーヒーカップに指をかけ、俺は強がりすぎている、と冷静に思った。地雷源でダンスを踊ってるようなものなのだ。ステップ一つ一つに注意しなければ身を滅ぼすだろう。首筋に火照りを感じた。経験的に安全が確認されている方法をとるべきだ、と計画の軌道修正をはかろうとした。監察官と県警本部長の処分を、たっぷり焦《じ》らしたうえで、最終的には最高幹部の手にゆだねればいい。それで勝利宣言できる。それが後腐れのない落としどころというものだ。だが今回の場合、小久保管理官は徹底的にやり抜くだろう。考えがそこに至ると、空山はこんどは頑迷な上司を呪いはじめた。小久保は信頼の置ける唯一の上司だった。それはまぎれもない事実である。人間は複数の矛盾する良心を持つ権利がある、という信念も共有している。決定的なちがいは、と空山は落胆のため息を洩《も》らして思った。俺が未来の担保を必要としているのに、やつはいつ世界のおわりがきてもかまわないと腹をくくっている点だ。

　客室のドアをノックする音が、空山の思考を中断させた。小久保がＳＡＴを配置につけてもどってきたのだなと思った。花崎がドアをあけ、ホテルの従業員らしき男が顔をのぞかせるのと同時に、サイレンサーを組み込んだサブマシンガンの乾いた銃声がひびいた。男と花崎が折り重なって倒れ、その背後にあらわれた人影が、窓ガラスを破壊せぬよう銃口を下げたまま、サブマシンガンを左から右へさーっと掃射した。銃弾の衝撃で空山の体がねじれ、なにかに掴まろうとした右腕がテーブルの上の食器を払い、けっきょくフロアに崩れ落ちた。混濁する意識の隅で、鼻の横にびちゃっと付着した粥の残りを、ひどく不快に感じた。ドアの方でパンパンと銃声が二発。とどめを刺したんだなと思った。靴音がすばやく近づいた。バスルームでごそごそいう物音がした。前園が恐怖で腰を抜かしたんだろうと思ったら、空山はおかしくなって笑いかけ、そこでぷつんと意識が途切れた。

56

水門愛子

三人の男が夜を明かして吐き出した大量の煙とその残滓《ざんし》を、二三一七号室から排除すべく換気用の窓を全開させていた。安物の赤いダウンのコートを着込んで、ベッドで束の間の休息をとっていた水門愛子は、寒気といっしょに流れ込む街の騒音のせいで、眼と鼻の先で起きた惨事に気づくのが遅れた。ドアの向こうの不穏な気配を感じとると、ほんの短い時間思案した。ベッドから降りて、コートのファスナーを下げ、左胸のホルスターに装着したベレッタに手をかけた。二歩すすんだとき、轟音《ごうおん》とともにドアが吹き飛ばされた。ねじ曲がった金具、裂けた木屑《きくず》、漆喰《しっくい》やらをまき散らしながら、ベアリング状の散弾が襲いかかってきた。水門は背後へ飛ばされ、どすんと尻《しり》から落ちた。突入してきた人影が、銃身を短く切り落としたショットガンの銃口を彼女の胸に向けた。黒に近い紫色のコートを着たきれいな女だった。「待て」男の鋭い声がして、べつの人影が水門の体を飛び越えると、バスルームのドアを破壊する掃射音が聞こえた。

「あと二人だ。小久保警視と筒井巡査部長。どこにいる」

歯切れのいい、だが落ち着き払った声が近づいてきた。水門の視界の上方から懐かしい顔がのぞいた。恐怖で全身がふるえ出すかと思ったが、自分が静かにその男を見返しているのに、水門は軽いおどろきをおぼえた。男の魅力的な眼差《まなざ》しが正面にまわってきた。布施隆三の表情に、八年の年輪を重ねた男の険しさを捜したが、微塵《みじん》も見当たらなかった。その変哲もない容貌《ようぼう》に隠された、機知と洞察力に富む、狂気というには覚醒《かくせい》し切った精神を、称賛してやってもいい気分になった。

「こたえろ」こたえなどどうでもいい口ぶりで布施が言った。

「小久保と筒井はホテルのロビーあたりにいるか、もう空港へ向かってるか」

「なぜ空港へ」

「首席監察官と捜査一課長を出迎えに」

布施は表情を変えず、灰色がかった眼で水門の心をのぞき込んだ。信じていないな、と水門は思った。布施は膝《ひざ》を折り、水門のコートのまえをひらくと、ベレッタを抜きとった。それからブラウスの裾《すそ》をめくった。そこでようやく水門は、自分が放心したように声にも手足にも力が出ない理由に思い当たった。左脇腹に手をそえると指が粘りついた。血が噴き出している。

布施の指先が傷口をまさぐり、水門は悲鳴をあげた。

「肋骨《ろっこつ》が一、二本砕けてる。止血をしておけば死にはしない」

「殺せ!」布施の言葉に、水門は敏感に反応して叫んだ。

「きみの言うことは矛盾してるぞ。死んだら、わたしに復讐《ふくしゅう》できないではないか」布施が子供をあやす口調で言った。

　水門は顔をしかめた。なんということだ。わたしをまだ生かして恥辱を味わわせるつもりなのか。自分のばかさかげんと布施の沈着な残酷さに、涙があふれてきた。布施は名残り惜しげに水門の髪をまさぐり、まぶた、鼻筋、唇へと、指を這《は》わせ、それから女を連れて出ていった。

水門はコートのポケットからすばやく携帯電話をとり出した。知らぬ間に、ていねいに踏みつぶしてあった。頭を背後へ無理にねじった。コードのちぎれた電話機が転がっていた。

57

小久保仁

沢野警部補の通報で蔡昌平が自宅で殺害されたことを知ると、ただちに水門監察官の携帯電話にかけた。空山警部にもかけた。誰も電話に出なかった。最悪の事態を想定すべきだと思った。昨夜、足跡をたどられないよう、レンタカーと監視車両を港西二丁目のビジネスホテルのパーキングにもどし、周囲を警戒しつつピカデリィまで歩いた。だが布施隆三が、市警察のシンパで監視班を編成して、状況を正確に把握している可能性はあった。小久保仁は、地下パーキングで、敦賀市から到着したＳＡＴ一個小隊の指揮官に事情を説明した。全員に布施隆三の写真が配られた。隊員二名がエレベーターで二十三階へ向かい、副長以下三名がパーキングに残った。布施が車をべつの場所に駐車している場合、一階ロビーからホテルの外に出る可能性がある。小久保仁、小隊長、隊員四名、計六名は階段を駆けあがった。

特殊なナイロン繊維の眼出し帽、無線機と喉元《のどもと》にまわしたマイクロフォン、耐火性にすぐれた黒い出動服、抗弾ベスト、弾薬と予備弾倉用のポウチ等の装備に身を固めたＳＡＴが、火器を携えてロビーに展開した。旅行鞄《かばん》を満載した台車を押していくベルボーイが眼を見ひらき、台車を客の群れに衝突させて、小さな混乱を巻き起こした。階段の場所を確認するために小隊長がフロントカウンターへ向かった。小久保はインフォメーション・デスクの電話を摑《つか》むと、初老の欧米人カップルになにか説明している女係員に、部屋にかけられるかと訊《き》いた。部屋番号を押してくださいと女係員が緊張した声でこたえた。押した。二三〇九号室、二三一七号室、どちらも電話に出ない。小久保はベレッタを抜いてエレベーターホールへ急いだ。

エレベーターは左右にあった。右の三基のエレベーターは四階から十五階までノンストップ、左の三基は十六階から上にはいかない。エレベーターホールの二方向の出入り口にSAT隊員各一名が配置についた。最初に降下してきた右側のエレベーターは、ショッピングモール寄りのやつだった。小久保はベレッタを腰の後ろにまわして上着の裾に隠し、ビジネスマンふうの男の背後で待った。Lの文字に明かりが灯《とも》った。小久保は息をとめた。ドアがひらいた。

この二十四時間、発火しかねないほど熱い視線を、布施隆三の古い写真にそそいできた。二十八歳の青年警官の精気みなぎる顔は、水門と前園になんどかたずねて、二十歳老けさせた輪郭をおよそ摑んでいた。エレベーター内部で数名の客が動き出したとき、こちらを真っ直ぐ見すえている男の視線と遭遇した。小久保の意識のなかで、一瞬、その男以外の存在は消えた。さして特徴のない、どちらかと言えばみすぼらしい中年男の容貌を、水門も前園も強調していたのだが、眼のまえにいる男はぜんぜんちがっていた。顔を覆う薄い皮膚の内側に、容赦なくことを為し遂げるという鉄の意志が透けて見えた。恐怖からではなく、全神経を張りつめて瞬時の状況判断にそなえている男の厳しい表情に魅了されて、小久保は首筋に寒気をおぼえた。

「手を頭へやれ！」小久保はベレッタをかまえて怒鳴った。

奇妙な静寂があった。客が左右にぱっと散り、布施がゆっくりと手を頭にのせた。その背後から黒っぽいコートを着た女があらわれて、レミントンM９００の銃口をあげた。客がもう一人残っていた。厳《いか》つい体格の初老の女が、ショットガンの引き金に指をかけた女を、邪険に肩で押し退《の》けてエレベーターから出ようとした。小久保は右へジャンプした。轟音がとどろき、散弾が反対側のエレベーターの上の壁にめり込んで漆喰の雨を降らせた。小久保は壁の向こう側へ飛び込んだ。ＳＡＴ隊員が無線機にがなり立てている。布施と女がショッピングモールの方へ走り出したのを見て、小久保は遮蔽《しゃへい》物を利用しながら追った。女は竹原妙子だなと思った。ＳＡＴ隊員が下半身から血を流して倒れていた。小久保は自動小銃ＨＫ59を拾いあげてかまえた。オプティカルスコープのなかを女と布施が遠ざかる。その背後のフローリストで人影が動いている。小久保は引き金から指をはずすと、ふたたび走り出した。

ピカデリィの裏は片側一車線の道路で、道路にそって運河が流れ、北と南に橋が見える。布施と女の姿は視界から消えていた。パトカーのサイレンが四方八方からわきあがってくる。沢野警部補に電話をかけた。つながらなかった。ホテルの南側で銃声が聞こえた。小久保は通勤する人々へ「どけ！」と叫んで突進した。ホテルの角を曲がった。叫び声と銃声が逆巻いていた。チキンストリートへ向けて疾走するシルバーグレイのセダンへ、歩道のＳＡＴ隊員が銃弾をあびせた。後部座席の割れた窓から激しい応射の炎があがった。人々が逃げ惑った。「建物のなかに入れ！」小久保は怒鳴りながら走った。一台のパトカーがチキンストリートに急停止して路地の出口をふさいだ。セダンが突っ込んでいった。鈍い衝突音が空気をふるわせ、同時にガラスの砕け散る音がした。セダンはパトカーの横腹をえぐると、右の車輪をうかせた姿勢でカーブを切り、証券会社のばかでかい看板がある商業ビルの陰に消えた。また衝突音が連続して聞こえた。

58

韓　素月

アーバン・ファイナンシャル・ビルの九階のオフィスで、韓素月は激しい銃声を聞きつけた。上司の指示をうけていた彼女は、日頃からさりげなさを装って体に触ってくるその課長職の四十男を、なかば意識的に突き飛ばして窓辺に駆け寄った。ビルの前庭は周囲より低くなっていて、北側に灰色の砂岩を重ねた階段状の野外舞台があり、毎年夏にはジャズ・フェスティバルがひらかれる。その野外舞台の陰からセダンが飛び出してくるのを、彼女は見た。セダンは歩道を乗り越えると、一度はね、その勢いのまま階段を下って、前庭に残っている昨夜の雪に突っ込んで停止した。けたたましいサイレンのうねりに彼女の心臓が激しく打った。セダンの後部座席から黒っぽいコートの男が降りて、重そうな自動小銃の逆V字型の脚をルーフの上にのせると、チキンストリートの方角へ激しい銃撃をあびせた。警官が拳銃《けんじゅう》をパンパンと撃ち返したが、すぐに沈黙した。男の自動小銃が警官を圧倒していた。銃口が炎を吹き、その反射がルーフで点滅し、薬莢《やっきょう》が連続して飛び出していくのが、九階の窓からもはっきりと見えた。チキンストリートにとめたパトカーが大音響とともに炎に包まれ、オフィスのなかでどよめきが起きた。八年まえのＰ一斉検挙のとき以来の派手な銃撃戦だな、と彼女は思った。男がセダンの運転席のドアをあけた。そのとき野外舞台の方で銃声がとどろいた。スーツの男と、眼出し帽のＳＡＴ隊員が二人、発砲しながら舞台をまわってセダンに接近していく。被弾したセダンのボディが小刻みにふるえ、フロントガラスが砕け散った。自分がいま見ているのは、映画の一シーンではなく、まさにこの瞬間、現実に起きているスペクタクルだということが、素月には信じられなかった。男が運転席から誰かを引っ張り出した。同じように黒っぽいコートを着た女だった。男の首にまわされた両腕に力が入らないのが見てとれた。女の膝《ひざ》が崩れ、腰から落ちかかった。男は女を担ぎあげて歩き出したが、深い雪にはばまれ、数歩であきらめると、女を雪の上に寝かした。投降を呼びかける拡声器の声が、昨夜の吹雪が嘘のような青空に朗々とひびき渡った。男は一瞬、天をあおいで、血にまみれた顎《あご》を見せた。

素月は、黒っぽいコートの男がセダンから降りた瞬間から、彼がなに者であるのかわかっていた。一連のなめらかで無駄のない動き、銃弾をあびせるときの背筋の美しさ、天をあおぐ顔の完璧《かんぺき》な角度、どれもが記憶にある身のこなしだった。男はふたたび自動小銃をかまえると、激しい弾幕を張りめぐらせながら、エントランスホールの方角へ退却をはじめた。九階の窓辺でながめている彼女は、ふと世界を俯瞰《ふかん》する男の眼差《まなざ》しを思った。昨日の早朝、小久保仁が出勤間際にかけてきた電話で語った、あの男のヒストリーが、頭によみがえった。男は、はなっからＰの挫折《ざせつ》を見抜いていたにちがいない。若者が自分の決断に脅《おび》え、色恋で惑わされ、やがて本来の目的を見失って、自己正当化のために殺人を重ねていき、最後は愛を請いながら破滅していくプロセスを、あの男は自ら積極的に演出しつつ愉《たの》しんできたのだ。

布施隆三の姿が素月の視界から消えた。雪原のように見える前庭に、破壊されたシルバーグレイのセダンと、重傷を負っているにちがいない女の体が、ぽつんぽつんと残った。数人のSAT隊員が前庭を突っ切っていく。あの男の底無しの背徳に、昴は魅了されているのかもしれない、と彼女は思った。これまで抑えつけてきた愛する息子への思いが胸にせりあがってきた。窓辺を離れた。おまえの言うとおりよ、人を救うことなんて誰にもできない、と彼女は昴にささやきかけながら手近のデスクの電話を摑んだ。番号を押した。救えないかもしれないけど、おまえにはまだ生きていてほしい。昴は電話に出ない。彼女は受話器を叩きつけた。なにかをしないではいられなかった。ロッカーへいき、コートを摑むと、誰かをはね飛ばしてエレベーターへ走った。

59

筒井　悟

筒井悟巡査部長は、生来の誠実さが災いして前進も退却もできずに夜を明かした。動き出した陰謀の内容は想像がついていた。警察幹部は、Ｐの大物幹部と県警本部長の深い関係を推測できた段階で、事件を闇に葬ることを決定したのだ。逐次報告しろ、と丹羽捜査一課長は言った。小久保が布施隆三をどこまで追いつめるつもりなのか、神経を尖《とが》らせていろ。報告すれば陰謀に手を貸すことになる。じっさいおまえは手を貸したのだと自分をなじった。上司の指示など無視して、警官の本分を守り、いっさいを法にしたがわせるべきだと思った。だが、小久保管理官と水門監察官が、県警本部長の犯罪をどこまで徹底して暴く気になっているのか、彼らを信頼できるとしても、企てがどこまで成功するのか、確定的なことはなにも言えなかった。警官を八年もやっていれば、一時の情熱にかられて正義の旗を掲げることの危険性は、痛いほど身に染みていた。そそっかしい警官は、かわいそうな道化として、組織から弾《はじ》き飛ばされるのがおちである。かくして、筒井が下した唯一の決断は、携帯電話の電源を切ることだった。

これで捜査一課にはもどれないと思った。だが、ほんとうの意味で退路を断ったことにはならない、ということも自覚していた。

　ここが正念場だなと思いながら、筒井は港西二丁目のビジネスホテルのコーヒーショップで、注文した朝食に手をつけず、ぼんやりとコーヒーを飲んでいた。ふいにわきあがったパトカーのサイレンを聞きつけると、反射的に街へ飛び出していった。運河の向こうで銃声が連続してひびいていた。

　息せき切って橋を渡った。証券会社の名前を冠したビルの裏口に人々があつまり、内部の様子をうかがっていた。筒井はベレッタを抜いてなかへ入り、通路を走った。前方で激しい銃声がした。エントランスホールに出た。銃撃戦を見物していた人々が、叫び声をあげ、いっせいに逃げ出そうとしてぶつかり合った。その混乱した動きを縫うようにして、黒いコートの男が自分の方へ近づいてきたとき、筒井の頭のなかで、手帳に貼りつけた写真とその男の顔が一致した。そのとたん、筒井は金縛りに合った。誰かに突き飛ばされてよろめいた。黒いコートの男が地下階段へ消えていく。布施隆三に手を出すな。自分に命じる自分の声が頭の隅で聞こえた。やつはアンタッチャブルだ。だが筒井の足は、男が消えた地下階段の方へ動き出していた。

60

小川未鷗

まさに市街戦だなと未鷗は思った。鍋《なべ》や皿が散乱した道路に、制服警官がうつ伏せに倒れ、頭部付近に血溜《ちだま》りが広がっていく。雌鳥《めんどり》が銃声におどろき、けたたましく鳴きながら、倒れた警官を踏んづけて羽ばたいた。紅旗路からグリーン・グラス・ハウスへ向かう二本の路地で、集結した警察車両が、周辺のビルの窓から狙い撃ちされていた。黒い出動服のSATが車を盾にして応戦するが、狙撃手がつぎつぎとあらわれて攻勢を強め、銃撃戦がおさまる気配はまったくなかった。父親の元部下で市警察生活安全課の警部補と、どうにか連絡がとれたが、蔡昌平が殺害されたらしいという以外、事件の詳細は不明だった。警部補の話では、音海のピカデリィ、隣のアーバン・ファイナンシャル・ビル、その二ヵ所でもほぼ同時刻に激しい銃撃戦があったという。

未鷗と昴は音海一丁目へ車を走らせた。警察車両が唸《うな》りをあげて追い越していく。

チキンストリートに入った。ひどく渋滞して、一丁目側の出入り口は警察車両で封鎖されていた。アーバン・ファイナンシャル・ビルのまえの路肩に、黒焦げに焼けたパトカーがあった。ビルの前庭へ視線を送った。シルバーグレイのセダンが、ガラスをきれいに吹き飛ばされ、ボディは穴だらけになっている。一目で、布施隆三が愛用している車だとわかった。左折して、車を路地に乗り捨て、現場へ走った。

シルバーグレイのセダンからビルのエントランス寄りに、誰か倒れているようだが、雪になかば埋もれて人物を確認できなかった。現場保存に努めている警官に見知った顔はないかと捜していると、「小川先生」とささやく声が聞こえ、ぎょっとして振り返った。かつて末鷗を執拗《しつよう》に尾行した市警察公安捜査員だった。末鷗は、その捜査員が父へのひそやかな支持を告白したことを思い出し、セダンの向こうで倒れているのは誰なのかと訊《き》いた。

「女です。身元はわかりませんが」

「車に同乗者は」

「男がいましたが、逃走中です」

「事件が起きたのはなん時ごろ」

公安捜査員は腕時計を見て、二十一分ほどまえだと言った。

「男の負傷のていどは」

「それもわかりません」

末鷗と昴は周辺をざっと歩いて、県警はチキンストリートと海岸通りの出口の封鎖を完了したと判断した。北側は海だった。ボートを接岸できるような場所もない。東側の運河を渡れば、港西の孤立した埋立地に迷い込むことになる。封鎖が完了するまえに、布施隆三は、ほかの地区へ脱出しているかもしれない。だが、隆三が深い傷を負い、行き場を失って、封鎖された地域にひそんでいる可能性もあった。末鷗は警官に運転免許証を見せ、自宅に帰るのだと告げて検問を通過し、ナイトクルーズ・ビルに入った。

エレベーター内部に、血痕《けっこん》、あるいはそれを拭《ふ》きとったような形跡はなかった。昴がトカレフのセイフティをはずした。表情を変えず、指先をふるえさせることもなく、準備をととのえる若者の沈着ぶりに、末鷗はまた感銘をおぼえながら、十一階でエレベーターを降りた。きれいに磨かれた廊下を、靴音を消してすすみ、一一〇五号室のまえにきた。ドアに耳をあてた。静かだった。キーでドアをあけた。

十四畳のワンルームに衣類が散らかっていた。末鷗はコルトガヴァメントをかまえてバスルームのドアをあけた。バスタブの縁に引っかかっている黒いコートの袖《そで》、陶器製の青いシンクに飛び散っている血、床に落ちている血まみれのタオル、それぞれに眼をとめた。隆三が応急処置をしたのだ。封鎖された地域内に、彼のアジトはないということだ。末鷗はクローゼットの扉をあけた。隆三は、彼女よりいくらか背が高く、肩幅もちがうが、彼女の服を着れないことはない。濃紺のウールのロングコートが見当たらなかった。昴が部屋の電話を摑《つか》んだ。

「どうしたの」末鷗は訊いた。

「受話器に血が」昴はリダイヤルボタンを押して、耳をかたむける眼差《まなざ》しになり、すぐに受話器を降ろした。「カイシCTVだ」

ローカルニュース専門局だった。昴がTVを点《つ》け、カイシCTVにチャンネルを合わせた。画面の上方に赤い小さな明かりが点滅し、『梟雄幇のボス殺害　市警察警官有志が犯行声明』

とテロップが流れている。紅旗路の銃撃戦の原因がわかった、と未鷗は思った。隆三が包囲網を混乱させようとしているのだ。

「脱出に苦労してる証拠だな」昴が無頓着《むとんちゃく》な調子でいった。

「そうね」

未鷗は腕時計を見た。アーバン・ファイナンシャル・ビルの銃撃戦から三十二分が経過。隆三は傷の応急処置をして着替えた。この部屋はわたしに捜索される恐れがある。だからふたたび街に出た。血まみれの衣服、それに犯行声明という攪乱《かくらん》作戦に出たことを考えると、おそらく隆三の傷は深い、と思った。だとすれば、まだ近くにいるはずだ。窓ガラスがびりびりとふるえ出し、ヘリの飛ぶ轟音《ごうおん》が近づいた。

61

石川ルカ

渋滞に巻き込まれたタクシーをあきらめると、石川ルカは決意を固めた人の厳しい表情で、チキンストリートを歩き出した。県警の武装ヘリが紅旗路の方角へ低空飛行で遠ざかった。道はゆるやかな勾配《こうばい》で昇りはじめた。街に抗弾ベストを着けた制服警官があふれ、路地の出口で通行車両が検問をうけている。ピカデリィの一ブロック手まえで左折した。右側に『日本海NEWS』の社屋、地方出版社が入っているビル、音海《おとうみ》郵便局がつづいた。円筒状のファッションビルの先に、雪が踏み固められた階段があった。彼女はそれを昇った。表情から厳しさは消えていないが、自分でもびっくりするほど呼吸が自然で、膝《ひざ》はなめらかに動いた。階段の上に出た。彼女がいる場所を基点に、タイルを埋め込んだ広場が扇形に広がり、周囲にブティックやコーヒーショップがならんでいる。右へ進路をとった。風はそよとも吹かず、穏やかな日和だった。広場の中央の噴水はなかば雪に埋もれ、噴水に向き合うようにして、暗い緑色に塗られた鋳物製のベンチがいくつか散らばっていた。彼女は手まえから二番目のベンチに視線をとめた。濃紺のウールのコートを着た男が、読書用眼鏡を鼻にかけて本をひらいていた。頭髪のてっぺんに、かたむけた首筋の後ろに、本にそえた女性のようなほっそりした手に、陽の光が燦々《さんさん》と降りそそぎ、そのたたずまいの静謐《せいひつ》な美しさを、彼女に強く印象づけた。出会ったときからずっとそうであったように、つい先ほどの電話でも彼女はろくすっぽ説明をうけていなかったが、洪孝賢がいま深刻な状況にあることをじゅうぶんに理解していた。それでも彼女の顔から思わず笑みがこぼれた。洪のフルショットを眼に入れたまま、ベンチのまわりをぐるりと歩いた。洪は気づいたはずだが、本から顔をあげなかった。向こう隣にそっと腰を降ろして、本をささえている洪の片方の手をとり、自分の膝の上で手を重ねた。言葉が出なかった。コウ、と彼女は胸のうちでささやきかけ、肩を寄せて本を覗《のぞ》き込んだ。右のページの上端に『LA PROSTITUTION』とある。フランス語からの翻訳らしい。モノクロームの図版。噴水のある庭園を描いたポンペイの壁画。暖かい陽の光と本と洪孝賢の匂い。このまま永遠に時がすぎていけばいいのに、と彼女は思った。

「ルカ、きみはなぜ出発しなかった」洪が言った。

長い別れのあとで耳にとどいた洪の肉声には、明らかに異変が起きていた。息を吐き出すのも辛《つら》いのだろうか。肺のなかの空気が残りすくなくなっているのだろうか。ルカは胸を締めつけられた。眼が潤んできて、視界がぼやけ、それを知られまいと視線を落とした。地面の青と黄色と茶色のタイルがひどく汚れていた。血溜りが他人の眼にとまらぬよう、洪が靴底で踏みつけた跡だと気づいて、彼女は愕然《がくぜん》とした。タイルの継ぎ目を新しい血が流れている。

「病院へいきましょう」ルカはいっそう強く手をにぎった。

「それは逮捕を意味する」

「老沙の安全な病院へ」

「わたしは中国人にも追われている」

「じゃあどうします」ルカは泣き出しかねない声になった。

「落ち着け。傷はたいしたことはない。もう一度訊く。なぜ出発しなかった」洪は本に視線をそそいだまま、厳しい口調で訊いた。

「この機会を逃したらコウには二度と会えないから」

「わたしと会って確認したいことがあったんじゃないのか」

「それもあります」

「ト・トイから電話があったんだな」

ルカは短く息を吐いた。むかしからこうだったと胸のうちでつぶやいた。コウは他人の心が読める。恐ろしい秘密を知ったト・トイがつぎにどう出るか、コウにはすべてが見えている。

「コウがわたしを救い出してくれた日のことを、ト・トイは話してくれました」

「ハルビン・カフェ事件の真相か」

「事実なんですか」

「ト・トイは信じた。わたしを恐れ、わたしから逃げ出した。きみもト・トイの話を信じている」

「それではこたえになってません」

「わたしは英雄譚《たん》を捏造《ねつぞう》した」

「嘘だと言ってください」

「事実だ。ト・トイは誰から聞いたんだ」

「教えません。コウがその人物に制裁をくわえるから」

「まあいい。ハルビン・カフェ事件は、わたしの人生のほんの一部だ。わたしはこの十六年間、同様の事件をくり返してきた。もっと用意周到に大規模に」

ルカは短くうなずいた。洪の迷いのない口調をもう一度頭のなかでひびかせ、恐ろしい真実を聞かされても、おどろきもしない自分にとまどいをおぼえた。洪がわたしの問いにYESとこたえた場合にそなえて、無意識のうちにも、心の準備をしてきたからだろうかと思った。ルカの視線の先で、赤い毛糸の帽子の四、五歳の男の子が、軸足一本で立ち、大きなモーションで振りかぶった。膝が崩れかけたが、どうにか踏んばって腕を振り降ろすと、雪のボールがいびつに回転しながら、思わず首をすくめたルカの頭上を越えて、背後のコーヒーショップの方へ飛んでいった。ルカは振り返った。母親らしい女性が、胸で砕けた雪を手で払い落としながら、厳しい声で叱りつけた。路上に出した丸テーブルで、カップを口に運んでいた若い男が、くすくす笑った。ルカは視線を前方にもどした。男の子は逃げていきながら、雪のボールを手でこねて、つぎの攻撃を準備している。

「あなたのような人間は存在します」ルカはきっぱりと言った。

「そう言われると、なんとも反応に困る」

「理解を示すつもりは毛頭ありません」

「当然だ」

「ト・トイが言ってました。ルカのほかにも、コウが救い出した女の子がいるって」

「その子は大人になると、わたしのもとに帰ってきた」

「TVの臨時ニュースを見ました。証券会社のビルのまえで死んだ女の人」

「ト・トイが言ったのは彼女のことだ」

「コウはいっしょにいたんですね」

「彼女が死ぬ間際まで」

「人殺しを手伝わせたんですか」

「わたしは彼女を自分の人生に巻き込んだ」

「なぜわたしを巻き込まなかったんですか？」

「一言では説明できない」

「わたしは例外ですか？　あなたの人生の唯一汚れてない部分ですか？　そのような役割を、あなたに担わされた存在ですか？」ルカの声は悲しみにみちてはいたが、怒りにかられているわけではなかった。

「完璧《かんぺき》な修辞だ」洪の声には会話を愉《たの》しむひびきがあった。

「例外なんかじゃありません。いま、ここで、わたしを自分の人生に巻き込もうとしてます」

「そのとおり」

ルカはため息を洩《も》らした。噴水の向こう側で母親と息子が雪合戦をはじめている。

「ベトナム旅行の最後の夜を、おぼえてますか？」

洪は本から視線をあげ、記憶をたどる眼差《まなざ》しになった。

「ト・トイが見つからないので、きみはしょげ返った。きみを慰めようと、マジェスティックホテルに部屋をとった」

「サイゴン川が見える部屋です」

「きみは夜のプールで泳いでわたしを誘惑した」

洪の勘の鋭さがうれしくて、ルカは微笑みかけた。

「キスもしてくれませんでした。十八歳の小娘には欲望を感じなかったんですか？」

「欲望を抑制する愉しみってやつもあるんだ」

「わたしの欲望を翻弄《ほんろう》する愉しみは？」

「それも否定はしない」

「わたしがもどってきてコウを誘惑する。それを期待したことはありませんか？」

「夢想したことはある」

「かなえてあげます」

「なぜだ」

「あなたの愛に、わたしは、なに一つ報いていません」

「わたしにとって、きみは在庫品の一つにすぎない」

「わかってます。さっき死んだ女の人の代用品です」

「きみが選択できるんだぞ」

「もう選択してます」

「べつのある女が、わたしには魂がないと非難している」

「罪の告白をしてるんですか？」

「きみを試してるんだ」

「神のように？」

「そうだ」

「神の悪意をなぞる愉しみというのも、あるんですか」

「もちろんある」

「いまでは、コウのことはぜんぶ知ってます。あなたの人生を知ってます。あなたがなに者であるかを知ってます。あなたは自己欺瞞《ぎまん》からもっとも遠い人間です。あなたの率直さは徹底しています」

「きみは賢い。きみは六歳ですでにじゅうぶんに賢かった」

「もういきましょう」

「タクシーを拾ってくれ」

洪は自力で鋳物製のベンチから立ちあがった。ルカは腕を組んで彼の体をささえ、広場の端までいき、そこで足がすくんだ。階段の下の歩道で制服警官がこちらを見あげていた。平静を装え、と洪が耳元で言った。階段を降りかけたとき、「待て！」と鋭い声が背後から飛んできた。思わず振り向いた。男の子が雪のボールを投げたとき、くすくす笑った若い男だった。その手に拳銃《けんじゅう》がにぎられている。素知らぬ振りをしろ、と洪が命じた。そのまま階段を降りはじめた。歩道の警官がびっくりして拳銃を抜いた。「そいつは背中を撃たれてる！　捕まえろ！」背後の若い男が叫んだ。眼のまえで警官が腰を落として拳銃をかまえた。初老の男だった。眉《み》間《けん》に二本、深い皺《しわ》を刻み、充血した眼を見ひらいた。洪とルカは歩道に降りた。逃げてください、と警官が声を押し殺して言った。銃口がすっと持ちあがり、炎を吹いた。背後の階段の上で叫び声があがった。駆け出すな、と洪が言った。突進してきた数名の警官と、すれちがった。雑踏の混乱にまぎれてチキンストリートへ出た。SAT隊員が靴音をひびかせて広場の方角へ走っていく。反対車線は車が流れている。赤信号を無視して横断歩道を渡りはじめた。ルカは洪の顔を見た。いっそう青ざめて、苦しそうな息づかいをしていた。横断歩道を渡りおえた。上空をヘリがうるさく旋回している。タクシーをとめて乗り込んだ。「ハルビン・カフェへ」と洪が告げた。タクシーが発進したとたん、運転手がブレーキを踏んだ。正面の路上で、黒い革のジャケットを着た若者が拳銃をかまえていた。背後で銃声がとどろき、砕け散ったリアガラスの破片が、後部座席の二人に降りかかった。洪は運転手の首筋に拳銃を突きつけて、「出せ！」と怒鳴った。タクシーが急発進した。銃声とともにフロントガラスが割れ、前方の若者が横へ飛んで逃げた。タクシーが強引に車の流れに突っ込んだ。接触して、衝撃をうけ、リアが流れた。ルカは体を振られながら背後を見た。遠ざかる視界のなかで、若者と毛皮のコートを着た女が拳銃を振りかざし、黄色い乗用車から運転手を引きずり降ろしていた。

62

小久保仁

ハルビン・カフェの五一八号室へ、チーフマネージャーに立ち会わせて入った。小型のスーツケースに手をかけると、チーフがタンゴのステップでも踏むような奇妙な足の運びですっ飛んできて、いけません、とわめき立てた。かまわずスーツケースのなか身をベッドの上にぶち撒けたとき、小久保はタイヤが軋《きし》む鋭い音を聞いた。つづいて銃声。窓辺に走った。人物は黒い点にしか見えなかったが、なにが起きているのかを瞬時に理解した。

五階から階段をいっきに駆け降りた。ロビーを突っ切り、エントランスの石段を飛び降りて、車廻《まわ》しを走り抜けた。海の方で銃声が散発的に聞こえた。ワイシャツを血で汚した男がのろのろと道路を横切ってきて、タクシーを乗っとられたのだと言った。黄色いスポーツクーペがリアをホテル側へ振って停止していた。その数メートル先にリアとフロントのガラスを吹き飛ばされたタクシー。海へ階段を駆け降りた。心臓が激しく収縮した。膝《ひざ》に力が入らず、ブリッジを渡るときは、海に落ちないよう注意を払わねばならなかった。雪が堆《うずたか》く積もるバースを這《は》うようにすすんだ。すでに銃声は途絶えていた。犬が吠《ほ》え立てる声にまじって、遠ざかるエンジン音が聞こえる。決着がついたなと思った。『Tactics』号のまえをとおりすぎた。タグボートの船尾に犬が群がって騒いでいる。その先に係留されていたボートは、白い航跡を残しながら西の方角へ去っていく。女が雪のなかで膝を折り、若者の頭を膝にのせていた。

「武器を渡せ」小久保は言った。

女が小久保を振り仰いだ。その特異な印象の顔立ちで、誰であるのかわかった。女は憎しみと悲しみの入り混じる視線を向け、短い沈黙を置いた後、腰のベルトに差した拳銃を抜くと、海へぽいと放り捨てた。雪に埋もれていたもう一挺《ちょう》の拳銃を拾い、それも海へ投げた。

「布施隆三は一人か」小久保は白い航跡へ眼をやって訊《き》いた。

「若い女といっしょよ」

「誰だ」

「わからない」

「船の名前は」

「ザ・ポストマン」

小久保は携帯電話を出した。沢野警部補に電話をかけ、船名を告げて、ヘリと警備艇を手配するように依頼した。

「小川勇樹の娘だな」小久保は女に言った。

女は返事をしなかった。小久保は女に抱かれた若者へ視線を移した。左の肩から血が滲《にじ》んでいる。

「吉雄逸郎の息子か」

「そうよ」

「救急車は呼んだのか」

「呼んだ」

小久保はまた白い航跡へ眼をやった。船影は肉眼では見えないほど小さくなっている。

「吉雄の息子は看てやる。さっさといけ」小久保はベレッタを陸地の方へ振った。

63

小久保仁

海面を跳ぶドルフィンの形に似た周囲六キロほどのその小さな島には、かつてフィリピンとインドネシアが領有権を主張し、双方が軍事基地建設を試みた歴史の残滓《ざんし》として、哨戒艇《しょうかいてい》が接岸できる港が二ヵ所と、石ころだらけの土の滑走路が一本あった。自尊心を失った後も、とめどなく疲弊しつづける国家には、もはやなんの意味もなさない領土だが、周辺の海を猟場とする盗人連中が共同で管理運営するとなれば、利用価値は計り知れないものとなる。イスラム系海賊連合は、双方の国軍、警察、および政府高官にカネをばら撒《ま》き、この十数年間、島を給油・給水および休息のための中継基地として再利用してきた。波の荒い北側の港は放棄され、東側のよりましな港を望む高台に、部屋数三十ほどのカジノ付きホテルと、平屋のだだっ広いナイトクラブが建ち、そこから港にかけてのゆるやかな斜面に、粗末なモスクが一つと、簡易ホテルや雑貨屋兼食堂がいくつかあつまって、唯一の街を形成している。小久保仁が旧知のマニラ市警察幹部に誘われて島にきたのは四ヵ月まえだった。フィリピン警察関係者とともに海賊連合の接待をうけた際、イスラム法学者のような厳しい風貌の海賊に、空き家があるから好きなだけ使えとすすめられ、そのまま島に住み着いたのだった。

　街のはずれの白い砂浜に面して建つ、つばの広い帽子の形にそっくりの屋根を持つコテージで、小久保は暮らした。誰も名前を知らぬ鮮烈な赤い花を咲かせる植物が群生していた。朝の光のなかで海は島の緑を映し、陽が沈むと空はオレンジ一色に染まった。ボルネオ島出身の脚のきれいな娘が、ホテル従業員宿舎から通ってきて、食事や洗濯等、身のまわりの世話をしてくれた。日本警察の元警視を有効活用できる時期がくるかもしれぬと、海賊が考えたのかどうかはわからない。幸いなことに、すくなくともこれまでは、彼らは小久保を放っておいてくれた。盗賊の島で盗みをはたらく者はいなかった。家に鍵《かぎ》をかけずに歩きまわった。毎日、眼のまえの海で泳いだ。百三十年ほどまえに島に移り住んだ漁師の集落が西側の砂浜にあり、気が向くとそこへいき、双胴の丸木船に乗せてもらった。ざっと見たところ島の人口の半分は娼婦《しょうふ》だった。彼女たちが持ち込み、もの凄《すご》い勢いで増えつづける猫に、名前をつけることに熱中した時期もある。通ってくる娘が、べつの稼ぎの道を模索していることがわかったので、ときおりベッドに誘い、そのたびにきちんと支払った。眠れぬ夜に、あるいは波間にうかんでいるときに、ザ・ポストマン号の白い航跡の残像が、ふと脳裏をよぎることもあった。

　笑い草なのだが、あの日の昼まえ、警察庁および警視庁幹部は、小久保の報告で概要を知ると、事件をコントロールしようとする意欲を失った。連絡をよこさなくなり、監察課の理事官が、空山ら捜査員三人の遺族を引率して深夜に現地入りしたほかは、幹部の誰一人として最後まで姿を見せなかった。彼らはいっさいが暴露されるものと思い込んだにちがいない。自分がいかに生きのびるかが、各人の関心事となり、組織としての意思形成さえ放棄して、全員が塹壕《ざんごう》に身をひそめてしまったのである。

あの日の午後、手術直後の水門監察官と、市立病院の個室で話した。わたしと布施の関係を警察庁に報告するのはかまわないが、世間には隠してください、と彼女は言った。裁判にかけたところで正義が実現するわけではない。警察改革が断行されるわけでもない。官房付き監察官一名が刑務所送りとなり、古い事件であるから上級機関の数名に減給ていどの処分が下って一件落着である。布施隆三を逮捕するには、わたしの執念と経験が必要であり、わたしは警察組織の内部に踏みとどまるべきだ。そんな趣旨のことを、まだ麻酔から完全には覚めず、なかば別世界をただよっている表情で、彼女はしゃべりつづけた。好きなようにしたらいい、と小久保は協力を約束した。

県警幹部には、死亡した本部長の犯罪の一端を明かして、事件の隠蔽《いんぺい》が警察庁の方針であると告げた。それから小久保は、まだまだ事情が飲み込めぬ県警刑事部長ならびに警備部長を引き連れて、市警察五階の大会議室で深夜の記者会見に臨んだ。県警本部長と特命チームが、ピカデリィで極秘の捜査会議をすすめていたところ、Pの幹部で元市警察麻薬係長の布施隆三、および布施の愛人で株式会社モッズ社長の竹原妙子の襲撃をうけた、というストーリーで押しとおした。

沢野警部補とは、記者会見がおわったあと、ピカデリィの客室で一杯やり、県警本部長の犯罪について詳細に話した。沢野は、あの女の監察課長時代の大活躍というのも裏があったんじゃないのか、と勘の鋭いところを見せた。なにかしら裏はあったと思う、と小久保はおうじた。

二人とも疲れ果て、思考の回路があちこちで断線していたから、話はそれ以上発展しなかった。

夜が明けても、ザ・ポストマン号の消息はわからなかった。小久保は、三人の部下の遺族が遺骨を抱いて帰京するのを見送り、さらに二日間、ピカデリィに滞在して、市立病院の水門と善後策を練りつつ、報告書を書いた。その間に、小川未鷗から要請があり、小久保は県警幹部に圧力をかけて、入院中の内藤昴の逮捕を阻止した。

筒井悟巡査部長は、胸を撃たれてICUで治療をうけた。帰京するまえに、筒井とは一度面会して、撃たれるまでの経緯を聞いた。筒井は心情を語りたがらなかったが、およその察しはついた。丹羽はきみを処分しようとするだろうが、まだ刑事をつづける気があるなら水門に話しておく、と小久保は言った。考えておきます、というのが筒井のこたえだった。

強引に退院した水門監察官といっしょに、小久保が警視庁の車で東京へ出発した日の朝、筒井を撃った市警察地域課の警官が自首した。警察庁での会議はなにごともなく進行した。水門の意向にそって、彼女と布施の関係、および県警本部長と布施の関係を報告した。その場では、映像ディスクと県警本部長の証言を録取したディスクの存在には触れなかった。警察幹部の犯罪を隠蔽した点が評価されて、会議は、どちらかと言えば、小久保を称賛する雰囲気だった。警視庁警務部長が出席していたので、会議終了後、小久保は退職の意思を伝えた。それから金子酒店の女をたずね、万が一にそなえてキム・ウラジーミルに送らせておいた、予備の映像ディスクをうけとった。

酒店の立ち飲みカウンターでビールをふるまわれた。夜遅い時間で、店のシャッターは降りて、元姑《しゅうとめ》だという老婆はTVを消してとっくに寝ていた。小久保が古田ヒロムを照れ臭そうに連れてきて、カウンターで一杯やったときの光景を、女は懐かしげにしゃべった。あっちの世界から、あなた一人が無傷で生還したのね、と女は非難する口ぶりで言った。ぜんぶでなん人殺されたの？　あなたはなん人やっつけたの？　怖くてオシッコちびるようなことはなかったの？　あなたと寝る気はないのよ、残念でした。女は手酌でやりながら、小久保を置き去りにして、どんどん先へいってしまった。

映像ディスクは、ウラジーミルが保管していたオリジナルといっしょに、警察病院へ転院した水門監察官にくれてやった。県警本部長の証言を録取したディスクは先に渡してあったから、彼女はそれで恐喝材料を二つ手に入れたことになる。継続捜査を勝ちとるために、警察庁幹部に映像ディスクを見せてやります、ようするに、産んでやると叫んで男を脅す手口と同じです、と彼女はめずらしく冗談めかして言った。再捜査の際に、キム・ウラジーミルの協力をえたいと言うので、小久保は病室から海市へ電話をかけた。とりあえずあなたも休息をとってください、と彼女は別れ際に言った。かつて若い友人をなん人も失い、今回さらに部下三人を失った小久保には、彼女の復讐劇《ふくしゅう》に加担する義務がある、とでもいうような口ぶりだった。彼女と会ったのはその日が最後になった。

年末のため飛行機のチケットがとれず、正月が明けるのを待ってから、小久保は東欧へ出発した。ともかく日本から離れたかった。ガールフレンド、別れた妻と娘、ほかの親しい人々にも、行き先を教えなかった。飢えた都市を転々とした。街のどこかしらで黒煙が昇り、官庁街にも娼婦が立ち、路地と安ホテルの部屋で二度、強盗に遭遇した。バルカンの港町から船を乗りつぎ、数ヵ月かけて、地中海、紅海、インド洋の沿岸を渡り歩いた。途中、わずかばかりの退職金が振り込まれた。晩秋にセイロン島でカネが尽きかけ、友人がいたことを思い出して、マニラに飛んだ。そうして、べつの人生をえらび直すには齢をとりすぎた中年男が、なにかに身をやつしたかのように、治外法権の島にたどり着いたのだった。

日本の新聞や衛星放送を遠ざけ、誰とも連絡をとらなかった。なにも考えずにすごした。それが可能な島の日々だった。この怠惰な暮らしに飽きてしまわぬうちに、死が突然おとずれることを、ときおり夢想した。事件の終息からおよそ四百九十日が経過した五月初旬の麗《うら》らかな日、浮き袋に尻《しり》を落として波間をただよっていた小久保は、快晴の空をセスナ機が飛来するのを見た。その十五分後、家のテラスで冷えた中国製のビールを飲みながら、風を孕《はら》んだスカートから娘のきれいな脚がのぞくのをぼんやり見ていると、土煙をあげてオフロード車が到着して、なんの予告もなく水門愛子が降りてきた。

水門は元気そうだった。いまは長官官房国際部付きの警視正で、県警本部長殺害犯人の国際手配専任だという。ようするに、自分の過去の醜聞で官僚どもを強請《ゆす》って、望むポストを手に入れたわけだ。テラスのパラソルの下でしばらく話し込んだ。太陽が海へかたむく時刻になると、砂浜に降りて波打ち際を歩いた。漁師の集落までいき、子供たちとサッカーボールを蹴《け》り合い、星明かりのなかをもどった。

水門は、たびたび海市をおとずれて、キム・ウラジーミルほかの事件関係者に会っていた。いくらか心配していたのだが、水門の証言を録画したディスクは、いまに至るも世間に流出した形跡はないという話だった。小川末鴎と佐伯彰へ渡った映像ディスクは、両方とも布施隆三が回収したようだ。

布施が脱出間際に仕掛けた苦し紛れの攪乱《かくらん》工作が、新たな悲劇を招いたことを、小久保は知った。小川未鷗は、内藤昴とリトルウォンサンで暮らしていたのだが、事件の翌年、つまり昨年の夏、街頭でなに者かに狙撃されて死んだ。蔡昌平殺害の報復と見てまちがいないが、犯行声明は出されていない。昴は高校をやめて、李安国の関連企業で国際金融の仕事を手伝いながら、大学検定資格の取得と、来春の環日本海大学法学部入学をめざしている。水門はそんな話をした。彼女は韓素月にも会っていた。母親と息子の関係はいくらか改善されたようである。昴は、素月と義父に身元引受人になってもらい、李安国から借りたカネで、後輩のジャンキーの少女を東京の病院に入院させたという。

グエン・ト・トイの消息は不明だった。ザ・ポストマン号で布施隆三とともに逃亡した娘については、本名、生い立ち、学歴等、あるていどの情報があつまり、水門は海外になんどか足を運んで娘の足跡を洗った。また水門は、プラハでようやく会うことができたチェコ人ガラス工芸作家の嘆きを語った。

筒井悟は捜査一課で刑事をつづけていた。水門は、事件の細部に関して彼の話を聞く必要があり、警察庁にきてもらったことがあるという。屈託を抱え込んでるようだが、表面は元気そうに見えたそうだ。

家のポーチに足をかけたとき、水門が唐突に、紀尾井《きおい》町のプリペイドカード会社に勤めていた娘を知っているかと訊《き》いた。たぶん知ってる、と小久保はこたえた。三週間まえ、夜明けの首都高速で、その娘が、自分で運転していたスポーツ車を壁に激突させて死んだことを、水門は事務的な口調で伝えた。自殺だなと思ったが、小久保はなにも言わなかった。ダイニングテーブルに食事が用意されていた。小海老のスープ、豆と内臓の煮込み、ココナッツカレー、蟹《かに》の姿蒸し、ガラスの容器に盛られた熱帯の果物。ちょっとした晩餐《ばんさん》だった。小久保は娘の名前を呼びながら家のなかを捜したが、宿舎に帰ってしまったようだった。気づかいというよりも、嫉妬《しっと》かもしれないと思った。

「どうするつもり」水門が冷蔵庫からビールをとり出して言った。

話の向きに察しはついたが、小久保は黙っていた。水門は冷蔵庫に背中をもたせかけ、ビールを一口飲むと、言葉をついだ。

「あの男のことを考えたことは」

「どんなふうに」

「ときに考える」

「感心しきりだ。やつは、他人が苦悩する姿を心から愉《たの》しむ。その感受性を憎みはするが、じつに魅力的な男だ」

「手がかりを摑《つか》んだのよ」

「そりゃあよかった」

「協力してほしい」

「島を出る予定は当分ない」

「なにがあなたを摑まえてるの？」

小久保はこたえず、冷蔵庫へいき、自分もビールをとった。

「若者の感傷と自己愛？」水門が言った。

「まさか」

「否定したがる気持ちはわかるけど、あなたの姿が、世間の眼にどう映ってるか、言ってあげましょうか」

小久保はビール瓶を持ちあげ、いきなり水門の頭にそそいだ。彼女が小さな悲鳴をあげた。小久保は乱暴な口調で脱げよと言った。彼女は怖い眼でにらみつけ、だが指の方は慌ただしく動かして、ブラウスのボタンをはずしはじめた。衣服をぜんぶ脱いだ彼女を、テラスの西側にあるシャワー台へ連れていった。満天の星だった。レミントンの散弾に引き裂かれた彼女の左脇腹は、なめらかな皮膚に覆われて、傷痕《きずあと》らしきものは見当たらなかった。ほとばしる水の下でからみ合い、おたがいの繊細な部分を弄《もてあそ》ぶうちに、頭の隅でぼんやりと想像していたとおりの性的嗜好《しこう》を、彼女は示しはじめた。きみが正気を保っているのかどうか微妙なところがある、と小久保は背後からささやいた。彼女はもう呼吸を乱していた。そんなことどうだっていいじゃないの、と喘《あえ》ぐ声で言った。背中をたわませて、美しいヒップラインを見せつけると、後ろ手に小久保を導いた。

64

D・ブランド

クルーガー国立公園で密猟中に象に踏み潰《つぶ》されて即死した父親に、ケープタウン生まれの天才ピアニストにちなんでダラーと名づけられたD・ブランドは、音楽の才能の方はさっぱりだが、ダーバンのダウンタウンでは、すばしっこいアフリカ系売春業者として少々名前の売れた存在だった。Dに転機がおとずれたのは、四年まえの夏、十七歳のときで、薄利多売のあくせくした商売に嫌気がさして、インド系やアフリカ系の黒い女に見切りをつけた。原価率の問題だけでなく、将来性を考えれば、白い高級な女を専門に扱って支配階級の上層部に食い込むべきだと判断したのだ。そこで、カフスボタンからドレスシューズまでぴかぴかの新品をあつらえ、草原なら二十キロ先の女の腰つきまで見分けられるのに、ゴールドフレームの眼鏡をかけて、カロス・エドワード・ホテル近くの高級ナイトクラブへ乗り込んだ。顔見知りのインド人オーナーに、斡旋《あっせん》業者を紹介してもらえないかと相談すると、ガキ扱いされて、けんもほろろの態度をとられた。脳の血管がぶち切れかかり、ナイトクラブに火をつけてやりたい気分になったとき、たまたま居合わせたロシア人斡旋業者が、Dに関心を持った。静かなバーに移動して、生い立ち、家族、商売の現状と将来の夢について、いろいろ質問をうけた。信用度や頭の回転をチェックしているようだった。小さな商いからはじめろ、と赤茶けた髪のロシア人は言い、翌月、ベラルーシの女を二人まわしてくれた。その幸運な出会いの際に、Dはちょっとした用件を依頼された。

ロシア人は、組織から脱けたカップルを捜していた。男は五十歳、女は二十五歳ぐらいで、二人とも日本人。ただしアジアのどこかの国の身分証明書を使用している可能性がある。男はヨットをやる。そのカップルの情報が入ったら連絡をよこせということだった。男は危険を察知する能力が異常にすぐれており、見つけてもぜったいに近づくな、とロシア人は強調した。Dは、うわべはともかく、話半分に聞いた。というのも、顔写真は男の分しかなく、それも二十年まえの若いときの写真で、カップルがダーバン近郊どころかアフリカ大陸にひそんでいる情報も、いまのところはないという話だった。

Dはベラルーシの二人の女をきっちり使いこなした。上質の客を確保し、衛生管理を徹底させ、異国ではたらく女たちを淋《さみ》しがらせなかった。ロシア人は増員の要請にこたえて、同じ年の十一月に、ポーランドから三人連れてきた。そのとき、過去二年以内に撮影されたという日本人の女の写真を置いていった。そのきれいな女はガラス工芸をやるという話だった。Dは、なんとかロシア人の恩に報いたいと思ったが、手の打ちようがなかった。南アフリカ共和国最大の貿易港を持つダーバンの人口は、三百万人を超え、その約半数を占めるインド系を駆逐する勢いで、不法入国の中国人が増えつづけていた。それにくわえて、あいかわらず、標的のカップルがアフリカに痕跡《こんせき》を残したという情報はなかった。

翌年五月下旬、ロシア人の紹介で、東洋人の男女が訪ねてきた。朝鮮人だと名乗ったが、彼ら同士で喋《しゃべ》る言葉がなに語なのか、Dには見当がつかなかった。高級そうなスーツを着た長身の中年男は、英語が苦手のようで、ほっそりした地味な感じの女の方が、流暢《りゅうちょう》な英語で最新の事情を伝えた。

ガラス工芸品を製作するのに必要な、小型溶解炉二基、工具一式、ソーダ石灰ガラス等の原材料が、四週間前、ヴェネツィアからナイロビに空輸されたという。荷主はシンガポール国籍の中国人。ジョモ・ケニヤッタ空港から荷物を運び出したのは、東洋人が運転するトラックだった。空港貨物の係員に顔写真を見せて、その東洋人が捜している男であることがわかった。ではトラックはどこへ向かったのか。男がヨットを諦《あきら》めるとは思えない。したがって最終的に荷物が降ろされたのは、海岸線のどこかの地点、あるいはわずかながら内陸部の湖という可能性もある。男の用意周到さを考えると、ナイロビからなん日もかけて、遠隔地へ運んだかもしれない。だが、それでも地域をかなり絞り込めるはずだ。

ざっとそんな話だった。標的を見つけた場合の謝礼の額を、女は口にした。Dの年収の十年分に等しかった。じゃあ、もうちょっと精を出して当たってみるよ、とこたえたが、そのカネを手にできる確率は一億分の一もない、とDは思った。ナイロビから高速道路を六時間ていど走ると、インド洋に面したモンバサに着く。東海岸では最大のリゾートで、標的がそのあたりにひそんでいなければ、もう捜しようがない。アフリカ大陸にはぐるっと海岸線があるわけで、湖は大小とりまぜて無数にちらばってる。ビーチで針一本探すような捜索だ。とはいえ、ロシア人には恩義があり、白人娼婦《しょうふ》を継続して供給してもらう必要もある。そこでDは、誠意だけは見せることにして、ポン引き、娼婦、少年窃盗団、悪徳警官等の最下層の犯罪者を使って、ダーバン全域に情報網らしきものをつくった。体裁をつくろって、適当につき合っていればいい。そう思って、のんびりかまえたのだが、連中は捜索を本格化させた。

長身の中年男が、月に一度ていど、アフリカ系の通訳を連れてたずねてきた。Dがダウンタウンではじめたナイトクラブに顔を出して、報告に耳をかたむけ、情報網の改善点を指摘し、次回には改善されたかどうかをかならず確認した。情報網の維持費を払うという男の提案をDが拒むと、ばか高い酒を飲み、そのたびに女を連れて帰った。およそ一年で、中年男は英語の会話能力をかくだんに上達させ、独りでダーバンをおとずれるようになった。愛想のないやつだが、言葉と態度に真実味が感じられた。男の担当地域は、アラビア半島のアデンから、アフリカの南端の喜望峰までの東海岸だった。その間をくり返し歩き、途中、セイシェルやマダガスカルにも足をのばしていた。赤毛のロシア人も年になんどか仕事で顔を見せた。中年男が、Dと同い歳ぐらいの東洋人の若者を連れてあらわれたこともあった。標的の情報をなに一つ入手できないまま、一年、二年と時間がすぎていったが、彼らは苛立《いらだ》ちも落胆も見せず、執拗《しつよう》に捜索をつづけた。やがてDは、彼らの奇妙な熱っぽさに魅了されはじめた。初夏のある日の夕暮れ、サウスビーチで中年男と一杯やったとき、Dは、組織の命令に忠実なわけでも、報酬が目当てというわけでもあるまい、おまえを駆り立ててるものはなんだ、と訊《き》いた。男はしばらく海をながめて、幕を降ろさないと役者がいつまでも演じつづけるからだ、と言った。標的の男の芝居が気に入らないってわけか、とDは問いを重ねた。

「矛盾することを言うようだが、そいつの演技力ときたら天下一品だ」と男は言った。

連中が谷間へ降りていって十二分が経過した。夜明けの光に、斜面の岩肌と葡萄《ぶどう》棚が薄紫色に染まっていくのを、Dは尾根からぼんやり見ていた。銃声は聞こえず、刻々と陽が昇ってくる。なにも起きないのかもしれない、とDは根拠が希薄なままに思い、緊張を解きはじめた。手まえの森の樹冠をかすめて、丸太と白い漆喰《しっくい》の壁を組み合わせた母屋《おもや》にも光が射すと、温かみのある色彩が視界にあふれて、Dの胸に幼いころの記憶を呼び覚ました。心地好い風が尾根を吹き抜け、潮がぷんと匂った。鳥の遠いさえずりがまどろみを誘い、思わずまぶたを閉じたとき、鋭い叫び声が谷間にひびきわたった。ほとんど同時に、母屋のテラスに、黒い眼出し帽をかぶった人影がばらばらっと出てきた。Dは双眼鏡を覗《のぞ》いた。三人だった。家の裏手からも一人出てきた。四人全員がそろうと、落ち着いた足どりで手まえの森のなかへ姿を消した。Dは成功を確信して胸が熱くなった。四日まえ、南アフリカ共和国国籍を持つ中国人夫妻が、セント・ジョージ病院の産科をおとずれた。妻の切迫流産が進行していたため、そのまま入院して手術をうけ、昨日退院したばかりだった。手術終了から数時間で情報を入手したDは、その夜のうちに、手術に立ち会った看護婦と会い、写真で中国人夫妻の素姓を割り出した。夫は妻から妊娠を知らされていなかったらしい、という点でも、あの東洋の中年男の完璧《かんぺき》な読み勝ちだった。Dが双眼鏡を下ろそうとしたとき、また一つ、人影がテラスに飛び出してきた。憎しみの光をたたえた眼差《まなざ》し、胸に抱いたショットガンの鈍い輝き、黒っぽいTシャツの裾《すそ》からのぞいたすばらしい脚、それぞれにDは眼を惹《ひ》きつけられた。朝の陽の光を全身にあびて、女はショットガンをかまえると、空の彼方のなに者かに向けて――Dにはそのように見えた――激しい憤りの一撃をくわえた。

GAME OVER

私はふいに思い立ってダーバンへ飛び、国際空港からシルバー・ローズ・バレーへ、レンタカーを走らせた。Dの話で、葡萄畑付きの家に、美しい未亡人がまだ住んでいることは知っていた。

彼女は母屋に隣接するアトリエにいた。訪問者に気づかなかったのか、あるいは知り合いの誰かと勘ちがいしたのか、彼女は手をやすめず、全身から玉のように美しい汗を飛び散らせて創作に没頭しつづけた。単純な曲線のクリスタルの水差しが、しだいに緊張感を孕《はら》んでいくのを、私は飽かずながめた。やがて、彼女が私を見た。私は深い考えもなしに、自分の名前を告げ、八ヵ月まえの早朝に男を殺したグループの一人であることを明かした。彼女はすぐには理解できず、茫然《ぼうぜん》とした表情で記憶をたどろうとした。私は心の癒《いや》しをもとめていたわけではない。復讐《ふくしゅう》の連鎖を断ち切るために、慈悲と寛容の精神について語り合おうとして、彼女をたずねたのではなかった。その時点では、彼女から取材して事件を記録しようという考えもまったくなかった。彼女があの男をどう思っていたのか知りたかったのだ。そして気がつくと、私は彼女のまえに立っていた。

「きみの話を聞かせてもらえないか」私は言った。

銃身を短く切ったレミントンが、使用していない溶解炉の上にむぞうさに寝かせてあった。彼女がそれを摑《つか》んで、私の体に無数の黒い穴をあける場面を、一瞬想像したが、なにも起きなかった。幸運にも私の願いは聞き入れられ、葡萄畑付きの家で、彼女といっしょに、奇妙な二日間をすごすことになったのである。

彼女は、最初から最後まで、冷静に語った。涙をうかべたり、言葉が激高することは、一度もなかった。かといって感情を閉め出しているのでもなかった。声に深みと色彩が感じられ、眼差しには知的な光があった。自分の精神状態をうまく説明できない場面にくると、彼女は私に助けをもとめ、二人でふさわしい言葉を捜した。彼女はまた、自分がとらわれていた呪縛《じゅばく》についても語り、呪縛を自覚しつつ、あのような選択を自分の意志でおこなったのだと言った。

私の方でも、私の側の事情のいっさいを、彼女に問われるままに話した。グエン・ト・トイがホーチミン市で元気に暮らしていることも伝えた。まれに、世界と自分自身の愚かさを笑うひそやかな声が、双方から洩《も》れることもあった。だが、私も彼女もなにかを分かち合おうという気はなかったから、最後まで二人が打ち解けることはなかった。

彼女が包み隠さず話してくれたことが、執筆の引き金になった。帰国するとすぐ、私は私を魅了した彼らの悪夢について書きはじめた。途中で投げ出すこともなく原稿を書きつづけ、一年近くを費やして完成させると、厳重に鍵《かぎ》をかけて電子メールで彼女に送った。

そしてきょう、彼女のメールがとどいた。素っ気ない内容だった。あの男が遺した財産目録が添付されており、葡萄畑付きの家をふくむ莫大《ばくだい》な資産の使い途《みち》について、私に一任するので考えてほしい、というのが用件の主旨だった。

原稿は読んでくれたようである。メールの最後に彼女が書いている。

「自分が犯した罪の重さを承知のうえで言いますが、あなたに一貫して見受けられる、希望の原理について語ってはいけないという態度に、わたしは同意しません」

意見の相違があるのは当然だ。私はそのことにさして関心がない。人生には否応《いやおう》なく選択を迫られるときがある。彼女の選択があり、私の選択がある。デスクの引き出しをあけ、青いプラスチックの容器を摑み、ジャケットのポケットに突っ込んだ。もうこれを最後に密売人から買うこともないだろう、と思った。手をさらに奥へ差し入れて、コルトガヴァメントをとり出した。小川未鷗の遺品だった。弾倉を抜き、一発だけ弾丸を込めて、薬室へ送り込んだ。

午前零時をすぎていた。私は永浦一丁目のアパートから賑《にぎ》やかな通りまで、BMWのR１１００を押して歩いた。例の少女は——少女と言える年齢をとっくにすぎたが——東京の病院からなんどか脱走を試みた後、学園東の趣味の悪い宮殿造りの家にもどり、いまなお、かろうじて生きていた。

私は夜の甘い匂いを嗅《か》いだ。ほんの短い時間、息をとめ、BMWに点火した。

解説

大森　望

あらゆる部分を計画せよ。
あらゆる部分をデザインせよ。

偶然に出来ていそうなスタイル、なにげない風情、
自然発生的な見かけも、
計算しつくされたデザインの結果である。

——原広司『集落の教え100』より

第五回大藪春彦賞に輝く打海文三の『ハルビン・カフェ』は、著者の最高傑作に数えられるだけでなく、現代ハードボイルドの理想形を実現した驚くべき偉業である。

この小説を読むまで、「いまどき、かっこいい男をかっこよく書いたハードボイルドなんて、男の願望充足ファンタジーになるに決まってるよ」と信じていたのだが（必ずしもそれが悪いわけじゃないが、そういう小説には個人的にあまり興味が持てない）、打海文三は、あらゆる

面で「徹底して書く」ことによって、複雑で多面的な「最高にかっこいいヒーロー像」をリアルにかっこよく描き出すことに成功した。
そのために投入された時間と労力は、おそらくエンターテインメントの枠をはるかに超えている。純文学まで見わたしても、これだけの密度と強度を備えた小説はそう多くないだろう。したがって、ヒマつぶしの流し読みには向かないかもしれないが、じっくり読めば、いぶし銀のかっこよさが堪能《かんのう》できる。
「特定の場所」と題された短いプロローグを一読するだけでも、この小説が孕《はら》むただならぬ雰囲気は伝わってくる。あるいは、第一部の冒頭のこんな一節――。

石川ルカが洪孝賢《コウ・コウケン》とはじめて会ったのは、十八年まえの、うだるような残暑の九月、海市警察が老沙《ろうさ》の紅旗路《こうきろ》で中国マフィアを二人射殺した夜だった。そのときルカは、永浦《ながうら》二丁目の通称リトルウォンサンで客を物色中の、どんなサービスにもおうじる用意がある六歳の街娼だった。

『ハルビン・カフェ』は、すべての「事件」が終わってしまったあとに、当事者でもあったひとりの人物が関係者に取材してまとめたノンフィクション・ノヴェルの形式をとる。事件が起きた場所や日時、人物の名前が克明に記録されるだけでなく、作者である「私」の一人称がときおり不意打ちのように顔を見せることによって、読者はこれが一種の神話的な歴史小説であることを否応《いやおう》なく思い出す仕組みだ。

主な舞台は、福井県西端の新興港湾都市・海市。大陸の動乱を逃れて大量の難民が押し寄せ、海市は中・韓・露のマフィアが覇を競う無法地帯と化した。

相次ぐ現場警官の殉職に業を煮やした市警の一部は自警主義《ヴィジランティズム》に走り、警官殺しに報復するテロ組織（通称P）が誕生する。警官の警官による警官のための自警団。やがては中央に攻め上り、日本の警察組織全体を根本から改革するという〝革命〟まで視野に入れた運動だったが、しかし県警公安部長暗殺を頂点とする一瞬の高揚とひきかえに、Pは中核メンバーを失い、やがてこの〝熱病〟は失速する。それから八年――。

燻《くすぶ》りつづけていた熾火《おきび》が、ある事件をきっかけにふたたび激しく燃え上がる。小説は、その「激しく闘われた七日間」を多くの関係者の視点から語る断章形式を採用し、そうした（福永武彦の『海市』さながらの）「ばらばらの挿話の集積」から、事件の背後に横たわる歴史がゆっくりと浮上してくる。近未来の異界、海市に渦巻く権謀術数のドラマと、革命の狂熱。第一部の末尾近くに置かれた『海市警察反乱小史』の二十四年間が「激動の七日間」に凝縮され、多数の人々の人生が激しく交錯する。

石川ルカの帰国にはじまる激動の七日間が、その悪夢に最後の輝きを与えた。小さな秘密の暴露の連鎖が、おたがいに見知らぬ、あるいはこれまで距離を保ってきた人々の、急接近をもたらした。人と意識と場所の電位が極限まで高まり、彼および彼女をとらえた悪夢が青白い光を放ちはじめた。

第一部、第二部の扉には、建築家・原広司の名著『集落の教え100』（彰国社）からの引用が掲げられている（章題も同書からの引用）。大江健三郎がこれに触発されて「新しい小説家のために」（〈群像〉一九八七年六月号）を書いたことからもわかるとおり、『集落の教え100』は、建築のみならず、あらゆる創作の基本原理として読むことができるが、『ハルビン・カフェ』は、現代の新しいヒーロー像を生み出すための設計図として、この『教え』を採用している。

この解説の冒頭に引いた一節（100の教えの最初のひとつ）など、まさに本書の設計理念と言ってもいい。この小説と響き合う「集落の教え」はそれだけではない。いわく、「離れて立て」。「場所に力がある」。「集落は物語である。集落の虚構性が、現実の生活を支える」。「集落が好むのは、不動なるものではない。絶えざる変化であり、展開である」。「逃亡者たちは、楽園をつくる。撤退せよ」。「秘密結社のようにつくれ」。「ルーズな構造を与えよ。そして、さまざまな径路を生成せよ」……。

こうした教えに忠実に従うかのように細部まで綿密にデザインされた『ハルビン・カフェ』では、エピソードのひとつひとつ、固有名詞のひとつひとつが重層的な意味を持つ。

たとえばタイトル。ホテルの名前として作中に登場する〝ハルビン・カフェ〟は、映画「バグダッド・カフェ」の舞台、砂漠に蜃気楼《しんきろう》のごとくあらわれる、同名のさびれたモーテルを思い出させる。ホテルの名の由来となったハルビンは、中国・黒龍江省《こくりゆうこう》の省都。十九世紀末から東清鉄道・南満州支線の中心地として急速に発展し、「東方のパリ」とも呼ばれる街だが、ハルビン駅は一九〇九年十月二十六日に伊藤博文が安重根《あんじゆうこん》の銃弾によって暗殺された場所でもある。

小説の舞台となる架空の港湾都市、海市は、もちろん福永武彦の蜃気楼的な恋愛小説『海市』を想起させるし、謎の男の名前、洪孝賢は台湾の映画監督・侯孝賢《ホウ・シャオシエン》に重なり、侯監督の三部作（『戯夢人生』『悲情城市』『好男好女』）に描かれる台湾現代史が海市の歴史にオーバーラップしてくる。

その一方、プロットの骨格は、ハードボイルドの始祖、ダシール・ハメットの処女長編『血の収穫』（『赤い収穫』）を思わせる。『血の収穫』は、名無しの探偵（通称コンチネンタル・オプ）が、複数の組織をたがいに対立させることで、わずか十日間のうちにひとつの町（ポイズンヴィルの異名をとるパースンヴィル）を壊滅状態に追い込む話だ。海市の「激しく闘われた七日間」が対立する組織の抗争によって死体の山を築いたように、パースンヴィルの十日間も（少なく見積もって）十数人の死者を出している。

かつて中島河太郎が、「ここに登場する探偵は従来の天才的推理能力非凡なそれではなく、非情・利己的・好色で、しかも自己の信念を固く守り通す、しかも行動は敏速かつ兇暴《きようぼう》でもある」と評したコンチネンタル・オプの横顔は、そのまま『ハルビン・カフェ』のヒーローに重なってくる。

ただし、こういうヒーローの活躍をストレートに書いても、現代のリアルなハードボイルドとはなりえない。タフガイの一人称で読者の支持と共感を集めることができた幸福な時代はとうに過ぎ去っている。そこで本書は、ハメット型の一人称ハードボイルドと反対に、主人公を物語の表舞台から引きずり下ろす。〝謎の男〟と関わりを持った人物の視点から断片的な情報を少しずつ引き出し、噂話の集積から人物像を焙《あぶ》り出すように、ジグソーパズルのピースをひとつずつ組み合わせるように、リアリティを備えた神話的ヒーローの姿をじわじわと構築してゆく。

問題の〝彼〟がいったいなにを考えて惨劇を演出したのか、その行動原理はなかなか明かされないし、わかりやすく説明されることもない。読み終えたあともさっぱり理解できなかったという人には、著者が日刊ゲンダイのインタビューに答えて語ったこんな言葉が手がかりになるだろう。

「革命や英雄伝説の裏側は、あらゆる形で暴かれているのに、人間は同じ過ちを何度も繰り返しています。男と女の問題も含め、本当に愚かなことの繰り返し。この作品は、その背後に神の意思を感じて、神の悪意をマネしてみようと思い立った男の物語なんです」

もっとも、〝彼〟はけっして神を気取っているわけではないし、超人的な能力を持っているわけでもない。もちろん正義のヒーローではないが、かといっていわゆる悪漢《ピカロ》でもない。外見は冴《さ》えない中年男なのに、なぜかやたら女にモテる。情に篤《あつ》いところがあるかと思えば、冷酷で打算的。信じていた仲間を平気で裏切るかと思えば、妙に義理堅い。強烈なリーダーシップを発揮する一方、意外と抜けたところもある。なんなんだこいつはと思いながら、読者は知らず知らず、〝彼〟の強烈な個性に魅せられてしまう。

「遠く離れたところで、似たことが考えられ、似たものがつくられている。／同様に、遠い昔に、いま考えられていることを誰かが考えた。」と『集落の教え』が語るように、『ハルビン・カフェ』の骨格やモチーフは、『血の収穫』に代表される古典的なハードボイルド小説群と見事に呼応する。しかしここでも、「同じものになろうとするものは、すべて変形せよ」という『教え』にしたがって、著者一流の改造がほどこされ、かつてどこかで建築されたことのあるものとはまったく違った、ニュータイプのヒーロー小説が誕生した。二十一世紀のハードボイルドはここから始まる。

本書は、平成十四年四月に小社から刊行した単行本を文庫化したものです。

ハルビン・カフェ

打海文三《うちうみぶんぞう》

平成17年 7月25日　初版発行
令和6年 5月30日　13版発行

発行者●山下直久

発行●株式会社KADOKAWA
〒102-8177　東京都千代田区富士見2-13-3
電話　0570-002-301(ナビダイヤル)

角川文庫 13871

印刷所●株式会社KADOKAWA
製本所●株式会社KADOKAWA

表紙画●和田三造

ISBN978-4-04-361502-5　C0193

角川文庫発刊に際して

角川源義

第二次世界大戦の敗北は、軍事力の敗北であった以上に、私たちの若い文化力の敗退であった。私たちの文化が戦争に対して如何に無力であり、単なるあだ花に過ぎなかったかを、私たちは身を以て体験し痛感した。西洋近代文化の摂取にとって、明治以後八十年の歳月は決して短かすぎたとは言えない。にもかかわらず、近代文化の伝統を確立し、自由な批判と柔軟な良識に富む文化層として自らを形成することに私たちは失敗して来た。そしてこれは、各層への文化の普及滲透を任務とする出版人の責任でもあった。

一九四五年以来、私たちは再び振出しに戻り、第一歩から踏み出すことを余儀なくされた。これは大きな不幸ではあるが、反面、これまでの混沌・未熟・歪曲の中にあった我が国の文化に秩序と確たる基礎を齎らすためには絶好の機会でもある。角川書店は、このような祖国の文化的危機にあたり、微力をも顧みず再建の礎石たるべき抱負と決意とをもって出発したが、ここに創立以来の念願を果すべく角川文庫を発刊する。これまで刊行されたあらゆる全集叢書文庫類の長所と短所とを検討し、古今東西の不朽の典籍を、良心的編集のもとに、廉価に、そして書架にふさわしい美本として、多くのひとびとに提供しようとする。しかし私たちは徒らに百科全書的な知識のジレッタントを作ることを目的とせず、あくまで祖国の文化に秩序と再建への道を示し、この文庫を角川書店の栄ある事業として、今後永久に継続発展せしめ、学芸と教養との殿堂として大成せんことを期したい。多くの読書子の愛情ある忠言と支持とによって、この希望と抱負とを完遂せしめられんことを願う。

一九四九年五月三日

裸者と裸者

下

邪悪な許しがたい異端の

打海文三

Uchiumi Bunzou

少年少女の一大成長譚！

「読み始めたらやめられない。これは打海文三の傑作だ」

――北上次郎（解説より）

両親の離婚後、月田姉妹は烏山のママの実家に引越し、屈託なく暮らした。そして応化9年の残酷な夏をむかえる。東から侵攻してきた武装勢力に、おじいちゃんとおばあちゃんとママを殺されたのだ。14歳の姉妹は、偶然出会った脱走兵の佐々木海人の案内で、命からがら常陸市へ逃げ出した。そして――戦争を継続させているシステムを破壊するため、女性だけのマフィア、パンプキン・ガールズをつくり世界の混沌に身を投じた――。

角川文庫　ISBN978-4-04-361504-9

愚者と愚者

上

野蛮な飢えた神々の叛乱

打海文三

Uchiumi Bunzou

少年少女の
一大成長譚

代表作にして
最高傑作！

応化16年、爆弾テロが激発している内戦下の首都圏で、規律ある精鋭部隊として名を馳せる孤児部隊の司令官に、佐々木海人は20歳にして任命された。教育を受ける機会を逃したまま、妹の恵と弟の隆を養うために軍隊に入り、やがて仲間とともに戦場で生きる決意を固めた。そして、ふと背後を振り返ると自分に忠誠を誓う3500人の孤児兵が隊列を組んでいたのだった――。『裸者と裸者』に続く、少年少女の一大叙事詩、第2弾!!

角川文庫　ISBN978-4-04-361505-6

愚者と愚者

下

ジェンダー・ファッカー・シスターズ

打海文三

Uchiumi Bunzou

『裸者と裸者』に続く
〈応化クロニクル〉
第二部！

**「人間の愚かしさすら受容し
生きていくことを力強く肯定する
祈りにも似た作者の想いがある」**

——**吉田伸子**（解説より）

月田椿子は亡くなった桜子を思って泣いたことは一度もなかった。爆弾テロの惨劇の映像が思い出され苦しめられるような経験もなく、そういう自分を責めたこともなかった。桜子の死を否認しているわけではなく、そもそも死んだのが桜子なのか椿子なのか、いまでもよくわからない。内乱16年目の夏、椿子が率いるパンプキン・ガールズは、きょうも首都圏のアンダーグラウンドで進撃をつづけている——。

角川文庫　ISBN978-4-04-361506-3